完本

春の城

石牟礼道子

藤原書店

完本　春の城

目次

草の道

「草の道」関連地図　10
草の道　11　ちちはこひし　14　それぞれの旅　17
神話の形象　20　煤の中のマリア　23　永遠の頁　26
指のことば　29　鈴木さま　32　湯島点描　35
石の槽　38　「日本が心配」（上）　41　「日本が心配」（下）　44

遠き声　48

潮鳴り　68　夢の水場　71　峠にて　74
天草学の発信所　77　水　蓮　80　秋のかげろう　83
山城のこと　86　恩真寺　90　魂を祀る家　93

天草・東向寺　97

苔の花　110　湯島のデイゴ（上）　114　湯島のデイゴ（下）　117
花あかり　121　腐葉土　124　わたしは日本人です　128
渚のおもかげ　131　常夜の御灯り　134　臼杵行　137
空にしるすことば　140
〈幕間〉「春の城」の構想（インタビュー）　144

春の城

「春の城」関連広域地図　148　島原拡大図　149　天草拡大図　150
主要な登場人物　151　家系図（有馬、三宅・細川、松倉家）　155　人物相関図　156

第一章　早崎の瀬戸　159
第二章　赤い舟　203
第三章　丘の上の樹　260
第四章　召　命　315
第五章　菜種雲　360
第六章　御　影　441
第七章　神　笛　501
第八章　狼　火　561

第九章　夕光《ゆうかげ》の桜　652
第十章　炎　上　700
参考文献　763
「春の城」執筆を終えて　765
悪代官にも情が移って　768
〈インタビュー〉石牟礼道子、「春の城」を語る　772
〈対談〉「春の城」と『苦海浄土』　石牟礼道子＋鶴見和子　780
あの乱の系譜に連なる人々　802
煉獄にかかる虹――なぐさめ深きものたちの祈りと天草四郎　805
「春の城」と「草の道」　鶴見和子　826
納戸仏さま――全集版あとがきにかえて　830

解説

私たちの春の城はどこにあるのか？　江戸文化研究者　田中優子　836
驚くべき、ふつうの人たちの話　作家　赤坂真理　846
犬も人もそれ以外もみんな悲しかったけれども　作家　町田　康　856
『春の城』のコスモロジー　哲学宗教思想研究者　鈴木一策　868

編集後記　879
初出一覧　881
〈参考〉天草・島原事件関連年表（一五一七—一六四二）　884

本書は『石牟礼道子全集　不知火』第一三巻「春の城　ほか」（藤原書店、二〇〇七年）を底本とした。

完本　春の城

画　秀島由己男
装丁　作間順子

草の道

「草の道」関連地図

長崎県
愛野町
有明町
三会
島原半島
眉山
島原城
普賢岳
中木場
安徳
小浜町
深江町
布津町
日野江城跡
有家町
南串山町
北有馬町
西有家町
加津佐町
南有馬町
口之津町
原城跡
湯島
島原湾
熊本新港
熊本市
木山
白川
住吉
長浜
宇土市
轟水源
松橋町
三角町
宇土半島
松合
不知火町
三角港
大矢野町
江樋戸港
戸馳島
越の浦
大矢野島
千束蔵々島
早崎瀬戸
鬼池港
二江
富岡
五和町
天草
天草五橋
八代市
有明町
松島町
鈴木神社
本渡市
上島
熊本県
松栄山東向寺
亀場
亀川
栖本町
福連木
円性寺
不知火海
日奈久
五木村
下島
御所浦島
球磨川
芦北町
佐敷
獅子島
球磨村
津奈木町
牛深市
水俣市
人吉市
水俣川
長島町
出水市
鹿児島県

草の道

長浜は潮が干いていた。大きな波の模様を残して干潟が広がり、軽トラックがあちこち、沖まで進んで止まっている。

海の向うに雲仙がみえる。もう十五、六年前から通いはじめた宇土《うと》半島だが、こんなに雲仙が近くに寄ってみえるのははじめてである。

「ひょっとしてあれは、深江町あたりでしょうか」

「でしょうねえ、ようみえますね」

車を停めてもらった。半島も突端近くだった。テレビでみる火砕流の跡が銀白色に光っている麓から海ぞいに、ぎっしりと家並が続いている。目をうたがった。

海を越えた遠くの家並が、わたしの視力でみえるはずはない。まぼろしかしら。みたいみたいと切望して、みえないはずの家並を心に引き寄せ、みえることにしてしまったのかしらと、瞬きしながらふに落ちない。晴れ間もあるが雲が多く、山頂は霞んでいる。

三百五十年くらい前、深江、布津《ふっ》あたりの海岸一帯は一揆の戦場だった。切支丹殲滅《せんめつ》に押し寄せた幕府の征討軍と一揆軍との、深江村での戦いぶりをみた近村の者たちが、島原城へ逃げこむ有様が書き残されている。

「安徳村の百姓ども牛馬に荷をつけ、子どもらを懐に抱き、島原の城に逃げ参り候。町中よりも残らず逃げ入り」と、原城を攻略した地元有馬の『別当杢左衛門《もくざえもん》覚書』にある。一村ことごとく反乱に参加した村もあったが、領主のお城に逃げこんだ村もあった。

「島原大変、肥後迷惑」といわれる大津波は乱より百五十年後に発生している。地形や道筋は眉山崩れでずいぶん変ったろうに、乱の当時に記録された地名がそのまま今も残されている。どうぞこの上、何事もありませんようにと祈りながら車を進めてもらう。今に雲仙が爆発して津波が押し寄せてこないかと海をみいみい、天草上島有明町を目ざす。長年尊敬している北野典夫氏にまずご挨拶にゆくためである。

渚にむかって垂れている葦竹《あしだけ》の長い葉が、梅雨どきの海風にからまりながらゆれていた。

どういうものかわたしは、駄竹とも、「あんぽんたんの川流れ」とも呼ばれるこの植物が好きである。葦より大きく竹よりは低く、直立することが出来ず、枯れ柄《がら》を燃やしてみても火の精《しょう》が立たない。竿にはもちろん使えない。葉は無数に裂けて垂れ下がる襤褸《らんる》のようである。この葦竹が冬の潮風にうちはためく音を聴いていると、歴史の荒涼といったような気持にとらえられる。人間たちが一度は持ったことのあるもろもろの感情が、打ちはためく葉の先から潮風に溶け、虚空の彼方に散ってゆくのに立ちあっているような、たえがたい哀惜に身をさらしているような時間にわっととりこまれる。

この島で生き替り死に替りしてきた生命の、もっとも正統なものは、渚をえんえんと囲っているこの葦竹とか、蓬《よもぎ》とか、葭《よし》のたぐいかもしれない。

そう思いながら目をやる人間の集落のなつかしさ。雲仙は後方になり、有明町や近しと目をうろうろさせていると、熊本日日新聞の丸野さんが、

「あら、ああ、北野さんですよ。迎えに出とられますよ、わあ」

といいながら車をぎゅうとまわした。窓をあけるべきか、ドアをあけるべきか、車になれないわたしは慌てまくって帽子を探す。帽子なしには目をやられるのである。無我夢中で降り立ったら、北野さんが汗ばみながら、傘を二本大切そうに小脇にかかえ、ご自分も洋傘をさして近寄って来られた。夏の日盛りに洋傘をさした男の人をこのごろみない。

わたしの父も祖父もよくあれをさしていた。天草の人に逢いに来た、という想いが胸に満ちてくる。抱えておられる傘の一本は花模様のような黄色だった。奥さまが探して下さった女物と男物を抱え、目じるしのバス停をわたしたちが通過してしまわぬよう、つかまえに出て下さったにちがいない。恐縮だった。

このお方のご著書にはじめて接したのは十三年前に出された『海鳴りの果てに』(一九七八年刊)である。『天草海外発展史』や最近刊の『天草キリシタン史』(一九八七年刊)に至るどのご本も、調査の圧倒的綿密と、登場する人々への愛憐ただならぬ熱情にひきこまれる。いわゆるカラユキさんたちの生死をあとづけて、ボードレールの詩篇からとられた、

「偉大なる襤褸、崇高なる汚辱」

という行に読み至るとき、わたしはいつも胸せまり、彼女らも同郷の人のこのような言葉を献ぜられて、もって瞑すべしと思わずにはいられない。

二十年前、松田唯雄氏の『天草近代年譜』という労著を知ったのは、水俣のことを抱えこんでのっぴきならぬ時期だった。胸に去来していた天草・島原の乱の深沈とした背景が、近代年譜の行間から

読みとれる。さまざまな事態の中で、わたしは自分の魂の出自はどこかと考えるようになった。やさしさというものが、思いつめた熱度になってゆくような、天草の資質にふれるために、草の道を探して旅したいとおもう。

ちちははこひし

六月、天草は合歓《ねむ》の花と紫陽花《あじさい》の季節だった。小型で赤味をおびた紫陽花が民家のまわりに綴れている。

車でゆくうちに、村々によって庭の花に傾向があるのに気がついた。

はじめ、ある家が綺麗な花を咲かせる。「まあ、よか花」と目を細める花好きの人がくると、「ひと枝さしあげまっしゅ」「あらあ、貰うてようございまっしょか」などとやりとりがあって、この家からあの家へと、増えてゆくのかもしれない。その往き来の筋道がしのばれてほほえましかった。

土地の人にたずねてみないとわからないけれど、紫陽花を庭花にするようになったのは、そう昔のことではなさそうな気がする。あれは、色褪せてゆくときの姿が身につまされて正視しがたいが、合歓の花はやや高いところの葉蔭にみえかくれして、風の中に溶け入ってしまう風情がなつかしい。昔々も、このような風の中に根づいていたのだろうか。

冬枯れの頃の天草は、九州本土の山々とくらべると、ひと色もふた色も脱色したような感じで、いかにもものさびしいが、六月、七月、八月ともなると、全島の樹々がその葉裏のすべてから、おしおしおしと声にならぬ声を出しあっているような気配に圧倒される。

そこには生命の古代がまだ充溢してくるような濃密な光が降りそそいでいて、人の姿も声音もその間にあって、いかにもものやさしい。ここらの人たちはたぶん人智のとどかぬ世界の領域というものを、ふかぶかと見ていて、かの奥の方に帰属しているのかもしれない。

なぜそういうことを感じるかといえば、近ごろ、人の姿や声音が総じて、何ともいえず猛々しく、威丈高になった感じがして、あちらで声をのみ、こちらで絶句して、ゆき場のないような日が多いからである。

父亡きあとはじまったわたしの天草恋いはもう二十年になる。もとの日本人探し、もとのわたしの、親の祖《おや》探しかもしれない。そこで想うことだけれど、紫陽花はまあきれいはきれいだが、紫陽花などのなかった古い天草の景色は、もっとよほどに古雅な風情の島ではなかったか。

死んだ父は、じつに入念に年中行事を家族たちに実行させていた。ごくごく年少のとき天草を出た貧農の子が、今の時代からすれば瞠目するような折り目正しい生涯を終えたのは、よほどに故郷の習俗が身についていたからにちがいない。あの一途さと、弱者への煩悩ぶりと、決然とした意志は、いったいどのような風土に培《つちか》われたのか。父のまならうにあった故郷のたたずまいを、具体的に復元したいという想いはまことに切である。人の姿のありよう、その声音と哀楽、植生の一木一草、波の形、風の音――古き天草をそっくりそのまま取り出して、その中に私も身を置いてみなければ、自分自身が完成しない気がしてならない。

思えば母方の大叔母に、おたかさま、おつまさま、おすみさまと称《よ》ばれた三人姉妹がいた。その群を抜いていた立ち居振る舞いのりりしさと、雅びやかな、うたっていたような天草ことばは、わたしの書き言葉の原点となっている。

母は没落してからは、畠作りが上手にならしたといわれたが、自分で種を下したおぼえのない珍らしい野菜などが生えてくると、歓びの声をあげて家族たちを呼んだ。

「まあ、珍らしか、美しか草よ。ひょっとすれば野菜かもしれんよ。どこから来てくれたものじゃろか。鳥たちが、持ってきてくれたかもしれんねえ」

鳥たちが持ってきてくれたというその声で、世にも珍らかな希有なもののしるしがそこに芽生えた、という気になったものである。それはみずみずしい赤味をおびた、紫色の茎の愛らしい双葉で、あとでむらさきつるくさとわかった。百姓は芸術家を兼ねると書いたのは、たしか詩人の永瀬清子さんだったが、その双葉をみたときわたしは、詩の初々しい実質にふれた思いがした。美しいよいものを、鳥が持って来てくれるという発想は、島の発想でもあるだろう。

天草の人たちにお逢いしていつも感じるのは、母の言葉に似たような詩的初々しさである。

浜名志松先生を高浜の病院にお見舞いした。『九州キリシタン新風土記』を出された方である。目の色がいよいよ澄んでおられた。前に伺った話を思い出した。東京のある学者が来て、天草のある山の、旧来の名を変えて「千巌山」とつけてくれたそうだ。

「私はこういうことは好きません」と、先生はもの柔らかにおっしゃった。嫌い、ではなく、好きませんとおっしゃる。この言葉を聞いて以来、わたしも、嫌いとはなるべくいわず、好きませんというようにつとめているが、「大好かん」と言ってしまって吹き出したことがある。

それぞれの旅

空の奥に台風の気配がこもって、今日で四日ばかり、先ぶれと思える風の日がまずあった。夕方いつも、空を見にゆく広場の樟《くすのき》が三本、下の方から風を受けて、枝という枝を梢の方に振りあげながら身を揉みしだいていた。その様子は、突然おとずれた空の奥からの啓示におどろいて、天に昇ろうとする無数の竜の子たちの姿をおもわせた。そこで落伍するものたちは、永久に地に落ち、俗世の地べたを這いずりまわるほかはないとでもいうように。

樟の梢の上に、川のような天からの小径が架けられていやしまいかと、わたしはしばらく目をこらしていた。球磨《くま》の奥とおぼしきあたりから、まっくろな雲が湧き出ていて、非常にゆっくりと、島原雲仙の方角にむかって移動しているのがわかった。北の方をふり返ると、湖のような空の隙間があって、そのわずかな明るみの中に、朱鷺《とき》色をしたさるすべりのうすい花びらと、あのくっきりした定型的な葉っぱが、風のあいまにふるえているのだった。

東の方の空の下には、阿蘇外輪につらなる九州山地の嶺々が、しわぶいているような稜線を浮かべ、沈みこもうとしている。

今このようなとき、とわたしはおもった。

地上において、もっともながく黙していたものたちから順々に、あの樟に宿っていた小さな精たちのように、天に向って旅立つのだと。全山の木々がごうごうと枝や梢を打ち振り、うなりあげはじめるこのときに。

天に向って背骨をうねりあげ、いままさにその宿るところを離れようとしている無数のものたちの気配。うつつにみえる木々の枝の中に、生きた人の背骨のイメージが浮かんだ。最後のうねりのところでゆっくり首がはなれるシルエットが。島原の処刑場だな、とわたしはおもう。

そして次の日にはもう、雲の去った空に強い熱気だけがくるみこまれて、音もなく押してくるような晴れの日が三日ばかり続いた。幼い頃ひどく畏《おそ》れながらみあげた空に似た、地上にあるものがあぶり出されるような、黄色味をおびた夕焼けがあった。

わたしは自分にもひとつ、古い古い未生《みしょう》の頃からの手があって、しきりに何かを手招く仕草をしはじめるのを感じていたが、何を招きたがっているのか、判然とはしないのである。しいていえばそれは、太古の日常とでもいうのかもしれなかった。

テレビは連日、台風の行方とソ連の政変について解説していた。広場に通うあいまにテレビの前にも坐ったりして、ここひと月ばかりとり紛れて見ることのできなかった、普賢岳《ふげんだけ》の映像にも接することができた。ボタ餅をぺちゃっとくっつけたように変容した火山。明日のことはまったくわからないけれども、わたしたちが歴史の時空の中にとりこまれているのはたしかである。

この前の天草行きのとき、熊本日日新聞の丸野さんが言ったものだ。

「あれ、あれ、石牟礼さん、普賢岳がまた会いに来よるですよ」

わたしはほんとうに胸がどきんとした。今度の「大変」に至る前、幾度宇土半島を通ったことだろう。全く見えない左目も、その頃までは見えていたはずだったが、あれが島原と思って見た島影に、家並などは一度も見えなかった。それが有明海の半ばほどまで出張ってきて、丸野さんがいうとおり、まるで会いにでも来てくれたかのように近々とみえる。

何新聞だか、あんまり島原がよく見えるので、この場所では車の追突事故が多発しているという記事が出たそうだ。ピナトゥボ火山の大爆発をも考え併せると、宇宙的な時間がいま一ミリばかり動いたのかしらと思う。目の前に差し出ている島原半島をつくづく打ち眺め、そこでは人間ドラマの種々相が炎天下に悶々とくりひろげられているだろうにと、自分の想像力の乏しさが嘆かれる。巨きな時間の中の小さな旅、そんな言葉がうかんだ。

その乏しさを補って下さるようなお話を、五和《いつわ》町で聞いた。寺崎三武先生という方だった。天草の生物と植生についてどなたに伺えばよいのかといろんな方にたずねたところ、先生の所にゆくようにと教えられたのである。

老先生はとても優雅なネクタイをして待っていて下さった。植生の話の前にうかがったのは、心うるおうようなサソリの母親の話だった。

戦前飼っておられた中国産のサソリに、子どもが十三匹生れたそうである。するとその母親は「尻尾の毒矢を背中になんかけて、その上に十三匹の子らを乗せて養うて」いたという。母親はその間全く無防備であったろう。ご自分の母上をこの世で一番尊敬しているとおっしゃる続きに、その話をなさった。サソリへの独特な観察眼のなかに、いまや古典的とさえ思える先生の美しい人間観を垣間見るように思えた。

神話の形象

宇土《うと》半島を通る。長い渚道である。有明海に突き出た天然の屏風岩という趣きで、海との間に平地がない。それでも岩の風化した土くれを海にのがさぬよう大切に受けとめ、幅一尺ばかりの花壇を道の脇に作ったりして、民家やドライブインが海風を突っかえ棒にしたごとくに並んでいる。

ラフカディオ・ハーンが車の突っ走るこの道をいま通ったら、なんというだろう。ハーンは長崎から三角《みすみ》にあがって人力車でこの道を通り、のちに『夏の日の夢』と題する小篇を残した。

「近代的に改善された設備をすべて備えているというヨーロッパ風なホテル」に「居たたまれずに逃げだして来たばかり」で、「極楽」のような三角の宿で大好きな浴衣を着、ひんやりした畳にすわって人心地ついた。「美しい声をした小女たちにかしずかれ」たとき、「十九世紀のすべての悲しみから救われたような気がした」と書く。十九世紀のすべてのかなしみ、ハーンがそこから逃れ出て来たかなしみのもとが、二十世紀後半の日本でさらに化けて出ることを彼は予想したのかもしれない。だから、人知れぬ田舎のつつましいもてなしに、失われた世紀の意味をみつけ出すのである。

「朝食に竹の子と蓮根が出た。それに極楽のかたみとして団扇を一本おくられた」。去りぎわに宿の名を聞くと、若い女主人は楽の音のような声で浦島屋と答えるのであった。

土用も盛りのころで、人力車に乗ってこの長い道を走るうち、太鼓をたたく男たちの姿を見て驚く。その音は見えない村落のあちこちからも聞えていて、おそらく雨乞いの太鼓だったと思われる。木霊が響きあうようだったとあって、後代の私たちにも印象深い。

「咽喉が乾く。長浜村に着けばよい湧き水があると車夫がいう」「長浜村は道路に近い緑の崖の麓にあって、松の蔭になった岩の多い池のまわりに、十二軒ばかりの草葺きの田舎家」がかたまり、「崖の胸のところからまっすぐ飛び出している流れがそそいで、冷たい水があふれ」、休んでいると「赤ん坊をおぶった若い男がお茶を持ってきた」。

明治二十六（一八九三）年、宇土は有明海側の寸描である。

緑の崖の胸から水の出ているところとはどこらあたりだったろうと見廻したが、それとおぼしきものは見当らず、海を見たら雲仙が近寄っていた。普賢岳よりずっと左寄りの海岸線一帯に、火砕流の跡がおおいかぶさり、噴火口付近は雲がかかって見えにくい。

山頂の厚い雲は左方にまっすぐ、視界のかぎり島原半島の端まで伸びていた。まるで半島の蓋でもあるかのごとく陸地の終るあたりで切れている。上の縁は白く輝き、底辺は暗かった。そしてその暗がりから、今しも産み落されたような黄色い薄い巨大な繭が、わたしの目をおどろかした。

もちろんそれは繭などであるはずはなく、半島全体をくるみこんでいる火山灰の靄《もや》だった。靄は僅かに動いていて、運転の丸野さんも同時に気づいた。

「お、おう、あれは、うーん、見えます？」

と言ったきり、指さしたままものをいわない。海ははがね色にうねり、雲の上に初秋の色をした天がひろがっていた。

黄色いヨナの膜にくるみこまれて、もの憂げにみじろぐような山々が透けてみえる。ヨナはところどころ筋立ちながら、谷間とおぼしきあたりに重なったり、横に這い上って無数の山襞といれまざり、半島全体をくるんでいる。

それは天地の間に置かれたばかりの巨きな繭のようで、透けながら動くのを見ていると、火を噴こうとしてかがまる普賢岳とまわりの群山が、地霊たちの姿に思えてきて、わたしは一種荘厳の気に打たれた。

陽はまだ中天に高く、雲の天蓋を貫いて淡い光が射した。ヨナの繭に幾筋もの襞が浮きあがり、胎児を包む卵の血脈を思わせた。

噴火口はサナギの口にも似ていた。山々はその呼吸に合わせてヨナの糸を吹き、わが身にまといつける如く西南の方へ、半島全体へとみじろいでいた。背後に黒く横たわるのは長崎の山々であろう。ときどき黄金色にかげる景観の裾の方に海辺の集落が、網の下からこぼれ出た貝殻のように光った。

いったいあれは何の兆しなのか。ひょっとしてあれは、今創られつつある二十一世紀への神話の形象かもしれないと思いながら目を凝らす。

歴史のドラマの惨酷が胸にきざす。私たちの車は原城や有馬とおぼしきあたりの対岸を通りつつあった。五橋が架けられ、天草は観光の島をめざして人を招《よ》びたい一心のようにみえる。沿道に出来ては潰れ、出来ては潰れする店の残骸が無惨である。日本中がリゾートあさりをして歩くのがいつまで続くだろうか。

繭の中の半島は相変らず身じろぎ、今世紀の混沌を呼び集め、その変容の意味を告げているかにみえた。

煤の中のマリア

九月、本渡《ほんど》にある天草切支丹館をたずねた。宗像政敏館長が玄関の前に待っておられ、おおきく手をひろげながら、迎え入れて下さった。ずいぶん延着をしたにちがいない。恐縮だった。氏は開口一番いわれた。

「わたしはもう、どなたにもですね、どこに行たても天草弁しか使いえまっせんですもんなぁ」

わたしはじつに心慰められる思いだった。その天草言葉をこそ、聴きたいと希《ねが》ってゆくのである。それもなるべく近代化されていない古《いにし》えの天草弁が聴きたい。まだ暑くて、海辺の道にカンナの花が咲いていた。

幾度も来ている切支丹館だが、目が弱いので、展示してある資料の説明を無理に読みとろうとすると、目まいがし、吐き気がおこる。それでもちゃんと読みたい。しかし係の方をわずらわすのも悪いと長年思っていた。同行の丸野さんはさすが新聞記者、

「直接おたずねしてみましょうよ」

と段取りをしておいてくれたのだった。館長さんは想像していた以上にお忙しそうだった。お話を伺っている間も人がみえて、丁重な応対をなさる。所長さんや、主幹さんに相談なさったりするやりとりが飄々とした牧歌のような天草弁で、わたしはほとほと聞きほれていた。

そのアクセントもだが、何よりも館長さんの風貌がなつかしい。丈の高くはないお躰つきで、お話

を伺ううち、わたしは、天草の乱当時、このお顔にそっくりな人物が反乱軍の中にいたとしたら、どんな役割だったろうかと、思いめぐらした。一揆方の重要な相談役であったろう。親しみやすく小さな相談事にも乗ってあげて、浪人たちとはちがう地元農漁民の人となりを把握しながら、事に当たれる一方の頭ではなかったかしら。ちょん髷がさぞかしよく似合いそうなお顔である。

と思いはじめたら、永見所長さんも池田主幹さんも三百五十年前のお顔にみえてきた。きちんと結いあげた髷ではなく、非常事態の中での、汐風にほつれたような手結いの髷に、それぞれの個性ゆたかなお顔がおさまって、短めに縞の木綿を着たお姿をイメージしていたら、かの動乱の日々の表情がいろいろに想い描かれるのだった。天草の乱というのは何よりも、人の面《おも》ざしが生きていて、一人一人が肉声を持ち、命をひき取る間際というのがあったのだから。

宗像館長が頬を紅潮させ、いかにも懐かしげに敬慕の情をあらわして語られるのは、この切支丹館の礎《いしずえ》を築かれた方々のことである。いかにその方々に先見の明があり、手を取るようにして教えられたか。あたかも小児の、慈父や兄を慕うがごとくに話される。

都会でよく見受ける官僚臭がこの人にはまるでない。天草というところは今日でもなお、このような人となりを産むのかとあらためておもう。お聞きしていてその表情の純篤なこと、先人のご業績もだけれど、人がなつき易そうな飾らないお人柄に、わたしはつくづく感銘をおぼえていた。

地域の風土というのがあるように、人間の風土というのがたしかにあるものだ。歴史の風雪にも大弾圧にもそれはそこなわれなかった。今日、天草の乱の研究が、この地域の方々によって、並々ならぬ情熱で続けられているのをみれば、死せる魂たちのいわんとしたことは、宗旨のいかんにかかわらず、引き継がれているのかもしれない。

現代ではもはや殉教などということはないのかもしれないけれど、遺品の数々を通じて、わたしたちが感じるのは、人は金銭欲や名利の欲とは無縁のところで死ぬことができる、魂の浄化を求めて死ぬことができるのだという、畏怖すべき発見である。切支丹館を築いてこられた方々は、おそらく、今なおそこから放射する魂の光につき動かされて、このことをなさったのかもしれない。宗像氏はおっしゃる。

「昭和三十年に本渡市が合併した祝いに、天草産業観光大博覧会というのが企画されまして、若干の切支丹資料を、個人からお借りして発表したのがはじまりです。そのあと、どこにゆけば見られるかと訪ねて来られる方を、長い間個人のお家にお連れして廻っていたんです。

最初の頃は、亀井勇先生が、『行たんみゅうかい』ちいわれるもんで、墓わら調べのなんのに連れられて行きよりました。十字のついた墓はなかろかちゅうことで。文化財保護委員の先生方にいろいろ教えられまして、資料収集専任次長という職務についたとですばってん、何も知らずにですな。職務上勉強しまして、門前の小僧習わぬ経をよむ、あれですよ。

それで現市長の久々山義人氏が提唱されて、集めて保存しなければということになって、三十七、八年頃、切支丹館を作らにゃならんという気持になって所在調査をはじめ、諸先生方のおかげで今日に至っとります。

一つ一つにいわれがあって愛着があります。子安観音の煤《すす》で光っとるのがありましょう。あれはそう思うて拝んだときにマリア観音になっとですもんね。そうでなければただの子安観音ですもん。ここは美術館じゃありませんで、あの煤で光っとるのに、無限の意味のあっとですもんね」

永遠の頁

つい最近、病理学の武内忠男先生（熊大名誉教授、尚絅《しょうけい》短大学長）におめにかかったら、先生が窓を指さしながらおっしゃった。

「きれいでしょう、このごろ、夕映えが」

「ああほんとうに、どうしてだか、この頃とってもきれいですねえ、毎日見てます」

先生はうなずいてお笑いになった。

「あのね、この頃の夕焼けはね、島原のせいなんですよ」

「えっ、それはまたどうしてでございましょう」

「窓枠も、屋根も、れいの灰が積んでおりますでしょう。降っているの、この頃あんまり見えませんがね。やっぱり降っているんですよね」

「はあ、はあ」

「でね、あれをとって調べてみたんですよね」

学者先生ともなれば、なにはともあれ調べてしまわれるんだな、とわたしは思った。それでつい、空が毎夕、赤いわけがわかった気になってしまったが、いったい何をわかった気になったのだろう。先生は、噴煙が空に漂よい、夕陽を受けて、いつになく赤い茜空になるメカニズムについて何かおっしゃろうとしたにちがいない。大急ぎでわかったような返事をしてしまったからか、話題はすぐにほかへと移った。

なんで西の方の空の色が気になるかといえば、このところ島原の乱に関する書籍をぱらぱらみているからで、その中の情景と重ねて考えてしまうのである。今の時代の字面やものいいぶりと、かなりちがう記録で、それが、乱のとき現場に居合せた武士たちの手柄話だったりすると、まるでいまの劇画の場面みたいである。

賊を何人殺した何人倒したというような記述がつづく。そういう記述の中から、殺された人たちの息づかいや想いをくみとりたいのだけれど、並みではない死をとげた者たちの、いまわのまなこに、空はどんな色をしていたことだろう。自らは文字を遺さなかった者たちの思いを伝えるものといえば何だろう。いまわの手につかまれた、草のことづてをわたしは思う。空の奥にしみついたことばを思う。

雲仙地獄の熱湯を、信徒の背中にかけるというやりきれない話が出てきて、責める方もいい加減、そんな作業に「うんで」くるとある。そういうときに突然すぐそばで、爆発音がして黒い噴煙があがったので見物人たちもきもをつぶして蜘蛛《くも》の子を散らすように逃げ出した、と書いてあったりすると、なんともほっとする。

武内先生がなにげなくおっしゃって見上げられた「きれいな夕映え」の奥深い空に、この頃読んでいる記録の連想が浮かび、次のお言葉を聴こうと、わたしは耳を澄ましたのだった。そこは尚絅短大の学長室だった。

ながい歴史を反映させ吸収している空。あらゆる芸術上の想念が流星のごとくにゆき交い、その間には無限のしじまがひろがる空。刻々と美しい色にあやどられてゆく永遠という名の広大な頁がここにある。そこには何を描いてもよいのである。見上げておられる先生のお顔はゆったりとして、美しかった。

なにげなく川塘《かわども》などを歩いていて、道のべの草が風にそよぎ渡ってくるのに出あったりすると、たちまちその流れにとらえられて、長い間、棒杙《ぐい》のように立っていることがある。あるいはまた山に登っている最中、水脈《みお》の中の波頭さながら筋を立てて、広い芒原《すすきはら》や樹間を渡ってゆく風をみることがある。背後に無意識界のような空がある。

人の言葉とはかぎらないが、むかしむかしの声が、そんなふうにわたしをとらえにくる。なるべくならばそちらの方に往っていたい、とわたしの方でもねがっている。生命の意味、その奥の声を聴きたいから。

武内先生におめにかかったのは昭和三十年代の末ごろではなかったか。お書きになった論文を入手して読んでいた。人の脳に宿った水銀のことが書かれていて容易ならぬ内容であった。生まれてはじめて読んだ医学論文だった。もちろん学術用語はわからなかった。

よっぽど思いつめていたのだろう。一面識もない一介の文学の徒が、解剖に立ち会わさして下さいと申し出たのである。先生は何の偏見も持たれずにそれをお許し下さった。

「病理学は死から出発するのですよ」

と教えて下さったおことばが鮮烈に脳裡に残っている。そこは厳粛で静謐《せいひつ》そのもののような場所であった。死者だけが横たわる解剖台。水俣の患者たちは「人間ばこさえる、ふとか、まないた」と言っていた。白布がかけられていた。執刀医たちがいらした。寡黙な長い時間の中で、解剖されてゆく死者だけが、闇の中に浮上していた。

先生とお話ししていると、「亡くなった方々に申し訳ないですからね」とよくおっしゃる。メスや顕微鏡を通じて、より具体的に死者たちのものいわぬ意志が伝わるのであろう。

わたしが書くのも、死者たちに逢いたいからだと思う。

指のことば

本渡《ほんど》市立天草切支丹館に移葬されている、切支丹墓碑を眺めているうちに、もとの場所をみてみたくなった。

どういう所に、どういう状態で置かれていたのだろう。死者たちの生きていた頃の、村のたたずまいはどんなものだったろう。墓地からは、村落が見渡せるのではあるまいか。道路が通り、家々も近代風になって往年にくらべれば様がわりしたにはちがいないが、それでもお墓のあったところに立って、草の声なりと聴きたい。

どうしても気になって、本渡の切支丹館をおたずねした。おずおず申し出てみると、宗像館長さんは、ひと言でこちらの胸の内をお汲みとり下さったとみえ、ああ、とうなずかれるや、すぐさまあちこちに電話をかけはじめられた。

「何々さんな、来ておりやっせんじゃろうか」

向こうさまは年末の予算の会議をしていらっしゃるらしい。暮れも押しつまってから唐突な申し入れをしたことに身をちぢめつつも、全身を耳にして聞いているわたし。やりとりは続いた。

「ああ、そりゃあどうもよか都合でござした。さっそく連れ申《も》して来やすとん。暮れの忙しかときご迷惑ちゃ思いやすがなあ、よろしゅうお願いいたしやすで」

わたしが申しあげるべきことを、役人用語のかけらもない土地の言葉で、全部おっしゃって下さっている。人さまにお願いごとをするには、かくあらねばならぬ。すっかり感じ入って、多くのことをわたしは学んでいた。

「さっそく行たてみまっしゅ。いやよか塩梅じゃった。会議中ばですな、脱け出してきて下さるそうですよ。おそうなれば悪うござすけん、早よ参りまっしゅ」

五和《いつわ》町教育長の岩崎直志氏と、教育委員会の神田日出紀氏が、役場のあたりにお待ちになっていた。脱け出してこられた会議は中断されたのだろうか。二人も出てこられたのだから、支障を来しているのは間違いなかろう。申し訳なくて心がひりひりする。

岩崎氏はその目のやさしくしばたたくとき、山の上の村にいるわたしの叔父に似通っておられて、しみじみなつかしかった。神田氏はもう三十年ばかりも、郷土の遺跡に関心を持ってこられたという。微笑みを浮かべて案内下さりながら、神田氏はこんな意味のことをおっしゃった。

「切支丹のお墓なんかも、私どもは大切に思って来ましたんですけれども、よそからちょっと来られて、すぐ本に書かれるんですよ。それで、大事にしているところが荒されたりするんですね。そんなことがありましてから、本というものを好きでなくなりました」

あまりに穏やかな声でおっしゃったもので、お顔を見上げた。もの書きたるもの、心せねばならぬお言葉である。墓石のひとつひとつはつつましげに幽《かそ》けくかがまっていた。いとも尊く愛《かな》しきものにふれるようなまなざしになられ、苔むした石の膚を、風にさえさらしたくない手つき、いや指つきの、何とやさしかったことか。大きな躰を折りかがめられたお姿にわたしはいたく胸つかれ、草にぬかずいて首《こうべ》を垂れた。

——わたくしこと、亡き魂たちのいますところへと旅立つ者でございます。おん導きの方々ありて、みしるしの墓の前に、祈らせていただきます。

天草に来て、このような方々にお目にかかることができる。今はもう居なくなってゆくばかりの日本人が、天草にはまだ居てくださる。わたしも、この方々のたたずまいに似た祖父母や両親を持っていた。そう思うと、鼻の奥がつうんとなった。

木立ちのくらがりに、あざやかな櫨《はぜ》の紅葉がひと枝さし出ていて目にしみた。見廻してみれば、このような丘にはたいていお墓があって、死者たちの生きていた頃の地形が、目の下にひろがっているものだ。そこに目をやれば、思いを残した愛しいものたちの姿が見られるところに、墓がしつらえられるのではあるまいか。

しかし切支丹のお墓は、俗世の掟を離れて、自己の宗教世界を夢見るがごとくに、片寄せられていることもある。宗像氏はいわれる。

「あそこらにゆけば、ひっつかれる。崇《たた》られるちゅうて、人の寄りつかんような具合にして、隠されておることのあっとですもんねえ」

帰りぎわ、鈴木神社にうかがってみた。天草の方々は、鈴木さまと尊崇をこめて親しくおっしゃっている。これまでお参りするたびにお会いできなかった宮司さまに、初めてお目にかかることができた。高校の先生をしておられ、わたしの旧友とごく親しい間柄と知っておどろいたことだった。

「天草人の今日ありますのは、ひとえに鈴木さまのおかげと思うとります」と宗像氏はいわれる。年貢半減を上訴して割腹して果てたこの代官の心にたどりつくのが、わたしの天草の旅である。

鈴木さま

島原の原城が幕府征討軍の総攻撃を受けて落城したのは二月二十八日である。これは陰暦だから、三月末と思えばよい。

十二万余の職業武士団に陸からも海からも囲まれ、決起以来三カ月、善戦した百姓漁師、それも老幼婦女子を交えた一揆軍はことごとく惨殺された。浦々の梅も桃も、盛りを過ぎていたことだろう。

二月中旬、海の上から原城址を仰ぎみた。途中立ち寄った大矢野町湯島の人たちが、冬の海の寒さというものは、たとえようもなかと、身震いするような様子で口を揃えておっしゃった。伝馬舟に乗らなければ往時をしのべないと思いながら、海上タクシーなるものに乗せてもらった。はげしい波浪だった。城跡の崖に白っぽい緑がみえた。蓬《よもぎ》であろうか。

早春の色というべきだが、右手の上方には火砕流の黄色い噴煙がくすぶっている。天気の穏やかな日には、むかし原《はる》の城とよばれていた城跡からの海が美しいが、かの時の二月やいかにと見上げれば、打ちしぶく波浪の間から、血しぶきたちこめる景色が思い浮ぶ。よくも見事に全滅したものだ。

乱後、天草代官となった鈴木三郎九郎重成《しげなり》は、どのような思いで、木串にさし貫ぬかれた、万余の晒《さら》し首を見たことだろう。女子ども、老人たちが多く交っていた。家族ぐるみであり、村ぐるみのところもあった。二十年ばかり後の天草の人口一万六千余人、島民の半分は原城で死んだと各書にみえる。

取って手柄になるほどの首ではなく、武士たちはただただ異教徒殲滅《せんめつ》の衝動につき動かされていたにちがいない。大坂冬の陣・夏の陣を経験したものも多かったろうが、パライゾ（楽園）へ急ぎたい者たちのいまわの姿がどうみえたか、聞いてみたい気がする。転宗とひきかえに命乞いする者はいなかったのである。

知恵伊豆こと老中松平信綱《のぶつな》の幕下鈴木重成は、砲術の専門家として島原へおもむいた。島原や本渡の資料館で見れば、一揆側の武器は見るからに素人作りで、よくも三カ月、侍軍団が舌を巻くような戦闘ができたものである。手ごわい抵抗に手こずった幕府は、当時の最新兵器である大砲をもち出し、責任者に重成を任じた。

その彼が代官となったのち、天草島民の苦患《くげん》を憂え、石高半減を上訴して、江戸の自邸で割腹して果てた。義民というのは聞くけれども、武士道において、百姓漁師のために死ねという話は聞いたことがない。

この武将にとって、天草の乱の真のドラマは、事が終ったかに見えるそのあとから始まったのであろう。割腹したとき六十六歳であったという。天草下向までに信州材木目付、摂津河内両国の堤奉行、上方代官などを歴任している。隠し田の罪で死刑寸前の女囚らを助けたりして、仁政の人の名はすでに高かった。辺地での任務を破綻なく仕上げ、安泰な老後に入ってもよかったろうに、衝撃を今に伝える最期をとげた。これも武将として知られた兄正三《しょうさん》が、家断絶を覚悟の上、四十二歳で出家した気迫と考えあわせると、戦塵をくぐったこの時代の武士たちの精神の一端がうかがえる。正三の書にいわく「南無大強精進勇猛仏」。

春浅い海風に血糊まみれの髪をなびかせて晒し首になった者たちの、いまわの姿に立ち合ったとき、討伐軍側からいえば、無知蒙昧な迷信につかれて全滅したともいえる者たちの死にざまから、いわくいい難い気高い人間像が、異教の領域を抜け出して、この代官の心に移り棲んだのではなかったか。その者たちの大切にしていた土地に立ち、縁につながる者たちの暮しぶりに接し、武士社会とはまるで別な倫理のもとに生きている人間たちを、彼は発見したのではあるまいか。

本渡郊外の鈴木神社。杉の木立ちの間にほうほうと吹き通ってゆく風が、いつ訪れても印象的である。いかなるお方がこの社を守っておられるかと思いつつ、境内で時を過して帰るのが常だったが、去年（一九九一年）の暮におめにかかることができた。

田口孝雄宮司さまはのびやかな眉目の若々しい表情でお待ちになっていた。神官のご装束がまことに清々しい。時の流れのゆったりしたようなお話ぶりだった。

天草人であった亡き父が、まだ幼なかったわたしに「天草の本渡には、鈴木さまという神さまがおられる。並の神社とは訳がちがう、位がちがう」と言っていたことを、宮司さまのお顔をみたとたんに思い出した。一緒に来たかったものである。

正三が弟重成の死を悲しみ「三郎九郎相果《あいはて》、我らとしより残り候て、ひとしお迷惑申候」と書いたのについて、田口氏はご自身の著述の中で、「相果」「迷惑」という語の「格別の重み」と「無量の優しみ」を指摘しておられる。お人柄の表われた解釈だとおもった。

湯島点描

沿道の木はまだ裸木だったが、天草への一号橋を渡ると菜の花の道が続く。そこはもう大矢野らしくて、江樋戸《えびと》の湊にお待ち下さる方があると、運転の丸野さんがいう。

降るともない日照雨の湊につく。ヤッケ風のポケットから手を出して、人懐こい目つきをした人が近づいて来られた。訪問先の湯島のご出身で、丸野さんの先輩記者である。ご案内下さるため、里帰りをかねて休みをとられた由。わたしはこんな風に人さまにお世話をかけながら生きているのだとしみじみ思う。

親しいらしい会話の中に、外車という言葉が幾度か洩れ聞こえる。外車の何たるかがまるでわからないのでお尋ねすると、それは組関係の人たちの車で、リンカーンとベンツとレンタカーで来て、今さき湯島に渡ったそうだ。警察も気にしているという。

「魚食いにゆかしたとじゃなかろうか、ちゅう話もあります」

お二人が笑いながらいわれた。

談合島こと湯島は、釣客と魚をたべにゆく客で知られている。おりしも何とか組のことが新聞沙汰になっていた。組の人たちもだいぶ世間が狭かろう。人目につかない島で、魚をたべがてら、身内の結束をはかりに行ったのではあるまいかという話であった。

船に乗りこむと、もうそこは島の共同体だった。茶色ベレー帽に茶色の縞のスーツを着こんだ粋な小父さんが、船室の幼児をからかっている。

「よい、俺んも嚙ませろ。嚙ませろち。ん、嚙ませんとや、あはははは」

天草、水俣、芦北《あしきた》のところによっては、今でも食べるのを嚙むという。幼児の嚙んでいるのはチョコレートかもしれない。背広の足元は黒のスニーカー。昨夜熊本で歌手のショーがあってその帰りとか。座席に長くなって、スニーカーの底がこちらを向き、しばらく靴が唄っていたが静かになって、エンジンの合間に鼾《いびき》が聞こえる。

同室の男衆《おとこし》が「はよから出来上がったばいなあ」と声をかけていた。

小父さんは船が着くや真顔になり、驚くほどの竿の束を担いで、すたすた波止の道を歩いて行った。非常に風情のある女人が、わたしたち三人の方に身をこごめ手をさしのべて、「荷物を持ちます」というが早いか、奪い取るように手提げをひきとった。なにか切実な義務を果そうとしているかのような仕草だった。汐風に乱れた髪が肩のあたりでさっとひろがり、少し蒼ざめたその人の頰を打った。化粧気はない。宿の人だと思ったが、お内儀さんでもなさそうである。都会ではけっしてみかけない、思いつめたような気配を漂わせているこの人が、旅館の部屋の係りだった。

ひと落ち着きしたら、先輩記者さんのご尊父渡辺祝邦氏がお出向き下さった。足がお悪いと伺っていた。お訪ねするつもりだったのに、まことに恐縮である。以前、大矢野町の教育委員長をしておられたとのこと。実に謹直な方で、

「天草四郎の参謀たちがこの島で談合したという伝承はありますが、裏づけとなる確たる史料はありませんのです」

とおっしゃるのだった。いろいろお調べになってのお言葉なのだろう。郷土研究家の中には、ない事実でも、あると言いたい人もおられるのに、清々しくも厳格なお方である。

この方は元軍人で、終戦後帰島された由も伺った。階級も大尉で、島では出世頭でいらしたろうに、終戦の激動で、よほどに深く時代の転換を見すえられたのであろう。不必要なことはひと言も口にすまいというような静謐な気迫が読みとれた。戦前、こういう男性がいた気がする。わたしの父にもこうした一面があった。

郷土の島にひきこもって島のために力をつくされたこの方は、何をその心に沈潜させながら、世の移り変わりや海の光を見てこられたのであろう。島原は真北へ三里、東の大矢野へも三里、潮を見はからってゆけば手漕ぎの舟で二時間半はかかったという。今は海上タクシーであっという間につく。早崎海峡が西にひらき、鬼池の方に夕陽が沈んでいた。

日の出荘という宿のご主人が、恰幅のよい友人を連れて部屋にお出でになった。ご主人は祝邦氏の弟さんでいらっしゃる。兄上とはうってかわって庶民的な方で、この方が、漁を終えたら毎日あそびにくるという竹馬の友と話される世間話は、じつに楽しげで、小さな島の濃密な人間性と開放的な諧謔に満ちていた。

話したくてたまらないという様子でご主人がおっしゃった。

「組の人たちは、そりゃあ見ものでしたよ。全身黒できめて、晩になったら紋付袴。ありゃ幹部ばかりでしょうね。よっぽど大事な集まりだったとでしょう」

記者たちが島にはいったと聞くやこの人たち、鳥がとび立つように、海上タクシーでさっと引きあげたそうである。

石の槽

四月二十一日、空はうっすらと黄塵にけむっているが、木々の芽立ちがそよいで緑の色が明るい。桐の花が道の辺に続き、早くも鯉のぼりを立てた民家がある。海は濃い蓬《よもぎ》色に染まり、雲仙はよく見えなかった。

有明町にさしかかる。いつも、ああここに北野典夫さんがいらっしゃると想って、車の中からお家の方に頭を下げる。やたらにお寄りしてお仕事の邪魔をしては悪い。なにしろ、最初に天草への手引きをしていただいた方である。

熱度の沈潜したご著書をめくりながら、いつの日にか、そのお手引きにお応えできる日がくるだろうかと思いつつ、海への水路の脇にあるお家を振りかえる。

道路のほとりに海に向いてならぶ墓石群をみてすぎる。目的地は五和《いつわ》町大島である。

このあいだ訪れた湯島のお宮の石段の脇に、石で造った水槽があった。男の人が二人かかっても担《にな》えないような大きさだった。角々にお湯呑み茶碗がひとつ乗っけられそうな浅い窪みがつけてあった。説明板には、この島の畑の隅から出たもので、御領《ごりょう》大島の鍛冶屋さんが珍しがって持って行ってしまっていたのを、島原の乱で、蜂起した農民たちが武器を造った鍛冶の水槽かも知れぬというので、昭和六年、「貰い返し」てここに置くとある。

水槽の出た畑というのは、島の中腹あたりだった。畑に昇り降りする道は急峻で、昔よりは幾分拡張されているとはいえ、まことに狭い岩ばかりの藪道である。往時は、人が躰《からだ》を横にして通れるくらいの道であったろう。

何に使うつもりで、こんな重そうな石槽を山の中腹まで担ぎあげたのだろう。ためつすがめつ、幼い時によくみていた鍛冶屋さんの仕事場を思い出した。島原と天草の間の一小島である。鍛冶の音は両の岸辺にはきこえまい。蜂起のために刀や槍をここで造ったのではないかとは、真偽は別としてたいそう気持ちをそそられる。鍛冶用の水はどのくらい必要なのだろう。御領の鍛冶屋さんを尋ねてゆきましょうか、ということになった。どのような興味で、かくも重いもの、扱いにくいものを、山坂をおろして舟に乗せ、持ってゆかれたのであろう。

五和町地域コミュニティセンターに、神田日出紀さんがお待ち下さっていた。この方におめにかかると、なんともいえず心が和《なご》む。山本繁さん、泉喜代一さんをご紹介下さった。石槽についてさっそくお尋ねする。お二人は持参した写真につくづく見入られ、「何石でしたか」といわれる。これはしたり、何石であるかを知らない。さっそく天草の石についてご講義を受ける。石屋の娘だったのにと、私は恥入った。

「水槽を預かっていたと思われるお寺さまに行ってみましょう。当時のことが幾分かわかるかもしれません」

と言われる。お寺はすぐ近くにあった。ひと足ちがいでご住職が出かけられたあとだった。ものやさしげな坊守《ぼうもり》さまが、人待ち顔に境内に佇《たたず》んでおられ、恐縮でならなかった。

「住職は小さい頃、どなたか石槽を取りにみえるから、通り道ば片付けておけちゅうて、人が寄ったのを覚えておる、と言うておりました」

かなりの人数で荷《にな》い出し、近くの舟着き場まで運んだものと思われる。

もらってきた鍛冶屋さんというのはまだわからない。それもだけれど、山本、泉両氏の口から「釘差しノミ」「鬼池鍛冶集団」という言葉がしばしば洩れる。よく聞いてみると、舟釘専門の鍛冶屋さんたちが戦後しばらくまで、鬼池を中心にした地域におられたという。天草と船の文化は切り離せない。ここらに家造りとはちがう舟釘の技術が発達し定着していたのを教えていただけて、まことに嬉しいかぎりだった。

「むかし船の道具をつくっていた鍛冶屋さんが元気でおられます。行たてみまっしゅか」

とおっしゃる。お邪魔ではないかと思ったが、お言葉に甘えて、おそるおそるついて行った。

「いきなり不躾けにお伺いいたしまして」

とご挨拶すると、その方、池崎義喜さんはからからと笑われて、

「ほんなこつ、いきなり」

と申された。可愛らしい奥さまが、不意の客にお茶を出して下さった。池崎さんは釘ではなく、船板

に穴をうがつドリルを作っておられた由である。先の方を尖《とが》らせて「ホウゼ尻」というのに仕上げる話は、ことに印象的だった。「ホウゼ」という巻貝には、わたしも幼時ことに親しんで育った。このような手技に、海辺の愛らしい貝の名がつけられる。対馬や長崎あたりにも名が知られ、注文が絶えなかったという。

八十歳とうかがって、青年のような風貌に何よりびっくりした。れいの石槽については「こういうのは今まで見たことありませんなあ」と首を傾《かし》げられた。

「日本が心配」（上）

熊本から天草入りするには、宇土《うと》半島の突端を越えるまでがまず長い。住吉、長浜をすぎる。じつに遠くまで潮が干き、トラックが幾台も干潟の上に止まっていた。

どうしてもその先の普賢岳が目にはいる。最初ここを通って眺めた頃にくらべれば、おどろくべき大変貌だ。突端の三角西港《みすみにし》近くになったとき、突然サイレンが鳴りはじめた。すわ津波だと腰が浮く。右は海、左は屏風岩の岬の一本道。逃れるすべはなかろうと思ったとき、運転の丸野さんが言った。

「眠気ざましなんですよ。単調な長か道には、仕掛けてあるんですよ」

火砕流が見えたあとだったので、じつにびっくりした。

橋を渡って大矢野にはいった。公民館の館長さんを訪ねてゆくのである。幾度か天草入りをしているうちに、橋が通ったあと急速に、辺縁部の渚まですっかりコンクリート固めにされてゆく島の姿に、わたしはいい知れぬ危惧をもつようになった。

わたしがイメージをとり戻したいのは、天草四郎や百姓漁師たちが生きていた頃の風土である。たとえば大矢野島、その頃どういう草地や波の色だったろう。埋め立てられた磯辺などそれとわかるが、消え去った古道のことは地元の方におたずねしたい。

天草四郎生誕地という標示が立っている所は、車がフルスピードで行き交う道ばたで、風趣もなにもあったものではない。車道を消去して考えてみると、昔は心和むような浦々ではなかったか。なるべくなら古道をたどって歩きたいが、そういうことができるだろうか。公民館の館長さんには、そのことでご教示にあずかりたいとお願いしてあった。

空の奥は黄塵色だった。こういう日は、水晶体のないわたしの目には日差しが眩しすぎる。つば広帽子を目深にかぶり直す。うっかり陽光の中に出ると、椿の花のような色が目の中ぜんたいにはりつき、しばらくはその色を通して世の中を見ることになる。幻想的だが、発狂した赤い世界に閉じこめられたようでたえられない。なるべく深い影の中から外を見るように、いつも気をつける。

天草に通いはじめて、気がつくと自分の目の状態に合わせて、魂の故郷であるこの島に居場所をみつけようとしている。橋が通って幹線道路が広げられ、小さな脇道まですっかりコンクリート化してゆくのを見るにつけ、陰影の乏しい島になってゆくようで、そのことが島の発展と結びつけられているのを考え合わせても、寂しさを拭いきれない。

大矢野島の小高い丘に、公民館は建っていた。もう見なれてきた道筋で、食堂などが建ったかとおもうと忽ち潰れたりして、上島《かみ》・下島《しも》へ往ってしまう外来者たちをひきとめたい地元の気持が、あちこちにひるがえる万国旗などに象徴されていた。

川上昭一郎館長さんは、長年かかって調べられた大矢野の資料を用意して、教育委員会の古賀修太氏とともに、建物の前の広っぱに待っていて下さった。

お目にかかってご挨拶をかわしたとたん、何とも広やかな、幼いとき山の中腹のほうほうとした風に吹かれていた頃のような感じに包みこまれた。そこは影もない黄塵の空の下だった。人影のない広っぱで、ぐるりの樹々がわずかにそよぎ、一隅に、前の大戦のときの慰霊塔が建っている。わたしはその慰霊塔に、ひどく胸うたれた。

島を出て、帰らなかった若者たち。大矢野の海辺がよく見えるような高台の、南国の陽差しとそよ風の中にそれは建っている。胸を折ってわたしはかがみこんだ。館長さんが、手にした幾枚もの資料をよく見せようとして、かがみこまれたからである。

ごくおだやかな口ぶりで、ご自分に言い聴かせるようなご説明だった。日常の奥のさりげない真実、その永遠の時間から来るような、お声と姿に接しながら、茫洋としたなつかしさにとらえられていた。わたしはほとんど自然体になっていたのだろう。それはとても大切な時間だった。

帰ってから、いただいた資料をひろげてみた。その中の『天草建設文化史』の一節に、私は、当代の天草に、明確にあらわれた叡知の声を聞くおもいがする。どんなに深い愛郷心からの思考が、そこに重ねられていることか。

「いまの工業立地用、市街立地用海岸埋立時代は、日本列島とその岸辺を洗う大海原との間に違和を生ぜしめ、われわれ人間を大自然の法則から疎外しようとしている。調和のとれた陸と海のバランスを考えた場合、農業用地干拓事業で涙ぐましい国産みの努力をつづけた天草は、いまこそ、そのすぐれた土木技術を転用して、藍より青いふるさとの海を復原させ、より豊かな海の生態系を築きあげるという方向をめざすべき時代を迎えた」

リゾートブームが全国的な破産を迎えた今日、昭和五十年代のはじめに書かれた、北野典夫氏のこの文章は、じつに説得力をもっている。

「日本が心配」（下）

六月初旬、天草、大矢野・越《こい》の浦の田んぼはもう青々として、がっしり株根を張っていた。水の少ない島なので、真夏の水枯れと台風に遭わぬよう、二カ月ほども早く田植えをするのだと、川上昭一郎さんが教えて下さった。

車の往き来が狂気じみているせいか、風さえけたたましい海辺の表通りを、わずかばかりそれて村落にはいると、昔なつかしい森や丘を綴る草の道になる。稲の緑に染み入った時の静けさ。二時すぎだろうか、あたりにほとんど人影はない。

青田の光をみていると、なんともいえぬ安らかさが心身をひたす。こういう気分をたぶんゆたかさというのだろう。日本人は、山野の色どりの中に、自分らの手で植えた稲の色をたしかめ、愛《め》で慈《いつく》しんできた。百姓たちが美田にあこがれてきた気持を思いながら、館長さんの後からついてゆく。

ここ越の浦のあたりに、天草四郎の父、益田甚兵衛の屋敷があったらしいとのこと。草におおわれた小丘の間を通る。陽をうけた夏草の色からして、いかにも肥沃そうで、水気を含んだ台地に見える。

「益田家は、当時としては、相当な土地持ちではなかったでしょうか」

あたりをみまわしながら館長さんがおっしゃった。

「よか土地ですもんね、ここらは」

しかし、よく聞けば、このまわりの低地はボーリングをすると、今でも潮水が出るところがあるそうだ。

「そんなところは昔、海だったわけですね。あちこち干拓しとりますから」

教育委員会の古賀修太さんがいわれる。水の絶えたことのない湧き水の池も、遠からぬ所にある由である。

ほんの時折、自転車に乗った人が田んぼのわき道を通る。それから軽トラックものんびり通る。館長さんも古賀さんも、村の人たちとは顔見知りである。

「今日はなんごつですか」

そばに来て停ったトラックの窓から、タオルを首に巻いた顔がさしのぞき、人なつこい眸がこっちを見た。なんだか閑人《ひまじん》のようで気恥かしい。お二人の応対はまことにのびやかである。トラックが往ってしまうと、館長さんが田んぼの脇にかがみこまれたので、わたしもつられてかがみこんだ。

昔こんな風にして、田や畑のぐるりで、タバコ休みをしていたことがある。枯れ草や落葉や、その蔭にのぞくみみずや、道を横切る水の細い筋を見ていると、しみじみ、地面が近い。

トラックを見送っておられた川上さんが、ふっと親身な躰つきになっておっしゃった。

「昔の人たちは今思えば、つくづく感心するですが、畑は三反ばかり作りよって、子供八人もよう養うて、凧あげのなんの、しよらしたですもんねえ」

「凧あげばですか」

「はい、大凧ば自分たちで作ってですね」

そういえばわたしたちの子供時代、男の子たちは親に手伝ってもらって竹ヒゴを削り、ヤジロベーのような形に作って、左右の傾きを指にのせて計り、出来上った骨組に和紙を張って、絵なんぞ描いて糸をつけ、飛ばせていたものだ。

「はあ、八人も養うて、それで子供さんらに凧まで作って、まあ大変」

「いや子供たちじゃなくて、親たちが寄って揚げらすとですよ」

「えっ、大人たちがですか」

「はい、大人たちがですね。凧あげてうならせたりして、楽しんで遊びよらしたです。うなる凧の作り方のありますもんね。ようまあ、ああいうゆとりがあらしたですよ」

氏はかなたの空に向けて首をかしげ、なにかにうたれるように、幾度も肯《うなず》かれた。風の行方を見ておられるような表情が、青田の光に揺らいでみえる。

「どこらあたりで、凧あげをなさっておられたんでしょうか」

「あそこあたりです。二十人ばかり集まって、遊びおらしたですよ」

指さされた丘の上は、傾いた木の幹がまばらに立った林だった。大空に舞ういくつもの凧、糸のうなり。かそかな風の賑わいを想い浮べていると、心がひろやかになってゆく。

空から目を移しながら、こんなこともぽつぽつ語られた。

「昔は近所にラジオがありませんで、終戦の頃も、わたし方に、ラジオ聴きにおいでよりました。日本な、どげんなっとじゃろかちゅうて、心配して来よらしたですよ」

日本が心配ということは、戦さに出た者たちが心配、ということであったろう。まだ少年でいらした氏のまぶたに、在りし日の、村の人々のおもざしが、思い浮んでいるにちがいない。心深くわたしは聞いていた。「日本が心配」という天草の遠い声音を。

遠き声

出逢い

天文十六年（一五四七）の秋、ヤジローという者が鹿児島に来ていたポルトガル船長に逢い、そのすすめを受けて、山川港から出る同国の船に乗せてもらった。人を殺《あや》めて寺に潜んでいたこの人物と、そういう話が成り立つとは、よほどこの土地に、ポルトガル船がなじむ背景があったのであろう。

彼は船長からキリスト教とシャビエルなる人のことを聞き、ぜひとも逢いたい一心から、船内でポルトガル語を学びはじめた。長い航海期間が幸いした。一年後マラッカでめざす人に逢ったとき、不完全ながらポルトガル語を話せたというから、その懊悩と渇仰の深さがしのばれる。連れていた従者とともに洗礼を受けた。熱い出逢いであったことは、双方からイエズス会の上長に送った書簡で知ることができる。亡命先まで従者と共にいるような人が、いかなる理由で人を殺めたのか、どういう寺との関係だったのか、当時の鹿児島の精神風土を含め、いたく興味をそそられる。

シャビエルはこの人物からただならぬ印象を得て、まだ見ぬ日本人の素質を看破し、宗教家としてふるい立った。創設されたばかりの、純潔で戦闘的なイエズス会の理想を植えつけるに、もっとも好ましい土地として、日本が選択された。

このことをきっかけに、十六世紀に集中してやってきた宣教師たちが、インドやヨーロッパの上司らに書き送った報告書は、いきいきとつぶさに日本人の日常生活を観察して、まるで同時代にいるかのような興奮をおぼえる。信長や秀吉など「貴族」たちの風貌や性格も、動乱に巻きこまれてゆく庶民の姿もリアリティに満ち、土埃や血の匂いまで伝わってくるようだ。通信の内容は多岐にわたり、来日して二年半になるパードレ、ロレンソ・メシアが天正十一年（一五八三）十一月に記した書簡は、当時の日本人の食生活にふれて、思わずほほえまされる。

「その食物は他の国民と全く異なり、果物や甘い物も食わぬ。また油、酢または香料の加わった物も食わぬ。牛乳とチーズは有毒なるものとして嫌い、ただ塩のみで味を付け」る。（万葉には「ひしお」というのがでてくるし、味噌もあったと思うのだが、とにかくそう書いている。）

「大多数の人は米と各種野の草や貝類を沢山に食い」、「皆いかに暑いときでも、堪えられるだけの熱度の湯を呑む」

「饗宴には無数の食物を供するが、その中には必ず生ま魚が加わる。彼らは大いに喜んでことごとくこれを食うが、パードレたちには宴会に出ることは非常に苦痛である」

「我等の魚を食わざることを怒りはしないが、もしこれを食うことを見れば非常に感激し、彼らを喜ばせるために我慢する者は必ず聖人で、天より来た者であろうと言うのである」

日本人とパードレたちのうぶうぶしい出逢いのさまが、食物の匂いや宴席での肉声とともに伝わってくる。なんとその頃の日本人の愛らしいことだろう。刺身を食べてくれたパードレを聖人に見立てて喜ぶ人たちはしかし、たんに無邪気なばかりでなく、非常にさとく、記憶力もすぐれ、感じやすい魂の持ち主だった。報告は感動と畏敬をこめて、そのことにたびたびふれている。

パードレたちは人格・教養において選りすぐられた集団であったが、並々ならぬ決意とあこがれをもって日本に着任するや、すぐさま各所に教会と学校をつくり、四旬節の行事を行った。都のみならず、下《しも》と呼ばれた島原・天草地方でもそれは変らなかった。

天正十年（一五八二）、有馬のセミナリヨを訪れたルイス・フロイスは、授業風景や、村人が見物に来る有様などを叙《の》べたのち左のように記した。

「我等の主の御助により、この幸福なる庭園から初穂を収穫することができるであろうと思われる。日本においてこの事業を発展させ、すでにキリシタンとなった者を保存するには、人間的にはこのセミナリヨのほかには頼るべきものがない」

フロイスが一種切実なのぞみを託してしるした幸福なる庭園の「初穂」たちは、遠い予感に呼びかけられている稚い葦《あし》のようにみえる。この時より五十五年目に、有馬を含めたここいら一帯は島原の乱の舞台となった。

久しい間わたしは、一人の絵師を残して全滅した一揆軍の心情にわけ入り、これを小説化したいと願ってきた。時代こそ違え、わたしの心の中でそれは、水俣病被害民に深く埋没された情念と、通底しあう世界に思われる。

ぼつぼつ集めた資料をやっと読み始めた。改めておもえば体力、ことに視力がおぼつかない。無謀に近いけれども、いずれ書くのではあるまいか。たぶんそれは、水俣のしがらみを担ってへたばっているわたしの、これから踏み出す巡礼になることだろう。

それゆえ、大方に熟知され、歴史家からは判断や記述の誤りが種々指摘されているイエズス会士の日本通信も、わたしにとっては見過ごせないたいせつな史料である。

そのときの眸の色

降誕祭の聖体行列などに、宣教師たちは、ビオラやオルガンの演奏をつけ加えることを忘れなかった。花火もしばしば揚げられた。少年合唱隊の賛美歌が伴うのはもちろんである。

宣教師らははじめ日本の音曲を、たえられぬほど耳なれないものに感じていたようだが、そのうち四旬節の儀式に、土地の祭りにつきものの飾りや音曲、舞いなどをとり入れるようになった。異なる宗教を固有の風土に根づかせる第一歩として、必要不可欠な民族的要素と思ったにちがいない。豊後《ぶんご》では領主の大友宗麟《そうりん》が率先してキリシタンとなり、布教に協力したので、この種の儀式を思いのとおりに行うことができたようである。

聖週の行列の通過する道には、キリシタンの武士たちの手になる立派な堡塁《ほうるい》が四カ所あって、「枝のアーチに種々の絵の燈籠が吊され、その全面には幅四プラザ（八メートル）の羽を拡げた鶴があった。堡塁は多数の日本の蠟燭で囲まれ、その上には、多数の鎧兜が置いてあり、諸人皆ここで終夜歌いかつ踊って非常に騒いだので」宗麟はどうか眠らせてくれと使いを寄こして請うたほどである。宣教師たちの意図をはるかにこえ、人々は羽目をはずしてしまったわけだろう。

海と山に囲まれた豊後の地に出現した祭儀は、白い衣装を着せられて西洋音階の歌をうたう少年たちを参加させながらも、伝統的な日本の風趣をとりこんでいた。張り切って飾りものの大鶴をつくりあげる侍たちの、襷《たすき》がけの姿が思い浮ぶ。どんな会話を交わしていたのだろうか。鶴といえば松と想いたいが、枝のアーチは何の木であったろう。旋律の異なる聖歌隊の声にはじめてふれて、当時の日本人はどういう心持ちだったろう。

この種の催しに行列はつきものだったが、バテレンたちははじめの頃、人肉を食うと噂され、犬を追うように石を投げる者もいたという記述もまじえながら、大方の報告が、おびただしい見物人が集まったと書いている。

宣教師たちは獲得した信者を中心にすえ、降誕祭や復活祭の行事をまことに効果的に演出した。彼らのとどまった町や村は、演劇空間となった感がある。

これも豊後地方のことだが、弘治三年（一五五七）の聖週の記述によれば、

「大礼拝所は絵布その他の物をもって甚《はなは》だよく飾り、その全面に黒き布を張りて、祭壇と復活したるキリストの像ならびに火を点《とも》したる多数の蠟燭を匿《かく》したり。会堂の中央に小祭壇あり。我等はここに合唱隊の一部を置き、ミサを行いたり。儀式終りて、パードレ、コスモ・デ・トルレスは退出してひそかに服を変え、合唱隊はミサを歌い始めたり」

服を変えたパードレが祭壇でグロリヤを唱え、合唱隊が伴唱している中で、祭壇を匿していた黒幕をさっとひき落した。見事に飾りつけられた祭壇があらわれ出た。前日の儀式で受難の悲しみに浸った信者たちのまなこに、復活の喜びが荘厳のきわみにおいて現前したのである。

「キリシタン等はこの世において栄光を見たりと言いて非常に喜び、失神せるがごとくなりき」

信者のほかに、まばたきもせずこういう情景をのぞきこんでいる群衆がいただろうし、噂はたちまち近郷近在にひろがったろう。宣教師側にも、これほどまでの反応は衝撃であったに違いない。ここに初発の幸せな出逢いがあった。

宣教師たちは日本の住民に原始キリスト教時代の信者のたたずまいを見出し、日本人は、異国で艱難《かんなん》を忍ぶ宣教師の姿に、堕落した自国の僧侶とは異なる純粋な信仰を感じとったのである。島原の乱が起きてくる長い前夜のことを、わたしは想い続けているのだが、鎖国に入ったのちの歴史からすれば、右のような情景は短い〝真夏の夜の夢〟のように感ぜられる。

当時、世の中で起きるさまざまなことは、口から口へ伝えるしかなかった。思いを募らせ、この人にこそと歩いて行って顔をみて、じかに伝えあう。人びとの魂は今よりずっと深く沈潜し、また熱かったろう。伝えるときの声音からして、現代人とは違っていたのではあるまいか。必ずしも高く大きい声だったとは思えない。それに伴って、眸の色も全身のたたずまいも違ったはずである。

島原の蜂起に参加して行った人びとは、このような人びとに違いなかった。そのことを想いはじめたのは、水俣病闘争の初期、患者さんらとともに、東京丸の内、チッソのビルや、路上に寝たりしていた頃からである。

漁師である患者さんらのまなざしの色は、丸の内界隈の人々の濁った面貌の中にあって、ひときわ浄らかに匂い立っていた。この頃からわたしは、島原の乱において死にゆく人びとの夢をしばしば見るようになった。善も悪も含めて、この世にありえぬようなことに逢着《ほうちゃく》したときの、怪訝《けげん》そうなつぶらな眸の色、ついに発語しなかった声。わたしはそういうものに呼ばれている気がする。

秘　園

一人のスペイン人がコロンブスに従って第二次航海に参加し、連れ帰ったインディオを奴隷として息子に与えた。息子の名はバルトロメ・デ・ラス・カサス。のちにこの人物が著した『インディアスの破壊についての簡潔な報告』は、「天地創造につぐ偉業」といわれた新大陸征服の実態がいかなるものであったかを教えてくれる。

南スペイン、セビリア生れのこの青年は、肌色のちがうインディオを身辺に置いて、どのような感想を持ったのか。一五〇二年、当時インディアスと呼ばれたスペイン植民領の中心地、エスパニョーラ島（現ハイチ島）にゆき、しばらくはふつうの植民者として、インディオ奴隷を使役する事業にたずさわった。彼らの悲惨な実態にふれてやがて回心、以降は終生、インディオたちのために心を砕いて変わらなかった。

彼がスペイン国王と皇太子に『簡潔な報告』を呈出した一五四二年頃、エスパニョーラ島には二百人のインディオしかいなかった。はじめ三百万人がいたと彼はいうが、怒りのための誇大な思いこみかもしれない。コロンブスが一五〇四年、最後の航海の途次この島に立ち寄ったとき、原住民の人口の七分の六がすでに失われていたとあるのをみれば、人類史上稀有な惨事が、この海域のスペイン領で生じたことは疑いない。住民らは金銀鉱山における奴隷労働のなかで、死に絶えていったのである。

エスパニョーラ、キューバなどで起ったことはほんの手始めにすぎなかった。黄金と奴隷を求めてスペイン人がはいりこんだ地域や王国では、「かつて人が見たことも読んだことも聞いたこともない種々様々な残虐きわまりない手口」で、インディオたちは虐殺され破滅させられていった。しかもその殺戮は知られるとおり、キリストの名によって行なわれた。

セラス・カサスによれば、征服以前の島々はじつに豊饒で、いちばんとるに足りない島でも、ビリアにある王国の果樹園より素晴らしかった。そこに住む人々はきわめて謙虚で辛抱強く、温厚で争いを起すことは少なく、怨みや復讐心も知らず、食事といえば、聖者が荒野でとるような粗末なものだった。鉱山労働にたえきれず死に絶えていった人びとは、楽園の聖なる民だったのである。

わたしはインカやマヤの文明に、動きを止められた生命体の不思議をみたようで、何かしら気になってならなかった。そしてずいぶん以前、岩波文庫のこの小冊子に出会った。思いは水俣に連なり、島原の乱でことごとく惨殺された者たちの上に重なった。

今にして思えばそれらの土地は、歴史の動態がせめぎあうとき、試しを受ける供犠《くぎ》の地だったのかもしれない。試しは幾度もやってきた。失われてしまった秘園の意味をわたしたちは後になって思いみる。そこにいた人びとはたぶん至上の美しい時を与えられ、汚れを知らぬ夢の中に純粋培養されていたと思えるが、予告もなくやってきた試しの刻の中で、昇天したのであったろう。もっともおぞましい者たちの手が、その刻をとりしきった。自分の姿を知らぬまま、征服者たちは血に塗《まみ》れた黄金を抱えて踊った。

光たゆとう慎ましやかな地にまどろんでいたという意味では、天草や水俣の人びとも、スペイン人征服以前のインディアスの民とおなじである。原城に滅びた人びとは、なにも政治的なユートピアを求めていたわけではなかったろう。心の楽土の記憶へとひたすら遡《さかのぼ》ったのではあるまいか。「パライゾの寺とな申するやなあ。広いな寺とは申するやなあ。広いなあ狭いは、わが胸に

「あるぞやなあ」という、生月島に今も残る唄オラショは、そのように遡る彼らの心のしるしなのではあるまいか。

ラス・カサスの『報告』を読みながら、わたしの心に浮かんだのは、かつての不知火海や天草周辺のたたずまいだった。

柔らかい陽光を吸って、照葉樹林の入江を奥行ふかく織り出しながら草も木々も輝き、舟と人とは親和して、一体化した人格のようだった。親しみをこめて小さな舟に声をかけるとき、人びとは、その一族に呼びかける気分であった。

磯辺を歩く鳥たちの愛らしいしぐさだけでなく、陸に揚げられた魚たちさえも啼《な》いてみせたりして、年寄りや小児たちを歓ばせるにこと欠かなかった。人びとの呼び交わす声音といえば、そこここではじける喧嘩沙汰も賑いのうちで、ごくごく希に起きる殺人事件さえも、歴史の楽劇へと行き来する詩の一節ではなかったか。

人びとは、おのが属する一族の顔をしてまとまっており、通婚圏がどの一族と交わっているか、地域の人びとには親愛をもって見分けられていた。そんな風に思い起してみると、地球の裏側のインディアスの海辺の世界と、そこにいた人びとの顔が重なり合ってみえてくる。

おのおのは肩書としての役職は持たずとも、定まった役目を自覚し、現世と行き来できる死を持っていたのではないか。殺される時のまなこにみた彼らの悪夢、その中に後世の私たちが登場しているのではないだろうか。

生命の気品

大航海時代の幕開けに起きたスペイン人征服者の、インディオに対する罪悪史を読むにつけ、東方をめざしたポルトガルの宣教師たちが日本に到着した意味は何だったろうと、あらためて考えさせられる。

彼らの布教はローマ教皇から与えられた〝布教保護権〟によって保証されており、その布教先が植民地として母国に領有されるのは当然の前提とされていた。

宣教師たちの報告は右のようなことを潜在的に意識した祖国愛に裏打ちされているけれども、人柄の違いもさまざまみられてたいへんおもしろい。精神の高潔さが後の世をうつのもあれば、これはどうかと思うのもある。たとえば、中国の征服をフェリペ二世にすすめたフランシスコ・カブラルの書簡もそのひとつである。

この人は一五七〇年から十年間イエズス会日本布教長をつとめ、マカオに移ってその上長となり、最後はゴアの管区長をつとめた。書簡の発信地はマカオである。

彼が中国の武力征服の断行を熱心に説いたのは、当時フィリピンのスペイン人の間で、中国征服計画が真剣に検討されていたのと無関係ではないと、『イエズス会と日本』の編訳者高瀬弘一郎氏は言われる。

書簡は、中国皇帝のもとに集まる年貢が一億五千万エスクードにのぼり、労役や現物収入も莫大であって、これをほうっておくことはないという露骨な唆《そそのか》しで始まる。この情報は「苦心の末入手した台帳から得たものだから」絶対確実だと、彼は保証する。一方では「何百万もの霊魂を改宗させることが出来るという点」が「陛下にもたらされる利益」の重要なものであるなどと殊勝気に説きながら、他国の財宝を掠《かす》め取るべく値踏みしているのであって、どういう目つきをした人物だったろうと唖然とさせられる。「キリシタン『殉教史』を頭に描いて各地の文書館の収蔵文書を調べてゆくと、全く戸惑うばかりである」と高瀬氏が言われたのもむりはない。

おやおやと思うのは、征服の尖兵に日本人を使うべしという進言である。中国国民は軍事訓練に乏しく臆病で、「私がこの町にいた時のこと」、わずか十三人の日本人が乗った小舟が一隻渡来し、二、三千人の中国人に包囲され洞窟にとじ込められたが、彼らは突撃を敢行して脱出し、多数の中国人を殺して舟を奪い逃げてしまった。このようなことゆえ征服には一万人の軍勢と軍艦数隻があれば充分であろう。

それが調達できぬ場合「陛下には日本がある。日本にいるイエズス会のパードレたちが、容易に二、三千人の日本人キリスト教徒を送ることが出来るであろう。彼らは打ち続く戦争に従軍しているので、陸海の戦闘に大変勇敢な兵隊であり、月に一・五または二エスクードの給料で、嬉々としてこの征服事業に馳せ参じ、陛下に御奉公するであろう。あるいは戦利品の期待から、これより少ない給料でいいかも知れない」

この神父さまの目には、本能寺の変や山崎合戦など、戦闘に明け暮れする戦国武士たちの姿がみな、中国征服のための予備軍と映っていたのだった。なんと安く見られたものではないか。

この書簡に先立つこと九十年前、カリブ海に入ったコロンブスは、はじめて目にしたエスパニョーラ島の山々や樹々の輝きにうたれ、そこにはすばらしく美しい目と、まっすぐに伸びた足つきも格好よい人間がいると、興奮をこめて記している。さらにラス・カサスはこの島の首府ともいうべき中心地で、「洗練された言葉と話しぶり、整然とした礼儀作法、みなぎる気品と雅量」をそなえた〝貴族〟たちに逢っている。ことにも印象づけられたのは住民たちの「美しさとしとやかさ」だった。

後世に云わせれば、文明以前の部族社会だったかもしれないが、人は山野や海の光が諧調をもって広がる中に置かれると、自ずから生命の気品ともいうべきものをかもし出すものではなかろうか。ポルトガル宣教師たちの目に映じた日本人の美質もこれに酷似している。さらにここには、練り上げられた室町文化とあなどれぬ武力とが存在していた。

宣教師たちは日本の仏教を、インディオの宗教に対したごとく悪魔視した。ましてや仏教の母層をなしている土俗信仰は、理解の範囲を超えたことだったろう。熊野のことを悪魔の総本山のように嫌っているのを読み、わたしは吹き出してしまったが、それなりに調べていることに感心させられる。

都にたどりついたシャビエルは、戦さばかりで略奪、追剥ぎが横行し、夜道はことに危険であり、ある所では悪童どもが石を投げると嘆いている。

宿を頼むなど思いもよらず、田んぼの藁を拾い集め木の下に寝たりする旅には頭が下がる。こういう国柄において土俗の心性が、異教の神にその信仰を仮託して結びついたときどうなるか。私の課題はそこからはじまる。

節句の浜

島原・天草の一揆勢がたてこもった原《はる》の古城が落城間近かな頃、征討軍中の雄藩細川の手の者の見た光景が記録されている。籠城中の城兵たちが海辺に降りて、貝類や海藻を拾っているというのであった。

原城は有明海に面した崖の上にあり、海からは容易に登れない。包囲の手薄な海辺は、もともと漁民も交えた一揆勢には親しいものであったろう。大軍勢での登り降りはできなくとも、渚に通じる草の径《みち》がいくつかあったのではないか。さてはいよいよ糧食が尽きてきたかと細川方では思った。

そこで城を囲む柵木をわざと開けておくと、案の定落人があったので、ひっ捕らえて吟味したところ、予想のごとく城中には糧米も残り少なく、二月いっぱい保つかどうかという有様であることがわかった。

城内の食糧事情については、生き残った絵師山田右衛門佐の語った『天草土賊城中話』に「原之城へ取籠り申すべき由談合あい定め、丑の十二月朔日より村々の飯米残らずはこび入れ、それまで口ノ津にこれ有り長門守の米五千石ほど取入れ申し候」とある。

長門守とは島原領主松倉勝家のことで、苛政によって蜂起の原因をつくった領主の米を奪うとは、よほどの覚悟といってよい。一揆勢にすれば、恨みの米がどこに収蔵されているか、出来秋の直後でもあり、見定めてのことであったろう。籠城者総数三万七千、うち天草勢二千七百といわれる。最近の研究では天草勢を含めて二万数千というのが実数に近いとのことだが、それにしても落城までの日々、どのような食事内容であったのか。

深江・布津・有馬・口之津など、全村をあげて籠城した村々もある。そうでない村々も家族ぐるみの籠城であったので、女たちは今生を限りに働いたことだろう。炊事や洗い物をしながら、秋の麦蒔きを放棄してきたことが胸をよぎったのではなかろうか。十二万もの軍勢に囲まれて断念は深かったろう。白装束の一揆勢と各書は記している。最後の頃は、それとても、ちゃんと洗えなかったろう。

女、子供、年寄りを交えた百姓ばらと見られていた籠城軍は、上使板倉重昌を戦死させるなど、手強い抵抗を示した。あらたに到着した松平信綱は兵糧攻めの方針を立て、各藩櫓《やぐら》を組み、城中を監視して情報を取り交していた。

建物はとりこわされて石垣だけが堅固な古城の上に、急ごしらえの塀や柵や草屋根があちこちぎっしり並んでいる。十二月の「四日五日両日の内に男女共残らず籠城し、普請は五日六日両日の間に皆仕廻し申候。中の小屋の儀も七日八日に仕廻し」「天草より乗り候て参り候船並びに大江浜の舟いずれも打こぼし、城の塀うらの囲いに仕り候。三十丁立ての関船一艘残し置き申候」と前記『城中話』はいう。しんしんと眸をすえ、ふだんならとても出せない集中力で砦を造りあげている者たちの姿が思い浮ぶ。三十丁櫓の船を残しておいたとは、ルソンだか、マカオだかへ脱出することでも考えていたのであろうか。

総攻撃は二月二十七日から二十八日にかけて行なわれ、女子どもまで残らず惨死した。

節句浜と呼ぶ陰暦三月三日の大潮が近づいていた。一年のうちで、この頃ほど海藻類が繁茂し、貝類の肉質が肥って味がよくなる時期はない。磯辺には緑や茶や鮮紅色の海藻がぎっしり隙き間もなく成長して、そのために潮が干けば砂地や潟が厚く盛り上り、磯の香りでむせかえるほどである。硝煙や屍臭が漂うあい間に、磯の匂いが裏手の崖を伝って、草小屋の中に流れこんだりしなかっただろうか。

ふだんなら全村あげていそいそと籠を提げてゆく、祝祭めいた浜辺の時季ではなかったか。この世の名残に貝や海藻を拾いに磯に降りる。明日をもしれぬ幼な子が、一粒の巻き貝を掌に乗せて大人たちを仰ぎみる。のどやかな磯遊びをしたよき日があったことを、年寄りも交えて微笑みあう情景が思い浮ぶ。

中村質氏によると、島原側では領内百姓の六二パーセントが抵抗を貫いて死んだという（岩波講座『日本歴史』第九巻)。乱の初期、一揆勢に囲まれた島原城の様子を見に遣《つか》わされた細川家の侍の報告には、今年は麦もつくらず、やがてみな死ぬのだと言って、城攻めの時も、ただいちずに死にさえすればよいとて、生命を惜しまず攻め寄せてくる、とある。むろんそれは、司馬遼太郎氏をして「ここまで追いつめられれば、魚でも陸《おか》を駆けるのではないか」と言わしめた松倉の苛政によるものであった。島原の切支丹の組(講)には、「殉教(マルチリヨ)の組」というのさえあった。

わたしはときどき天草の磯辺やその対岸の原城のまわりに行ってみるのだけれど、原城の石垣の根石や生い茂る葦や蓬の葉などに目をとめるとき、深い身震いにとらえられる。乱後、死体がおびただしく流れ着いたと、天草側で書きとどめられている。島原の欠所で毎晩火の玉が燃えたというのも嘘とは思えない。

葛のしとね

落城間近かな原城の日々。城内の人々と包囲軍とは、まったく位相のかけ離れた精神世界にあった。

征討側の各藩記録は、関ヶ原や大坂の陣の名残を思わせ軍功録に近い。ほとんど記録のない一揆方の気分をわずかにうかがわせるものは、包囲軍が矢文で投降を促したのに対し、城中から返って来た矢文である。また、四郎の幼い甥や妹まんに持たせて城中へつかわした書状への、短い返事も読むことができる。

その矢文のひとつ、細川陣あてに返ってきたものに、次の一節がある。

「求広大無辺之宝土候之上ハ火宅之住所不令望候」

みごとに仏教的な表現でありながら、ニュアンスはちがう。たとえば親鸞の「地獄は一定すみかぞかし」という「地獄」を日常の境涯のこととすれば、これは日常を捨てさった、あるいは失ったものたちの言葉であった。

正月十日、松平伊豆守が放った矢文には、城から出て家に戻る気があれば、「如何ようにも和談を遂げさすべく」「飯米二千石遣わす」などと記され、今年の年貢は納めずともよく今後は年貢三割とし、諸公役は後代まで免ずるとあった。それに対して「天四郎」と署名した返書は言う。

「代々の柴の庵を離れ、妻子の縁を切り、十月上旬以来、寒天の雪霜を凌《しの》ぎ、身には百重の葛《くず》を襖《うわぎ》し、頭に藤の烏帽子を戴き、焼野の蕨に手を出す風情」であるが「ここより罷《まか》り出で申すべき覚悟またこれなく候」「五十年の栄花一日の槿花と同所たるべく、来世は焔魔の帳踏み破り、修羅道を踊り出て、皆極楽に安養すべき事、いずくんぞ疑いこれあるべく候哉、片時も今生の暇《いとま》ねがうばかりに候」

小面憎《こづらにく》い言い様と思っていたのか、数日後城内からの矢文に「大将、城中に三人御座候。これを如何様にも御成敗候いて、残りの者ども御助け下さるべく」とあったのに対し、伊豆守は「なかなか虫にても助け候ことあるまじく候」と冷やかに突っぱねている。

四郎名の文の、身には百重の葛をまとい、というのは文飾もあろうが実感ではなかったか。寒さに向かう入城の頃、あちこちに葛かずらの広い葉が海風になぶられていただろう。今も原城跡にこのかずらをよく見る。籠城に布団はあったかどうか。百重の葛とは死出のしとねであり、

「しろやまの梢は春の嵐かなはらいそさしてはしる村雲」

としるした文も来た。

旧有馬の家臣をまじえ、城内には四十人ばかりの牢人がいたという。指導層に武士名が記録されている。澄明な文を書くこの人たちが信仰上の指導者でもあり、城内ではギリシャ語、ラテン語、ポルトガル語のまじるオラショを誦していた。宣教師たちのもたらした文化の背景を思わずにはいられない。

家族ぐるみ籠城の者たちがいた一方で、冬期の野晒しになるであろう籠城に耐えられそうもない老親や妻子を始末し、つづらや長持《ながもち》に入れ、水葬にしてきた者もいた。戦闘がはげしい時、女子供らを塀の蔭などに避難させる配慮もなされたようである。

薪とりや水汲みと称して城外に出る者もいるようだが、やめるように組内で言い聞かせ、オラショを唱えることも怠りなきようといういましめが、籠城末期に出されている。ごくわずかながら、落人も出始めていた。

キリシタン農民は蜂起の前から組（講）を作っていて、信仰も生活もその基盤の上に結ばれあっ

ていた。弾圧がはげしくなり、殉教（マルチリヨ）の組では『丸血留ノ覚悟ノコト』という心得帖が作られた。殉教者たちの死にざまを語り合い、心構えをさせていたものと思われる。

慈悲組というのもあった。相互扶助講である。片岡弥吉氏の『かくれキリシタン』によれば、コンフラリヤ・デ・ゼリコルジアというポルトガル語があって、慈悲の兄弟会と訳される。デウスへの愛を本義とするキリシタンなら、隣人愛も実践しなければならない。長崎で天正十一年に創立されたこの講組織は、ハンセン氏病院、養老院、孤児院をもち、貧死者の埋葬、未亡人保護、高利貸の禁止等々を実践し、役員と管理者を定め、慈悲仲間という名称を後日まで残した。人さまを大切におもう共同体気質には、なじみやすく頼りになる講組織ではなかったか。

このように結ばれあっている者たちが、納入不可能な年貢を強制し、竹鋸《たけのこ》挽《ひ》きをはじめ臨月の若嫁を責め殺し、蓑にくるんだ農民に火をつける領主に服従するであろうか。有馬・口之津あたりでは、蜂起にいたる二十年前頃から、すさまじい弾圧によって殉教の血は乾くひまもなかった。籠城した者たちに、帰れる現世はすでになかったのである。

広大無辺の宝土とパライソの寺は、文字通り火宅の焔の中において夢みられた。その夢の見かたが、日本辺土の民の伝統的情念より出ていることが、まことにあわれである。四郎の文のいう「今生の暇ねがうばかり」とは、城中の気分をよく伝えてはいまいか。

みなみな死に果て、硝煙の薄れゆく廃城から、宗教的存在の玄義がたち現われてくる。

潮鳴り

口之津《くちのつ》の内陸部は想像していた以上に耕地の少ないところだった。早崎の瀬戸にせり出した半島に土地の大半をくれてやったかのように、津口のぐるりの土地はうすくなって、家々がひしめいている。

一五七九（天正七）年、日本に来ていた宣教師たちの全国集会がこの地ではじめてひらかれた。切支丹史をひもとくものには、刮目《かつもく》すべき出来ごとである。ミヤコ地方ではなくシモの地方といわれた九州の豊後《ぶんご》、臼杵《うすき》、長崎でもなく、なぜ海浜の口之津でひらかれたのだろう。同町の『町勢要覧』によれば、この年より十六年前の永禄六（一五六三）年、ルイス・アルメーダが口之津に上陸。村民二百五十名が洗礼を受け、五年後の永禄十一（一五六八）年、全村民千二百名がキリシタンとなっている。よほどにまわりを魅了せずにはやまぬ人柄であったにちがいない。

宣教師大会には八十二名が集まった。シャビエル鹿児島上陸以来三十年、イエズス会士たちの意気ごみがうかがえる。全村民キリシタンであったならば、宣教師受け入れもとどこおりなく進んだことだろう。この年オルガンが口之津に荷上げされ、日本はじめてという「洋式音楽」の指導が行われたとある。習ったのは子供たちだったのだろうか。波おだやかな海浜の村の、笛や太鼓や三味線になじんでいた人々の耳に、オルガンの音と讃美歌はどのように響いたことか。天上の至福を想い浮かべる調べにきこえなかったろうか。

しかし全村キリシタンになったこの一帯はやがて殉教の血に染むことになり、隣の北有馬も南有馬もこぞって原城にたてこもることになってゆく。

港口にある歴史民俗資料館は民具などの豊富な、たいへんよく整備された資料館である。その旨館長の白石正秀さんに申しあげたら、柔和な面貌のこの方は、

「民具の方は皆さんのおかげで集まったんですが、ここを創りますとき、キリシタン関係の物がないかと、たいがい探しましたけれども、出て来ないんですねえ」

と残念そうにおっしゃった。

年寄、女子供までひき連れ、捨ててゆく家や畑をふり返り、人々はどういう気持だったろうか。テレビでみる現代の難民たちの身の上をあらためて考えたことだった。

雨露もろくにしのげぬ砦に全村こぞってたて籠ろうというとき、何を持ってゆけるだろうか。まずお位牌、オラショを唱えるときの祭具であったろう。どういうものを拝んでいたかは島原や天草の資料館でみることができる。当座の食糧はもちろん、冬であったので着れるだけの物を身につけ、後の証拠になるような物は懐中深く忍ばせて行ったろう。残された草屋は征討軍によって焼きつくされた。人の種も生活の跡も、ここら一帯は根こそぎになった。

一揆の指導者たちに勝算はあったのだろうか。口之津在住の絵師で、本丸守備の重要な役つきだった山田右衛門佐は、征討方に内応して助かったが、身分もなかった百姓漁師たちは、どのような心の葛藤を経て死んで行ったことか。

「まっくろキリシタンになった人は別として、そうでない人はなんとかして逃れたはず、小浜《おばま》から

向うの北目《きため》の方にゆけば安全地帯ですから、生きのびた人がおりそうなものだと話しあっていたのですが、最近になって、全滅したはずの村に生き残っていたという家が出て来ましてね。まあしかし、ここは重点的にやられたところですからね」

館長さんの静かな口ぶりとつぶらな目の光に接していると、人間を律するおだやかな知恵に浴しているような気になった。

小さな荷を子供に持たせ、藤の籠などにくさぐさ詰めこんで担ぎながら、道幅のせまい草の径を、原城指してゆく村人たちの姿が思い浮かぶ。『島原半島史』に「十二月朔日各村ノ米穀ヲ運搬シ、又口之津倉庫ノ貯穀五千石小銃五百三十挺及ビ玉薬ヲ奪ヒ悉ク之ヲ原城ニ移ス。三日時貞城ニ入リ、四日五日外壁ヲ作リ、六日老若婦女ヲ移シ、七日八日仮屋ヲ作リ部署ヲ定ム」とあるのをみれば、せっぱつまった慌ただしい雰囲気が伝わってくる。

早崎の瀬戸に向きあう岬の上に立つと、天草が前面にぐっと出て来たように近く見える。ジャガイモを収穫しておられた方にお尋ねしたら、「あそこが鬼池、あそこが二江《ふたえ》、あっちの方が本渡です。一番近い所は四・五キロ、手漕ぎの舟でも潮の合間をみてゆけば、いっときの間です」とおっしゃった。

年貢未納の咎《とが》で水牢に入れられ、胎の子ながら責め殺された臨月の若嫁は、天草から来ていたというが、この早崎の瀬戸を渡ってきたのかと思いながら突端に立つと、海面の空気を嚙むような、はげしい波音を立てて、潮の流れがごうごうと上下しているのであった。

枝もたわわな柿の鈴生りをみながら、飢饉に苦しんだ半島を思っていた。

夢の水場

今年（一九九三年）は実りすぎと思えそうな柿年で、市街をはずれた道に出ると、鎖状に成り重なった実をぎっしりつけた木があちこち目についた。

昔だったら、色が充分ついてきた頃には、あちらの木もこちらの木も実をもがれて身軽になり、てっぺんのあたりに五つ六つほど、カラスたちのために残されているのだが、成りすぎた実が収穫されずに、枝についたまま熟した色に透きとおってゆくようだった。

こんなに盛り重なって実をつけていては、カラスたちもたいしてありがたくないのだろうか。正月すぎてさえ、成らせておいたままの木を多く見た。お菓子やほかの果物も多い時代になって、家々でも、渋抜きしたり干し柿にしたり、手をかけて大切に食べるということがなくなってきたのだろうか。

小糠のような日照雨が時々降り、底冷えする午後だった。カットを描いて下さっている野口みさをさんもご一緒である。草花がお好きでいらっしゃるのに、道の辺の景色は冬枯れめいて、申し訳ないような気がいたしますというと、「こんな景色も好きなんです。枯れておりましても、やわらかでございます」とおっしゃる。まだ緑ともいえぬ淡い銀色の楊柳《ようりゅう》が折々見えた。

この度は天草まではゆかず、かねて気になっていた、宇土《うと》の先の長浜の〈ハーンの水場〉を訪ねることにしたのだった。

いつもは普賢岳を右に見ながら、海岸道を急ぐのだが、今日は半島に入る手前から宇土《うと》の町にはいった。ハーンの水場にゆく前にかの名高い轟《とどろき》水源に行ってみたいからだった。細川支藩が宇土に置かれて、二代目の藩主のとき、ここに上水道をつくったとのことである。

水まわりに生える羊歯《しだ》だの灌木だのがかすかにそよぎ、その風が澄んだ水面をめぐってゆくのがわかる。庭園風のしつらえで、池のまわりの足場にも情趣ある設計をほどこした古人のゆかしさがしのばれる。こういう心の落ちつく水辺を、日本人はだんだん知らなくなった。宇土《うと》の人びとは幸せだと思ったことだった。

澄んだ水底に眺め入り、かそかな流れの音に聴き入っていると、人が泉のそばに集まっていた時代が懐かしまれる。

ラフカディオ・ハーンは、宇土半島長浜村のオアシスのことを『夏の日の夢』の中に書いている。長崎の洋式ホテルにいたく失望した彼は、船から三角《みすみ》に上って思わぬ幸せにめぐまれる。ヨーロッパやアメリカが嫌いだった彼の渇望をいやすかのように現れた宿屋の名は浦島屋。

そこには「国貞の描いた蛾の女か蝶の女のような」佳人がいて、「風鈴の音のように柔らかい調子の声が挨拶の言葉をのべ」に来る。明治二十六（一八九三）年の夏、ハーンはこの宿のことを龍宮の思い出のように抱きながら、熊本へ向うべく人力車に乗る。「青い妖怪のような肥後の山々が紫水晶の塊のように」みえていた。

途中、長浜村の湧き水の休み場に寄った。「松の蔭になった岩の多い池のまわりに、十二軒ばかりの草葺きの田舎家が一かたまりになって」「水たまりには、崖の胸のところからまっすぐ飛び出している流れがそそいで」、冷たい水は「詩は詩人の胸から飛び出すべきものだと人々が考えるよう」なぐあいに湧いている。

洗濯している女たち、水を飲んでいる旅人たち、体を拭く車夫、「赤ん坊を背負った若い男がお茶を持ってきた」のがとても印象ぶかい。外国から来たこの旅人に背中から「ああ、ばあ」と呼びかける赤ん坊の声音。

明治二十六年ならずとも、三十年くらい前まで、海沿いや谷川ぞいの村々は、こういう日本式オアシスをあちこちに持っていたのである。わたしの地方でも、こういう洗い場を持つ湧水池を井川と称んで大切にしていた。

轟水源に立って、わたしはめまいのようにかの情景を思い出した。大方のそれは、いまは消失した。失ってならないものだった。

すぐそばに、昔を想い出すものがあった。雨乞いの大太鼓を収蔵した館があったのである。そういえばハーンの文章の中にも、雨乞いの太鼓が聞こえるとあった。宇土市が集めたもので、二十六箇。雄大、壮大であった。

わたしは雨乞いの場面を作品の中に登場させたがる。近作『十六夜橋』（一九九二年刊）では、これでおしまいと思いつつ、心ゆくまで雨乞いを描いた。現実には鳴っていないドラ太鼓の音に聞き入って、時間を忘れた。はっと気がつくと、丸野さんと野口さんが寒さをこらえて、そんな私を待って下さっていた。

長浜の泉はむざんに涸《か》れはてていた。泉を縁どっていた岩には、かつての湧水量を示す水の跡がくっきりついており、通りかかった人にたずねると、戦後まで、それはそれはゆたかな水場で賑わっていたという。泉の山の樹々はすべて伐られていた。ふかい侘しさにとらえられて、帰ってきたことだった。

峠にて

島原の桜は灰で汚れていた。

古記録に島原の一揆に参加したと記されている普賢岳の麓の村々、中木場《なかこば》、安徳、深江、布津《ふつ》、堂《どう》崎《ざき》、有家《ありえ》、有馬とおぼしきあたりを車で通り抜け、雲仙に向う。

山も海辺も散在する家々も、一面灰色である。しかしよく見れば、人のいない家の海棠《かいどう》も南天もほのかに紅色の芽を出して、春を営んでいる。

水無川《みずなし》を中心にした海辺の道すじに、まだ新築とみえる家が、その下半分をぎっしりと土石流に埋められたまま建っていた。そうだ、家というものは足を持たないから、逃げられなかったのだと思う。ガラス窓が全部割れている。土石流が巻きしめて、その圧力で割れたのかもしれない。

『嶋原一揆松倉記』には、「領内村々之内より一揆に成村家数人数之覚」と題する一節があって、村ごとに「一揆百姓」と「味方百姓」の軒数と人数が記されている。

たとえば三会《みえ》村五〇八軒のうち、二六八軒は一揆百姓、二四〇軒は味方百姓、深江村三一六軒中、一揆方二七七軒、味方三九軒といったふうであるが、当時「南目」と呼ばれていた布津、堂崎、有家、有馬、口之津、加津佐、串山の各村は「不残一揆百姓」で、特に人口の多い有家、有馬では、前者が四千五百余人、後者は五千余人の村民があげて一揆に加わり、「惣人数」では二万三千八百八十八人の「一揆百姓」に対し、「味方百姓」は三千七百八十三人にとどまっている。これに対抗するには、よほどの備えが要ったことだろう。

同書には「城内に有之道具有増覚」という文書が収められており、その前段に「常に馬を絶やさず、前豊後守より長門守両代持来る故、有馬出陣にわかのことなれども、騎馬百七十七騎押したり」とある。事の重大さにあわてながらも、たかが百姓ばら、踏みつぶしてくれんと、まず馬を思い出した心理がわかる。

具足二百余領と書き出して「これは若者どもの着するためとて色々の威《おどし》なり」と注釈がついている。戦場用の具足にも若者向きのものがあったらしい。一揆方の窮乏と信仰は、こういう具足をつけて鎮圧に当った若者たちにどう理解されていたのであろうか。

「木綿袷《あわせ》五百、色々に染め仕立置く。肥後志ほり千端《たん》、是は急成時《きゅうなるとき》何之用にも可立《たつべし》とて調置也《ととのえおくなり》。単物《ひとえもの》五百段《たん》、段筋紺に染有《そめあり》。船大小八十艘余」。「肥後志ほり」とは、しぼり布地でもあろうか。「百姓納めの布、木綿、紙、油、畳、塩、作事の杉、檜、このほか材木、竹は三尺廻り」という一節からは、根こそぎ収奪しつくしたといわれる松倉の苛政の一端がうかがえる。

そんなことを思いながら見渡せば、家々のあったあたりも草も木も、見事に消えた地帯が広がっていた。

乱後、人々が死に絶え、散り散りになったあと、移民の子孫が今日の海辺の集落を作ってきたという。島原といえば美しい水辺をそこここに持つところというイメージがあった。そんな水辺で、葉っぱや大根や唐藷《からいも》なんかを洗う女たちの、生き生きした手つきが思い浮かぶ。水辺はどんな笑い声や囁《ささや》きをひき寄せていたのだろう。古風な訛りの声音が、そこいらの木々の梢にまだ消え残っていはすまいか。わたしは形見がみつからないかと願いながら、島原を訪ねる。

あのとき首をはねられた百姓たちの血汐を吸った草。その草木の生れ替りがこの半島をやわらかく抱きとって、今日に至っている。蓬《よもぎ》を見、石蕗《つわぶき》を見、葦竹を見、灰の奥に咲く椿を見る。

おだやかな風があった。火山灰がゆく先々に浮遊して谷間に吸い寄せられているようだった。小浜の教育委員会に寄った。建物のまわりを波が洗っているような場所だったのが印象深い。ここは長崎から舟で送られて、雲仙地獄に逆さ吊りにされにゆく殉教者らの足取りのしるされた地点である。どのような径をたどって雲仙まで登って往ったのか。

想像以上に狭いごつごつの茨道を通ったようだった。丘の起伏の蔭に小さな集落が今も点在する。縄つきのまま水も与えられず、村人たちに凝視されながら死出の道をゆく人たちの足もとを思う。お訪ねしたいと思った郷土史家は昨年倒れられていて、わたしたちはがっかりしながら、それでも古い道を探さずにはいられなかった。

雲仙近い峠に一軒の家があった。その下に、車道から分れた古い草の道が見える。さては殉教者の通った道かと、家の方におたずねしてみた。中年くらいの男の方が出て来て、教えて下さった。

「いんや、この道は親父たちが作ったといいよりました。もひとつ、こまんか道のありますよ」

案内されて坂を少しくだると、人ひとり通れそうな小径が、茨の藪の向うに消え入っていた。

天草学の発信所

四日ばかり京都にゆく用があり、帰ってくると、友人がみえて熊本日日新聞を手渡された。真摯な面持ちである。

「北野典夫さんが亡くなられましたよ」

あまりに出しぬけで、字面がちゃんと頭にはいらないまま幾度も読む。熊本の病院に入院しておられたことも知らなかった。事情がよくわからない。お葬式の時間はとっくに過ぎていた。ご自宅はいま、ごった返していることだろう。ともかく弔電をうった。

北野さんは『天草海外発展史』などで知られる篤学の郷土史家で、私が何かにつけて教えを乞うてきた方だった。

照枝夫人との、ひっそりと楽しげであったご日常や、海辺の小さな川口にそった、由緒ありげなお家のたたずまいが思い浮ぶ。天草にはいるとき、そのお家は私にとって道しるべだった。あまり度々お寄りしてお仕事の邪魔をするものではないと思いつつ、通りすぎるときは必ず目礼をおくっていた。

「せっぱつまったら寄らせて下さい。いつか必ず、書いたものを見ていただきに伺います」

そんな気持だった。死が近づいていたなど、つゆ思わなかった。残念でならない。

普賢岳のことが始まってまもなくお訪ねしたことがあった。対岸には日に幾度も火砕流の噴煙があがる渚の集落。この有明町は二百年前のような津波が起きたらどうなるだろう。北野さんのお集めになっている大切な古文書類は、いざというとき持ち出せるのだろうか。

お家のすぐそばは丘陵地帯である。古文書が助からなくとも、お二人は町の人々とともにお逃げになる暇があるだろう。私は真剣に、細い家並のうしろの岡を見あげる。もろい土質とみえて、そこにはコンクリートでパッチワーク状に土留めが施してあった。コンクリートのパッチワークは、北野さんのおられる風土には何ともしっくりこない眺めであるが、それなりの事情があるにちがいない。

有明町を通るときのさまざまの思いを、北野さんにお話ししたことはなかった。あのご気性だったので、資料助けたさに津波に呑みこまれたりなさることまで心配していたのである。地下で笑っておられることだろう。

一週間ほど前、やっとお参りを果すことができた。ふた七日のご法事が済んだばかりのところだった。祭壇中央に大きく「壮烈院典譽白雲居士」と記したご戒名がある。なんと北野さんにぴったりの戒名かと合掌し終えると、夫人がおっしゃった。

「自分で書いとりましたってですよ」

やっぱりそうか、あの詩的熱情は戒名を座右に置いてのことだったのかと思う。「社会にお返しの仕事がすんだら、歌でも詠んで過したい」と夫人に洩らしておられたそうである。

増築されたばかりで主のいないお部屋を振り返る。このお部屋には、天草という島にほとんど殉ぜんばかりだった人の、晩年の優雅な夢が託されていたことだろう。夫人におたずねしてみたかったが遠慮した。

本渡市亀場の平田正範さんのお家をめざす。高浜の上田家文書を長年にわたって解読して来られた方で、北野さんが嬉しそうな顔で「親友」と呼んでおられた。お米屋さんをなさっていて、前にも一度お目にかかっている。土間のあちこちに、研究史料や古今東西の書籍が積んであった。民間の学問が生活とともに生き、真理がゆうゆうと遊んでいるように感じられ、その米糠の匂う土間に畏敬をおぼえたことだった。あの懐かしいお方は、親友を喪ってどうしておられることか。

亀川のほとりにそのお家はあった。夫人が出てこられた。思わずはっとするようなお方である。天草にゆくたびに考えこんでしまうのだが、この島には、何の飾り気もなくて、あくまでもの優しいばかりの女性がときどきいらっしゃる。そのお姿のなんと奥深く凛としていることか。北野夫人もそうだけれど、こういう女性がいらっしゃることで、男どうしの友情も研究もどれほど充実していたことだろう。

平田さんは上田家に文化庁の人がみえたので、説明に出かけておられるとのことだった。前にはなかったワープロ機器が土間に座っていた。いきいきと張りめぐらされている天草学の発信所という趣きだった。

「やあやあ」といいながら平田さんが帰って来られた。北野さんのお悔みをまず申しあげる。

「いやもう」とファクスの方を見やって吐息をつかれた。

「これを使う度合いが半分に減りましたよ。しょっちゅう、やりとりしよったものですから」

どういう内容のやりとりだったのだろうか。

「彼は芸術家だったです。夜明け頃、眠れずに、ウイスキー飲んで電話かけて来よったですが」

幼な友達が純な魂のまま、いよいよ仲睦まじく老年に向う、そんな間柄であられたのだろう。

水蓮

宵っぱりの悪い癖で暁方まで仕事をしていることがよくある。ちゃんと起きられるか丸野さんは心配らしい。「モーニングコールをしてあげましょうか」といわれるが、そこまでしてもらっては申しわけがない。三つもベルがついている大きな目醒し時計をかけて、お迎えまでには起きたことだった。白川の河口近くに熊本新港ができて、島原ゆきがたいへん近くなった。普賢岳の灰が目にはいりでもしたら困るので、船室にひっこみお昼の弁当を買って食べている間に、もうついてしまう。曇り日だった。

新聞によれば、いくらか安全とみられていた深江の町あたりまで、土石流の心配が出てきた由である。雲仙の地獄へ登る旧道を探そうとして時間の迷路にさまよいこんだことがあった。その帰り道に通った深江あたりの景色が忘れられない。

庭木に降りつもった火山灰をけんめいにホースの先で落とそうとしている主婦がいた。背景の山も道端の木々も草も家々も豚小屋も、あたり一面灰ひと色《いろ》だった。彼女は黒い大きな長靴をはき、その足をふんばって、無心そうな表情で、ただただ水をやっていた。それは徒労という図にもみえ、わたしは胸をつかれた。水の先にほんのわずかな緑がみえていた。低い庭木は何という木だったのか。その緑をみてわたしは非常にほっとしたのを思い出す。あそこあたりはさらに土石流がかぶさったのではあるまいか。

わたしには、このあたり一帯にあった昔の村を探しに来ているのだという意識がつねにある。島原の図書館にある松平文庫の『高来郡一揆之記』をさっそく閲覧させていただく。
名前だけが鮮烈に残って、往時の姿がみられない深江村の名は、寛永十四（一六三七）年十一月九日、島原藩の重役たちが江戸に送った飛脚便の中に見出される。藩主松倉長門守勝家はその時江戸詰めであったが、家来たちからの註進で一揆の第一報を知る。差し出し人は田中藤兵衛、岡本新兵衛、多賀主水で、大意は次のとおりである。

領内の百姓等が吉利支丹になり一揆が起きている。改めるよう出向いた代官らは殺されてしまった。勢いは次第にはびこるばかりなので、士兵を深江村までつかわし、徒党の奴原四十余人を討取り引取らんとした処、一万余の人数が追ってきて、島原城下に押し寄せ取囲んでしまった。すぐさま、城内より立向い防戦したが、土民らは大勢で大手門を打破り、城中にも押し入らんとする勢いであった。ようように防ぎとめたが、彼らは城下の町屋、神祠、仏寺を悉《ことごと》く焼払い村々に引取って行った。「其ノママ置候ハバ、次第ニ猛勢ニ成リ申ス可キト存ジマタ手勢バカリニテハ中々攻伏サセガタク候ニヨリ細川鍋島両人ノ家来ノ許へ加勢ヲ乞イ申シ候」。

という書面である。国許からの註進に飛び上った勝家はすぐさま「公方」（徳川家光）に言上するが、さらに追っかけて豊後の府内にいる御目付、林丹波と牧野伝蔵からの註進も同日幕府に到着した。豊後の府内はキリシタン大名大友宗麟のいたところなので、幕府としては御目付をおき、「下《しも》」の地方すなわち九州内のキリシタンの動向を見張っていたのである。

島原での重大事態を府内にいた御目付がキャッチして、江戸城内に島原からのと同日につく飛脚便を出したとは、相当に探索網が発達していたと考えられる。

家光は「御不豫トテ久シク引籠」り勝ちであったが、「即刻御出アリテ急ギ井伊掃部頭直孝、土井大炊頭《おおいのかみ》利勝、酒井讃岐守忠勝、堀田加賀守正森、松平伊豆守信綱、阿部豊後守中秋、阿部対島守重次ヲ召サレ一揆蜂起ノ事ヲ談ジ玉ヒ」これを鎮定すべく板倉内膳正重昌を上使とし、石谷十蔵貞清を監使として送ることが決定された。

ひき続き島原藩に接する鍋島の藩主や立花藩主が、軍士をひきいて追討の任務につくよう仰せつかったが「人数不足ナラバ細川越中守忠利、黒田右衛門佐忠ノ人数ヲ指シ加フ可キ旨」の下知も加えられた。

江戸城の中の緊迫した様子が伝わってくるが、この段階ではまだ、細川、黒田がゆけば事はすむと考えられていたらしい。

島原城主松倉勝家は、何はともあれ領分に立帰り狼藉を鎮めよと厳命を受け、あたふたと帰り支度をしている。この間有明海をへだてた細川藩からは、家老の松井佐渡守の飛脚が江戸へゆき、松倉領高来郡に「切支丹蜂起シ」「城ヲ取巻キ攻メ申スニ依テ彼ノ家来トモ難儀ニ及ビ加勢ヲ乞申候。然レドモ関東ノ御下知ナキニ他国ノ兵事一切ニ」馳けつけるわけにゆかないがどうしたものか、豊後の御目付方にも同じ伺いを出しているけれども、返事がまだ来ないという書状だった。その外「諸方ヨリノ飛脚早馬、引キモ切ラヌ程ナリケリ」と騒然とした有様が記され、九州の片隅に起きた一揆が江戸幕府を震撼させた様子がよくわかる。

丸野さんはさっそくコピー取り作業をして下さっている。図書館にきている子供らが、図書館員と思いこみ、コピーを頼むので、それもしてやったとの事だが、人柄の一端を見た。隣にみえる島原城のお堀に、白い水蓮が一輪、浮いていた。

城の石垣には苔が綴れ下がり、歴史の時間が静かに白い花びらの上に降りつもっているかのようだった。

秋のかげろう

雲ひとつない秋空のもと、熊本新港から島原半島を眺めていると、波のきらめく彼方にかげろうが立っている。

普賢岳を右にみて早崎海峡へと湾曲してゆく方角へ、光で出来たようなかげろうがはげしく動いているのだった。海底の様子とか潮の流れぐあい、風向きとかが合わさった現象かもしれないのだが、それを見た一瞬、なにか意味あることのように思ったりした。

古代や中世の人ならば、海面のひと所に立つ虹色のかげろう、霞と入れ交ざるような春のしるしのあれではなくて、空の青と海面を分かつ線上にはげしく炎立っているのを見れば、今まさに天空に昇らんとする七色の雲龍と思うかもしれない。あるいはまた、いくさに向かう船の前にたちあらわれた運命の巫告《ふこく》と読んだかもしれない。吉か凶か、そのしるしを読む人が居なければ、船もろとも軍勢は海底に沈むかもしれない。とまあ、わたしは現代のフェリーの上で束の間幻想したのだった。

ところでわたしの平常心で考えていることは幻ではなく、十七世紀の頃、うつつの島原半島を土台にして展開された人間の生死である。読みなれない当時の文書をたどっているうちに、いろいろなことが見えてくる。そこでは海の光も草の色も、今よりはさらにうぶうぶしく隈どりの深い世界である。

船を降りて歩いてみると、市街の後ろに墓地があったりして風があるとも見えないのに、くずれかけた石塔の蔭に石蕗《つわぶき》の花が首を振っていた。石蕗といわず、葛のかずらといわず、島原地方には昔ながらの野草が街のぐるりを取り囲んでいるので、この半島のどこそこにはまだ、昔の時間が土を割って野の花の顔をして、首をさしのべているように思えるのだった。

慶長もまだはじめの頃、ここらあたりは伴天連たちも居住して、和んだ宗教風土を作り出していた。領主有馬晴信も最初はかなり熱心な信者であったらしいが、戦国の余塵いまださめやらぬ時代のこのキリシタン大名は、領土拡張の夢にとりつかれていた。そのために岡本大八なる人物にあざむかれサギにかかって巨額の財を失い、ことの次第が家康にまで露見、その怒りを買って島原四万石をとりあげられるのである。耶蘇であったことがことにも家康の心証を害した。

息子直純は夫人が家康の孫姫であったことから棄教して、禁教令の忠実な実行者となった。

『耶蘇天誅記』によれば「領主有馬修理太夫晴信、尤是ヲ信仰アリケレバ、家中大小ノ輩ハ云フニ及バズ、郡中ノ俗民悉ク彼宗ニ帰依セリ、昔ヨリ当地ニハ、夷国ノ伴天連居住シ、耶蘇宗門ノ輩多カリケルカ、訳テ近年ハ、郡中一同ニ仏教ヲ厭ヒ、切利支丹ノ繁昌時ヲ得タリト也」という状況であった。

父の居た日野江城、のちの原城に夫人を伴って着任したとき、直純はまだ二十七歳であった。もとは種蒔く人であった旧領主が、不名誉な罪を犯してこの地を離れた後に、領民たちの信仰は結実していた。土俗信仰と結びついた辺土の民の、いちずな宗教心など世間しらずの若い領主にわかるはずはない。父である人は甲州都留《つる》郡に配流されて死を遂げている。その遺息の、疳《かん》の立っているだけの棄教した新領主の方針に、信者たちが従うはずもなかった。

慶長十七（一六一二）年、二十五家族が有馬の林の中に追放された。着のみ着のままで、荷物を持ってはならず、「日本国中、市街村落を問はず他人と言語を接してはならず、これを助けた者も重罪」というもので、死よりも惨酷であったと『島原半島史』はいう。たぶん餓死し野ざらしになったのではないか。

続けて重臣たちが三家族、見せしめのために処刑せられるや、信者らは結束をつよめた。わざわざ首に十字のついた念珠をかけたりして刑場をとり巻き、約二万人が、貴賤の別なく参集し、その場に露宿して篝火《かがりび》をたき、殉教者たちをはげましたという。

このような有様だったので直純は幕府に相談して、関東から幡随意和尚という浄土宗の碩学を招き、郡中各所で数日、説法を試みさしている。よほどに無反応であったか、悪意を持たれたのか、和尚さんは、

「仏のいう魔界とは、とりもなおさず、このような所の人心をいうのではあるまいか。長い年月かかって異国の外道に魅入られたことだから、どのように説法しても、中々急には仏道にははいれまい」

と仰せあって、関東へ帰府したと記録されている。

火砕流が方角を変えつつあるということだった。その合間を縫うように、地響きを立てて、山裾のまわりを車が通り抜ける。墓地の続く一隅に灰をかぶって、金平糖に似たミゾソバの可憐な花が群生していた。昔、この野草も人の血を吸ったかもしれない。胸がずきんとする。形見の花、そう思ってわたしはかがみこんだ。

山城のこと

小雨がぱらついて空は重く暗かった。

わたしは信州伊那谷の方に用があって、それがすんだあと、愛知県の足助《あすけ》町に入ろうとしていた。熊日《くまにち》の丸野さんは名古屋経由で足助の町役場で待っているはずである。

台地がかった地帯で、林をいくつか抜けるたび、リンゴ畑がところどころに見えた。うっすらと色づいた実が小雨に濡れている。すぐに曇ってしまう車の窓を拭き拭き目をくっつけていると、つい声が出る。

「わあ、リンゴだ、リンゴ」

運転手さんが前を見たままおっしゃる。

「お客さん、どこから見えましたか」

水俣からと答えると、「ほう、水俣。あの水俣ですか。あちらはリンゴは出来ねえですか」と不思議そうである。

「はい、リンゴは出来ませんが、梅と蜜柑は出来ます」
梅と言ったのが少しおかしかったが、そういいながら、リンゴの方が位が上のような気がしたのはさらにおかしかった。宮沢賢治がリンゴを苹果と記しているせいである。それが現実のリンゴより、いかにも高級な意味を持ったメルヘンの果物なものだから、わたしは賢治の世界の苹果への憧れを通して、現実の果実を視ようとしているのだった。

どういうものか、リンゴというものは山に実るものだとばかり思いこんでいたので、平地の、田んぼがかった畑にリンゴの木が並んでいるのが、とてもものめずらしい。収穫にはやや早いように思われた。

盆地めいた景色が続く。わが熊本地方とは林の様相がちがう。うち続く樹々はから松ということである。林の切れめに頂きの高い山地がときどき見えた。木曽山脈である。窓をあければ樹々の香りがしそうに思え、連想が湧いた。

島原の乱後、代官として天草に着任した鈴木重成《しげなり》は、その以前、摂津国の材木奉行をしていたことがある。木曽山脈の木々も摂津の港へ運ばれていたのだろうか。まだ戦国の世も遠くない頃だから、材木は皮をつけたまま、砦の用木とか城普請とか造船のために集められていたのだろうか。

このように車の道が通るなど考えられもしなかった時代だった。鉈《なた》や手斧や鋸を手にした草鞋がけの人びとが、山坂道を登り下りするさまが目に浮んだ。どこそこに材木の集荷場があったことだろう。

島原の乱の時、この人は火砲方の責任者であった。弾薬箱の質やら保塁の出来具合やら調べねばならなかったろうから、木材を見る目もほかの武士とはちがっていただろう。

乱後、亡所となった天草を復興させ、残った人びとの心に灯をつけなければならなかった重成がもっとも頼みとしたのは、実兄の鈴木正三《しょうさん》であった。この人物、大坂の陣に従軍、落城した大坂城の城番をつとめた。幕府から相当に重きを置かれていたのだろうが、その後、旗本の身分を捨てて出家した。天草の領民のために自刃して果てた弟重成とともに、迫力ある生きかたをした人である。

鈴木家の本貫は三河国足助庄則定《のりさだ》村である。文字の上でいくらか知った彼らの生涯が、どういう土地から生れたか、この目でたしかめたくて、足助の町にゆくことにした。長い間の念願だった。伊那から三河へ下る旧街道の一本道で、足助の役場は間違いようもない単純明快な場所にあった。無事丸野さんと落ち合う。この人は大学時代の旧友を伴っていて、その方が道案内をして下さる運びになっている。

百聞は一見にしかずというけれど、想像以上の山坂道が細い渓川《たにがわ》を伴って入り組んだあたりに、則定城の跡があった。正三和尚が建てたという小さな心月院に、郷土史家の柴田豊氏と男性一人、婦人一人が待っていて下さり、いろいろ伺うことができた。思ったよりも山城めいた所で驚いたというと、

「山城です。海抜二三〇メートルあります」と柴田さんがいわれる。ここらあたりは今でも教育行政では僻地になっていると聞かされまた驚くと、目の下の遠くを指さされた。

「あそこは、トヨタの豊田市ですが、あっちの方が家康のいた岡崎ですね」

家康の岡崎と聞いたとたん、歴史がぎゅっと圧縮された感じだった。

「ここらあたりは三河の塩を集めて運ぶ塩の道だったんですが、家康が出てゆきますときに、ここらの人材、第一級の人材を連れて行ってしまいましてね、それで女たちも良いのはついてゆきまして」

柴田氏はまるでそれが昨日のことだったようにおっしゃった。トヨタが来て、よそから人材が集まったが地元のよい娘たちはそちらに取られ、歴史的に過疎気味だった上に、今は僻地でしてと諧謔《かいぎゃく》まじりにおっしゃる。

正三は出家して後、ここからそう遠くない石ノ平という所に、弟重成の力を借りて恩真寺《おんしんじ》という寺を建てた。小なりとはいえ、一国一城の主がその身分を捨て、寺のかたわらに庵を組んで、体をこわすほどの荒行をしたらしい。何がこの人物をそのようにかりたてたのだろうか。隠し田を見つけだされて処刑寸前の女囚たちを、やはり弟と組んで助け出したり、よほど領民の生きざまに心を置いていたと思われる。特殊な桝《ます》を作って与えたり、城のまわりに出没する化物を退散させる念仏講を、村民たちにすすめたりして、今にそれが伝わっているところを見ると、出家後はいっそう、領民たちとの心の絆は深まったのではないか。

則定城の跡に立つと、眼下に、三河、岡崎から出てきて、信州伊那方面へゆく塩の道の合流点というのが望まれた。椎の木のしげった森の間に、旧道らしき道が見え隠れするこのあたりを、徳川幕府がまだ定まらぬ頃、歴史上の人物たちが往き来したかと感慨ぶかかった。

山中村の恩真寺へ向かうべく、わたしたちは城跡を下った。天草での兄弟の業跡を、出身地ではつい最近まで知らなかったという。弟の自刃に気落ちした晩年の正三は、故郷へは帰らなかったらしい。江戸の末弟の屋敷で息をひきとっている。

恩真寺

山や谷や台地の形が、歴史の長い時間にも風化しないで、ほぼそのまんま残っているのを、うつつのまなこに眺められるというのは、何ともいえぬ感慨を誘うものである。

ふだん住んでいる身のまわりの山川もそうにちがいないのだが、よその景色を見て格別にそのことを知らされるのは、鏡を見るのとおなじ心理かもしれない。

椎の木群の葉っぱが厚く重なりあって、曇天の下に丸い小丘を作っているのが、旧道めいたゆく先々にあった。前方後円墳を連想させるそんな小丘を、狭い湿田と畑がつないで、ぽつりぽつりと農家がある。

平地の農村も大変貌を遂げつつあるが、ここら一帯もところどころの藪かげから掘り返された黒土があらわれ、その上をトラックが往き来して、開発の舌端を思わせた。私は、鈴木正三《しょうさん》の故地、三河国則定庄の山中村にいた。

冬の椎山は固いこまかい光を無数の葉に宿し、丈の低い灌木をわずかに紅葉させていた。幹に巻きついた豆蔦《まめづた》の葉とともに、樹々は動きの少ない空気の下で、ひたひたと呼吸しているかにみえる。いかにも小さいが厚みのある豆蔦の葉が、ところどころはっと思うほどな緋の色になって樹々にはりついていた。

人影の絶えたそういうところを通っていると、樹も草もねむっているようにみえながら、濃密な生命が動いているのを感じる。三時すぎぐらいで、農道らしきものを幾曲りしても車に逢わない。村は午睡時ででもあったのだろうか。山かげから鶏ののどかな声が聞えた。

鈴木正三が建立した恩真寺《おんしんじ》は、そんな景色の奥の、人家から離れたところにあった。丘のぐるりのわずかな平地をわたしはしきりに目でさぐっていた。昔は村人たちがこの近くに住んでいたのかどうか、畠のわきに小さな流れや泉がありはしないかと。枯れ薄や小さな赤い実のなる低木のかげから、小鳥が飛び立った。湿地めいた狭い田が椎山の間に続き、静止しているような古い時代の空気をかきわけて、わたしたちの車が通る。

恩真寺の入口は遠目にもそれとわかった。

足場のよい小丘を登ると、前栽めいた池があり、水蓮の葉が密生していた。もともとはよい池であったろうに、どことなく荒涼とした感じが水の上に漂っている。どうやら無住の寺であるらしい。

わたしたちは寺のぐるりを遠慮がちに一巡してみた。そんなに大きな寺ではない。裏手に、写真でよく見る鈴木正三和尚と、系累にあたる人たちの墓が苔むしている。閑静幽邃《ゆうすい》なたたずまいである。

丸野さんの声がする。

「開いていますよう。ちょっとお詣りさせていただきましょうか」

お御堂《みどう》のガラス戸が少し開いていたらしい。

「ごめん下さあい」

丸野さんは再び大きな声で二度ばかり呼ばわり、「はいらせてもらいまあす」といいながら戸を開ける。立てつけは悪くなかった。わたしもそれにならって口の中で言った。

「遠かところから訪ねてまいりましたので、お詣りさせていただきます」

池のほとりの荒廃にくらべ、お御堂の中は香がかすかに漂よい、つい最近お掃除されたらしく、畳の上にも荘厳のお飾り類にも埃りのあとはなく、しっとりと片づいている。所縁の方々が定期的にみえて、法燈を守っておられるのであろう。禅寺だから、修行のようなことが続いているのかもしれない。

なにしろ鈴木正三という人は、つねに「果し眼《まなこ》」でいることを心掛け、「南無大強精進勇猛仏」と書き残している。念仏を唱えるときは、果し合いにのぞむような、裂帛《れっぱく》の気魄でお唱えしなければならない、というのである。何に対して「果し眼」でないといけないのか。人間の救われがたさや当時の仏教界のセクショナリズムに対し、内省的で体を張った評語がその著作の中にいくつも見出される。

この人、二代将軍秀忠の身辺警固をつとめたり、落城後の大坂城に勤番したあと、男盛りに向う四十二歳で旗本身分を弟重成にゆずって出家した。二百石の旗本となるまでには、人の首も切ったのではないか。

刀を捨てて筆をとり、書いたものは説話的な仮名草紙であった。『二人比丘尼《ににんびくに》』『念仏草紙』が名高いが、ともに初期仮名草紙の傑作と称されている。大坂城の番士時代に書いた教訓書『盲安杖《もうあんじょう》』もよく知られている。漢文体でなく、仮名まじりの文体で書かれたので、ひろく世に迎えられた。

『二人比丘尼』は、戦で死んだ侍の若妻が、夫の死場所をたずねてさまようあわれさを、ゆうにやさしい文体で描きながら、たくみに仏法の世界へ誘うしかけになっている。

そういう草紙を生む心と、「果し眼」というような気魄が同居している人が、六十四歳になってはるばる乱後の天草へ出向き、『破吉利支丹』なる書をあらわすのである。『農人日用』『商人日用』の著者でもある正三は、民の生活《たつき》の事情にも、うとくはなかった。原《はる》の城で死んだ農民たちも含めて、とてつもないエネルギーが湧いて出た時代だった。

魂を祀る家

天草・島原の乱のことをおぼろげに考えはじめてから、途方もない時間が経ったような気がする。何事につけても考えが定まらず、ああでもないこうでもないと迷いこむくせがあるものだから、この連載を始めさせてもらって、往時をしのぶ舞台の地に足を運んだのは、まだとっかかりだという気がする。ほかに抱えこんでいるたくさんの時間軸も一緒くたにないまざっている上に、普賢岳が麓のほうまで丸坊主になってしまったもので、往時の世界をよび返すのには、よっぽど心をとり直さないといけない。

その普賢岳の対岸に出来た熊本新港に立ってあっけにとられる気がするのだが、古文書類に書きつけられていた古い村々はもちろん、現在の集落さえも、度重なる火砕流で念入りに根こそぎ押し流されてしまって、何と言ったらよいのか気持のやりばがない。

民衆の魂を読みとくうえで、未解明の感がある乱の前史を含めて、戦さに不慣れな三万余の農漁民が、一昼夜ばかりのうちに死に絶えたその結末が、夢魔のようにわたしにとり憑いて離れず、今も残っている原城の蓮池跡に、折り重なって息絶えていった人びとから、呼ばれている気がしてならない。

長い間キリシタンの処刑をうつつの目で視、死にぎわの声を聴かねばならなかった人びとはどんな気持であったろう。首がとぶか、串刺し必定の一揆など、ふるふるごめんとあとずさりしたに違いない人びとも、あえて老幼婦女を引き連れ、あるいは先に逝かせて籠城し、すべて滅んだのである。

島原半島にしみこんだ血の匂いは対岸の天草の人びとをおびやかした。原城を中心にして亡所となった海辺のあたりに、夜な夜な鬼火が燃えたという伝承がそのことを語っている。島原の口之津の丘から対岸をみれば、昼間は天草鬼池の集落を望見することが出来、夜ともなれば灯りもみえる。順風のとき、帆かけ舟で潮の間をみて調子よくゆけば三時間で渡れるとのことである。鬼火がみえたというのは舟の上からだろうか。当時の燈火は今より暗いから両岸から見えたかわからないが、天草側の気持はうなずける。

春も来ていたというのに、天草の方も亡所や荒地になってしまっていたと各書にある。生きている物音といえば、鼠の動きくらいであったろう。無人になった破れ屋の間から、ふらふらとさまよう向う岸の火の玉がみえる、というイメージは今でもおそろしい。

天草の一揆勢は寛永十四（一六三七）年十一月半ば、富岡城番代を討ち死させて気勢をあげ、海を渡って島原勢と合流した。最後の集結地は原《はる》の城と、いつ頃の段階で定めていたのだろうか。夜の渚や細い杣道《そまみち》を灯りもとぼさず、さわさわと往き来する人影が思い浮ぶ。心が定まってしまえば、掌の中のごとき海の上であったろう。十二月一日までに米穀を運搬し終え、上陸してから四日と五日で砦の外壁をつくりあげたと古記録はいう。一万有余の人びとが生まれ育った父祖の地を離れる。田畑を捨て家を捨て、地縁の人びとと訣別するにいたるまで、どのような過程が繰り返されていたことか。

ことが起きて四十年近くになる水俣病事件の様相を、わたしは重ね合わせて想わずにはいられない。当事者らにとって、いずれも未来の見えがたい絶対受難である。

胸つかれるのは、乗って往った舟をことごとく解体して、砦の用材にしてしまったことである。手漕ぎの小さな漁舟だったにちがいない。どのくらいの数だったのか。ふつうなら手離されぬ財産を解体してしまうとは、よっぽど地上の生を断念してのことと思われる。

島原側の蜂起した村々で、足弱な老親らを始末して葛籠《つづら》に入れて流したのが、肥後藩領でみつかっている。一軒〳〵どういう話し合いがなされたのか、家々のあわれが思いやられる。「当年など麦をも作り申さず、やがて皆々死に申し候由」と記した、細川家臣の感情も特別であったろう。

わたしは二十年くらい前、文久生まれで百四歳になっていた熊本近郊のお婆さんに、むかしの暮しの内実をたずねたことがある。

「袷《あわせ》と単衣《ひとえ》が一枚ずつ、それも破れつづれで、綿入れはふ〳〵せだらけじゃが、持っておった。蒲団は小便蒲団で、一人一枚のなんの、ぜいたくなこたなかった。一枚に二人ずつばかり寝よった。雨の降る日は蒲団の乾かずに、濡れたところにボロを当てて寝よった。ふつうの貧乏人は祭り着物やら寺ゆき着物は、持ったり持たんだったりだった。

家の道具というても、羽釜と、つん欠け鍋がいっちょずつ。茶碗や皿も、余分に揃えとる所は少なかったろ。仏壇と葛籠はあった。長持の箪笥のちゅうは、唄にゃ歌うが、ほんなこて持っとらすところは、よっぽどの分限者だったろう。

百姓道具は鋤と鎌、肥《こえ》タゴ。水タゴならどこの家でもあった。水屋な、水屋に飾るだけの茶碗はなかった。竹じょうけに洗うて伏せるばかりだった。筵《むしろ》は実物《みもん》ば干すけん、五、六枚あった。田ぁ、うんと作らす家にゃ十枚ぐらいあったかもしれん」

梅田ミトというこの人は、煤でまっくろけになった仏壇を大切にしていた。昔のリンゴ箱くらいで、今の、蜜柑を十五キロばかり入れるダンボール、あれよりちょっと大きいと思えばよい。鉋《かんな》はかけてあった。漆や金は塗ってなかった。何の飾りもない直方型の木箱で、非常に軽かった。ご先祖と息子の位牌がまつられていた。

島原・天草の乱の頃、百姓漁師の暮らしざまも、鍋の中身に多少の違いはあれ、おおかた変りはなかったろう。祖型としての暮らしとわたしは思う。そのゆえにこそ簡素な〈家〉は先祖代々からの魂を托された、祭祀所としての家だったのではないか。意味の深さは現代の比ではなかったろう。

昔の人は仏壇にだけでなくあっちを向き、こっちを向き、よく手を合わせていたものである。

天草・東向寺

熊本市を出はずれて宇土《うと》半島にさしかかると、沿道の緑がいっそうやわらかくなった。曇り日で藤の花が美しい。

半島の長い岩山にそって、えんえんと海辺の道が続く。カメラの日野文雄さんの車に乗せてもらって、天草は下島《しも》の東向寺《とうこうじ》にゆくのである。熊本空港からだと約三時間はかかる。といえば今の若い人たちはびっくりするが、これでも五橋が開通する前にくらべればずいぶん早くなった。

福岡県の筑後川ぞいに田主丸《たぬしまる》という町がある。河童で有名なところで、日野さんはその町を朝早く出発してこられたのである。熊本市内で落ちあうとわたしたちはすぐに出発した。

岩山の裾はむかしどのような磯場だったのか。明治の初め、半島の突端に港を開くことになり、囚人を使って岩石を削りとり、港への道をつくった。よっぽど苛酷な労働だったのだろう、たくさんの囚人が港の出来上る前に死んだ。あんまり磯ぞいの道が長いので、そんな話を日野さんにした。

いつもなら対岸の島原半島と例の普賢岳《ふげんだけ》が近々とみえる。どうかしたときには火砕流の流れ下るのさえわかるのである。今日は曇ってみえない。

わたしは言った。

「大火砕流が発生して、津波が来たらどうしましょうか。山へ駈けあがれる道が、あるにはあるんですよ、ところどころ」

日野さんはちょっと沈黙して、左肩にそびえて続く屏風のような宇土の山々を見あげられた。なんとそこは一年ばかり来ない間に、頂上近くからざっくりと削りとられて、岩肌が猛々しくむき出しになっている。

「これはひどい。ひどいですねえ」

日野さんがそうおっしゃった。囚人労働のことを言った直後なので、じつに強烈な印象だった。

「これはいけません。これきっと崩れて来ますよね」

「崩れて来ます、ほんとうに」

断平として日野さんがおっしゃる。帰りには別の道を通りましょう、ということになった。

囚人が逃げ出さぬよう竹矢来《たけやらい》で囲った建物の写真が、三角《みすみ》港の資料館に掲げてある。お見せしたかったが、目的の寺までまだ二時間はかかるのである。先を急がねばならない。

ここらあたりを過ぎるとき、わたしはいつも、死者たちの見守る関所という感じを受ける。囚人たちのことだけではなく、この渚一帯では二百年前のことだけれど、「島原大変、肥後迷惑」といわれる大津波があって、一万数千の人が死んだのである。島原の眉山《まゆやま》が地震で崩れ落ち、天草・宇土の対岸に大津波が押し寄せたのだった。

この海辺にはなにかといわく因縁があるのだが、眉山《まゆやま》崩れの以前にも、例の島原・天草の乱があった。寛永十四（一六三七）年のことである。

三万七千人と称されるキリシタンが島原の原城にたて籠り、十二万の征討軍と戦い抜いて全滅した顛末はよく知られている通りだけれど、原城最期の日に、海にせり出した絶壁から跳びこんで死んだ人々があまたいて、死骸は対岸天草に流れついた。その天草島では、住民の多数が蜂起に参加して、乱が終ってみたら、人口は約半分になっていたと古記録は伝える。

一揆勢の心情を伝える史料はきわめて乏しい。わずかに征討軍とやりとりした矢文が残されている。わたしはとりわけ、投降を呼びかけた矢文に対する、天草四郎名の返書に心ひかれる。返書には「われわれは広大無辺の宝土を求めるものであるゆえに、もはやこの世の火宅を望むものではない」という言葉とともに、次のような歌が書きつけてあった。

しろやまの梢は春の嵐かな
はらいそさしてはしる村雲

「広大無辺の宝土」とは、なんと仏教的なイメージであることだろう。「はらいそさしてはしる村雲」とは、なんと古式ゆかしい辞世であることか。ここには、キリスト教とか仏教とかの教団宗教を超えた、日本の民衆の土俗的な信仰の核が表現されているように思える。

十月上旬の蜂起から二月末の原城陥落まで、籠城勢はよく戦った。大坂の陣などを体験した武士もなかにはいたが、ほとんどは戦など知らぬ農漁民で、女子ども老人を交えていた。戦闘要員として連れて行ったのではなく、死なばもろともという気持から、いたいけな者たちをも伴ったのであろう。あとに残して生きのびさせるなど、考えられない情況であった。

城といっても、有馬氏が築いた日野江城が廃城になっていたあとに、土塁《どるい》を築き、それを乗っていった舟を解いた板などで囲った、にわかごしらえの砦にすぎなかった。砦の中では掟をつくってよく守り、オラショを唱えて信仰を深める毎日だった。

これから訪ねる東向寺はこの島原・天草の乱と切っても切れぬ縁のある寺である。

宇土半島の突端の三角港を過ぎると、島伝いに天草五橋を渡って天草上島へ入る。松島のあたりの道ばたに植えられた金盞花《きんせんか》が印象的だった。天草出身だった私の母も、よくこの花を栽培して仏さまに供えていた。水持ちがいいのである。上島の海沿いの道を行くあいだずっと、海の向うに島原半島の影がついてくる。昔から両岸の人々が親しく往き来していたことがしのばれた。

下島に入るとすぐに本渡《ほんど》市である。海に囲まれた小高い丘には切支丹資料館が建てられ、一揆勢が作った血染めの軍旗を見ることもできる。

松栄山東向寺はそこを過ぎて、人家のまばらな畑中の道をゆくこと十数分、いかにもひなびた人里がひろがっている中に建っている。中学校がすぐそばにあるが、後できいたら、この中学はもともと東向寺の境内をさしあげて出来たものだそうだ。ゆるやかな小丘がそこここに眺められ、寺のぐるりの野道をゆっくりめぐりながら、御堂脇のまばらな林の蔭に立つと、はろばろと風が吹いてくる。

東向寺は極度に装飾性を排した建物で、空間ののびやかな田舎の大地にすっきりと立っている。装飾性はぎりぎりに削られているが、寺院建築に必要な結構は充分に取り入れられ、これ以上ないようにシンプルでありながら、ゆったりとして力強い。ここを通るたびにわたしはひきつけられ、行き過ぎてはもどって振り仰がずにはいられない。

いったいどんな人が設計したのだろうか。たとえば利休が四畳半の茶屋にゆきつき、あらゆる表現を試みた果てに書家が質朴な書法へ還り、あるいは能の舞台が単純化されて幽玄を生むように、いろいろな建物を建て、さまざまな試みをなしつくした人の手になる建築という気がする。丈は高くない。両翼が大地に向って深目の勾配を張り、じつに安定感がある。

いうまでもなく、この島はもと辺境の地であった。今もその感がなきにしもあらずで、島の有志たちが、この島のことを南蛮文化渡来の足がかりの地だと胸を張られる気持はよくわかる。だが、東向寺のたたずまいはそういう島の辺境性をはるかに越え、人間の思惟の気品というものを行く度に考えさせる。

設計者はひょっとして、心にイエスやマリアを忍ばせているかもしれぬ門徒たちが、違和なく坐れるような何かはろばろとした感じを創り出そうとしたのではなかったか。そんな思いを誘うような本堂の空間である。

前々から切望していたが、この度やっとご住職の岡部禅龍氏にゆっくりお話を伺うことができた。内に心のゆたかさを秘めたような、質朴で野性的な風貌のお方で、なんともいえぬ稚気が感ぜられるのが有難い。今日は墨染めの衣の胸に、石のような色の小さな袈裟をかけていらっしゃる。前にお目にかかった時は、作務衣姿がよく似合っておられた。真宗の坊さまの袈裟を見慣れているわたしには、その小さな灰色の袈裟姿が珍しく、好もしかった。中国の古い絵巻の中でそれを見たような感じがし、禅宗の形というのはこういうものかと思ったことだった。

ご住職はお詣りにみえた婦人たちを見送って、庫裏《くり》から出て来られたところだったが、楼門の下に立っているわたしたちを認めるや、ひらりひらりというような足どりで階段を下りてさし招かれた。親しみがこみあげる。招いた手を衣の袖に入れてつまぐりながら、こうおっしゃった。

「御堂をよく見て下さい。そこの所からがよろしいです」

わたしは言った。

「お詣りするには、どこからがよろしいでしょう」

「そこです、そこです。御本尊さまがよくご覧になれます。よそとは少し変った御本尊さまですから」

お香のよい香りがした。お詣りをすますのを待って、「こちらの方に上って下さい」と内陣の等高座の後へ導かれる。そして天井を指さされた。

「あれをね、見て戴きたいんです」

天井絵である。一尺四方くらいに区切った絵馬のような彩色画がはめこんである。視力のうすいわたしにはぼんやりとしか見えないけれども、日野さんにはよく見えるそうだ。鳥、馬、牡丹、椿などいろいろ描かれているが、あんまり高くてよく見えないのが残念である。

「寄進者の名が書いてあるんです。何村、何某、年月日といったふうにですね」

「ああ、見えます、見えます」

と日野さんは言い、カメラを構えながら口の中でその何某さんの名を読んでいるが、目が弱い上に耳まで少し聴えないわたしには聞きとれない。

ご住職はこの寺に連綿と想いを寄せてくれた門徒たちの心やりを、わたしたちに見せて下さろうとしたのであろう。寺の開基に関わった三人の人物のことがあらためて想われた。

乱が終って十年後、疲弊しつくしたこの島を復興さすべく尽力した鈴木重成《しげなり》という代官がいた。武士軍団とのいくさなど体験したこともなく、手作りの稚拙な武器をたずさえた一揆勢を殲滅《せんめつ》したのは圧倒的な数の征討軍だったが、一揆勢が苦心してこさえあげた砦を一夜で爆砕し炎上させたのは、火薬の力だった。その火薬と砲術の総責任者として着任したのが、松平伊豆守の家臣鈴木重成であった。乱後の人心を掌握し、いわくつきの島を復興させることを任せられるとは、よほどに人格力量を見こまれてのことだったにちがいない。

入島した代官の目に、人々の姿はどう映ったことだろう。原城においてこの人物は、無防備無抵抗の老若男女がおとなしく十字を切り、あるいは合掌しながら斬首され、刺し貫かれるのにつぶさに立ち会った筈である。島原半島そのものが血を噴きあげるような情景だったのではなかったか。

人口が半減してしまったといわれる天草の地に立ってこの人はどういう感想を持ったことだろう。島民の中には死者たちと縁の深い者らもいたことだろう。

原城での死者たちの首は木串を尖らせてその先に刺し、戦場一帯にかけ並べられたという。征討軍には商人たちなどが食糧調達係でついて行ったから、この人たちもその情景を視たにちがいない。地面がみえないくらい銀蝿がいたという記述もある。

首たちはそのあと、三分されて埋められた。天草富岡にも三分の一が持って来られた。

どういう人たちの手で舟に乗せられたのだろうか。思っただけで恐しい。幾日も雨風に晒されてまだ皮膚も髪もついていたのではないか、どうやって串から引きぬいて舟に積んだろう。丁寧にやれたのだろうか。臭ったことだろう。運び手たちに、取り憑かなかっただろうか。

ひとつや二つでも怖気をふるうだろうに、おびただしい首である。舟何艘分であったのか。

征討軍各藩の配置を眺めて想像してみるが、蜂起から終息までの模様はつぶさに対岸天草まで伝えられたと思える。身内たちの最期の有様に関することである。その想いを生《なま》々と抱えている者たちの中に、鈴木代官は着任したのだった。

草深い里、といっても無人のところもあった。人あれば容易に忘れ難い情景が草にも土にも刻みつけられていたにちがいない。

天草という土地を復興させるということは、異常体験をかさねて来た人々の心を甦らせることだった。しかしその異常体験は鈴木重成の側にもあったのではないか。戦の世のならいでは、主君の馬前に討死するのは武士のほまれである。勝敗はまた時の運である。

しかし島原の乱の女、子供、老人、百姓漁師たちは、何のために死んだのか。各藩の記録はいう。「この者たちはすすんで命を捨てにくるようにみえるが、どうも解せない」と。戦場での功名を争うようないくさではなかったのである。一揆の賊徒と言ってしまえばわかり易いかもしれないが、それだけでは解せないものがあったろう。

代官を命ぜられ正式に入島したのは乱が終って三年目である。島の人々の生きた風貌に接し、さまざまな死にざまを遂げた者をいやでも思い出したろう。

この人はここにくるまでの前任地で、隠し田が露見して死刑寸前になっていた女囚たちを兄の鈴木正三《しょうさん》に促され奔走して、間一髪で救い出したような人柄だった。民衆の表情に何が書いてあるか、読める人だったにちがいない。人の死にざまについてはなおのことである。その意味で島原の乱は武家社会の中で育ったこの旗本に、コペルニクス的転回をもたらした一大事変ではなかったろうか。武士というものではない人間を、人間というもののよき原型を、天草の島民にみたのではないか。でなければこの後十三年間、天草の地を歩いて割り当てられた石高のいかに苛酷であるかに思い当り、その半減を願って老中に上訴し腹を切る、などというようなことは出来まい。

精神に勢いのついている二十代三十代なら、ここ一番というとき腹も切れようが、土百姓ともいわれていた者たちのために腹を切った。六十六歳であった。島民からすれば、領主にも当る立場であった。妻も子もあった。

東向寺はこの鈴木代官が、死ぬまでに仕上げた仕事の中でも、もっとも力をそそいで建てた寺である。おのが手で運んだ火薬や砲筒で爆死した者たちの最後やその声はこの人物の心に灼きついて離れなかったろう。島民たちの宗教心の教化をいうまえに、原城むざんというこの人の想いが、東向寺の大きな屋根の安らぎと共に、わたしには重なってみえる。

重成は実兄の禅僧鈴木正三をよほどに尊敬し、力にしていた。その兄に乞うて、以前、呼びかけられ協力して三河国の足助庄《あすけのしょう》石ノ平というところに建てた恩真寺《おんしんじ》にいるのを天草に来てもらうことにした。

その著作を読めば正三がいかに破格の僧であるかに驚かされるが、よく知られた一巻に『破吉《はキ》利支丹《リシタン》』がある。それとはまた趣のまるでちがう仮名草紙の『二人比丘尼《ににんびくに》』がある。こちらの方はじつに、ゆうにやさしいという文体である。「南無大強精進勇猛仏」と書いた掛軸も有名である。

この禅僧はもと徳川家康や秀忠に仕え、関ヶ原や大坂の夏、冬二つの陣にも出陣して軍功があったが、旗本身分を捨てて、四十過ぎに出家した。

禅といっても宗派にぞくさなかったので、煙たがられた気配もある。じつに眼力のある人であった。自分の念仏を「果しまなこ念仏」とか仁王禅とも言っている。精神力の弱い向きはへきえきしたのではないか。

このような人物が天草に着任した弟を助け、形影相伴うごとき事業をあまた残したのである。東向寺建立を発想したとき、兄弟はその開山に周防国《すおうのくに》保寧《ほねい》山瑠璃光《るりこう》寺の中華珪法《ちゅうかけいほう》を招請したいと思っていたらしい。再三、礼をつくして懇請している。

慶安元（一六四八）年秋から二年がかりで伽藍が落成したそうだが、その前に、珪法は鈴木代官に乞われて、島原、富岡に埋められたままのれいの首塚の供養をとり行った。珪法みずから碑文を選し、今も東向寺をすぎて富岡にゆけばその碑を見ることができるが、胸が疼《うず》く。乱の終了後九年目であった。島民の想いはいかばかりであったろう。東向寺の落慶法要よりも先にこのことが行われた。なによりも島民感情を慰撫したのではあるまいか。

正三がはじめて来島したのは寛永十九（一六四二）年九月で、弟重成下向のあと三年後である。天草の実情にふれながら重成には正三の力を借りたいことが山ほどあったろう。

東向寺を筆頭に、宗教政策の柱として四ケ寺、ほかに復興や再建を入れれば三十に近い寺や神社が姿をあらわした。

岡部住職はいわれる。

「短い期間にたくさんの寺が建ちましてね。この東向寺だけでなくて、あの疲弊した時代にどうしてこれだけの伽藍が建ったものかと考えてみるんですが、説法よりも、なによりも島民は死にかぶって（死なんばかりで）おりましたでしょうし、きっとあれでございますよ。寺の仕事に来てもらって、日傭《ひやとい》取りに来させて、粥《かゆ》を食べさせたと思うんですよ。説法も大切ですが、何と言っても、腹を満たせてやるということが一番です。そのことと、寺が建つということをひとつにしてやったんだろうと、私は思うんですが」

わたしはそのお言葉を聞いてじつに納得する想いだった。

「乱のあと、鈴木代官が来られて、実兄の正三和尚が助けに来られ、珪法が来られました。あちらでもこちらでも寺が建ち始め、村の人たちはみんな行ったと思うんです。お腹が満たったと思うんです。それでなけりゃ、こんな美しい寺は仕上げられません。説法はそれからです」

つくづく、ご住職のお顔をみた。陽に灼けておられる。近くの村のご出身だが寺の生まれではないとおっしゃる。親がわりの先代住職は師であり、とてもとてもよいお方だったそうだ。その御心を汲んで岡部氏も、戦後、事情のあったよそのお子をここの僧堂で二人育てられたという。僧堂という言葉には、禅宗らしいきびきびした響きがある。

「育ちました時も今も、ここでは、朝は粥です。粥を頂いておりますとね、お米に仏性が宿っていることがよくわかります」

「はい」わたしも急いでお答えした。

「仏性が宿っています。草にも木にも」

「そうですとも」

ご住職は墓地のある林の方を指さされた。

「あそこらあたりには春になりますとオタマジャクシが孵《かえ》りまして、沼から出てゆくんです。道路の方へ、田んぼがあるものですから。そこへゆきかけるんです。すると車が轢《ひ》くんですよ、蛙になりきらんのですよ、ここ数年。オタマジャクシにも仏性があることを車の人は知りません。全部轢いてゆくんですよね」

真剣なお顔だった。

内陣の裏を見せて下さった。由緒ありげなお像などがある。案内下さる途中、棚のような、小縁のような所にゆくと、両手を揃えてひょいと腰から飛び上がってかけられる。まるで忍者のようだった。あっけにとられた顔を見て、いたずらっぽくほほえまれた。

「寺は、床も、どこもかしこも高いものですからね」

苔の花

天草ゆきの相棒が、丸野さんから佐藤誠助さんに替った。

最初月一回の約束がだんだん怪しくなって、このところおくれっぱなしで気がひける。代が替ってもまたまた迷惑をかけそうだが、そんなことではいけないと思いつつ、心をあらたにして、温厚そうな佐藤さんの車に乗せてもらって、新緑の天草路にむかった。

沿道のあちこちで、咲きそめた藤の花をみた。石蕗《つわぶき》の葉っぱが柔らかく光っていた。今回は、天草の方々が「鈴木さま」と呼んでおられる塚を訪ねてゆくのである。

島原の乱のあと、天草の人びとは、島の疲弊を身にかかえて救った鈴木重成を敬慕して、神に祀ったが、その鈴木神社が、本渡《ほんど》市を出はずれた本町というところにある。

そこの宮司でいらっしゃる田口孝雄氏や、キリシタン館の宗像政敏館長から、いろいろ話をうかがううちに、天草の各所にはこの鈴木神社の支社というか、ほこらのようなものが三十くらい散在し、島民たちはこれを鈴木さまと呼んで、今でも崇拝していることを知った。

ことに宗像さんが「鈴木さま」とおっしゃるときは、非常に敬虔なひびきがあって、わたしはそれを聞くたびに胸うたれる。天草の人びとの郷土おもいには一種特別なものがあるが、それがどんなものだか、一典型をみる心地がするのである。

やっぱりまず宗像さんにおたずねしなければと思いつつ、佐藤さんから連絡をとってもらった。いまひとところ、前々から気になっていたのが、鈴木神社にゆくとき必ず通る東向寺である。

乱のあと幕府としては、島民がふたたびキリシタンにならぬよう教化する必要があった。何しろこのあと、日本の歴史には異例の鎖国が行われたのである。よほどに手を焼いた思いがあったのだろう。宗教心の柱となる四ケ寺のほか、いくつかの寺をつくらせ、ともかくも島民の宗旨替えを急がせた。寺々に全部合せて三百石の寺領を与えたが、東向寺はもっとも寺格が高く五十石であった。

潜伏キリシタンもいたようだけれど、島民はそれぞれ、どこかの寺の門徒として把握された。東向寺を含む四ケ寺はそのうちでもとくに奉行寺と呼ばれた。

宗像さんがキリシタン館の前で大きく手を振りあげ、招くようにしながら寄って来られる。待たせたのだと胸つかれる。春休みで修学旅行や観光のシーズンであることに思い当った。篤実な方だから、一々丁寧に応対しておられるにちがいない。特別お忙しい方に声をかけお世話になるのである。お元気そうだった。横に作務衣《さむい》を着た坊さまがいらっしゃった。陽にやけて、なんともいえない風格がありながら、人なつこいお顔をしておられる。東向寺さまだとすぐにわかった。

その方が近寄りながら、急いでしかし丁重にいわれるには、これから長崎へゆく用があるので、今日は話をする時間がない、ともかくもそのことを言いにキリシタン館に来た、どうぞまた折りをみて来ていただきたいとのこと。すっかり恐縮してしまった。

何しろわたしは札つきの方向音痴ときている。前の担当の記者さんに、ここらあたりを幾度も連れて来てもらっているのに、肝心のキリシタン館の場所がわからない。「ここかしら」などあらぬことを口走ったりして、着くのがおくれたのである。佐藤記者さんに対しても、まことに申し訳なかった。

宗像さんがいわれる。

「まずまず、鈴木神社に行ってみましょうや」

この方がそういわれると、何とも心丈夫で、うららかな風に吹かれるような心持ちになる。田口宮司さまは、林の中の簡素な社の前で、作務衣の腰に手をあてていらっしゃった。お若いので紺の作務衣がよく似合う。

さっそくお二人の案内で、わたしにはまぼろしであった「鈴木さま」のところに連れて行っていただいた。いったいどういう場所にどういう形であるものか。写真では見ていたものの、小高い椎の林に囲まれた、人里が見渡せそうな場所に、墓石とも地蔵さまともつかぬ苔むした石が置かれているのをみて、よくよく納得がゆく気がした。

天草の人たちは、この島のために割腹して果てた代官のことを子々孫々にまで語り伝え、自分たちの視界のとどく足がかりのよい所を選んで手造りに近い石碑をたて、まわりの草を払い、花や供物を手向け続けたのである。

本元の鈴木神社には重成の兄の正三和尚と、その子で、重成の養子重辰が祀られている。塚の鈴木さまにも三基の石塔が並んでいるのであった。

鈴木神社は天草下島の端の方にあって、代官重成の役宅のあった富岡城址に近い。年に一度、重成の命日にお祭りがあるそうだが、乗り物とてもなかった昔、天草全土から農作業などをやりくりしてお参りするには、さぞかし遠い所であったろう。そこで島民は、自分らの住んでいる近くに鈴木さまを呼び寄せて形をととのえ、いつでもお参り出来るようにしたのであろう。

それはじつに親しげな「鈴木さま」だった。榊が地面の筒に活けてあった。石碑を乗せた塚は、村の人たちが田んぼや川原の脇から拾って、持ち寄って作ったと思う見かけである。石垣の積み方も素人めいて好もしい。

石の愛らしい屋根にも土台石にも苔の花がつき、古くなった注連縄《しめなわ》が、あるかなきかの風にゆれていた。

そこにはあきらかな歳月が流れていたが、塚を築くのに、村人たちはどういう相談をしあったことだろう。生活《たつき》の仕事の合間に、つづれの袖で汗をふきふき、作業をしている人々のもの腰などが思い浮かぶ。

宮司さまも宗像氏も、佐藤記者さんも、しばらくほうほうとした顔つきでおられ、わたしも一緒に、やわらかい風に吹かれていた。

湯島のデイゴ（上）

江樋戸《えびと》の港に着くと、居並ぶ車の間から川上昭一郎さんの、のびやかなお顔と姿がすぐにあらわれた。

湯島までご案内下さるとのことである。港でいろいろお尋ねしてから船に乗ろうと考えていたら、佐藤記者さんとの間で、もう相談が出来上っているらしく、わたしは恐縮した。この前お目にかかった頃は、大矢野町教育委員会の中央公民館長をつとめておられたが、お辞めになったとのこと。郷土史研究など悠々自適のお暮しかもしれない。恐縮の意を表すると、

「暇なものですから」

とおっしゃった。お暇なはずはなかろうに、負担に思わせまいとの心遣いである。「いつか」とわたしは思う。よい作品を書いてお返し出来る日が来ますように。

この度は、天草と島原の間にあって、早崎の瀬戸の流れがぶつかっているような湯島のぐるりの、潮の動き方などを種々お聞きしたいが、どういう方をお訪ねしたものか、川上さんにご相談した。

昔の手漕ぎ舟ではどんな感じだったろうなどと思いながら普賢岳を見ているうち、すぐに湯島に着いた。ひときわ大きなアコウの樹が幾本も目立つ。家々はその間にはめこまれたように建っていた。がっしりと岩を抱えた巨大な根の下に、赤いデイゴの花が一輪咲いていた。

デイゴは沖縄に咲く花とばかり思っていたので、わたしにはこの島が南島植生圏の北限かと思え、

キリシタンたちのロザリオの胸に、デイゴの赤い一輪がゆれるイメージと重なってきて感慨深かった。島原・天草の乱の頃、ここらの沿岸にはアコウの樹が今よりたくさんあったはずだが、征討軍の眼にアコウの樹はどう映ったことだろう。何かしら異国的な風土を思わせる景色ではなかったろうか。

定期船が波止場に接岸するまでに、今まで考えなかったそんなことを思ったりした。湯島は全体が小山になったような島で、すぐ目の前の対岸に長崎県有江あたりの民家がみえ、反対側には、大矢野や三角の山々がみえる。

波止場に人待ち顔の男性が立っておられ、船が着いたら川上さんと挨拶しておられる。乗り降りする人たちが佐藤記者とわたしをそれとなく眺め「今日は何事かな」とその人に囁くのが聞えた。ご迷惑にならないかとわたしは一瞬考えた。

松尾彌太郎さんは何とももの優しい物腰の方だった。長い間郵便局をやっておられたが、ついこの間心臓の手術をなさったとのこと。弟さんが漁師で、このごろ区長をしておられる由で、

「海のことなら、わが庭みたいなものですから、弟を紹介します」とおっしゃる。舟着場のすぐ前の食堂で、弟さんを待つことになった。

いかにもラフな親愛感の持てる男性が、やあといいながら店に入って来られ、渡辺利光と名乗られた。病後で色の白い松尾さんとは対照的で、陽に灼けておられる。

ひとしきり川上さんにむかって、挨拶がわりのように、この頃鯛が来なくなってという話をなさった。「第三区長」をつとめておられて、かなり心配なことに聞えた。見知らぬわたしを眺め眺め話して下さる。

「湯島のぐるりには鯛の好物のエビの子が沢山いるんですが、この頃そのエビの子がほとんどいなくなった。鯛は外海からやってくるので、ここらの餌に慣れるまで時間がかかり、来てすぐ釣れる訳ではない。餌に慣れたと思う頃から釣りにかかるが、どうも鯛がかからない。エビの子がいないというのにみんな気がついたんです。

普賢岳の灰が原因という者もおるが自分は家庭排水の洗剤じゃないかと思う。大矢野の車エビの全滅も気になるし、どうも沿岸の様子がおかしいんです。こんな事は漁師になって六十年、今六十九歳と五カ月ですが、こんな事は初めてです」

などとおっしゃるものだから、いきなりの事でわたしはショックを受けた。名物のモズクも今年は生えないで仕事にならぬという海底の様子が不安でいろいろ精しくおききしたかったが、今日は島原の乱の時の潮流のことに、思いを馳せる取材だと自分に言い聞かせた。

この島のめぐりの潮の干満について、根掘り葉掘りお尋ねする。六十年という年季のはいった漁師さんだから、躰中に海の中のこと、その動きのことははいっているのであろう、こんな風に言われる。

「わたしどもは潮のことは月齢で見ますもんな、お月さんで。月の出の時は八合満ち、一間ばかり出たら満潮」

わたしは慌てた。おっしゃる言葉にこちらのイメージがおくれる。

「あの、どこ方面から一間でしょうか。どっちからお月さま出ますか」

なあんも知らんな、というお顔になって渡辺さんは海の上を指さされた。

「あっちの方です、三角の山からお月さんの出なはる」

わたしは何だかどっと懐かしい世界にとり包まれた気分になった。わたし自身は腕時計を持たないけれども、まるで躰が時計化したようにせかせかとなって、お月さまに合わせて暮らしを立てることを忘れてしまった日本人。それでももの心ついた頃は、お月さまをもっと身近かに感じていたような気がする。産気づいた隣の小母さんを近所の女衆が励ましていて、外に出てはお月さまを眺め、

「もうそろそろばい、満ち潮じゃけん」

などと言っていた情景を思い出したのである。

島原の乱の頃、家々にちゃんとした時計や暦などあったはずはない。人々が寄り合いをしたり舟を出したりする時刻は、月齢や「八合満ち」など、潮の合間をいう言葉が用いられたのではないか。どういう言い方があったのか、天草あたりにはまだ沢山残っていそうな気がする。

湯島のデイゴ（下）

名前がよかった。

「アコウ食堂」は、舟の発着のたびに賑わっていた。

客たちとそこのお内儀さんは、たぶんほとんど顔見知りにちがいない。短いやりとりが交わされ、誰それさんはどこに何の用で、いつ行きなさったというような会話や消息が、舟に乗り降りする人たちとの間で取り交わされる。

誰が病気だか、縁談がまとまりかけたかこわれたか、誰かが何年ぶりで島に帰って来たとか、ほと

んどこの元気なよい内儀さんに聞けばわかるのかもしれない。
渚からいきなり山に登るような細い道しかない湯島では、舟の発着するこの波止の岩場はメイン・ストリートと言ってよいかもしれなかった。わたしたちもまずこの食堂に敬意を表し、逢いたい方にここに来て頂くことになった。椅子が一度に十も並べば狭くなって、いくら賑わうと言っても営業に支障を来《きた》し、かつは通りの邪魔になりはすまいかと少し気がねをしているところへ渡辺利光氏が見えられたのである。

何をお願いしたものかとメニューを見ていると、お内儀さんが洋皿に団子を盛り上げて出して下さった。蓬の団子だ。手を出しかけたが引っこめた。すぐ昼食を頼まねばならないし、団子ですますわけにはゆかないし。

いかにも手作りらしい団子で、注文で出して下さったのではなく、家のもてなし、島のもてなしに思え、有難かったが食事制限をされている身では仕方がない。思いはほぼ似ているとみえ、川上昭一郎氏も松尾彌太郎氏もちらちら皿の上を見ながら手を出されない。

「ああ、辛かつがよかですなあ」

お内儀さんが笑い声を出された。

「いやあ、歯の修繕ばしよるもんですけん」

川上さんが済まなさそうにおっしゃれば、松尾さんも目をしばたたき、

「それが辛か方もですね、いまはダメで、呑んだらイチコロですもん」

と少しおどけておっしゃる。それから暫く、「辛か方」の話が続いた。渡辺さんは第三区長をしてお

られるので方々へゆかれる。会議が終わると呑み会になるが、日奈久《ひなぐ》の方では焼酎とビールになる由。この方は酒党で、特別注文したらいくらだった、というような話が、挨拶がわりにのんびり話される。わたしの育った頃の町の雰囲気もたいていこういうぐあいのもので、話があっちへ流れ、こっちへ飛びするのが大へん面白い。本題の方は後へずれてゆくのだが、「予定の時間」などというものより、こういう中味の方が、ゆたかなものを秘めている気がして、わたしもいっとき仲間に入れてもらえるのが有難い。

真昼だったがいつの間にか男性たちの前にはコップも来ていて、潮の変り目のように、渡辺さんが言い出された。「熊本の先の方に、木山ちゅう所があるのを知っとんなさるですか」

「知っとりますが」

その木山方面に泥鰌《どじょう》を買いに行きおったという意外な話になった。わたしはこの方に湯島のぐるりの潮の動きを承わりたくて伺ったのであるが、湯島の漁師さんがなぜわざわざ、はるか熊本の市街を越えて、木山方面へ泥鰌を買いにゆかれるのだろう。そういえば今でも木山川には葦やら篠竹がゆさゆさと密生し、まわりの田にほどよく水を配って、いかにも泥鰌たちがそこここに、あの短い口髭の顔を出していそうにみえる。昔はさぞかしもっと沢山いたことだろう。

「あそこらあたり、昔は、湯島から出かけられるほど、泥鰌が沢山いましたか」

「はーい、そりゃうんと居ったですよ」

「何でまた泥鰌を」

むかし湯島かいわいから魚がいなくなって、泥鰌が安かったので、臨時の蛋白源にすべく買い付けにいらしたかと思いかけ、そんなバカなと心の中でうち消した。渡辺さんはあっさりいわれた。

「サワラの餌にしたんです。五十六年前の話ですが」

何やら嬉しそうな顔になって「五十六年前のことです。今年六十九ですもんね、一月一日生まれですから」とおっしゃった。わたしは頭の中が忙しかった。五十六年前といえばこの人十三歳である。短い言葉の中に、人に伝えたい沢山の思いがこめられているのだ。渡辺さん個人のことや湯島のこと。櫓漕ぎの舟をあやつって十三歳の少年漁夫が、熊本の先の木山まで泥鰌を買い付けにゆく。わが家の餌だけではあるまい。隣近所の分も頼まれていたのだろうか。運ばれてきた泥鰌を眺め、みんなで何を言い交わしたのだろうか。

陸の上は歩いたのか、馬車に乗ったのか、容れ物は何だったか、どういう道筋を通ったのか、往きや還りに何を見聞きし、その道中記をどんな風に身内や島の人たちに話したろう。子供がちゃんと働いていた時代だったのだ。あっぱれ、したたかな少年だったにちがいない。

くわしく聞かなかったのが悔まれる。磯辺の色に染まった少年が熊本市を通り抜けて木山街道に入り、そこに開ける稲作地帯を見たわけである。少年はどんな感想を持ったことだろう。そう思って渡辺さんを眺めると、髪は白いながら稚気をたたえた真面目な風貌が、波のゆくえを見ておられた。一月一日のお生まれというのもめでたいことである。

そのあと、湯島のまわりの特殊な潮の動きについて、渡辺さんが図面をひきひき教えて下さるのを、病気上りの兄上松尾さんがやさしいまなざしで見守っておられた。心臓の具合はその後よくなられただろうか。

帰りぎわ、思いがけなく渡辺さんが、ご自分の船で江樋戸港まで送りとどけて下さった。そして船の上で嬉しい約束をして下さったのである。原城総攻撃のかからま潮の頃、櫓漕ぎの舟で原城のあたりまで連れて行って下さるとのこと。

「今はもう櫓漕ぎをやる人もめったにいなくなったでしょうし、渡辺さんなら大丈夫ですよ」

と川上さんと佐藤さんが喜んで下さった。

花あかり

草も木も人も、分厚い炎熱の底でわずかに息をしているような真昼、わたしは高嶋記者さんと不知火《しらぬい》町に出かけた。鶴田倉造先生におめにかかりにゆくのである。

もう幾年も前からお訪ねしたいお訪ねしたいと一方的に思い続けていたのだった。天草の方々の切支丹研究は、当の現場でもあるゆえまことに綿密で、わたしにはじつに勉強になるが、鶴田先生のお仕事からどんなに学ばせていただいていることだろう。

その先生が今度『原史料で綴る天草島原の乱』という史料集をお出しになった。知らずにいたところ、友人が来て満面笑みを湛えて言った。

「あなたの喜ぶものをプレゼントします。当ててごらんなさい」

とっさのことで何やらんと思いめぐらす間もなく、机の上に置かれたのが分厚いくだんの書物であった。思わず声が出ておしいただいた。「原史料で綴る」というのがなによりありがたい。

天草・島原の乱に少しでも心を寄せる者には、まことに待望の書である。当時征討軍に加わった各藩の記録がさまざまあること、地元の旧家や史料館にもまだ公刊されない記録のあることはわかっているけれども、それを古文書のままの形で読むとなれば一生仕事である。ともかく、ぼつぼつとそこに近づくよりほかないと思っていたことだった。

いつも感嘆するのだが、天草というところは郷土史の学統が確立していて、熱度が高い。かの有名な松田唯雄氏の『天草近代年譜』があり、さらにたどってゆけば上田宜珍の『天草島鏡』がある。『天草近代年譜』には今もずいぶんお世話になっているが、事項ごとの出典が明らかにされていないうらみがあった。今度の鶴田先生のお仕事は、これまで私たちが近寄り難かった関係文書類を解読し印刷に付されたもので、まさに「原史料で綴る」の名にふさわしい。驚喜したゆえんである。

それにしても、とわたしは持ち重りのする立派な紺の布製本を見ながら思う。日本のはしっこの島の市役所が、これほど実力をそなえた本を刊行するとは、なんという快挙であろうか。文化国家日本というのは、中央・地方の官僚が考えるように、同一パターンのリゾート公園だの、ポストモダンとやらの前衛建築を、田舎の風土に持ちこむことではあるまい。こういう郷土の歴史に根ざした志の高い仕事を、実のある形にして残してゆくことこそ、普遍的な文化の名に値いすると思う。

鶴田先生の長年のご研究あってこそのことであるが、それを行政の仕事として実らせた本渡市役所の見識に敬意を表し感謝したい。

鶴田先生のお仕事のまわりには、幾多の端倪《たんげい》すべからざる民間研究者たちがひしめいている。天草というところは他の地域を抜きん出て、学問が生きて働いているところだと思う。本渡のキリシタン館をちらりとのぞいて、小さな刊行物を手にしてみても、地域の人々の暮らしがこまやかに大切にされ、昔のことを丁寧にひき継いでゆく気風が感じられる。この本をひもといていると、そんな精神がはっきりと脈うっているのが読みとれる。

お目にかかるのは初めてだった。はつらつとした青年のようなお方だった。精神に少しのたるみもないからであろう。笑顔が初々しく、お話うけたまわっているとまことに楽しい。学校の先生を長くされたそうだが、新入生などすぐになついてしまったことだろう。

炎暑も忘れさせるような風通しのよい仕事部屋には、細川藩の記録のファイルがぎっしり詰っていた。お縁の方には、ひときわ大きなコピー機が座っている。こういう機器に弱いわたしはただもう、目を見張るばかりである。椅子や机の置かれ方、採光の具合などみると、部屋の主の性格や仕事ぶりがうかがえる。鎖国に入る前のただならぬ時代が先生のお心とともに生きているのだという思いに上気していると、先生はにこにこしておっしゃった。「人さまから史料を見せて戴くことがあるものですから、早くお返しするため、ぜひともコピー機が必要でしてね」

わたしははっとして、機械に弱いのなんのと言わないで、あやかるべきではないかと一瞬思いかけたが、ダメだダメだといっせいに言う友人たちの顔が思い浮かび、あやかれるかどうか心許《こころもと》なかった。

先生は朝の早いお方で、四時には奥さまと散歩に出かけられ、朝のうちにお仕事を終えられる由である。「仕事は一日二時間です」とおっしゃる。何という健康さ、本質的な充実。ここらあたりもわたしは見習わなければならないが、とても自信がない。

このお部屋の中に蒐集《しゅうしゅう》分類され解読され、取捨選択されたぼう大な切支丹史料のことを思うと吐息が出そうだった。軒先から庭の草花の花あかりがさしていた。やわらかなその光に包まれた板張りの部屋に座っていると、ここは先生の楽しいお仕事部屋という気がして、幸福という言葉さえ思い浮かぶのであった。

おびただしく集められた史料は信憑《しんぴょう》性の高い物だけを採録したとおっしゃるが、仕分けるまでにどのような労力と日数とを要したことであろう。その年月をもこの部屋は仕舞いこんでいるだろうに、綺麗に整理されて、奥さまが運ばれる茶器の音が和やかに聞こえる。

蝉が鳴いていた。永遠という時間の声に聞えた。三代将軍家光の時代、乱の端緒となる鉄砲の音が有明海を越えて、囲碁を楽しんでいた細川藩の家老の耳に聞え、夜になると大火事の様子が見えたというような書簡や、武士たちの覚書が日付順に整理されて並び、幕府をゆさぶった一大ドキュメントが原史料によって再現されたのである。この部屋でその労作が生まれたのだと感動しつつ、おいとましたことだった。

腐葉土

海辺のあちこちで、今年は魚が来ない、来ても小さいという話を聞く。

島原に近い天草沿岸ではエビが瀬につかないので、そのエビを好む鯛が来ないという話だった。芦《あし》北《きた》・水俣でも漁師さんたちが言われる。

「今年は真水の層が薄うして、潮が辛うなっとるとでしょう、いつもの場所に魚が居らんとです」

川口近くでは真水の層がいつもは一メートル近く潮の上に乗っているそうだが、今年は一尺くらい、あるいはもっと少ないかもしれないそうだ。何新聞だったか、瀬戸内海でも似たような事態が起きていることを報じていた。洪水があって山の朽ち葉や腐葉土が海へどっと運ばれた年は、アサリや蛤《はまぐり》がよく肥えるとは昔から言われていた。

考えてみれば、わたしの近くでも山が海に接している磯辺には点々と泉が湧き、小さな谿《たに》がいくつもあって、潮と清水のまじわるところにアオサが生え、そこら一帯は魚付林であった。清水すなわち雨が、海とそこに棲むものたちに、微妙重大な役割を果たして来たのだと、今度の日照りではつくづく思い知らされた。

「今までになかった日照りで、潮も辛うなりすぎて、魚が太うなりきらん」

漁師さんたちに真顔でそう言われると、海の生態はわからないが、濃くなりすぎた潮の中で、魚たちは息苦しいのか、目も圧迫されてひっこむのではないかなど、人に笑われそうなことも考える。そしてあの天草の乱の前の、「連年の日照りと飢饉」のことにあらためて想いがゆく。

連年の飢饉といえば大変なことである。今年のような天候が続いたのであろう。人びとはどんな思いで空を仰ぎ、乾いてゆく田畑を眺め、どういう会話をかわしていたことか。海の状態はどうだったのか。

乱の起りはじめの頃、一揆方に巻きこまれまいとして、島原方面とはまったく逆方向の、不知火海側に逃げて来た人びとのことが記録に残っている。芦北郡水俣の隣、津奈木《つなぎ》や佐敷《さしき》にも避難の舟が着いているが、ふだんとはちがう飢饉の秋から冬にかけて、海の上をやって来る人びとを見て、対岸の人びとはどう対処したのだろうか。

一揆の初期に、切支丹たちが寺社を打ち壊している。仏教徒には、外道《げどう》の者たちと見えたことだろう。巻きこまれたくなくて、逃げる機会をうかがっていた人びとが、宇土《うと》、松合や芦北方面をめざしたのは当てずっぽうではなく、かねて天草との往き来があってのことと思われ、逃亡者の記録もそのことをうかがわせる。

細川藩には天草・島原方面で起きつつあった事変の徴候は、かなり具体的に探知され報告されていたので、彼らは海辺の見張りたちに、いまの難民のようにとらえられ、切支丹であるかどうか取調べのため入牢させられた。大部分は釈放された模様だが、広くもない不知火海をへだてただけで、言葉もまるで違う対岸に渡って、この人びとはその後、どういう暮しを営み、どこに住みついたことだろう。

しきりにまぶたに浮かぶのは、小さな木の舟に、四、五人くらいずつ乗って漕ぎ渡り、浦々に近づくときのなんとも落ちつかない人びとの表情である。年寄りを連れ、赤児は背中にくくりつけるにしても、鍋や茶碗・皿のたぐい、着物・布団など、それに当座の食糧を積まねばならぬ。そのゆとりはあったのだろうか。

天草から見れば、球磨《くま》川口から右は芦北沿岸、左は八代《やつしろ》、松橋《まつばせ》の磯辺である。藩は違っても、漁や商いの往き来はかねてよりあり、通婚圏ですらあったろう。その対岸の渚に足を下す。

土にも潮にもよくなじんだ黒い素足を思う。

幼い頃わたしは海辺をあちこちして遊んでいたが、渚では砂のほかに、山から流れこんで波に打ちあげられた朽ち葉が、砂の上に薄い層をなしており、波の中にもこまかい屑が無数に浮遊していて、足にまとわりついたものだった。打ち寄せる波は、透明な潮の中に、そんな腐葉土の微塵を砂といっしょに遊ばせていた。

海と陸がまじわるところにいた最初の記憶だが、人が生活というものをはじめた足許とは、つい最近までそういうところだったと思う。

余儀なく一揆などに加わって無惨な死をとげた人びとの、もとの姿をたどれば、そんな波の戯れるおだやかな海辺の光の中に安らいで、一生を終えたかもしれないのに。

波打ち際をゆく素足のさまざま、網を曳き舟を押し出し、走る裾。子供の足、大人の足。渚とはわたしにとってそういうたしかな足の跡を偲ぶところである。

人びとはどこから来たのだろう。山の腐葉土が来た道にほぼ添って、水辺や川を下って海辺に落ち着いたのかもしれない。なぜ天草の福連木《ふくれぎ》の子守唄と五木の子守唄は親類なのか。わたしの幼時、家の職人さんや人夫さんたちは、どういうつてでやってきたのか。天草、球磨《くま》の人が多かった。それが印象ぶかいものだからいろいろ想像してみる。

一揆をかわして芦北沿岸に着いた人びとはその後どこへ往ったのだろうか。一味と見なされて処罰された人もいるようだから、逃げこむ所を探して球磨川ぞいにさかのぼった人もいるかもしれない。子守唄の遠い遠い旋律などに促されたりして。

今度の日照りで山と海とのつながりを考えるうち、わたしはその球磨の上流へ突然往ってみたくなり、担当の高嶋記者さんに打ち明けて同行してもらうことになった。次からはしばらくそちらの方を書きたい。

わたしは日本人です

結城了悟という、イエズス会の神父の立場から、日本キリシタン史の研究を精力的にすすめている方がいらっしゃる。スペインの人で、もとはディエゴ・パチェコといったのを、日本に帰化して名を改められたのである。長崎の日本二十六聖人記念館の館長をつとめながら、『ローマを見た』『天正少年使節』『日本とヴァチカン』『九州キリシタン史研究』等々、多くの著述をものしてこられた。

達意の日本文で記されたこの方のキリシタン史は、ザビエル以来のイエズス会の伝統に立ち、いわば教会の内側の視点から酷烈な殉教史を描いているのが特色で、しかも陰惨になりがちな史実を、殉教者たちのゆたかな人柄に焦点をあて、流された血を光に替えるといったおもむきで叙述されているので、読んでいて救われる気がする。

長崎西坂において磔刑《たっけい》に処せられた二十六人のうち、とくに十四歳のトマス小崎や、十二歳のルドヴィゴなどの描写を読むと、処刑を前にした少年たちのしなやかなうなじまで目にうかび、四百年前のことながら目頭が熱くなる。

ザビエルが伴ったジョアン・フェルナンデスのことを「二十二歳の徳の高い、語学の天分に恵まれた修道士」と書かれるけれど、思えば「徳の高い」など、いまの日本ではそういう言葉も考え方も死に絶えているのではなかろうか。こんな言葉が何気なく使われているのが、実に床しいが、結城神父ご自身、「徳の高い」お方なのであろう。

史料面でも、歴代のローマ教皇や教皇庁の高官の書簡が縦横に駆使され、有名なフロイスの『日本史』についても、そのあいまいさを忌憚なく指摘されている。

こういう著述をなさる結城了悟神父とは、いかなる人ならんと、ここ数年わたしは想い続けて来た。ご著書を通して人柄はしのばれるのだが、ザビエル以来、はるばる極東の島国に来航し、おびただしい報告をヴァチカンに送りつづけたかの宣教師たちの面影を、結城神父のうちに垣間見たい思いから、八月、原爆の日に長崎へ出かけた。

長崎はわたしにとって想いの深いところである。この地と天草、水俣をつないで『十六夜橋』なる舞台を設定し、大波止《おおはと》のあたりや茂木《もぎ》の港、去来の名句「君が手もまじるなるべし花すすき」の生まれた日見峠かいわいを、幾年歩きまわったことだろう。

強い陽ざしの中を車でゆきながら、その頃のことが思い出された。ほかの目的もあって水俣の杉本栄子さんと一緒だったが、熊本新港を出たフェリーが島原に着く直前、美しい渚がほんの僅かばかりあるのを一同みつけて声をあげた。

「あら、懐かしさよ。昔の浜ん甲羅《こら》じゃ」

口々にそう言ったが、不自由な体で今も漁を続ける栄子さんの歌うような、思いのこもった声が今も耳にしみついて離れない。愛野町のあたりだったか、道の辺に木槿《むくげ》の白い花がぽつぽつと目についた。小型のポプラをみるような姿に、やわらかい花びらをつけ、暑さでなにもかも萎えたような街道をふり返ると、白い花のまわりだけ微風があるような風情だった。

結城神父は思っていた以上に、茶目っ気を湛えて初々しく闊達な方だった。日本人がしなければならぬところなのに、遠くから来ていただいて、というような挨拶をしたと思う。すると神父さまは間髪をいれずに言われた。

「わたしは日本人です。日本人の結城了悟です」

これには参った。途端に複雑な想念が渦巻き、言葉の接ぎ穂がなくてしどろもどろになった。今思っても微笑がこみあげる。熱情の人なのだ。私はあの無教会派の巨人、内村鑑三を思い出した。明治の頃、崩壊する日本人の美質を惜しみ、憂えていた国士的キリスト者鑑三と、この方は立場こそちがえ、その精神のすぐなる点において似通っている。

記念館の二階に請じ入れられ、執務室というのか、小さな机のある部屋でお話を伺った。執筆はどこでなさるのだろうか。

日本の青少年たちが変わってきたとおっしゃったのがこたえた。この方は終戦後まもなく広島へゆかれ、被災の極限状態の中で働いている青年たちと出逢って、この国に生涯を捧げたいと思われたそうである。

「それまで私の持っていた日本のイメージは、例のフジヤマ、ゲイシャ的なものでしたから、私は私の日本を発見したのです」

崇高な出逢いであったろう。

「その時の青年たちにくらべれば、今の若い人は眼の色も表情も、頭の中も、変わってきました。そうです、指導者がいないんですね。身を挺して若い人を導く人が。でもね、私は子供たちが好きです。ここには学生たちが来て、真剣に勉強してゆくんですよ。よき未来を手渡さなくてはと思っているんです」

強い眸の色で神父さまは窓の外を見られた。つくつく法師が鳴いていた。まったく同感であったが、申し訳なくやりきれなかった。

渚のおもかげ

宇土《うと》半島は濃霧に閉じこめられていた。島原普賢岳も洋上の霧の彼方にあってまったく見えない。こういうことは初めてだった。

例年にない寒さが続いて、いきなり五月上旬並みという暖かさになった。人吉や阿蘇方面にも濃霧注意報が出ていると高嶋記者さんがいう。車のラジオが北海道古平《ふるびら》のトンネル事故のことを伝えていた。前方からぼんやりヘッドライトが灯り、車があらわれる。高嶋さんはよっぽど気を使って運転しているに違いない。なにしろ右側はすぐ海の崖である。

有明町に入り、リップルランドなる施設と海水浴場が出来上っているのに驚く。いずれ名のある建築家の〝作品〟にちがいない。天草の人々が町おこし村おこしに情熱を傾ける気持は痛切と思うが、こういう装いの施設が束の間の村の夢にならないようにと、なにかほろにがい気持にひたされながらゆくうちに、丘の斜面を利用した駐車場の真ん中に、見事なアコウの木が残されて、根元に石蕗《つわぶき》が植えてあるのを見てほっとした。

もとの丘の形を想起できないのがとても残念だったが、ほかにも感心したものがあった。海にせり出して築かれたふたつの突堤の石垣である。

この三十年ばかり、日本全国、川も海辺も山さえもコンクリートで護岸され、渚や川辺の植物は息の根をとめられ、水面にさし出た草の蔭や石垣の穴に宿っていた魚介類は棲むところを失い、子供が水に落ちても、とっさにつかまる草も木の根もなくなっている。

わたしは幼時、旧水俣川の河口で遊んでいて、あま辛い潮の中で溺れかけたことがある。ああっと思う間もなく沈みこんで、ふた口ばかり潮をのんだが、とたんに足が石の面にふれて、頭は水の上に出た。驚愕と恐怖と安堵が一瞬に交錯した。石垣がゆるやかな斜面になっていて、立つことができたのだった。今のような垂直のコンクリートだったら助からなかった。

有明町の渚に突き出たふたつの突堤は、じつにゆるやかな斜面をなして組みあげられた石垣である。なつかしかった。これなら釣人も子供も、根元の方まで石を踏んで降りられる。

この列島の海辺や川や山をぐるぐる巻きにしているコンクリートをとり除いて、昔の天草石工が築いていたような石垣になる日が来ないものかと切実に思った。いっそ、うんと昔の風情をよみがえらすことで、天草は近代を超えた先端に躍り出ることができるのではないか。いま日本人の心の奥には、失われた故郷の姿を求める気持が疼いていないだろうか。

僻地の奥まで、どこもかしこも似たり寄ったりの観光地になり、最初の頃できた施設はもう廃墟になりつつある景観の中に、おや、と思うようなしっとりと情趣のある海岸線があったとしたら、ああこれが日本の原風景だったと、忘れていたものを思い出すことだろう。そして都会生活に疲れた人々が、魂を憩わせにくるだろう。そんなことを、有明町ゆかりの亡き郷土史家、北野典夫さんと語らってみたかったと考えたことだった。

鬼池港に着いたら、濃霧で連絡船がおくれるという話もあって気をもんだが、無事口之津に渡ることができた。

島原の乱のはじまりの頃、一揆方が米や武器などを奪ったという松倉藩の倉庫はどのあたりにあったのか。その見当をつけたかった。もと税関のあった岬に、歴史民俗資料館を訪ねる。二年前お目にかかった白石館長さんが健在でいらしたのが嬉しかった。

前回心残りして帰った展示物をあらためて見せていただいたが、その品目の豊かで多彩なことにおどろく。朝顔型のラッパのついた蓄音器とか、外国製の時計やミシン、それにおびただしい外国タバコの箱などは、この地がかつて三池炭鉱の積み出し港であり、三井の外国航路の船員を輩出したところだった名残りであろう。

しかし、キリシタン関係の遺物はまるでない。フロイスの『日本史』がこの地で著わされたことはあまりにも有名だが、そのときの教会の跡さえ確定できないと白石館長は嘆かれる。

港の奥まった場所に玉峯寺という寺があって、そこらは近年、付近を地ならししたことがあった。館長は何が出て来るかわからないので、工事が終るまで見張りにゆかれた由である。しかし何ひとつ、それらしきものは出て来なかったという。

「籠城の前や後で、焼き尽してしもうたのでしょうか。口之津は全村民籠城して、全滅しとりますから。しかし、一人なりと生き残った者がおりゃあせんかと、思うとるんですが。山ひとつ越えた北《きた》目《め》の方にゆけば、キリシタンの詮議はきびしゅうなかったですから、北目に潜んだ者がおっても不思議ではありません。こちらは南目《なんめ》といいます」

そして館長は、どこか遠くの方を見るような眼になられるのだった。

常夜の御灯り

沿道の桜の枝が風にふるえている三月末、天草は栖本《すもと》に着いた。海辺の円性寺《えんしょうじ》に伝わる「流灌頂《ながれかんじょう》」を拝しに行ったのである。三十数年前、亡き母と共にはじめて訪れた時は本渡行きの船でゆき、沖合いまで迎えに来た小舟に乗り移って、戸ノ崎という浦から揚《あが》った。

ここらの景色は母や祖父母のことと重なって見え、想いは年々深くなるばかりだが、母の願いは先祖の墓を掘ってもらい、円性寺にお参りすることだった。墓を掘りに集まって下さった方々のえもいえぬ心遣いが身に染みた。

お寺にゆくと、もの優しげな老婦人たちが供養ごとか何かで見えていて、母が挨拶するうちその人びとが、

「あらぁ、それなれば、お家と私たちは他人じゃあなか」

と言い出された。長居は出来ない旅で、「名残り惜しさよ」と山門まで見送って下さった婦人たちのことを、母は後々まで、

「柳の人たちだった」

と懐かしんでいた。並の一生ではなかった母にとって、かの時のことはよほどに深い慰めとなっていたにちがいない。

幼ない頃に天草を出てめったに帰れず、ご先祖の墓を預けたままにして、生みの母の失明や発狂や家の破産等々が重なり、ゆき来も絶え絶えになっていた親戚たちと逢い、ひとめ顔を見、ひと言交わそうとすれば泪が先に出る旅だった。天草入りする度にその時の、母の切ない心をわたしもまた引き継いでいる気がする。というのもわたしの母は十《とお》時分から、発狂した生母のことを心にひき受け、

「自分の方が親の気持にならなければ」と思っていたというのである。

わたしの祖母は盲目の杖をひきながら、近寄ってくるよその子供たちに、首をかしげていつも尋ねたという。

「港に、大きか船の、来とりやっせんじゃろうか」

来ていないというと、しんとした様子になって呟やいた。

「来るはずなるばって……」

港に船が来るはずとは家族には言わなかった。よほど心にしまいこんでいた事にちがいない。栖本界隈の渚や山々は見えない瞼《まぶた》にどう映っていたのだろうか。船に乗ってどこにゆくつもりだったのか、盲目の身で。さまよい出て誰もいない辻に立ち、

「常夜《じょうや》の御灯《みあか》りがなあ」

と呟やいたことがあった。私は六つくらいで、意味のわからぬ言葉ながら大切なことに思えた。

浄土宗仏日山円性寺。高い石段も二層の楼門も古さびて、名刹の由緒を思わせる。石段を下ると今

は埋立てられて車置場になったあたりに、昔常夜灯《じょうやとう》があったと方丈さま（石原照堂氏）に教えられたのは数年前だった。祖母の呟やいていた「常夜の御灯り」の意味の糸口が、はじめてほぐれ、胸をつかれる思いだった。

ちょうどその石段を、楼門をくぐった一団が下ってくるところだった。「引回向《ひきえこう》」の行列とわかった。引回向とは家々の供養の卒塔婆を小さな西方丸に乗せ、お稚児や僧侶や檀家の人たちで縒の綱なるものをかけ、皆で囲んで渚まで下す道ゆきをいう。下りきれば西方丸を沖まで出して火をかける。その炎上するさま、人びとの合掌する姿が荘厳で、これを「流灌頂」という。

行列の中心に赤い大笠をさしかけられて〝照堂上人〟が正装し、人びとに囲まれながら下りて来られるのを見つけ、ご挨拶した。四十八夜の別時《べつじ》念仏を勤めあげて、やつれたような面《おも》ざしになっておられた。弥陀の四十八願にならった念仏行で、最終の日に「流灌頂」が行なわれる。四年ごとの行事である。この日が来たら教えて下さいと頼んでおいたら、お招きに預ったのだった。

銅鑼や太鼓を持つ坊さまを先導にしてゆく行列のあとにくっついてゆきながら、コンクリートの埠頭に立ち、ありし日の常夜灯のことを偲び、たぶん十代の頃、かの楼門を振り仰ぎながら舟に乗ったであろう祖母のことを想っていた。磯の有様は今とはちがうといえ、古雅な「流灌頂」があったろう。昔はこの日、縁日が立ったそうである。今より更に趣も深かったろう。

島原・天草の乱後、征討軍の要職にあった鈴木重成が、人口の激減した天草を復興せよという任命を受け、代官として来島した。前代領主の苛酷な検地による石高割当にあえいでいた島民のために、石高半減を上訴して切腹するまで十三年間、この人はじつに手厚く、虐殺された者たちの霊を弔らい、仏教や神道の復興につとめ、人心の安定のために奔走し続けた。

その手はじめの仕事として形を見たのが、天草四ケ本寺の一つである、この円性寺だった。キリシタン絶滅後、寄るべなき民衆の心の依拠する所を、誰しもが欲していたことだろう。私の祖父はこの寺のことを奉行寺と称んで、尊崇していた。

臼杵行

戦国の余燼《よじん》がまだくすぼって、血なまぐさい風が大地から湧き出していたと思える時代に、宣教師たちがやって来た。

織豊の時代に顕著になったわたしたちの先祖の、粗暴な狂熱が徳川のはじめになって地下にもぐり、折りあらば通りかかるものたちを、身ぐるみ剥ぎとってしまいかねない野盗的気分が、武士たちをはじめ百姓たちの間にまでゆき渡っていた雰囲気が、ザビエルの都上りの記述に出てくる。

武力、財力を持てるものたちは庶民にとっては油断もすきもならず、ましてや、生きる力の弱い者たちにとって、心の楽土など見出せない時代であった。

そういう日本にやって来た宣教師たちだったが、彼らは最高権力者たちと常に接触を持ちたがっていた。急激に交替する権力層を見定めるため、京都を主要な拠点に考えたらしい。

さらにその上で布教の本質的な核を求めてより純朴な信徒を得るべく、九州の海岸べりをまわり、臼杵《うすき》や府内、大村、島原地方、そして天草に信者を獲得、九州全般をシモと呼び京都方面をミヤコと呼んで、これをつなぐ定型的なルートを考えていたようである。

「臼杵のトノ」という記述が彼らの残した文書によく出てくる。大友宗麟《そうりん》のことだが、宣教師たちの母国にも、「トノ」たちの側にも、布教とセットで、貿易への期待が大いにあった。ゆく末キリスト教国となるであろう日本が、ポルトガルに領有されるという希《ねが》いも大航海時代の宣教師たちの「愛国心」と共にあった。

出逢いはきわめて鮮烈であった。

当時の世相や人心、その風俗などを上から下まで、宣教師たちはじつに克明にイエズス会あてに活写しあげて送っている。翻訳されただけでも、読みこなせないが、未翻訳の報告書が各国の文書館にねむっているというから、あちらの国の文書保存能力はたいしたものである。

ちゃんとした世界地図も海図もない時代、海の涯《はて》の蛮族に神と文明をもたらすという使命感に憑かれてやって来たザビエルやフロイスにとって、日本という島国を見出した喜びはいかばかりだったろうか。イエズス会は、「世界をあまねく掌に握るというとも、アニマ（霊魂）を失うにおいては何の益ぞ」というマタイ伝の一句にもとづいて設立されたといわれる。彼らの目に映った日本人の隠れた資質は、まさにこのような彼らの熱烈な感情にこたえるものであったにちがいない。

昨年の夏、わたしは友人たちとともに初めて大分県の臼杵市をたずね、ついでに野上弥生子さんの生家や、東京から移築された住居を見た。

スペイン風の外観のその家は、裏手がすぐ海であった。静かな入り江は折柄引き潮だったが、満ち潮ともなれば、家々の石垣まで波がひたひたと寄せるだろうと思えば、なんとも懐かしかった。海の向うから船が来る。ゆっくりと渚に近づく。陸の上の人と、舟の人とが目を見合わせ、近づきながらひたひたと眸を見合う。出会いという原風景がここにある。

フロイスが克明に描きだした当時の日本人の姿が、ありありと私にも見える気がした。たとえば彼は、細川ガラシャのことを、非常に利発で、活発に質問をするひとりの貴婦人として描いている。臼杵の渚に立って潮の匂いをかいだとき、思いがけなくかの時代の人びとの体臭が、じつに身近かに、わたしのまわりにふわっと立ちこめたのだった。渚は歴史をそこに溜めて、待っていたのだろうか。

臼杵はかつて大友氏の領国で、国主大友宗麟がキリスト教に帰依し、宣教師を保護したことはよく知られている。宗麟の家臣たちが四旬節の行事を熱心につとめたことを、宣教師は記録している。侍たちが襷《たすき》がけで松の枝を切ってきたり、アーチや鶴の飾りものをつくったりして、はればれ、いそいそと働いた。その有様をキリシタンでないものも、たくさん見物に来たそうだ。やわらかい渚の風に吹かれていると、そんな人びとの身のこなしが偲ばれた。戦国の世を経めぐって来た侍たちにも、束の間の平安があったのだ。

見上げれば町の背後は深い山なみである。海辺にそって南下すると宮崎の海岸だが、宮崎には耳川なる川があって、そこで大友勢と島津勢の合戦があり、大友勢は大敗したという。耳川とは、なんと古代的な響きだろう。耳川に立って、古いキリシタン史の幻を思いうかべてみたい。耳川の上流は山深い椎葉《しいば》である。山の民の目から見れば、一世紀たらずの日本キリシタンの歴史とは、いったい何を意味するのだろう。

渚に立って山を見ながら、むらむらと神の召命《しょうめい》のごとくに、わたしは耳川にゆきたくなったのだった。その古代的紀行をいずれ、書きたい。

空にしるすことば

二月二十六日（一九九七年）朝、わたしたちは熊本新港から車ごとフェリーに乗りこみ、島原港に向った。夥《おびただ》しいカモメが船に近づいて離れない。

乗客の誰かがパンをむしって掌に乗せるのを、羽根をゆすらせながら来て、啄《ついば》んでいるのだった。三十幾年か前に天草の漁師さんから、東支那海まで鰹船についてゆく、カモメの群の話を聞いたことがある。パンやら弁当の残りを狙ってくるのは、人間の影響を受けて、カモメも文明的に退化しつつあるのではないかと思ったりした。

空を見ていて連想することがあった。島原の乱の後半、あちこちの山や空に、キリシタン一揆方と内応しあっているのではと幕府軍に想わせた狼火《のろし》や凧が揚がった。

血なまぐさい風の中で揺れている凧はいかにも意味ありげで、幕府軍に包囲され、一歩も原城から出られぬキリシタン籠城組が、城の外の山に潜んでいる者たちと何らかの合図をしあっているとは、素人でも考えつくが、誰が揚げたか、何の意味だったか。

キリシタンを名乗れば命を奪われる時代、しかも皆殺し作戦を立てて来ている十二万もの征討軍が、狭い半島の中にぎっしりつめているところへ、凧を揚げる。ひょっとすれば遊びや風流だったか。天草・島原の乱を、いつか小説にしたいと取材を始めた。その過程で浮かんだものをこの『草の道』で紹介すべく、連載をはじめるようになった。

れいの火砕流のことが続き、雲仙岳の上空へ目をやることしばしばだったが、わたしのまぶたには、かの時代の、まぼろしの鍔が今でも思い浮かんでくる。

もし鍔の作り手がキリシタンたちだったとすれば、見えない文字が記されていたはずで、それを何と読むのか、後世の者たちへ、亡き人たちが訴えかけているような気がする。

雨の中を島原城へゆく。キリシタン関係の遺物が大切に収納されていた。ガラスを張った向うに陳列されているのがもどかしいが、大切な物ばかりなのでそのつもりになって観せて頂く。

宗教的な秘儀を語る物品がさまざまあり、刀の鍔《つば》などの美しい十字模様を見ていると、それがみな、思いつめた心によって創り出された文化の質をなしていて感動させられる。乱の当時、この島原界隈に、刀鍛冶や鉄砲鍛冶をやる人々がいたという記録を思い浮かべた。漁師も百姓も鍛冶屋も、現職の侍も、牢人（浪人）もこぞって一揆方になった村々があった。うかうか生きている今の私たちよりは、ひたむきに生きていた時代だったろう。

陽のあるうちに口之津までゆきたかった。三年前だったか、口之津、鬼池の間を流れる早崎海峡の潮に接して仰天した。潮の流れに段差が着いて、おそろしい響音を立てている渦を見たからである。あらためて、口之津側から対岸天草を眺めて見たかった。

ゆく度にお世話になる民俗資料館長白石正秀氏の、八十七歳とはとても思えぬお若さにおどろく。収入役時代の二十年、助役八年の間に、広報係などにも頼んで民具を集め、税関跡をゆずり受けて資料館になさったという、夥しい海の資料館である。

「まあ、隠居所のようなものでして」

おだやかな表情でおっしゃるのに甘えてお尋ねした。

「乱のぼっ発の時、松倉の殿さまの米倉が口之津にあって、一揆軍がまずその米倉から兵糧を奪いますよね。米倉はどこらあたりにございましたのでしょう」

「それがですねえ、よく尋ねられまして、心がけて探しておるのですけれども、今のところ、何一つ、乱の関係の物は出て参りません。湾の奥の寺が先頃再建されて、遺構を掘りましたもので、その時も、何なりと出て来んものか、さいさい行って見ておりましたが、それらしい物が出て参りません。ご住職にも頼んで気をつけておりましたのですが」

驚くべき収蔵物を持つ資料館長の力をもってしても、乱の遺物は出て来ないという。微笑みながらおっしゃるには、

「口之津という所は、よほどに打ち毀され、焼き尽くされたんだろうと思います。今の町全部を、掘り返してみれば別でしょうが。何しろここは、キリシタンの本元で、巣の様な所ですから。当時は、キリシタンでない方がおかしかったですよ、きっと」

乱の起きる前の鮮血にまみれていたこの地のことを考えた。

潮のことをお尋ねすると田口金生氏をお呼び下さった。観光遊覧漁船の副組合長さんである。

「乱の前、この地の大百姓に天草から嫁に来た娘がいます。後で水牢に入れられて殺されますが、せめて嫁入りの時の花嫁は幸せに、皆に祝福されて舟に乗せたいのですが、月夜の舟にしようか、昼間の舟にしようか、どんな潮にしようかと迷っています」

とわたしは言ってみた。するとお二人は、何とも優しいお顔で、

「そりゃ、昼！　昼の潮にして下さい」

と声を揃えられた。

『草の道』の連載はこれで終り、来春（一九九八年）から天草・島原の乱『春の城』の小説をはじめることになった。目の弱い私は担当記者の方々に手とり足とりお世話をかけた。皆さまのお力を得て、書いてゆきたいと念じている。そして何を隠そう、私の今をもっとも深くつき動かしているのは、水俣の患者さんたちの受難と、時には神に近いその姿である。

〈幕間〉「春の城」の構想（インタビュー）

――天草・島原の乱を書こうと思ったのはいつごろから。

根っこには水俣病にかかわった時の体験があります。昭和四十六年、チッソ本社に座り込んだ時、ふと原城にたてこもった人たちも同じような状況ではないかと感じました。

機動隊に囲まれることもあったし、チッソ幹部に水銀を飲めと言おうという話も出ていた。もし相手に飲ませるのなら自分も飲まなければという思いもあって命がけだったけど、怖くはなかった。今振り返ると、シーンと静まり返った気持ちに支配されていたような気がします。それで原城の人たちも同じ気持ちではなかったかと。それから長い間、乱のことを心の中で温めていました。

ろう城側の記録は残されていないんですが、当時の名もない人たちの思いを書ければと考えています。

――天草は石牟礼さんの生まれた土地。愛着があるのでは。

私はすぐに水俣に移ったが、父も天草の生まれ。天草に対する思いは強いんですよ。なにしろ人がいいというか、純朴な土地柄。他人を疑うことをしないというか……。

知り合いが病気すると「もだえてなりともかせせんば」と言う人がいる。何もできないけれど、治ってほしいというういちずな思いが病人の力になれば、という意味。今の世の中が忘れている心ですが、そんな人たちの中にキリスト教が入っていった。失われた日本人の魂を書きたいと思います。

――ヴァリニャーノをはじめとした多くの宣教師や、天草四郎についてはどんな考えを。

宣教師の中には日本人を見下した人もいるにはいましたし、商業的利益を求める部分もあったと思う。でも決してそれだけではないのは、たくさんの殉教者を見ても分かること。ある宣教師が黒っぽい米とみそ汁、わずかな魚を土地の人たちから出されて、聖餐《せいさん》の喜びを賜ったと書いています。貧しいけれども初期の教会はこのようなものであったろうと。当時の仏教は民衆を救うことについては怠慢だったし、素朴な民衆と熱心な宣教師の出会いが、日本の中に別の国をつくったという考えを抱いています。四郎は人格、教養とも備わった若者にするつもり。民衆を素直に信じる人間として書いてみたい。

——長編になるが、物語はどういう展開となるのか。

まず天草の二江《ふたえ》から島原の口之津に嫁入る女性おかよを中心に、その家族や民衆の様子、思いをしっかり書きたい。秋の嵐《あらし》で被害が出、例年の不作からしだいに飢餓が広まって、富岡、口之津のほう起につながっていく。

一方で四郎は、長崎の海産物問屋で商人の勉強をするうちに右近という男性と出会います。強い意志を持っている四郎も乱の首領にかつぎだされ悩むが、冷静で切れ者の右近が、四郎の内面的な相談相手となる。おかよは乱の最中に船で海から原城に入り死んでしまうんですが……。

四郎の最期をどう書くかは大きな課題。乱だからといって残酷には描きたくない。ダンテの「神曲」地獄編のように〝詩〟として描ければと思ってます。

四郎が死に際に見るパライゾ（天国）の様子と、引き揚げていく幕府軍の中からわく慟哭《どうこく》。無垢《むく》の民を手にかけた、自分たちがやったことは何だったかという自問が生む涙を、四郎と対比させる。天国と地獄は背中合わせに、この世にあるんだというイメージを思い描いています。（一九九八・一・三）

春の城

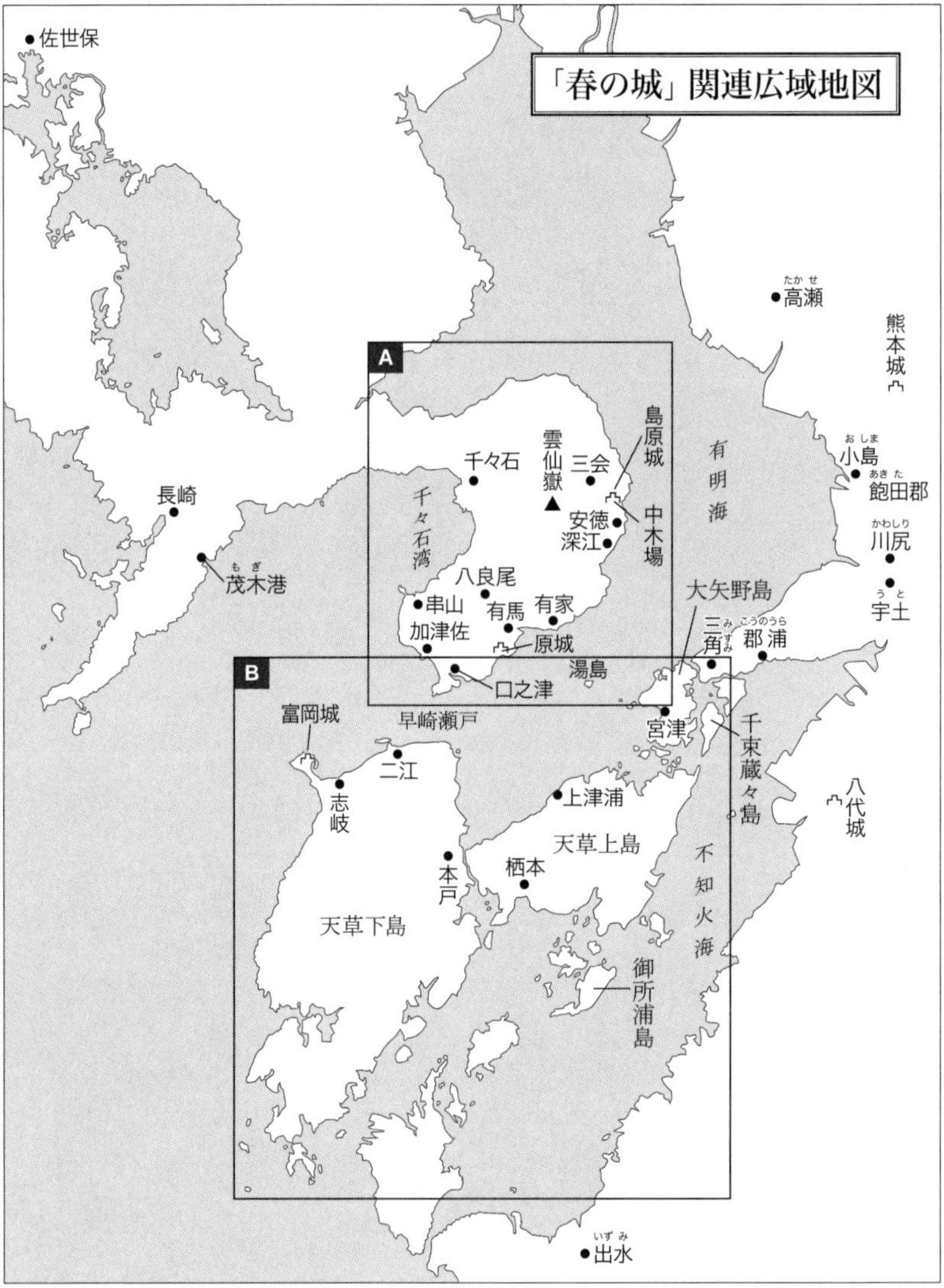
「春の城」関連広域地図
佐世保
高瀬《たかせ》
熊本城
A
B
雲仙嶽
島原城
千々石
三会
千々石湾
安徳
深江
中木場
有明海
小島《おしま》
飽田《あきた》郡
川尻《かわしり》
長崎
茂木《もぎ》港
八良尾
串山
有馬
有家
加津佐
原城
大矢野島
宇土《うと》
三角《みすみ》
郡浦《こうのうら》
湯島
口之津
富岡城
早崎瀬戸
宮津
千束蔵々島
二江
志岐
上津浦
八代城
天草上島
不知火海
本戸
栖本
天草下島
御所浦島
出水《いずみ》

A

島原拡大図
伊古《いこ》
多比良《たいら》
守山《もりやま》
湯江《ゆえ》
野井《のい》
東空閑《ひがしこが》
愛津《あいづ》
大野《おおの》
千々石《ちぢわ》
三会《みえ》
島原城
雲仙岳
中木場《なかこば》
安徳《あんとく》
小浜《おばま》
深江《ふかえ》
八良尾《はちらお》
布津《ふつ》
串山《くしやま》
須川《すがわ》
有家《ありえ》
堂崎《どうさき》
北有馬《きたありま》
加津佐《かづさ》
南有馬《みなみありま》
日野江城
口之津《くちのつ》
大江《おおえ》
原城

B

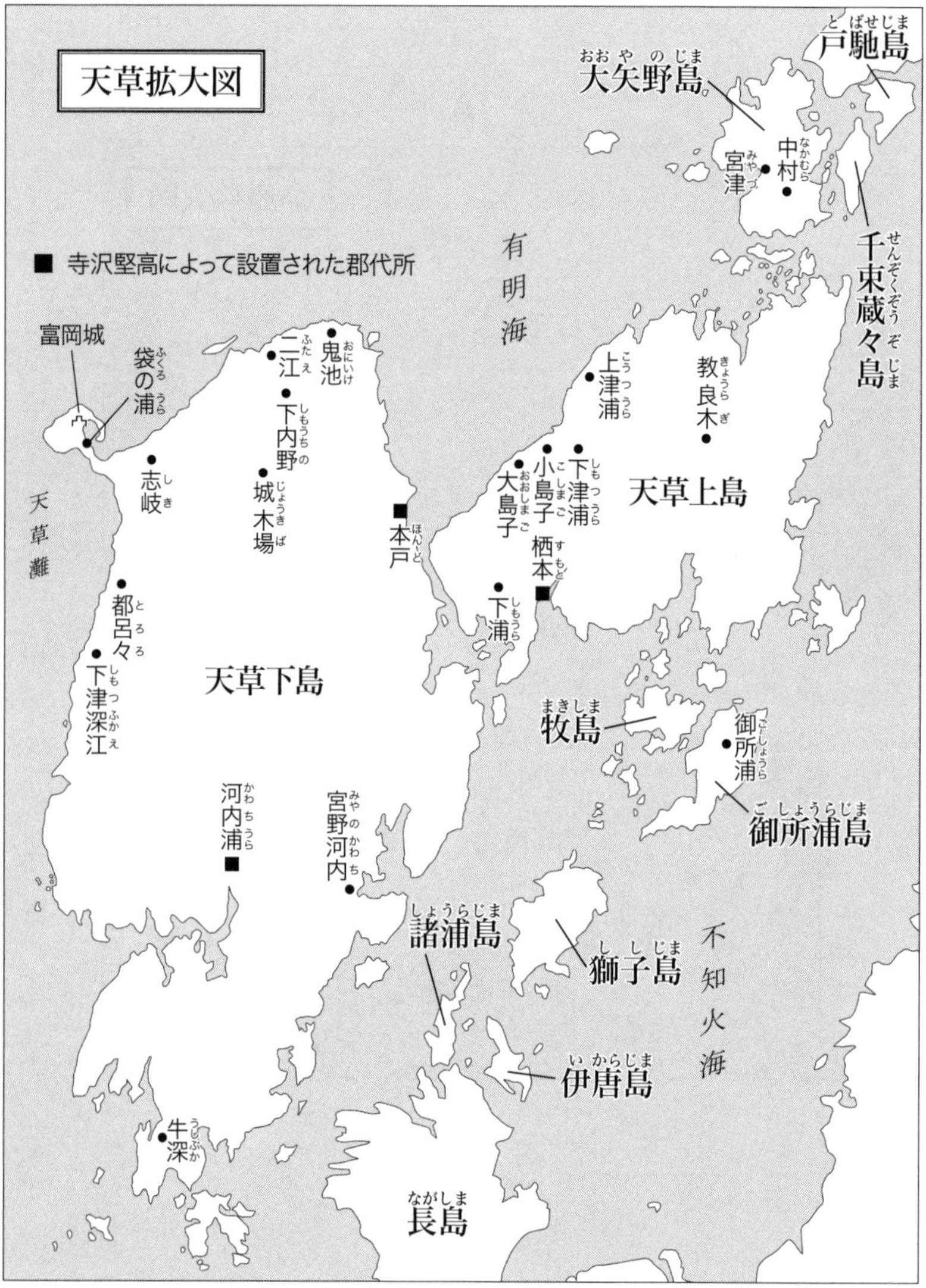

天草拡大図
■ 寺沢堅高によって設置された郡代所
戸馳島《とばせじま》
大矢野島《おおやのじま》
宮津《みやつ》
中村《なかむら》
千束蔵々島《せんぞくぞうぞじま》
有明海
富岡城
袋の浦《ふくろのうら》
二江《ふたえ》
鬼池《おにいけ》
下内野《しもうちの》
志岐《しき》
城木場《じょうきば》
本戸《ほんど》
上津浦《こうつうら》
教良木《きょうらぎ》
大島子《おおしまご》
小島子《こしまご》
下津浦《しもつうら》
天草上島
栖本《すもと》
下浦《しもうら》
天草灘
都呂々《とろろ》
下津深江《しもつふかえ》
天草下島
牧島《まきしま》
御所浦《ごしょうら》
御所浦島《ごしょうらじま》
河内浦《かわちうら》
宮野河内《みやのかわち》
諸浦島《しょうらじま》
獅子島《ししじま》
不知火海
伊唐島《いからじま》
牛深《うしぶか》
長島《ながしま》

主要な登場人物

《天草下島・内野の村の清兵衛一家》

清兵衛　家主。仏教徒の百姓で村役。切支丹の妻を受け入れ、宗派にこだわらない人柄。

おふじ　清兵衛の母。天草下島・志岐の生まれで切支丹だったが、嫁になって棄教。

おのぶ　清兵衛の妻。志岐の生まれで切支丹、嫁になっても切支丹で洗礼名はマグダレナ。早世。

佐助　長男。親も妻子も置いて、蓮田大助と共に一揆に参加。

おかよ　長女。蓮田大助の嫁。切支丹の蓮田家に嫁いで、母と同じ洗礼名を授かる。長女あやめ授かる。一揆に参加。

なな　清兵衛・おのぶの次女。

《島原・口之津の蓮田一家》

蓮田仁助　親代々の庄屋で信心の篤い切支丹。実直を絵にしたような人柄で、村の百姓や漁民の指導者格で、コレジョ（学問所）再興のため屋敷を提供。屋敷は一揆の際に本陣となる。

お美代　仁助の妻。切支丹。夫仁助と同じように、宗派にこだわらない優しい人柄。一揆に参加。

大助　長男。「蓮田の兄しゃま」と子どもたちに慕われる存在。嫁におかよを迎え、益田四郎とも親しくなって、一揆に参加。

おうめ　お美代の子守で、お美代が嫁入り時に一緒に蓮田家へ。仏教徒で、家事全般の担い手、「倉の守り神」。切支丹でないにもかかわらず一揆に参加、原城立てこもりの賄い方を担う。

松吉　蓮田家の作人頭で切支丹。船の漕ぎ手でもある。一揆に参加、おうめと共に賄い方となる。

熊五郎　殉教者の孤児。蓮田家に拾われ、大助より一つ上。作人となる。一揆に参加。

すず　孤児、蓮田家に拾われ、おうめの薫陶を受け、あやめの子守になる。

蜷川左京　口之津の切支丹武士組の組頭でもある庄屋。軍師として一揆に参加、最前線で闘う。

蜷川右近　左京の長男。書物神といわれるほどの切支丹の論客。コレジョを蓮田家の中に再興する。四郎を最後まで支えて一揆に参加。

竹松　「酒だけが甘露のマリア様」とする酒飲み。口之津の零細漁民。一揆に賄い方として参加。

与左衛門　口之津きっての大百姓、左京たちのコンフラリア（信心組）の肝煎り役の一人。一揆の発端。

長市　与左衛門の長男。妻を人質に取られ、挙句の果てに妻子を殺され、一揆に参加。

おきみ　長市の妻。天草出身で、蓮田家に来たがった。過酷な牢獄で、子の出産とともに死去。

辺見寿庵　有馬直純の旧臣、口之津の切支丹武士組の浪人の頭目、茶人で、能もたしなむ文人。一揆の軍法の指導者の一人。

千々岩伴内《ちぢいわばんない》　有馬直純の旧臣。切支丹武士。帰農して島原・加津左村の庄屋。一揆に参加。

加津左兵庫《かづさひょうご》　有馬直純の旧臣。切支丹武士。とぼけた性格。一揆に参加。

《益田家とその親族》

益田甚兵衛　切支丹大名・小西行長の家臣、天草・大矢野の地侍。一揆の首謀者の一人。教養人で、能をたしなむ。息子・四郎を長崎遊学させる。

益田四郎　天草四郎のこと。幼い頃から神童と呼ばれ、親族の誇り。長崎の遊学から戻って元服。長崎のおなみを「おかっつぁま」と慕う。

益田源兵衛　四郎の祖父。弁指し(網漁の元締め)の弥三の仲立ちで四郎が長崎商人・おなみの世話に。

おいね　甚兵衛の妻、霊名マルタ。一揆の際、細川藩の人質に取られる。

福　四郎の姉、霊名レシイナ。渡辺佐太郎との間に小平とまんを産む。母と共に、人質に取られる。

小平、まん　福の子。原城に送り込まれる。

渡辺伝兵衛　天草・大矢野の大庄屋。熱心なキリシタンで、甚兵衛の決意に賛同、一揆に参加。

渡辺小左衛門　伝兵衛の長男で家督を継ぎ、小左衛門を名乗る。天草切支丹の大将として一揆に参加。細川藩に捕らえられ人質に。

渡辺佐太郎　小左衛門の弟で、益田四郎の姉・福が嫁いだ。一揆に参加。子・小平と四郎の妹の万、原城に送り込まれる。

梅尾七兵衛　天草・上島・上津浦の庄屋。母・お里は、渡辺小左衛門の伯母。一揆の際、四郎の本陣となる。

お里　七兵衛の母。四郎の祖母と姉妹のように親しかった。一揆に先駆けて自害。

常吉　上津浦の半農半漁の零細民。七兵衛の母・お里に馴染む。原城では、賄い方の竹松と知り合う。

三吉　父が北有馬の殉教者。老母と共に村役人に捕らえられ、一揆に参加できずに死去。

おなみ　長崎の唐物を扱う商人、天草の僻村の生まれ、両親は切支丹。弥三のつてで長崎に遊学した四郎を助け、右近に南蛮経本を届ける。一揆にも参加。

弥三　口之津の弁指し、唐人船ともかかわりを持つ。お美代とは幼馴染で、蓮田仁助と昵懇、清兵衛の娘・おかよと大助とを結びつけた。

西忍《さいねん》　広島の潰れ百姓の息子で、寺に拾われ、天草まで流れた説教嫌いの浄土真宗の僧侶。「もう一つのこの世」を口にし、「今弁慶」とあだ名される。

鈴木三郎九郎重成　兄の正三が出家したあと鈴木家を継いだが、将軍家の御納戸《おなんど》頭を務めるような有能な行政官僚で、四一歳で上方代官に任ぜられた。大坂一帯を襲った大洪水の復旧に目覚しい成果をあげ、堤奉行も兼任するが、鉄砲や大砲の調達や管理を主な仕事としていた。松平信綱の命により、鉄砲奉行として、大坂から大砲や玉薬を運び、一揆と対峙する。しかし、堤奉行の時、隠し田が発覚した農民の減刑に苦慮するような人物で、一揆にも複雑な感情で臨んだであろう。一揆壊滅後、幕府の直轄領となった天草の初代代官に任ぜられ、兄の助けを得ながら、一二年間、天草の再建に尽力し、年貢の半減を幕府に願い出たが入れられず、江戸で割腹自殺した。

鈴木正三《しょうさん》（一五七九—一六五五）　三河の人、幕臣であったが隠居を面向きの理由として、出家して正三と称し、仁王のごとき勇猛心をもって座禅せよと説く仁王禅に顕著であるように、江戸時代では稀有な宗教者・思想家であった。キリスト教を批判した『破吉利支丹』という著作がある。九歳年下の弟の重成が堤奉行をしていた折、隠し田が発覚した農民の減刑に苦悩していたとき、弟を叱咤激励したことがあったが、重成が天草の代官になった翌年、天草にたどり着く。足掛け三年、弟を助け、幕府に働きかけて、相当な額の資金を獲得し、多くの寺院を再建した。鈴木兄弟が再建・新設した寺院は、三十を超えるとされているが、現在確認されている寺院は一七で、禅宗九、浄土宗七、真言宗一で、一宗一派にとらわれない正三らしい配慮が見られる。こうした天草での仕事の総仕上げが『破吉利支丹』で、再建にかかわった寺に一巻ずつ納めたという。

（作成・編集部）

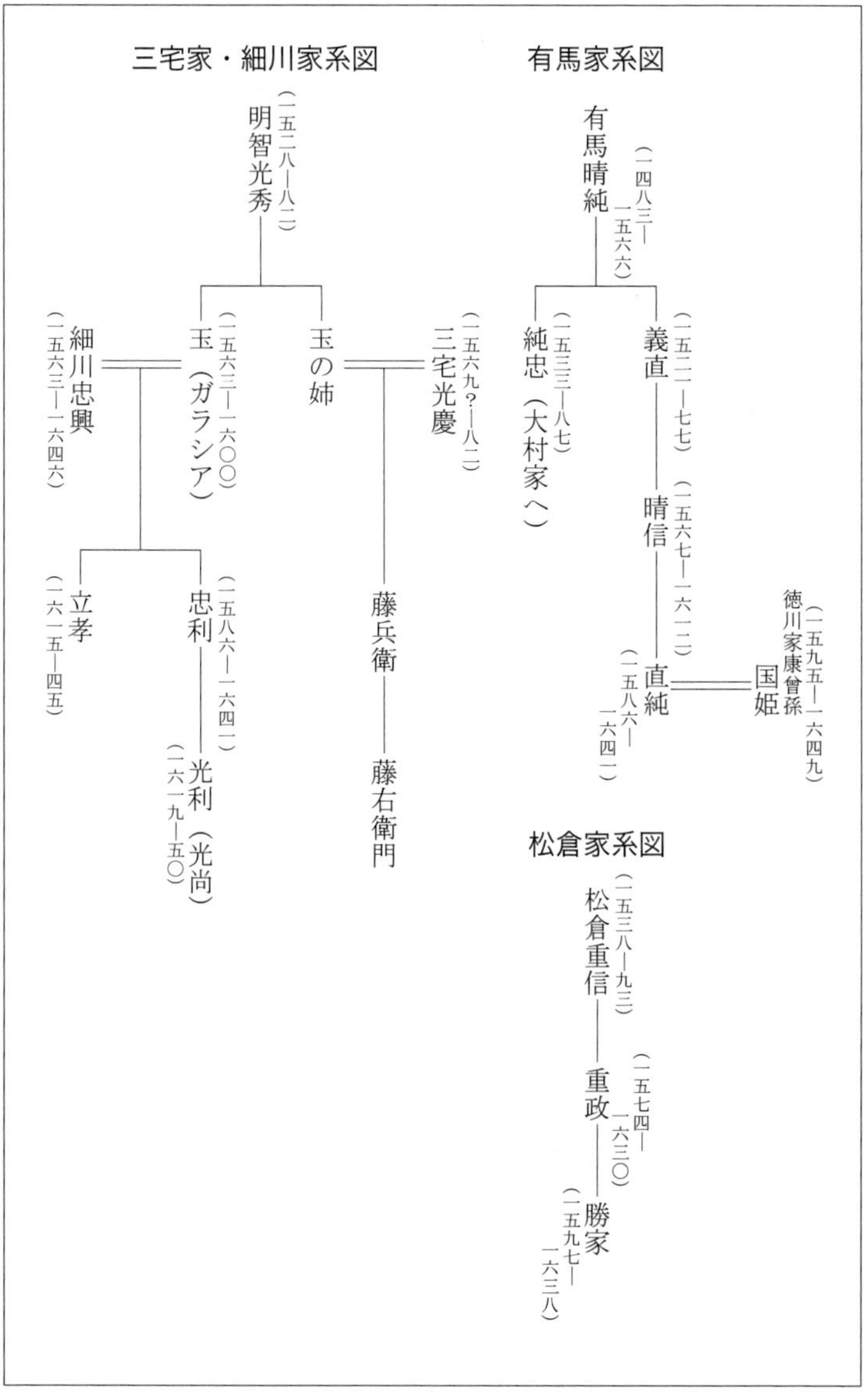
三宅家・細川家系図
明智光秀（一五二八—八二）
玉（ガラシア）（一五六三—一六〇〇）
細川忠興（一五六三—一六四六）
玉の姉
三宅光慶（一五六九？—八二）
立孝（一六一五—四五）
忠利（一五八六—一六四一）
光利（光尚）（一六一九—五〇）
藤兵衛
藤右衛門
有馬家系図
有馬晴純（一四八三—一五六六）
純忠（大村家へ）（一五三三—八七）
義直（一五二一—七七）
晴信（一五六七—一六一二）
直純（一五八六—一六四一）
国姫（徳川家康曾孫）（一五九五—一六四九）
松倉家系図
松倉重信（一五三八—九三）
重政（一五七四—一六三〇）
勝家（一五九七—一六三八）

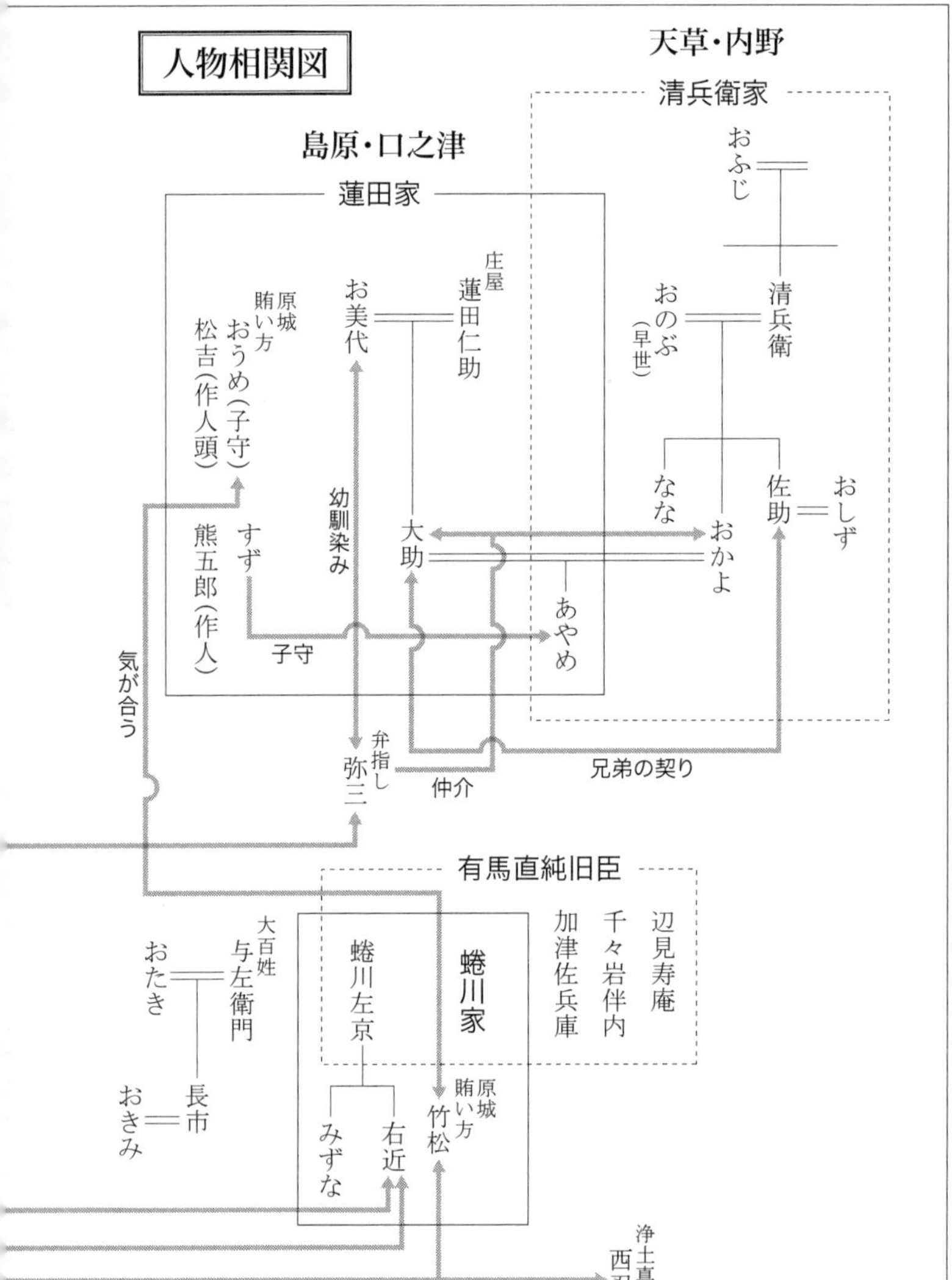
人物相関図
天草・内野
清兵衛家
おふじ
清兵衛
おのぶ（早世）
なな
おかよ
佐助
おしず
島原・口之津
蓮田家
庄屋
蓮田仁助
お美代
原城賄い方
おうめ（子守）
松吉（作人頭）
すず
熊五郎（作人）
幼馴染み
大助
あやめ
子守
気が合う
弁指し
弥三
仲介
兄弟の契り
有馬直純旧臣
辺見寿庵
千々岩伴内
加津佐兵庫
蜷川家
蜷川左京
右近
みずな
原城賄い方
竹松
大百姓
与左衛門
おたき
長市
おきみ
浄土真宗僧侶
西忍

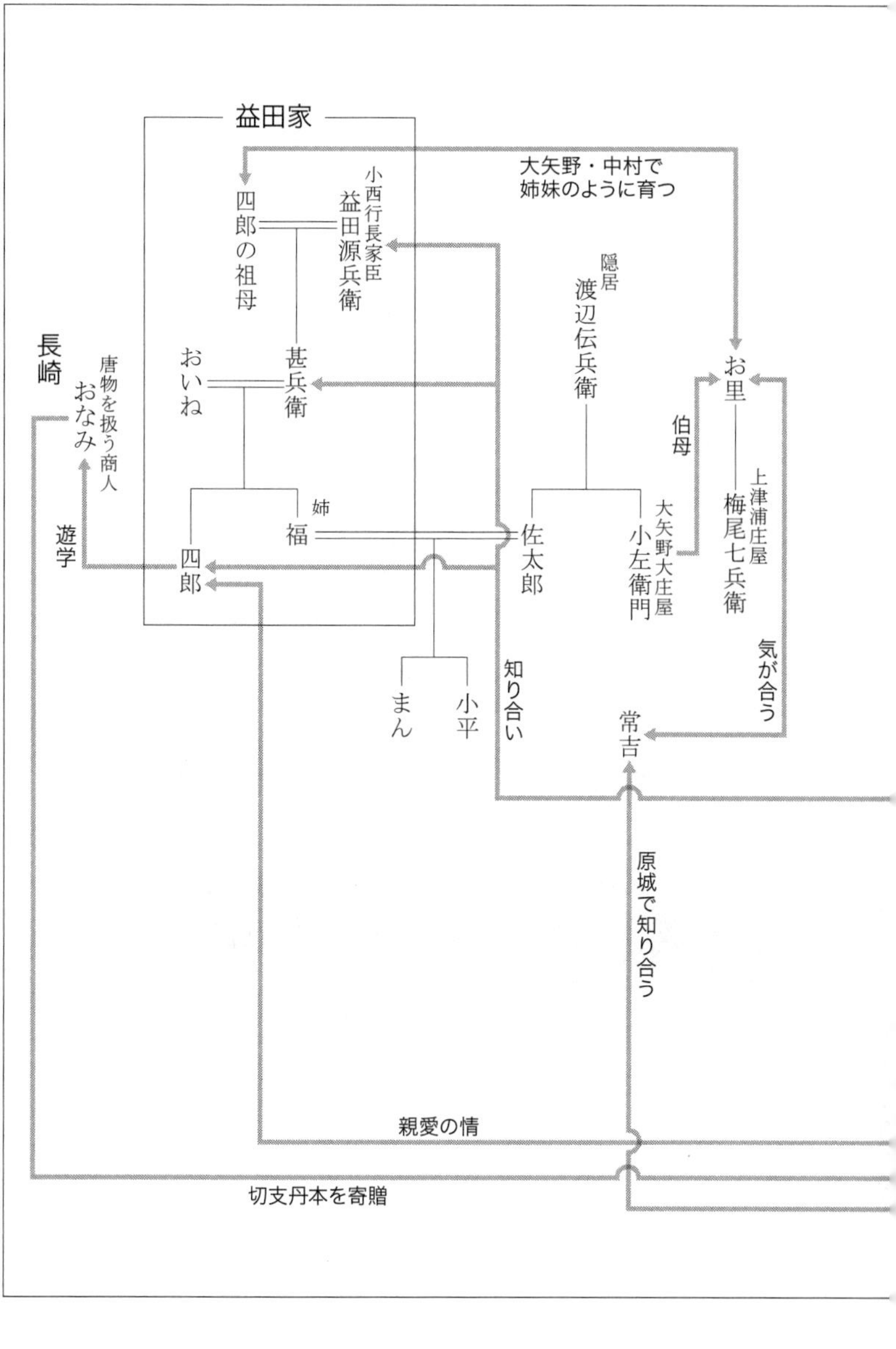

益田家
大矢野・中村で
姉妹のように育つ
小西行長家臣
益田源兵衛
四郎の祖母
隠居
渡辺伝兵衛
長崎
唐物を扱う商人
おなみ
おいね
甚兵衛
お里
伯母
上津浦庄屋
梅尾七兵衛
遊学
姉
福
四郎
佐太郎
大矢野大庄屋
小左衛門
気が合う
まん
小平
知り合い
常吉
原城で知り合う
親愛の情
切支丹本を寄贈

第一章　早崎の瀬戸

潮のよい日を選んで、おかよの嫁入り舟の出る日がきまった。

「二江《ふたえ》の浜までゆけば、船頭も、気心の知れた七五郎どんが待っておられやすで、大舟に乗ったつもりで来て下さり申《も》せ」

案内の者が口上をのべに来た。

口之津《くちのつ》の仁助の家ではすっかり用意がととのい、舟が着き次第、嫁の一行を迎えて、そのまま祝《しゅう》言《げん》の席についてもらう手筈だという。

父の清兵衛、祖母のおふじ、おかよ、兄夫婦、妹のなな、叔父・叔母夫婦、という人数である。

口之津の弁指し、弥三《やぞう》の口利きがなかったならば、この婚儀は成り立たなかったかもしれない。弁指しとは網漁の元締である。

あちこちから話があるのを、おかよには言わずに、清兵衛が片っぱしから断ってきた。二十一にもなっているのに、

「いやいや、まだ嫁にゆくようには躾《しつ》けておらん」とか、「あれは、ばばさま子ゆえ、今の歳まで家にいたのを嫁にやれば、ばばさまが病み倒さるる」

などというのである。なに、自分が病み倒すのじゃろうと、断られた方は笑うしかなかった。おかよは、死んだ恋女房のおのぶに生き写しであったから、清兵衛殿がなかなか手放すまいよと、みんなで首を振っていたので、縁談がまとまったという話が広がると、一様にびっくりした。

「そうか、口之津の弥三どのが、じきじき、婿になる若者を連れて乗りこんだか。ありゃあ、こうときめたら、テコでも動かんからのう」

この弁指しは毎年、網を染める柿渋を買いつけに村々を廻り、大きな笑い声で、どの家にいてもすぐに知れるような男であった。

弥三は清兵衛の家を訪ねると、懐ろからまず、はっとするような色糸の、愛らしい毬をとり出して、ななの手に持たせながら目をほそめ、話を切り出した。

「わしのいとこに当るおなごが、口之津の百姓家に嫁入っておりやすが、こういうものをこしらえるのが好きでござりやして。こちらに小ぉまい孫女《まごじょ》がおらすと聞いて、持たせ申した。あちこち土産に配るのがたのしみちゅうて、夜なべにつくり申す。

で、その家ちゅうのが、口之津の在では、あんまり小さくはない百姓でござりやして、田畑も内々《うちうち》でまかないきれずに、加勢の衆が五、六人、来てくれ申す。畑に出ないこともないが、本家でござす

もので、御亭主がいろいろ役を抱えておりやして、田畑よりそっちが大事で。今年、二十三になる跡とりの嫁を探せと、わしゃたのまれて、気をつけておったのでござりやすが、こちらのおかよさまの人品にほれこみ申して、申しうけに参ったわけで。仲人口でいう訳ではないが、いとこも、並よりはおっとりしたおなごで、加勢の女衆《おなごし》も、よそより働きやすい、というておる次第で」

弥三の話にうなずきながら、祖母のおふじは、そういう姑なら針も教え、機《はた》も織らせてもらえるかもしれぬと思った。宝孫じゃが、一生手元に置くわけにもゆくまい。思い切って孫をあずけようかと考えて、少し遠慮がちに、気にかかっていたことを口にした。

「あの、ひとつだけ、おたずねをば」

弥三は待っていたようにおだやかに受けた。

「なんなりと」

「そちらのお家の宗旨は」

「はい、一族中、生れながらの切支丹《きりしたん》でござり申す。村中みなそうで」

「やっぱり」

と言ったなり、おふじは首を垂れた。

「じつは、おかよの母親も、生れ里がそっちの宗旨でござりやしたが、わたしどもは、お寺もお経もちがい申す」

「それはなあ、構い申さん。人柄さえ、ねんごろにあれば……。切支丹ちゅうても、人さまとちがう暮しをしておるわけではなか。その家は切支丹仲間の、慈悲組の役をつとめておりやす。慈悲の組ちゅうは、病人やら、暮し向きのせっぱつまった者やら、みなしごやらの世話をし合う組で、つまりはこちら様の村で、日頃皆の衆が、心がけておられることとおなじでござりやす」

「ほう、慈悲の組なあ」

おふじはしばらく目をぱちぱちしていたが、下を向いたままで、小さく答えたものだった。

「そりゃまあ、えらいお世話なことでござり申す。清兵衛が、いずれご返事いたし申す」

嫁入り話がまとまると、相手が口之津の庄屋と聞いた村人の中には、

「おかよさまのあの細腰で、続くじゃろうか」

などと、やっかみ半分言う者もないではなかった。

「何も支度はいり申さぬ。向うでは早よ顔が見たい。躰《からだ》ひとつで参られませ」

弥三がさいさいそう言ったけれども、

「百姓というても、格式のある家の跡とりどのへ参るのに、出来るかぎりのことはしてやらずば、親なし子といわれようぞ」

おふじも清兵衛もそう言いあって、どう相談しあったのか、叔母たちが何べんも出はいりして、支度がととのった。

その日の装束には、おのぶの形見の小袖を着た。おのぶの父親はご朱印船にもかかわりを持ったことのある志岐の弁指しで、愛娘《まなむすめ》に婚礼のさい、長崎渡りの縮緬《ちりめん》の小袖を着せてやった。夕顔色の品のよい小袖で、祝言の日に一度着たきり、大切にしまいこんでいたが、ななを産み落して二十日ばか

りして、死ぬ前におかよを枕元に呼び寄せ、赤子の世話をくれぐれも頼んだあとに、言い添えた。

「嫁にゆく時が来たなら、あの小袖は、かよが着てゆきませよ」

家を出る前、祖母がそれを着せてくれ、裾をからげあげさせた。

「鶴の縫い取りと花の青が、竜の珠のようじゃ。祝言にふさわしか」

おふじはそういうと、あーあと声に出して溜め息をついた。竜の珠とは草の実の青い珠で、おかよもななも、それでよくおはじきをして遊んだ。

「こういう形見をば遺して、死んでしもうて。おかよにゃ、機もまだ今から教えようと思うておったのに、早う早うと言わるゆえ、心残りしてならん。お姑さまに可愛がってもろて、教えてもろうのじゃぞ」

衿を合わせてうなずく顎のあたりがふっくらと愛くるしい。嫁に来たときのおのぶに生きうつしじゃ。清兵衛が手放しとうないのも無理はないと、おふじは胸がふさがった。

目をみはってつっ立っている妹に、おかよは言った。

「ななが嫁にゆく時は、この形見をばゆずるゆえ、なあ」

うららかな声まで死んだおのぶにそっくりである。

見送りに来た近所の年寄りたちが、空を見上げながら言った。

「よか嫁入り日和りぞ。この分なれば、早崎の瀬戸も凪《なぎ》じゃろうよ」

おかよは振り返って、我が家のほとりを見まわした。家の前の苔むした石橋の脇に、紅色のまざった卵の花が咲きはじめていた。丁寧にくしけずった長い髪の、肩のうしろあたりを、叔母が金銀の水引きをかけてまとめてくれた。ゆたかな頰に切り下げた鬢《びん》の毛が清々《すがすが》しく、唇にはぽっちょりと紅をつけていた。おかよはまだ青い杏《あんず》の実に目を止め、祖母を振り返った。

「もうじき、杏の実の熟れるわなあ、ばばさま」

「ああ杏かえ、また塩漬けにしておこうぞ」

つりこまれておふじは答えたが、にわかにものがなしくなった。いつ食べに戻るのか。時季になれば杏、杏と木の下でせがむ子であった。

「塩漬けなあ、あれもよかなれど、生の酢っぱいのが、なんともいえん」

そういうとくっくとうつむいて笑う。見送りの女房たちの中から声があがった。

「赤子《やや》さまでも出来申さいたなら、杏をば、舟に積んでやられませ、なあばばさま」

川塘《かわども》のやわらかい草が風に震え、晩春らしい朝だった。

村の者たちが、川べりをゆく一行に目をとめて、麦畑の中やかぼちゃ畑の中からかぶりものをとって、頭を下げている。

「おお、ほら、おふささんの家の衆の、お辞儀しよらいます」

おふじが振り返って教えた。

「あねさま、ほら、あっちの田んぼからも」

ななが見つけてまっ先にぴょこりとお辞儀を返したので、田の中の夫婦が腰を伸ばして笑った。羽織袴をつけた父親と叔父が先頭をゆき、おかよと祖母の間をななが後になり先になりしてゆく。

「みなの衆になあ、このように祝うてもろうて、冥加《みょうが》なことぞ」

声をつまらせて祖母がいうものだから、おかよはお辞儀を返すごとに涙をこぼした。草履の下で草がふわふわしていた。見なれた川べりの景色が目にしみる。いつもよりゆっくり歩く。おふじが杖をついているからである。

「まあよか蓬《ふつ》よ、摘み頃じゃがなあ」

うしろから兄嫁が声をあげた。ふわふわしているのは蓬の群落である。初摘みに来た頃は川風が冷たく、嫁入り話はまとまっていなかった。蓬ののびるまで何をしていたろうかと、おかよは思う。

「なんとまあ忙しかったことよ」

そう呟くとおふじは肩で吐息をついて、ゆっくり野面を見まわした。おかよより一寸くらい背が低い。

「えらい急に、話が進んだもんで、麦の手入れもおくれたばえ」

「よその畑は、わが家より、青々しとりますがなあ」

兄嫁の声はよく通る。いちばん後ろから来る叔母が、祖母の耳に聞えるようにと思うのか、これものびのある声で言った。

「ばばさま、祝言のすんだなら、みんなで加勢して、すぐに青々となそうわな。うちの馬の肥やしも、持って来ようぞ」

「いろいろ、世話になるばって、雨がなあ、ちいっと足りん」

なんとなくみんな立ち止まって空を見上げた。川をはさんだ耕地が、低い丘陵地帯のところどころに続いている。どこの畑でも、麦は五寸ばかりに伸びていた。

「なあ、あねしゃま。こんどはいつ、蓬餅こしらえて下さり申《も》す」

今年五つになったななが、おかよの袂にぶら下りに来て顔を見上げた。ななは、いつも藍地の木綿を着ている姉の小袖姿が嬉しくて、袂にさわりたい。向うに嫁入っても、蓬餅をつくれるじゃろうかと思っていたので、おかよは返事につまった。

「ああ、蓬餅なあ」

さあて、と言ったきりつまっているのを祖母がひきとった。

「あねしゃまはな、嫁御にゆき申さるとじゃから、こんどから、おしずあねさまとお前と、三人して、蓬摘みにも来ようわな」

おしずとは兄嫁のことである。おかよはそれを聞くと、どっと目頭が熱くなった。

すぐ隣に兄夫婦がいてくれるけれども、そしてまた、作の加勢に来てくれる衆はいるけれども、わたしが嫁入ってしもうたなら、父と妹と、六十を越した祖母が不自由しはせぬか。

「来年の節句には戻ってきて……」

そう言いかけたが、咽喉《のど》がふさがって、けへん、けへんと咳をした。

来年の節句にと答えたのは、あの弥三に、ななが口約束をさせたのを思い出したからである。話がまとまったあの晩、ななはこのごろ来はじめた客の顔を、炎のゆれる灯《あか》りの下でしげしげと見つめていた。幼いなりに話がすんだと思ったらしく、客があぐらをかいたとたん、父親によりかかってこう尋ねた。

「なあ父《とと》さま、嫁御にゆかいても、あねしゃまは、蓬餅のこしらえに戻って来らいますど」

客は相好をくずした。

「おお、話を聴き分けたとみゆる。かしこい、かしこい。戻って参らるとも。蓬餅が好きかえ」

ななはしんとした目つきをしてうなずいた。

「かかしゃまがお好きじゃと」

軽い笑い声をあげながら、みんなしんみりとなった。

ここ内野から口之津まではどのくらいだろうか。

「嫁に参られるというても、潮に乗ってゆけば、すぐ向い側でござりやす。かかさまのご命日にゃ、往たり来たり出来ましょうぞ」

「舟漕いで、おじさまが連れてこられ申す?」

幼い眸を、ひったりと客の目にあてて言った口調にひきこまれ、恰幅のよい壮年のこの男が思わずうなずいた。

「おお、舟漕いで、早崎の荒瀬戸をば、このおじどのがお連れして来ようぞ。大船に乗った気で、なあ、おかよさま、来てくれ申しませ」

おかよの腰にぶらさがりながら、ななも弥三の言葉を思い出したのだろうか。足踏みするようにして見上げてくる。

「なあ、来年ちゅうはいつじゃ」

「さあて、来年ちゅうは」

何と答えたものか心もとない。それをまた祖母がひきとった。

「今年は亥《い》の年じゃから、来年は子《ね》の年になる。来年じゃ」

「子の年は、いくつ寝たら来る？」

「うんと寝て、もちっと先」

「うんと寝て」

おうむ返しにそういうと、寄りそって後から、帯を撫でている。

「もっと早うに、戻って来らいませ」

「戻って来たいけれどもなあ、ばばさま」

「うん、戻って来られればよかが、早崎の荒か瀬戸じゃけん」

おふじが言うと、なながびっくりした声でこたえた。

「早崎の荒か瀬戸？」

「ああ、荒か瀬戸ぞ。夜更《よさり》には潮の立ちあがって、わんわん、ばちばちいうて、往き来する」

「わんわん、ばちばち、何しよる」

「渦巻きしよる」

「ああ渦巻き、田んぼのおケラじょも、大水のとき渦巻きするなあ」

「おケラじょよりは、うんとおとろしか竜神さまぞ」

目を見ひらいて振り仰ぐのに、おふじは声をやわらげて言って聞かせた。

「さればなあ、よっぽど荒か竜神さまの、海の底におらいまして、魚どもをばひき連れて、あっちの磯こっちの磯と、遊びにゆかれ申す」

「ふーん、それならば、タコの子どもも、わんわんいうて、早崎の瀬戸から楊梅《やまもも》とりに来るわいな」

「そうじゃ、ななもこの前、節句の磯で、ナマコじゃの、タコの子じゃのと、遊んでもろうたろう」

小さな子ははしゃいで声をあげた。

川口にはいりこんでくる汐に乗って、タコの親子が岸辺の楊梅の枝によじ登り、赤く熟れた実を、小枝ながらひき折って頭にかざし、沖をめざして行きおったと、大人たちが話すのを、ななはきき覚えたにちがいない。

話題は何であれ、ななには、家族うち揃って晴着を着て、海辺への道を歩いていることが嬉しかった。

「ほれ、なながタコの話ばするけん、汐のそこまでのぼって来た。もうじき二江の浜ぞ」

おふじが川面を指さした。川幅がだいぶん広くなっている。葦の間に上って来る汐にまざりあう水の様子を、おかよはしみじみと見た。川幅はさして広くはない。山ふところに隠れこんだ小さな村々を育てている内野川は、ごくまれに雨で溢れ出すこともあったが、降りすぎさえしなければ、ほどほどに田畑をうるおして、大潮の時期には、ボラやセイゴやハゼの子などが田の溝の葦むらに遊びに来たりした。津蟹《つがに》などは上流の枝川まで登ってきて、家々の囲炉裏《いろり》の鍋を賑わせもする。

母のおのぶがまだ生きていた頃、春になるのを待ちかねて、祖母と三人で、蓬摘みやら石蕗《つわぶき》採りに、川のぐるりを伝って、磯のあちこちまで出かけていたのがなつかしい。おかよの家だけでなく、村々の女たちの、それは春から初夏へかけての、なによりのたのしみだった。

夏になるまでの、山のふもとや藪のそば、磯辺はそんな女たちの呼びかわす声で、なんとのどやかな気分だったことか。よか里じゃとおかよは思う。祖母や母のやり方を幼いうちから習いたがって、蕨《わらび》の根や葛《くず》の根を男衆《おとこし》に掘ってもらっては水に漬け、たたき出して、粉を採ったりすることがおもしろかった。

「なんでも覚えておかねば、いつ何時《なんどき》、飢饉に逢うやもしれぬ」

と祖母はいう。

去年の母の命日には小麦もまあまあとれたので、兄嫁といっしょに石臼をひき、茹《ゆ》で干しにしておいた蓬をもどし、団子をつくって供えた。葛粉でもかえって美しゅう出来上がるものだと祖母がいうので、試してみようと思っているうちに、嫁に出ることになってしまった。命日に戻ってくることができれば、ななも一緒に葛粉でつくってみようか。

衿の中に、かくんかくんと顎をうずめて、おふじが目の前を歩いている。この祖母にわたしは育ててもらったのだと、かよはあらためて思う。

おふじは胸せまりながら歩いていた。前をゆけばよいものを、わたしの足許を気づかって、うしろから、かよがついてくる。むかし背に負うて、よくこの草道を通った。生きているうちに、一緒にまた通ることがあるだろうか。

「わたしが嫁入ったあと、ばばさまたちの米櫃《こめびつ》が心配」

不意におかよが言いかけたのに、おふじは「え」とばかり振り返って、その顔をうち眺めた。

「なんとまあ、そのよな心配をしてくれて。お前の口から米櫃のことが飛び出すとは思わじゃた。今までなあ、おかげで米櫃が空になったことはなか。大豆が入っておったり、粟が入ったりしておる

時はあっても、すっからかんになったことはなか」

「ほんに」

かよはいつもの癖で祖母の背中をさする仕草をし、くすくす笑った。

「わたしはこの頃、どういうものかそれが気にかかる。これまでうっかり聞いておった、あちこちの家の、米櫃や麦の話が、耳に入るようになって」

「家にゃ兄《あに》さまたちもおる。清兵衛もまだ丈夫じゃ。作人衆も、お前が米櫃の心配をしたと聞けば、仰天するわえ」

「ほんに、わたしは子どもじゃったなあ。そういうことさえ、今まで考えたことがなかった」

「大世帯に嫁入るとなれば、子どもじゃおれんのう。なれど、嫁にゆくのに親里の心配までさせては、先方さまに申し訳なか」

そう答えながらおふじは、婚礼前の忙しいひととき、「かかさまの形見の鏡は磨いたか、仕事着の衿はかけ替えたか」とたずねるのに、おかよがはいと返事はするものの、あらぬふうで、うしろの山へ椎の実を拾いに出かけたことを思い出した。

「お前、小椎《こじい》の実をば、嫁入りに持ってゆく気かえ」

おふじはそのときからかった。この子は三つ四つの頃から裏山になじんで、櫟《くぬぎ》や椎の実を拾ってひとり遊びをしていた。大豆粒くらいの椎の実を炒って、口の中で嚙み割ると、香ばしくほの甘い味がにじみ出て、子どもたちだけではなく、結構わたしもあれが好きじゃ。おかよは嫁入る気になってから、育った山との絆をたしかめていたのかもしれない。

「去年は日でりで、麦も粟も実の入りが少のうして、いつもより、鍋の中がさびしかのうと、父《とと》さまの、さいさい申さいたなあ」

嫁入り前に、椎の実なんぞを採って遊んでいた言い訳のつもりか、かよがそんなことをいうのを、おふじはいじらしく聞いた。

「お前の父さまは、小《こ》まい頃からダダをいうお人でな。男が鍋の中の眺めをいうものではないと、教えておるのに、いい歳して躾《しつ》けの身につかんお人じゃ。なあ、ななや」

父さまというのが耳に入ったのか、清兵衛が振り返った。かよは首を縮め、夕顔色の小袖の袂を、顔の前ではたはた振ってみせた。

「聞えとりやすぞ。それじゃからわしも、節句の大潮にはお前さまたちの尻について、磯によう通うた。この道も幾度通うたか」

「ほんに父さまのおかげで、ヒジキもトサカもたくさん採れ申した。かますの中で塩ふいて、ぷんぷん匂うており申《も》す。なあ、ばばさま」

かよの声はうらうらとしてものやさしい。兄嫁も話題に入って来た。

「おかよさま。去年の干大根もまだ甕《かめ》にござります。石蕗《つわぶき》も蕨《わらび》も一緒にとって、茹でて干しあげましたなあ。お里帰りの頃にゃ、煮染《にし》めもたくさんこしらえておき申すゆえ、向うの衆も連れておいでませ。味噌の大豆も、盆のささげも、余分に植え申した。それになあ、今年は梅の実のあのよに沢山ついたが、ばばさま、梅干の二年分くらいは、出来ましょうかな」

「ほらまた、おしずが話を大きゅうして。まあ一年くらいはあるやもしれぬ。そういうことは、小さく小さく言うものぞ」

おふじがそう言ったので、話の聞えなかった後尾の者たちも、前の組の笑いにつれてさざめいた。紅葉の色をした小さな蟹の列が幾筋も、一行のゆく先を横切って川へ降りていた。

「今年はいつもより、蟹のちょろちょろするなあ。おっかさま、歩きにくうはござりませぬか」

おふじの足許に眼をやりながら、清兵衛が声をかける。

「ああ、蟹なあ。お前方が先払いしてゆくので、何ちゅうことはない」

返事しながら、おふじは思い出し笑いを洩らした。

「蟹といえば、おかよは小さな蟹に手え出して、挟まれてよう泣きおったなあ。猫の子とおんなじじゃ」

「そうじゃった。わしゃあ、樫山の手入れをしよったが、山の上まで、火のついたような泣き声の聞えて、かけ下ったことのあったぞ。ありゃあ、いくつくらいの時じゃったか」

「そういうお前も清兵衛、尻尾の打ち切られた山犬の子のように、走りまわって泣きよったわえ。蟹のはさみを指にぶらさげて」

「あよ」

ななが素頓狂な声をあげた。

「父《とと》さまも、蟹に挟まれて泣き申《も》さると！」

「小まい時じゃ、小まい時じゃ。ななよりもずっと小まい頃の話じゃ」

そよ風が川の筋にそって、岸辺の草をゆるやかに撫でて下り、一行のさざめき声を磯の方へ運んだ。川塘《かわども》や山の斜面のところどころに卯の花が蕾をつけ、ふくらみながら揺れているのを、女たちは、仏さまの花にもらって帰ろうか、などと嘆声をあげて通った。

磯の匂いが鼻に来るようになり、そのあたりから漁師村である。ここまでくると山の村とは匂いがちがう。かよは磯の匂いをかぐと、魚にでもなりにゆくように、いつも元気になった。口之津とやらは、どんな匂いのするところだろうか。

道幅はいくぶん広くなり、海にそった集落が左右にひろがっていた。先頭の父親が手をさしあげて振り向いた。あの井川《いがわ》に寄るのである。見なれた榎の枝が渚にむかってさし出ていた。

山手の村から浜に来るものは、かならずこの井川の水を頂く。一行はそれぞれ、岩膚に生えた石蕗《つわぶき》の丸い葉をとって、小さな盃を作った。清兵衛は恭《うやうや》しく井川を拝むと、備えつけの柄杓《ひしゃく》に水を汲み、みんなの盃に配った。ままごとのような草の葉の盃から、それぞれ神妙な顔つきになって水を飲んだ。

「ああ、甘露。やっぱり、ここの井川に勝る水はない」

などと口々に言っている。

井戸のことをここらでは井川という。井川のぐるりにはご幣《へい》がめぐらされ、水は青にごりして深さをたたえていた。「ここの水はおなご水じゃ」と人びとはいう。海辺のところどころにはこんな井川が湧いていて、おとこ水はやや澄んで見えるが、固い味がし、おなご水の方がやわらかくて甘い味がする。おかよもそれを飲み分けることができる。

みんなが手を洗ったり、ひとやすみしている間、おふじはかたわらの岩を指さして、清兵衛とかよを腰かけさせた。

「向うの家に行ったならば、ひょっとすれば、お水を授かるかもしれん」

そう言っておふじは、かよの顔をじっと眺めた。これまで見せたことのない、しんとした祖母の表情にひきこまれて、かよは先も聞かずにうなずき返した。

「おお、持って来たな」

おふじはまず、清兵衛の下げている風呂敷包みを受けとって膝にのせ、ほどき始めた。

「向うのお家への餞《はなむ》けにな、ここのお水をば持たそうと思うて、昨夜《よんべ》、清兵衛と語り合うた」

清兵衛が頷いた。

「お前も知っておろうが、ここのお水は、口之津の鰹船の組も、大矢野の鯨取りの船も、神仏のご冥加にあずかるというて、汲みにくるほどの善《よ》か水じゃ。お前の餞けにと思うてな」

「あのな、向うの宗旨では、お水の祓いをなさる。お水を何より尊ばれる。魂を浄めるちゅうて、生れ児の時から、外道の鬼が憑かんように、お水の祓いをなさる。おのぶが死ぬ前にも、親元から来てくれて、お浄土、いや、パライゾにゆくように、お水を授けられた。おかよ、お前も立ち合うたわいな。あの時のおのぶの、何ともいえぬ美《よ》か顔が忘れられん」

おふじの声がふいに曇り、しばらく途切れた。

「今思えばお前が生れた時、おのぶはさぞかし、お水を授けてやりたかったろうに。宗旨のちがう家に来て、言い出せずに、可哀想なことをした。お前が切支丹の家に嫁入ると定ってから、そればかりが気がかりで、昨夜、清兵衛と語り合うた」

「そういう次第じゃが、おかよ」

清兵衛は切なそうに娘の眸に見入った。

「向うの家で、お水を授けるという話が出るやもしれぬ。その時はここのお水で授けてもらうよう、餞けにと思うて、これをば持参した」

おふじがほどいた風呂敷の中から白い徳利が出てきた。牡丹の花の青絵がついていた。清兵衛は黙々と水を汲んでは徳利を満たした。包み直す時おふじは顔を上げた。

「清兵衛、おのぶのもう一つの、あちらの宗旨の名は、なんというたかえ」

「マグダレナと申しやした」

「マグダレナ、呼びやすいわな。あのな、おかよ、もしや、あちらの名前をつけてもらうならば、かかさまのこの、マグダレナをつけてもらい申せよな」

闊達な表情の船頭が迎えに来て、一行は舟に乗った。おかよは遠くなった内野の空を見上げた。

「大助さまの嫁さまじゃれば、大切にお渡し参らせやす」

船頭は鉢巻をねじり上げ、眩しげに空を見上げた。白い海鳥が二、三羽、舟につき従ってゆるやかに翔んでいた。

早崎の瀬戸の黒い潮流の凄まじさを、生れてはじめて目のあたりにし、激しく嚙み合い、渦巻く様を見つめながら、かよは呟いていた。

「かかさまの名は、マグダレナ」

口之津の磯辺に近づくと、一群の子どもたちが、アコウの樹の根の張り出した岩のあちこちに立って、舟を指さしたり、躰をくっつけあったりして、はしゃいでいる様子がみえた。手にはそれぞれ草の花のようなのを提げている。

船頭の七五郎は、櫓《ろ》を漕ぐ手をゆるめ、おかよにちらと眼をやりながら、子どもたちにものを言った。

「おお、うち揃うて、今日は何事ぞ」

くすくす笑うのが間近かに聞える。七五郎とは顔なじみらしい。元気のよい声が返って来た。

「嫁さま迎えじゃ」

「ほう。道理で今日は、鼻を拭きあげて、ぴかぴか顔じゃのう」

あわてて袖口を鼻に持っていった子もいたが、どの子も眩しそうにかよを見つめ、舷《ふなばた》を追いながらついてくる。

「どこの嫁さまをば迎えに来たかえ」

「仁助さま家《げ》の、兄者《あんじゃ》の嫁さまじゃ」

「ほう、その嫁さまは、どこにおらいますぞ」

わーいと声が揚がり、草の花が空に飛んで舟のまわりに落ちた。波に浮いたのを見れば、そこらの浜の薄桃色をした昼顔である。稚拙な花輪に結んだのが、ほどけ散っているのもあった。

「ほらぁ、その嫁さまじゃ」

指さした九つ十くらいの男の子のうしろに、団子のようにくっついて、手をすり足をすりして騒いでいる群れには、継ぎはぎ刺し子のつんつるてんの裾から、ふぐりののぞいている子もいる。二江の浦にいる子たちとちっともちがわない。それにしても思いもかけない出迎えである。

「おお、おお、奇特なことじゃ。誰がゆけと言わいたぞ」

「仁助さまのおかしゃまじゃ」

「迎えにゆくなら、餅ばやろうぞと申さいた」

「うん、餅ばもろうて帰るとぞ」

口々に嬉しげにいうのを聞いて、

「さては、餅につられて参ったか」

七五郎がおどけるのに、舟中が声をあげて笑った。

さきほどの唸《うな》り立つ大渦におびえて、父親にしがみついていたななは、自分と齢もあまり変らぬ子どもたちを見て、幾分ほっとしたらしい。兄に背負われて地上におりると、花輪を手にした女の子と目を見合わせ、双方から、もじもじしている様子である。

磯辺をおおっている巨大なアコウの下蔭をくぐって、弥三と婿の大助が現われ、子どもたちが走り寄った。

「ほれお前たち、内証にしとったことがあろうが」

弥三に促されて、子どもたちから一斉に、「すず」という呼び声が上った。首筋のしゃんとした女の子が昼顔の小さな花輪を持ってかよの前に進み出て、頬を赤らめながら片膝をかがめ、十字を切った。

「ようこそ参られまいた。これをば祝いに。アメン」

ひざまずいた小さな足が、今朝編んだような藁草履をはいていた。膝小僧が出ていた。肩にも膝のあたりにも、継ぎ当てがしてある。おふじはおやと思った。継ぎはぎの糸の目がいかにも美しい。

この継ぎ当ては見たことがある。婿になる大助が弥三に連れられて初めて来たとき、継ぎのある仕事着を着ていて、その糸の目にほれぼれと見入ったことがある。かよの姑になる人の手であろう。

それより、いきなりアメンと唱えられたのには、どっきりとした。弥三に、切支丹の家でござり申すとはっきり言われたからには、いつどこで「アメン」を耳にするかわからないと、心づもりはして来たのである。しかし、舟を降りるやいなや、子どもの口からそれを聞こうとは思いもよらなかった。すずとやらがひとこと唱えたら、子どもらはいっせいに小さい手で十字を切ってあとをつけ、すずは両手を伸ばし、花輪を頭にという仕草をした。かよが中腰のまま頭をさし出した。おふじはあやうく十字を切るところだった。じつはおふじの生れ里も切支丹だった。

「ありがとうよ」

清兵衛が胸につまったような声を出したので、おふじは目をあげた。自分の手が合掌しているのを見てほっとしたが、それでいて、落ち着かない妙な気分になった。かよも手を合わせたまんま、上気した頬を伏せていた。

「さあ子どもたち、ゆこうぞ。案内《あない》をつとめたしるしに、その花輪を持って、仁助どののおかしゃまを、喜ばせてあげ申せ」

弥三の声がかかると、子どもたちは花輪を自分の頭にのせ、踊るような足どりで先触れの役目をつとめた。

口之津の津口は二江《ふたえ》の浦より深く湾入していて、一度その中に入れば、舟は嵐が来ても大事なさそうな眺めだった。舟数も段違いに多いが、家数も、周囲に見える畑の広さも桁《けた》が違う。この広いところが昔からの切支丹の浦なのかと、かよは道々思わずにはいられなかった。

大助とはほとんどものを言ったことはない。三つほど歳上だそうだ。大きな目がおだやかな光を放っているのが、かよを安らかな気持にさせる。

子どもたちが大助兄者《あんじゃ》と呼んで、まつわりついている様子を見れば、村の人たちの信頼をえているのがうかがえる。初めてかよの家に来た時も、ななと手毬を転がしあって相手をし、肝心の嫁入り話は、弥三とばばさまとで進めたのではないか。

あらかた話がついた頃、ゆったり坐っていた大助にかよが茶を運んでゆくと、彼は微笑をふくんだ眸で嬉しげに言った。

「わしゃあ、力の強いばかりが取り柄で、来て下さり申せば、桑籠に入れて背負うて、村中見せて廻り申す」

みな、一瞬きょとんとしたあと、いっせいに吹き出した。

「さきほどの、すずという子は、利発そうな子じゃが、大助どのの妹御で」

隣に並んだ弥三におふじは尋ねた。

「いや、たいそうなついておるが、あれはみなしごで」

「みなしご」

胸をつかれて、すずのうしろ姿を見た。膝の上までしかない裾をはねあげて、色の黒い足をのびのび運びながら、小さい子と手をつないでいる。

「母親は早う死に申して、父親も鰹船で出て、帰りませなんだ」

「それはいつ」

「一昨年でござった。弔いをしてやって、身寄りもおらぬ小屋に、小さな子を帰すわけにもゆかず、大助の母が小母さんの家に来るかえと言うたら、あの子が顔を見上げて言いましたそうじゃ。『わたしは水汲みもできる。寄れ木拾いもできる。何でもするゆえ、小母さま、置いておくれませ』と。

いとこは抱き寄せて、泣きましたげな。年端もゆかんのに、水汲みの、寄れ木拾いのと考えたか。お前の気がすむなら、小まい水汲み桶を作って持たせよう。寄れ木も二、三本曳いて来よ。嫁入りまでには飯も炊かせよう、針も持たせよう。でもすずは、まだ六つになったばかりじゃ。まだ毬でもついて遊ぶものぞ。いとこはそういったと申す。

ひきとられてから、ひとりして、毬つき唄を唄いよってな、

いっちょにちょ
さんちょよんちょ
母なし子
よんちょごちょ　むう　なな
父なし子
かかさんと呼んでも
ととさんと呼んでも

ウリやナスビの花ばかり

そう唄うものじゃから、村の子たちが真似をして、母なし子父なし子と唄うようになって、あれを唄われると、切ないものでござりやす」

「ほんに切ない唄じゃ。それでずっと、大助どのの家に居ついておりますのか」

「なついておるようで。大助には妹がおらぬゆえ、妹かとよく聞かれ申す。なに、他にも、飯どきには人数がふえる家じゃゆえ、あの家としては、大そうな事ではござりやせぬ。この頃は一人前の顔をして、水も汲んでおりやすぞ。もう八つになり申すでな」

「それは慈悲組のお役目ゆえで」

「そうともいえませぬの。もともと、人を見捨ててはおかぬ家じゃから、その役が回って来たのかもしれませせぬ」

おふじはお水のことを、いつ誰にいうべきかとさっきから考えていたが、やっぱりこの弥三にそれとなく伝えておいたがよかろうと思った。それで、前を歩いている清兵衛に声をかけた。

「あのな、ほれ、お水のことじゃ」

清兵衛もおなじ思いをしていたらしく、振り向いて弥三と並ぶと頭を少し下げ、あらたまって声を落した。

「じつは、大助どのの家に参ってからと思うており申したが、もののしゅうなってもいかがかと存じて。向うに着いたら、進上したいものがござりやす」

ひどく大切なことを言い出される気配に、弥三もいんぎんな様子になった。

「それはまた何か。わしが先に聞いても、よいものでござりましょうや」

「他の仁ではなく、弥三どのじゃからこそ、お耳に入れておきたい」

清兵衛は手に提げていた風呂敷包みを弥三に差し出してみせた。

「これはその、さきほど、二江の浦の榎の井川で、汲んで来たお水でござりやす」

弥三の顔に緊張が走ったのをおふじは見逃さなかった。

「おお、二江の榎の井川。わしも船の乗り降りのさいには、必ず、あそこの井川に寄って頂くが、ご冥加の深いお水でござり申す」

「ご存じであれば、多くいうことはあり申さぬ。なあ、おっかさま」

「いや、ちゃんと申し上げずばなるまいて」

珍しくおふじにきっぱりと言われて、清兵衛はどう言ったものかと思案している様子だった。

「大矢野の鯨取りの組が、あそこの井川でお水を授けてもろうて、アメンを唱えれば、よか漁になるという話でござりやすが」

「清兵衛、話がずれる」

もどかしげにおふじは叱った。

「そういうご利益話ではなか。家の宗旨じゃ、宗旨。慈悲組のことじゃ」

弥三は真顔になって、二人の言葉を聞きとろうとしていた。

「これは打ち明け話で、忘れてもろうても構わぬのでござりやすが」

と前置きして、清兵衛は、いまは亡き女房おのぶのことを語った。

おのぶは志岐の生れ育ちで切支丹であった。志岐は口之津とおなじく、昔からイエズス会の神父たちが住み着き、町も賑わい、領主を始め上々の衆もみな切支丹の所柄。清兵衛は宗旨のちがう家に嫁入ってきたおのぶを不愍《ふびん》に思っていたが、何につけ控え目な女で、朝晩の切支丹の祈りも目立たぬように心がけ、神仏もおろそかには扱わなかったので、清兵衛は彼女に宗旨替えを求めたことはなかった。

清兵衛は亡き妻の名を、いとおしむように口にして語り続けた。

「おのぶの、切支丹の方の名づけ親というのが、今は日本にござらぬヴァリニャーノ上人さまでござして、見たこともないその上人さまを、おのぶはたいそう崇めておりやした。父親《てておや》が弥三どのとおなじ弁指しであったことから、この上人さまを幾度か船に乗せ申した縁で、女房が生れた時、マグダレナという名をもろうた由でござりやす。

女房をもらい受けに行った時、舅《しゅうと》から、上人さまの申されたことを覚えておいてくれと、念押され申した。『日本を離れる形見に、このよき御名《みな》を、あなたの赤ん坊に参らせ申す』と、上人さまは仰せられたそうで。何かいわれのある名前じゃろうと思うておったが、聞き出せぬうちに女房も舅殿も死んでしまい申して。

わしも、わしの母も、それが心の曇りになっておるうちに、こたびは切支丹のお家に縁が出来まする。この榎の井川のお水は、お茶を立つれば極上の水でござりやす。わしらの村では、日でりの雨呼びには、ぜひともこの水を奉り申す。この度かよが大助どのの家に参るについて、もしや、お水授けをさるるならばと思うて、母と語り合うて餞《はなむ》けに持って参ったが、先走ったような話で、畳に坐って申せばものものしゅうなりはせぬか、こうして道々話せば、聞き捨ててもろうてもよいと思うて、打あけ申した」

聞いているうち弥三の顔はつねになくひきしまり、慇懃な物腰になって彼は答えた。

「いやこれは、思いもかけぬ大切なことをば承った。ヴァリニャーノさまといえば、この口之津にも今からゆく家にも、ことに縁の深いお上人でござりやす。仁助どのも妻女も、さぞかし喜ぼう。今のお話、しかとお伝え申す。ああ、そうじゃ。今夜はそのヴァリニャーノさまに、子どもの頃から、学問の手引きを受けたご仁も、祝いに参られ申すぞ」

子どもたちのはしゃぐ声にかこまれて、仁助の妻女が餅をのせた盆をかかえて現れた。その人なつこい童《わらべ》のような顔を見て、おふじはたいそう安心した。

祝言の始まる前、弥三と仁助が、短い刀をさした白髪の人物のいる部屋に一行を案内し、うやうやしく引き合わせた。

「辺見寿庵さまと申しあげる。わしらがたいそう頼りにしているお方で、さきの頃まで、有馬の殿さまの家中であられたが、殿さまが宗旨を捨てられ、日向へ国替えになられた折に、切支丹の侍衆はお伴をせずに残られて、そのうちの主立つ方でござり申す」

少し困ったように微苦笑していた老武士は、飄逸《ひょういつ》な調子で語りかけた。

「いや、わしは主人もちの身分を離れてはじめて、百姓のことを本気に考えるようになり申しての。それも自分で作物を育てることの大事さをのう。国の基《もとい》が百姓じゃと、この頃になってやっとわかり申した」

侍衆の旦那が思いもかけぬことを言い出すのに、かよが目をみはっていると、

「おかよと申したな。さっき弥三どのから聞いたが、母御の霊名をつけられたは、ヴァリニャーノさまとのことじゃが。懐かしい名を聞くものよ。早うそなたに逢いたいと思うておった」

老人はつくづくかよと大助を見くらべた。

「大助、こういう娘御をよう見つけて参ったな。この祝言《しゅうげん》の場で、ヴァリニャーノ上人の名を聞こうとは、まさか思わなんだ。のう仁助どの、この家の先代の時にお上人のお宿を引きうけられたよの」

「はい、常ならぬご縁にござり申す」

仁助父子はいたく感動している面持ちであった。

「わしは若い頃、ヴァリニャーノさまの建てられた有馬のセミナリヨで学問をした。セミナリヨは天草の志岐やら、ここの先の加津佐、それから八良尾《はちらお》へと移り歩いたが、広大な奥の深い学問でのう、わしはそこで人間になしてもろうた。お上人は三十年前に日本を去られて、今はもうこの世に居られませぬ。日本への形見というて、赤子の名をつけられたとは、いみじきことにござる」

瞑目して両の拳を膝の上においている辺見寿庵の様子を眺めながら、かよとその家族は深く慎しんでいた。

弥三が口をきいた。

「さきほどの、榎の井川のお水のことじゃ。折角の餞けゆえ、ここはまっすぐお受けして、ばうちすも（洗礼）のお水に使わせて頂こう。かよどののお水授けの儀、おばばどの、ご承知あれかし」

いきなりご承知あれかしといわれて、おふじは首筋がかっと熱くなったが、瞬時に腹をくくった。

「いなやはござりませぬ。これであの世の嫁に義理が立ちまする。清兵衛、よいな」

うなずく清兵衛に目をやりながらおふじは、この水には昔からの日本の神仏が宿っておられるゆえ、たとえかよが切支丹に宗旨替えしたとて、神仏とのつながりは切れることはあるまいと思うのだった。

子どもたちに配られた餅は米ではなくて、小麦粉をのべて焼いたものであった。口之津を去ったパードレ（神父）たちが、ミサのときのパンは当地ではしばしば餅になるが、種なしパンとはこう作るものだと教えてくれたと、大助の母のお美代がおふじにささやいた。

「去年は米が少なかったかわり、小麦だけはなんとか物になって、鼠に曳かれぬように大事に囲っておいたのが、今日になって役立ち参らした」

あっという間に頬ばってしまった子どもたちを見やりながら、美代はいかにも嬉しそうであった。

「ややでも出来れば、今度は米の餅を搗《つ》いて配りたい。今年の野稲はどう育ってくれるか。雨さえ恵まれますればなあ」

そのおっとりした口調に、この姑ならおかよもなじみやすかろうとおふじは安堵した。

有馬のセミナリヨで学んだという武士を目のあたりにして、おふじは思いに沈んだ。太閤さまが島津征伐のために九州入りなされて、にわかに伴天連追放を命じられたのは、彼女が十二の歳であった。天草五人衆の一人で、志岐・二江・鬼池を領した志岐の殿さまが、肥後南半の領主となった小西行長に反抗して敗れ、薩摩の出水に落ちのびたのが、その二年後。彼女は、いまでも草深い山野をかけ抜けて行ったあわただしい軍馬の往来をおぼえている。

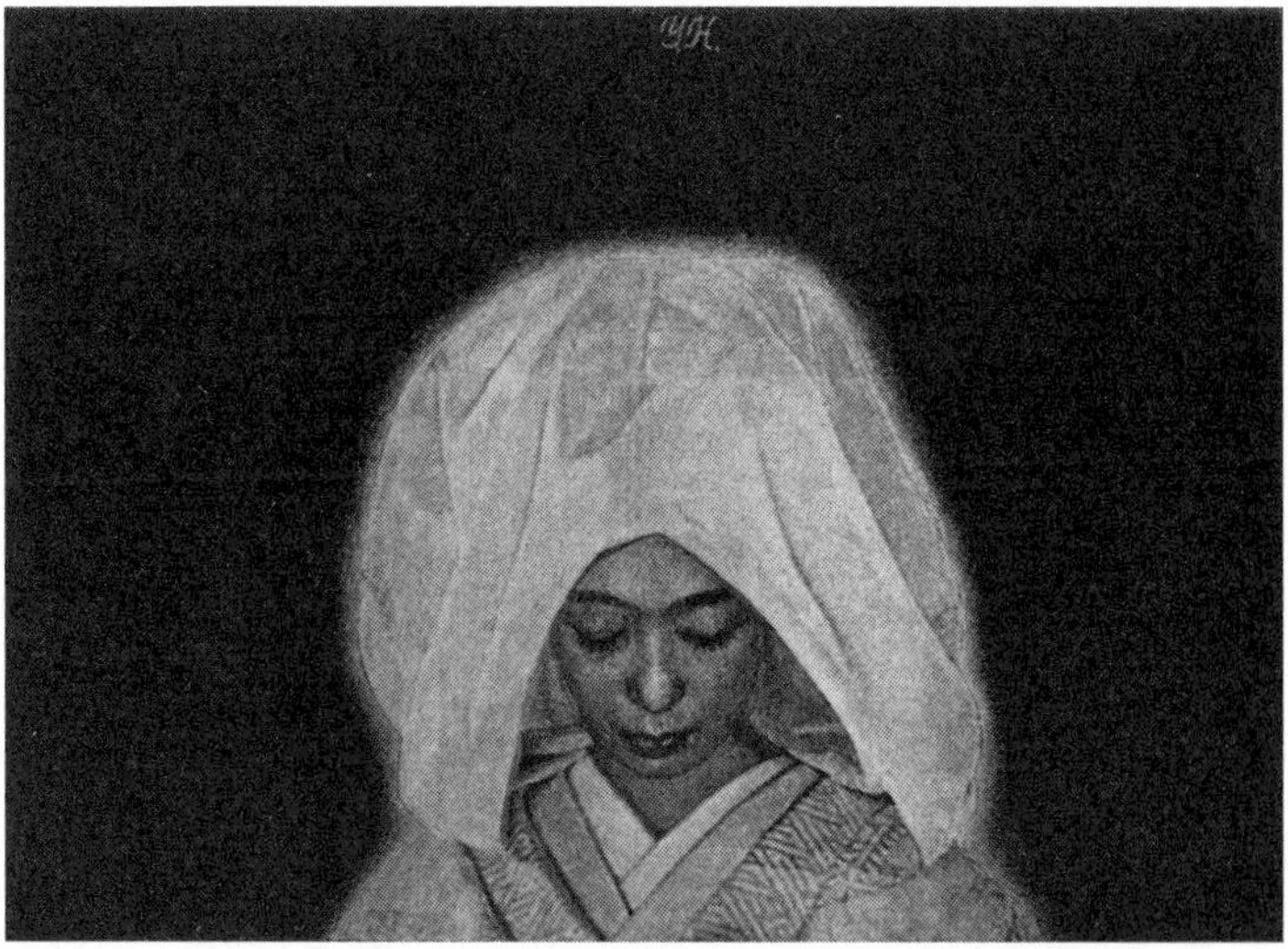

志岐城の主《あるじ》志岐麟泉さまは、ふじの生れるずっと前に、貿易をめざしてご家来ともどもパードレから受洗されたことがあるという。そのころ志岐の港には、ポルトガル船も入港し、それは賑わいであったそうな。しかしそれも一度きりで、その後はポルトガル船の入港はなく、あてがはずれた殿さまは切支丹を目の仇になさり始めた。信徒となっていた領民は、それでも信仰を守りつづけた。親たちがひそかに寄り合って、信仰を語りあう姿を見ながら、ふじは育ったのである。太閤さまの追放令のあと、都の方から天草に多数のパードレが難を避けに来た。切支丹大名小西行長さまの代になって、信者はふえ続け、志岐にはパードレのレジデンシア（駐在所）も置かれた。ふじは嫁入って、生家の切支丹の宗旨は棄てたが、村には切支丹を忌み嫌う気風はなかった。行長さまが関ヶ原の戦いで殺され、天草が唐津城主の寺沢さまの支配に入ってからも、切支丹信者にはおだやかな日が続いた。禁令が急にきびしくなったのは、ふじの三十代の終りごろだったろうか。島原・天草に血なまぐさい処刑の噂がひろがり、神父たちの影を見なくなって二十年近くがたつ。

上々の衆の争いに巻きこまれぬよう、息をひそめて、家の暮らしの安泰をねがう百姓の一人ではあったが、それでもふじは、孫の嫁入り先の土地柄について、あれこれと考えをめぐらさずにはおれない。

口之津は切支丹の巣といわれている。今日のお水授けは辺見さまがしてくださるとのことだが、信仰を守って、有馬の殿さまについて行かなかったお侍は、このあたりに大勢おられるときく。南蛮人の神父さまが姿を消しても、こういったお侍がたをかしらにして、切支丹の衆はこれまで通り信心を守ってゆかれるのじゃろう。それにしてもこちらのご領主の松倉さまは、切支丹にとりわけきびしいと聞くが。ふじは、唇の端で雲と遊んでいるような寿庵の面持を、感じいるような気持で見つめた。

こういうお侍衆がたくさんおられるならば、この地の切支丹は安泰かもしれぬ。

子どもたちが列を作って、聖歌を歌いはじめた。

ベネディクス・ドミヌス
デウス・イスラエル
(イスラエルの神なる
ほむべき　主よ)

聖歌の節に聞きおぼえがあった。

むかし、里の山へ楊梅《やまもも》を採りに来る少年たちの歌声を聞いて、村の女房たちと、

「セミナリヨの、善《よ》か兄《あん》しゃま衆ばえ」

とささやき交わしたことを、ふじは思い出した。

寿庵の呟きが耳許で聞えた。

「ここの口之津から船七隻を仕立てて、神父さまを迎えに志岐まで渡ったこともあったがのう。帆かけ船が天から降った花のごとくに見えた。ラテン語の詩をそらんじ、歌うてみたりもした。竹で作らせたオルガンもあった」

寿庵の目は、島原・天草切支丹の聖なる日々の幻を追うかのごとき光をたたえ、婚礼の夜は、そういう老人の感傷をやわらかく包みこみながら、更けていった。かよは母の洗礼名マグダレナをもらう

ことになった。

大助とかよの祝言に招かれていた侍衆は、辺見寿庵ばかりではなかった。いずれも日向に去った有馬直純の旧臣で、「殿を見限った同士」が他に三人この席にいた。彼らは宴が果てたあと、誘われるままに蜷川左京の家へ立ち寄った。ひとつには酒が足りなかったのである。

左京の家では妻女がどう工面したものか、粟のどぶろくが出た。

「いや、村方の祝言というものは、初々しいものじゃの」

まず感想を洩らしたのは千々岩伴内《ちぢいわばんない》である。

「さよう、辺見どのの教父役も、あの場の趣きにしっくりかのうて、浦方の船の組も泣いておったぞ。お人柄じゃわい」

袴をごわごわいわせて加津佐兵庫が座り直した。じっくり飲み直すつもりらしい。

「われわれのような無骨者では、あのような儀式はつとまらぬ」

「このところ、はればれとしたことがなかったが、久しぶりに子どもらの聖歌などを耳にして、しんみり致したのう」

「気のふさぐことばかりじゃからのう。今夜ばかりは、ひととき胸が和んだわい」

器用な手つきで兵庫は、干し章魚《だこ》の足を引き裂いて皿にのせている。

「身どもも珍らしゅう胸が凪《な》いで、昔のあれこれを思い出した。ほれ、もう幾年前か。若殿の先の奥方の、披露の宴があったな」

「ああ、お香の方の婚礼か、もう昔じゃ。あの時までは、日野江の城もまだぎんぎんしておった。家中《かちゅう》の子らが稽古して、聖歌を歌うたの」

「そうじゃ。若殿の棄教などあの頃はまだ思いもよらじゃった」

「南蛮語の歌を、あのように見事に歌うとは。天使の声じゃと、のちのち評判であったよな」

「お国御前の時はさようなことはなかったぞ」

「あろうはずがない。大御所お声がかりで、先の奥方を離別してまで、押しつけられた姫じゃろうが」

「そういえば国姫御前は家康公の曾孫《ひまご》であったからして、若殿との婚礼は駿府ですまされての、お国入りじゃったのう。切支丹のお式で披露のあるはずはない。思い違いをいたすところであったわ」

「しっかりして下されよ。かれこれ三十年も前じゃ兵庫どの。これから先が、正念場ぞ」

「はて、何が正念場じゃったか」

「これじゃから困る。昨夜《よんべ》のこと、松倉の役人の物言いぶりは許されん。夜泣きしておる刀が鞘走るぞ、と申されたのはどこの御仁であったか」

兵庫は扇子で自分の頭をぱちんと叩いた。

「いやいや、たしか、さように申した。昨夜と今夜の気の変りよう、われながら別人でござる」

三人とも五十前後の年輩である。

「これは賑わいじゃな。聞いておれば、まるで元服前の腕白どもじゃ」

とからかいながら、寿庵がはいって来た。

「いや、冥加のよい酒で、若返り申したぞ」

兵庫が応ずるのに、笑い声があがった。

「それにしても古い話をするものぞ。さようじゃな、日野江の城に花が灯《とも》ったは、あの時かぎりであったかもしれぬ」

「花か……。そういえば寿庵どの。向う岸の天草の漁師たちが、城の宴の灯《あか》りが波に映るを見て、漕ぎ寄するうち、天上の声がするというて評判したと申す」

兵庫の言い終るのを待ちかねて、伴内が口をはさんだ。

「しかし、あのお国御前という方は、家康公の長子信康殿の孫というが、たけだけしい女性《にょしょう》であったのう。お国入りのさい、けたたましゅう笑われて、有馬の者どもは色が黒い。狸のような侍どもじゃと仰せあった」

「正室のお香の方を、科《とが》もなきにしりぞけて、あのような権高い女性を、若殿もよう好まれたものよ」

慨嘆する兵庫をなだめるように、寿庵がひきとった。

「仕方あるまいよ。直純君は十五の時より、大御所に近侍され、目にかけておられたというから、じきじき、曾孫の国姫とめあわすと仰せらるるを、断れたものではあるまい。晴信公ご殉教のみぎり、嫡子とあらばともに切腹を賜わっても不思議ではなかったに、本領安堵、帰国して所領を相続せよとご沙汰あったは、直純君が、曾孫の姫婿であったからじゃ」

「それはわかるとしても、将軍家がそこまで有馬の御家を大事になされたのが腑《ふ》におちぬ」

「それはよの、べつに有馬を大切に思われたわけではあるまい。有馬は切支丹の巣窟ゆえ、本領安堵で恩を売って、そのかわり伴天連信徒を根絶やしにせよと厳命すれば、あの若殿じゃ。尻に火のついたごとくなられるは必定、大御所はそう読まれたのじゃろうよ。取り潰しにするより、国に戻して領内の切支丹を退治させたほうがよいというわけじゃ」

首をかしげる兵庫に、伴内が言いきかすように言葉をかぶせた。歳は兵庫の方が四つ上だが、この二人よっぽど相性がよいとみえ、気性の激しい伴内と、いくらかとぼけたところのある兵庫は、よい一対となっていた。

口をつぐんでにここにことみんなの盃に酒を注いでいる主人の左京は、心のひろやかな男で客あしらいもよく、それゆえ彼の家は、旧臣仲間のよく集う場所になっている。その彼が口を開いた。

「武富勘右衛門殿らを仕置きなされたとき、若殿はたいそう脅えておられたの。大御所への忠義立てに、武富殿、高橋殿、林田殿ら、切支丹の重臣を処刑してみても、根絶やしにする見込みは、立たじゃったとわしは思う」

伴内が勢いこんで相槌を打った。

「そうじゃとも。根絶やしになんぞ出来るものか。あの時は、顔中ひきつっておられたわい。お国御前からは膝詰めで迫らるるわ、長崎奉行からは催促さるるわ。あの気の小さい若殿が」

「おぬし、見て来たような話じゃのう」

兵庫がからかうように口をはさんだ。

「見たわけじゃなかが、誰でも知っとる話ぞ」

話がそれようとするのを左京がひきとった。

「その長崎奉行とは、れいの長谷川左兵衛であったな。大殿に一服盛られかけたという」

「そうじゃ、あの死にぞこないじゃ」

「大殿も岡本大八ごときに引っかかって。あの時から、有馬は落ち目になったぞ」

左京がたんたんと受けるのに、兵庫はうっそりとした口調で続けた。

「大殿は大八に賄《まいな》いすれば、鍋島にとられた旧領三郡をとりもどせると、本気に信じておられたのじゃろうか」

「それはそうじゃよ。大殿の宿願に大八がつけこんだのじゃ。大殿は血の気が多すぎて、することなすこと、丸見えであったゆえ」

気短かな伴内は、いうことがいつも割り切れている。

「出来もせぬ話に大殿をひっかけて、糾問さるるや、かつて長崎の湊でポルトガル船を爆沈させたとき、長谷川左兵衛の頭ごなしの采配に大殿が腹を立てられ、毒殺しようとなされたなどと言い立てて、大殿を地獄の道連れにするとは、大八め、何ともかともあくどい奴じゃ」

寿庵がおもむろに面をあげてたずねた。

「伴内どのは、大殿が殉教なされたとき、いくつじゃったかな」

「二十五か、六でござり申した」

「うむ。考えてみれば大殿のご生涯はなかなか大変なものであった。十歳で家督を継がれたあとは、ご一統がもめるやら、竜造寺に攻めらるるやら、もはや滅亡と覚悟されたこともあった。ヴァリニャーノさまの合力《ごうりき》を受けて救われたは、その時のことじゃ」

年かさの寿庵が目に深い光をたたえて語り出したのに、ほかの三人は居ずまいをただした。

「天正八年、竜造寺勢とそれに同心したご親戚筋から城を囲まれたとき、わしはまだ七つ八つの子供じゃった。じゃけれども、大殿晴信さまをはじめとして城に残ったわずかな衆が、あすは討死と覚悟をきめた晩のおそろしかったことは、いまでもありありと心の底に残っており申すぞ。ヴァリニャーノさまは、のちには大名衆の争いの一方に肩入れするのを嫌われたが、このときばかりは、鉛や煙硝を城にはこび入るるなど、ここを先途と助勢された。有馬はそれで救われ申したのじゃ。晴信さま始め家中の者どもが入信したのは、この時の、デウス様のあらたかな威力に、心より感じ入ったからであったよのう。

沖田畷《なわて》の戦さで、有馬の災いじゃった竜造寺隆信が薩摩勢に首をとられたは、その四年あとじゃ。有馬勢も合力いたして、わしの父御《ててご》はそのとき命をおとされた。わしがセミナリヨに入ったのは、そのすぐあとのことじゃった。セミナリヨの毎日は、見るもの聞くもの、みなおどろきでなあ。しかし、大殿のご苦労はまだ始まったばかりじゃった。兵庫どの、おぬしは太閤殿の九州討入りのせつは、いくつじゃったかの」

「みどもは天正十一年の生れゆえ、いくつであろう。あの九州入りは……」

兵庫は首をかしげた。

「天正十五年でござるよ。みどもの生れた年じゃから。したがっておてまえはそのとき五歳じゃ」

伴内の口出しに、一座はどっと笑った。寿庵は続ける。

「まあ、あれから朝鮮入り、関ヶ原などなど、世の移りは激しゅうて、大殿も身を保つに精一杯であられたろう。面々もよくご承知じゃ。兵庫どのが、足に鉄砲傷を負われたのも、宇土《うと》攻めのときじゃったからの」

「ありゃあ、いやな勤めでござり申した。小西どのはおなじ切支丹のよしみがあるばかりか、朝鮮入りの節、大殿は小西殿の手に属され、苦労をともになされた仲。東軍にお味方と心をきめても、清正どのとともに小西の宇土城を攻むるは、心すすまぬことじゃったろう」

「そうとも。それでご自分は眼疾と称し、まだ十五かそこらの直純君を大将として、軍勢を送られたのじゃ」

左京が静かに言葉を添えた。

「それにしても、兵庫どのは貧乏くじをひかれたよな。おまけに足傷まで負うて」

伴内が歳上の親友をいたわる口調になった。

「あれはわしも若うて、いらざることに、堀の前で城内の者に呼ばわってみせて、左のすねを打ち抜かれた始末。まだ十八、初陣じゃったからのう」

「大殿もご苦労、われらも苦労。その苦労の始末が大殿のご殉教というのも、せんない仕儀じゃった」

寿庵の目は床に活けたのうぜんかずらの花を見ていた。

「直純君の国替えは、ご自分から願われたのではあるまいか。わしにはそう思えてならぬ。先ほどの話にもあったが、武富どのらを仕置きしても、わが宗のものを根絶やししたことには、なりゃあせん」

「さよう、寿庵どのの言わるるとおりじゃろ。おおかたあのお国御前が将軍家へ泣きついたのじゃ。殿はわれらに、上べだけでも切支丹を棄ててくれよと、泣いて頼まれたほどじゃ。泣かれたとて、棄つるわけにもまいらぬ。殿もほとほといや気がさされたことじゃろうて」

伴内は湯呑みを乾しながら、天井を見上げた。兵庫は酔いがまわったのか、ものいうたび、からだが少しぐらつきはじめている。

「思えば、あわれな若君じゃったな。大殿が生きておわせば、わしも日向へついてゆかぬでもなかったが」

「ついて行って何となさる。いつまで人のよいことをいうておるぞ。おたがい言い交して、有馬に残ったことをお忘れか」

「忘れちゃあおらん」

兵庫と伴内のいつものかけ合いが始まる気配である。左京が水を差した。

「寿庵どのに思案があるはずじゃ。話をうけたまわろう」

「いやな、今夜格別話さいでもよかが……。直純君を日向にお見送りして、主持ちの身から離れ、田畑ども見廻る暮らしにも慣れてまいったが、これからはそうもゆかぬ成り行きぞ。そうは思われぬか」

「ふむ、松倉の支配のことでござるな。あの重政という殿は、最初のうちは、なかなかの器量人と思うておったが。大和からひき連れられた家中の人数といい、身に勢いのある仁と見受けられた」

「そこが曲者ぞ、兵庫どの。すべては関東への顔づくりじゃったろうが。四万石の高持ちのくせして、江戸城の普請に十万石の軍役をつとむると申し出たのも、わが面《つら》だけを考えてのことじゃ。領民のことは、これぱっかりも頭になか」

「いやいや、あの仁は胆がふとかったのじゃ。呂宋《るそん》に攻め入ろうとなされたことでもわかろうが。切支丹の取締りも、今の殿のような、やたら無慈悲なことはせなんだ。入牢させたパードレたちにも、なかなか情けをかけたというぞ」

「いや、雲仙の地獄責めを考え出したのは、そもそも重政ではないか」

「そうとも、あれを忘るまいぞ」

「しかし、いまは亡き重政殿のことを、あれこれ申しても仕方あるまい。寿庵どのの言わるるは、このごろの勝家殿の仕置きのことであろう」

左京が少しじれたように口をはさんだ。

「うむ、勝家の代になってから、とんでもないことになったぞ。綿や茶の木、炭、煙草、鋤、鍬にまで運上をかけて来おった。前代未聞じゃ」

「死人が出れば穴銭、子が生れれば頭銭。囲炉裏、炬燵、棚、戸口、ありとあらゆるものに運上じゃからのう」

「しかも、役人どもが人の家に踏みこんで、物言いの無礼なること、腹にすえかねる」

「兵庫どのが切って棄つるといわるるも無理はなか」

伴内に煽《あお》られて、兵庫の頬に血がのぼった。

「主《あるじ》を離れても、だてに刀は差しておらぬ。松倉の木っ端役人が何じゃ」

静かにどぶろくを含んでいた寿庵が湯呑みを置いて、おだやかな声を出した。

「それを言うのは、いよいよの時じゃ、刀はこれが仕舞いという折に、黙って抜くものじゃ。それより今は、それぞれのコンフラリヤ（信心組）でどういう話が出ておるか、それを確かめてみようではないか。こうも有為転変の世の中じゃ。いっとき仕官の口を得てみても、明日のことはわかりかねる。われらに大切なるは、おのおのの田畑に根をおろして、百姓の衆ともども、信心と妻子をまもることじゃからのう」

襖《ふすま》の外で、もの静かな声がした。

「今晩は。右近にござりまする」

兵庫と伴内は顔を見合わせて、座り直した。左京の息子右近は十九歳、齢に似合わず謹直で礼儀正しい。伴内がせきこんで声をかけた。

「おお右近どのか。ささ、はいられよ」

「あまりお賑やかゆえ、挨拶に出たものかどうか、控えており申したが」

襖をあける若者に、二人はあわてて座を譲ろうとした。右近はふだんめったに笑わず、何を考えているのかわからない。暇さえあれば書物に親しんでいる様子で、兵庫や伴内には何やら煙ったい存在である。

まだ若いのに思慮の深さもあって、先日、酒癖の悪い竹松がまたしても仲間にからんだとき、おやと思うような笑顔でみごとに竹松をなだめたことがあった。竹松の度重なる酔狂に、信心組の申し合せどおり除名しようという話があったのを、右近は未然にその運命から竹松を救ったのである。

「いやいや、右近どのの顔を見れば、われらも身がひきしまる」

とってつけたような伴内の言葉に兵庫も合せた。

「さよう、お互い、若い時はかくあったかと思い出さるるわ」

「おてまえ、若い頃から書物ではなく、蟹取りにくわしゅうはなかったかえ」

右近が大真面目に口出しした。

「いや書物ばかりでは用に立ちませぬ。家々の食べしろを考えねばならぬこの頃、兵庫どのより、蟹取りの秘伝を、伝授たまわりたく存じております る」

「いや、さすがは右近どの。そのことなら明日といわず今夜からでも、伝授いたすぞ。切支丹のカテキズモ（公教要理）じゃの、和漢朗詠集じゃの、われらには縁遠い学問ばかりしておらるると思うておったら、さにあらず」

寿庵がとぼけた声を出した。

「蟹取りを伝授いたせば、おぬしの宝の磯、たちまち空っぽになるぞ」

「いやあ、右近どのになら、明け渡して本望でござる」

右近はうつむいて、くっくっと笑い声を出した。

第二章　赤い舟

かよは大助の家の暮らしにすぐなじんだ。

山里育ちのかよにとって珍らしかったのは、ここでは海と陸の暮らしが離れがたく交りあっていることだった。すずが「寄れ木を拾う」と言ったように、ここ口之津では、薪は山から採るだけでなく、海からも流れ寄って、誰でもそれを拾うことができた。すずに連れられて漂流木を拾いにゆくのは、心の浮き浮きする遊びといってよかった。

すずとの間には、まるで昔からそうであったごとくに、おっとりしてどこか頓狂な姉を気の利いた妹が守護するという関係が出来上り、この二人のやりとりをめぐって笑いが絶えなかった。そのことは仁助夫婦だけではなく、まわりの者たちにどれだけ深いなぐさめをもたらしたことだろう。

かよは翌年の盆に、夫とすずを伴い里帰りをしている。里ではななとの約束を守って、嫁入り前に摘んで茹《ゆ》で干しにしておいた蓬を、もち粟と搗《つ》き合わせて風味のよい蓬餅《ふつもち》を作った。ななは土産の栄螺《さざえ》や鮑《あわび》を縁に並べ、生きて動く貝に目をみはり、鼻の頭に汗をかきながらはしゃいで廻った。おとなしいななに対して、すずは姉さまぶった振舞いをした。何といってもすずには、小さいながら暮しの年季が入っていた。

次の朝、大助は清兵衛に誘われて、葛《くず》や蕨《わらび》の根を掘りに山へはいった。

「海辺にくらべると、山には宝が乏しゅうございしてな」

清兵衛がそう言うのに、そんなことはあるまいと思いながら、葛の根にも痩せたのや肥ったのがあるのに感心し、「おう、なかなか」を連発して、大助はずっしり重い収穫を束ねて帰った。

あくる朝、総がかりで水に漬けた葛の根をたたき出すと、なんとも美しい澱粉質の汁が割れ目から流れ出た。しばらく置いてうわ水を流し去ると、立派な白い「せん」が残った。干せばさらさらの粉になるが、おふじの指図で「せん」を丸めてふかすと、美しくすき透った葛餅《くずもち》が出来上った。

かよたちの帰りぎわ、ふじは、嫁入り前にかよが採り集めていた小椎の実を布袋に入れて、すずに手渡しながら言った。

「姉さまをば、くれぐれ頼むばえ」

ななが大真面目に、そっくりおなじ言葉を繰り返したので大笑いになり、かよは帰りの足取りが少しは軽くなる思いだった。

川土手の蓬がたけだけしく伸びて土埃りをかむっていた。草道の間にすずがはいりこんだり、振り返ったりして先をゆく。

「しっかり者でもやっぱ子どもじゃ。よっぽど嬉しかとみゆる」

土産のつまった桑籠をゆすり上げながら、大助が振り向いた。

「ほんに、連れて来てようござんした」

うなずき返しながらかよは、この人も嬉しそうじゃ、一緒に来てよかったと思う。

エノコログサの穂が群生しているところにすずがかがみこんだのに、大助が声をかけた。

「どれ、その袋、俺が持とう。足もと用心せろよ、蝮《まむし》の出る頃ぞ」

すずはぱっと立ち上ったが、足もとを指さして、

「ここに、ゲンノショウコの花の咲いとる。お腹に利くゆえ、採ってゆこ」

口早にいうと、ふたたびしゃがみこんだ。

「ゲンノショウコなら口之津にもある。ちゃんと歩こうぞ」

「はい、少しだけ、小屋の爺婆やんたちにお土産に」

「ははあ、爺婆やんたちに土産か。そんなら俺も加勢しゅう」

大助は赤紫の愛らしい花をつけた薬草を根元からばりばりとはがした。

「ほれ、すずの十倍は採ったぞ。これだけあれば十分じゃろう」

小屋の爺婆やんというのは、慈悲組で世話をしている身寄りのない老人たちのことである。すずは結構、世話役として役に立っていた。

もらった布袋をかかげて二人を見上げた。

「この小椎の実ば炒って、ちっとばかり、爺やんたちにあげてもよかろうか」

「おお、よいとも。すずがもろうたものじゃれば、好きにして、よろこんでもらえ」

かよはすずの背をそっと撫でながら、大助がきびしい目つきになって海にむかってひらけた迫田《さこだ》の上を見つめているのに気づいた。

このごろ小屋の老人たちの中には、海から妙なものを採って来て、腹をくだしたりするものが出始めていた。小椎の実をたべさせたいとすずが言うのも、このごろどこの家でも鍋に入れるものが少なくなっているからである。

端境期《はざかい》に、食べ物が底をつくのは毎年のことだが、今年は春から天候不順が続いて、この分では秋のみのりが懸念された。この時も日でりの最中で、昨日も今朝の出立のときも、兄は雨乞いの寄り合いに出かけて行った。かよはあらためて廻りを見回した。

乾いた土の匂いが鼻の奥に来る。蓬や萱《かや》がいつもよりたけだけしく見えるのも、雨が来ずに葉がかさかさになっているからだ。歩くたびに、足許からぽくぽくと土埃りが立つ。

大助は別れぎわに、ふじが小椎の実の言い訳をしたのを思い出していた。ふじが言うには、かよは嫁入りがきまってから急に、それまでしたことのない米櫃の心配などをして、またこれは少女の頃からの好みの続きではあろうが、常になく多くの小椎の実を山から拾い集めた。今年襲って来そうな不作を、かよは予感したのではないかとふじは言うのである。

「お宅のような大百姓には、備えはあり申そうが」

遠慮がちにそう言って差出すのを受けとりながら、大助はそのとき暗い思案にとらわれたのだった。嫁に入ったはな、かよは姑の美代に連れられて、ふたつ並んだ倉の中をひと通り見て廻ったことがあった。ほの暗い倉の中はさらさらとして、藁やさまざまな穀物の香りがした。ふたつめの倉では、大根葉や野草の乾いた匂いと、塩干しにされた海藻や章魚《たこ》の強烈な匂いがいれまざって咳が出た。

「作人衆がよう働いてくれて、こまめに磯の物をば集めてくれ申す。みんな磯にゆくのがたのしみでな」

「わたしも、磯が大好き」

かよはうきうき答えた。おだやかな笑みを浮かべながら美代は言った。

「毎年これよりたくさん集まってくるが、今年はちっと様子がちごうて、蓄えがなあ、早う無《の》うなってゆく気がする。毎日の賄いのほかに、四旬節に復活のお祭り、キリシトさまご出生のお聖夜と、祭りごとに餅や団子を作るゆえ、米に大豆に、それにささげも特別仕分けしておく棚がここじゃ。鼠がわるさをせんように、鼠返しをつくって、おうめやんと松吉つぁんが見廻ってくれる。お前さまもこの二人に習うて、おいおい覚えてゆこうぞな」

かよは蓄えがだんだん乏しくなってゆくという倉の中の様子を思い出し、得体の知れぬ不安を覚えながら、先にゆく大助の幅広い背中を見つめた。

婚家にもどって数日後、かよは、倉の中に筵《むしろ》を敷いて額を寄せあっている姑と大助のところに茶を運んだ。輪の中には松吉とうめもいた。ちょうど松吉が話しているところだった。

「こう日でりが長引いては、野稲ばかりか、粟も助かるまいと思いやす。昨日、畑の粟ば引き抜いて、白穂のぐあいを調べて見やしたら、根の先まで乾き切って、ありゃあ、風呂の焚きつけにしかなりやっせん。いくら精の強か粟ちゅうても、あと五日も降ってくれぬとあらば、干し殺しでござりやす」

美代が遠慮ぶかい声を出した。

「干し殺しちゅうは、粟がかえ、人間がかえ」

「どっちもでござりやす」

「そうじゃろか、おうめやん」

「そうでござりやすとも、お美代さま」

うめは前掛けの中に入れたささげの莢《さや》を割りながら、ぼそぼそ答える。

「いま見てもろうたごとく、祭用の棚の物がいつもよりうんと少のうござりやしょう。備えの雑穀も少のうござりやす。なあ、お美代さま、いくら慈悲組のお役ちゅうても、あの人にもこの人にもと、際限のう施されては、わが家の口がまず乾上ってしまい申す。ほら、このささげ豆も皮ばっかり、実は入っちゃおりやっせん」

「今年の小麦の出来は、まあまあじゃったよな」

「今年の小麦でやすか。あれぐらいの小麦はすぐのうなり申す。秋まで食いのばしの算段が大ごとじゃ」

うめは天井を指さした。

「お美代さま、あそこに吊ってあるは、種籾でござりやすで、鬼が来ようが、デウス様が申されようが、手えつけちゃあなり申さぬ」

美代は笑いをこらえながら言った。

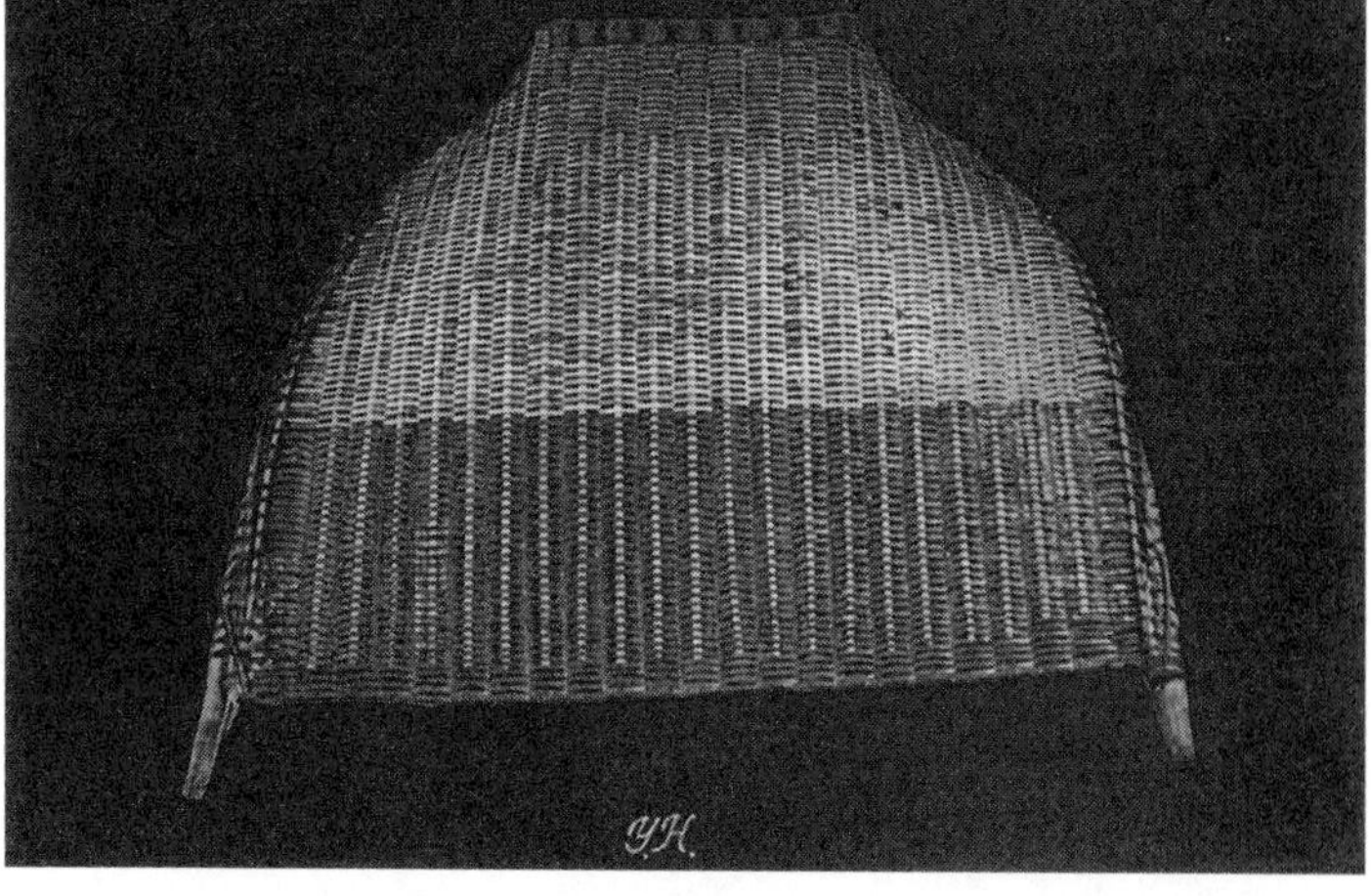
Y.H.

「なあ、おうめやん。そういう悪いたとえに、デウス様を出してくれるな」

「いんえ、デウス様は、この世にたった一人しかおられぬ神さまちゅうじゃござりやせんか。たった一人なら、さぞかし効力の強か神さまでござりやしょう。お前さまは、デウス様のいわるれば、何でも聞かれやす。げんにこの前も」

「ああおうめ、ようわかった。これから先は穀物の出し入れはお前に相談しようわいな」

うめはちらりと目をあげ、ごまかされまいぞという顔になった。というのもこの前、長崎の隠れノビシアド（修練院）からの使いと名乗った男に、美代が小麦を三升、ささげ豆を三合お供えしたのを、うろんな男じゃったと疑っているのである。

うめは仏教徒で、切支丹の旦那である蓮田屋の七不思議といわれていた。美代の子守りにやとわれて以来、その身辺を片時も離れず、嫁入りの際、美代についてこの家にやって来た。火事で美代の実家が焼けたとき、小さな美代を背負ったまま、米俵を六俵も投げとばしたというのが語り種になっている。もう五十の坂を越している。

「あんまり人のよか噂の立っては、騙しに来る人間もおりやすとぞ。切支丹ちゅうても、中には、ろくでもなか食わせ者もおりやすで、わたしが見張っておって、ちょうどつりあいのとれ申す」

「わかった、わかった。何の話じゃったか、ああ麦の話じゃった。あとは、ああ、餅黍《もちきび》じゃ。餅黍は」

「餅黍は臼五つぶんくらいは、ありまっしょ」

「そりゃあ心強か。唐黍は」

松吉が肘のあたりをかきあげながら、答える。

「唐黍はまだあるこたありやすが、ありゃあ、馬に残しておかぬことには」

美代はうなずいて、急にはきはきと言った。

「こうなれば、雑穀やら干し野菜やら、交ぜ合せて食いのばすだけでは覚つかない。弥三どんに頼んで、船出してもろて、肥前の米麦を買付けるように算段しようぞ」

「わかり申した。弥三どのだけじゃなしに、ほかの弁指し仲間にも手配しましょうぞ」

大助がそう言うのを、かよは頼もしく聞いた。この家の米櫃の心配をひき受ける立場にはまだないが、目につくかぎりの田畑の様子が日一日と変ってゆくのに、かよも胸をいためていた。たいていの日でりにも青々とした葉を揺らしている里芋までが、うなだれて萎《しお》れ始めているのはただごととは思えなかった。

春には磯の岩に色どりゆたかに生えていた海藻が、夏に入るとなめ取ったように消え、波はいたずらに透明なばかりだった。あれは春だけの海藻で、夏にはいつも消えるのだと自分に言い聞かせてみるが、不作の予想におびえて、どの家もわっと磯に出て、根こそぎ採りつくしたのではないかと、かよは不安にかられるときがあった。

突然うめが改まった表情になった。

「この頃は世間の暗うござす。ついこの間までは、麦や粟の二合や三合、乏しい同士で貸し借りをして、いついつまでには返すというたならば、たとえ明日食うものがなくとも、今夜のうちに一応返して、明日また新しゅう借り直すのが、仁義というもんでござりやした。それが近頃では、返しにも来ん、詫《わ》びも言いに来んそうで。横着でそうしとるとも思えんが、算段がつかんとでござりやしょう。

貸した方もきつかろうが、返しにゆけぬ方はなお辛かろう。一軒二軒のことなら、お美代さま、ご相談して米なり麦なりと、持ってゆく道はこういうわたしでもわかっておりやすが、どうにもなりやせん。

こういう時、デウス様にお祈りするとすれば、どう申しあぐればようござすか。返さん方は横着で返さんわけではなか。というて、返してもらえん方が恨みに思うのももっともじゃ。デウス様は、どういう裁きをつけなさりますか。両方とも罪人でござりましょうなあ。そういう人たちに何をしてやることもできんわたしも、きっと罪人じゃ。切支丹の方では、こういうとき、コンヒサン（告解）とやらをなさるとでござりやしょ。胸のうちにたまったことを、お美代さまに、コンヒサンしたくござりやす」

美代はすっかり動転して腰を浮かした。

「何でわたしが、そういう難しかコンヒサンを聴けようぞ。それは神父さま、組親さまのお仕事じゃ」

「神父さまちゅうても、もう日本にはおられませぬど……。わたしは胸にあまって、もうひとりでは抱えきれやせん」

「そりゃ、わたしも考えぬではなか。じつはな、うちの人も、松倉の役人衆から呼び出されて苦労が絶えん。村の衆もあまりの年貢の重さに、未進の家々がふえよるのは、おまえも知ってのとおりじゃ。その未進米をどうにかせい、せねばただではおかぬと、それはそれはきつい御催促じゃ。それやこれやで、うちの人とも、デウスさまの話をするひまも、この頃ではあり申さぬ」

「そうでありやすか。旦那さまもさぞきつかろう。有馬の殿さまの時は、米を貸して下さいたこともあり申したというに」

「今度の殿さまは、江戸にばかりおられて、ご家来に、未進の百姓は妻子を質に取れという殿さまじゃ」

かよはその時、美代の眼に浮んだ暗い色を忘れることができない。

数日後、仁助は代官所に呼び出された。ここひと月ばかり、たて続けである。

「これまでわが手の者どもに使いをさせ、そなたたちの言い抜けを、数々聞き流して来たが、最早、容赦はせぬ」

代官多田九郎兵衛はのっけからそういうと、庄屋、乙名《おとな》たちを見廻したが、ひときわ恰幅《かっぷく》のよい仁助に反感を持ったのか、細い視線を向けて来た。

「そなたが、したたか者の仁助か。連年にわたる未進米、わが手の者どもが、代る代る心をつくして催促しておるに、いまだ納入せぬとはただの遅滞とは思えぬ。よほどの企みあってのことであろうな。そなた、切支丹でも、とくにお目こぼしを受けておる慈悲役でありながら、御禁制も最たる耶蘇組の浪人どもとしばしば寄り合いを持ち、古米その他を隠匿し、分散しておるやに聞くが、謀叛でも企みおるか」

「これは……思いもよらぬお言葉にござります。かねて、寄るべなき年寄り、みなしご、病人どもの小屋を作ること、松倉の殿さまのお心づかいによって成り立ち、まことにかたじけなく存じており申す。ここのほとりに粥の煙が立つこと浦々の舟の衆にも聞え高く……」

言いかけて、仁助はいやになった。

なにが松倉殿のお蔭なものか。ましてやこの代官の力など、かけらほども借りてはおらんぞ。他藩においても、教会や修道院などはことごとく破壊されたが、癩病人などを収容した慈悲院には手をつけなかった。慈悲という仏教語を借りた言葉がここでは生きていたのである。

異教の仏教信徒たちも、病人たちの小屋を取り崩せとは言わなかった。有馬は切支丹の巣窟という汚名を返上するためには、並の見せしめでは追っつかぬと思っているのだろう。しかし慈悲院の方は、領国支配の質を示す実績となる。体面上残しておるだけではないか。

ここは我慢のしどころである。未進米は連年不作の上に、法外な割り当てを受け、つもりつもってそうなった。村内の零細な小百姓たちが日夜何を鍋に入れているか、手にとるごとく分かっている。仁助に言わせれば、逆に領主の方から、施してもよい俵の数ではないか。慈悲の小屋のことが浦々伝いに他藩にも聞えようと言ったのは、借米のことを頼むべく、庄屋、乙名たちで相談して来たからである。

「お言葉ではござり申すが、百姓どもの困苦は、もはや極まり、一村一郷といわずそっくり慈悲小屋と見なして、救米を願わねば立ちゆかぬほどになっておりまする。お見かけの通り、去年から引き続いての日でり、一歩外に出て見れば、田という田は割れ、山は燃えつかんばかりに乾き、ふだんの年なら鍋の楽しみに泳がせておる泥鰌や鮒のたぐいまで、早々《はやばや》死に申した」

仁助の訴えは続いた。

「百姓どもは蕨や葛の根を掘ってしのいでいるありさまにて、赤子の生れた家では、母親の乳房まで乾上り寸前でござり申す。われらしばしば寄り合い、語ろうておるは仰せの如くでござり申すが、日々、事情はさしせまって来ており、このこと万々、代官どのにはおわかりのことと存じまする」

こやつめ、噂の通り頭の高い男ぞと、多田九郎兵衛は思った。じっさいこの二人が対座しているのを見れば、仁助の方が泰然自若として、人品いやしからざるように見える。

「黙って聞いておればその方、もの言いがかさ高いのう。領民の分際で、わが殿の治政にいいがかりでもつける気か。救米とか、洩らしおったな」

「お願い申しましてござりまする」

他の庄屋たちも声を揃え、頭を下げた。

「一同、そのつもりにて、参上してござり申す」

「松倉どのの治政に言いがかりをつけるなど、めっそうもござりませぬ。ただ……」

「ただ、何じゃ」

何を言いだすつもりかと、九郎兵衛が用心しているのが、一同にもわかった。この人物、下がり目で、左右の離れた目《まなこ》を寄せて人を見くだす時、それが癖なのか、顎をもたげてものを言うので、細い眼が眠たそうにも見える。

頂きのうすい頭に、時々手をやりながら脇息《きょうそく》によりかかって、こちらを見ているのかいないのかわからぬ目の奥が小さく光り、指の爪で脇息の布地をこさぐのが聞える。仁助は磯に這うあの匂いの悪い海牛《うみうし》を嗅いだような気がしたが、話しあって来た通りのことを申し連ねた。

「かねてより聞き及んでおり申すが、太閤秀吉公は、領主は替り候とも、百姓は変らざるもの、よって百姓に理不尽を仕掛くる領主あらば、曲事《くせごと》に仰せつくると、ご領主面々に言い渡された由。徳川の御代に変り申しても、領民愛護の趣きにはいささかも変りはないとうけたまわっておりまする」

やりこめられてはならぬ、と代官は思った。太閤が死んでもう四十年たつ。昔話を持ち出しおってと思うものの、たしかに大名の支配は当座のもので、いつ改易、転封の憂目に会わぬともかぎらない。近くは加藤家が肥後一国を没収されたためしもある。改易ともなれば、家臣はたちまち路頭に迷う。それにひきかえ百姓というものは土地とともにある。理屈は通っているのだ。

「百姓たちが根絶やしになり申しては、松倉殿四万石にひびき申す。只今のごとき百姓たちの窮乏、捨ておけばお国をゆるがすことにもなり申す。何分のご配慮、伏してお願い申し上げまする」

この者、口を開けばわが殿のことを松倉殿と、へだてをつけていう。殿さまというべきであると思ったが、九郎兵衛の方でもそこは我慢した。今日呼び出しをかけたのは、未進米の催促だけでなしに、今後の年貢、雑税の徴収につき、見込みを立てるためである。理屈を言い合っている場合ではない。

伴天連こそ今はいないが、こやつらが切支丹であることは隠れもない。そこを締めあげてもよいのだが、今日のところは目をつぶっておこう。百姓身分でわずかな土地を持ち、これ以上おびやかされることはないと安堵しておるのか。しかし小百姓、作人どもを抱え、少しは追い詰められて来たとみゆる。よし、あとひと絞りじゃ。なに絞れば絞っただけのことはあろうよ。

九郎兵衛はしばしがあいだ、目をつぶっていたが、追い打ちをかけて来た。

「お前ら、いくらの土地持ちか知らぬが、そのもの言いようを聞けば、いささか御領主を軽んじておるようじゃ。切支丹の教えにも、仕える御主あらば奉公に励めという教えあるやに聞いておる。何はともあれ、ここ近年の未進を完納するしかあるまい。さすれば、救米のことなどたやすいではないか。その方どもがことあるごとに楯つくならば、せっかく松倉のお家が、四万石から六万石に上った格付けをむざむざひき下すことになろうぞ。切支丹の巣窟という汚名をはらすには、まずそれしかない。

その方ら、表向きは一応転んで棄教したと聞く。その儀についてはこの際目をつぶることにする。救米のこと進めたくば、まず藩のお米蔵を満たしてからのことじゃ。ナスビ苗一本につきナス一個とは安いものではないか。タバコの葉はくれぐれ虫食いのなきよう、磯の物その他くさぐさ、申しつけた通り疎漏なきよう心がけよ。磯の小物成の品数とのわぬ場合、銀に見積もって差し出せ。浦方の者どもと通じておるその方らなら、銀を生ませる手だては、幾らでもあるであろう。

よいな。この際、念を押しておくが、晴信公にも直純殿にも、お伴さえつかまつらじゃったお前らにはわかるまいが、われらの重政公は直純どののごとき柔弱なる近習《きんじゅ》上りとちごうて、戦場のほまれによって家康公直々のお取り立てにあずかられた武将である。江戸城ご普請の軍役を石高の二倍半、すなわち十万石を自ら願い出られたは志あってのことであった。切支丹邪教の根拠地、呂宋《るそん》征伐の儀は大殿御卒去によって成らじゃったが、西国に松倉ありと言わるるほどに相なった。それもこれも、もとはといえば、ここ島原、有馬の地が伴天連どもの巣窟となって久しく、領主、領民ともども邪教の虜となり果て、あげくは晴信殿の岡本大八事件となったは、その方たち、よもや忘れはすまい」

代官の話は続いた。

「家康公側近、洛中、京都所司代足下にさえ信者がはびこり、そもそも、もとをたどればみな、この有馬に根を張る切支丹が跋扈《ばっこ》して、ご政道を蝕《むしば》んではばからぬありさまゆえに、亡き大殿には、家光公直々に仰せつけられて、切支丹根絶に乗り出されたのである。

このことと、年貢納入は一体であると心得よ。納入の実績は、ご奉公のあかしである。切支丹のふた心無きあかしともなろうぞ。よいな」

下役人どもに任せておいては埒が明かぬと思ったのか、代官自身が、庄屋、乙名たちを呼び出しての申し渡しであった。

居並ぶ庄屋、乙名たちの中には、禄を離れて帰農したとはいえ、かつては有馬の侍であったものもおり、もともと、村の長でもあって、松倉の代官と対座しても、ひけをとらぬ気位の持ち主たちである。多田九郎兵衛ははじめ、たいそう高飛車に出たが、そのうち自分でもだいぶ理が通るように話せたとでも思ったのか、だんだんしんみりした口調になってしまった。

加津佐村の伴内などは腕を組んで、大きな目《まなこ》を天井に向け、申し渡しをうけたまわるというより、時々珍らしい生き物でも眺める目つきで代官を観察している。

「今はなき旧主への義理などは早う捨てて」

そこまで言うと、九郎兵衛の声が急に落ちて来た。

「今からでもおそくはない。ご奉公の次第では、旧有馬の臣といえども、殿にとりなして禄にありつけるようにしてやらぬでもない。その方ら、目つきからしてわれわれの下にはつかぬつもりが見えて、わしも気が萎えるわ。いつまでも意地を張るものではない。長崎奉行殿からも、催促と打合せが来ておる。よいな。言い逃れの数々、もう聞き飽きた」

忘れようとして忘れえぬ大殿の死を持ち出され、辱めを受けて、帰る道々、一緒に呼び出された有家村と串山村の乙名も腕を組み、無口になって村の辻を歩いた。

「ずいぶん今日はくどうござり申したのう。こりゃまた、何かやるつもりじゃと見たが、お手前らどう見るぞ」

「さよう、何かやるつもりじゃ」

「どこが先に狙いをつけられるか、お互い心得が、肝要でござるのう」

北有馬村庄屋松島佐渡守、乙名益田宗軒、有家村庄屋林田七左衛門、乙名松島源之丞、加津佐村庄屋千々岩伴内、口之津からは庄屋蓮田仁助ほか、乙名長井宗半が呼び出されていた。

松倉の治政になってから、草高の打出し、つまり収穫高の認定は二倍にもなっている。この度の割り当て、ありもせぬ田畑に実った分を出せというのも同じである。

「出さぬとあらば、女世帯とて容赦はせぬ。躰ごと質にとるゆえ、さよう心得よ」

最後にさりげない声で九郎兵衛がつけ加えたのが、仁助の胸に重くひっかかっている。

無い米をどうやって藩のお米蔵に納入せよというのか。それなりの理屈をつけて割り付けねば、名分も立つまいが、今日の九郎兵衛の口説《くぜつ》はことにうっとうしかった。わしともあろうものが、「表立っていう時は蓮田どの、お手前がまず口を切られよ」と皆に押されたこともあって、つい日ごろ思っていたことを述べ立ててしまった。

同座した面々とかわした会話を仁助は思い出していた。

代官所にゆく前、集って話しあいをした。旧有馬の家臣の中でも、南北有馬の庄屋や乙名たちは、高禄のもと侍たちで、武張ったもの言いがなかなか抜けない。加津佐の千々岩伴内などは短気者ゆえ、いざというとき舌がまわらず、ものいうより先に刀の柄に手をかけかねない。

百姓身分ながら仁助なら品格もそなわり、代表としてまことに穏当で、代官とかけあうのに不必要な軋轢を生むことはあるまい。慈悲組の頭という役目を持っていることも、救米を願い出るのにふさわしい。先におだやかに口を切ってくれれば、あとはわれらが少しずつ申し足すことにしよう。様子を見て、後で連判の訴状を出そうと決めて出向いたのであった。

あろうことか、口切り役のつもりが、はなから頭に血がのぼってしまった。最初、九郎兵衛を見物しているかのようだった伴内の目が血走ってゆくのを仁助は見てとった。九郎兵衛だけでなく、居並んでいたかの手の者どもが、口重いもと有馬家臣団から発する怒気のようなものを感ぜぬはずはなかった。

「面目もござりませぬ。まずうござり申した。かえって代官の気持を逆撫でしてしもうたのではありますまいか」

外に出るとまず詫びた。役立たずどころか、災厄をひき出しに行ったのではないかとも口にした。

「ご心配には及ばぬ。向うはこちらの意向によって動くものではござるまい。この度の年貢の割当て高は、領国支配の分を越えたことにござる。未納者の処罰は切支丹どもの狩り出しをしたと取りつくろい、幕府へ忠節顔の報告をするつもりじゃとわれらは見ておる」

「戦国の世であれば、仁助どの、そこもとは竹中半兵衛にもなれる仁じゃと、わしは聞きほれておったぞ」

生真面目に伴内にいわれて、仁助は赤面した。

「どうも、大和五条とやらから来たという、あの言葉訛りは、われらの気風とは合いませぬわい。九郎兵衛めを、逆にいらだたせてしもうた。何とかなだめて、割り付けを引っ込めさせる役柄じゃったが」

そう呟いて、よくない始末になりはすまいかと胸がくすぼった。

お互いにかかえているコンフラリヤ（信心組）はちがうが、弁指しの弥三にも今日のことは話しておかねばなるまい。あの分では浦々の磯の物にも、容赦なく取り立てが始まるに違いない。

ここ四、五年はやんでいるが、松倉の時代になってから、切支丹信徒の処刑が、有馬藩の旧重臣や庄屋、乙名層を狙って行われた。口之津から北上して南有馬、北有馬、有家あたりは、うわべは転んだふりをしていても、そのじつ一村残らず切支丹ゆえ、うっかりここに手をつければ、ことあらわれて領主の失政となるであろう。幕府の禁制へのご忠義をあらわすために、主な指導層を見せしめに処刑してうわべを糊塗し、同時に下々の切支丹どもをふるえ上らせ、合せて年貢の蔵入れ分と自分の懐をも肥やそうという魂胆は見え見えである。

仁助をはじめ庄屋、乙名たちが代官所からそれぞれ戻っていく野中道の両側には、干割れ田の稲が白穂のまま広がっていた。やがてみんなと別れてわが家の前に立った仁助は、そのまま中へ入る気になれず、庭先の花叢の前にしゃがみこんだ。

代官の目はいったいどこについておるのか。

先の殿、有馬の御父子をたいそうコケにした言い方をしたが、おのれらの主君とて、父君の方はまあまあ領民に近づいてみせた殿であったが、その子勝家は暗愚というよりいいようがない。父に輪をかけた残忍さを持ち、幕府の禁制が次々に出されるや、きりきり舞いして雲仙嶽をうつつの地獄にしてみせた。竹鋸で生きた人間の首をひき、傷口に塩をつめ、そのますぐには死なぬようにするなど、たとえ罪を犯した極悪人といえども、人間の生身をそのように扱わせるなど、君主たるもののなすわざとは思えぬ。

お美代は、白い曼珠沙華《まんじゅしゃげ》の前に座りこんで動かぬ夫の後ろ姿を見つけておどろいた。背中や両の肩から見えないほむらが、しんしんと立っているやに見えたからである。

「お前さま、お前さま、いかがなされやしたか」

お戻りなさりませというのを忘れていた。仁助はゆっくりふり向いた。

黒目の中がくすぼっている、とお美代は思った。よっぽど悪い呼び出しだったに違いない。

「うむ、呼び出しが長びいた」

仁助は深い吐息をついた。その吐息に悪い色がついて、地面が染まったかに見えた。

よくよくのことがあったに違いなかった。黙って気づかっていると、背中を見せたまま、夫が白い花を指さして言った。

「ほれ、咲いたぞ。今年も」

屈みこんでさしのぞくと、目つきが少しふだんに戻っている。

「あれ、目に入り申したか。何にも目には入らんようなお顔の色じゃったが」

清々とした曼珠沙華の白だった。

「これが咲いたからにゃあ、間もなく、彼岸じゃ」

「ほんに彼岸が来て、秋が来るなれば、赤まんま炊こうになあ」

言いかけて、稲の立ち枯れを思ってほかのことを口にした。

「この白か曼珠沙華、加津佐のばばさまから頂いて来て、何年になりましょうぞ」

加津佐とは、口之津の隣にある村のことである。

「加津佐の、ああ、兵庫どののばばさまが下さいたよな。十年あまりにもなろうぞ。毎年よう咲く」

「球根をなあ。赤じゃござんせぬ、珍らしか白花でござりますというて」

「うむ、白花じゃったわい」

仁助とお美代は白い曼珠沙華を見ながら、しばし時を忘れた。

「お前さまはその時、こう申さいた。この球根、慈姑芋《くわい》に似ておるが、いざという時、食べられ申すかと」

「いうた、いうた」

「ばばさまがころころ笑うて、無理に食べようと思えば、毒抜きをして、食べられぬでもござりやせんが、まずは花を楽しみにして、育てて下さり申せ、といわれましたなあ」

「今も花見ながら、この球根、みなの腹の足しになるやもしれんと思うておった。しかし、わが家の人数のひと鍋分にも足るまいな」

「ほんになあ。ばばさまが、そんとき申されやした。赤花もよかなれど、これは白で、やさしか花じゃ。あの世にゆくのに、送り迎えしてくれる花じゃわいなと申しそえられたが、食うたら当たるやもな」

「お前はよう覚えておるのう」

「はい、花のことなら。ほれ、もう立たれませ。茶をいれましょうぞ」

美代が笑いながら差し出す手にすがって身を起こした。仁助には珍らしいことだった。


その翌朝のことである。

異様に赤い朝の空に向って、鳴きつくすかのごとく松蟬が鳴いて、嘘のようにぱたりと止んだ。人びとは空を見あげながら外に出た。風はなかった。

海がふくらんで見えた。空はその熱で海を吸いあげるのではないかと思えるくらい、まっ赤に灼《や》けていた。

「蟬がやんだ。松つぁん」

仁助の家の作人、熊五郎は起きたばかりの顔に水をしゃくりかけていたが、その手を止めて、かたわらに並んだ作人頭の顔を見た。松吉の顔も赤く見えた。

「そりゃあ、蟬は、ひともり鳴けば、止むにきまっとる」

「そうかもしれんが、ぱたっと止んだぞ」

「蟬もなあ、都合のあるじゃろうて」

「ええもう松つぁん、目ぇの薄うにならいたか。空の赤さがちがうぞ。お前の顔も赤かぞい。蟬もおとろしかろうぞ」

「そういえば熊よい、お前の顔もえらい赤かぞい」

「お前さま、どうもありゃあせんとかえ」

「どうもないことはなか。この朝焼け、ただの空とはちがう。何かの前知らせじゃ。蟬もそういうて鳴いた」

「じゃろう。さっきから俺ぁそういうとる」

「今朝はまだ明けきらんうちに、烏どもがえらいうんと、飛んで往ったぞ」

「ふーん、寝入っておって知らじゃった」

「すずが飛び起きて後追うて、海見に行きおった」

「何しに、また」

「何しにか知らんが、あれは、ああいう子ぉじゃけん、何かあろうものなら走るわい」

「ほんによう走る子ぉじゃ」

二人が話しているところへ、当のすずが、後ろにくくりあげた赤い髪を波うたせて、戻って来た。

「すず、あんまりあちこち走り廻ると、腹がへるぞ」

すずは口をひき結んで、しばらく二人を見くらべていたが、海の方角を指さした。

「あのな、赤か空からな、舟の来たばえ、赤か旗立てて」

二人は顔を見合わせた。朝の舟が着いたのであろうか。海と空の様子から天候を予測する術を知っている舟人衆《ふなと》なら、こんな異様な朝になるのはわかっていただろう。荒れ模様になるのを見越して、暗いうちに発って来たのかもしれない。

無視されたと思ったらしく、すずは前方を指さし直した。そして引きしぼった矢を松吉爺の耳に射込むように、幼い声で告げた。

「舟にはな、たいそう眩ゆか、美《よ》か人の立っておらいましたわえ」

「そうか、そうか、眩ゆか人を見たか。赤か旗ならば、弥三どのの舟じゃろう。なに、ふーん眩ゆか、美か人？」

すずは何かに見とれているような目つきをして、ふらふらと手桶を下げ朝の水汲みに出かけたが、井戸の方から声がきこえた。

「水のまた減っとる。昨日より少のうなっとる」

松吉が井戸に歩みより、熊五郎もついて行ってのぞいていたが、松吉はむずかしい顔をして何も言わなかった。

昼すぎから雲が出はじめた。それはだんだん厚くなって、空の全体がずっと奥の方から動きはじめる気配である。

「おう、こりゃあ雨の来るぞ」

村の者たちは戸外に出ては空を見上げ、あちこちから呼び交わす声があがった。珍しく仁助は家にいたが、思案深げに雲行きを眺めているところに、弥三があらわれた。

「おおこれは、久しぶり。よう見えられた。今日はまた、何事ぞ」

「何事ちゅうても、たった今茂木から戻ったばかりで、この雲行きじゃから、あちこち、船の手当もせずばと思うて。おぬしの家もついでに見廻りに来た」

「有難い。ちょうどおぬしのことを考えとったぞ。この空模様じゃ。おぬしは船もいろいろ抱えて、ご心配じゃろう」

「それよ、今、人数頼んで、引き揚げて来たばかりじゃ」

「引き揚げて、陸にか。六隻ともか」

「陸にじゃ。ひと荒れも、ふた荒れも来そうな雲行きぞ」

「やっぱり来るかのう。そりゃあ、さぞ、おくたびれでござしたろう。まあ上られい」

「いや、寄ってみたは、おぬしがこのところ、呼び出しばかり受けて、留守勝ちじゃろうから、女衆《おなごし》たちが心細かろうと、寄ったまでじゃ。おぬしの顔みて安心した。もう戻る。客人も連れとるし」

「客人ちゅうは、どちらの」

「長崎の行き帰りに、時々船にお乗せする御子息じゃ」

「長崎の行き帰りとは、天草のお人かえ」

「さよう。宇土の益田さまといわれるが、父御《ててご》が、もと小西さまのご家来でな」

「小西さまのご浪人か。ほう」

弥三はうなずいた。

「その御子息じゃ。父御は長崎の唐物を扱う問屋につてがあって、磯物を集荷して持ってゆかれる」

小西のご浪人たちは唐貿易の下請をしているのか。

「もっとも御子息は学問に打ちこんで、商いには一向気が向かれぬ。なかなかの逸材ぞ」

「そのようなお方なら、お引き合せを願いたいものじゃ。まあ寄ってゆかれませい」

「そうじゃな。いっときばかり、上らせてもらうか」

そんな二人のやりとりを、垣根の入り口から眺めている少年がいた。仁助と目があうと静かに目礼した。朝明けのさざ波のような、きらきらした目《まなこ》だった。

仁助は、一瞬、花の化身かと錯覚した。白い曼珠沙華が昨日よりもたくさん咲きひろがっていたせいかもしれなかった。地をはらってすっきりと立っている少年の背後には、分厚く重なり合って、ただならぬ雲が動いている。天と地がゆっくり渦巻きながら、その中心に少年が立っているように見えた。立ちくらみか、と思いかけた。このところ続いている心労のせいかもしれない。足を踏みしめ直した。天地が傾いて見えたのは雲の動きのせいだ。小腰をかがめて礼を返しながら、とっさに思った。

これは、いずこの公達《きんだち》ぞ。

われながら古風な言葉が胸に湧いたものだが、先夜、蜷川左京の息子の右近が、天草版の「平家物語」を講じに来たせいかもしれなかった。ちょうど平家の公達敦盛《あつもり》が、一管の笛を腰にしたまま、熊谷直実に首うたれるくだりで、年寄りや女たちが、しきりに目頭をふいていた。

一ノ谷の合戦にやぶれ、平家の一門が次々に討たれてゆく中に、沖の船を目指して波の中に馬を乗り入れる若武者を、熊谷が呼び返す。

「……鎧《よろい》の袖をむんずと押さえ、首をかこうと甲《かぶと》をとっておしのけみれば、まだ十六、七とみゆる人の、まことに清げなる薄化粧して、鉄漿《かね》つけられ、わが子小次郎が齢ほどにて容顔まことに美麗なれば……、これは、平家の公達でおわすろう。武士《さむらい》ではよもあらじ。熊谷が、わが子小次郎をおもうようにこそ、この公達の父御もおもわせられよう。いとおしや、いかなる人の公達でござるぞ。名乗らせられい。助けまらしょうずる」

という熊谷に、その公達は名を明かさずに、

「汝がためにはよい敵ぞ。早う首うて。首実検の時にわかろうぞ」

とだけ言う。

熊谷はわが子と年もかわらぬ公達のあまりのいとおしさに、何とか助ける道はないかと考えるが、味方の荒武者たちがどっと馳せ寄ってくる気配に前後不覚となって刃をふるってしまった。

「首を包まんとしけるに、錦の袋にいれたる笛を腰にさされける。あな、いとおし。さてはこの暁、城のうちに管弦し給いつるは、この人々にておわしけり。味方の勢《せい》、何万騎かあらめども、いくさの陣へ笛もつ人はあらじ」

そう思いながら後できけば、平清盛の弟、修理《しゅり》の大夫経盛が末子敦盛、生年十七歳とわかった。泣く泣く、首と笛とを九郎判官義経の見参に入れたが、暁の笛の音を聴いていた人びとはみな、「涙をながさずということはなし」というところを読む時、右近がしばし声をのみ、熊谷次郎直実が弓矢とる身を厭い、出家することになったとさりげなく終わる。

座元をつとめている仁助も、じつは聴く度にこのくだりでは涙の押さえようがない。

一ノ谷の戦さとはおもむきがちがうとはいえ、ここ口之津、有馬あたりでは、おびただしい殉教の記憶がまだ生々しい。親とともに処刑された子どもたちのけなげさ、いたいけなさは、敦盛の最期に勝るともおとらない。聴いている皆のおもいもたぶん同じではないか。

少年の姿を見て、平家の公達の最期から、思わずこの地の来し方を連想し、胸せまって突っ立っていると弥三の声がかかった。

「どうされた。仁助どの」

仁助はそこで我にかえった。

「いや、少し目まいのして。昨日はまた代官所で、九郎兵衛のいやみをさんざん聞かされて、朝から気色の悪うしてのう」

「また、例のことか」

「さよう、例のことじゃや。こんだはちっと面倒になりそうじゃ」

「いつもご苦労かけるのう。何しろ相手が悪い」

「うむ」

仁助の返事がいつもより口重い。よっぽど面倒になりおるにちがいないと察せられた。

「ともかく上られい。おぬしにも話しておかねばならん。むさくるしゅうござりやすが、客人も上られませい」

仁助は少年に恭しい会釈をおくった。炎天続きで草も木も萎えおとろえて、今朝の異様に赤かった空といい、昨日の九郎兵衛の口ぶりといい、胸のうちが兇々しくなっていたところへ、玲瓏とした若い客人の訪れで清涼の気が湧いて来た。

しかしまあ、よりによって雲行きのおかしな日に、こういう客人を連れてくるとは、弥三も物好きな、と思わないでもなかった。

「わしが、我が家も同然にしておるところでござり申す。まあまあ、上られませい」

案内する弥三の様子がいつになくまめまめしい。仁助は、ほうと感心して、少し元気になった。

招じ入れると少年は細身の刀を脇に置き、きちんと座り直して手をついた。

「はじめてお目にかかり申す。益田の四郎と申しまする」

十四、五歳であろうか。涼しい響きの、落ちついた声だった。蚊が飛んでいるような細かい模様の白絣に短めの袴で、古風な織りは母者《ははじゃ》の好みか、品格があった。いかにもきりりとしている。弥三が言いそえた。

「父御《ててご》は、小西行長さまに仕えておられたと申しやす」

「いや、それは昔のことにて。ただいまは、磯の物を集めて、唐向けの問屋に納めておりまする」

「磯の物、ああ、さようでござりやすか。ほう、それは」

言いながら仁助はとっさに思いをめぐらした。弥三がわざわざこの家に連れてくるほどなら、この少年も切支丹であろう。それならば話してよいかもしれない。

「なあ弥三どの。小西行長さまといえば、かつては隣国天草の領主で、われらの先の大殿、有馬晴信さまとは、同じ切支丹大名。かくべつのゆかりを持たれた方であったのう。太閤様が文禄・慶長の役の折、肥前の名護屋に出陣して来られる前の騒動、おぬしの家もあの時は大ごとであったろう」

「ああ、おやじどのから幾たび聞かされたことか。太閤様が大坂におられた間は、西国の教会とセミナリヨは晴信さまの庇護があって、禁令が出されていたとはいえ、まあまあ無事に隠しおおせていたが、秀吉公が名護屋に着陣あらば一大事、感づかれるは必定と、早々《はやばや》伴天連《ばてれん》衆にも潜伏してもろうて、セミナリヨもコレジョ（神学校）も、何とか目のとどかぬ所へ隠そうと、行長さま、われらが殿、大村の殿らがひそかに談合なされて、セミナリヨは有馬の山間の八良尾、天草は南の先の浦に散らせると相成った。それからが大ごとじゃったわい。おやじどのは何隻分、伴天連衆やセミナリヨの若者達を運んだことか」

「そうじゃった。天草は志岐に運び、こちらの加津佐に運び、口之津に来てはまた天草の河内浦にもどる。わしのおやじさまは文禄・慶長の役より、そっちの方が、戦さのようであったと、申しておられたわい」

「太閤様が着陣される前に、ことはすべて隠密に運ばねばならぬというのが、われらの殿の厳命じゃったと聞いておる。セミナリヨの祭具やオルガン、印刷機まで運んだのじゃから」

「小西どのは秀吉公にとってはこよなき寵臣と聞いておったが、このことはたぶん、秀吉公はつゆさら気付かれなかったろう」

「たいした働きじゃったよ。そのあと小西どのの船団に加わり、わが晴信さまも旗頭として出陣なされた。両将ともに何食わぬ顔で、伴天連衆を隠しおおせて征かれた」

「あとでばれたというではないか」

「それはまあ、長崎代官が、鍋島直茂どのと毛利吉成どのに替ってからのことじゃ」

二人の話を、四郎は興味ぶかそうに聴きとっている様子だった。

「文禄・慶長の役の時は、口之津からも軍船が出て、乗って征った年寄り衆が今でもこぼされる。えらいな高浪の灘を渡って、しんきな戦さじゃったとな」

「その疲れも癒せぬうちに関ヶ原」

「われらの大殿は関東の徳川方へ、小西さまは石田三成に同心なされた揚句、六条河原で打首になられた。折角徳川方につかれたわれらの殿さまも、岡本大八事件に連座なされて、非業の最期を遂げられた」

主なきあと、小西のご浪人方もここらのご一統同様、帰農されたやに聞く。天草、大矢野あたりは磯も入り組み、唐物に向く物が採れそうに思える。隠れた人士が漁夫の姿をしているというのも、なかなかの景色ぞ。こういうかぐわしい若者がおったのか。弥三がいそいそ世話をしておる姿も見よいものじゃと仁助が思ったとき、弥三はうれしげな目許になった。

「四郎さまとそもそものゆかりは、祖父さまの源兵衛殿じゃったが、茂木へゆく船の上で夕べの祈りをなされての。わしはいたく感じ入って、なるほど、かくあらねばと思うたことじゃ。まあ、わしゃあ、ざっとした人間じゃから、祈りをよう忘れる。しかし海原の上での御ミサちゅうものは、ええものぞ。お乗せするのが楽しみでな。この前は父御《ててご》をお乗せした」

「そりゃ、おぬしの人徳じゃろう」

弥三が面映ゆげに、いやと呟いたとき、すずが縁の前に走りこんで来た。

「おじさまぁ、雨が来るわな」

三人の顔を見くらべて、四郎のまなざしにぶつかると、よっぽど驚いた様子で口をあけ、手にした草の束を見つめ、首をかしげている。

「やあ」

と四郎がいった。

「おう、今日はアシタバ採りか。客人に挨拶は」

弥三がそう問うたのに、ちゃんと耳に入らなかったらしい。

「……赤か空の、舟じゃ……」

すずはそう呟くとふらふら小屋の方へ歩いて、ゆっくり振り返った。そしていきなり草の束を振りあげ、納屋の向うへかけこんでいった。

美代がお茶を持って来た。

「まあ、お前さま、今日はこの雲に連れられて参られたかえ。今度はどこから」

「長崎からじゃ、客人も一緒にお連れした」

弥三と美代は、会えば幼なじみに返るらしくて、たわいのないやりとりをする。この家のあけっぴろげな様子が珍らしいのか、少年はうつむきながら微笑していた。仁助は、なるほど、こういうひときわ初々しいところがふつうの若衆とどこやらちがう、弥三が世話をしたがるのも無理はないわいと思うのだった。

風の備えはしたかと弥三は問い、おおよそ出来たと美代が答えると、若い客人を連れて来て、気持がたかぶったのだろうか、雲ゆきを見い見い、次のようなことを話しはじめた。半分はこの少年に聞かせたいのかもしれなかった。

「教会が栄えていたころは、長崎の港も賑わいじゃったがのう。ポルトガルのナウ船が着いたときには、教会の帳簿係の神父さまの家には、一般の商人には手のとどかぬ生糸じゃの、緋ラシャの布じゃの、金襴の布に虎の皮、鹿の皮、麝香《じゃこう》に伽羅《きゃら》、乾しあんず、葡萄酒なんぞの品々が荷上げされておってな、教会はまるで宝の倉庫になっとるちゅうので、見に行ったこともある。

切支丹大名や信者たちの喜捨はあったろうが、修道院、教会、コレジョ、セミナリヨと次々に起こされたあの事業は、資金なしには成り立たじゃったろう。まず土地の費用がのう。それに建築費用、人夫の賃金、莫大なものじゃよ。ヴァリニャーノさまもそうじゃったが、海を渡ってくる管区長さまたちが、何よりもまず都をめざし、太閤殿や将軍家の許可をうるために、どれほどの献上物をたずさえて長い旅をされたか。すべてその資金はポルトガル船との貿易でまかなわれておったときく。長崎奉行も切支丹大名たちも、マカオと行き来するナウ船には、ひとかたならぬ投資をしておられるとは、大殿さまご最期のあとさき、しきりに噂があった。小西行長さまは、堺の大商人小西隆佐どのの息《そく》で、海の上の大きな商いにも目配りのきくご仁であったと聞く」

そう言うと、弥三は四郎を見やった。

彼の話では四郎の父は天草大矢野の地侍で、小西支配となってから家臣に取り立てられたとのことである。小西の時代は年貢の取り立てもゆるやかで、いまでもその善政をなつかしむ風が天草の地にある。四郎の父益田甚兵衛は、今は大矢野の対岸、宇土の江辺にいるが、旧主の朝鮮渡海の節、主用で長崎の浦々には縁が出来ておって、古いよしみを今でも保ち続けているのだろうと仁助は思った。

しかし弥三はよき人をお連れしてくれたものじゃ。ちっと気分が直ってきた。さっき、すずがいみじくも言うてくれた。「赤か空から舟の降りて来て、眩《まば》ゆか美《よ》か人の乗っておらいました」と。

そんな仁助の気持をまるで読みとったかのように、

「すずも、元気になりやしたのう」

と弥三は微笑した。

彼は空を見上げ、少年にいうべきことを仁助にむかって言った。

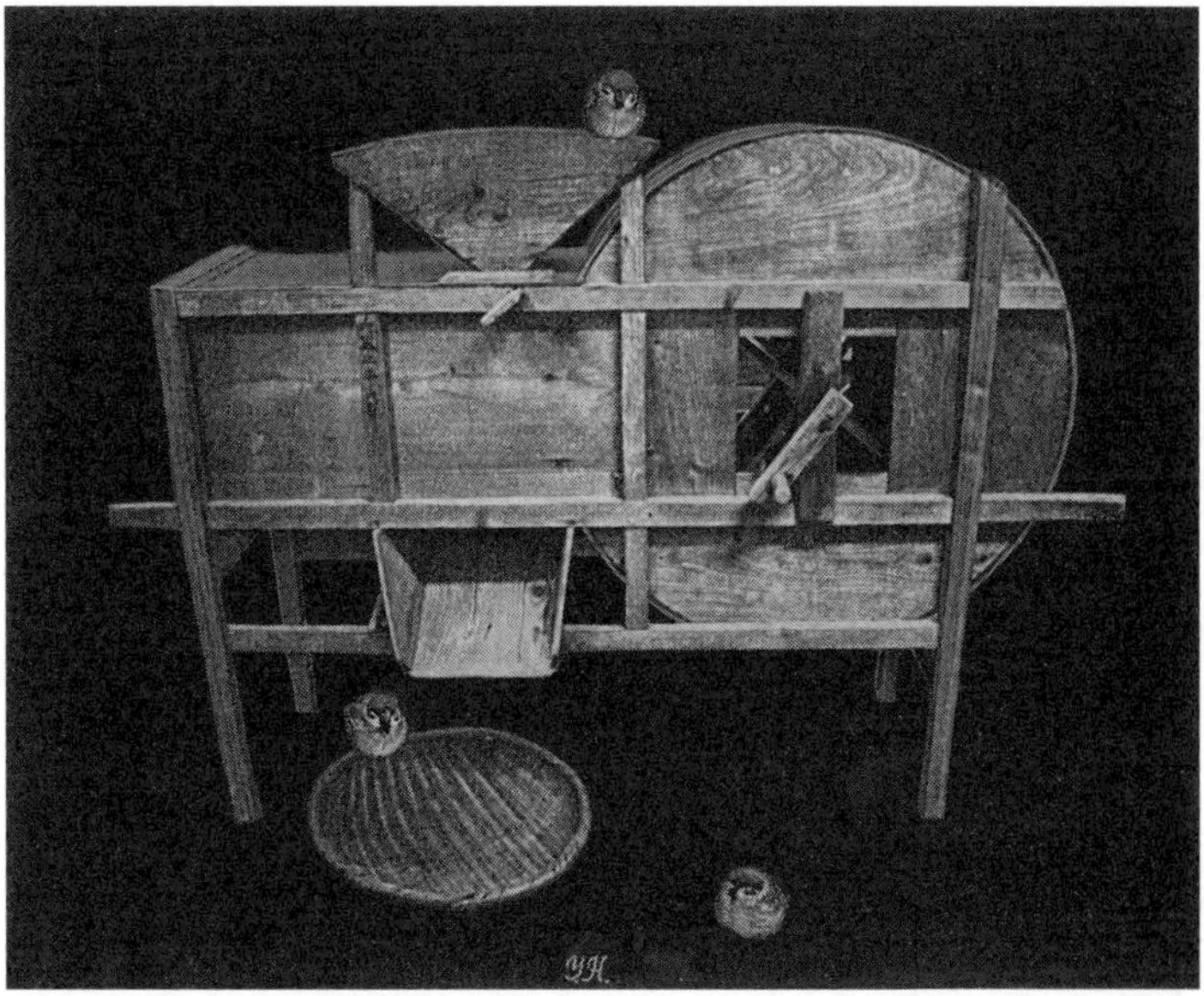

「さて、この模様では、大矢野までは船は出せぬ。今明日《こんみょうにち》は、船待ちしてもらうしかない」

「さようじゃな、どこで船待ちなさる」

「おれの家でも、ここの家でもよかろうが、折角なら、蜷川さまの家がよかろうと思うが」

「なるほど、わが家に泊ってもらえば、願うてもなかが、うむ、あそこならよいかもしれん」

「あそこにはほれ、書物好きの右近どのが居られる。右近どのは先日わしといっしょに長崎を訪《おとの》われた折、四郎どのと会われて、おたがい気も合うたようじゃ」

「おう、それなら願うてもなか」

切支丹の武士組の中でも、年は若いが蜷川右近ほどの学問好きはおらず、書物神といわれるくらいである。

「天草や加津佐のコレジョがいまありせばのう。右近どのなら、京あたりから来る学生《がくしょう》に、ひけはとらじゃったものをなあ」

弥三が突如、力をこめて右近びいきを披露したので、仁助は思わずその顔を見た。

役目柄、藩の重役方から行き倒れの病人乞食まで、人には数々接して来た仁助だが、弥三は弁指しの家に生れて小さい頃から親の船に乗り、漁船だけではなく長崎にくる唐人船にもかかわりを持っている。家業とはいいながら並の器量で出来ることではない。回船業に長い間たずさわるうちに、自分などの思い及ばぬことまで見聞を広めて、人を見る目も格段に錬れているのだろう。

「昔のことじゃが、船に乗せたコレジョの神父方が、京方面から来た若者は、人品、骨柄、素養がちがう、と話されていたのを耳にしたことがある。わしは何とのう面白うなかったのう」

かねて学問にはとんと縁がないといいながら、弥三がそういう口惜しい思いをしたことがあったのか。

「そういえば、名だたる学者が京あたりから見えておられたちゅうが、右近どのならば、そういう面々にも、ひけはとらじゃったかもしれん」

「その名だたる学者とは、いかなるお人でありましたか」

ふいに四郎が質問して来た。

二人が顔を見合せているところへ、かよがお茶のおかわりを抱えてきて、何やら大事の話し合いと思ったのだろう。黙って盆をさしだし、続いて入って来た夫を見上げた。大助はうなずいて後ろに座った。しばらくして仁助が口を開いた。

「直接会うて話を聞いたわけではござりやせぬが、養方軒パウロ殿、不干斎ハビアン殿なるお名が耳に残っており申す」

少し心許なかったのか、「なあ」と弥三の同意を求めた。

「わしもそっちの方はうといが、そのお二人は釈尊や孔子様はいうに及ばず、南蛮の学にも通じておられ、菅公《かんこう》もかくやという噂でありましたのう」

「ハビアン殿はコレジョの教師を勤められ、『どちりいな・きりしたん』などの書物の刊行にも関わられたとのことじゃった」

仁助が言うと少年の頬に赤みがさした。

「その書物、わたくし、座右に置いて学んでおりまする」

「えっ、あれをでござりやすか。それはまた、ご奇特な」

弥三と仁助が同時に声をあげた。大助はおおまかなつくりの顔の両目を寄せ、自分よりも年少の客を見つめた。真剣な目つきになると、うちの人も男ぶりじゃとかよは思う。

「心許のうござりまする。字面は読んでおりましても、ちゃんと読みとれておるかどうか、わかりませぬ」

「それはご謙遜じゃろう」

弥三がその言葉を引きとった。

「あれを読むというても、わしなどは正直申して、チリンダアデ（三位一体）じゃの、ミステリヨ（玄義）じゃの、舌を嚙みそうで苦手じゃ。あれは何じゃったかの。メモウリア……、エンテンジメント（悟性）じゃった。これがなあ、どうにもなじまぬ。御母ビルゼン・サンタ・マリア様の名が出るくだりだけは、何とのう親しゅう存ずる」

いかにも言い難そうに、『どちりいな・きりしたん』に出てくる異国語を、この男が恨めしげに言うものだから、四郎もおかしかったと見え、しげしげとその顔をうち眺め微笑を浮べた。

「しかしわしもな、ここのくだりだけはどうやら言えるぞ」

弥三は少し改まった様子になり、『どちりいな』のオラショ（お祈り）の一節を口にした。

「涙の谷のくだりじゃが……。あわれみの御母、后妃にてましします御身に御礼をなし奉る。流人となるエワの子らの末裔たるわれら、御身へ叫びをなし奉る。この涙の谷にてうめき、泣きつつ御身に願いをかけ奉る、是によって我等が御とりなし手、憐れみの御眼を我等に見むかわせ給え」

仁助は頭をたれて瞑目しながら聴き入っていたが、低い声でたずねるともなく言った。

「このオラショを申す時は、誰びとに申すぞや」

弥三は謹んで答えた。

「御母ビルゼン・マリア様に申すなり」

「涙の谷とは、いずこを申すぞ」

「今生《こんじょう》の世の、浮ぶ瀬もなき暗闇と存ずる」

「まさしくその暗闇において、マリア様をたのみ、後生《ごしょう》の助かりを願うオラショじゃと、わしも心得てはおるが」

かよは目の前で始まったやりとりに、いつもとはまるでちがう仁助の姿を見た。舅は深沈とした面持で目を閉じている。慈悲組の寄り合いのとき、寿庵さまが来て、オラショの導師をつとめられる。信者たちはひざまずいて両手を組み、あとをつけるのだが、そのときの雰囲気よりも、ずっと切迫したものが二人を包みこんでいる。

この男は自分自身に問うために、目の前のわしを鏡に見たててものを言うておるのかと、弥三は思う。親代々の庄屋で、ヴァリニャーノ上人をはじめ、伴天連たちの往来しきりであった頃は、その宿をつとめてきた家柄でもある。反りの合わぬ領主から年貢を責められる苦労だけでなく、厳しい禁令のもとでうわべは転んだと見せかけながら、村人の信仰の内実を護り通さねばならぬ責任もまた、この男の肩にかかっているのだ。実直を絵に描いたような男ゆえ、背負うて立った郷村の一人一人の顔を思い浮べて、自らの信徒としてのありようを責めているのだろう。

そうじゃ。わしがお美代から頼まれた麦も、ほんの僅かしか手に入らなかった。も少しどうにかしたかったが、各地とも思いの外の不作で、不穏の噂さえはびこっている。さて、何と言い訳したものか。

かよは、年若い客人の目《まなこ》が、舅と弥三のやりとりを聴くうちに不思議な光を帯びるのに気づいて、なぜとも知れず胸が締めつけられた。いつも野太い声の軽口でまわりを笑わせる弥三の、こんな真剣な面持に接したこともない。

そっと大助の顔を見た。父親とおなじように瞑目して腕を組んでいる。嫁に来て初めて見た夫の表情である。おおらかな性格で、「蓮田の兄しゃま」と近所の子たちがついて回る夫を、かよは好いていた。それが珍しく眉の間に太いたて皺が寄っている。舅《とと》さまがご苦労しておられるゆえ、この人もその荷を背負うておられるのではないか。

切支丹の家に嫁に来て半年足らず、朝晩の祈りもお念仏から「オラショ」に変ったが、切支丹とはどういうものか、しんから考えたことはなかった。

早死にされた母《かか》さまが信心深い切支丹で、マグダレナという霊名をいただいていたと聞かされてから、そのことを大切に思ってはいる。けれども、仏様とデウス様がどう違うのか、自分のように分別の足りないものが、尋ねてはっきりさせるのもそら怖ろしい。そしてまた、観音様とマリア様はどう違うのか。里の家では両方とも大切に扱っていたことだし、そのどちらかお一方を下に置くなど、罰が当たる気がする。

そういったことを、大助に深く尋ねることもせずに来たのだが、いま目の前で話し合われているのは、心の底で知りたいと思っていた切支丹の「御大切」に関わることに違いない。母さまは赤児の頃から、マグダレナといういとも清らげな霊名をもろうておられたのだから、極楽に当たるパライゾに往生されたにちがいなく、安堵してよかろうものなのに、ひとこと、母さまと心に呼ぶだけで、目頭が熱くなるのはどうしようもない。

それにしてもいつになく、舅《とと》さまも大助も、弥三おじさまさえ様子がちがう。たぶんこの人たちは私なんぞより、うんとうんと、切ないことを胸に抱えておられるにちがいない。そっと客人を見やった。はっとするような品格のある若衆である。この客人が来たので、いつもはしんから話されることのない教義が話題になり、大助までが身を乗り出して聴き入っているのだろうか。

里の家でもその気風があるが、この家の客人をもてなす習いは度外れていて、そのために倉がいつも空っぽだと、おうめや松吉が言うほどである。その倉がほんとうに底をつきそうな今、せめて心で、この客人をもてなそうとしているのだろうか。また、このところ舅さまがさいさい代官所に呼び出されて、無理なことを仰せつけられているらしい。それもあって、こんな話になったのかもしれない。

「アニマの救いというは、後生の助かりのことじゃと申されるが、今生《こんじょう》の間は助からんように、われわれは生れてきたのかのう」

腕組みを解いて目をあけた仁助はそういうと、大きな息をついた。

アニマとは一人一人が持つ霊魂のことだというぐらいは、かよも知っていた。幼いかよがよその家の柿の木に登って実を取ろうとしたとき、祖母のふじが「外道に魂をおっとられた」と嘆いたのを思い出す。

「後生の救いと申しても、それを得心するのがなかなかむずかしゅうて」

かこち顔の弥三が答えた。

「おん主は、人間の罪ゆえに、わが身を磔にかけられた。わが身のごとくに人さまを大切にせよとの御教えは、今この時にあるのじゃが……。手だてがわからぬ」

応えながら仁助は、自分の追いつめられた立場を弥三と客人を立ち会いにして、このさい息子夫婦に語っておこうと思った。弥三は船待ちのために立ち寄ったというが、何か思案があって、どこか人間離れしたこの若者を自分に引き会わせたい気もあったのではないか。

「わしは昨日、多田九郎兵衛の話を聞きながら、しきりに、罪人《つみびと》、科人《とがびと》ということを考えておった。わし一人《いちにん》の科ならば懺悔をして、マリア様に除いてもらうこともできようが、口之津郷一帯の難儀は懺悔では除かれぬ。明日の糧はどこから得られようぞ。救い主の御受難を思えば、われらの苦難も後生の助かりのためじゃと覚悟せねばなるまいが、さても、われらが罪科《つみとが》とはいかなるものであろうかなあ。庄屋としてわしは、ただマリア様にすがって、後生の助かりを祈るばかりでよいのじゃろうか。わが魂の隅々までマリア様に照らしてもろうて、罪科のすべてを白状するとしても、この郷一帯の者どもの明日をほったらかしてよいものか。そう思うと、いつになく心が定まらずにのう。そのうちあの九郎兵衛が、ナメクジともナマコともつかぬ海牛《うみうし》に見えて来て……。わしはあれが大嫌いでのう。打ち殺そうにも、気色が悪い」

父が打ち殺すなどという言葉を口にするのを聞いて、大助ははっとした。そんな粗暴な言葉は、日頃けっして吐かぬ人間である。父の胸中に渦巻いている衝動の激しさを思った。

「口之津一郷だけのことではなか。見渡す限りの困苦をどうしたものか。村の長《おさ》たるものが手をこまねいていてよいものか。なあ、弥三どの」

「ああ、その事じゃ。未進米の方は何ともならぬが、お美代から頼まれた分は、さきほど舟着き場の小屋に入れておいた。ほんの僅かじゃ。村の衆の粥に廻すとしても、四、五日分しかあるまい。大助どの、晩になってから、目立たぬよう人数を分けて、取りに行かっしゃい。肥前の麦をば、湯島の船が運んで来てくれての。嵐になる前でよかった」

少年は大人たちの話を注意深く聞いているようだった。かよがそっと立ち上り、小走りに出ていった。麦を積んだ船が来たとお美代に告げに行ったのだろうと、後ろ姿を見やりながら大助は思った。

「いざという時はおぬしにばかり、無理な頼み事して、すまんと思うとる。この通りじゃ、ありがたい。たとえ四、五日分でも、みなの気持がどれほど潤うことか」

父が恭しく手をつくのに、大助もならった。

「なんの、このわしに出来ることであれば、何でもやらせてもらうが、これっぽっちではのう」

軽く手を振っておいて、弥三は両腕を組んだ。

「じゃが、この日でりのあとは、酷《むご》いことになりやすぞ。諸国の舟人衆が寄っての話では、この辺りばかりではなか。薩摩でも肥後でも、遠くは瀬戸内、京のあたりまで、不作が広がっておると申す」

頭をあげながら仁助は、鈍い痛みが頭蓋に走った気がした。

「そのように広がっとるとはなあ。去年からの天候不順で、今年こそはと思うておったのに、またも日でり続きじゃ。せめて作物を守ろうと、畑面《はたけづら》を刈草で覆ってもみたが、焼石に水じゃ。みな力を出し尽して、ただ雨を待っておる次第じゃが、肥前の麦も、今後はあてにはなるまいな」

「うーむ、まだ、どこからなりと、工面はしてみるつもりじゃ」

重苦しい沈黙になった。

「陸《おか》の上ばかりじゃなか。湯島じゃあ、潮の濃ゆうなりすぎて、鯛が底にもぐってしもうたそうじゃ。こうなりゃ、後生はどうでもよい。いま眼の前で、飢えかつえようとしておる者たちを、助けてもらいたいものじゃ。田畑の虫を殺し尽し、干割れ田に雨を潤わせ給え、そのためにはわが身はインヘルノ（地獄）もいといはしませぬと、デウス様、マリア様に頼み参らせたい思いじゃわ」

「だいぶお互い、気持がそそけ立って来たのぅ。わしはな、長崎の西坂で穴吊りのマルチル（殉教）をとげられた中浦ジュリアンさまが、最後に早崎の瀬戸を渡られたとき、船にお乗せしておる」

「何かやりとりがあったかえ」

「うむ、そのときわしは、ジュリアンさまにコンヒサン（告解）をする気になった。虫が知らせたか、今をのがせば、二度と折がない気のしてなあ。そこで、お教えによれば、今生の苦しみは後生の助かりのためにあるということでござりやすが、わしのように、御掟のどれひとつとして、守れたためしのない者は、とてものことにパライゾになど往生はできますまいなあ。さりとて、インヘルノにも往きとうはなし、と打ち明け申した。

そしたらば、わしとおなじくらい陽に灼けて、潤いのある目《まなこ》をしたかのお方が、笑みを含んでこう言われた。わしとてもおん身と同じでござります、とな。思わずお顔を見上げると、ジュリアン様は波の上に眼をやりながら言われた。

たとえば、病人を治す医師《くすし》のことを考えてみると、その病の根を治して、その後は二度と起らざるように養生の道を教ゆるのが、医師というものの勤めじゃ。されど、わしはまだ医師の域に達してはおらぬ。わしが信徒の方々の間を廻るのは、わし自身、魂の養生を見出すためでござり申す。心の奥に科なき者はこの世にござらぬゆえ、ご安心あれ。救い主の御手《みて》は、科ある者のためにのべられており申す。ただわしは、『帯の中に銭を持つな。旅の袋も、下着も鞋《くつ》も杖も、余分には要らぬものぞ』というキリシト様のお言葉にだけは従いたいと、心のうちで思うており申す。つまり乞食《こつじき》たれ、ということじゃ。これがなかなか難しゅうござり申してな。

そう言うて、ジュリアンさまは笑われた。今に忘れはせぬわい。捕えなされた年の春でござった。穴吊りにならるる前に、『わしはローマを見てきた中浦ジュリアンでござり申す』と、群衆に向って言われたというが……。ローマという町は、われわれは見たことがなかが、ローマだけではなくして、あの目《まなこ》に映しとっておられた、ここらの海と土地、この地で起ったことどものひとつひとつがなあ、あの方のお命とともに消えたかと思えば、わしは、せつなかぞい」

しばらくして、四郎が押さえた声を出した。

「弥三さまの目《まなこ》も、ジュリアンさまの目のごとく、我らの知らぬことを見て参られたと存じまする」

「わしの見聞などとるに足りませぬが、中浦ジュリアンさまの、あの目の底に映りおった景色をわしは思いますぞ。何をあの目に収めておられしぞ。まだ少年の身にて、気の遠うなるような海路をはるばる越えて、王侯貴族の居並ぶなか、日本信徒を代表してローマのパッパ（法皇）にお目見得なされ、その立派なる振舞いは向うの国人もみな讃えたというからのう。帰国してからは、聚楽第にて秀吉公とご対面あり、たいそう評判をあげられたが、そういうあの方の目の底には何が沈んでおったのか、わしはそれがずうっと気になっておる」

「逆さにされて吊るされた時、世界はどのように見えたものか」

かよはぎょっとした。今日の舅《とと》さまは、おそろしいことを口に出される。弥三は仁助には応えず、自分の心のうちをのぞきこむように言葉を続けた。

「今生の苦しみはすなわち、後生の安楽への捧げものじゃそうな。霊魂の行く末に思いをいたせ、とは常々の御教えじゃが、中浦さまの姿を見、声を聞いたあとでも、わしなんぞは、掟のひとつも守るのが難しうて、とてものことにパライゾになど、ゆけそうにない」

「わしとても、それはおなじぞ。そしておぬしは、御掟の中で何が一番守りづらいかえ」

「いやあ、沢山ありすぎてな。申しづらい」

そのとき少年が、真顔で声をはさんだ。

「その申しづらきこと、お聞かせ願わしゅう存じまする」

「ややっ」

みるみる赤くなった弥三が天井を睨んだので、若夫婦は顔を見合せた。

「では、白状つかまつる。掟、その一。分別をくらますほどに酒を飲みたることありや」

かよは笑いの発作に襲われて、袂で顔を覆った。この家で酔っぱらった弥三を介抱するのは、いつも彼女の役目だったからである。

「掟、その二。腹立ちのとき、人をそしり、悪口雑言、呪いを吐きたりや」

今度は大助が上を向いて笑い出した。弥三の怒ったときの悪口雑言は、かまどの火の粉が塊りになって吹き出してくるようで、誰もそばに居れたものではない。

「えらい賑やかなことでまあ」

お美代が言いながら茶うけの盆を持って来た。座ると若い客人に挨拶して、欅《けやき》の菓子器の蓋をとった。香ばしい匂いが立った。

「折角のお客人に、何もござりませぬ。おかよが、里の山から採ってきた小椎の実でござり申す。炒り立てをばどうぞ」

盆の上には青絵の小鉢に、べっ甲色をした柚子の味噌漬ものっている。弥三がひやかし気味に口を出した。

「ほう、これは。四郎どの、お美代は始末屋じゃから、柚子の味噌漬はめったに出しませぬぞ。ほれ、この香の物、食してみられよ」

「いまから、弥三どののコンヒサン（告解）が始まるところじゃった。邪魔が入り申したのう」

仁助はそう言いながら目を開き、自慢の香の物を小皿にとり分け四郎の前に置いた。

「いやいやこのようなコンヒサンであれば、大天使の歌声にも聴こえまする」

その口振りがあまりに大真面目なので、一同はまた笑いに包まれたが、あらためて少年を見やった。

小椎の実を手にのせ、柚子と一緒に口に入れながら少年は言った。

「なつかしゅうござり申す。母者《ははじゃ》の香りがいたしまする」

微笑すると目許が何ともいえず人なつこい。その笑顔を見てお美代は、大助の下にこういう弟がもひとり欲しかったと思った。

「こんどは凪《なぎ》の日に来て、泊まって下さり申せ」

家中で言いながら見送ってくれる声に四郎が振り返ると、後追いして来たすずが立ち止まり、もの言いたげに見上げている。四郎が片手をあげると、すずはもどかしそうに身をかがめ、足許の白い花を一本折り取ると、男の子のような手つきで差し出した。四郎は虚をつかれてすずを見返した。それから小腰をかがめ、恭しく少女に向って言った。

「みなさまにお目にかかれた御しるし、いただきまする」

すずは目をみはってそれを聞いたが、おかよに背中を押され、うってかわって羞らいを含んだ稚い仕草でひざまずくと、返礼の十字を切った。二人の手と手の間で、清浄な白い花びらがふるえ、見とれている皆の足許をさらえるように、幅の広い風が巻き上った。

立ち木も花々もいっせいにざわめき、舟着場から畑地をめぐって土埃りが高く舞上り、往還道《おうかんみち》に沿いながら町並の方へ伸びていった。

「どうやら近づいて来たようじゃ」

先に歩き出した弥三が、少年を促した。

「では参りましょうぞ」

あちこちで慌ただしげに戸を打ちつける音が聞え、二人の姿が見えなくなると、雲行きが俄に早くなってきた。

かよは夕食の支度のために襷《たすき》をかけ直しながら、雲の行く手を見た。早崎の瀬戸の向うの二江の浦、その奥の内野の山ふところを想った。祖母やななは今頃なにをしているだろうか。時々どっと内野の親里が恋しくなる時がある。頭を振り、額をかきあげるふりをして涙を拭く。

そうじゃ、釜屋の煙出しのところを、大助どのに修繕してもらうのじゃった。風のひどくならぬ間にやってもらわねば、煙が吹きこんで、目も口もあけられたものではない。その夫が後ろから並んで来た。背が高い。肩幅も広い。さげていた手拭いで、夫の肩にかかった蜘蛛の巣と土埃りを、思いっきりはたいてやった。

「なあ、さっき舅《とと》さまの、久しぶりに笑わいましたなあ」

「うん、久々に笑わいた」

「弥三おじさまが連れてまいられたあの若衆、お気に入られたわいな」

「珍らしゅう、気品のある稚児じゃったのう」

「すずが、曼珠沙華折ってさし出したのをば、見ておらいましたかえ」

「見ておった」

「昔のセミナリヨにあった絵のようでござりやしたなあ」

「そういえばなるほど、よか眺めじゃったのう」

「若い人たちは、ようござりやすなあ」

「何ばいうか」

大助は自分の肩ほどもないかよを見おろした。眉にも蜘蛛の巣がかかっている。その眉が蜘蛛の巣と一緒になって下った。

「かよも、わしも、まだ若いぞ」

かよが笑い出しても、大助はとぼけた顔をして眉のあたりを払っている。

「今朝の空が怖しかったゆえ、あのお二人を見送って、ほっとし申した。あ、そうじゃ、煙出しを直しておくれませ」

「ああ、その仕事じゃった」

言いながら大助は梯子を持ち出し、ここかそこかと立てかけている。煙出しは明りとりを兼ねているので、ふさぎすぎると釜屋が暗くなるし、大きすぎると風道になる。その兼ね合いがむずかしい。口にくわえた五寸釘を器用に打ちつける合間に、大助は言った。

「おふくろさまも、今日ばかりはほっとされたようじゃ」

「あい。舅さまの御膳が、このごろ進みませせじゃった」

「いろいろ、さばき切れぬほど、心配事がたまっておられる」

「お前さまが加勢してもかえ」

「俺などが束になってかかっても、親父どの一人の力には及ばん。加勢はしとるつもりじゃが」

「わたしには、わからん難儀じゃなあ」

「ああ……。口之津は、加津佐と合わせて、家数おおよそ六百、人数にして三千九百ばかりじゃ。庄屋というても四人はおるが、皆の生き死にが、こたびの年貢と未進米のことにかかっておるわけじゃから、顔の色も悪うなられるはずじゃ」

かよは聞くなり溜息をついた。

Y.H.

「この前も、うちうちの寄り合いが伴内さまの家であって、俺は書き役をつとめたが……」

「ああ、あの晩、書き役はつらいとこぼされた」

「うん、ここは舟の出入りも多うして、よそとは違う浦じゃ故、思案にあまることが次々起きる。庄屋、組親、乙名、それぞれ額を集めても、よい思案はなかなか浮ばぬ」

ふだんはおっとりしている夫が溜息をつきながら梯子を上るのを見あげて、かよは舅が抱えこんでいるとほうもない重荷のことが、少しはわかる気がした。

さきほど庭先から引き抜いておいたスベリヒユを、選り分けにかかった。野草の一種で日でりに強い。茹でれば淡い桃色のねばりけのある汁が出るけれども、味噌で和えれば美味である。手をかけて植えなくとも、庭であろうが畑であろうが野放図に散りひろがって成長し、畑の青物がなくなる頃に重宝する。

かよの里では、盆の十五日には、わざわざこの草の味噌和えを作って仏様に供える。夏大根も、乾きあがった土の上で根をふとらす前に芯切り虫にやられてしまい、ちぢこまって、汁の実にさえ足りなくなっているだけに、スベリヒユが丈夫でいてくれるのが有難かった。夏の陽を好むのか、肉質が松葉牡丹に似た円錐形の葉が、固くなった土の上にぴったりと広がって、指をからめながら引き抜くと赤い茎がそっくり抜けてくる。

日でりの年は、この草とアシタバとがまず命綱じゃ、とかよは思う。それは祖母のおふじの口癖でもあった。スベリヒユは葉っぱのつけ根に、けし粒ほどの小さな黒い種が入った容れものをつけている。それを地面に向けてこぼすような気持で引き抜く。そうしておけば、来年の夏また、あちこちにはびこってくる。

梯子の上から声が下りて来た。

「その草見て思い出した。内野のばばさまはまめにして、おらいますかのう」

「わたしも今、それを思うておったわな」

「この風が無事に行ってしまえば、彼岸が来るぞ、のう」

「ほんに、曼珠沙華も咲いたことじゃし」

かよは答えながら、切支丹の家でも彼岸の供養をするのかと思った。

「雨が来れば、彼岸蒔きの種も、いろいろおろせるぞ」

大助が言うのは彼岸の種蒔きの時期のことだった。大助は梯子をおりてかまどの焚口にかがみ、火をつけてみた。煙は順調に明りとりの方へ登ったが、吹き込んだ風でたちまち逆流し、釜屋中いぶされたようになった。

「うー、仕方ない。早う炊きあげて、火を消すことが一番じゃ」

台所のことなど、ふだんは見向きもしないのに、茹で上るまで加勢するつもりらしい。

草を選り分けるかよの手がとまったのに、大助は気づいた。眼が遠くをさまよっている。どうしたと声をかけると、かよは含み笑いをしながら呟いた。

「この風は内野にもゆくじゃろうなあ」

「そりゃ、ゆくとも……」

答えながら、大助は、里心ついたらしいかよの心を引き立たせる話題を探した。

「なあ、おかよ。今度内野にゆく時は、おふくろさまのこさえた天《あま》がつ人形を、ななに持ってゆこうぞ」

「そりゃ、もったいなか」

「そんなことはなか。方々の子どもらにやって、喜ぶ顔見たさに作っておられるわ」

「ほんに手まめなおっ姑《か》さまじゃ。ちっともばたばたせずに、いつの間にか何でも出来とる」

「そりゃ、おうめやんが蔭で一切、加勢しよるゆえ、手のすくからじゃ」

「そういえば、あの御二人は姉妹のようでござりますなあ」

「何しろおうめやんは、おふくろさまが乳呑子の時分、子守り奉公に来てくれたのじゃから」

「まあわたしは、おっ姑さまを二人持ったようなものじゃ」

「うむ……。おうめやんは、あの通りのやかまし者じゃから、俺なんぞは、小ぉまかとき悪戯《わるさ》して、しぼしぼ、ぶたれた事のある」

「ほう、何の悪戯ば、さいたもんぞ」

「蛇をとってな、ぶり回しよったら、見つかった」

「ひゃあ、おっとろし」

「あの手でぶたるれば、そりゃ、痛かぞ。丸太ん棒とおなじじゃ」

「そりゃ痛かろう。わたしはまだぶたれん」

「馬鹿いえ、なんで、かよがぶたれようぞ」

「いざとなれば、おとろしか人じゃやな」

「いま思えばおかしいが、おふくろさまがおろおろして、おうめやんに謝らいた」

「え、なんと言うて」

「わたしとデウス様に免じて、堪忍しておくれ、とな」

かよは一瞬考えこみ、こらえ切れぬように吹き出して口に手を当てた。からげた袖口からのぞく肘の色が健康である。

「まあ、そりゃ」

と言いながら、笑いがとまらない。

「おっ姑さまにすれば、そりゃ、神様はデウス様お一人じゃし……。でもやっぱり、おかしかなあ。どうしてじゃろ」

「そしたら、おうめやんが何と言うたと思う」

少し発作が収まったとみえ、かよは立ち上って前かけの埃《ほこ》りを払いながら、梯子につかまった。支えるつもりである。

「そこの五寸釘、とってくれ」

大助は明りとりに向き直って言葉を継いだ。

「おうめやんがな、こう言うた。デウス様でござりやすか。あまりよか神様でもなかごたる。こういう小ぉまか子に、何を教えてござるとじゃろ」

釘を渡すかよの顔に戸惑いが浮んだ。

「それそれ、おふくろさまも、いまのかよの顔のようになられてな、デウス様の咎ではなか、と言われた。すると、おうめやんの言うことに、さようでござりやすか。そんなならもっと強うに叱らねばならん。わたし家《げ》の阿弥陀様は、命のあるものを殺生するな、蛇にも前世もあれば後生もあると、教えておいでじゃ。蛇の方からわるさを仕掛けて来たならともかく、逃げようと命乞いしよるのを、曳きずって来て振り回すとは、何ちゅう性悪子ぞ。お美代さま、弥陀の利剣《りけん》ということがござりやすぞ。お前さまがこらしめぬなら、わたしがこの性悪魂を入れ替えてやるというて、涙をふきこぼして、口をわなわなさせてな、そこの柿の木まで、衿首つかんで俺を曳きずった」

「まあ、さぞ、おとろしゅうござしたろう」

「おとろしかったとも。おふくろさまが、おうめやんに取り縋《すが》って泣いてな、堪忍しておくれちゅうて。俺も、二人の大人が泣くもんじゃやから、仰天して、堪忍しておくれと謝った」

「いくつぐらいの時」

「十にはなっておらんじゃったろう。餓鬼大将じゃった」

「あのおうめやんが、まあ。おっ姑さまが頼りにされるのはもっともじゃ」

「その時のことを考ゆれば、蓮田の家じゃ、デウス様と阿弥陀様が仲ようしておらいますと、年寄たちが言うのが、何とのう納得がゆく」

「ははあ、ほんに」

ふっと顔をあげると、眸があった。

「でもなあ」

かよは梯子をつかみ直した。梯子がふるえた。

「これ、放せ、放さんか。仕事にならん」

「ご免なっせ、おかしかもん、やっぱり」

「うん、まじめな話じゃが、どこやらおかしかのう」

「今でもなあ、おっ姑さまとおうめやんのやりとり聞いておれば、笑い出しとうなることのある」

「お前、さっきから笑ろうてばかりおって。そら、手もとが留守ぞ」

「あっ、今夜の皿にのるものじゃった。お前さまもほら、釘が落ちた」

湯が沸き始めていた。焚き口にかがみこんだ妻を見ながら、大助は釘をくわえ金槌を握り直した。

凄まじい風が来て、明りとりから雨が斜めに降り込み、屋敷全体がぎりりとゆがんだような音がした。

第三章　丘の上の樹

口之津の津口にさし出た岬を大きく巻き取るようにして、最初の強い風がばらばらと雨を伴って通った。連日の炎暑に汗をしぼりとられていた者たちに、それは快く感ぜられた。やがてその風が嘘のように凪《な》ぐと、あちこちで思い出したように金槌を使う音がしはじめ、それが静まる頃にはすっかり昏れてきた。

潮鳴りが間近に聞えた。かよはいつになく心が騒ぎ、頼りない気持になって夫の顔を見た。大助は父親のかたわらで、何やら帳簿をめくっている。灯《あか》りがいつもより小さい。風にそなえて、油皿に灯芯を入れただけの小さな灯りで、細かい字を読んでやっているのである。

「うむ、引き潮になったな。渦がえらいざわめくのう」

かよの視線を感じて大助はそう言った。すると暗い土間で草鞋を編んでいた松吉が、出来上りを片手に持って腰をあげた。

「今夜の渦の、えらい猛々しゅうござりやすな。満ち返しには高潮になりやすぞ」

松吉が海のことでものを言うと、かよは気持が落着く。仁助が筆をとめて顔をあげた。

「よか塩梅に暗うなって来た。さあ、今がよかろうぞ、人数を出せ。よいな」

男たちはさっと立ち上った。嵐にそなえて、土間つきのひとつ部屋に集まって仕事をしながら、みんな外の気配に耳を澄ましていたのである。大助も松吉とうなずき合って、外の静寂に吸いこまれるように出て行った。

機敏に動き始めた男たちの姿を見て、かよにも麦の分配のことだと見当がついた。昼間、弥三が船着き場の倉に荷揚げしておいてくれた麦を、取りにゆこうとしているのだった。渚道は高潮が来れば通れなくなる。仁助が今がよいと言ったのは、折角の麦を役人たちの目につかぬように、村の衆に配りたいということなのだろう。今なら高潮にはまだ刻がある。そして闇が大助たちの動きをかくしてくれる。

船着き場とは湾をへだてて、殿さまのお米蔵がある。その番人たちが大助たちの動きを見咎めたならば、麦は取りあげられるのではないか。渦の音が高まって押し寄せて来そうに思え、かよはそっと姑の方をうかがった。

こんな、胸のたち騒ぐ晩だというのに、お美代は例の手毬かがりをはじめていた。灯りも暗いのにと思うのだが、なごやかそうな表情で、赤い糸を巻きつけては縫いとめている。男衆たちが居なくなった暗い部屋に、小さな手毬だけがかすかな色を浮き立たせていた。

おうめは筵にひろげた干し蓬を、ゆっくりと押し揉んでいる。その葉っぱから出る綿屑のようなものを選り分けて、お灸に使うモグサを作っているのである。

「嵐と日でりの見舞いが一ぺんに来てくれて、今日は大忙しじゃ。事もなしに、雨だけが程よう来てくれたならば、潤祝《うりいわ》いをしましょうぞなあ」

大助がいなくなって難しい顔つきの仁助に、お美代はそんなことを言った。そのとき、天空の内臓を引き抜いたかと思える風がどおっと吹きつけた。

「ほら、来申した」

赤い糸のはしを噛み切りながら、お美代は夫の方を見た。おっ姑さまが微笑《わろ》うておられる。二江の井川の観音さまに似ておられると、おかよが思ったとき灯りが消えた。お美代の掌の上の毬が観音さまの宝珠のように、おかよの目の裏に残った。

きしり始めた天井の下で、小さな灯芯皿の火をつけ直し、残りの人数が集まって夕べのミサを行った。

嵐のさ中というのに、蜷川左京の家では、深い波の底にいるような時間が保たれていた。

息子の右近はこの春長崎で四郎と出会って以来、たがいに心ひかれる間柄になっていた。かねがね右近は天草、加津佐、長崎で出版された切支丹本が、宣教師たちの追放とともに散逸するがままになっているのがひどく気にかかっており、それらをことごとく集めて保存したく思っていた。ひとつには、辺見寿庵の強いすすめもあった。

「わしの息のあるうちに集めて、何なりと尋ねられよ。セミナリヨとコレジョで習うた知識は、すべてそこもとに伝授しようと、わしは思うておる」

そう言っては蜷川家を訪れて学問談義を交わしてゆく。三十年あまりも続いて来た迫害のなかで、切支丹本を所持していたというだけで入牢させられた者も少なくはない。見つけ出されぬうちに焼き捨てる家もある。この分では、『どちりいな・きりしたん』をはじめ、信仰の要諦がしるされた書物も根絶やしにされ、ひそかにまもり続けられている祈りの内実も空しいものになるのではないか。寿庵の心配には、老後の学問のたのしみを超えた切迫したものが含まれていた。

幸い弥三が長崎で方々につてを持っていて、隠匿された切支丹本のありかを根気よく探索してくれた。今年の春も、「ありましたぞ。しかもひとところに」と、喜色を浮べて現れ、折から右近を招いて茶を点《た》てていた寿庵はよろこびのあまり、手にしていた柄杓の湯をこぼしかけたくらいだった。

右近はさっそく弥三とともに長崎へ渡ったが、めざす家に寄寓していた四郎と出会ったのだった。ほっそりとした女主人にまず引き合わされた。弥三が前もって教えたことによれば、この町に慈善院があった頃、世話役の一人であったという。

右近のことはよく知っていると言いたげな、人なつかしそうな顔をして夫人は言った。

「よくまあ、お越しなされました。どなたか、あれを預かっていただけるお人はないかと念じておりましたが、もう危ないところでございましたぞ」

のっけからそう言われて驚く二人を見くらべ、

「もうなあ、一昨日もあなた、唐人船の手入れがござりまして、誰か訴人をしたにちがいありませぬ」

「ほう、唐人船を。何ぞ出て参りやしたか」

「それが出て参りましたそうで、南蛮経が。唐人の水夫が持っておって、誰も読めませんじゃったと」

「読めじゃったちゅうは、漢字ばかりで」

「いんえ、南蛮の文字じゃったそうで。表紙の絵柄から禁制の書物とわかって、否応もいわせず船から引っ立てて、牢に入れたそうでござり申す」

「油断できませんのう」

「わたしは気が気ではのうて、首長うしてお出でを待っており申した。早う長崎から離れた所に、宗門の書物をお隠しせねば、神父さま方に申し訳が立ちませぬ」

「よくまあ、今日まで無事にお守り下さりましたのう」

「ああ、これでやっと安堵じゃ。肩の荷がおりまする。あなたさまでござりますな、この御本をお預かりいただけるのは」

五十を少しばかり越していようか、夫人は長い吐息をつきながら右近を見やった。

「そのような大切な書物を、かたじけのう存じまする」

「いえ、あなたさまのことは弥三どのから、よう承っており申して、今こうしてお顔を見れば、なるほどお話のとおりの方とお見受け申しまする」

右近は赤くなった。

「ありがたいことでござります。では、しばらくお待ちを」

夫人は腰をかがめて奥へ入った。外はもう薄暗くなりかけていた。

唐物を商う店と聞いていたが、奥に続く土間の両側に棚をしつらえ、古い仏像だの、見事な真鍮《しんちゅう》の花立てだの、象牙だのが置いてあり、何ともいえぬ香りがそこいらに立ちこめている。右近はふと、寿庵が言っていた麝香《じゃこう》や伽羅《きゃら》の香りとはこういうものかと、嗅ぎ分けるような気持になった。

目がなれてくると、光沢のある織り模様の布地が、いろいろかけ並べてある。母がよく口にする唐の綾織とか緞子《どんす》とは、こういうものかも知れぬと見廻していると、弥三が股をさすりあげながら声をかけた。

「珍らしゅうございやすか、こういう品々が」

「はい。この店、香木も商いまするか」

「商いまするとも。ああ、右近殿は寿庵さまの茶の弟子じゃから、香木にも興味を持たれるか」

「興味というほどではありませぬが、過日師匠さまが、伽羅を一度焚いてみたいと申されましたもので」

降誕祭がすんだあとで、居残った仲間に寿庵は茶を振舞う慣わしがある。いつもの茶会では使わないが、この時は特別の気持があるらしくて、茶室で沈香を焚く。そしてよく、ヴァリニャーノ神父が茶の道にくわしかったという話をした。

「切支丹の大名方は千利休殿の高弟でもござったゆえ、競ってさまざまの名香を手に入れて焚かれた由じゃが、どのような名香といえども、これ聴けがしに、もうもうと焚くものではない。仄かに、高雅に、あるかなきかにくゆらせよと、ヴァリニャーノさまは仰せられておった」

などという寿庵の言葉を、二人は同時に思い出した。

「わしは手に入れたことはないが、伽羅というものを一度焚いてみたい」

寿庵がそう洩らしたとき、出席していた千々岩伴内がぶっきらぼうな声を出した。

「香といえば、出陣の冑《かぶと》に香を焚きしめる話も、近頃はなくなり申したな」

「出陣の冑か、うむ」

心なしかしんとなって、寿庵のきざみの深い目が半眼になり暗く光った。

ふつうの家とはちがう香りのする店の内にいて、寿庵のその時の声を耳許に聴いたように思え、右近が顔をあげたら、雪洞《ぼんぼり》を片手にした少年が、ひっそりと目の前に立っていたのだった。

「右近さまでござりますか」

思わず腰が浮いた。

「おかっつぁまが、御案内申すように仰せられました。こちらにどうぞ」

おかっつぁまとは、長崎方言で大家の女主人のことをいう。まだ暮れきってはいなかったが、土間の続きの内庭は木立におおわれて暗かった。雪洞をさし廻して、少年が一度ふり返った。

「藤蔓の根が出ておりまする。足許に気をつけられませ」

雪洞の灯りに浮き上った藤蔓は相当に巨きく、大蛇を思わせた。その樹の先に明りの灯った別室があった。

おかっつぁまはどっしりした唐机の上に、紫地の風呂敷包みを広げて待っていた。

「とにもかくにもお目にかけまする。まずはお確かめ下さりませ」

立とうとする少年を呼びとめて、

「オラショを誦《よ》む時の燭台をば、持って来ておくれませ」

目礼して出てゆく姿を、右近がしげしげと見つめている。

「ちっと変り者でござりましょ。預かり子でござして」

夫人はそう言ったが、少年の物腰は商家の者とは思えず気になった。

少年が持って来た燭台の灯りで、右近は夢にまで見た『ぎやどぺかどる』『ひですの経』『スピリツアル修行』などの秘本を目にすることができた。

「どうぞ手にとって見られませ」

ものも言わず、一冊一冊、ためつすがめつ裏表ひっくり返して眺め、ページを繰り始めた。少年も右近の隣に座りこんでのぞきこんでいる。おかっつぁまは感慨深げに二人を眺め、弥三と顔見合せてうなずきあった。

嵐の来始めた夕方、弥三の案内で蜷川家に招じ入れられた四郎は、身悶えするような一家の歓待ぶりに胸がしんとなった。あとになって、四郎とおない歳の次男が去年、疫病で死んだことを聞いた。蜷川家の人びとには、その次男を四郎と重ねる思いがあるのかもしれなかった。

再会した二人の胸には、あの宵の充溢した思いが蘇っていた。頭上にきしる風雨の音は、この若者たちには、むしろ神の大いなる試しのように聞えた。

「あの折は聞きそびれてしもうたが、そなたのおられる長崎の家の女主人《あるじ》は、いかなるお人じゃ」

右近がそう尋ねたのは、翌日の朝書物を受けとって別れを告げようとしたとき、かの女主人がふいに声を詰まらせて言ったことが、印象深かったからである。

「今日まで御本をお守りして、明け暮れ祈ってまいりました。二十年ほど前のこと、あなたはまだお生れになっておられますまい。忘れもせぬ甲寅の年、この長崎では、命がけの聖行列がござりました。長崎のお奉行が、石ひとつ残らぬように天主堂をとりこわすじゃの、切支丹は一人残らず教えにそむかせてみせるじゃのと広言なされたのが伝わって、信者衆は組ごとに信仰への誓いを立て申し、デウス様のお憐れみと罪の許しを乞うて、町中の天主堂から天主堂へと練り歩き申した。

七つの組の行列は幾日も続き申した。苦業する者も打ち交り、紫の衣に十字架を背負うて、肩の肉は破れ、おのれを鞭打って血を流す者もござりました。子どもたちも紫の衣をつけて、連禱を唱えながらまいりました。いじらしい行列でござりました。みんな覚悟の上にて、それは美しか幼な子のイエス様をば台に乗せて、拝みながら練り歩いたのでござり申す。異教の人たちも列を作って、しんとして見ておられ申した。

この書物は、わたくしがその行列に加わりましたときに、わが家を宿にされたパードレさまから譲られたものでござり申す。そのパードレ様もほどなく十字架にかかられて……。連禱の声の響いておったあの日の長崎のことを、この書物どもはみな憶《おぼ》えておるのでござります。わたくしはその時の人びとのまなざし、姿、魂をそえて、この御本をばあなたさまに餞《はなむ》けいたしとうござり申す」

なにか言い淀んでいるような四郎の声が、右近の回想を破った。

「あのおかっつぁま、いかなるお人か、よくはわきまえませぬ。お名はおなみさまと申されて、たいそう厳しく、優しゅうもあられ申す」

「おなみさまか。わしはあのような女人を見たことがないゆえ、忘れ難い。不思議な家であり申した」

「いかにも不思議な家にて、女人衆がよう見えられ申す」

「そりゃ、商いをする家じゃからか」

「いや、相談事に見えられ申す。おなみさまはもと遊女であられたと、知るべたちが言うておりまする」

右近はまじまじと少年を見た。

「マグダラのマリアという女人がござり申す。遊女であったが、キリシト様の苦難多き御足に涙しながら、香油《においあぶら》を注ぎ、長き髪もて拭われた」

「その名、聞きおぼえがある」

「キリシト様が十字架にかかられたあと、墓を訪ねて天使と出会い、蘇りの預言を聞かれた女人でござり申す」

「そなた、よくそのようなことを」

「おなみさまはその、マグダラのマリアの生れ替りかと、思わるるふしがござり申す」

「なぜそのように思わるる」

「遊女らしき訪ね人が見えて、打ち明け話をおかっつぁまに聞いてもろうたあとは、面に安らぎが浮び、見送られるおかっつぁまは、涙ぐんでおられまする」

激しく揺らぐ蠟燭の炎のかげから、睫毛の長い目が、思いつめたような光をたたえて右近を視た。年齢にふさわしからぬ話だと右近は思った。わしはこれまで、遊女の世界のことなど考えたこともなく、関わりのないことと思うておった。それをこの少年は、遊女の境涯を救い主の御光のもとに照らし出そうとしている。魂がよほど深いにちがいない。

そういえばあの時、夫人は囁《ささや》いた。

「あの子は、わたしの守護の天使でござります。どうぞ弟に見なして、末長く扶《たす》けてやってくださり申せ」

天主堂がとり壊されてしまったあと、信心組につどう信者たちは、それぞれの心に、見えないお寺を抱いている。あの商家はいわば、長崎の見えないお寺の働きをしているのかもしれなかった。

「あの時おかっつぁまは、おん身のことを、算盤が性に合わんようじゃと笑うておられたが、あの女人のなさりようも、商家といいながら、算用というものから離れておるようにみえる」

四郎はほとんどあどけない表情で笑った。

「数というものを追うてゆけば、前にも後ろにも限りがなく、ついには虚空となり申す」

「なるほど、虚空か、そういえばそうかもしれぬ」

「しかし、そういうてしもうては、真実、空しゅうござり申す」

何を言い出すつもりかと右近はその口許をみた。

「人間にかぎりませぬが、生命というものがこの世に生れ落ちるやいなや、そのことが因となって果を生み、その果が因となって、無限につながりが生じましょう。おのれもその鎖の中につながれておるとは思い申すが」

のびやかに動いていた四郎の眉根に強い曇りがあらわれた。自分などの頭に浮んだこともない思念を、少年はこれから語り出そうとしているのだと右近は思った。間合いを計ったような沈黙のあと、四郎は塞がった声を出した。

「じつは唐人船にて、鎖につながれた人間の子の足を、見たことがござった」

右近は黙ってその顔を見た。

「おかっつぁまの申されるには、売られたか、かどわかされて来たものであろうと」

「……そう言えば、ポルトガル船でも、人間を買うという話があったそうな」

「どこから売られて来たのか、どういう親か、親指の爪に垢がくろぐろつまっておって……。十ばかりかと思われる足首が片っぽ、鉄の鎖に囚われており申した」

右近は昨年、疫病で亡くなった弟を思い出した。幼い頃、足首をよく洗ってやった。墓に送り出す前も、指の間まで丁寧に抱えて洗いながら彼は泣いた。ふいに、幾度となく母に聞いた林田助左衛門一家殉教の有様がまぶたに浮んだ。

それは両親とともに火炙りにされた十一歳の少年の姿である。衣服にも髪にも火がつき、彼はほかの柱にくくりつけられている父母とともにサンタ・マリアの御名を唱えていたが、躰を縛っていた縄が燃え落ちると、同じく火焔に包まれている母を呼びながらかけ寄った。母親は苦しい息の下から我が子の名を呼び、抱きとるがごとき様子をして天を仰いだ。そしてこう言ったというのだ。

「ともにあそこに参ろうぞ」と。

四郎が片足だけを見たという子にくらべて、衆人の見ている前で、壮絶に天に召された子のことは、よろこぶべきことだろうか。あまりに重苦しくて口に出せなかった。

「人を売り買いする船のカピタンも水夫も、みな南蛮経を読む人びとであるのを思いますれば……」

右近はうなずくだけである。

「この世は今もって、大いなる混沌でござります」

「さっき虚空と言われたが」

「はい。底なしの空《うつ》ろというべきか」

「して、そこから世界は生れ直すと思わるるや」

「万物を生み、滅ぼす仕かけが、そこにあるやもしれませぬ」

「ならば、デウス様はいらぬと」

「いえ、世界の秩序を観照するお方がいますゆえんは、そこにあるかと考えておりまする。人はみな、世界の諸相を身に受けて、くるりくるりと反転しておるばかりかもしれませぬ」

ただならぬ沈痛な面持で、少年は頭上の嵐を聴いているようだった。

「インヘルノ（地獄）については、いかが思われるぞ」

「人はインヘルノのある事を知るによって、わが身の罪科《つみとが》を思うことができまする。わたくしは、顔の見えざる子の、片っぽの足の鎖を見て、あれはわれわれの罪、われわれの科と思い知りましてござります」

「さようなとき、デウス様はいずこに」

「それらを超えたところに」

嵐の音が相対する二人を切迫した気持にさせていた。脂汗を額に浮べ、目の底を青くして、右近は吐息を洩らした。

頭上の雷鳴に感電したかのように全身にくる慄《ふる》えをなだめるために、右近は両掌をつよく握りしめた。このような感情に襲われたのは初めてのことである。四郎へのいとおしさがこみあげて彼は絶句し、どこやら弟に似ていなくもない面ざしを見つめた。目の前のこの少年は、業苦に巻き取られようとしているこの地へ、われらの悲しみを贖うために遣わされたのではあるまいか。いや、わずか十五歳の少年に、わしは何という幻影を重ねようとするものぞ。そう思い返す右近を、少年は水の炎のような気配をたたえて、じっと見ていた。

嵐がたけり叫んでも、時々ひそやかな笑い声をあげながら、いつまでも話しこんでいる二人の様子を隣室でうかがっていた右近の母は、夫に声をかけた。

「お前さま、なあ。右近があのように嬉しげな顔になるのは、めったにありませぬな。何を話しておるのでござりましょ」

「若い者たちじゃ。話もあろうが、雨風の吹きこまぬ用心はしておろうかの。大切な御本を濡らしてはならぬが」

ひときわ強い風が床下から吹きあげた。家が持ち上ったかと思われ、夫婦は顔を見合せた。

「家が飛ぶわえ。兄しゃま」

けたたましい声と同時に、みずなが右近の部屋に走りこんで来た。燭台の火が横に揺れ、ふっと消えた。父がひそかに自慢しているポルトガル渡りの古い燭台である。

「飛びゃあせんぞ」

暗闇の中に立ちすくんでいる気配のみずなに、右近は朗らかな声をかけた。

「おとろしかよう。みんな、ひとところに寄りましょうぞ」

「みずな、何ば騒ぎよるぞ、はしたなか」

声をひそめながら母親が入って来た。手燭を掲げ、片脇に重たげなものを抱えこんでいる。爪先さぐりの足つきなのは、家全体がぎりぎりっと、音を立てているからだろうか。

「母さま、家が持ってゆかれる。ほら、ぎりぎりいいよる」

「いいよるわいなあ、ほんに」

「わあ、おとろしか」

「おとろしゅうはなか。歳はいくつじゃ。見苦しか」

みずなは四郎のふたつ歳下である。

「母さまのところに、いっしょに居ろうわな、兄しゃま」

「兄しゃまたちはここで、大事な話のありよるとじゃ。あちこち座っておった方が、家に重しがかかってよかろうぞ、なあ右近」

右近と客が笑い出すのを、揺れる手燭の火が照らし出した。

「それ、油紙」

脇の荷をおろしてさし出しながら、母親は天井を見上げた。

「まだ漏っては来んようじゃな。詰も大切じゃが、そこの書物、今のうちにお客さまにも手伝うてもろて雨に濡れんよう、油紙に包んでおきませな。ほれ、みずな。突っ立っておらんで、燭台の火をつけ直したらどうじゃや」

何となく物騒がしい気配の中で右近は目が醒めた。夜明けごろだったか、人の声をきれぎれに聞いた気がするが、おそくまで話しこんで、書物の片づけに熱中したせいか、ぐっすり寝入ってしまった。起きてみると、畳の上には屋根の藁《わら》が抜けて散らかり、煤《すす》の匂いがする。四郎の蒲団の衿にも、煤藁がふりかかっていた。

「よんべは右近が長話するもので、お寝みになれませんでしたろう」

母親がすまなさそうに顔を出した。

煤の匂いの中に麦粥の香りが漂って、朝餉が始まった。

「まあ、えらいな荒れようで。今日は名残り波で、船はでませぬぞ」

「幾日でも、ゆるりとされよ」

父親の左京が口をそえた。見かけは謹直そのものだが、ものを言うと愛嬌が滲《にじ》み出る。

外に出てみて、右近は愕《おどろ》いた。ゆがんだ藁屋根の上に、隣家の樟の大枝が吹き千切れて乗っかっている。前庭から外の道にかけて、大枝小枝が入りまざって吹き折れ、片づけなくては外へ出られそうもないと思っているところへ、仁助の家の熊五郎が、髪ふり乱してかけこんで来た。

「慈悲小屋の年寄りたちが、波にさらわれ申した」

「何」

「小屋ごとありませぬ」

みんなは棒立ちになった。

「すずとおかよさまが、頭にうち上って、磯場を往たり来たりして、取り押さえるのに難儀しやした」

「それで今は」

左京が先をうながした。

「今は手分けして、あちこち海辺を探してはおりやすが……。主人が申しますには、至急ご相談申しあげたい。自身が出向くべきでござりやすが、何分とりこんでおりやすゆえ、お越し願いたいとのことで」

ひざまずいて左京を見上げた熊五郎の肩が、小刻みに震えている。ひと呼吸おいて左京は答えた。

「わかった。すぐにも走ってゆきたいが、こっちの組内にも被害が出た。こちらが片づき次第、早々行くと伝えてくれい」

左京は息子を振り返った。

「さあ、働かねばならんぞ。いまから組内の様子を見届けにゃならぬ。右近、ひと廻りしてまいれ」

「かしこまりました。急いで廻りまする」

「急ぐだけでは駄目ぞ。見落しのなかように」

「気をつけて廻りまする。四郎どのも参らるるか」

「お伴仕りまする」

親子の間で手短かに打合せをする間にも、外から被害の様子を伝えにかけこんでくる。この家がコンフラリヤ（信心組）の中心であることは、四郎にもすぐわかった。煤だらけの部屋の掃除に、みずなが甲斐甲斐しく立ち働いて、ゆうべひどく幼いと感じた少女には見えない。矢継ぎ早に使いが来た。

YH.

「目のとどくかぎり、満足な家とてござりませぬ」

「牛窪の畑道と土手が決潰《けっかい》いたした」

「泥流のために、治作の田が埋まり、もとの形が分りませぬ」

「与左衛門の田が高潮をかぶり、川に沿うたところは土砂に押し流された」

それを聞いたとき、左京は呻くように声を洩らした。

「与左衛門の田じゃと」

与左衛門とは口之津きっての大百姓で、左京たちのコンフラリヤでも、肝いり役のひとりである。彼の田圃《たんぼ》は小川の流れに沿って海に続くので、日でりの最中でも、小さな水車がよく廻り、水配りがよいのは誰の目にも見てとれた。さまざま工夫して、隣接の田圃にも水が行くように心配りをしているのだが、よその田とは一見して稲の色がちがうのはやむをえず、小川の水がすっかり涸れてからも、彼の稲田はふくらんだ籾をつけ、収穫期にはいろうとしていた。

彼自身はふだん質実な始末屋だが、いざという時には倉をあけて米麦を施したことが幾度もあって、与左衛門の慈悲倉とひそかに呼ばれていた。

左京は仁助からの使いのことも思い合せ、ただごとではないと思った。妻女が襷《たすき》がけのまま茶を持ってきて、黙って夫の前に置いた。そして、ごく小さな声で言った。

「じつはなあ、麦はもう大方、乏しゅうなりかけており申した。弥三やんがよんべ客人を連れて、小豆をそえて五升ばかりも土産に下されて、今朝は久しぶりに小豆入りの粥の炊け申した」

左京ははっとした顔で妻を見つめ返した。台所のことを妻が打ち明けていうことなど、これまでになかったからである。

どういう時でも妻が何とか都合するものと、自分は思っていたのではあるまいか。年貢や未進米の心配にかまけて、わが家の内証がどうなっているのか、これまで尋ねたことさえなかった。今まで、どうやってやりくりしていたのであろうか。

「……わが家の倉は空になったか」

「空とまでは言いませぬ。粟と大豆はちっとばかりござす。夏豆も去年のがちぢんで小粒ながら、ちっとはござり申す」

「それほどせっぱ詰まっておったとはのう」

「はい、でも、このお湿りで、大根じゃの何じゃの、秋の野菜が蒔けましょうぞ」

人が出入りする間の、東の間の会話だった。左京は改めて、自分が切支丹組衆の組親であり庄屋であるばかりでなく、一家の主であることに不安を覚えた。目の前を往き来している組の衆を目にしながら、左京は自分たち信徒を結びつけている信仰と掟のことを思った。むろんそのためには、命をかけてもよい左京ではある。しかし、掟をことごとくそらんじ、たゆまぬ実践を心掛けるにしても、いま組衆の苦境を目前にしてはいかにも空しい。いや空しいとは言わぬ。しかし、掟だけからは、肝を定めて奮い立ち、この苦境を打開する一歩を踏み出すという気分が生れては来ぬ。

小豆粥の香りの前で、若い客人を交えながら味わった、さきほどの恩寵にみちた団欒は何であったろう。これではならじと面をあげた。

根こそぎにされたモチの老樹が、島を斜めに覆って横たわっている。中は洞《うろ》になっていたが、小さな青い実がびっしりついていた。冬になって赤くなれば、鳥たちがいっせいに来てついばむ。しかし人間がこれを食ったという話は聞かない。そう考えて左京は、馬鹿なことを考えるものぞと自分を叱った。

いつもは学問にばかり気をとられて、俗世のことに心が向ぬ右近が、今日ばかりはちがう面持で見廻りに出かけたのが心強かった。切支丹の教えは書物の上のことではない。こういう際にこそ、御教えに生きるとはどういうことか、右近も、わが行いによって証し立てるべき時である。いや、わし自身がそれを証して見せねばならぬ。

しかし、何をどうしたものか。郷村一帯の飢えは目前に迫っている。よその組では、救いを求めて苦業の鞭打ちをやる衆もあると聞く。わしはあれをやろうとは思わぬが、神の振るいたまう鞭ならば受けねばならぬ。鞭は外からも内からも来るであろう。起《た》って、苦しみのただ中へ赴くのみだ。

しんしんとした顔つきになって、左京は深刻な被害の報告を丁寧に聞きとった。この分では、他郷の村々でもかなりのことになっているにちがいない。この前一緒に代官所に呼び出された庄屋・乙名たちとも早急に相談しあい、対策を立てずばなるまい。

人の出入りが一段落して、仁助の家へかけつけたのは昼下りだった。流された慈悲小屋には、左京の組の孤老も一人預けてあった。熊五郎が帰ったあとすぐに、捜索の人数を仁助の家にゆかせておいたが、海辺の者たちが見たこともない高波で、ほかに流された民家もあるという。それに、陸に引き揚げたり、アコウの樹につないでおいた船が十幾艘もさらわれ、行方知れずになったらしい。

見舞いにかけつけた人々を、仁助親子が苦渋にみちた表情で応対していた。

「海辺に小屋を作ったのが、何よりの手落ちでござりやした。大切な人を預かっておいて、申し訳もありませぬ」

仁助は手をつき、しばらくは頭を上げなかった。かの場所に小屋を定めたのは仁助一人の裁量ではなかった。主立つ者たちが寄ってきめたのである。

この地方の者たちは山つきの所に住む者でも、子どもの頃から磯辺にゆくのがたいそう好きである。のんびりと船の行き来も見られ、人もよく通る。天気のよい日には、子どもらの遊ぶ声を聞きながら、磯の巻貝などを採る楽しみもある。老後の楽しみにもなろうかと、危ない足場はないかよく見定めて、簡素ながら小屋を作った。そういう配慮がかえってあだとなった。あと一段高い所に作るべきであった。

「まるで流すために、あそこに建てたのではないかと、思われて」

頭を上げないままに、仁助は言った。

「そう言わるるな、言わるるな。天災じゃや。いたし方ない。十二分に手を尽し、介抱もゆきとどいとると、評判の小屋じゃった」

慰めながら左京は、目ですずを探した。この家に拾われたみなしごが、自分の役目と心得て、大人も及ばぬほどの介抱をしておるが、感心なものじゃ、という評判であった。すずは見当らなかった。

「頭にうち上っとる」と熊五郎は言ったが、それも無理はない。どこぞに隠れて泣きじゃくっているのではないか。

「かくなる上は、いたし方もない。まず手を上げられい。それよりさしせまって、考えねばならんことが、多々押し寄せておる」

ひと回り小さくなったかに見える仁助の後ろに、口をひき結んだ大助が控えていた。いつものおっとりのんびりした顔が、青みがかって凄絶にみえる。

「大助どの、お前や、わし家《げ》の右近と、歳はどう違う」

「右近どのよりゃ、五つ上でござりやす。わしゃ学問知らずで」

「いや、ありゃあ書物の虫でのぅ。田畑や人間のこたぁ、何ひとつ知らん。そうじゃ、これからはあいつめに、田畑の虫のことじゃの、ナスビの花のことじゃの、教えてやってくれまいか」

周りの者が忍び笑いを洩らし、重苦しい気分がふっとやわらいだ。そこへ弥三が若い衆を連れてやってきた。

座っていたものたちはいっせいに中腰になった。昨夜とどいた麦の礼も言わねばならぬし、流された彼の船の見舞いものべたい。それになによりこの男の顔を見たら、みんな元気が出たのである。

「おう、いやいや、えらいな大風で」

双方から同時におなじ言葉が出た。庄屋仲間や組親たちで集まるのはしばしばだったが、この日は顔ぶれが多彩だった。衣服を改める暇もなく駈けつけて来たとはいえ、久しぶりに見るお互いの顔が嬉しく、弥三があらわれたのをきっかけに、座はいっぺんに生気が甦り、右近と四郎が入って来た時には、何かの賑わいのような雰囲気さえ漂っていた。

右近が見なれぬ若者を伴って来たのに気づくと、騒がしかった座がしんとなり、視線が集中した。奥に寿庵がいて、長い煙管《きせる》で煙草を吹かしていた。

「これは先生、ご足労にござります」

右近が手をついて挨拶するのに、寿庵はああ、いや、と煙管を口から離しながら、仁助の方へ、あっちがまず先じゃというふうに顎をしゃくった。

恭《うやうや》しく仁助父子の方へ向き直る二人の姿を見守って、弥三は微笑んだ。昨夜一晩でまた、この二人は気を許せる間柄になったと見える。泊めてもらってよかった。並の日でなくて、かえってよかったかもしれん。

右近が見廻った先の様子をあらまし話し終えると、先に来ていた見舞客は帰り始めた。誰もが、自分の周りのことが気がかりなのである。慈悲小屋に老人を預けていた組内の者が、特にねんごろに仁助をいたわる挨拶をして帰るのが、右近には印象深かった。

三日経って生存の見こみがなければ、海の見える丘の上で葬いを行う。それまで各自、被害のあと始末に専念しよう。お互い、この上怪我などせぬよう気をつけようぞ。そのようなことを申し合せ、声をかけ合って出てゆく者たちを送り出しながら、大助はしみじみ有難いと思った。さりげなく尋ねられた言葉が胸にしみた。

「すずが見当らんのう」

「あれが気落ちしとるじゃろう」

そう言われて思わず落涙したのが、われながら恥かしい。こんなに悄然としている父親を見るのも初めてで、わしがしっかりしなくてはと、大助は拳を握りしめた。蜷川父子をはじめ、沢山の者から受けた無言の励ましを、無にしてはならない。

一度に四人もの死者を出したのだ。小屋をもっと高いところに建てればよかったというのは後の知恵である。それぞれの信仰の火を消さぬ証しとして、掟にそって作り立てた慈悲小屋であった。

「ポロシモ（隣人）をばわが身の如く大切にせよ」と掟はいう。わが身の如くじゃぞ。大助は胸に問うた。そして父の背中を見た。

後ろから見れば、まるで首が陥没したかのように父はうなだれている。父も、掟を自分の胸に問うているのではあるまいか。おん主《あるじ》の前で、コンヒサン（告解）をするとは、今のこういう気持をいうのだろうか。わしは本当に信徒であろうか。

生れた時から家の宗旨は切支丹であったから、親の言うとおり南蛮の儀式に従って、習慣となった行為を疑うこともなかった。村の中には、仏教徒も居ないではない。だが、南無阿弥陀仏を唱える年寄りの声を聞いても、古い習慣にとらわれている人たちだとか、伴天連の言われたという悪魔の宗旨だとか、首をかしげることもあるが、それくらいにしか思って来なかった。その「異教」の人たちも駈けつけてくれて、捜索に炊き出しにと働いてくれている。

「異教徒」に対して抱いて来た優越感が、いまは空しいものに思われた。さらにまた、すずのあの狂乱と絶望を思い返すと、自分が庄屋の息子として、いっぱし保護者面していたことが、消え入りたいほどに恥かしい。わが身の如く人さまを大切にせよという掟を、そのまま身に現していたのはすずではなかったか。わしはただ口慣れた文言として、それを型のごとくに唱えて来ただけではないか。わしの信心には魂が入っていなかった。

アコウの幹に取り縋《すが》り、海を見て震えているすずを抱きとったとき、わしは雷に打たれた心持がした。十にもならぬ子が身悶えしながら、昨日まで世話して来た年寄りたちの姿を追い求めて、飲み食いも出来ないでいる。

もの問いたげに大人たちの目を見つめては、答を得られないと悟り、幼い胸に抱えきれぬさまざまを誰に訴えるということも知らず、海に向って震えていたのだ。

わしはそんなすずをどう扱ってよいかわからず、すぐには近寄れなかった。ひょっとしてあのみなしごは、おん主から遣わされた者ではあるまいか。その証拠には、すずを抱き取ったとき、掟の文言がわしの頭上で割れ鐘のように鳴り響いたのだ。人さまの身の上をわが身のごとくに大切に思えるかと。それは本当は、恐ろしい文言だったのだ。

高潮が連れて行ってしまった年寄りたちが、どんな人びとであったのか、わしはすずから、改めて教えてもらわねばならん。それがわしのコンヒサンというものじゃろう。

父の背中を見やっては、常になく思いつめた気持でいるところへ、人のすり寄る気配がして、振り返ると、絵描きの山田与茂作がいざり寄って来た。首をさし出して、与茂作は蜷川父子にもの言った。

「こういう時に、何でござりやすが、お家の大部なる書物類は、無事でござり申したか」

大方の客が帰ったあとだったので、その声は居残っていた者によく聞きとれた。

「おかげさまにて、無事でありました」

右近が頭を下げると、与茂作はふっと肩で息をついた。

「そりゃ、何よりでござしたのう。わしが家《え》じゃあ、大切の画布がなあ、十枚ばかり、雨洩りいたしやして」

「おお、そりゃあ、えらい災難でござった」

脇から左京が身を乗り出して見舞いを言うと、与茂作はこくりとうなずき、右手の親指をつまぐって、自分の指と話でもするようにひそひそ口を動かした。

与茂作は、志岐のセミナリヨに併設された画学舎で南蛮の油絵を学び、天主堂の祭壇画を描いた一人である。信徒たちはその画を御影《みえい》と呼び、儀式の度に掲げて礼拝している。有馬時代には藩主のお抱え絵師だったが、棄教した主君の日向転封についてゆかず、信徒たちの集まりには時折顔を出す。松倉の治世に替ってもよくしたもので、画才が買われ、重役たちから屏風絵などを頼まれたりして、暮らしは立っているようだった。百姓とも侍とも気質が違うので、変り者と見なされ、一種別格の扱いを受けていた。

「して、補いの画布のめどはお立ちか」

腕組みをして寿庵が尋ねた。

「はい、心当りがないでもございませぬが」

どこか上の空で答えるのを眺めながら、寿庵も左京も、これもまた弥三の世話にならねばならぬかと考えていた。画布は特別に織った絹地だと聞いている。百姓漁師の信徒たちには、御影はことに大切なもので、彼ら文字なき民は、侍にはない感応の力を御影に対してもっているにちがいない。コンフラリヤのためにも、与茂作にはこの先描き続けてもらわねばならぬ。

そのやりとりを聞きながら大助は、信徒というても変った方もおられるものだと、改めて目をひらかれる思いをした。与茂作が去ってゆく後ろ姿を見送りながら、残った一同が腰を上げようとしたとき、少年の声がした。

「昨日ははじめて伺い、お世話になり申した」

仁助に向って四郎が手をついている。

くぐもりを帯びた声音に呼びとめられた気がして、一同はまじまじと二人を見較べた。

「慈悲小屋のこと、承ってござります。長い間、心をつくされたご様子、皆さまより伺い、胸にこたえ申してござります……。このこと、生涯大切にいたしまする」

大人たちは思った。似たような見舞いの言葉を自分たちも述べたように思うのだが、どこかがちがう。心うたれる声音である。仁助は最初ぼんやりしていたが、

「何とも……」

と言ったきり、言葉が続かぬままお辞儀をした。頭を上げても、感情の収拾がつかぬげに瞬きしている。

「お取り込みの中を、大助どのにお願いがござります」

「は」

「昨日のあの、すずという子に会いたく思うておりますが」

大助はまるでそのことがわかってでもいたようにうなずくと、

「しばらく待たれませ」

と言いながら立って行った。

寿庵は二人のやりとりが気になったとみえ、そのままじわりと腰を据えてしまった。釣られてみん

なも腰をおろし、けげんな目つきになっている。

間もなく、おかよに肩を抱かれてすずが入って来た。自分に集まった視線に愕《おどろ》いた様子で、後退りしようとして足がもつれ、くにゃりと座りこんでしまった。昨夕、白い曼珠沙華をさし出した時とはすっかり様子が変り、おどおどしている。

誰も言葉を出さなかった。後ろの方で、弥三の咳払いが聞えた。しばらくあって、四郎が膝を進め、あぐらをかいた。

「また会うたなあ」

やわらいだ声だった。よっぽどびっくりしたのか、すずはものを言わない。

「慈悲の小屋で、たいそう働きおったと、皆さまから聞き申した」

すずは感情のない目でちらと四郎を見上げ、すぐに目を伏せた。何と言われたのかわからなかったらしい。

「じじさま、ばばさまたちを探して漂浪《され》いて、くたびれたわな」

首を傾け、さしのぞいて四郎は言う。

「可愛がってもろうたじゃろうに」

手首をとって手の甲を撫でた。小さな子はびくりと顔をあげた。針のめどほどな光がその眸に浮び出て、ちらちら動き、奥の方からまっ暗な嵐が起きてくるようだった。

「よう働いたのう。ゲンノショウコ採ったり、アシタバ採ったり」

すずはいやいやをした。

「それでな、マリア様がよう働いたちゅうて、ほれ、すずに、これをば御褒美じゃと。な、元気を出せ、すず」

人の多勢いる座敷の中でのやりとりには見えなかった。風の吹いている草原か、陽だまりの舟の上で、機嫌の直らぬ妹を兄があやしているような、ものやさしい甘美な景色にみえた。

四郎は衿の下から、首にかけていたロザリオをとり出し、青色の小さな珠がところどころ光るのを、少女の首に掛けてやった。

すずはされるがままになって、あらぬ目つきで男たちを見廻した。そして、自分の胸に垂れたロザリオにこわごわさわって、仁助を認めると、もの哀しげに首をかしげた。仁助はすずの両肩をつかんで四郎の方に振り向け、詰まりがちな声で、耳許にひと言ずつ言い聞かせた。

「すず、御褒美じゃと。マリア様がな、よう働いたちゅうて、お前に下さるとな」

それを聴くとこの子は養い親に向って、助けを求めるように両手をさし伸ばした。もどかしげに抱きとると、仁助は声を忍んで嗚咽し始めた。

後ろに控えていた者たちは、声もなくその光景を見守った。五十近い男といたいけな少女が相擁して慟哭している。ああこれで、仁助もいくらか救われると、誰しもが思った。

客を見送りに下働きの者たちが出て来て、この場に居合せた。熊五郎は思った。昨日の朝から常にないことが続いた。異様な朝焼けであった。すずが言っていた、赤い旗を立てた舟から眩《まば》ゆい人が来たと。それから、暴風雨の中で麦を配った。その時まで、あの小屋はあったのだ。

走って行って戸を叩いて、

「麦が来やしたぞ、明日はよか粥の出来やすぞ。開けませい」

そう叫ぶと、おなつ婆《ばば》さまの声がした。

「麦、ああ麦なあ。まあ有難さよ。早う開けたいが、今夜はただの風じゃなか。開けようにも、外から板ば打ちつけてもろうた。内からは開けられん」

松吉と二人でこじ開けた。灯りのない小屋の中で、

「麦じゃとなあ」

と言いながら這い寄ってくる年寄りたちの暖かい手が二人の躰を撫でた。

「有難うよ、わしらにまで、こういう晩に」

しっかりまた打ちつけて往ってくれと、頼まれるままに打ちつけた。

「明日の朝、戸を開けに早う参りやす」

そう言い残して帰って来たのである。

「有難うよ、わしらにまで」と言った声が耳について離れない。すずと仁助の嗚咽につられて、熊五郎は泣き出した。

四郎は跪いて、二人の方にひっそりと十字を切り、頭を垂れて、聞きとれるかとれないかくらいのごく低い声で唱えごとを始めた。

「天の門をひらき給う扶《たす》かりのいけにえのため、おんちからを添えたまい、御合力を得させ給え。なにとぞ天国において、終りなき命を与え給え。アメン」

寿庵がふっと気がついたという様子で両掌を組み、オラショのあとをつけ始め、男たちも次々に頭

を垂れて祈ったので、台所から出て来た女衆《おなごし》もいっせいにそれにならった。その場は期せずして礼拝の場となった。

かよは大助の後ろにいた。昨夜からみなみなくたびれて、朦朧となっているはずだが、われ人ともに、身の内から浄光がにじみ出るような気がするのが不思議じゃと、かよは思った。死者のため、すずと仁助のため、さらには自分たちのために祈るのだと、しんから思う。

後になってそれぞれが思い返した。あのような場合、本来ならば教父の役は寿庵と定まっている。ところがその夜は、少年の声に先導されて、この老武士さえもつつましくオラショの後をつけていたのが印象深かった。その場にいた者も違和感を持たなかったばかりでなく、みなで一種の法悦に浸ったのだった。

あの若衆は一体どこから来た何者か、と誰彼に問われて、仁助の家の者たちも、蜷川家の者たちも、何やら晴れがましい思いをした。ものに動じない寿庵までが、顔をほころばせて右近に根掘り葉掘り尋ねた。

「よか弟を見つけて来たのう。ああいう芳ばしい若者がいてくれれば、我らが力で、南蛮の学を後の世に残せるやもしれぬぞ。のう、往古のセミナリヨ、コレジョとまではゆくまいが、学林ゆかりの者たちを呼び集め、若者の学びのコンフラリヤを始めまいか。わしも今一度、夢がみたい」

心たかぶるのを押さえがたい様子でそうも言い出したのである。

弥三の船が潮の出口の磯に打ち揚っているのが見つかったが、使いものにならぬ壊れようだった。おびただしい木片とともに湾内の畑に乗り上げた船もあって、その残骸の下から着物の端が見え、もしやと思って木片をとりのけてみても、そこに人の姿はなかった。

嵐のあと始末があらましすんだ頃、死者たちの弔いが海の見える丘で行われた。おなつ婆さまは仏教徒であったため、ゆかりの寺の僧が来て経を誦んだ。

僧を呼ぶについては、いざこざがあった。というのは、パードレたちが悪魔と呼んだ仏僧とともに葬いはできない、葬いは別にすべきだと、一部の信徒が言い出したのである。

いつもはそういう席ではけっしてものを言ったことのないおうめやんが、その時うっそりと起ち上った。さっきまで台所をしていた掌を前掛けで拭き拭き、しばらく黙ってつっ立っていたが、発言者の方へ向き直った。

「あのな」

瞼のふくらんだ大きな目をしょぽりしょぽりと瞬《まばた》かせて、口を切った。

「死んでからまで、おなつ婆さまを一人にするとかえ」

そのひと言で座はしんとなった。

「おなつ婆さまは、なるほど、ナマンダブの方でやした。あたいもでござりやす」

お美代がはらはらして仁助を見上げ、下を向いた。いつにもましておうめやんが大きく見える。

「御一統もよう存じておられやすど。あの人が若か頃、家のため長崎に身売りさいたことは。歳をとって戻って来てみたら、誰もあの人を看る身内はおらじゃった。先祖の墓のあるお寺さまに、親の供養ばしてもらう銭のなか、ちゅうてよう泣きおらいたわな。幸い慈悲小屋に入れてもろうて、仲良う、おなじ釜の飯を食べさせてもろうて、わたしゃ、ナマンダブの方じゃが、罰は当るみゃあかと、心配して打ち明けられたことのある。

ただでさえ、ゆく先の心細か人じゃった。アメンの衆にようしてもろうてと、よろこんでおった人をば、今になって切り離せ、厄介払いせろと言わるるとでござすか。あたいはその心が解《げ》せん」

そこまで一気に言っておうめやんは、激した気持をしずめるかのようにしばらく黙っていた。それから上目使いにじわっとみんなを見廻し、声を落してゆっくり続けた。

「あたいも宗旨はちがうが、こちらで言わるる御掟の、汝のポロ……あの、ポロシモの人さまをわが身のごとくに大切にせよ、ちゅうことは、ちっとなりとも心がけておりやす。このことに、宗旨のちがいはござりやせん。それが人の道じゃと、親が教えてくれたゆえ、あたいは言う。人さまをばわが身とおなじに大切に思えとな。只今の、おなつ婆さま一人、別に葬えちゅう意見は、解せん話でござりやす。身寄りのない者どうしが仲良う暮らして、おなじ日に死んだものをば……。アメンの衆がそういうことを言うてよかか。人をインヘルノに突き落して、嬉しかか。慈悲の精神も高潮にさらわれたのでござりやすか」

躰が小刻みにふるえ、袖口から骨太い手首が出て、涙を拭いたり、前掛けをぎゅっとつかんだりした。

仁助と大助は同時に思った。おおっ、やられた。おうめやんにやられた。仏教徒のおうめやんに仕上げをされた。

潮が引くようにざわめきがしずまった。あとの話し合いは、心深い雰囲気の中でとどこおりなく進んだ。

それぞれが申しのべた。弔いは死者たちの魂が和むようにすべきである。丘の上の樟《くすのき》の下で、海を向いて行おう。おなつ婆さまのご先祖の霊のこともある。やっぱり彼女のお寺さまにも来てもらい、お経をあげてもらうとしよう。今は馴染みもうすくなっているが、じじばばさまの昔には、ゆかりもあったお寺である。そのあと、われわれの宗旨に従って祈りを捧げようではないか。

丘の上のあの大樟《おおくす》の下は、まことによい場所と思う。あそこなら海もひろびろ見えて、死者たちの魂を呼ぶのにふさわしい。そうじゃ、あの樹には、ここら一帯の者たちが幼い頃から登り降りして、ある時は木陰で涼み、昼飯を食べ、ある時は沖の舟を眺めて語らいをして来た。死んだ慈悲小屋のじじばばさま達が、海に向いて語ろうておられるまわりに、子どもらがかけ廻っておる眺めは、今思えば天国の景色じゃったぞ。

話し合っているうちに、さきほどの棘々した雰囲気は消え去って、じじばばさま達がかもし出していた現世の天国に招き寄せられてゆくような、和々《なごなご》しい気分にひたされてゆくのが不思議だった。おかよは、きびしい顔つきをゆるめないまま、時々うなずいているおうめやんを眺め、大助に何か言いたかったが、大助のひき締った表情に気づいて、あとにしようと思い直した。

台風騒ぎが収まった頃、かよは妊《みごも》ったのに気づいた。胎《はら》の子が動き始めたとき、どういう訳だか、この時のおうめやんのおごそかな顔つきをしきりに思い出した。そして同時に、弔いがすんで誰もいなくなった丘の上の、巨大な樟の姿を思い浮べるのだった。

かよは、いろはくらいは読めるが、舅《とと》さまや大助のように漢字は読めない。おうめやんはもっと文字を知らない。あの樹の由来は何じゃろうとかよは思う。あの樹のことは文字に書いてあるのじゃろ

Y.H.

うか。あの樹とおうめやんは、ひょっとして親類ではなかろうか。それに、生れぬ前から私は、丘の上のあの樹とおうめやんのことを知っていたような気がする。大助にそのことを尋ねたら何というだろうか。

胎の中の赤子《やや》に、かよは樹の話をした。夢の中にもその樹の姿が出て来た。海から来る光を吸って梢がさざめき、白い雲がその上を往き来していた。樹の下でおうめやんが、大きな目を眩《まぶ》しそうに細めて海を眺め、何事か物語りながら、赤子を腕に抱いてあやしている。それはかよが生んだ赤子だった。夢が醒めてから大助に話してみた。

「何やら冥加《みょうが》の深そうな夢じゃのぅ。その赤子、わしに似ておったかえ」

「さあて、それが似ておったかどうか。何しろ赤子じゃゆえ、ようわからん」

「そりゃまた、覚つかないぞ」

「なあお前さま。デウス様とキリシト様がこの世で一番尊いとは思うけれども、あそこの大樟は別格じゃ。神様かもしれんと思うがなあ」

「ふーむ、いかにも別格じゃなあ」

「まだ見ぬ赤子を夢に見させて下さいたのは、デウス様じゃのうして、あの樟じゃと思われてならんけど……。誰に似ておったかわからんじゃったが、そりゃ、愛《むぞ》らしか赤子じゃったわえ」

「お前ばかり、よか夢見たのぅ」

何かもっと、深い世界にかかわることをかよは語ろうとしていたのだろうが、その時の会話はそれぎりになった。

作人たちの間で、ひょっとすれば代官所の沙汰がゆるむのではないかという噂が流れていた。熊五郎が聞きこんで来たのを、大助は父親に話してみた。

「まさか、ゆるめてはもらいたいが、柔《やお》うはゆくまいよ」

難しい顔をして、仁助は松吉と熊五郎を呼んだ。

「そういう噂に乗せられて、うかうか安気《あんき》になるまいぞ。あとがきつうなる」

噂話というのは、熊五郎の友だちの定市が持ちこんで来たのである。雨やどりにとびこんで来た定市の声には張りがあった。

「いくらなんでも、役人衆の目も節穴じゃあなかろうて。この瓦礫を見りゃあ、ひと目でわかろうぞ」

「そうともよ、もとは田の跡ちゅうは、おれたちのごとき莫迦《ばか》でもわかる」

「おれたちの目はもぐらの目じゃが、目のよう見ゆる役人衆に見えんはずはなかろう。のう、熊五郎よい」

それは定市だけの期待ではなかった。松吉と熊五郎はあちこちの道の修理や、倒木の始末に出かけては、噂を聞きこんで来た。いくら何でも今度ばかりは年貢もさし延べになり、お救い米も下げ渡されるにちがいないという期待は、いつしか、さも代官所でそのように定めたような噂に変って行った。

「さてなあ、こっちの望むように、都合のようはゆくまいて」

感情を交えぬ声で松吉が言うのに、おうめもうなずいた。

「先の殿さまならともかく、今までのあれこれを考ゆれば、安気《あんき》にはなれんぞ」

そんなやりとりをしながらおうめは、茹で干してある野草のクサギ菜を、水に戻して味付けするすべを、かよとすずに教えようと考えていた。

仁助は大助を伴って蜷川家に行ったり、隣の南有馬によく出かける。南有馬にゆく時は松吉の漕ぐ舟で行く。そんな時、顔つきも男らしくひき締まってきた大助と、よく話しこむようになった。父と息子の変りようを、美代とかよは頼もしく思うのだが、何かが迫っているようで気がかりでもあった。

大助はときどき述懐する。

「わしゃあこの頃、おん主のいわるる、ポロシモを大切にちゅうことをば、しんから考ゆるぞ」

「あたいもじゃ。前よりいっそう、お前さまが大切じゃと」

「ばか、人前でそういうことを言うまいぞ」

「何の悪かろうぞ。お前さまばかりではなか。ああいうことがあってから、おっ姑《か》さまも舅《とと》さまも、いえいえ、おうめやんも、みんないっそう大切に思われる。それにあの人たちも、ひとしお情の深うなられた気のするわいな。ひょっとして、みんな早う、死ぬとじゃなかろうか」

「お前はいうことが極端じゃなあ」

「ちっとも極端ではござっせぬ。人の情がなければ、生きてはゆかれん。なあ、大切ちゅうはそういうことでござしょ」

大助はほうと思って、かよの顔を見た。蜷川右近が来て講じてくれる『どちりいな・きりしたん』の本義を、かよはいつの間にか会得したものと見える。いや、この前のおうめやんの姿や言葉から、それを学んだのではないか。

「この頃すずが、舅さまの側に行って背中をこすりつけておることが、さいさいあるわえ」

「うふふん」

大助はこそばゆいような声を出した。

「そういえば、この頃、すずは誰それから、よう声をかけられるなあ」

「ほんに。すずもそれで、だいぶ元気になったごたる」

「すず、この頃何の仕事しよる、と聞かるれば、おうめやんの弟子についたと言いよりやす」

「あはあ、そうか、それでこの頃しきりに、蓬やらクサギ菜やらを採りにゆきよるわけか」

「あい。もう蓬もクサギ菜も薹《とう》の出て、ばさばさしとるのになあ」

おうめの蓬のもぐさは使いやすい、と島原の医者さまから買いに来る。揉みの仕上りが美しく、丸めて使うのにまとまりやすいそうだ。それで、患者がやたらと火傷をしないというのであった。

うめはすずにこう言って聞かせた。

「な、じじさまやばばさまが往ってしまわいても、病人は絶え間なしぞ。もぐさを作ってさえおけば、人助けになる」

もちろんおうめは、医者にかかれぬ者に、ただであちこち配っていた。そして、こうも言った。

「もぐさを揉むとき、あたいはな、南無阿弥陀仏、南無阿弥陀仏ちゅうて唱えて揉むとぞ。そうすれば、阿弥陀様のみ心の、お灸のひとつひとつに灯って下さいて、早う治して下さる」

すずは目をまん丸にしたが、その顔を見つめて、おうめは嬉しそうに笑う。それから小声になって言い添える。

「まあな、すずが唱えたけりゃ、アメンでもよかろうぞ。あたいが師匠では、デウス様の何と思わるるか。まさか、病人に仇《あだ》はなさるまい」

もう刈り入れの時期であったが、嵐の爪痕は思いのほかに深くて、復旧ははかどらなかった。それでも、風水害からまぬがれた僅かな土地で、稗《ひえ》や蕎麦《そば》や粟などが穫れた。野稲はよほど運のよかった畑で、ほんのしるしだけ穂を垂れたのが倒れ伏し、それを起して刈り取ることができたそうだと羨ましげに噂された。そのような乏しい収穫で来年まで喰いつなぐなど思いも寄らず、目前の不足をどうするか、立ち往生する気分がひろがった。

先日の代官所での申し渡しを村の者たちに知らせ、併せて対策を講じる寄り合いが、弥三の家で開かれることになった。

「わしはかねがね留守勝ちで、いざという時、いつもご無礼ばかりしとりやす。今度ばかりは、船の修繕もあって、いっとき腰を落ちつけるつもりでおりやすゆえ、座敷をさし出すくらいはさせて下されい。海の上なり陸の上なり、送り迎えする若か者も、ちったあ、おりやすで」

弥三はこの時すでに、不足する食糧の調達が自分の肩にかかって来そうな予感を持っていた。その任を果たすには、何よりもわが家の者たちに理解を持ってもらわねばならない。そのためには、わが家を寄り合いの場にするのが早道である。談合の合間には、腹の温まる物も今なら出すことができる。彼にはそういう腹づもりがあった。

聞いた者たちは思った。侍の組で広い家もあるのだが、弥三の家なら人が寄りつきやすく、女衆が働きやすい釜屋もあって、心のふさぐ寄り合いをするのに、いくらかくつろげそうである。

寄り合いの晩は思いのほかの人数になった。湯の沸く匂いが煙と一緒になって座敷に流れこみ、くたびれながらかけつけて来て、肩の息がほっと抜けた気分になった頃、大百姓の与左衛門が息子を連れて、いつになく暗い顔で遅れてやって来た。目だけで会釈を交わしながら、弥三は何と挨拶したものかとまどった。与左衛門の田圃が潰《つぶ》れたことは聞いているが、まだ見舞いにゆけないでいる。蜷川左京が立ち上った。

「先のめどもつきかねる事態のさなかに、ようかけつけて下さいた。種々方策を立てずばなるまいが、まず何がどうなっておるのか、大略、村々の事情をのべて下されい」

串山、有家、南有馬、北有馬、加津佐など、村々の代表たちがこもごも立って、状況を申し述べた。まだまだこれは実情に遠い。とりあえず走り廻って見聞きした範囲のことで、実態のほどは日を追って深刻になるであろう、というのが代表たちの一致した見方であった。

報告が進むほどに最初の和やかな雰囲気は消え、呻きに似た声があちこちから洩れた。ひと通り状況がわかり、沈黙がひろがるのを見て仁助が立ち、大風の前の日、代官所で申しつかって来た内容を、抑制した声音で淡々と語り始めた。あまりに自分を抑えているせいか、その声は糸のよじ切れるようにぶつぶつ途切れたが、一同は次に出てくる言葉に吸い寄せられるように、全身耳になって聴きとった。

仁助が座ってからもしばらく声を出す者はなく、その静寂を突き抜けて、猫たちの土用（発情期）の声が常になく際立って聞えた。白髪の寿庵が立ち上った。コンタス（念珠）を手にしていた。

「いよいよこれからが正念場になろうと存ずる。よほど腹をすえてかからぬことには、片づかぬことでありましょう。ついては代表を立てて、よき思案をのべて見られたし」

しばらく村々に分れて、話し合いがあった。

何としても、代官所に今の有様を、なるべく詳しく報告しなければならない。いくら何でもこの数カ年、代官所が押しつけて来た不当な年貢割り当ては返上、もしくは延期してもらわねば村々は立ちゆかぬ。傷んだ家、土砂に埋もれた田畑をその目で見れば、かの代官・役人たちといえども、非道なことは言い出せぬだろう。妙な呼び出しを受けぬうちに、こちらから嘆願の趣きを書き記し、連判状をさし出そう。

右近はうしろに控えていたが、呼び出されて、大助と二人書き役をつとめさせられた。

連判状は各郷ごとにとりまとめ、おなじ日にそれぞれ代官所へ差し出すようにきまった。内容は地域の実情を盛りこみながら、今年の年貢の減免と救い米の下げ渡しの二点にしぼることが申し合わされた。

そのとき立ち上った男がいた。北有馬から来た諫山忠兵衛だった。髪に白いものがまじっている。

「嵐のあと、おのおの方の郷には、代官所からの見廻りがござったか」

「いやそれが」

左京と仁助が同時に声を出し、左京がひきとって答えた。

「それが、何にも言うて来んのが不審でござり申す」

有馬の組は侍が多く、腕を組んで押し黙っていると威圧感がある。

「有馬の方には、九郎兵衛の手下どもが二人廻って来たところがござして、それがただ廻ったちゅうだけで、詳しゅう尋ねもせず、何やらちっとばかり書きつけて通り過ぎた模様で、何を書きつけて戻ったかと、皆で首をひねっており申す」

串山の衆から声があがった。

「手下なら、われらのところにも来申したぞ。たしかに帳面を、懐から出し入れしておったと申す」

失笑が起きた。

「いったい何をば、記して行ったものぞ」

「尋ねられたら、ああも言おう、こうも言おうと待ち受けておったに、こっちの顔は見んようにして、通り過ぎおった」

「そうじゃ。わざと見ぬふりして行ったとしか思えん。油断ならんぞ」

「第一、九郎兵衛自身が、被災の有様を、その目で見に来るべきではないか」

いっせいに声が上り、書き役二人には聞き分けられぬほどであったが、諫山忠兵衛は手でどよめきを制して言葉を継いだ。

「代官所では、われらの難儀をまともに見届くる気はないようじゃ。連判状を作って、年貢減免と救い米を願い出ることに、わしも異存はござらぬが、これまでの代官所のやり方を見ても、われらの申し分を素直に聞き入るるとはとても思えぬ。先の話をするようじゃが、そのときは皆の衆、いかがなさる」

井戸の底のような沈黙がその場にひろがった。忠兵衛の問いは、おのおのが心に秘めていた問いでもあった。ややあって、寿庵が立った。

「諫山どの、それは相当の覚悟をせねばなるまいのう。皆の衆にも、それなりの存念がおありのことと存ずる。されど、今日のところはこれまでてよかろう。代官所がわれわれの申状《もうしじょう》をしりぞくるなら、それはそのときのことじゃ。おのおののコンフラリヤにおいてとくと思案なされて、近々集まることに致そう」

いくつか溜息めいた声が洩れ、深い靄《もや》のようなものが場を包むように思われた。

寄り合いが終り、他郷から来た者が退座したあと、まだ帰りたくない気分の者たちが居残った。今夜の議題からして、侍組の発言が多く、鳴りをひそめていた百姓たちや浦方の漁師たちが、息を抜いて話し始めた。

この種の雑談にはめったに加わったことのない右近だが、前途の重大さを予感させる談合の余韻に身をほてらせて、耳を澄ませていた。仁助は与左衛門父子に見舞いを述べる折をうかがっていたが、うしろで聞き覚えのある声がした。

「お救い米の件はどうなるじゃろかと、心配でならじゃったが、おかげでなあ、これで安心じゃわい。のう、才三よい」

振り返ってみると、作人の定市だった。言われた才三はむっつりしているのに、本人はいたって気楽げである。もともと寄り合いが大好きな男で、あれまた来たかと仁助は思ったが、来たからといって悪かろうはずはない。

田畑を持たぬこの男に年貢のなりゆきは直接には関わりがない。しかし、お救い米の一件は大いに気がかりで、弥三の家の手伝いにかこつけてまかり出たのだろう。寄り合いでは必ず的はずれなこと

を言い出して顰蹙《ひんしゅく》を買うが、女たちの中には、

「ほらまた、定市つぁんが、訳のわからぬことを言い出した」

と面白がるものもいて、結構愛敬者で通っている。今夜は正式な座に連なる立場ではなく、頓狂な発言が出る折はなかった。それでも彼としては、何かひとこと言って帰りたかったのだろう。

「あのなあ定、まだ安心しちゃあならんと、さっき言われたろうが。米が来るか、砂が来るか、まだ闇の中ぞ。わかっとるか。ちっとはわかれ」

案の定才三に叱られて、定市は首をひっこめてしまった。才三はわずかながら自分の田畑を持つ小百姓である。

こういう百姓、漁師たちの話を、わしは今までちゃんと聞きとめていなかったと右近は思う。四、五人が座になって交わされているやりとりを、彼は急いで別紙に書きつけ始めた。

「気がふさいでならじゃったが、顔が合うたら、ちったあ元気が出たぞ」

「うん、ちったあ元気の出たが、それにしても、以前は年貢のことで、こうも炙《あぶ》り立てられるこたぁ、なかった。どうしてこういう成り行きになったかのう」

「とぼけた事をいうまいぞ。今の殿になってから、一切合財悪うなったのじゃ」

「そりゃ分った上のことじゃ。ひとつには、われわれの信心に、影のさしとるからじゃなかろうか」

「そういえば昔は、御《ご》ミサにあずかりにゆくのが、晴れがましゅう思えた時があったわい」

「うむ。わしゃあ親たちに連れられて、復活祭の礼拝に、幾度も行ったことがある」

わしもじゃ、おれもじゃという声があたりで起った。

「キリシト様の祝い日も殿さまのお声がかりで、畑を休めということじゃったから、祭衣裳を着せられてな、みんな美々しゅうして行列に加わったものよ」

「こうも娑婆がふさがって来てみれば、昔が恋しかの。今は子どもらの讃美歌も聴かんぞ」

「考えてみれば、デウス様を拝むときは、陽《ひ》いさまを拝むような気持じゃったよなあ」

「ふむ、まさしくそうじゃったよなあ」

「信心を棄てたわけじゃあないが、祝い日の礼拝も、ドチリナ（教理）の講釈も、何とのう、日蔭でやっておる気のする」

「そういえばそうじゃ。陽いさまとデウス様のみ光のもとで、身も心も潤おうて、田畑をやっておったのじゃから、作物もよう出来たはずじゃ」

「話し合うてみれば、思うておることは、やっぱりおなじぞなあ」

「どうもわしには、近年の天候不順と不作続きは、わしらの気持に、蔭のさしとるせいじゃと思われてならん」

「作る者の気分でなあ、作物も栄えたり、萎《な》えたりするのかもしれんのう」

「デウス様の罰が来よるちゅうて、わが家の爺さまがしきりに嘆かれる」

腕組みして黙《もだ》しがちだった才三が口を開いた。

「お前方でもか。うちのばばさまも、今の世の有様は、ただ事じゃあなかぞちゅうてな。この有様は、信心を隠しすぎておるからじゃ。陽いさまとデウス様のみ光を、自分らの手でさえぎりおる故、穀物も育たん。それが証拠には、切支丹の殿さまの頃は、麦も豆もよう穫れよった。マリア様のお祭もどれだけ賑わいよったかとな。

穫れるものがちゃんと穫れて、納むるものも納めらるれば、切支丹の詮索も、まちっとゆるめられように、穀物がとれんゆえ、幾重もの災難がうち覆《かぶ》さってくるとぞ、ちゅうてなあ。わしの口が一人減れば、お前たちもよっぽど楽じゃろうにとふさぎこんで、年寄りに泣かれれば、家の内が暗うしてのう」

「お前のところもかえ。じつはわしが家のばばさまも、島原のご城下におる甥から、悪か噂を聞いたちゅうてなあ。今までは耳、鼻をそいだり、逆さ吊りにしよったが、今度はそれよりおそろしか責道具を、鍛冶屋に作らせよるそうじゃ。今のうちに、早う孫どもをば、筑後の叔母のところに逃がせ。わしゃもう先もなかゆえ、助からんでもよか。いざちゅう時は、このばばをば差し出せ。煮て食うなり焼いて食うなりして下っせ、とわしが言う、ちゅうてな。今にも別れが来た気になって泣かるるとぞい」

「まさかとは思うが、そういう事がやって来はすまいかと、気にかかる」

才三はそこまで言って息を止め、しばらくして一気に吐き出した。

「やっぱりこりゃあ、もとの切支丹に立ち返るより、道はあるまいか」

仁助は与左衛門父子のそばに寄って声をかけた。

「お家の田畑がえらいことになったそうで。見舞いにも行けずご無礼しておりやす」

「何をいわるる。お家こそ、たいそうな事になって、さぞかし、ご心労でござしたろう」

「いやいや。折角なあ、日でりを持ちこたえた田圃じゃったに、無念でござすのう」

二人は同時に吐息をついた。大助に嫁が来た四、五日前、与左衛門の息子にも嫁が来て、かよとおなじ天草の出というので、両家はこれまでよりさらに親密になっている。

口之津きっての大百姓の田が、海辺の方は高潮で、川にそっていた方は土石流にやられた。

「じつは折り入って、内々相談がござして」

与左衛門は声を落しながら膝を進めて来た。息子はうしろに控えている。百姓の息子というのに躰つきが細いが、面構えは精悍である。

ここでは話せないのだと仁助は判断し、弥三に耳うちすると、勝手知った離れに二人を導いた。しばらくして主の弥三も入って来て、障子をしめた。与左衛門はすぐに切り出した。

「あの嵐の夜は、わしが家にまでも、大切の麦をば配って下さいて、マリア様にお供えしたお下りちゅうてなあ。もったいなさに涙がこぼれやした。ついてはわしも、心にきめて来たことがござす」

与左衛門は息子を振り返った。

「うち明けて申しやすが、古麦のとり置きが、わが家にまだちっとはござす。代官所へ未進の米は、連年のことゆえ、積もり積もって三十俵を越しておりやす。これはいかにも仕様がありませぬが、わが家の分は飢えぬ程度は別にとっており申す。話ちゅうは、余分に囲うておる八俵、古麦でよければ、虫のつかぬうち、非常の時ゆえ皆の衆に、いやマリア様にわしもお供えしたいと思うて、息子とも相談しいしい来たわけで。いつもなら、まちっと沢山に出すところじゃが、今年はこれぎりで、面目ないかが、受けてもらえるじゃろか。わしがお頼みした爺さまを、長う世話して下さいて、丁寧に葬ってもらいやした。せめてもの供養に、古麦で気がひけやすが、受けて下さりやせ」

与左衛門は口ごもり口ごもりそう言うと、息子ともども手をついた。思いもかけない申し出であった。弥三は「おう、おう、それは」と言ったきり、あとが言えない。仁助は、日頃コンフラリヤの行事に熱心ではない与左衛門に、やはりおなじ在所の百姓の心があったことが胸に沁みた。

申し合せた日に六郷の連判状はそれぞれ代官所に届けられ、人びとは鳴りをひそめて回答を待ち受けていた。

諸郷の代表が代官所に呼び出されて受け取った回答は、損田についてだけほんのわずかな減免を認め、お救い米の下げ渡しについては、お上も困窮されていていますぐ施行はなりがたいというものであった。

多田九郎兵衛は最初は嵐の見舞いなどを口にし、一同に意外な思いをさせたが、恩着せがましく申し渡された回答の無情さに、一同は怒りを通りこして唖然となった。一座から声があがる前に、九郎兵衛はいつもの睡ったような目を引きあけて、ぞろりとみんなを見た。

「これは藩のご重役方がきめられたことゆえ、この上かれこれ申さぬように。当方もよかれと思うて、内情の苦しいところを、出来るだけのことはすると言うておるのじゃ。減免を受けた上は、とにかく年貢を納むるのが肝要。苦しいのはお互いさまじゃぞ。

もしや今年の分に未進があれば、これまでの未進と合せ、来年、そなたらに完済してもらうことになる。未進も放っておけば帳消しになるなど、不逞なことを考えるものは、まさか居るまい。

松倉の家を安買《やすが》うではない。わしも日頃そなたらに柔らしゅうしてはおるが、いつもそのようにあると思うは誤りじゃぞ」

代表たちの座する座敷のまわり縁には、帯刀の侍がずらりと控え、庭先には下士たちの抜き身の槍の穂先が光っていた。

門を出ながら一同は黙りこくっていた。有馬、有家の者たちは船で帰ることになっている。蜷川左京の家は口之津の湊に近い。

「ひとまず、わしの家に寄られませぬか。このままでは、いかにも気色が悪い」

異存のあろうはずはなかった。着座するや否や、加津佐の千々岩伴内が、憤怒を押さえた低い声を洩らした。

「さて、聞いての通りじゃったが、いかが思わるるか。戻ればみなが成り行きを待っておるのに、持って帰らるる話ではない」

北有馬の庄屋松島佐渡守が口を開いた。

「こういうことになろうかと、思わぬではなかったが……。それにしても、代官所はわれらの窮状を知っておろうに。こたびはたとえ、五割の減免を認めても、十分とはいえぬはずじゃ」

この男は侍たちのもっとも多い有馬コンフラリヤの組親でもある。串山村の江崎民部が応じた。

「代官所だけの問題ではありますまい。上の意向じゃと九郎兵衛は申しておった」

「まあ、それはそうじゃろう」

と言う者がいて、皆もうなずいた。

「松倉はわれらに草の根をくらわせても、とるものはとるつもりでござろう」

YH.

伴内の憤怒が爆発した。

「ないものをどうやってとるのじゃ。それに何事ぞ、あの侍どもの有様は。槍の穂先を光らせて見すれば、われらがおじけづくとでも思うたか」

「さよう、わしとて穏やかではなかったぞ。望みなら、代官屋敷で血の雨降らせてもよかったのじゃ」

佐渡守の言葉に一座はどよめいた。

「されど千々岩どの、万一、血を流さねばならぬような時が来るとしても、それはまだ先じゃのう。ここはまず、我慢のしどころじゃ」

佐渡守は皆の顔色を読みとるように、一人一人に目をやった。蜷川左京が応じた。

「それがよき分別。今、九郎兵衛ごときの手に乗せられては、事を仕損ずる。血を流さずに皆の生くる道を探すのが、われらの務めでござろう」

「わしとて、松倉あいてにすぐ戦さしようとは言わぬ。第一、明日食う飯米のめども立たぬというに、どうやって戦さする。されどこのように不作が重なり、しかも松倉の取り立てがひた押しに、きびしさを極めてくるとなれば、いずれこのままではすむまいぞ。おふた方はいかなるご存念か」

伴内の問いに、佐渡守はしばらく目をつぶっていたが、やおら口を開いた。

「こたびのごとき松倉の出様が続くなら、いずれ、どうにも生きのびようのない時がまいろう。その時の覚悟はわれら有馬の組にもあり申す。じゃが今は、代官所の申し渡しに黙って従うか、それとも、郷中の意向をまとめて、再度代官所とかけ合うかじゃ。口之津組はこの点、いかが肚をきめられたか」

佐渡守は侍組の多い北有馬の庄屋を務めるだけあって、堂々たる押し出しの男であるが、そのいかにも武張った顔が憂いにかげっていた。

「いやあ、それがいまだきまりませぬわい。今日の申し渡しには、ここの衆もとうてい納得はすまい。かというて、再度願い出ても、連判だけではこたびの二の舞でありましょう。組内で、互いの肚の底、今から見せ合わねばなりませぬ。まあ、今日のところは談義はおいて、ちっとなりとくつろいで行かれい。この節ゆえ、馳走とてあり申さぬが、粟酒のとり置きがありまする故、ただ今用意させ申す」

そう答えて左京は立ち上った。

しんしんとした決意をのみ下すような酒宴であった。有家から来た林田七左衛門は酔いがまわったのか、胸の中を吐き出した。

「わしはもう庄屋のなんの、辞めたいぞ。今日の返答を村の衆に伝えるのは気が重い。むしろ、騒動に持ってゆく方が気が晴れるわい。取りまとめちゅうは、いかにも気骨が折れる」

沈んだ空気を破るように、佐渡守が悪童じみた笑みをたたえながら声をあげた。

「わしはなあ、船で来るたびに、ここ口之津の米蔵が、目についてならん」

「おう、わしもじゃ」

七左衛門が応じた。

「何俵ぐらい入っておるもんかのう」

「千俵とは言わんじゃろう」

にやりとしながら伴内が答えた。

「夜も番人が立っておるかえ」

「立ってはおるが、居睡りしよる」

伴内の答えを聞くと、佐渡守は不逞な笑みを浮べて盃を干した。

第四章　召　命

年貢減免願いの一件は結局尻すぼみに終った。単なる嘆願を重ねても効果が上る目途はなかったし、といって、年貢の納入を力で拒否するとか、一村あげて逃散するという決心はまだつかなかった。納められぬものは未進するしかないし、来年はよい稔りが期待できぬものでもない。領民の困窮などいささかも気にせぬ松倉の施政を膚で知るにつけ、どうにでもしてくれ、といった自棄の感情が静かに人びとの間にひろがった。

宇土の町はずれ、江辺の自宅に戻った四郎は、ナタラ（降誕節）の祝い日に元服の式を迎えた。

「そなたももう十五になった。これからは大人の扱いをいたすゆえ、左様心得るように」

四郎を上座に据えて、父親の甚兵衛は言い渡した。

祝いの膳には、大矢野島の大庄屋渡辺小左衛門が提げてきた大鯛がのっていた。幼い頃から可愛がってくれた近所の者も、渡り蟹や章魚《たこ》や栄螺《さざえ》など磯の物を持ち寄り、顔を見に来て帰って行った。小左衛門とその弟で四郎の姉婿佐太郎、千束島から招かれた山善右衛門が残ったところで、甚兵衛は尋ねた。

「長崎を選んで商いの道を得させ、学問もさせて来たのは、そなたの身の立つよう考えてのことじゃ。じゃが、どうもそなた、商いにはむかんようじゃの。まあ、それでもよい。しかし、学問で身を立てるというても、切支丹であれば仕官は無理ぞ。そなたの志は低うはないと見たが、何を望みに思うか、言うてみよ」

しばらく考えたのち、四郎は言った。

「これからは人の世の心の仕組みを、書物ではなく、じかに読み解いてゆきたく存じまする」

「ふむ、書物でなく、じかにか」

「はい。しかし、書物を捨てるわけではございませぬ」

意外な答えに接して、甚兵衛はおのれの切り出し方が俗であった気がした。

「なして、そのように思うぞ」

「学問を究むればすべては掌《たなごころ》の上と思うており申したが、それでは遠くの星のみ眺めておるようで、おのれを育てし土を知らぬ盲者にござり申す。身近なる人の姿に接して、おのれの無知が恥じられまする」

「いかなる人の姿ぞ」

「はい、たとえば」

「たとえば、誰の姿ぞ」

祖母と言いたかったが、身近すぎてなぜか羞じられる。

「昨日の日暮れ、六助のうしろ姿をば見申した」

「おお、村はずれの、あの六助か。その六助がどうしたか」

「昨日の日暮れでござり申した。村はずれの段々畠の脇道を通っておりますと、オラショの声が聴え申した。聴いているうちに六助とわかり申した」

「あれは信心者じゃからのう」

甚兵衛はそういうと首を傾けた。

「オラショの声もさることながら、わたくしが見とれたのは、あの小ぉまい畠でござり申す」

父も小左衛門も同時に、愉快そうな笑い声をあげた。

「小ぉまい畠をば、えらい大切にしとるぞのう」

「はい、そのように見受けました」

小左衛門が興ありげな顔つきになって尋ねた。

「何のオラショを唱えておりやしたかな」

「よく聴くくだりで……ガラサ（恩寵）満ち満ちたまうマリアにおん礼申したてまつる、あのくだりでござり申した。沈みかけた陽に跪いて、どこででも見かける年寄りの姿ではあり申したが、ひとしお心打たれ申して」

四郎がその情景をどう語ろうかと思案しているとき、祖母が来て父親の横に座った。彼女は上座に座らされた孫に向って、居ずまいをただした。

「四郎よい、今日は元服のご冥加に会せてくれて、嬉しかぞい。ほれ、ばばの盃を受けよ」

盃を取った孫の手首をひき寄せ、老婆は幾度もさすって押し戴いた。四郎は祖母の手を握り返し、皺の深い掌をひろげさせて、自分の干した盃をのせた。

「ばばさまなあ、この手は、畠をして来た手じゃよなあ」

「畠ばかりじゃなかぞえ。お前の尻も替えたわいな」

しみじみとした笑いがひろがった。

「わしの知らぬ苦労を沢山なされたなあ」

「おうおう、そういうことを言うてくれて。苦労もよろこびじゃったわいな。この手を合せて、おまえのことを祈って来たぞえ」

「そうじゃ、祈ってもろうた」

今度は四郎が老いの掌を撫でながら話し始めた。一別以来、しみじみ話をする日がなかった。

「ばばさま、わしはこれまで書物ばかり読んでおって、畠というものをしんから見たこともござりませなんだ。畠のことをしんから思うたのがつい昨日とは、長崎で学問をさせてもろうたとは言えませぬ」

「おお、おお。そりゃなあ、長崎で学問したからこそ、畠のことも見えたわけぞ」

祖母がそう言ってくれたので、皆が笑った。

「あそこの斜面のなあ、泥のすべり落ちるのをば、石塊《いしくれ》で囲うてせき止めて、六助やんは何十年かかって畠になしたことぞ、なあ」

頭をこくこくさせながら、祖母は感にたえないという声を出した。

六助は村の大百姓の作人ではあるが、自分の畠をあちこちに三枚持っている。二畳くらいしかないのもあるし、大きいのでもせいぜい五畳くらいだ。作人としての勤めを果したあと、星の夜も月の夜も畠に上る。それは大切に手入れをして、下る時にはマリア様への祈りを忘れない。祖母がいうには、麦の熟れはじめの頃など、下から見上げると、入念に手入れして仕上げた黄金の穂先は、斜めに区切られた夕暮れの空から光を吸い寄せて、ひときわ輝いているという。

「まるで六助やんの畠にだけ、デウス様のみ光がさしているようでなあ。あんまり愛らしか畠じゃもので、特別の御冥加をたまわるのじゃと、みなが言うておるぞい」

母のおいねも、息をはずませて話に加わって来た。

「それにな、あの畠の石組みのぐるりには、藪苺の蔓がたくさん下がっておってな、麦の熟るる頃には、苺の赤か実も熟れて来て、あれもきっと爺やんの娯しみじゃろうよ」

もの静かに四郎は話を引き取った。まだ声変りはしていない。

「われらが宗旨では、清貧ということを尊び申す。こたびは帰りの船の上で、天草の山々を仰ぎながら、いろいろ考えたことがござった。この貧しき島々は、天からの御手が伸びて、草木を植え賜うた土地ではあるまいか。清らかに慎ましゅう暮らせと神が願われて、創られた島々ではあるまいか。たとえ五穀の稔りはうすく、嵐に襲わるることの多かろうとも、心やさしき者に神より賜った清貧の苑ではないか、そのように思われたことでござり申す。

六助爺の畠を見、そこで祈る爺の声を聴いたとき、ここには天に続く門の標《しるし》が、はっきりと刻まれておると感じ申した。麦はまだ、うっすらと芽を出したばかりじゃったが、あれは美しか畠でござり申すのぅ、ばばさま」

「そうとも、そうとも。土はふっくり柔らかそうじゃし、小石ひとつなか。それに爺やんが祈るゆえ、美しい」

「一粒の麦もし死なずば、というたとえは、あのような畠の中で祈る者の居るゆえ、生きた言葉になるということを、初めて知り申した」

「よかったのぅ、四郎。それでこそ、元服の祝いをしてもらう甲斐があるちゅうものぞ」

まわりの男たちは黙って、四郎とばばさまのやりとりを聴いていた。彼らは四郎が一人前の男となったこと、いや、大人の彼らよりはるかに奥の深い心の持ち主に成長したことを、はっきりと感じとったのである。

「よか祝いに招いてもろうて、わしどもも来た甲斐のあり申した。これで先は決まったも同然じゃ。のう甚兵衛さま、そうは思われませぬか」

小左衛門が頬を紅潮させて問いかけると、甚兵衛は瞑目して深くうなずいた。

元服を終えた四郎は、父に連れられて、大矢野島の親戚まわりをすることになった。大矢野は、父甚兵衛が小西の家臣であった頃に住んだ土地であり、大庄屋渡辺小左衛門をはじめ親類・姻戚が多かった。

四郎が姉婿の佐太郎の家にいることがわかると、方々の遠い縁者からも、寄ってくれという誘いが引きもきらず続いた。幼い頃から神童と呼ばれた少年は、親族の誇りであった。その子が長崎の遊学から戻って来て元服した。どんなに立派になっていることだろう。われわれ一族の先々の楽しみでもある、と男たちが言えば、女房たちは、長崎の都ぶりに洗われてどのような若者になったか、早う見たいと言うのであった。

ただでさえ、人恋しい島の人たちである。四郎がどこそこの家を訪ねたと知ると、近所の者たちまでも集まって来て、その中には、千束・蔵々島などに暮らしている小西浪人もいた。昔から父の甚兵衛や渡辺小左衛門・佐太郎兄弟とつきあいのある人びとで、四郎を迎え祈りを捧げるときには、彼らが導師をつとめた。

口之津で聞いた蜷川右近の、ぽきぽきした誦《よ》み方とはたいそう違い、彼らのオラショの誦みようには古風な訛りがあって、四郎は初期の切支丹はかくもあったのかと、感慨深く聞いた。

大矢野島に来てみて、天草一帯の不作の深刻さも初めて実感することが出来た。四郎の元服に、父の格別の昵懇《じっこん》ということで招かれた千束島の山善右衛門は、救米願いに郡代の屋敷に押しかけたときの様子を、下り眉のとぼけた表情で語ってくれた。

「えらいな勢いであったぞ。百姓というても大矢野組は、鯨取りの連中もまじっておって気が荒い。小西さまの時代は年貢もゆるやかで、風損水損があれば、減免も認めて下された。その思いのある故、百姓ばらもお救い米は当然と考えておる。大矢野の者はわしもそうじゃが、気の立つことがなあ。人は悪うなかが、よその組にくらべりゃ、すぐにかっとなる」

そういう話をしてくれるのも、善右衛門なりに四郎への期待を表しているもののようであった。

四郎たちが大矢野で日を過すうちに年が替った。寛永十四年である。

ある日小左衛門が、見せたいものがあると言って、古びた厚紙の書面を取り出して来た。

「これは、わしの父の時代に、伴天連のコーロス様のお頼みでしたためて、ロウマにお送りした書面の写しでござりやして、大切にとっており申す。目を通して見られませ」

読んでみると、家康の迫害開始後もイエズス会神父たちが「御命を露ちりとも思い給わ」ず、布教に献身していることを証言した文言のあとに、上津浦と大矢野の庄屋・惣代・組親らが署名し、その中には先代小左衛門の名も見られた。

ちょうど二十年前、元和三年の日付をもつ古い文書を、小左衛門が父甚兵衛立ち合いのもとで、自分にわざわざ見せてくれた心を、四郎は黙って推し量っていた。

「この書状を伴天連衆のご名代コーロス上人に差し出したのは、上津浦の南蛮寺からママコス上人が去られたのちのことでござりやした。日本中の信徒が迫害のもとにあっても、伴天連衆が見舞うて下さる限り、宗門はもちこたえておるという証を見せようぞと、みんなして名を連ねた書状にござり申す。ここに出ておる名のうち、まだ生きておる者も少のうはござりませぬ」

甚兵衛も身を乗りだして、文書の署名に見入っていた。

「わしも半分くらいは知っておる名じゃのう。ここ大矢野では、伝兵衛どのが柱になって来られたゆえ、宗門も続いて来たわけじゃ」

伝兵衛とは先代小左衛門のことで、今は隠居している。

「そういう訳でもござり申さぬ。二十年前といえばわしはまだ、七つ八つの童であり申した。父も小左衛門の名をわしに譲って隠居してからは、わしがまだ頼りないと見え、何につけ彼につけ、甚兵衛さまに相談したかと尋ねる次第で……。たいそう甚兵衛さまを頼りにして居り申す」

甚兵衛はすでに六十三歳、小左衛門とは親子ほどの歳の違いがある。

「いやいや、離れておって役に立ち申さぬ。しかし、これを見て改めて思うが、ママコス上人がこの地を去られてから久しいのう」

「もはや二十五、六年も前になり申そう。思えば最後の伴天連衆がこの地を離れられてより、われら同心して宗門を護り通して来たが、これから先も迫害の続くとなれば、わが宗門の先々はいかがなりましょうぞ」

「そのことじゃ。ママコス上人はマカオに追放せられたとき、二十六年ののちには、一人の善人生れ出ずべしと、言い遺されたとわしは聞いておる。その者は諸人の頭《こうべ》にクルスを建てなおすと申されたそうじゃ。二十六年とは当年のことではないかのう」

「そのことはわしも聞いておりまする。いや、実を申せば、百姓たちの中にも、一人の善人現れて、この世を切支丹の世に返すなどと、語るものもあり申す。昨年の嵐の前後に、空が異様に赤う灼けたのもその前兆じゃ、などと申し広めて。それにしても、われわれの信心が浅うしては、そのような善き人も現れますまいな。わしがコーロス上人ゆかりの書状を披露申したのも、父母の代にくらべて、わしどもの信心が日を追うて、形ばかりになり行くように思えるからでござり申す」

「さよう。わしも朝夕オラショを唱えておっても、ともすれば形のみになりがちじゃ」

甚兵衛は四郎へ向き直った。

「そなたは元服の席にて、例の六助の話をいたしたな。まあわれわれには、六助のごとく無心に、日常坐臥、神とともに在るというのは、いと難《かた》きことではあるが、そなたは、われわれが、ことごとく六助のようにあればよいと思わるるか。そこはどうじゃ」

「六助は見えない寺を心に建てておる者にござりましょう。そのような六助の姿に、わたくしは思うところも深うござり申すが、じゃからと言うて、六助のようにはなれませぬ」

四郎の頬に赤みがさした。

「それはまた、いかなる子細じゃ」

「肝要なるは、まことの信心にて、人の生き得る国を、この現世にもたらすことでござりましょう。そのような国をまず、人びとの心のうちにつくり建つることを願わねばなりませぬ」

「パライゾをこの世につくり建つると、そなたは言うのか」

「天国はこの世のものではありませぬ。天国に生れ替るは神の計らい。それをおのれの計らいのごとく口にすることはできませぬ。わたくしの思うておりますのは、この世の境界を越えたところに、いまひとつのこの世が在るということでござります」

二人の大人は黙って顔を見合せた。少年は一瞬霊光が宿ったような眸になった。

「されど、この世の境を越ゆるは力業《ちからわざ》でござり申す。その国の門に入らんと願えば」

そこでしばらく絶句し、やおら面をあげ、彼は言葉を継いだ。

「イエズス様の踏まれし道を踏まねばなりませぬ。いかにコンヒサン（告解）を重ねようと、われわれ衆生の罪科を一切とり除けらるるものではござりませぬ。イエズス様がクルスにかかられし故、われわれの罪科はあがなわれ申した。この世を越ゆるところに見ゆる今ひとつの世とは、燎原の火の中からあらわれてしずもる、花野のごときところかと思い申す。わたくしには、山野や町を灼きつくす炎が見えまする。その劫火をくぐらねば、真実の信心の国に到ることはできぬのではござりますまいか」

二人の大人は、今何を聞いたかといった表情で黙りこんだ。ややあって、甚兵衛が遠慮がちに問うた。

「そなた、その劫火とやらにわが身を焼くつもりか」

少年は固くまなこを閉じ、一筋の涙が頬を伝った。

甚兵衛と小左衛門は、富岡に代官所を置く寺沢藩の収奪と、一昨年以来の不作のため、どたん場に追いこまれている大矢野住民の実情を見るにつけ、またこのままでは行末おぼつかない宗門の行方を思うにつけ、一揆という言葉を胸に浮べることがしばしばであった。少年の言葉は天からきた火種のごとく、彼らの心に埋めこまれた。

宇土のわが家へ帰ると、四郎の噂を聞きつけたのか、大矢野在の浪士たちが三人連れで甚兵衛の家を訪ねて来た。

「おくればせながら、ご子息どのの元服、お祝い言上《ごんじょう》つかまつる」

口上は義理堅いものだったが、彼らの来意は四郎の人物を一見すると同時に、日頃の鬱屈を散じようとするにあったらしい。中でも柳平兵衛という男は天下の形勢を論じるのが好きなようで、気焔の

あがりついでに、大坂の陣における豊臣方の敗因にまで言及した。連れの一人が、

「おぬし、そりゃえらい古か話ぞ。今の役には立つまいが」

と茶々を入れると、この男は念を入れて座り直した。

「そうかな。四郎どのも居られることじゃし、わしゃあ、ほかの話はできんゆえ、手土産のつもりじゃ。これから先は、若者が柱になってもらわねば、世の中は立ちゆき申さぬ。われらにとって、御奉公致すべき御主はデウス様お一人であるが、それとはまた別に、この世で主君と仰ぐにたる御方を押し立てて、働いてみたい思いが消えんわい」

「気持は分るがのう」

甚兵衛はおだやかにその言葉をひきとった。

「見渡したところ、われら如きを好んで召し抱える大名は、この日の本《ひもと》にはおるまいて。考えても見られよ。さきの加藤家改易によって、豊臣ゆかりの大名は九州一円より姿を消し申した。島津とても、いまは幕府の鼻息をうかがうばかりじゃ。この世はわれら如き浪人で溢れ返っており申すわ。各地に潜みかくるるという豊臣遺臣ばらも、徳川の世にいま一度弓引く元気はあるまいのう」

「そこじゃて、甚兵衛どの」

あからんだ顔を平兵衛はひき起した。

「わしも切支丹のはしくれ。今さら徳川に尾を振る大名に仕官しようなどとは思わぬ。ただ、クルスの御旗のもと、今一度、軍馬のいななきを聞いてみたい」

顔をうかがう平兵衛に、甚兵衛は頰をゆるめた。

「それは勇ましい。柳どのはまだまだ、若い者には負けぬ気と見ゆる」

四郎はそっと席を立った。大人たちの会話が、自分に聞かせようとして交わされているのを意識しないではなかったが、であればこそ、自分の気持がこの座から離れてゆくのにたえられなかった。

浪人たちの窮乏を知らぬではない。益田の家にはかなりの田畑もあり、下人や下女たちもまめやかに働いてくれて、さし当たり暮らしに不自由はないが、この浪士たちはもっと切迫した毎日を送っているらしかった。まわりの百姓や漁師の闊達な気質に支えられて、何とか暮らしはつないでいるものの、彼らの風貌には、磯の宿かりのように屈折したものが表れていた。

今度の帰郷で、一人息子の内面の変化に、おいねはさすがに気づいているらしく、たいして手をつけてない膳を黙って引きながら、うかがうように息子の横顔を見ていることがあった。

長崎から帰る毎に、まだ育ち盛りの子であるかのように、あれもこれもと椀や皿を並べたがる。勉学のことは形だけ尋ねるけれども、それよりは、家に帰っている間に、食べさせそこねたものがありはしないかと、考えはそちらの方にばかりゆくようだった。

男の子というものは、遅かれ早かれ巣立ってゆくものだ、という覚悟はおいねにもあった。しかし、わが子四郎が巣立って翔び去るその彼方は、おいねの眼には見えなかった。彼女にできるのは、幼児の時以来、この子とともにあった恩寵の日々の最後を、束の間味わい尽すことだった。

四郎は幼い頃からよその子と違っていた。甚兵衛が時折言うことがあった。

「あれはわしらの子ではあるが、ひょっとすれば、もうひとつの世から遣わされた子かも知れんぞ」

ビルゼン・マリア様は一人子のイエズス様を、人間たちの罪科をあがなうために捧げられたと聞く。

おいねはそれを尊いこととは思うが、一方では耳を塞ぎたい思いもある。飛び抜けて利発な子だと人びとから言われると、嬉しいより空恐しい気持になった。ましてや「神の子」などと聞くと、袖で覆って隠してしまいたかった。

この子はいつか翔んで往ってしまうという思いがつき纏《まと》って離れない。近頃はとくに、ものを言いかけにくい感じがある。なにか途方もないことを考え始めているらしい。うっかりしたことを尋ねて、自分に抱えきれない答えが返って来たらどうしようと思う。せめて幼い頃から好んでいた食物をたべさせ、身なりだけでも整えてやりたかった。

思えば赤児の頃から、人に喜ばれる子であった。あちこちから手が伸びて、近所の女房や女の子たちがおんぶしたがったり、抱いてくれたりした。今でも長崎から帰るたびに、そんな老婆が、

「サザエば採って来たが、食うてくれるかなん」

と大にこにこで持って来る。そのたびに、このような人たちの手で、四郎も育ててもろうたのだと、おいねは思わずにはおれなかった。

四郎の出立の朝が来た。おいねは干しあげたアオサを、長崎のおかっつぁまにと、無理矢理に持たせた。長崎には何でもある、と四郎が言うのに、

「あるかも知れんが、ここいらのアオサは香りがちがう。きっと喜ばれる」

哀願するように、おいねは四郎の手に袋を押しつける。

彼は長崎へ渡る船の上から、あらためて岸辺の景色に眺め入った。通いなれた海の道という思いとともに、今までとはまるでちがった意味を持って、集落のたたずまいが目にせまる。

三角の浦を出て、湯島と大矢野島の間を通り、天草上島の上津浦、大島子と寄ってゆく。荷物次第、人間次第で、船を着けるところが変る。引き潮に乗って船足は早く、海風が冷たく感じられた。まだ一月も半ばを過ぎたばかりだ。

右岸には松倉領の島原半島が横たわり、雲仙嶽がそびえている。裾野の台地がせり出して、有家、南有馬とおぼしき人家が見える。

「今日は、原《はる》の城の城址が、近う見えやすのう」

乗り合せた年寄りが船頭に話しかけた。

「はい、ほんに、今日は近う見ゆる」

雲の切れ間から陽が射すと、櫓の音ものんびり聞える。

「湯島から見ればなあ、花の頃には、いつもは気づかん桜が、お城の址に見ゆるがなあ」

「ほう、桜がなあ。桜はほんに時期になれば、遠うからでもようわかる」

「城は無《の》うなっても、花は残って咲くわいなあ」

話が途切れても櫓の音は変らない。潮の干いた磯辺に、女たちや子どもらが散らばっていた。近々と顔が見え、何をはしゃいでいるのか、笑い声が間近く聞えた。早崎の瀬戸の引き潮はことに流れが早いというが、口之津を目ざす船は、岩場を避けながら岸近くを行く。四郎はあらためて磯辺の人家に見入った。

潮のしぶきに打たれて、しおたれて見える茅葺きの屋根。どの屋根もさきの大風の爪あとをとどめている。長崎の街の家並みとくらべ、なんというちがいであろうか。屋根のもとでは、どんな暮らしがいとなまれているのだろうか。

うっすらと緑に色づいた岩にとりついてかがみこんでいるのは、牡蠣を剥いだり岩海苔のアオサを剥いだりしているのである。家々のたたずまいがもの哀しいだけに、色づき始めた岩場に散らばる人たちの、どこかしらのどやかな姿に、四郎はほっとするものを感じた。風は冷たいが、海の底にはもう春が兆しているのである。

櫓《ろ》の音に気づいたのか、一人の女房が顔をあげた。母より少し若いだろうか。はねた牡蠣の汁を拭うのか、道具を持った手の甲で鬢のほつれをかきあげながら、眩しそうな、そして心にしむような微笑をおくって来た。こういう人なつかしげな笑顔には長崎ではめったに会えない。女は声をあげた。

「風の冷とうござりやすなあ」

磯の岩場と船べりの高さはおなじくらいである。手も足も寒風にさらされてまっ赤になっている。思わず微笑を返した。

船でゆくと渚の者たちとよく目が合う。どちらからともなく会釈を交わすのは、村の小径で出会う時とおなじだが、こちらが船に乗っていると、見送られる形になるので、なんともいえぬ哀感が残った。

女房の声と微笑が、そして腕の動きが残像になって瞼に残った。さきほど別れて来た母の姿にそれは重なった。あのように背を丸めて、母もまた今頃、船着き場あたりの岩蔭に、姉と二人でかがみこんでいるのだろうか。遠い旅でもないのに、今朝はまるで一生の別れででもあるかのような淋しげな様子をしていた。言葉に出さないだけに、妙に心にかかっている。

磯に続く畠地や民家の先には、柳の枝が芽吹き、桃の蕾がふくらんでいる。子どもらが立ったりかがんだりしている足許には、岩を覆う海藻類がふさふさ盛り上って見えた。潮の干いた磯の根元に藪椿がさしかかり、花が揺れているのを見れば、目白がゆき来し始めたのがわかる。何もかも、じりじりと焙られてゆくようだった去年の日でりが嘘のように思えた。

早く種をおろした畠では、麦の芽がのびていた。あの女房は、やがて来る春に向って微笑んだのかもしれないと彼は思う。波の上にすべりこんでゆくような子どもらのはしゃぎ声も、全身で春を迎えようとしている姿ではないか。女房の赤くなった手足さえも、早春のよろこびを海風に吹かせているように見えた。

舷《ふなべり》の脇に一輪の椿が波にゆられて来て、その赤い色が四郎の目を射た。母の顔が波の上に映じ、椿の花の間に浮き沈みした。彼の胸底を鋭い痛覚が走った。それは初めて兆した母親との別離の予感かもしれなかった。

われを生み給いしおん母！

このあと彼は生家へ帰ることもあったのだが、母との和やかな一刻でさえも、この時に兆した胸底の疼きが甦り、雀斑《そばかす》の浮き出たその頰を見やらずにはおれなかった。

昨年の秋、弥三の案内で口之津の蓮田仁助や蜷川の家に連れてゆかれて以来、考えねばならぬことが、まるで光の矢のように幾筋も飛んで来て、胸に突き刺さる感じがあった。自分は宙吊りの的のようなものだ、と彼は思う。闇の中から見えない手が弓を引き絞り、試しに射られる的ではないか。

自分はまだ、風雪に晒されながら岩を抱いて立つ、あの崖の上の木のようではない。土や岩を抱いて根を張らぬかぎり、心の黒い塊をかかえて、糸の切れた凧のごとくに揺れるしかない。しかし、この頃わしは、いくらか揺れることが少なくなった。何かの標《しるし》となったこの胸をめがけて、試みの矢が次々と飛び来たり、虚空の芯に、びしびしと縫いつけられているのだ。

櫓の音のきしむ船に座りこんだ少年はそのような想念にとらわれていた。

思えば、長崎のおかっつぁまの前身を聞いた頃から、この感じは始まっていた。この女性《にょしょう》は父の従兄弟の知る辺で、はじめは従兄弟の家にゆくつもりであったが、そういう子ならこちらに預かりたいということになり、思わぬ縁になった。おなじ切支丹であれば何かと都合もよかろうという、甚兵衛の考えもあったのだろう。

長崎に人多しといえども、女性の身で、唐人たちが一目も二目も置いている商い人はほかにいないと、唐人たち自身が四郎に言う。その道にかけては裏も表も知りつくし、目をつぶるところはつぶっておいて、自分も利を得るかわりに、相手にも確実に儲けさせてくれる。賭博も名人であるという。しかし、あざとい欲を出す者には微笑して、優しい声で言い渡すそうだ。

「あなたさまとは、ご縁がありませぬ」

「おかっつぁまのあの笑顔は、おとろしか。にっこりにっこりと、縁の切れる」

四郎に手品を教えてくれた楊《やん》はそう言って、肩をすくめて見せる。

「お前さま、この手品、銭とったらいけない。おかっつぁまからわたし、縁切られる。手品、大事なとき使う、よいな」

大事な時にしか使うな、と言っていたその手品を、楊はひいきの遊女のところにゆくとき、伴った四郎に試みさせた。唐人の装束を着せられた四郎は、そういう所ではひと言も口を利かなかった。かむろ髪にした女童《めわらわ》が不思議がって袖にさわったりすると、この唐人は目を剥いて一喝した。

「さわるでない。このひと、天竺の阿茶《あちゃ》さまぞ」

言葉の異なる唐人やものの言えない人のことを、長崎では阿茶さまと言った。紅をさしてもらった口をぽかんと開けて、女童たちは目ばたきもせずに、四郎の指の間にひらひらする青い絹の手巾に見入っていた。

あの楊に逢わなかったならば、唐人船に乗せられた少年の、鎖のついた片足を見ることはなかった、と四郎は思う。口之津の仁助の家のみなしごすず、あれのまっすぐな眸は、白い一輪の花となってゆっくり飛んで来る。すずが自分に手折ってくれた白い彼岸花は、自分の死骸が埋められた土の上に咲くのにふさわしい。

唐人に習うた手品で、卵や鳩を女童たちの前に取り出してみせた。しかし自分が人びとの眼前に、これを見よと取り出してみせたいのは、鎖のついたあの汚れた片足なのだ。あれを見たばかりに、わが罪科はいっそう重くなったのではないか。胸にはもうそれを容れるところがない。さあ、闇の中の手よ、わが胸を射よ、と彼は思う。

射込まれた矢を握りしめ、彼はそれを引き抜こうとしていた。この矢先を金剛力で発光させ、逆さに取って投げ返さねばならない。その先に悪魔がいるか、神がおわすか。いやいや、そこはすずや六助、祖母や母のいる地上であってほしいと彼は無意識に願っていた。

潮の飛沫が頬に来て、思いつめていた想念から醒めかけた。頭をあげてみると、大矢野の山々も湯島もはるかに遠ざかっている。早春の柔草《にこぐさ》に覆われた島の台地を眺めながら、彼は現実に戻って考えた。人はいつの頃からここで暮らし始め、いつの頃まで暮らし続けてゆくのだろうか。まだ見ぬ未来の者たちは、この島をどういう気持で眺めるのだろうか。彼らはわれわれとおなじように、この島の声を聴いてくれるであろうか。

波に揺れる船の上で、元服を終えたばかりの若者は、高い空を仰ぎながらそういうことを考えていた。

四郎が博多町の店に姿を現わした時、おかっつぁまはお茶席の客たちを送り出して、中庭の藤棚まで出て来たところだった。何があっても大きな声を出したことがない人だが、この時も、片手に提げた小さな水桶をそっと藤の根元に置いて、若者の爪先から頭まで眺め上げた。

「ただ今戻りました」

「ようまあ、戻られました」

うなずきながら、四郎の顔を見直した。心なしか、目が窪み面やつれして見える。下の瞼にうっすらと青い隈が沈み、横にすっと切ったような浅皺が一本ついていた。みずみずしい膚目に針の先でひいたような細い皺があるのを見て、おかっつぁまは胸をつかれた。例によって、夜も睡らぬほど考えごとをしているにちがいない。

「海の上は冷とうありましたろう。さあ早う、上りませ」

世辞のないもの静かな女主人に迎えられ、懐しさがこみあげた。気持の安らぐ家である。

「きっとまた来てくれると、心待ちしておりましたわえ」

母や祖母は別にして、女性を永遠のものとするならば、こういう夫人をいうのかもしれぬと、四郎はひそかに思った。元服の祝いをまず言われた。

「ばばさまがさぞ、ご安堵なされましたろ」

いつもながら声音がやさしい。

「母御もまめでおらいますかえ」

そう尋ねるのに、アオサを差し出すと、

「おお、よか香りよ、やっぱりあちらのは違う。潮風の冷たかったろうに」

鼻に当てながら、おし戴いた。

「ところで、去年の秋の帰り道は、嵐で、えらいことでござり申したなあ。口之津で船待ちできたそうで、何よりでござりやした」

「はい。蜷川さまからの伝言もござり申して、それをばまず、申し上げねばと思うて参りました」

おかっつぁまは遠慮気味に尋ねた。

「あの折差しあげた書物の数々、お役に立ったものじゃろうか」

「はい、非常によろこばれておりまする。口之津は切支丹発祥の地でありまするゆえ、あの書物どもの手に入ったるは、口之津の誉れじゃと」

「何とまあ、そのように言うてもらえるとは」

「蜷川さま御一統ばかりでなく、伴天連の訪ないも絶えてなく、逼塞久しき信徒衆の、今後の御灯《みあか》りになろうと、皆さま、お喜びにござりました。右近どのはさっそく、それぞれのコンフラリヤから若者を集め、読み聞かすつもりじゃと申しておられます」

「まあ、そのように大切にしてもろうて、差しあげた甲斐のあった……」

語尾が震えた。書物を預けたあと十字架にかかられたあの神父さまが、さぞかしお悦びであられましょうぞと、おかっつぁまは言おうとしたが、涙が溢れそうになって声にならなかった。

「右近どのとは、近しゅうなられましたかえ」

「はい、お蔭さまにて、よき兄弟子に恵まれました。これからは、いろいろと教えてもらえると思えば、世の中の、深まり申した気が致します」

「そりゃあよかった。わたしは右近どのをひと目見て、お前さまの兄者になろうお方と思うたわいな。あのお人に預けておけば、そのうちあの書物も多くの手に写されて、天草の切支丹衆の御灯りにもなろうなあ」

沖の漁り火のように明滅する光を湛えて、おかっつぁまの眸が四郎を見つめている。

「天草はな、わたしの生れ里でござりやす」

もの哀しげな微笑が頬に浮かんだ。自分の故郷のことを言い出したのは初めてである。

「それは……。天草はどちらで」

「都呂呂という所でござり申す」

四郎ははっと胸つかれた。都呂呂へ行ったことはないが、その沖を通ったことはある。貧しげではあっても肩寄せあって暮らす村落を抱いて、やさしく湾曲しながら続く海岸線の中で、そこらあたりは突如として荒寥たる荒磯であった。そそり立つ崖の下に、人も舟も寄せつけぬように見える荒磯に、白波が打ち砕けて、どこに人家が隠れているのか、見るからにものさびしげな僻村に思われた。

このような村に生れ落ちたならば、外に出てゆこうにも容易に出られず、一度出てしまったならば、戻ることなどなかなか難しかろうと思えたほど、非情な風景が瞼に灼きついている。

「あのようなさびしい村にも切支丹はおりまして、わたしのふた親もそうでござり申した」

そんな親がいて、どうして長崎の遊女となったのか。四郎はしばし茫然としていたが、白髪のちらほらする鬢のほつれをかきあげて、目瞬きしている女性に、訳など訊かれたものではない。

「あのあたり、どこも貧しい村々にござりまする。切支丹の宗門は、そういう村々の心の頼りでござりまして」

この人は何かを、若輩の自分に伝えようとしているのだと四郎は気づいた。

「身を投げようと思えば、下は荒磯、崖の上から海の遠くを見て、親たちがいうパライゾはいずこぞと、女童の頃、指を組んで祈ったものでござります」

おかっつぁまはしばらく口をつぐみ、やがてひとり言を洩らすように言った。

「パライゾへゆく舟は参りませず、花の長崎とやらに来てしまい申した。十一のときでござります」

四郎はごくりと唾をのんだ。

「あのような村に暮らす者たちの祈りは、切ないものでござりまする。天の彼方におわすキリシト様と御母マリア様を一生心の頼りにして、こがれ死にいたしやす」

そう言うとおかっつぁまはうなじを垂れて、深いもの思いに沈んでいるようだった。その言葉は四郎の胸を刺した。切支丹の書物はこのひとの心の頼りだったのである。崖っぷちの村で幸い薄く生きながら、海の彼方の異国の寺をまぼろしに視て、こがれ死にする一生があるのだ。そういう心でこのひとは、あの書物を守って来たのか。それを右近に譲ったのは、よほどの念願あってのことにちがいない。

まじまじとする思いで、その衿足に目をやっていると、つと顔をあげて訊ねて来た。

「元服もすんで、また心を新しゅうして勉学が続けられますな」

「はい……。こたび口之津、宇土、大矢野と、日でりと風水害になやむ各地の実情をこの目で確かめ、人の生きるということの意味を、手前、初めて考えさせられた気が致します。

右近どのに戴いた書物のうち、二冊ほど拝借して読み申したが、これまでとは違い、学びのありようが省みられたことでござります。まことの信仰とは、人びとの生ま身の場にあるものでござりましょう。手前も、人びとの暮らしの中へはいって行かねばなりませぬ。長崎にも、たいそう心は残りますが、こたびはお別れに参りました。宗門の本拠であったこの長崎をいま一度よく目に入れて、そのあと右近どのの手伝いに、口之津へ参るつもりにござり申す」

おかっつぁまは言いがたい寂寥に襲われた。ずっと手許に置けるとは、もとより思っていなかったけれども、今日この子からいきなり別れの言葉を聞こうとは。再び自分の許へ戻って来ることがあるだろうか。

十二の歳に連れられて来たが、ひと目見た時から気にかかる子であった。この子に逢うたのはいかなる縁《えにし》というべきか。自分一代のみならず、ふた親の悲しみ、またその親の祖《おや》の悲しみを背負うて、わたしは生きて来た。いずこにゆくとも知れぬ道を、遠い生れ里の波の音を道連れに歩いて来た。思えば晩年、わたしの先導者はこの子であった。この世を超ゆる縁でつながれようとは、思ったこともない浄福というべきである。

「なるほど、そのように定められたか。それなればなおのこと、こたびはゆるりと逗留なさりませ。わたくしも語り合うておきたいことが、たくさんござり申す」

なるだけ気楽に長崎の日々を過ごすようにと、おかっつぁまから離れをあてがわれた四郎は、外出せぬときは、ひとり回想に浸ることがあった。

商家の見習い奉公のかたわら学問を修めるという最初の約束は、とうからもう、おかっつぁまの方でうやむやにしてしまっていた。商いには向かないことをとっくに見抜いて、唐人たちとの交渉事の際の給仕に仕立てたが、無口だから絵になった。書画骨董の鑑定の時は特に側に置いた。この少年はじつにすぐれた目利きであった。

唐人船へ連れてゆかれ、楊に手品を仕込まれたのも、おかっつぁまの趣味からだった。

「これの手品、商いと全然ちがう、上品《じょうぼん》のこと」

と楊がいうと、おかっつぁまは目を細めた。

「さようでござりやすか。ならば、商いではない上品の極意をば、この子に授けて下さり申せ」

四郎が書物に親しみすぎるのを家人が気にすると、彼女は笑って言った。

「あの子はなあ、わたしの後生のたのしみぞ。商いのたのしみとはまるで別じゃ。天上の樹を育てるようなものじゃわいな。冥加《みょうが》なこととお前たちも思え」

あるとき、おかっつぁまは悪戯《いたずら》をたのしむようなとぼけたまなざしを見せて、弥三にこう言ったものだ。

「和漢の学問は、お師匠さまが舌を巻いておられ申すが、算用《さんにょう》の方がなぁ」

算盤はやらせれば出来ないことはない。どうもしかし、上の空というか、身が入らない様子である。

算盤をはじいていた手をおいて、

「数というものには、どのような意味があるのでござりましょう」

などと言い出したのは、来たばかりの年であった。

「数というものは、引いてみても、見えない数が続き申す。その先には常に、無というものを隠しております。無限というものを母として万象は成り立つと思いまするると、仮の世を生きる生命というものが哀れでござり申す……」

そういうと、算盤玉の上に涙を落したというのだ。

かというと、二十年ばかり前に、この町で行われた切支丹信徒の大行列の話には異常なほどの反応を示し、その有様をくわしく聞きたがった。

「どうも、商人に向くとは思えませぬ。でも長崎という町には、風雅人もおることでござります。算用の役には立たずとも、南蛮の風もここには残っておることじゃし、夢から来た子を一人、遊ばせてみようかと存じ申してなぁ」

おかっつぁまの彼方を眺めるようなまなざしを見て、弥三はこの女性の、四郎にかける並々ならぬ思いを感じとった。

ある日おかっつぁまは、弥三と四郎に古びた分厚い巻き紙を持ち出して見せた。

「わたしの組の組親さまが、さきごろ亡くなられる前に、ぜひにと言うて預けられた書状にござりやす。読んで見られやすかえ」

広げて見ると、渡辺小左衛門が見せてくれた書状とどこかしら似ていた。読み進むと、これはドミニコ会の伴天連が、長崎のロザリヨ・ゼススの組から元和八年に提出させた文書で、へるせぎさん（迫害）以来、たるみがちであった信徒たちに、日本に潜入して来たドミニコ会の「御出家衆」が「お見捨てなくご合力」された「浅からざる御芳恩」を感謝したもので、「日本に貴き御門派おおくござ候えども」、入牢した伴天連衆がドミニコ会に最も多いことをもってしても、「余に越え不断の御働きの証拠」とすべく、「ひとしおの御手柄と驚き入るばかりに候」と、ドミニコ会士の活躍をあらんかぎりの褒め言葉で賞賛するもので、そのあとに、居住する町名と署名がずらりと並んでいた。

おかっつぁまはその署名を指で押さえながら、

「ここにございます石本老斎さま、田中パウロさまはこの年の暮れ、それぞれ斬首、火あぶりになられました。いずれも生前、御昵懇《ごじっこん》にしていただいており申した。おふた方のご昇天のさま、忘れたこととてありませぬ……。この書状はなあ、見ての通りドミニコ会の出家衆のお働きを、日本の信者がロウマの法王さまに証言した、その控えにござりやす。まあ、いずれのご門派もデウス様にご奉公を心がけておられましたゆえ、こうした連判状も認《したた》め申したわけで。思えば伴天連衆もわれら門徒どもも、命がけの信心であり申した」

元和八年といえば、小左衛門から見せられた文書の日付の五年あとである。四郎は文書に溢れる信者の熱誠に、さらにはまた、処刑されてすでにこの世にはない人の筆の跡にも心を動かされはしたが、日本の信者たちが一方ではイエズス会士から、また一方ではそれと対立するドミニコ会士から、それぞれの功績を証言させられていることに、わりきれぬ思いがした。

長崎の日見《ひみ》や有馬のあたりで、イエズス会の伴天連衆と、ドミニコ会やフランチェスコ会の宣教師との間で門派の対立が生じ、信徒たちがおおいに苦慮したという話は、これまでにも聞いたことがある。殉教をめざして、きびしい迫害のもとで伝道を続けた伴天連衆に、むろん敬意を抱かぬではない。しかし、彼らの熱誠と功績を、それぞれの門派に従って、ロウマに証言せねばならぬ日本の切支丹信徒とは、いったい何なのであろう。命を捧げて信徒を教化していると信じて疑わぬ伴天連衆と、彼らをかくまい鑽仰する信徒と、その霊位はいずれが高いのであろうか。

青い麦畑の中に黒穂がまじっているように、分裂や腐蝕の種子はつねに教団の内部にさえも蒔かれている。キリシト様のご一生にも、そのようなことはつきまとっていたのではなかったか。

以前から足をのばしてみたく思っていた稲佐山に四郎は登ってみた。市街からさして遠くはなく、そこからは湊が見下せる。峻険というほどではない。ゆっくり足を運び、街並みや海を振り返りながら登った。登り口あたりに、慎ましげな板葺屋根の民家が点々とあり、木瓜《ぼけ》の赤い蕾がひらきかけていた。

鶴の首のような湊だといわれるが、山の半ばくらいまで登ったら、それがよく見えた。先の方は野母崎というが山にかくれて見えない。唐人船などを浮かべた細長い海路は、まるで山水画に描かれた大河のように思えた。低く連なる山々が静謐で美しい。

この細長い水路をゆったりと通り抜けて、山々に囲まれた湾内に入ったとき、船上の南蛮人たちは何を想ったことだろう。万里の波濤と言葉ではいうが、それがどんなものか想像もつかない。外海《そとうみ》に出れば、ひとつひとつの波は山のように大きく、それが重なり合ってうねっているさまは、怖ろしいものだと漁師たちは言う。

そのような波濤を越えてこの湊に入った時、異国の伴天連たちは、神の約束の地に導き入れられたと思わなかっただろうか。前途に何が横たわっているか予測できるはずもなく、ゆるやかな大河の中に身をゆだねるごとき、恩寵のひとときがなかっただろうか。

早春の陽がぼうぼうと暈《かさ》をかぶって湊の上にさしていた。海の表はかすかにさざめき、東支那海にむけてのびる両岸を柔らかく浮き立たせ、その先は光に霞んで見えない。

昨年の十月、四郎が宇土に帰っていた頃、この湊を出て行った幾艘かの船があった。大矢野の鯨取りの組がちょうど湊に立ち寄り、稲佐山の登り口からその光景を眺めていた。噂は飛ぶような早さで、宇土にももたらされた。南蛮人と長崎の女たちの間に出来た子どもたちが、親子ともどもマカオへ追放されたのである。この美しい湾を通って、見知らぬ国へ流された者たちがいたのか。

その時、岸辺には見送りの人びとが雲集していて、船が離れるきわに、銅鑼が叩き割られるような、悲鳴ともわめき声ともつかぬ異様な声が、空中に湧きあがったという。

「あんまりむごうござしてのう、生きとる者の間をば引き裂いて、先の望みをも絶ち切ってしもうて。わしゃ近くではとても見得ずに、稲佐山から見送り申した。下りて見たら、まだ海べりに足ずりして、立ったりかがんだり、大勢の人が泣きおらいました」

鯨取りの組の一人が四郎の家に来てそう話した。

おかっつぁまの知る辺も追放者たちの中にいたはずである。四郎の知り合いのうちにも混血児が何人かいた。彼らがどうなったか尋ねてみたかったが、口に出すのがためらわれた。

近い民家の庭には洗濯物がひるがえり、小さな茅屋《ぼうおく》も、天草の海岸線で見かけるものよりは小ざっぱりして見えた。

あらためて市街の方へ目をやった。信徒たちは、かつて長崎は切支丹の総本山と言い、まだ見ぬロウマに見立てていたものだと、蜷川の父御から聞いたことがある。おかっつぁまも言っていた。

「以前は岬の教会の鐘が、町の中に響いていたものでござりやしたが、無うなってみて、しみじみ、値打ちがわかり申す」

立山の裾に建てられていた「山のサンタマリア」のお寺も、「岬の教会」と名づけられていた建物も、「被昇天の聖母」のお寺も、二十数年前にとりこぼたれて今はない。

「諸国から長崎の南蛮寺を拝みに来られた信徒衆が、稲佐山に登られて、ロウマのパッパ（法王）のおわす所は、こういうところじゃろうかと、申しておられやしたがなあ」

その頃は、この稲佐山からいくつもの教会堂を、すぐそれと認めることができただろうに、いまはその跡もさだかではない。

落葉を踏んで人の登ってくる足音がして、四郎のうしろで立ち止まる気配がした。振り向くと、一人の少女が手籠《てご》を抱えて、逃げ腰になりながら四郎を見つめた。双方からおどろきの声が洩れた。

「さや、そなた、長崎におったのか」

相手はもっとびっくりしたらしい。

「お師匠さま、ああ、はい」

そう言ったきり、片手を羊歯の生えた岩にのばしたまま泳がせている。瞳の色が、海の底にいるもののように緑がかって瞬いていた。とび抜けて色が白い。黒々とした髪を無造作に束ね、男物に見まがうような、たっつけ袴をはいているのは、石蕗《つわぶき》だか芹だかを採るつもりだろうか。摘んだものを手籠に入れていた。異界の人のような色の瞳が見上げてきて、お辞儀をした。

「お戻りなさりませ」

とっさに返事が出来なかった。たった今まで、眼下の波の上に思いを寄せていたのだ。南蛮人の子女を乗せて去った船の中に、この少女もいたと思いこんでいたものだから、幻でも見ている気がした。

四郎の顔つきから、驚愕の意味をさとったらしく、少女は微笑した。

「去年、マカオに送られた衆は、ポルトガルゆかりのお方々にござりまする」

何か答えねばと思ううちに、また先を言われた。

「わたしの父《とと》さまはオランダ人ゆえ、難を免れ申した」

そういうと、少女は何ともいえず頼りなげな目つきでちらりと見あげ、肩を落した。しばらく逢わぬうちに、大人びた物言いをするようになったものである。

おかっつぁまの家に来てから、去年の秋帰郷するまで、近所の子ども衆に手習いを教えていたのだが、さやはその中の一人だった。

父親のオランダ人はしばしば呂宋《るそん》や安南・カンボジヤあたりに、朱印船や唐船に傭われて出かけるので、母親は仕立物をして留守の世帯を立てている。心ばえのよい女ごゆえ、娘もよう躾《しつ》かっておる

と、おかっつぁまが褒めていた。

異国の風を尊ぶ長崎では、あいの子を大切に扱うせいか、目の色のちがうさやという子も、たいそうのびのび育っているようだった。歳は四郎よりひとつ下で、通って来る子どもの中では一番の歳かさである。

小さな子にまじって、殊勝に墨をすり筆を持つだけでなく、子どもたちを指図してよく厠《かわや》の掃除をした。おかっつぁまはそういうさやの姿を、ちゃんと見ていた。

「わしは……さやはもう、往ってしもうたとばかり思うとったが、よかった」

「お戻りを、お待ち申しておりました」

いつも小さな子どもたちの中にいて、みんなの姉のように振る舞っている姿しか見ていないので、椿の木立ちの中からふいに現れたさやと向き合って、四郎は、まるで予期していなかった切なさとも甘美さともつかぬ気分に襲われていた。

父親がポルトガル人であったか、オランダ人であったか、今まで尋ねてみたこともなかった。長崎の街でよく見かけるあいの子の一人というだけで、不思議な雰囲気を持った容貌を愛らしいとは思っていたが、こんなふうに向い合って、胸に痛みが走るなどというのは初めてであった。

「さや」

「はい、お師匠さま」

「お前はな、わしよりひとつ歳下なだけではないか。お師匠さまというてくれるな」

「でもお師匠さま」

「あのな、わしはもう」

長崎から去るつもりでこの山に登ったのだと言おうとしたが、さやの瞳を見ているうちに、それが言えなくなった。これは何の感情であろうか。かつてなかったような疼きが胸を貫いて、彼は海の方に向き直ると、茫然としているさやの脇に跪いた。そして、暈《かさ》をいただいてうっすらと照る陽に向いて、オラショを唱え始めた。

「深きご哀憐、深きご柔軟、すぐれて甘くおわしますビルゼン・マリア、世になく清浄にてましま す尊きビルゼン・マリアの御子、あらゆる人間の中にて、容顔美麗なること第一にてましまし、御柔和、おんへりくだり、人愛においては万事に甘露を含ませ給うおん主の御言葉として、わが貧なりしこと、苦《にが》き苦しみを思い出せ。アメン……」

何かは分らないまま、悲痛な響きをおびた低い声に誘《いざな》われて、さやもそこに跪いた。

年若いお師匠さまが母親とおなじ宗旨であることを、ごく当り前のように思ってはいたけれど、オラショを唱える姿を見たのは初めてだった。

オランダ人の父さまが家に居る間は、母親はなぜかお祈りをしない。留守になると朝晩マリア様にアメンを唱え、さやにもそれを習わせた。人前ではけっして唱えぬよう、人にそれを見られたり聞かれたりしたら、お母《か》しゃまもお前も磔にかけられるのだと、娘の目に見入りながら、息をひそめて言い聞かせた。

ひそかに慕わしく思っている師匠さまが目の前で、陽いさまを振り仰いで跪いた時、何事が始まるかと目をみはったが、その口から思いもかけず、母親の唱える祈りとよく似た言葉が洩れ出た。さやはとっさにあたりを見廻した。誰かに姿を見られ、言葉を聞きつけられたならば磔にかけられる。

さやはさっと四郎のうしろに廻ると、そこらを窺い、誰もいないのをたしかめると、自分も急いで跪いて祈った。

お師匠さまのオラショは難しくてあとをつけられなかったので、母親とやっている簡単な文言をごく低く唱えた。外で祈ったのは初めてで、さやはたいそう緊張した。いったい何をこの方は祈られたのだろうか。よっぽど一所懸命のオラショに聞えた。

うしろに控えているさやが立ち上り、膝に着いた苔やら泥やら払うのを待って四郎が尋ねて来た。

「何を祈りまいらしたぞ」

その目にしきりに指をやっているのは、陽いさまが眩しかったにちがいない。

「あの、お師匠さまのオラショが、人にとがめられんよう、祈りまいらした」

四郎は驚いたという顔をして、笑い声を出した。

「ありがとうよ。これからは気をつける。お前もな」

「はい。あの、尋ねてもようござりやすか」

「何なりと」

「お師匠さまは、何のオラショをば、まいらせやしたか」

「わしは、まことに力の足りぬ人間ゆえ、おん主とマリア様にお願いごとをして、ご助力を乞うておった」

師匠さまが自分のことを力の足りぬ人間じゃと言われれば、わたしはとても困るとさやは思う。お

母しゃまやわたしがマリア様に、われらは科人《とがびと》でござりやす、と申し上げるのは当り前だが、みんなが慕うておるこの方が、そういうことを言われると、この世には、善き人は誰もいなくなるのではないか。

しかしさやは、ただならぬ悲哀を帯びたさきほどの祈りに、ひきこまれてしまって、ひどくもの哀しかった。師匠さまはご自分一人だけではなく、ほかの者たちの悲しみや罪科《つみとが》を、幾層倍にもして引き受けておられるのやも知れぬ。

「そこにかけられよ」

大きな樟《くすのき》の幹に手をかけて立ったまま、四郎は椿の下にある低い岩を指した。しばらく互いに黙ったままだった。灌木の茂みをゆき来する小鳥の声がし、淡い木漏れ陽が二人の間で揺れた。

「こういう所で逢おうとはなあ」

さやはこっくりをして、膝の上にのせた籠の柄をいじっている。

「またこういう日が、あるとはかぎらん」

今日のお師匠さまは、声が沈んでおられる。とても辛いことを隠しておられるとさやは思う。どう返事をしてよいかわからない。曖昧にかぶりを振ると髪の毛がほつれて下った。その髪のかすかな動きに促されでもしたかのように、頭上の椿が一輪、さやの目の前に落ちた。はっとした白い表情になってさやは言った。

「わたしは……、マリア様に申しまいらせやす」

眸が合った。いやいやをしながらまた言った。

「逢わせて下されますように、お願いまいらせやす」

四郎はしばらく言葉を探しているようだった。

「誰に逢いたいのか」と聞こうとしたが口にしなかった。

「この世のことは、一寸先も計り知れぬ」

さやは世にも哀しそうな顔になって、やがて緑色の瞳が海底の岩蔭からのぞいてくるように見つめて来た。

「お師匠さま、アニマ（魂）の世ならば、お目にかかれまするか」

さやよ、愛《いとお》し、という想いが胸につきあげた。まことに哀れである。ポルトガル人との混血児を情け容赦もなく追放した幕府が、オランダ人の血筋をいつまで残しておくだろうか。宇土に連れて帰ってと、束の間想像した。隠しておいて、小春日和の菜の花畑、あの六助の天の門のもとに、白いベールをかぶせて……。

瞑目していた眸を四郎ははっとみひらいた。心のくもりを瞼《まぶた》からなぎ払って、彼方の世界を透かし見る目つきになった。指をあげ、大河のように光る海の道をさしてみせた。

「さや、アニマの世でなれば、マリア様がお取り次ぎをして下される」

「そんなら、アニマの舟に、さやは乗せてもらえるように、祈りまいらせやす」

跪いた少女の祈ろうとする指の先に、草の灰汁《あく》が染みついていた。古木の椿が大きく枝を広げて開花し、さやの跪いている下蔭は、花蜜の霧が黄金《こがね》色に漂い、淡いくちなし色の小袖の肩がけだるそうに見える。

「アニマの国では、お前はきっと、マリア様のみ弟子の一人になるやもしれん」

目をつむったまま四郎は言った。

「マリア様のみ弟子は、幾人もおらいますのか」

「幾人か、おらいます」

「なぜわたしがマリア様のみ弟子に」

「受難のゆえに」

「受難」

おうむ返しに口にして、さやはひどく困惑した表情になった。

「わたしは知恵がなかゆえ、難しいことがわかりませぬ」

「知恵……そんなものはなか方がよか、わからん方がよか」

「あの」

言いかけてさやは口ごもった。

「いうてみられよ」

そういう口調はいつものお師匠さまだった。

「お母しゃまは、オラショの時、自分は科人じゃといわれ申す。わたしにも、罪の子でござりますと言えと申されやす。何の罪でござりましょ」

「お前のことは、マリア様がきっと見ておらい申す。お前のお母しゃまのことは、あのおかっつぁまが、とても善か人間じゃと褒めておられるではないか。ほんとうの罪科のことは、デウス様が判断されるゆえ、われわれは、誰の前でも、いつもへりくだっておればよかと、わたしは思う」

今日のお師匠さまは何時《いつ》もとちがう、とさやは思った。何時もにくらべ、たいそう悲しげな様子をしておられる。手習いの時も目をつぶって考え事をしておられるが、今も目を開けられない。

「お前のような女ごが、こういう山へ、一人で登ってくるものではない。わたしがここから見てお るゆえ、今日は早うくだろうぞ」

半泣きのような顔になってさやは籠をのぞいた。籠の中をまだ満たしたいのかもしれなかった。

「山の中は危なか。わたしがうしろから、芹も摘んで加勢するゆえ、安心してくだろうぞ」

振り返りながらさやは思った。芹まで摘んで下さるとは、まるで兄しゃまのようじゃ。アニマの舟に兄しゃまと乗ってゆく、と思うと元気が出た。

今生の世ではかなわぬことを神に願う者がここにもいる。あいの子ゆえにさやは、並の子よりその思いが深いのだと、四郎は思う。十五といえば、早い者なら嫁にもゆこうという歳である。いたずらに心の荷となるようなことを言いかけてはならぬと思うものの、一人でいる姿を見かけて、常ならず立ち騒ぐ胸を四郎はなだめていた。

長崎の人びとは混血の子たちを見慣れていて、とくにわけへだてすることはない。しかしさやは、オランダ人を父とする自分の運命《さだめ》を担って生きねばならぬ。マリア様は御子キリシトをカルワリオの丘にて、十字架に差し出されたゆえに、あのような慈悲の化身となられたというけれども、その慈悲は悲しみの極みからこそ湧き出《い》づるのである。楽園を追われた流人の子たるわれらはみな、マリア様のふるえておられる嘆きの腕《かいな》によって抱き取られるのだ。混血の子としてのさやの悲しみは、いつの日かマリア様のような尽きせぬ愛の泉となろう。四郎はそのことをさやに言いたかった。

海の光を見やりながら四郎は立ち上った。

この湊を出れば、海の道は呂宋《るそん》、カンボジヤ、バタビヤ、ゴヤへ通じるという。キリシト様がお果てなされたカルワリオの丘も、法王さまのいますロウマもその潮路の先にあろう。しかし、さやのいうアニマの国へ行く舟は、いずれの国へ行く舟よりも鮮やかに思い浮べることができる。

アニマの舟とは、祈りの度に、罪科のゆるしを乞わずにはおれぬ母親が教えた言葉だろう。それとも、とっさにさやの口をついて出た言葉だろうか。アニマの舟があるとは、わたしは知らなかった。世俗の知恵には思いもつかぬ舟である。そのような懐しい舟に、さやとともに乗れるものなら、今生の悩ましさも少しは清々《すがすが》となるやも知れぬ。

木の間隠れに振り返り振り返りして下ってゆくさやのあとを四郎は追った。さやは湊口までくだって、思い惑うように首を垂れていたが、すっと向き直った。愛くるしい笑顔であった。

「ごきげんよう、お師匠さま」

よく透る声でそう呼ぶと、丁寧に頭を下げて歩み去った。

さやに逢うために稲佐山に登ったのかもしれぬ、という気がした。長崎を去るのにこの上ない餞《はなむけ》をもらった。日頃、ともすれば教理について難しく考え詰め、息苦しくなるのだが、さやのひと言でその難所に芳《かんば》しい風が通った気がした。

それにひき替え、わたしはあの子にどんな心の糧を贈ることができたろうか。後ろ姿が見えなくなると、彼はその疑念を振り払うように歩き始めた。微笑が湧いた。さやとおなじアニマの舟にわたしも乗りたいものだ。

波止の波打ち際に、坂の上の家からこぼれ飛んで来たこごめ桜の小さな花びらが、ゆきつもどりつ漂っていた。

おかっつぁまにさやの話をした。彼女ははじめは嬉しそうに聞いていたが、そのうち憂わしげな顔つきになった。

「じつは、内々心配しておりやして」

「というのはやっぱり」

「はい。町内の世帯の人数、暮らし向きを詳しゅう書き出せというお触れが、近々出るという話でござります。あの子の父親がオランダ人とは、町内みんな承知しておることでござりやすが、奉行所にそれを書き付けて申しあぐるとなれば、面倒なことになりはしますまいかなあ」

「オランダ人の宗旨は、ポルトガル、スペインの宗旨、つまりはわれらの宗旨とは異なると聞いており申すが」

「とはいえおなじ切支丹。ポルトガル人ゆかりの者たちを、この国から追うたお上が、いつまでもオランダ人の妻子を見逃すとも思えませぬ」

自分が抱いていた危惧が、刻々と現実になろうとしているのを四郎は悟った。

「あと二日ほどで、いよいよ出立《しゅったつ》いたしたく存じまする。これまでのお導き、万巻の書にもなきお教えを頂いたと思うておりまする」

「何を仰せらるるか、お手をあげられませ。お前さまのおかげにて、思いもかけぬ余命《よみょう》に、陽がさしたような気がしておりましてなあ。常にないご縁にござり申す」

自分とくらべて計り知れない境涯をすごして来たと思える夫人の口から、そのようなことを告げられて、四郎はいたく恐縮した。

「元服のご祝儀に、何か調《ととの》えたく思うており申したが、こういう物しか思いつかずに」

夫人は大きな風呂敷包みを取り出した。白銀色の練り絹に鳥の文様を織り出した小袖と、海底を想わせる深い色調の、しゃりりとした生地にあるかなきかに銀紫の花模様を織り沈めた袴、おなじ布地ながらわずかに脱色して緑を含んだ袖無し羽織がぴたっと畳んであった。その上に桐の小筥《こばこ》がのせられて、小さな象牙の珠をつないだロザリオが囲んでいる。ロザリオに付けられた黒檀のクルスが、いかにも渋く、高雅な光を放っていた。

「これは」

思わず居ずまいを正すと、

「どうぞ手に取ってご覧《ろ》うじませ」

とすすめられた。

「ご最期を遂げられました神父さまの、お宿を致しましたゆかりで、賜わったものにござり申す」

「そのような大切なものを」

「大切なものゆえ、譲りまいらせやす。お前さまにふさわしゅうござり申す」

おかっつぁまはそう言いながら、小筥《こばこ》を引き寄せて蓋をとった。目を射る鮮やかさで、みごとな細工の金のクルスが収まっていた。彼女は筥《はこ》ながら押し戴いた。

「家宝と思うて参りましたが、手放す時期が来たようでござりやす。受納くだされば、もとの持ち主も喜ばれましょう。もとはさる貿易商の持ち物でござりやす」

何か言おうとする四郎を柔らかく押しとどめ、

「こちらのクルスはあまりに眩ゆすぎて、人の生身にかけるには、浮き立ちすぎまする。お集りの時の祭具にでも、お用いになられては、いかがにござりやしょう」

そこまで言うと、おかっつぁまは深沈とした面持になった。

「お身さまの出立は、わたくしの出立でもござり申す」

はっとしてその顔を見直した。

「今まで、言うに言われぬ旅路を来たと思うており申したが……。思えばお身さまと語るうちに、わたくしも今やっと、アニマの国の入り口に立った気がいたしやして。何しろ足弱でござりやすゆえ、現世の荷物を、いろいろおろして往かねばなりませぬ」

第五章　菜種雲

魂の血縁ということを思い、四郎はうなじを差し出して、象牙のロザリオをおかっつぁまにかけてもらった。

明くる朝は何ともいえぬ気品のある香りが漂って来るのに目が醒めた。別れに香を焚いて下されたのだと四郎は気づいた。奥まった祭壇からそれは流れてきた。お身さまの好きなところを読んで下されと頼まれ、かねて考えていたところを迷わずに開いた。おかっつぁまはいつもは用いぬ白いベールをまとって跪いた。思いもかけず、さやと母親がしんとした表情で、同じくベールをまとってぬかずいていた。

「われは地上に火を放たんとて来たれり、その燃ゆるほかに何をか望まんとは、おん主、直《じき》の御言葉にて明らかに述べ給うなり。この徴《しるし》として、いにしえの御掟に、御身の祭壇において焚く火の絶ゆるなかれ、と授け給うなり。これスピリツ（精神）の火焔となる御大切を指して述べ給う儀なり」

さやにわかるだろうかという考えがひらめいて、つけ加えた。

「アニマの舟の灯りも、この火を授けまいらせて往くものなり」

皆で朝餉をともにした。別れを述べようとするところへ、おかっつぁまが紫の袱紗《ふくさ》に包んだものを、丁寧な手つきで差し出した。

「右近どのに逢われたら、これをば寿庵さまにと渡して下され申せ。伽羅の香木にござり申す。こちらはお身さまの分」

晩霜《ばんそう》のおりた冷たい朝であった。手習いの子どもたちが七、八人、町角の栴檀《せんだん》の樹の下までついて来た。さやもその中にまじり、潤んだ瞳をして立っていた。


口之津の蜷川家に着くと、追っかけて米麦の袋が届けられた。四郎には言わずに、おかっつぁまが船に積み込ませていたのである。

よほどにゆきとどいたお方にござりやすぞと、蜷川の妻女は夫を見上げた。

「わが家の内証まで、お見通しじゃ」

膳の上だけでなく、一家の気分に活力が出たのは、到来物のせいばかりではなかった。

寿庵あての伽羅を差し出すと、右近はたいそう感じ入った様子をしていたが、姿を正して言った。

「折角のお志ゆえ、この香木は身どもがことづかるより、そこ許《もと》からじかに、師匠さまにお手渡しくださる方が、お喜びもひとしおと存ずる」

かたわらから父の左京も言葉を添えた。

「積年、寿庵さまが夢に見られながら、半ば諦めておられたのは、われらもよく存じておった。さぞかしお悦びでござろう。若者の学びの組も、四郎どのが見えたとなれば、立ち上りも早かろう」

右近の母は、早速寿庵のもとへ出かけようとする二人に、長崎からの米麦を袋に入れて持たせた。

「お師匠さまにもお福分けにござります」

おかっつぁまの町内でも、味噌や麦の貸し借りがあり、祝儀不祝儀に米麦の贈答があるのは、宇土あたりの習いでもある。ここ口之津でも、穀物を他家への手土産にするのかと、四郎はあらためて感じるものがあった。

伽羅を差し出した時、寿庵の悦びようは並のことではなかった。恭しく押し戴いて香りを嗅ぎ、四郎の滞在はいつまでかと尋ね、帰りの折は茶会をいたそうと言葉少なに言った。

「ところで右近」

寿庵の方が先に切り出した。

「そなたが、先に名前をつけ出しておいてくれた若者たちじゃが」

「はい、それにつきまして、お耳に入れておきたき儀が」

「ひょっとすれば、おなじことを考えておるやも知れぬのう」

「されば、お師匠さまのお考えをまず、お聞かせ下さり申せ」

「遠慮はいらぬ。早う申せ」

「なれば申しあげます。口之津村、右田馬之丞殿ほか六名、南有馬村、佐々蔵人殿ほか五名、北有馬村、内藤静馬殿ほか七名、千々石村はまだ訪ねておりませぬゆえ、わかりませぬが、以上申し上げた人数は、学問所を開く趣旨に同意でござります」

「よう手廻しされたな。それだけ若い衆が集まって来れば、手始めとしては上乗じゃ」

「ひとつ、気がかりな噂がござり申す」

「ほう、それはいかような」

「北有馬の若者たちが、走りの相談をしておるとのことでござり申す。親たちも承知とのことで」

「詳しゅう申されよ」

「北有馬の吉次なる百姓が、仲間に言いひろめております由にて、長崎に行けば、唐人船の大弁指しが水子《かこ》に雇うてくれて、麦といわず、米の食い放題じゃと。この頃は、唐人船でのうては、長崎は夜が明けぬというて、若い衆を誘うておるとのことにござり申す」

「その噂はわしも聞かぬではないが、うまい話には裏があろうぞ。唐人は商売にはなかなかきびしいとは、かねて弥三どのからも聞かされておる。村を脱けて走るほどの話とは、わしには思えぬがのう」

「なにさま、一昨年、昨年と不作続きでござりましたゆえ、今年はまさかとは思うが当てにはならぬ、去年のように、山の草木で腹を満たすのは真平じゃ、ひと稼ぎして唐米でも積んで戻ろうぞ、長崎の湊まで行けば、唐人船はうようよしとる、百姓はしておっても、舟漕ぎなら負けん、というておる由にござります」

「むりもない話じゃが、唐人船づとめも、けっして楽ではあるまい。そのように人の心がざわついて居ればこそ、われらが学びの集いを、土台から組みあげねばならぬ」

寿庵は組んでいた腕をほどいて、二人の顔を見た。

「その吉次ちゅうは切支丹かえ」

「一応、切支丹の由にござります。内藤どのの申さるるには、時々は御《ご》ミサに顔を出すこともあると申しておられました。元気者の由にござります」

「百姓の倅《せがれ》たちがのう。仁助の家の倅とはまた違おうぞな。どういう気持でおるものか、聞いてみたい気がせぬでもない」

「手前もそう思うておりますが、手前の言葉や考えにては、吉次やその仲間と話をしてみようにも、ちぐはぐになりはすまいかと気遣われ申す」

「心配いたすな。そなた、組内の大酒呑みが、あやうく組から除かれようとした時に、見事な納めようをしたというではないか」

「いやいやそれは、たまたまあの竹松と気が合い申しただけで」

「一滴の酒もたしなまぬそなたと、大酒呑みが気が合うとは妙じゃのう」

「まさしく天の計らいでござり申して。そののち、ますます昵懇《じっこん》になり申した」

からかい気味の言葉に右近が大真面目に応じるものだから、寿庵はたいそう機嫌のよい顔になった。

「その酒呑みどのと昵懇とは、日頃いかなるやりとりをなされるのでござりますか」

四郎がいたく興味を持ったらしく尋ねてきた。

「何と申すべきか、あの竹松と語れば、窮屈なる自分の心に、風穴があくような心持が致しまする」

Y.H.

「なるほど、たとえば」

と寿庵が言った。

「あの騒動の時、手前は尋ね申した。コンフラリヤの取りきめに、度々酒乱して、意見を加うるもおさまらぬ者は、組より除くとあるに、そなたはなぜに酒乱するほど呑まるるや、と申しましたところ、竹松は、右近さまは酒の味を知らるるやと、逆に尋ねてまいり申した。知らぬと答えますと、じゃろうて、ならば書物の味ならご存じかと言いますゆえ、若輩なれど少々知り申すと答えたところ、それはいかなる味かお教え下され、わしは書物など開いたこともないと申します。書物の味というは竹松、頭がさえざえとして心の広うなるものじゃ、と答えましたところ、それそれ、それが酒の味じゃと申したのでござります。さらに申しました。

わしは親が貧乏で、親が貧乏ちゅうは、祖父母も貧乏ちゅうことで、飯《まま》がない日も珍しからず、戸の隙間から雪の降りこむ晩には、穴あき蒲団を親子でひっぱり合うて、すき腹こらえて寝《いね》申した。それでも親ちゅうは有難いもので、父《とと》と母《はは》はわしを間に入れてくれて、父の酒臭か息をかぎかぎ、暖めてもろうたものでござりやす。そういうとき母は、このような穴あき蒲団に寝るのも、生きとる間の辛抱ぞ、そのうち必ずデウス様の引きとって下さると、口癖のごとくに申しておりやした」

右近はしばし沈黙し、思い直したように竹松の言葉を続けた。

「その両親《ふたおや》もいまは居りやせぬが、年とともに、親の恋しかことがなあ。わしは今じゃあ嬶《かか》ぁにも逃げられて、ご承知のごとくひとり身でござす。人前ではものも言えず、もの言うたび、人の気を悪うしてはおらんかと、下ばかり向いて歩く始末で……。

ところがなあ、酒だけが甘露のマリア様で、これがありさえすれば、抱かれて寝た頃のごとく、両親のやせ腕を感じますので。心が温《ぬく》もって頭もさえざえとして、人さまに、ものも言えやす。わしはなあ、酒を呑んだ時ほど、心が優しゅう、広うなっとる時はござせんぞ。

学問のことはまるで分りはしやせぬが、右近さまが書物を読まるるとき、天地の間には、世間もなければ他人もなく、ただかけ値なしのおのれと、デウス様のござるのみでありましょう。わしはなあ、酒呑んだ時、かけ値なしの自分になりきるのでござりやす。さすれば、マリア様が母《かか》さまと一体になられて、わしを幼児のごとくにあやして下されやす。

それなら、なにゆえ酒乱すると仰せらるるか。酒乱というはなあ、しようと思うてするのではござらぬのじゃ。かけ値なしの自分になり切って、真実思うたことを口にすれば、どこやらこの世と喰い違うて、そのうち段々と腹が立ってまいりやす。日頃もの言わぬ間も、ものは思うておりやすゆえ、おのが心がのびのびとなり申すのは、どうやら、世間さまのご迷惑でありますようじゃ、なあ右近さま、というて竹松は大口あいて笑い申した」

「ふーむ。何ともいえず、おかしゅうあるのう。して、いかなる暮らし向きぞ」

「去年の大風にて、小さき持ち舟も破損し、修繕もならぬまま、鉾突《ほこっ》きの漁でなにがしかの獲物ある由。自分では潜《もぐ》りの名人というており申す」

「それにしても、よう酒が手に入るのう」

「蛇《じゃ》の道は蛇《へび》とか申して、鼻で嗅ぎ当てるとか」

「嗅ぎ当てるのか、なるほど。蛇の道もへちまもあるか。人を喰った奴じゃ」

「愛嬌のあるご仁にござります」

笑いを含んだ声で四郎が言ったので、寿庵は目尻の皺を波うたせて、愉快そうに天井を振り仰いだ。

そこへ寿庵の妻女が、襖《ふすま》から顔を出した。

「あの、仁助どののご子息が参られ申したが、これはお土産で」

籠に九年母《くねんぼ》蜜柑が盛られていた。

「おお仁助の倅。何と申したかな、右近」

「大助どのにござり申す」

「おうおう、大助じゃった。ちょうどよかったぞ。あがるよう申せ。なあ」

寿庵は二人に相槌を求めた。

「ほんに好都合で。ちょうど会いたく存じており申した」

右近が声をはずませた。

ひと通り挨拶がすむと、大助はいかにも人懐こい顔になって若者二人を見くらべた。慈悲小屋が流されたあの晩以来、この四人が顔を合せるのは二度目である。

右近はひと月ほど前、大助の家に出向いたのだが、湯島に出かけたということで、父親の仁助と話しこんで帰った。用向きというのは、若者たちの「学林」の場所として、蓮田家の座敷を拝借願えないかということであった。場所といい広さといい、蓮田の屋敷が最適だが、自分が出向けば、万一障りがあっても断りにくかろうから、ひとまず右近が出向くようにとの寿庵の指図だった。

半年も経たぬのに仁助が老いこんでいるのに右近は愕《おどろ》いたが、話をするうち、その表情にみるみる生色がよみがえってきた。

「ゆく先心細いこの時期に、よくぞ、よろこばしいことをば思い立って下された。わしもこれで、元気づきまする」

ひと息にそう言うと、ほっと大きな溜息をついた。

「島原の領民は、久しゅう心の頼りを失うておりまする。連年の不作の上に、仁慈のかけらもなき厳しき取り立てに追われて、貧富を問わず逼塞し、人の顔色ばかり窺う有様にござりまする。わしとて庄屋というは名ばかり、枯れ田の案山子《かかし》のごときものにて、身の置き所なき気持でおり申したが、今の話を伺うて、正気づきましてござりやす」

仁助がこういう反応を示すとは思っていなかったので、右近はあらためてこの人物の思いの深さを見直す気がした。

「ご趣旨のような学林を、ここ口之津に起さるるなら、われら一同、心の頼りができまする。かのセミナリヨ、コレジョに学ばれた方々も、ご助力なされましょうぞ。いや、じつに悦ばしい」

泣かんばかりの口調で、仁助は天井を振り仰いだ。

「この古家、朽ちかけており申すが、父の代には、天草の河内浦にてお果てなされたアルメイダさまもお泊めしたと聞いており申す。アルメイダさまはお医者さまでもあったゆえ、お泊りの節は、信徒衆のみならず仏徒の衆も数多く見えられ、接待に忙しかったと祖母が言うておりました。慈悲組のかしらをさせて頂いたは、そのようなゆかりあってのことにござります。この家にて新しい学林が始まるとあれば、亡き両親、祖父母も悦びましょう」

仁助がわが家を貸すことに、喜色を浮べて同意してくれてから、ひと月近い日が経とうとしていた。

大助はあらたまった様子で両膝に手を置いた。

「今夜罷り出ましたのは、先だって右近さまがわが家にお越し下された件でござりやすが、父がたいそう喜び申して、始まるのはいつか、どれくらいの人数でお越しあるか、書見台をいくつ用意したものかと気を揉んで、その後のお進み具合を伺うて参れと申しますもので」

たった今、そのことを話そうとしていたところだと寿庵が言い、四人は「学林」の最初の寄り合いについて、具体的な打ち合せに入った。四郎は口之津の三人から、設立の発頭《ほっとう》の一人のように扱われたが、そのことにちぐはぐな感じはなかった。

話が一段落すると、寿庵は鉄瓶の湯がしゅんしゅんいう中で、火箸で灰を掻きながら言った。

「かつての学林の盛時には及ぶべくもないが、これでわれらが学びの灯も、ふたたびこの地に灯るというものじゃ。感無量と申しては、おのれが老いを白状することになるがのう」

「ご感慨ごもっともに存じます」

右近が座り直した。

「有家の中尾待安という、八良尾《はちらお》のセミナリヨを出られた御仁をお訪ね申したときのことでござり申す。耳がほとんど聞えぬとのことにて、学林再興の趣旨をしるしたものをお見せいたしましたところ、しばし手前を見つめられ、落涙なされました」

「おお、あのマティアスが……。あの仁はその後、天草のコレジョでラテン語を終えたはずじゃ。和漢の物語、稗史《はいし》のたぐいも、わしより詳しかった」

「はい。くさぐさ思い出話もあり申して、八良尾にては準管区長さまの前で、『武力は学問に優るか』という討論をラテン語でなされ、準管区長さまが、エスパニヤの学林にいる心地がすると、幾度も仰せられた由」

「おお、わしも覚えておる。もっとも、わしは聞くだけであったが。さような討論はよくいたしたぞ。マティアスはわしと同年であった。

皆々、どこにどうしておらるるか。大村、諫早《いさはや》、平戸、長崎など、方々より来ておったが、惜しい人材が空しゅう埋もれておるわ。宗門の火種はまだどこそこに埋《うず》み火となっておる気がしてならぬ。セミナリヨに集うた者たちは、ラテン語の会得の速かさといい、絵や音楽の才といい、神父さま方が舌を巻いて、エウロパの若者より上じゃと絶賛されたものであった。もっともわしは、絵や音楽は不得手で、わしが歌えば、讃美歌全体の調子が外れるといわれてのう。それにしても、現《うつつ》の地上に花ひらいたあの世界は何であったのか。まるで、この有馬の土地と人びとを、時代の光が選び出して照らしておったようじゃ。

準管区長さまが見えられた時、いやそれでなくとも節々《ふしぶし》の祝い日には、ラテン語で芝居もやったものじゃ。村人たちも集うておるゆえ、日本語交じりでのう。

ことにミステリヨ劇は、琵琶法師ロレンゾ殿の遺された琵琶歌なんぞをまじえ、キリシト様を十字架よりお降しした時の、マリア様の御嘆きをば、情をこめて演じるゆえ、観ておる者らはすっかりはまりこんで、すすり泣いてのう。終った時は舞台の上も下も、百年の身内のごとくになっておった。

そのような次第にて、稽古も一心不乱であったぞ。演ずる劇は生徒らが作者となって、詞《ことば》と筋立てをつくり、聖母連禱や音曲の入り場所もきめたものじゃ。劇が果てると、演者・観衆ともどもオラショを唱えるのが常であった。村の衆たちが名残り惜しんで手を振りながら去ってゆくのを見送っておると、われ人ともに浄光の中にある気がしてな、少年ながら尊い気分になったものよ。……若年の日のことじゃが、忘れるどころか、日に益し鮮やかに思い出さるるわ」

寿庵の眸は、彼方の闇に浮く灯りと明滅しあうように瞬いた。

寿庵がこんな話をするのを見たのはみんなはじめてである。三人とも頬を紅潮させて声を出そうとしない。ややあって、右近が感想をのべた。

「かの有馬にそのような日々があったとは、夢のような……。われらが学びの集いも、そのようにありたきもの、のう四郎どの」

そういうと四郎はせつなげに息をついた。

「身どもは、今のお物語を聞きながら、それぞれの魂が灯り出《い》で、渚の波に揺れ行く有様を見た思いにござります。われらが宗門のめざすところも、そのような景色でありましょう」

「わたくしめも」

大助はたちまち言い淀んだ。

「生れて来た甲斐には、そのような景色の中に、一度なりともわが身を置いてみたいものじゃと思いやす……。わたくしは鈍な生れつきゆえ、皆さま方と談義する才覚もござり申さぬが、この度の皆さまのお催しのためには、何でもして働きまする。父もそのような気持で、わたくしを使いに出したのでござりましょう」

十数名の学問所がこうして、仁助の倉の中でひそかに始まった。『天地始之事』を各自写し持って、それを読み合せ、解釈と意見をとり交わすのである。

下人の熊五郎が仕事を終えたあと、うしろにそっと座って聴くようになった。右近が洩らしたとみえ、竹松がやって来て、倉の入り口の石段にとろとろした目つきで腰をおろし、時々きっと耳を立てる様子だった。彼一流の酒談義にひっかかりをつけようとしているのかもしれなかったが、さすがに酔いどれの口説《くぜつ》を、倉の中に向って言いかけることはなく、赤犬がふらりと寄ってくると、しっと腕を振りあげて追い払った。

おうめやんはそんな竹松に茶を振る舞い、耳元にそっと言うのであった。

「お前、なにかえ、右近さまの学問所の番人に来たのかえ」

竹松はにやりと笑ってみせる。

「さよう。おれより上の番人はおらんぞ。お前さまはもののわかる人じゃのう。時に相談じゃが、ちっと辛か方のお茶はなかかえ」

おうめやんは取り合わない。

「今日はただのお茶しかなかばえ。そこにまあ、そうやって、番人の役、ようつとめるならば、辛かお茶も、あとで出るかもな」

「ふーん、あとでか。どうせ出すなら、早う出したがよかぞ。おらあ、ちゃんと肴《さかな》持参で来とる」

「肴。ほう、そうかえ。お前や銛突きの名人ちゅうが、海鼠《なまこ》かなんか突いて来たかえ」

「馬鹿いえ。海鼠ぐらい、三つ児でも取るぞ。海の底に顎出して転がっとるものをば、わざわざ銛で突くか」

「あよ、そんなら鯨でも突いて来たかえ」

「おお、鯨を曳いて来た、と言いたいが、曳いて来ても、ここの倉には入るまいて」

「いんにゃあ、皆して馬乗りになって、切って分ければ、たちまち無《の》うなるばえ」

「うふふ、まあな。鯨なら一品《ひとしな》じゃが、いろいろ突いて来たぞ、ほれ」

石段の下に置いていた網袋を、どさりと置き直すと、網の中のものたちが目を醒ましたのか、ごそごそ、みしみし、音を立て始める。

「祝いのつもりじゃ。右近さまの学問所のな」

「おやまあ、こりゃ魂消《たまが》った」

照れた声になった。

おうめやんはかがみこんで、夕闇の地面に目をくっつけている。

「まあ、穴子におこぜ、ほう、こりゃ太か伊勢海老……。ひい、ふう、みい、よ、いつ。ほう、この鋏《はさ》ん棒、お前の腕より太うはなかか」

「太かろう。特別深うに潜って獲ったもんぞ。死なせんように苦労したぞ」

「忠義者じゃなあ、お前《ま》や、右近さまに」

「そうじゃ、おらあデウス様より、右近さまに奉公したいもんじゃ。それ、この伊勢海老、披露したからには、茹でておくれやせ」

「いやいや、まだじゃや。早う茹でては冷めようぞ。本読みの終ったならば、茹でて出そう。熱いのをば出す方が喜ばれる」

「ええい、そんなら前祝いに、辛か方のお茶をば、早う出してくれんかのう。酒も飲み時はずすと、マリア様のご冥加の薄れるぞ」

「あのな、あたいはな、マリア様じゃなかと。阿弥陀様じゃ。お前とは違うと。あたいの仕込む酒はな、甕の中で、ナマンダブ、ナマンダブちゅうて泡の立つとぞ。お念仏唱えん者には、呑ません」

「そういうなや、おうめやん。阿弥陀様はお慈悲の深かろうが」

「なんの、お慈悲はデウス様とマリア様じゃろうが」

「そう言わずに、阿弥陀様のお慈悲の証拠に、一杯くれ」

「ばか、終ってからじゃ」

二人とも声を低めてやりとりしているのだが、熊五郎が振り返って怖い目でにらんだ。おうめやんは立ち上りざまに、竹松のひしゃげた髷《まげ》をぽんと叩いた。どこでもらって来たのか、髷から桃の花びらがひらりとこぼれ落ちた。

竹松は腰かけたまま居睡りを始めた。すずが現れた。綿入れ半纏を抱えている。おうめやんに言われたらしくそっと近寄って、竹松の背に綿入れを着せかけた。やがて、虎の子が泣きじゃくるような鼾声がそこらあたりに響き始めた。

倉の中から、若い男たちのくすくす笑う声が聞える。すずは竹松の横をすり抜け、熊五郎のうしろに立った。積みあげた筵や唐箕《とうみ》のかげから、若者たちの背中が見え、寿庵さまが、すずの聞いたこともない難しい言葉を、繰り返し口にしているところだった。

草木の芽立つのは早いもので、折れ曲がっていた磯辺の葦竹もやわらかく伸び、麦はどこの畑でも瑞々しい緑に育っていた。

泥流の跡は、よほど気をつけて見ないとわからぬほど新しい草に覆われて、丘の上の樟が春の枯れ葉を落してしまう頃には、ここ島原の地も天草の方も、見渡すかぎり光が芽吹いたように見えた。

魂がまどろむような春であった。嵐で流れ出した山の腐葉土に養われたのだろうか、去年の旱魃の侘びしさをとり戻すかのように、磯の物の育ちがよく、「浅蜊も、岩場のさざえも、今年は特別にふとか」と、人びとは言い合った。モズクも青海苔もイギスもツノマタも、岩という岩がふっくり盛り上ってみえるほどに育ったのである。

三月、節句の大潮の頃には、田打ち蟹《がね》が甲羅を干し並べたように人が出てさざめいた。おうめに連れられて、おかよもすずも熱心に磯に出た。

磯物採りにかけては、天草育ちのおうめは名人中の名人と言ってよかった。こことさめた場所をあんまり動くでない、と彼女は言う。その言葉通り、彼女が一刻《いっとき》（二時間）ほどかがんでいるのを覗きにゆくと、手籠の中には、殻から打ち落された牡蠣の身が、溢れんばかりに盛り上っている。おかよやすずは及びもつかなかった。

「今夜は皆で、すすりこんで食べようぞ」

大きな目許をしんから和ませ、潮水の溜っている岩の窪みに手を入れて、タコの子を探り上げ、すずの籠にぽいと入れてくれる。そしてふっといとしむような目つきになって言う。

「ほらな、やがて逃げるばえ」

かがみこんで見張っていると、その小さな生きものはしばらくきょとんとした揚句、くにゃりとした首を振り振り、籠の縁を乗り越えて、もとの藻の中にすべりこんだりする。

「やっぱりなあ。鍋の中に入るのは、いやじゃと。逃がそ、逃がそ」

潮が満ちて来るのに追われながら、すずは今までいた岩場を振り返り、波に揺れる藻の中に立っていたが、ふと足許を見て身を揉んだ。

「あれ、来た来た。タコん子が追うて来た。もぞもぞする、わあ」

見れば、すずの親指ほどの頭をしたタコの子が、藻と一緒に揺れながら、この子の脛につかまりかけては、足を游《およ》がせているではないか。

「よかったなあ、さっき逃がして」

おうめやんはまず波の中のタコの子にものを言った。

「なあ、また来るぞ。また来ると言え、すず。さあ戻ろうぞ、ぐずぐずしておれば波にさらわれる」

陽は傾きかけてまだ海の上にあった。厚く張り出した黒雲の縁がつよい黄金色をおび、刻々と色を変えていた。

「あらあ、あの雲の色の黒さよ。明日の天気は変ろうなあ、おうめやん」

「はあい。ひょっとすれば明日どもは、春の一番が来やせんか。折角の花が散ろうぞなあ」

岩場で、まだ居りたそうにしているすずの手を、おかよがひっ張った。そのおかよの方におうめやんが手を差し伸ばして言った。

「ああ、おかよさま。自分が転ばんようにせろうな。ややさまのおる胎《はら》じゃけん」

案の定、その夜更けから雨が来て、轟然と一発、雷が鳴った。そして、突風を伴った雨がひと晩中降ったり止んだりした。

不思議なもので、春一番の雷さまと思えば心が安らいで、熊五郎は久しぶりに暁を覚えずに睡った。夜が白んでから、鶯《うぐいす》の雛が啼いた。舌もよくは廻らないような啼き声だった。愛らしさよと思いながら、またうとうとしたらしい。

なにしろ「ドミンゴ」の日である。人間は仕事をするばかりが能ではないゆえ、今日という日のあることを有難く思えと、デウス様がドミンゴの休み日をきめられたのだそうだ。麦の畝上《うねあ》げは昨日のうちにやった。女衆《おなごし》たちがこの頃採り集めた海藻類も、干し上ったのから俵に詰めた。雨じゃれば、どっちみち畠仕事は出来ない。

昨夜はおうめやんが手籠に満たしてきた牡蠣を肴に、久々に黍《きび》のどぶろくを御馳走になった。隣に寝ている松吉も、いつものように起きろ起きろとは言わないが、目を醒ましているのか、ごそごそ這い出す気配がした。煙草の臭いが漂ってくる。

熊五郎は起き上って蒲団に座ったまま、両の肩を左右にねじった。骨の音がした。

「若かのう、骨の音が」

煙草盆をひき寄せ、煙管の雁首を叩きながら松吉が言った。

「そりゃ、お前さまより二十も若かぞい」

またぽきぽき鳴らし、両の拳をあげてううっと身ぶるいすると、顔を松吉へ振り向けた。

「よんべの牡蠣はうまかったのい。モズクも」

「うん、久しぶりのどぶろくじゃった。黍のどぶも格別じゃ。待安さまが、学問所の祝いに、船に積んで来られたそうじゃ」

「ああ、あの頭の真白な」

「えらい学者じゃそうな」

「竹松どんの海鼠を見て、びっくりされておったのう。四斗樽いっぱいはあったかのう」

「まさか、四斗樽一ぱいはなかったぞ。お前の話はいつも太すぎる」

「それでも、ようまあ、あのようにうんと獲れるもんじゃ」

「竹松が潜ったあとは、海鼠《なまこ》の糞ばかり残っとるちゅう話じゃ」

「それにしてもなあ、竹松どんも、こたびはえらいな気張りようじゃ。祝いちゅうて、伊勢海老の大物獲って来らいたし」

「竹松は右近さまにえらい肩入れしとるのう。ところでお前、倉の中に入れてもろうておるが、ちったあ、解るかえ」

「ところどころは解るばえ。読書百遍、意おのずから通ず、ちゅうじゃろう。解らん話でも、幾遍か聞くうちにゃあ、ちっとは解るところもありやすと」

「ふーん、お前がなあ」

「おれのような者でも、ちっとは胸に来るところもありやすぞ。お前さまも座ってみるかえ」

「座らんでもなかが、右近さまの平家はあるとかえ」

「今はなかが、そのうち、座敷に人を寄せてやらすげな。何しろ、難しか書物のうんと来て、読みこなすのに、おおごとげな」

「ふーん。難しゅうならん方がよかがのう。そして師匠さまは、どなたとどなたぞ」

「寿庵さま、右近さま、それにあの四郎さま。それに、ラテン語の方は待安さまげな」

「ほほう、四郎さまが」

「並の頭ではなかちゅうぞ。お前さまも今度座ってみろな、四郎さまの話のときに。まだおれも聞いちゃおらんが」

「竹松まで来るちゅうがなあ。どこか、聞きどころがあるとじゃろうのう。もっともあれは、この頃右近さまの腰瓢箪のようにしとるが」

「あの堅物《かたぶつ》の学者さまと酔食《えく》らいどのが、ちっとばかり離れて座っておられる様子は、なかなか見物《みもの》でござすぞ。話はちぐはぐ、かけ違うとるのに、お二人はそれでよかと見えて、あの酔食らいどのが生娘のごとく、もじもじされるのが、珍しか景色ぞい」

「ふーん、そうかえ。学問所の宵は、倉の入り口で、うつらうつらしよるのをば見たが」

「はい、あれが曲者で。あの酔食らいどのは、馬鹿のふりの名人じゃ。酔食らいのふりしながら、何でも見通しておらるるゆえ、おうめやんとたいそう気が合うて、両方とも空とぼけて話さるる。聞いておれば、おかしゅうござす」

「おうめやんも、難しか人じゃが、よっぽど気の合うとじゃろうよ」

松吉は、熊五郎がいつになく筋を通して語るのを聞きながら、感慨にとらわれていた。

この家に来たのは、たしか六つになったばかりの時ではなかったか。すずが来た時とおなじくらいの齢である。もう二十年余りにもなろうか。彼もすずとおなじ孤児だったが、もっと複雑な事情を抱えていた。

この若者はじつは殉教者の孤児であった。母親は熊五郎を父なし子として産んだ直後に死に、母親の兄夫婦が赤子を引きとった。その養父が二十年ばかり前、殉教をとげたのである。熊五郎は実子ではないという理由でお構いなしになった。養母の方は拷問にたえきれず棄教し、気がふれたようになって、行方がわからない。長崎で袖乞いをしているという噂が一時あったが、今では消息を知る者は誰もいなかった。

養父は手足の指を切られ、関節をはずされ、斬首された遺骸は、信徒仲間に奪還されぬよう灰にして、沖の海に捨てられた。処刑の夜、かくまってくれた家を脱けだし、仁助の家の田圃の、藁小積みのかげで泣きじゃくっていたのを、この家のばばさまが見つけ出した。

「お前や、どこの子かえ」

とばばさまが尋ねると、

「おるが家《え》の子」

と答えた。親がいつもそう呼んでいたのである。

「父さまの名は」

「ととさま」

「かかさまの名は」

「かかさま」

「なして一人で泣きよるぞ」

「ととさまの首が落ちたち」

大人たちが必死に隠したにもかかわらず、耳を立てて聞きとっていたのであろう。ばばさまははっとして震え声で問うた。

「お前の名ぁは」

「クマ」

「クマじゃと。クマでも、泣くぞいなあ」

いうなりばばさまは、目汁鼻汁だらけになっているこの子を抱き寄せた。

「折も折、わが家に迷いこんで来たちゅうは、助けろちゅうことぞ」

ばばさまのひと言で、この子は居場所を得たのだった。コンフラリヤに慈悲組が設けられていたのは、ひとつには殉教者の遺族の扶助という意味もあった。大助よりはひとつ齢上だった。へだてもせずに育てられ、とっ組みあって喧嘩することもあった。

熊五郎にはこの家に来た時の記憶が鮮明にあって、下人としてのへりくだりを忘れたことはなかったが、仁助夫婦は大助と一緒に手習いも身につけさせ、早う嫁をとって小屋も建ててやろうぞと言ってくれる。熊五郎は主人夫婦を親ともあがめていた。学問所をのぞいてみないかと誘ってくれたのも大助であった。

熊五郎の生い立ちの事情をまわりの者は知ってはいるが、ことさら話題にすることもなく、彼も幼

時の記憶を人に語ることはない。彼のまなうらにある父は、鰯の生《なま》を指でさばいてひしおのたれをつけ、

「ほれ、クマよい、ああんせろ」

と言いながら、自分も口をあけてみせたその顔である。髭のじゃりじゃりする頬をこすりつけられ、肩につかまり立ちしながら、鰯を食べた。自分の頬を撫でるとき、父の肌ざわりをまざまざと思い出す。それが実の父でなく養い親であったとは、ここのばばさまが亡くなる前に教えてくれたことだった。

首が落ちるということを、あの時は、人形の首が落ちるように想像していたが、それでも天地がひっくり返るほど悲しかった。今では片時も忘れることはなく、その意味を考えている。自分の頬のじゃりじゃりに手を当て、首にもさわってみてそのことを考える。

大助の誘いに応じて、倉の末席に連なってみたのも、それが解りたいからだ。しかし、父が命とひき替えにした宗旨の核心を知りたいのだとは、仁助父子にも松吉にも言いはしなかった。隠すわけではない。語らずとも解ってもらえようと、熊五郎は考えていた。


おかよは腹のふくらみも目立つようになったので、あの日を限りに磯へ行くのをとめられていたが、それでも野面へは出て見たかった。出るときはいつも、すずがくっついてくる。おかよを転ばせるなと、お美代さまからもおうめやんからも申しつかっていた。

菜の花の小さな花びらが散りこぼれて、実のふくらんできた莢《さや》が重たげに傾く頃には、畦《あぜ》の蓮華も

黒い莢をつける。二人が歩いてゆく草道のぐるりから雲雀《ひばり》が飛び立った。麦は順調に伸びていた。

大根のとうが立つといけないので、花を手折って来るようにと、姑の美代に言いつかって来たのである。くれぐれも念を押された。

「大根を引き抜いたりして、尻餅つくなや。花ばかり、先の方をば、この手籠にいっぱい摘んで来れば、それでよか。鎌は持って行くなぞ。転びでもすれば危なか」

花のお初穂を茹でて、ばばさまに供えようぞ、あのほろ苦いのがとてもお好きじゃった、と言いながら美代は二人を送り出した。

「すず、ほら、花の先の、ぽきんと折れるところがあろう。そこから折れば、鎌はいらんとぞ」

秋の彼岸前に種をおろして、双葉が出てくるのを間引き、草を取ってやると、大根はみるみる丈夫になってゆく。霜がおりる頃のは包丁を当てると、ぱっとしぶきが散るほど汁気が満ちている。とうが立てばさすがに粗い味になるが、最後の一本まで青葉も捨てずに大切に使う。切り干しにして、畑の青物の切れる夏にも食膳にのせるのである。

「なあ、すず」

「はい」

野面へ出るとすずも生き生きとなる。花の茎を折り取る手つきはかよに劣らない。

「この頃、石蕗《つわぶき》も固うなって来て、つまらんなあ」

「石蕗より大根の花摘みが面白か」

石蕗はかがまって両手で引っぱらないといけないが、大根の花摘みは楽である。

「お前、こういう仕事、好きかえ」

「好きじゃ。おかよさまは」

「わたしも」

「種に残すのはどの花か、知っておらすかえ」

「まあ知っとると思うがなあ」

かよはとぼけて指さした。

「あれじゃ」

すずが指さしたのと同時だった。根も葉もひときわ大きな株が、花をつけて盛り上がり、二、三本合せたように白い花びらが咲き誇っている。

「馬肥《うまご》やしのよう利いとるのう」

顎を二度ばかり振って、すずはおうめやんの口ぶりを真似てみせた。

「おまや、かしこいなあ」

かよは腰をかがめて笑い出したが、あいたたとお腹をさすった。お腹の子が動いたのである。畦道の向うから、そのおうめやんが、女籠を荷なってやって来るところだった。すずが指さして喜んだ。

「おうめやんの、蝶々連れて来らいた」

紋白蝶が二羽、大柄な農婦の上をもつれながら飛んでいた。

おうめには二人の笑い合う声が聞えた。あとふた月もして、麦の熟れる頃になれば、おかよさまは産み月になる。どういう赤子が生れるだろうか。

大助さまが生れた時はこのあたいが取り上げた。おかよの時も頼むと、お美代さまは否も応も聞かずに安心しておられる。産婆の心得などもともとなかったのだが、成り行きでそうなってしまったのである。やれやれ、今度は大助さまの子まで世話することになるのかと思うが、苦にしている訳ではない。お美代さまの子守りとして奉公し始めて以来、いつまでも世慣れぬ娘のようで、悪人と善人の見分けのつかぬお美代さまのことを、あたいがついておらぬとどうなるかわからない、といった気持で見守って来たのである。

歳ごろになってひまを取り、天草の実家の村の農家に嫁入ったが、家風に合わずにお美代さまの家に逃げ戻った。二年と経っていなかった。子がなかったのが幸いだった。お美代さまがたいそう喜んでくれた。その嫁入りについて蓮田の家に入ったのだが、大助を、さらにその大助の子を取り上げることになるのも、前世の約束事かも知れない。子守りの方は幸いすずがいてくれる。そのことはもうすずと約束を交わしてある。

何が嬉しいのか、おかよさまとすずの笑い声が聞える。お美代さまは折があれば赤子のおむつや産着を縫ったりして、あんまり外に出られないが、嫁さまは野面や磯に出るのが好きで、あのようにすずと戯れて、まるで若いときのあたいとお美代さまのようじゃ。

うるんだような空のせいだろうか、おうめも日頃の気むずかしい気分から解き放たれたように、二人の方へ歩いて行った。

その姿を見ながら、おかよは近所の衆がつい最近言ったことを思い出していた。

「お前さま方じゃあ、おうめやんが居らして、助からすのい。あの人が居るだけで、倉ひとつほどの値打ちばえ」

いかにもそうだと、おかよはうなずいた。姑の美代もいうのだった。

「去年の日でりでは、おうめやんの才覚で何とか切り抜けられた。わたしひとりでは覚つかなかった」

目の前でそんな事をいわれると、おうめやんは怒ったような顔になる。

「あたいは下働きで、ここに居らせてもらいやすと。才覚はお美代さまがされるとでござりやす」

姑は叱られでもしたかのように目をしばたたいて言うのである。

「そうじゃ。今年はいかなることがあろうと、みんなが餓《ひ》もじい腹にならんようせずばなあ」

畦道も間近な丘も柔草《にこぐさ》に覆われて、ゆたかな緑がひろがっていた。去年の日でりが嘘のようである。

しかし油断はならない。わたしも赤子《ややこ》の親になるのじゃから。

去年の秋、倉の中でおっ姑《か》さまとおうめやんが向き合って、雑炊にまぜる干し葉の割合を、溜息つきつき話しておられたような、ああいう事態が来るのだろうか、と思ったとき、またお腹が動いた。

思わず声が出てかがみこんだ。先月あたりから、動きが活発になっている。おうめやんが鎌を置いてやって来る。

「心配いらん」

と言いながら、うっと声が詰まった。

「来んでもよか。ややが動きよるとじゃけん。あいたた」

おうめはおかよの表情をじっと見つめながら、様子をうかがっている。

「蹴りやすか」

「うーん、ここば蹴られた」

横っ腹をおさえて、おかよは泣き笑いの顔になった。

すずがおずおずと近寄って来て、おうめやんを見上げたり、おかよを見おろしたりしている。

「帰りやしょうか」

「いんえ、大丈夫。この頃遠慮なしに動くもんで」

おかよは、ははあと大きな息を吐き出した。

「出てくる稽古ばしよるとでござりやしょ。痛うござりやすか」

「いんや、もうおとなしゅうなった」

「用心のため、戻りやしょ。こればかりがなあ、あたいにゃわからん」

おうめは赤子を産んだことがない。あたいがうろたえてはならんと思いながら、それでも手早く大根の葉を籠にとり集め、帰り支度をした。

「まあ、その顔色なら心配いらんじゃろ。先にゆっくりゆかれませ。すず、横についていて杖になってゆけ。いざちゅう時は、この籠捨てて、お助けいたしやす。まだなあ、そのくらいの腹じゃれば、大丈夫でござしょう」

一人前に着けてもらった小さな前掛けの中に、すずが何か藁くずのようなものを入れて、戸惑っていた。

「何しとるぞ。早よ、手籠《てご》を持て」

いつになくぐずぐずしているのをおうめが叱るのと同時に、おかよが頓狂な声をあげた。

「何、そりゃあ。あらあ雲雀の巣。あれ、雛のおるよ。見せてみれ」

「おかよさま、だめじゃ。早よ返せ、それ、親が心配して啼きよるぞ、聞えんとか。返せ、早よう草の中に」

いつになく強く叱られて、すずは大慌てでもとの草叢にとって返し、巣を置くとおそるおそる空を見上げた。

「莫迦《ばか》が、雲雀の巣のなんの盗人して。親が心配して啼きよるのが聞えんか」

黙ってこくりと、すずはうなずいた。

「あれえ、まあ。よう出来とったなあ、あの小ぉまか巣の。どうやって作るとじゃろ」

かよはおうめに叱られなければ、雲雀の巣をもっと見たかったのかもしれない。

「親になれば、何でもいたしやすぞ、小鳥でも。お前さまもいまにそうなられやす」

すずを叱ったあと、おうめは心が満たされる気がした。孫というものは子より可愛いとよくいうが、人さまの子でもなつかれれば情が移る。親なし子で、誰彼になく利口に振る舞っているのを見るといたましく思うが、叱らねばならぬ時は遠慮をしない。

すずは、子のないあたいに、仏様があてがわれたとって置きの子のようなものじゃ。この家に来て以来、あたいが抱いて寝て、夢見てひくひく泣く背をさすってやりながら、もらい泣きしたこともあった。すずはそういうあたいを知らない。それでもこの子は運がよかった。売り飛ばされもせずにこの家に拾われて、仕事も覚え、結構役にも立っている。あたいもこれから、どういう老い先になってゆくのかわからないが、すずには思いつくかぎりのことを教えてやらねばならぬ。

予定を繰りあげて早く帰って来た三人を見て、お美代がびっくりするのに、おかよはすまなさそうに言った。

「畑でえらい腹が突っ張ったもんで、おうめやんが心配して」

「そりゃまた心配じゃったろう。して、大丈夫かえ」

おかよは腹を撫でながらうなずいた。

「なあ、まだ産み月とは思えんが、早うなるとじゃろうか」

お産といえば一度きりしか経験がないお美代は、心配げにおうめの顔を見た。

「さあてなあ。産気づきなはったともちがうようじゃ。なあん、十月十日《つき》すぎれば、赤子は自分で出て来ると言いやすで」

おうめやんはわけがわからないのを呑みおろすような口調で、断を下した。


その十月十日は麦の熟れる頃だと、この家の女衆は見当をつけていた。

春の陽気は続かない。三日照ったかと思うと雨が二日という具合で、野山は日に日に洗い出されたような色になっていく。

「今年は菜種の実りすぎて、倒れかかっとりやす。起してやって手をくれておかねば、雨でも来ると叩きつけられやすぞ」

おうめがそう知らせて熊五郎を連れ、菜種に手をくれに行った。竹を突っかえ棒に立て、藁で結わえるのである。竹はしっかり打ちこまなければ、重さを増してくる菜種の茎はすぐに倒れる。男の力が必要だった。黄色い花びらをまだところどころに残しながら、菜種の莢はぎっしりふくらんで枝が垂れ下がり、地面に着いて莢がはじけているのもある。

「えらい実ったもんじゃ。雨でも来れば、油もとらぬうちに芽の出るぞ」

「馬肥やしの利きすぎじゃったかもしれん」

「油も、今年は多めに出せとの仰せじゃやそうじゃな」

竹を打ちこみながら、尋ねるともなく熊五郎が言った。おうめは中かがみになって倒れたのを引き起し、茎の丈夫なところを竹柱に結わえつける。

「多めどころか。今までの二倍は出せじゃと」

「二倍、まさか」

「まさかじゃなかぞ」

「ふーむ。今年のごつよう採れても、二倍はなかぞ」

そういうことは旦那さまの心配なさることじゃと思いながら、二人は顔を見合せ黙然として仕事を続けた。

田も畑も主人のものにはちがいないが、手をかけた穀物が実り、畑が栄えるのは彼ら下人の歓びでもあった。「仁助さまの蚕豆《そらまめ》畑の、青々栄えて美しかのう」と褒められれば、どれほど嬉しいことか。草ぼうぼうの畑を見れば、その家の内情がわかる。しかしそのように丹精した畑でも、折角の生《な》りものに二倍もの貢租をかけられると聞くと、胸に暗雲が湧き起る。村にはすでに、田畑を棄てて欠け落ちしたものもいた。

若い女の話し声を聞いたと思って熊五郎は振り返った。おかよさまかと思ったが違っていた。与左衛門の息子の嫁が畦道をやってくる。二人を見かけて手を振った。大にこにこの顔である。

活発で無邪気な嫁御じゃと、おきみは評判がよかった。どこかしら陰気なところがなくもない与左衛門の家に、花が灯ったようなものじゃと村の者たちは噂した。おかよやおうめと同様、親里が天草なので、何かあると蓮田の家に来たがった。大百姓の若嫁だからそうそう暇があろうとも思えないが、浮き立つような足どりや笑い声からすれば、今日も持ち前の無邪気さで姑さまに断って来たのだろうか。

狭い草道を、おきみのすぐうしろからもうひとり娘がやってくる。着ている物からすれば下女ではないかと、熊五郎は思った。

「小母《おば》やぁん」

屈託のなさそうな声が伸びて来た。

「あんまり気張れば、その菜種の如《ごつ》、ぅっ倒れるわえ」

「やっぱりおきみさまじゃった。えらい元気でまあ。今日はどこへ行かれやす」

ころころと嬉しげにおきみは声を弾ませた。

「どこへちゅうて、お前さま方じゃ」

「ほう、また何事ぞ」

「おかよさまの赤子《ややこ》の帯祝いに」

「そりゃまたわざわざ、心がけてもろうて」

「それだけじゃなか、お前さまにも、願いごとのあって」

「あれ、あたいになあ、何でござしょ」

「はい。うちのばばさまの、膝の疼き出されて」

「ああそういえば、今頃じゃなあ」

「はい。それが今年は、いつもよりひどうござして、きっと長雨の来るち、言いよらいます」

「膝の疼く人たちはなあ、皆そう言わす。きっと長雨の来るちなあ」

「よか天気じゃのに、本当じゃろか。もぅすぐ雨の時期ぞ、足許のびしょびしょせぬぅちに、おうめやんから艾《もぐさ》わけてもろうて来ておくれと、おっ姑《か》さまの言われるもんで」

「わけてやるもやらんもありやせん。そういう時のため、艾はつくるとでござす」

「ああよかった、ここで逢うて。遠か山木場《やまこば》に往っておらすなら、どうしようと思いよった、なあおふみ」

下女はおふみというのか。

「ああ山木場にもなあ、往かにゃならんが」

おうめは被り物をとって汗を拭きながら丘の上を見た。菜の花畑がほかの畑よりおくれて満開で、丘の稜線をかたどりながら青い空と接していた。

「あそこは種おろしがおくれてなあ。今咲きよる」

去年の日でりにこりて、丘の上には粟は蒔かなかった。早く穫れる菜種を蒔いたのである。黄色い花に埋まったなだらかな丘の肩に、たなびくような白雲が光っていた。

「な、おふみ。ちっと休んでゆこ。ああ、きつかった。それ、その背負籠《しょいかご》おろせ」

かずらで編んだ背負籠の中に、葉っぱのついた、子どもの頭ほどもある朱欒《ざぼん》がはいっていた。おきみが無造作にひとつとり出した。

「みんなでたべよ。おうめやん、その鎌でむいておくれませ。皮の厚かとじゃから」

「こりゃあ、でもひょっとして、帯祝いのお土産ではございやせぬか」

「お土産じゃが、自分の分も持ってきた。あのな、小母やん」

おきみは羽目がはずれたようなもの言いをするたびに、目をくるくるさせ、熊五郎に笑みかける。心なしか天井を向いた鼻が可愛らしい。

「あたいの腹にも、赤子のおると。朱欒食べたいと、赤子が言いよる」

言いながら、自分でもおかしかったとみえ、隣に座ったおふみの背に頬をくっつけて笑い出した。女たちの会話に引きこまれまいとでもするように離れていた熊五郎も、つりこまれて作業の手がとまってしまった。

「こりゃ、たいそう皮の厚かぞ。熊五郎、むいておくれ。腹のややさまが欲しかそうじゃ。指の力のいるぞ」

おうめやんが差し出すのを受けとって、熊五郎も畦に腰をおろした。おふみがくっく、くっくと忍び笑いをしている。ほんのり紅色をした厚皮がむけてゆくにつれて、何ともいえぬ芳香がひろがった。

おきみはみんなに割って配り、まず自分の口に入れた。

「おお、酸っぱさよ。これがたまらん」

なんとも無邪気で、大きな図体なのに言うことすることが愛らしい。こういう嫁なら、下人たちも心がくつろぐにちがいないとおうめは思った。

どこの家にでもある果実ではない。冬のさなかに熟れはじめるのだが、今頃まであるのは、与左衛門の家でもよほど大切に育てているとみえる。ほろ苦くさわやかな酸っぱさだった。

「空の美しさよ」

おきみは果汁のついた手をこすり合せながら、うっとりとしていた。

「あの菜の花山から、空はすぐじゃなあ。パライゾにゆく道は、あそこあたりかもなあ」

熊五郎はなぜかはっとして、おきみの顔を見た。胸の奥の、そのまた奥にしまいこんでいる父のいまわの声、母の声を聴いたように思ったのである。その声はしかし、おきみのようにのびやかな声ではなかった。

おうめが尋ねた。

「そして、ややさまはいつ生れやすと」

「はい、十月のつもりで」

「十月なあ、うちのおかよさまより、四月《よつき》ばかり先じゃな」

おきみは何を思い出しているのか、ひとり笑いをした。

「十月じゃれば、穫り入れの時期でござすなあ。お支度がたいへんじゃ」

「はあい。おっ姑《か》さまも、赤子《やや》が出来たら、ぴかぴか米で祝いをしようぞ、と言うておらいます」

「ぴかぴか米でなあ。めでたいことじゃ。去年の秋は、お前さま方の田圃も、えらいことでござし

たがなあ」

「ほんに、舅《とと》さま姑《かか》さまも、たいがい気落ちしておらいました。この頃は田植えの前に、田圃の手直しじゃと気張っておられ申す」

朱欒を食べて、言いたいことを言うと、この若嫁は下女を促して、機嫌よさそうに立って行った。

「生れ合せちゅうが、ああいう幸せのよか嫁御もおらいます」

見送りながらおうめは、熊五郎を見やって嘆声を洩らした。そして下女のおふみのいかにも虔《つつ》ましい姿を思い浮かべ、熊五郎に似合いそうじゃと心のうちに呟いた。


麦の穂が伸びて茎の根元が色づきはじめた頃は、照る日が続いた。

菜種は順調に収穫を終えることができた。干しあげてみると、平年より三割の増収に思えた。陽の当った暖かい菜種粒を掌に受けて、おうめは気持が和んでいた。茶色の小さい粒がしっとりと油を含んで、いかにも出来がよい。これを搾《しぼ》った油が一年を通しての灯りとなり、祝い日の御馳走の味付けともなる。この家では、とれたての油で干し大根の葉をいためて食べる習いがあって、この時期だけの楽しみとなっている。さらにまた油粕は特上の肥料で、瓜畑に施すと瓜が甘い。この菜種を代官所から責めとられるにしても、何とか自家用に残すようにせねばと、松吉やおうめはひそかに考えていた。

顔を見たこともない殿さまや、代官所の役人たちがどのくらいの人間だか知らぬが、わが身を使って働いたことのない者が、百姓の丹精しあげた作物を、紙切れ一枚で取り上げようなどとは、とんでもない心得ちがいだ、とおうめは胸のうちで思う。

それにくらべりゃあ、うちの仁助さまご夫婦は、デウス様のせいかもしれないが、人さまの事で、あっちゆきこっちゆきして、一文の得にもならんことで、晩も眠らぬ苦労をしておられる。慈悲小屋が流された時の嘆きようを目にして、あたいはしん底から、旦那さまの心に感じ入った。あやうく釣りこまれて、あたいもアメンを言うところじゃった。

おうめが菜種を拡げた筵の前に座ったまま、頭を振ったところへ、人の影がさした。

「おうめやん」

竹松の声だった。

「えらい難しか顔して、何ばぶつぶつ言いよるな」

「何も言いよらん」

「言いよったぞ。アメンとか言いよった」

おうめはひどくうろたえた様子になった。

「莫迦《ばか》言え。アメンの何の、なんであたいが言うか」

「うふうん。その難しか顔は、おなご仁王様じゃなあ。うんにゃ、寿庵さまの眉根に似とる」

「いらん世話焼くな」

「世話焼くわけじゃあなかが、さっきから見ておれば、菜種の粒、掌の窪に入れたりこぼしたり、子どもの飯事《ままごと》じゃが」

一瞬、おうめの表情がおさない半ベソになりかけたが、すぐに立ち直った。

「そうかえ。あたいも時には、飯事ぐらいするわえ」

「ほんにのう。そういえばわしもよう罠《わな》かけ作るが、雀抱き抱きアメンを言う」

「雀抱いてじゃと。嘘言うな。雀むしって焼くとじゃろうが」

「それじゃから、まず罠からはずして抱いて、おらあ、アメンを言うぞ」

「殺生ばかりして」

「殺生せん人間のおるかえ。おうめやんもこの前は、鯨とって来たなら、みんなで切り分けよと言うたぞ」

「お前や、今日はえらい口のかなうのう。ははあ、昼間から呑んどるな。ところで、何しに来た」

「何しに来たとは、またご挨拶じゃなあ。用もなかとに来るか。熊五郎はおるかえ」

「熊五郎は蚕豆《そらまめ》畑じゃ」

「山木場かえ」

「いんや、ほら、そこの先じゃ。何しにゆく」

「ちっとばかり、話のあってな」

「仕事の邪魔するなえ」

「わかっとる。邪魔はせん」

竹松が蚕豆畑の方へ歩いてゆく後ろ姿を見ながら、今日はそれ程、呑んではいないようだとおうめは思った。しかし何の用事だろう。畑までたずねてゆくとは、学問所のことだろうか。素面《しらふ》の時はまるでものも言えない男が、ほんの少しひっかけると、冗談さえも言えるというのが不思議である。あれはただの酒肴みとはちがう。人の心も素早く読みとる。アメンのひとり言を聞かれたからといって、困るわけではないが。

おうめはいつになく心が乱れて、蚕豆畑の方をちらちら眺めずにはいられなかった。

やがてその畑から、もっこりと大きな束にした蚕豆を背負って二人の男が起ち上った。

竹松はやや小さくまとめた束を背負っていた。仕事の邪魔をしなかったしるしを見せようとして、熊五郎に束ねさせたのであろう。どんな顔をして二人が並んで来るのだか、見ればロがむずむずしそうで、おうめは急いで釜屋に入った。

今夜は蚕豆の初物だ。今年になってから初めての穀物である。固くなる前の青いのを塩茹でにして、この家ではデウス様とご先祖様のお供物にする。みんなの皿にものせるが、青い初物をいただく悦びは何ともいえない。あとは、莢が黒くなるまで畑において、熟れるのを待たねばならない。

蚕豆の塩茹でを口にふくめば、ああやっと、枇杷《びわ》も苺《いちご》も熟れて来て、茄子《なす》も胡瓜《きゅうり》もなりはじめ、麦ももうすぐ穫れるのだという喜びが身の内に湧く。どこかで作物の神様が、うんうんとうなずいておられるのではないか。二人が蚕豆を担いでくるのを待ちながら、おうめはそう思っていた。


お茶の摘み時になる頃は村が活気づく。たいていの世帯が家のまわりに茶の木を植えているので、外に出た女衆《おなごし》たちが、茶を摘みながら呼び交わしたり、声をのばして世間話をしたりするからである。

仁助の家でもいつもより人数を増やしているので、この時期だけ加勢にくる女房たちのはしゃいだ声が遠くまで聞えた。家のまわりだけでなく別の茶畑もあるので、美代もおうめもいつもより忙しかった。

昼前に摘み取った茶葉は、日の暮れぬ前に大釜で煎りあげて、まだ熱いのを揉み、手早く拡げて熱をとらねばならない。気を揃えて流れるように釜に入れ、ぱちぱちと煎り上ったのを筵にのせたら、間髪を入れず手を揃えて揉む。どこかで作業が滞りでもしたら、茶の色や香りがちがってしまうのである。客の多いこの家では、とくに入念に仕上げねばならず、生葉の煎り役で、釜の横に座っているおうめやんは気が抜けない。

大勢の女手で仕上げてゆく作業の甲斐甲斐しさにひきこまれて、おかよも夢中になって働いていた。ずいぶんお腹が目立っている。笊《ざる》からあけられた熱い茶の葉を、ふうふう言いながら、女衆たちといっしょに押し揉んでみる。まだ掌の皮の薄いかよには、釜から上げられたばかりの茶の葉は、火傷しそうに熱かった。

「無理するなや。ずいぶん下の方に下がって来たようじゃ」

姑の美代が腹に目をとめて言った。

「ほんに、腹が突っ張りやせんか。誰でも最初の頃は思うようにならん」

隣に座った分家のあねさまは、ゆったりとした動きで、おかよの前にある茶葉を、網でもかぶせて取るように掌の中に丸め入れ、わっしわっしと揉んでみせた。

小さなおかよの両手がもじもじして、みんなの手の動きにおくれてしまうのをしばらく見ていて、あねさまは、荒熱がとれて扱いやすく、小さく縮まった葉っぱをひと塊、

「ほれ、やってみろな」

と筵の前に置いてくれる。あねさまの手を離れた茶っ葉から湯気が立ち、緑色の汁を含んだ一枚一枚が、まぎれもないお茶の香りをむんむん立てていた。

掌も腰も思うようには動かない。それでもおかよは心の中で、まだ生れぬ赤子と一緒になって、わっしわっしとかけ声をかけ、お茶を揉んでいた。そのうち、内股に水が走ったような感じがして、腰を浮かした。掌が止まり、揉みかけの茶の上に突っ伏した。

隣にいた美代は敏感に察知した。

「どうしたかえ」

「はあ……、来るかも」

声をしぼり出した。あねさまからも同時に声がかかった。

「来るとかえ」

茶屑にまみれたお美代とあねさまの掌が伸びてきて、両腕を抱えられた。釜の横にいたおうめやんが、つかつかと歩み寄って来ると、まわりの動きが止まった。

おうめやんがうながすようにお美代を見た。お美代はあねさまを振り向き、口早やに言った。

「産病人は、あたいとおうめで世話いたしやす。あねさまは」

彼女は広い釜屋を見渡した。

「今日摘んでもろうた分をば、あねさまの采配で、仕上げてもらえんじゃろか」

女たちはしばらくの間、

「いよいよじゃな」

「ちっと早うはござせんか」

などと囁き合っていたが、すぐにもとの仕事にもどった。二人の手助けで、躰をちぢめて歩き始めたおかよの背中に、女衆たちの声が聞えた。

「そういえば、今明日《こんみょうにち》あたりが大潮ぞ」

「夜明け頃じゃろうかな」

麦はまだ熟れきっていないのに、予定よりひと月ばかり早く生れたのは、小さい女の赤子だった。

「よかった、よかった。早産でも、母子とも元気でよかった。お茶揉みしよるうちに、早う出て来たわけじゃろう」

おそるおそるのぞきに来た大助は、つくづくとうち眺めて言ったものである。

「ようもまあ、こんな小ぉまい顔に、目鼻口がちゃんと揃うてついとるもんぞのう」

もやもやと動く手をそっと取ってみて、こうも言った。

「ふーん、手も足も、指までちゃんと揃うとるちゅうが不思議ぞ。この爪の小ささはどうじゃ。こりゃあ、神様の賜わりものにちがいない」

赤子がそのときまことに小さな口をあけて、長々とあくびをした。

「おう、一人前に、あくびまでしてみせたぞ」

まるで無防備なそのあくびを見て、大助は粛然となった。

こういう無垢な危うい命を授けられたのは、デウス様のわしに対するいましめではないか。キリシト様のいわれる〝あまねき者への大切〟の入り口に、わしはいまやっと立たされたばかりではないか。

わしはこの小さな命に仕えて、今日から父親というものになるのだ。

床にいるおかよを見た。産の疲れを残した表情が、世にも優しげにみえる。時々瞼《まぶた》をあけ、信頼にみちた眸で大助を見る。彼はおかよのそんな眸がまぶしかった。女が子を産むというのは何と不思議なことだろう。深い畏《おそ》れのような感情が湧いてくるのを抑えて彼は言った。

「夢に見よった赤子とおなじ顔じゃったかえ」

「どういう顔じゃったか思い出せんがなあ。どういう子でもよかった。お前さまの子なら」

「神様から賜わった者ぞ、なあ」

「あい。名前は何とつけましょうぞ」

「お玉はどうじゃ、愛らしかぞ」

「お玉、うーん。猫と間違えられんじゃろうか」

「猫なあ。そんなら何か花の名がよかぞ。今から咲く花といえば、そうじゃ、あやめ、あやめはどうじゃ」

「ああ、それはよか名じゃ。でも美しすぎて、名前負けせんじゃろうか。あのな、やっぱり、舅《とと》さま、姑《かか》さまにも相談せずば、楽しみにしておらいましたのに」

相談の結果、赤子はあやめと名づけられた。内野の里から、祖母のおふじと父の清兵衛が蕎麦と蓬《ふっ》餅《もち》を土産に持って祝いにかけつけた。ふじは赤子の顔を見るや、

「おお、こりゃ、眉根のあたりはお美代さま、口元はかよの赤子のときにそっくり」

と言って涙ぐんだ。

お七夜までにお茶は全部仕上り、おかよは床の中で、祝い客たちの
「そこらあたりじゅう、新茶の香りのするよ」

という言葉を嬉しく聞いた。

まだ床上げができないおかよのもとに来て、大助は学問所の進み具合を話して聞かせた。

「でも、あんまり話が広がって、代官所に聞えたら、都合の悪いことになりますまいか」

「それじゃ。それをば昨夜話し合うた。どっちみち、夏になれば倉の中では息苦しゅうなるが……」

「座敷に移られやすかえ」

「うん、しかしそうすれば、学林本は表向きは使われん」

「右近さまにまた、平家を読んでもろうて、おひらきになったあと、残った小人数の衆が倉に入られば、過ごしやすうござしょうて」

「お前は知恵があるのう。四郎さまもそのように言われたぞ」

「四郎さまと言えば、あれからずうっと、右近さまのところに」

「いや、宇土に帰っておられた。学問所のある前の日に来て、往ったり来たりされる」

「あの方が見えると、みんなが活気づきやすなあ」

「うん。大した若者を弥三どのは見つけて来らいたものぞ。天草の方も、去年一昨年と日でりが続いたもので、倒れかかっておった宗門を起し直せという気運が、出て来よるそうじゃ」

「そういえば、わたしの兄しゃまも、去年の雨乞いに集まった衆たちと、さいさい寄り合いをしておりやすそうじゃ」

「寄り合いをなあ」

「はい。何を話しよるのかのうと、ばばさまが言うておらいました」

「あの内野のあたりでか」

「はい。若い者は血の気が多いと、父さまが言うておらいました」

「去年はあのあたりでも、借米の騒動があったと聞いたが」

「それが、うちの兄しゃまもまっ先じゃったそうで」

「家には内緒でか」

「内緒ではなかったが、目立つことはするなと言われておったのに、郡代所に押しかけて、えらい元気出して……。近所の衆が、ばばさまに教えましたげな」

「四郎さまの話では、大矢野、上津浦あたりの衆が、切支丹の立ち帰りに熱心じゃと聞いておる。お前の兄さまは切支丹かえ」

「いえ、わが家は阿弥陀様で。ただ、天草の殿さまは、こちらの殿さまにくらぶれば、切支丹のご禁制もいくらかゆるやかという話でござりやす」

「そういうことをば、父さまとばばさまが話さいたのか」

「はい。お前ももう立派に親になったのじゃから、何があろうと、大助どのと一緒に、赤子を大切に守ろうぞと、いま世の中はどうなりよるか、いろいろ話してゆかれ申した」

「ふーむ。お前の兄さまとも、ゆっくり話してみたいのう」

「いっこく者で困ると、父さまは言うておらいます」

大助は笑って答えた。

「男はいっこく者の方がよか。こう見えても、わしも並ひと通りではなかぞ」

おかよにはそうは見えないが、あの嵐の晩以来、大助の中に太い芯のようなものが、ずっしりと座りつつあるのはわかる気がした。

それにしても、内野の実家の兄は何を考えているのだろうか。里帰りをした去年の夏は、雨乞いの寄り合いだと言って出てゆき、たいそうすまながっていた。この兄からは優しくしてもらった記憶だけがある。おんぶして小川を渡ったり、木に登らせてくれたり、悪童がおかよをからかいでもするとすっ飛んで来て、はねとばした。父親よりも兄の方がいつも身辺にいて、守り神であった気がする。嫁さまが来てからはそうでもなくなったが、ことあるごとに、

「兄しゃまあ」

と幼い時の呼び方がつい口をついて出た。嫁に来てみて、つくづく懐しい。その兄のところでも去年の秋、男の子が生れている。久し振りに兄と顔を合せて話がしてみたい。

乳の出がよいようにと、あちこちから鯉が届いた。産婦には鯉こくが一番よいというのである。そのせいかどうか、おかよの顎も赤子の手首もうっすらと脂が乗って、部屋中、乳の匂いがしていた。おっ姑《か》さまも大助も、一日に幾度も赤子を見に来ては頬をくっつけ、おっ姑さまなどは、「抱き癖つけるな」と人には言うくせに、自分が一番長く抱いてゆきなさる。舅《とと》さままでが抜き足さし足寄って来ては、小さな握りこぶしをそっと開かせてみて、幾度となく「うん」とうなずきなさるのも嬉しい眺めである。

すずは生れたての赤子のそばにゆくのを、最初はたいそう遠慮しているふうであった。しんとした目つきで、一間ばかり離れたところから、赤子の表情に合せて、自分も眉をしかめたり微笑したり、あるいは自分の拳と赤子の拳を見くらべたりしている様子を見て、自分の出生や両親のことを考えているのではないかとかよは思った。このみどり子は間もなくすずの宝になった。

おかよの寝ている産室から麦畑が見えた。天気のよい日には、熟れてゆく麦の色が家の中に明るく映えた。

「あと四、五日で刈り入れぞ」

「筵をたたいて陽に干して、千歯のすすも払うておこうぞ」

などというやりとりもいつもより弾んで、この時季の百姓家の充溢した気分が、あらためてかよにも実感された。熊五郎や松吉がきびきび立ち働いているのを見ていると、かよも早く床を上げて働きたい。

「さあ、あやめや、母さまも起きて麦刈りしようぞ」

おかよは何をするにつけても、あやめに話しかけずにはいられない。

「床を上げて、わたしもあやめをおんぶして、麦の仕納《しのう》をいたしやす」

おかよがお美代に申し出ると、言下に叱られた。

「莫迦《ばか》を言うな。麦の穂が赤子の目や口に入ったらどうしやる。それにまだ首もすわらん」

「あたいがお守りする。麦のチカチカが来んようにする」

まるで飛び込んで来るような勢いで、すずが申し出た。大人たちは顔を見合せた。おうめやんとすずの間で、あやめの子守りについて固い約束ができているのを、彼らも知らぬではなかった。

明後日から麦刈りにかかろうかという晩、おうめやんはすずに約束した。

「子守りが上手に出来たなら、いや出来ずとも、今年の麦の藁で、苺入れの花籠を編んでやろうぞ」

それはすずの一番欲しいものだった。麦の刈り入れが始まると、新しい麦藁をつないで作った花籠を持って野苺を摘みにゆくのは、女童《めわらべ》たちのこよない喜びである。

「作ってやるけれども、木苺とりに藪に入って、ややさまの目を棘に刺さすなよ」

おうめやんはそう念を押した。むしむしと額に汗が滲むような晩であった。お茶を仕上げた安堵から、彼女も麦藁の花籠などを思いついたのかもしれない。すずは何ともいえぬ安らぎの表情を浮べて寝入ったが、この夜半、雨が降りはじめた。

おうめは跳び起きて、筵を外に出していなかったかと考えて、倉の戸を閉め直しに行った。松吉も熊五郎も起き出して、戸外に出していた薪を軒の下に積んでいるところだった。

「何ちゅうまあ、見誤ったのう。雨になろうとは」

主人夫妻も大助も起き出して、軒下から空を見上げている。

「今夜ひと晩降れば、三日ぐらい刈り入れは伸ばすか」

「そうじゃなあ、畝が乾くにゃあ、三日か四日か」

親子はしぶきに濡れながら言葉を交わした。

明け方になるにつれて、雨は強まった。一度うとうとしたものの、おうめは雷の音で目が醒めた。

ふだんの雨なら、百姓にはナタラ（休日）の賜物である。けれどもこの雨は、おうめには凶兆に思え

た。与左衛門のばばさまの膝の疼痛が、尋常でないというのを思い出した。去年の日でりの飢渇《けかち》から待ちに待ち、丹精しあげて、やっと刈り入れにまで漕ぎつけたときになって、この大雨である。あのばばさまの雨占いは、ひょっとしたら当たるのではないか。いやいや、まさか。

篠つく雨足の中に、この家一軒だけが閉じこめられているような気がした。夜が明けかかっていた。常になく重い気分で土間に降り、かまどの下に火をつけた。煙出しのために少しばかり開けた戸から、しぶきが霧のように立って流れ込んでくる。火つきが悪かった。

折角実のひきしまっていた麦の穂は、もう充分に水を含んだろう。畝の間は川になっているのではないか。穂から二、三粒むしって、指で潰《つぶ》してみたのは四、五日前だったか。ころりと成熟した粒にはほんの少し汁気があった。噛んでみると、充分な滋味を含んであまかった。旦那さまにも噛んでもらった。

「よう仕上っとる、粒も太かぞ」

今思うと、あの翌日あたりに、刈り入れておけばよかった。

早目に刈ろうかという思いは、みんなにもあったのかもしれない。同時にまた、折角ここまで育ったのだから、あと四、五日置けば、ばっちり実が締まるだろう、その方が実離れもよい、仕納もしやすい――。言わず語らず、みんなそう考えたにちがいないのである。仕方がない。新しい麦を産病人さまにも食べさせたいが、しばらくは古麦で我慢してもらおう。

そう思ったところへお美代が声をかけて来た。

「やれやれ、おうめやん、がっかりじゃのう」

「仕方ござんせん……。お天道さまのご機嫌ばかりがなあ、あたいにゃ読めやせん」

「まあな。お茶なりと仕上げておいてよかった」

「ほんに。お茶煎りの間中、よか天気でござりやしたが」

「あ、そうじゃ。縁起直しに、今朝は新しかお茶の葉入れて、お茶粥にしようか」

「そりゃ、ようござりやす。そうしやしょう、気分直しに」

眉の曇りが晴れやらぬような表情で、みんな囲炉裏のまわりに集まって来た。炊き上った鍋を、おうめやんが「それっ」と声を出して熊五郎に渡すと、揺すれた鍋から、新茶のまじった粥の香りがそこらじゅうに漂った。

おかよも二十日ぶりに朝餉の席に座った。元気な産婦なら七日もすれば働き始めるのだが、早産だったので、お美代が大事をとって床上げを許さなかったのである。みんなの顔が新鮮に見えた。

「ほう、新茶の粥じゃな」

まっさきに仁助が顔をほころばせた。温かい茶粥に大根漬をコリコリ嚙み合せていると、明け方から兆していた不安が溶けてゆくのが不思議であった。味噌汁には、初物の茄子が浮かしてあった。

「さあて今日は、麦刈りが出来んとなれば、あやめとでも遊ぶとするか」

大助がのびをしながらそう言うと、さっそく仁助は用事を言いつけた。

「こういう雨の日に、あれをば書き出しておこうぞ」

「何でござりやしたかな」

「代官所から言うてきた小物成の割り当てじゃ。村役と相談する前に、一応の目安を作っておかねばな」

「ああ、あれでやすな。えらいこまごまというて来とりやした」

「この囲炉裏にも、そうじゃ、あやめが生れたのにも、年貢がかかるぞ、ぅふふ」

「ふーん、赤子にもかかると知ってはおったが、なるほどのう」

大助はおかよの胸で乳を吸っているみどり子の髪を指でなでた。

「これ、あやめ。お前にもなあ、年貢がかかるとよ。一人前じゃぞ、わかるかのう。ようし、わしは二人前でも三人前でも働くぞう」

和やかな笑いが上った。雨の音の中で、打ち揃っての団欒があった。

「それにしても、派手な前梅雨《まえづゆ》でござすのう」

土間に降りた松吉が言った。松吉は仕事始めには、気合いを入れるつもりか、いつも何か言うのだが、今日は藁打ちドンコを持ち出して来て、朝の仕事にとりかかった。

とんとんと安定した音が響き始めた。雨の日は藁が適度に湿っているので音がやわらかい。雨の日にこそ、足半《あしなか》草履を一足でも二足でも多く編んでおかなくてはならない。藁を叩いて柔らかくさえしておけば、縄もなえるし筵も編める。

縄ないも上手下手があるが、松吉はこういう手仕事は苦手だと自分でも思う。藁はちゃんと打つが、左手の中指をハミ切りで切り落しているので、縄をなうのは上手とはいえない。熊五郎なりおうめやんなりが、いつでも足半草履や筵を編んでよいように、根気づよく藁を叩いて柔らかくしておくのが、自分の仕事だと松吉は思っていた。畑で刈り取った麦の束は縄でまとめてひっくくり、片っ端から倉と小屋に担ぎ入れ、脱穀しなければならない。下手でもまあ、やっぱり縄をなっておくか。そう考えて彼は小屋の方に作業場を移した。

昨日のうちに少しなりと刈り取って、小屋に入れておけばよかったとちらと考えた。しかし刈り取ったにせよ、乾燥もさせずに小屋に積み上げても黴《かび》が生えるばかりである。くよくよ考えても仕方がないと松吉は思った。

熊五郎はおなじ小屋の中で、あらあら干しあげた菜種を枡で計って袋に詰めていた。

「乾燥の利いたのをば、甕に詰めろよな」

「はい」

「どこに匿したものかのう。よか知恵はなかか」

「ない訳じゃあござっせんが」

「あるのか」

「わしがこの頃じゅうかかって割った薪の下に、古舟の厚板を敷きやす。その下に穴掘って、甕を入れようかと思いやすが」

「おおなるほど、お前もまた、えらいうんと薪割って小積み上げたのう」

「はい。麦の熟るるのを見ておると、躰が働け働けちゅうもんで」

「ふうむ」

こそばゆいような声を出して松吉はこの若者を見た。

「躰を動かしよれば、知恵もちっとは湧いて来てな。もしや、麦がうんととれたなら、穴掘って甕に入れて、米がうんととれたなら、薪を山ほど割って小積んで、その下に甕をば匿して」

熊五郎は袋を土間に置いたまま、かたわらのひしお甕を指の先で叩き始めた。そして調子をとって、祭文かなんぞを語るようにとぼけた声を出した。

「いよいよ飢饉になったれば、花咲爺じゃございせんが、旦那さまこれここに、お米の声が聞えやす、ここ掘れ、わんわんとわしが言う。さすればはたからおうめやんが、何ぼ夢見とるかと言われ申す」

「うふふ、まずそうじゃろうな」

松吉が笑い出したところへ、作人の定市が飛びこんで来た。うしろに誰か連れている。

「前梅雨になったなあ。止んだと思やぁ、また降って来た」

言いながら髷の上や脛のまわりを拭いて二人の顔を見た。

「雨見舞いに来たら、二人とも陽気な顔しとるのう。まあ、ナタラ（安息）日和じゃしのう」

「ナタラでもなかわい。麦刈りのつもりが潰《つい》えてしもうて、がっくりしとるぞ。お前こそ、雨降り仕事は何もなかとか。油売ってまわって」

松吉は言いながら、定市のうしろの一人が気になった。

「お天道さまから申しつかってな。こちらの様子を見てこいと言われた」

おどけた口振りながら、用事ありげに聞える。

「で、どういう様子に見ゆるかの」

「そう、まっぽしに聞かれると、言いにくいがの」

「早う言え。おうめやんがお茶さし入れに見ゆる時分ぞ」

「おうめやんか。おとろしかのう」

「どこがおとろしかかえ、定市つぁん」

真うしろからそのおうめやんが、お茶の盆を抱えて現れた。定市は大袈裟な悲鳴をあげてみせた。

「お前さまも、今日は暇かえ。麦刈りがなあ、だめでござしたのう」

そう言いながら、定市ともう一人の分の湯呑みものせたお盆を、伏せてある甕の上に置き、

「ほれ、新茶でござす」

と言うと、さっさと釜屋の方へ戻ってしまった。

「あい変らずの小母さまじゃ」

「なあん、口はああじゃが、心は神様じゃて」

「それじゃけん、わしゃ肝が冷ゆる」

「用事で来たわけじゃろう。まあ、そこへ座れな」

熊五郎は小積んだ筵を指さした。定市が戸口に立ったままの連れに顎をしゃくると、二十五、六に見える若者は腰をかがめて敷居をまたいだ。

「これはわしの従兄弟でな、有馬に住む三吉でござす」

三吉は二人に頭を下げた。

「この三吉がこの頃、昔の御影《みえい》を見つけ出して、拝んでおるというんじゃが」

「ほう、昔の御影をば。近頃とんと拝まんが、どういう図柄じゃ」

「それがのう、伴天連のような人の前におなご衆がひざまずいて、長か髪でその人の足を拭いとる

図柄じゃ。えらい神々しかところからすれば、キリシト様と思うがのう」

「誰かちゃんとした人に見てもろうたかえ。拝むなら拝むで、どういう御影か、訳のわかっておらねばならんじゃろう」

「それじゃ、実はその相談に来たわけじゃ、やっぱり右近さまか寿庵さまに見てもらうが一番じゃろうか」

「それでもよいが、なあに、わざわざよそまで行かずとも、ここの旦那さまなら、どういう御影かおわかりじゃろう。ここの家には、むかし、幾人も伴天連さまがお宿をされたちゅうで」

「そう願えれば何よりじゃ。なあ、三吉」

定市は若者を振り返った。

「それに松吉どん、不思議なことのあってなあ。三吉、話してみれ」

若者はしばらく言い淀んでいたが、ちらりと二人を見上げて口を開いた。白目のところが少し引き吊り加減である。癇のきつい性分かもしれないと松吉は思った。

「じつはうちのおふくろさまが、去年の大風の晩、夢を見やして」

「ありゃあ、正夢じゃったぞ」

昂ぶりを抑えて定市が相槌を打った。

「大風のごうごういう中で、焚物《たきもの》小屋の上に雷さまの光って、それも三遍続けざまに、稲妻の走った夢ば見やして、跳び起き申した。焚物小屋が火事じゃ火事じゃと、跳び起きて」

「それで家中が、騒動になったとじゃろ」

「はい。かねてはおとなしかばかりの人間が、ただごとではなか声ば出すもんで。わしもすぐ小屋を見に行き申した」

「そしたら」

定市が促した。先を早く松吉と熊五郎に聞かせたいのである。

「そしたら、小屋の屋根が吹き外れて、古柱が、裸で突っ立っておりやした。その古柱が雨風の中で、青白う光っておりやして」

茶をすすっていた松吉の手がとまった。

「梁の折れたのをばひっかけた柱を取り巻いて、霧というか雨の塊というか、白か、光るもんの渦巻いておりやした。何でござしたろか、あれは。この目に見え申した、はっきり」

「そりゃあ、竜神さまの舌じゃったろうぞ」

定市がそう言うと、あとしばらく沈黙が続いた。雨の音が強くなり、倉の中がいっとき暗くなった。

「光は間ものう消えて、火事にならじゃったのが不思議でござす。おふくろは腰の抜けて」

「ひと月ばかり寝こんでおらいたのう」

「はい……。夜が明けて、屋根の片づけをしておったら、これが出て来て」

三吉は布をほどいて、煤色の竹筒をとり出した。

「この中に、御影のはいっておりやす」

厳重に油紙で封をしたのをほどいて、とり出したのをみると、煤で全体が茶色に汚れた布に、たしかに定市のいうような図柄が色彩ゆたかに描かれていた。

「これは、いわくありげな絵じゃなあ」

「あの晩おふくろが、小屋にクルスの立ったぞ、父っつぁまの魂の宿ったぞと、しきりにうわ言を言い申して、あくる朝、小屋の跡かたづけをしておったら、この竹筒の出て来たもので……」

三吉はふいに声を詰まらせた。定市がその先を言おうとしたが、滑らかには声が出ない。

「じつはその、この三吉の父っつぁまは有馬の殉教組でなあ、これが赤子の頃、十字架にかけられて果てられた」

寄り合いが好きな上に、頓狂な意見ばかり述べて、人柄が軽いと見られている定市が、こんなに神妙な面持で語るのを、松吉は初めて聞く思いだった。熊五郎は表情を変えて、まじろぎもせず三吉の顔を見つめている。

やがて熊五郎が咽喉の圧しふさがった声でたずねた。

「十字架に見えたとか、その古柱が」

「見えんこともなかった。折れた横木ばくっつけて、いっとき青光りして立っておったが、おふくろには、父っつぁまの十字架に見えたかもしれやせん」

熊五郎の目が常になく暗く光っているのに、松吉は気づいた。

「その時からというもの、おふくろの様子がおかしゅうなって……。おふくろはこれまで、父っつぁまのことはひと言も言わずに来やした。それがわなわな身ぶるいして、父っつぁまの焚物小屋に来ておらいますぞ、と言い始めて。憑きものがしたようになって、えらい困ったことになりやした。十字架の青光りしたのをば、お前も見たろうが、あれは父っつぁまの十字架に違いなかぞ、わざわざ御影まで投げてよこされたろうが、早う拝み所つくれとせっついてなあ。がらっと人が変り申した。たしかに、父っつぁまの魂の憑いとるに違いござりやせん。いつもはおとなしかばかりの無口な人間でござりやす。

それでわしはなだめやした。父っつぁまはそりゃ、むごい死に方されたかもしれんが、マルチリ（殉教）を遂げられたからには、パライゾにゆかれたに違いなか。遺された者が騒ぎ立つれば、後生の障りになりゃあせんか。そうわしが言うと、おふくろはわなわなふるうて、お前《ま》や何ばいうか。よくもそういう太平楽ば言うぞ。どういう死に方じゃったと思うか。口にも出来んぞと言うて、泣かれやした。ああいう恐ろしかおふくろを見たのは初めてで……。

わしが胸に取り縋って、七生までも生れ替って、切支丹になって見せようぞ、さあその槍で刺し通せ、さあ殺せと言わるその顔は、おふくろじゃござせん。あれは殺される時の父っつぁまの形相でござす。恐ろしかやら悲しかやら」

「どうもやっぱり、父っつぁまは成仏してはおられんようで。並の殺されようではなかった者は、一足飛びにパライゾにはゆけずに、家に遺した者のところに戻るとでござしょうかなあ。

やっぱりおふくろがいうように、形見の絵像を祀って、ちゃんと拝み所をつくらん事には、おふくろがひょろひょろ翔んでまわって、十字架ぞ、十字架ぞ、燃え上るとぞ、さあ面々に担《かた》げずば、地獄ゆきぞと言うて回るもので、困っておりやして。したが、拝み所つくるにせよ、どういういわれの御影か、人に聞かれても知らぬではすまぬゆえ、定市やんに相談した上、こなたに伺うたわけで」

松吉は熊五郎がどういう心持で三吉の言葉を聞いているのか、それが気になって息が詰まりそうだった。ここ近年は中浦ジュリアン様の殉教はあったものの、信者狩りの噂もあまり耳にしないようになったが、二十数年前には、名の通った神父さまだけではなく、信徒と名がつけば片っぱしからひっくくって、見せしめの処刑が行われていた時期があった。どの村でも、戦さが通ったあとのように息をひそめ、犠牲者たちの名をささやき交わして、冥福を祈ったものである。三吉の父が磔にかかったのもその頃であろう。

松吉はとくに熱心な信徒でもない。親の代からこの家に仕えて、自然に切支丹になっているにすぎない。それでも、三吉の訴えには彼の胸底に響くものがあった。三吉のおふくろさまは、何十年も人にも言えず夫の苦しみをわが苦しみとして来て、あの嵐と稲妻の夜、自分を縛って来たが突然はずれたのだ。おふくろさまは夫が処刑されたとき、おそらくは転んで助かったのであろう。だが、青火に包まれた柱が十字架に見えたとき、夫の切支丹の魂がふたたび彼女にとり憑いたのだ。畏怖のようなものがずしりと松吉の心に落ちて来た。

小刻みな震えが来るのを、熊五郎は拳を握りしめながら抑えていた。両膝を抱いて、菜種嚢の胴が鈍く光るのを見つめた。首をはねられた自分の父は、いまわの時、何をその目に視たのだろうか。母親はどこで何をして生きているのか。あるいはもう、この世の者ではないかもしれぬ。

三吉の母に、彼はふと懐かしさを覚えた。その人は夫の死に様を一日たりと忘れたことはなかったはずだ。自分が父の死を片時も忘れはせなんだと同様に。三吉のおふくろさまはあの嵐の夜、真実、燃える十字架にかかった夫の姿を目にしたのであろう。殺された夫の魂にとり憑かれた中で、その人は切支丹に立ち返ったのだ。そうか、切支丹とはそのようなものだったのか。

学問所で習う切支丹の教えは、いわば大人になってからの手習いのようなものではないか。裸の切支丹、わしどもの切支丹は、三吉のおふくろさまのような、もの狂いの姿をしておるのかもしれぬ。おっかあと、彼は思わず心に呼びかけた。

三吉の拳が熊五郎の目にはいった。煤色の竹筒を握りしめ、ふるえていた。目が合った。白目のところが青かった。

松吉は竹筒を預かり、しばらく待っているようにと言い置いて、母屋の方に消えた。ややあって現れた松吉は、

「ちょうど寿庵さまが来ておられてのう、いま見て下さっておる」

と告げて、定市と三吉を母屋へ伴った。

寿庵はしげしげと絵像を眺めていた。

「これは珍しいものが出て来たのう。椅子に座っておられるのはキリシト様で、その御足を髪でぬぐうておるのは、マグダラのマリアといわるる女人じゃ。これは、長い荒野の旅の果てにくたびれ切っておられるおん主の姿を見て、心を痛めたマグダラの女人が涙で御足を洗い、長い髪もて拭き浄めたという物語を絵にしたものぞ。これが、そなたの家の焚物小屋から出たとはのう。聞けば、そなたの父御《ててご》は殉教をとげられたそうじゃな。いかなるいわれで伝わったかは知らぬが、父御の魂がこの御影となって現れたものかのう。大切にせいよ。

拝み所を作るというはもっともなれど、役人の眼が光っておるのを忘れてはならぬ。くれぐれも用心して、内密に設けることじゃな。それにしても、よいものを見せてもろうた。今日は何とのう足が

向いて、雨見舞いに来てみたが、甲斐のあったぞ。三吉とやら、心して祀れよ」

こちこちになっていた三吉は、その言葉を聞くや、続けざまに涙をこぼした。

「おふくろがさぞ……。いや、父っつぁまも」

辛うじてそれだけ言うと、三吉は這いつくばってお辞儀をした。

定市と三吉が思いつめた目つきになって帰ってゆく頃、雨が止んでいた。激しく降ったあとは、海と山から湧き立った霧が地上に垂れこめる。雨上りの、勢いを増した小川の縁をゆく二人のあとを、熊五郎が追って来た。

「待ってくれ、その……」

小川の縁が雨を吸ってゆるんでいるので、足許が滑るらしく、熊五郎は踊るような恰好になった。

「俺もその、おふくろさまに」

そこまで言ってためらうように口を閉ざし、あとは一息に吐き出した。

「見舞いにゆかせてくれ。俺ぁ逢いたい、おふくろさまに」

二人は顔を見合せた。定市は熊五郎より三つ歳上である。幼い頃からの悪童仲間だが、いらぬ口出しはするくせに、喧嘩に弱い定市は、相手が手を振り上げただけでもう大泣きして逃げ回り、熊五郎を探すのだった。小さな熊五郎の背中に隠れ、へっぴり腰でしゃくり上げる姿はおかしかったが、熊五郎がにらみ返すだけで相手は手を引いた。そうは言っても定市は歳上である。逢えば兄貴のつもりでいるので、熊五郎はかえって気が安まった。

三吉を連れて相談に来たのも、熊五郎がおなじく殉教者の父を持つ身の上であるのを、知った上で

のことであろう。目尻をひくひくさせている三吉を、熊五郎は赤の他人とは思えなかった。

しばらく見詰め返していた三吉はかすれた声を出した。

「来て下さり申せば、助かりやす」

同意を促すように定市に目を向ける。

「おう、おう」

定市はうなずいてみせた。

「熊五郎が来てくれれば、おふくろさまも、ちっとは鎮まらるかもしれんぞ」

「ひとのおふくろとは思えん。今日はまだ仕事が残っておるが、旦那さまの許しもえて、次の雨の日にはきっと逢いにゆく。三吉どん、よかろうか」

「よかも何も……。嬉しかばかりでござす」

三吉は面を火照らせながら、低く頭を垂れた。

「その時や、俺が舟に乗せて連れてゆくから」

そう定市が言うのを聞いて、熊五郎はこの男のこまかく気を配る一面を見た思いがした。


次の日から三日ばかり晴れ間があった。低地の畑は畝の間がぬかるんで刈れなかったが、山木場の麦は人数を集めて早刈りした。斜面だから水引きが早く、麦が乾いているので、小屋に持ちこんで置いて、空を見い見い少しずつ外に出して乾かして仕納ができる。

「あと一日晴れてくれれば、畝が乾き上らずとも、下の段は一気に刈ろうぞ。倉も小屋もなるべく片づけて、広々となしておこうぞな」

去年の稲は刈ったという実感がなかった。今年初めての麦を刈って、心なしか話もはずんでいる晩飯の時に、松吉はそう言って加勢の衆を見回した。この時期から田植えすぎまで、釜屋が賑わう。松吉がいちばん松吉らしくなって貫禄に見えるのもこの時期である。加勢の衆も手慣れたこの下人頭のいう通りに、鎌を研いだり筵を繕ったりしていると、麦のかますが目の前に積み上ってゆくような気分になった。

あと片づけがすむとおうめは、もう十日ぐらい前から暇さえあればそうしているように、石臼の前に座ってごりごりと去年の蚕豆をひき割ったり、小麦を挽いたりした。

この家では稲や麦の仕納の時は、蜂蜜をそえて塩味の団子を出した。それが加勢の衆の楽しみであったので、粉挽きは大事な仕事だった。石臼のかたわらで美代もふるいを使ったり、挽いた豆の皮を取りのけたりしていた。

「団子作りに要る分は、おおかた挽きあげたようにあるなあ」

「はい、もうこれで足りやしょう」

「これで、去年の小麦はおしまいかえ」

「念のため、田植えまではとってござりやす」

「やっと持ちこたえたなあ」

「はい。今年の麦は余分に蓄えておきたいもんで」

「ほんにそうじゃ。来年は、あやめの雛の節句もある」

「内野の方々にも来て頂くとでござりやしょ」

「そうとも、楽しみにしておられる。その時は蓬餅《ふつもち》、搗《つ》こうかいな」

「蓬なら、すずが沢山摘んで来たのをば、茹でてござりやす」

「お七夜の時に、内野から来てもろうてよかった。お水も授けてもろうたし、ルイザちゅうて、洗礼の名もつけてもろたしなあ」

「はあ」

なんだか浮かぬ声の返事である。

「あたいは、あやめさまでよかと思ぅとりやす」

あら、しまった、洗礼名などおうめは関心がないのだったと美代は思ぅ。話題を変えた。

「お膳のことは、お前にばかり任せてすまんのう」

「させてもらわねば、あたいの仕事の無《の》ぅなります」

にこりともしないのはいつもの事だが、明日からの麦刈りの女衆の手伝いは、おうめが段取りをするようになっている。その頭の中をわたしが邪魔しているのではないか。美代はばたばた、自分のやりかけを片付けて母屋に退散した。

翌日は早朝から刈りはじめ、小昼の休みに、ふかし立ての団子を出した頃から空が曇って来た。人数が多かったので、もう半分は刈っていたろうか。いっせいに空を見上げた。

「どうしたものじゃろうか、このまま刈り進めたものじゃろか」

「それとも、刈ったのを早ぅ取りこんだものじゃろか」

皆が松吉とおうめの方を見る。

急いで束ねて、小屋に取り入れようという事になった。団子で気持がほぐれていたのが、はっと立ち上って、みんなものも言わずに麦束を担ぎあげ倉へ走った。

すずはこの日、初めて赤子をおんぶさせてもらい、麦束を荷なって倉に走りこむ大人たちを見ていた。空中に舞う麦の穂のイガイガを、赤子に吸わせるなと言われているので、座敷の障子を少しだけ開け、その隙間からのぞいているのである。

熊五郎が倉の中にいて、束を小積み上げる指図をしている。倉に入りきれなくなって、作業小屋にも入れはじめた。こちらには壁がなく、庇から筵が垂らしてある。あと少しで入れ終ろうかという頃ぱらぱら落ちて来た。とりこみ終えてみんなが土間に座りこんだのと同時に、沛然と降り出した。

肩で息をして互いを見まわすと、みんな目が窪んでいた。暮れ六つ時分でもあったろうか。

「はあ、戦さじゃったなあ」

「戦さより忙しかったぞ」

昼飯を食べる暇もなかった。

「団子なりと食うておったで、もてたわい」

空腹であったが、一応は取り入れたという安堵から笑い声が湧いた。

「ともかく、早う昼飯、いやもう晩飯でござりやす」

おうめが案内に来た。

「こりゃあいかん、この雨は」

そう言いながら濡れ鼠になって飛び込んで来たのは竹松だった。麻袋を背に負っている。釜屋の片隅にどさりと置くとおうめに言った。

「牡蠣でござす。殻のまま打ち落して、潮でじゃぶじゃぶ洗うて来た」

「これはまあ、何よりな物をば」

珍しくおうめやんがまっとうな返事をして頭を下げたもので、竹松は照れてしまった。

「あのな、今すぐ大鍋に入れて、熱か汁ば、啜らせてあげ申しませ」

たちまち仕上った牡蠣汁を配ると、歓声ひとしきりだった。腹が落着いてみると、雨は小止みになっている。だが、刈り残した分はすっかり濡れてしまっただろうと皆は思った。仁助が出て来て挨拶した。

「ご苦労でござした。おかげで、半分以上は取りこめた。わが家はおかげで、刈った分だけは倉に入れたが、明日刈るつもりじゃった家々では、さぞ気落しておられよう」

座はしんとなってしまった。麦束を担いで走りながら、よその麦の色がみんなの目にとどまっていた。

「止むじゃろうか、この雨」

誰ともなしに口に出すと、さあ、という声があたりから聞えた。

雨期に入れば、ただ一日の差で、刈り入れた家とそうでない家とは明暗が分れてしまう。麦は未熟だと穂の落ちがよくない上に、悪くすると黴が来る。完熟のためには一日でも長く畑に置きたい。一方、雨に濡らさぬためには、少々未熟でも好天のうちに早刈りする工夫も必要で、その兼ね合いがむずかしい。濡れた麦を倉に収納すると、間違いなく黴が来る。降られたら、刈り入れを先にのばし、晴天が続いて穂が乾くのを待つしかないのである。

雨は翌日も、その次の日も降り続いた。例年より早く梅雨が到来したのではないかと人びとはおそれた。それでも祈るような思いで天を見上げ、ひたすら屋内の作業に励んだ。

仁助の家では、取り入れた麦は何とか穂を落し、粒にすることができた。熊五郎はその作業がすむと、仁助の許しを得て有馬の三吉の家を訪ねた。約束どおり定市が、降りしきる雨の中を舟で迎えに来てくれた。

ひと目見ただけで三吉の家は、父亡きあと、母子でやっと暮らしを立てて来たというたたずまいだった。松吉や熊五郎の下人小屋には、おうめが織ってくれた筵を敷いて、手まめな松吉が大工仕事もするので小ざっぱりしている。草屋根の傾いたこの家の敷物は目の荒い菰《こも》である。

熊五郎のことをどんな風に説明してあったのか、初夏というのに閉め切った部屋の片隅で、おふくろさまはただ黙って頭を下げたままでいた。おおいかぶさった白髪で顔が見えない。思っていたよりは年寄りに見えた。熊五郎はその尖った肩を見て、胸もつぶれる思いがした。自分の母はもっと哀れな姿になって死んだのではなかろうか。

挨拶するにも言葉が出ない。

「叔母じょ」

定市が声をかけた。気持を抑えたような低い声だった。

「よんべ語っておいた、マルチリ（殉教）組の、安三やんの息子でな、熊五郎じゃ」

ぴょこんと老女の肩が動いたが、顔は上げない。家の中が見えて来た。かずらで編んだ櫃《ひっ》が部屋の隅に置かれ、煎餅布団がのせてある。鴨居に小さな棚をさしかけて、くすぼった木箱がのり、前に置かれた徳利には青い葉をつけた小枝がさしてあった。おそらく祭壇のつもりであろう。何もかも煤一色の中で、その青い葉だけがわずかに生きた色に見える。壁ぎわに、脚つきの膳が二つ、その上にはげた椀がのっているがほかに家具はなかった。

殺された夫は少ないながら田畑を持ち、他家の作や山仕事にもやとわれて、そこそこに暮らしていた。夫の死後その田畑も人手に渡り、この女は親類や近所の者たちのあわれみに縋りながら、幼い三吉を育てあげて来たということだが、一昨年、去年と続いた日でりの苦労が、よほど身にこたえたようだとは、櫓を漕ぎながらの定市の話であった。

「その上、あの十字架の青火を見てからは、頭にうち上ってのう。飯も炊くことは炊くが、よう焦がすというし、家の中も汚のうしとるゆえ、そのつもりでおってくれ」

定市の言葉を思い出しながら、熊五郎は気持を鎮めて低く頭を下げた。

「わしゃあ、口之津の仁助さま方の熊五郎と申す者で……。わしの男親は、ここの父っつぁまとおなじ死に方をし申したで、一度おまいりさせてもらいとうて、伺いやした」

老女は喉にひびの入ったようなかすかな咳をした。思い出したように、また雨の音がし始めた。

「父っつぁまは、どこに祀っておらいますか」

定市が指さした。

「そこそこ。この上じゃ」

鴨居の上の棚を見上げると、老女はさっきよりも意志的な咳をして、何か言おうとした。だが痰がからまって声が出ない。三吉が背中をさすってやった。

老女は背中を波うたせながら、やせた腕をあげて指さした。棚とは反対の方向だった。

「あっちでござりやすと」

吹き飛んだという焚物小屋を指しているのだと、熊五郎はすぐに察した。暗がりの中で、老女の顔が見えて来た。定市が慌てて言い直した。

「そうじゃった。そっちの小屋に宿っておらい申す」

「屋根がなあ、まだかぶらずに。この雨で、気の毒でござりやす」

身じろぎしながらいざり寄って来て、老女が囁いた。ふるえをおびた細い声である。三吉と定市はおどろいたといった風に顔を見合せた。嵐の夜の一件以来、他人にまともな口をきいたことがなかったからである。気の毒とは、そこに宿っている亭主の魂のことを言っているようでもあり、雨の中をお詣りに来た熊五郎への挨拶にも受けとれた。

「あのなあ、雨があがれば、麦藁をちゃんとかぶせやすで、まいっときの辛抱じゃ、おっかさま」

「わかっておるわいな。父っつぁまもなあ、まちっと早うにここにおるぞと教え申さいたなら、屋根の手入れもしたものを。死んでからまで隠れておらいたのは、あたいたちをば助けようとの心からじゃろうよ。でもなあ」

老女の口調が変った。

「そりゃお前さま、情けなか。あたいは一日たりとも忘れたことはなかったわえ。何度追うてゆこうと思うたか。お前さまも知っとるじゃろう。三吉をばちゃんと育てろと言わるゆえ、今日まで生きて来たものを。隣におって、あたいたちを見ていてくれたとは、嵐の晩まで気づかじゃった。雨があがったならば、匂いのよか麦藁で屋根葺いて、もうお前さまを濡らしはせぬ」

しばらく言葉がとぎれ、しぼり出すようなやさしい声になった。

「傷の養生もせねばならぬゆえ、焚物小屋の屋根が葺き上るまで、こっちに来らいませ。三吉、お前も頼め、こっちに来らいますように。今思えば、死んでからあそこに宿ろうと思うて、せっせと焚物小屋を作っておらいたわいな。三吉、父っつぁまの形見ぞ、手の型ぞ、あの小屋は」

客が来ているのはわかっているらしいのだが、おふくろさまの気持は、焚物小屋にばかり向いているようだった。

「お前、今日のお詣りはしたか。客人が見えたようじゃが、まずはお詣りをしていただこうぞ」

三吉はこういう時の母親の扱い方を心得ているようで、熊五郎にお辞儀をすると、焚物小屋の方を向き、低い声でオラショを唱え始めた。

「謹んで恭敬《くぎょう》礼拝奉る。天地のおん主《あるじ》、われらがアニマ（霊魂）の国のまことの主にてあらいますゼズ・キリシト、はかりなき御仁愛をもって、なし給われしこと、世界の罪科、われらが肉身の苦しみをばひき受けて十字架にかかり給いし勇猛のおん心の、さてもかたじけなきことかな。御身を置くべきわれらが粗末なる小屋をば、オラショの御堂となし給え。アメン」

熊五郎は一緒に跪きながら思った。集まりの時に寿庵さまの口からオラショを聞くことはあったが、自分で唱えたことはなかった。処刑された父がどんなオラショを唱えていたのか、もちろん知らない。考えようとしても、頭に血が逆流する気分に襲われる。

三吉の唱えているのを聞けば、形通りのオラショではないようで、自分の家の焚物小屋を御堂にな し給えと言上している。自分と三吉はたいへん違う。青火に燃えていたという十字架など俺は見たことがない。

おふくろさまは息子のオラショに誘われたのか、何か言い始めた。はじめはよく聞きとれなかった。

「言うてみよ、言うてみよ、なあ三吉」

「はい。何を言えばよかろうかなあ」

「われは主なりと仰せられたは、どなたさまかえ」

「十字架にかかり給うたお方であらい申す」

「おお……あのお方じゃとも。うちの父っつぁまもお伴してゆかいたが……。なぜじゃろうか」

「それは……この上ない御位の主であらいますゆえ、お伴され申さいた」

「して、その御位とは何ぞ」

「十字架にかからるる前に、われは主なれども、わが国はこの世のものならずと申さいた」

「その国とはいかなる国ぞ」

「アニマの尊い御国《みくに》と聞いており申す」

「誰が聞かせたぞ」

「夢に来て、父っつぁまが教え申さいた」

「父っつぁまがかえ。あたいの夢にも出て来らいます。アニマの国へ往くのに、なして、ああいうふうに死なねばならぬかえ」

おふくろさまの声がむせび泣きのように聞える。

「よみがえりのためじゃ」

「そのよみがえりとは」

「アニマの国のおん主は、われらが罪と苦しみをひき受けて、わが身を槍の穂先にさし出さるる運命《さだめ》じゃったげな。それとひき替えに、未来永劫のいのちをわれらに授けられたのじゃと。父っつぁまがそう申さいた」

「よう言うたぞ、三吉。父っつぁまはあの気性じゃ。ええいとひと息に覚悟して、アニマの国にひとっ飛びなされたにちがいなか」

熊五郎は目の前で始まった思いがけない対話にひきこまれるうちに、両親と別れて以来茫々としていた内心の問いが、形を結んで見えてくる気がした。

「お前の声は、父っつぁまの声によう似とる」

「もの言いがおっかさまに似とると、近所の衆は申されやす」

笑みを含んだ三吉の目が定市を振り向いた。いつもと違う親子のやり取りに気を呑まれたのか、日頃の軽口を出さず、定市はうなずいた。

「定市よい、恵みの雨でよかったな」

おや、さっきとは違うてまあ、尋常の挨拶をすることよと、定市はおどろきかつ安心して、叔母を見た。

「ほんによか雨で」

と受けると、彼女はほとんど愛らしい声で言った。

「麦も腐れて、稲も育たぬ雨になろうぞな。世の中の根元が腐れ落ちて、溶けだす成り行きと思わぬかえ」

「叔母じょ」

めったなことをと口に出かかったが、口をつぐんだ。頭にうち上った人間は、先のことを言い当てると聞いている。

「世の中の腐れ落つるのが肥やしになって、まことの国が生れはすまいかのう、定市」

別に返事が聞きたいのでもないらしく、おふくろさまは熊五郎の方に向き直った。

「お前さま、よう参られ申した。父御は、マルチリ（殉教）の組であらすとな。母御はおられぬと……。さぞや今日まで、さびしゅうあらしたろう」

その手が破れた菰の上を静かに這ってくるのを熊五郎はぼんやり見ていた。手は膝に乗り、肩を撫で、頬を撫でて来た。小さな暖かい掌であった。じわりと肩を抱かれた。湿った部屋の中で、すえた草の匂いがした。思い出せない遠い記憶の中に連れてゆかれるようだった。暖かい雫が額の上に降って来た。彼は老女のなすがままに任せながら、口の内に呟いていた。おっかさま……。

言ってみたい言葉だった。口に出した。

「おっかさま」

瘠せた小さな三吉のおふくろさま、頭にうち上り、気がふれたと思われている老女の胸は、心の臓がとくとくと動いて、ぴったりと熊五郎を抱き、両の腕は暖かい。じわりと涙が湧いた。草の道を走り出して泣いていた幼い日に帰ったような気持になって、彼は身悶えした。

思いがけぬ情景が展開するのにおどろいて、定市はしきりに瞬きし、入り口の戸が開いて人が来はせぬかと心配していた。うっかり人に聞かれてはならぬことを、彼の叔母とその息子はさっきから口走っているのである。雨が降っていてよかったと彼は思った。

おふくろさまは熊五郎を放すと、膝の上で両の指をつまぐりながら、ひとり言ともつかぬことを、きれぎれに唱え始めた。

「雨は恵みの雨なるぞ。麦は腐れて、稲も育たぬ成り行きじゃや。この世の根元の押し流されて、父っつぁまの血の川も、この雨に交ざり合うてな、やがて澄んできて、アニマの草木の萌ゆるとぞ」

しばらく黙って座っていたが、おふくろさまは海の方角を指さし、きっとした声で言った。

「三吉、熊五郎。生き人形のからくりの都から、軍勢が来申すぞ。定市、お前は油断するまいぞ」

帰りの舟を漕ぎながら定市は詫びた。

「びっくりさせたのう、熊五郎。今日はまたひとしお、様子の変っておったわい」

「いや、お詣りさせてもろうてよかった」

「どこやら正気のようにも思えるが、どう見たかえ」

「正気と思いやした」

「ふーん、やっぱりそうか。あれが本性とすれば、一段と用心が肝要じゃ」

Y.H.

「俺ぁ、母親の味を知らんゆえ、三吉どんが羨ましゅうござりやした。親子でああいう話が出来るちゅうは」

「わしゃあ、恐ろしかったぞ。ありゃあ、二人とも憑き物のしとるにちがいなか。ここだけの話じゃが、並の切支丹じゃなか、本物の切支丹の憑き直したにちがいなか。困ったことになったぞ」

「俺ぁ無理もなかと思うがなあ。父っつぁまの殉教のあと、おふくろさまはものも言わずに、おとなしかばっかりじゃったちゅうが、その時のほうが仮の姿で、今やっと、本性に立ち返らいたのと違うか」

「お前までそういうことを言うてくれるな。本性ちゅうは、誰でも持っとるがな。けれども人前では、それは出さんものぞ。みんなして、それを出したらどうなるか。お互いそれを出さずにおるゆえ、世の中は収まっとる。お前とわしの間も収まっとる」

熊五郎は吹き出してしまった。

「定市やん、俺に切支丹の本物が憑いたら、どうするかえ。憑くかもしれんぞ」

「何じゃと。馬鹿言うな。そんならたった今、舟を降りろ。泳いで戻れ」

舟の揺れるのに合せて、二人は躰をゆすりあって笑った。

雨は半日止んだり、夜の間止んだりしながら、からりとは上らなかった。

こういう時が本の読み頃なので、倉には若者が集まった。往き来の途中濡れるので、それぞれ着替えを用意してくる。濡れた着物を釜屋に竿を渡して干すと、若者たちの体臭と、かまどの煙がまじり合って、むせ返りそうになる。それでもおうめと松吉は黙々と釜屋で立ち働いていた。

第六章　御　影

熊五郎は三吉のおふくろさまのことを誰にも話さなかった。仁助や寿庵から絵像の成り行きを尋ねられても、考えこんだ様子で、はかばかしい返事がなかった。

彼は下人の身なので、侍の子弟が多い学林の会では、一番うしろに控え目に座っている。質問などするはずもないのだが、講師たちは彼のいちずな視線に貫かれる気がして、この若者が殉教者の遺児であることに思い至るのだった。

大助がわが家の倉で開かれる学林に彼を誘ったのは、一緒に育った仲というごく自然な感情からだったが、講師たちに熊五郎が強い印象を与えているのを知るにつけ、自分の選択には意味があったのだと、ひとつ歳上のこの若者に深い絆を感じるのだった。

「あんまりもの言わんが、骨のありそうな若者じゃよ、あの熊五郎ちゅうは。目がしいんとしとる」

寿庵にそう言われると、大助は嬉しかった。

「親がああいう果て方をいたしやした晩に、うちの屋敷にさまよいこんで来たのが縁で、今では、この家になくてはならん人間にござり申す」

「ふうむ。まだひとり者かえ」

「はい、親父どのが、よか嫁がおれば世帯を持たそうと言うており申すが、まだその気はなかようで」

「見込みがあるぞ、あれは。侍の子でも、へにゃへにゃしとるのがおるが、あれは面構えがちがう」

「そう言うてもらえば、誘うた甲斐があり申した」

寿庵は、弥三が長崎からもたらした絹の画布を山田与茂作に渡す際、三吉の焚物小屋から出たという絵像のことを尋ねてみた。

「この目で見ぬことには、何とも申せませんが、セミナリヨの仲間の誰か、あるいはわしが描いたものかもしれませぬ」

と与茂作は懐かしがった。

「この目で見たいものでござりやすのう。もしも自分の作じゃとしても、若年の作ゆえ、さぞ未熟でありましょう。どういう具合に描いておるものか、ちと気になり申す」

「じゃあそのうち、三吉に言うて、持って来させるとするか」

「そう願えれば、何よりでござります。わしもこの頃、また聖画を描いてみたい気になっておりまして。むかしより、少しはましなものが描けるやもしれませぬ」

「それはありがたい。学林がこの先しっかり育ってくれれば、御影もひそかに掲げておきたいものじゃ。そなたが描いてくれるとあらば願ってもない。ときに、注文の画布はこういうのでよかったかのう」

「結構でござります る。こういう画布を前にしますと、冥利に尽きるというか、ふつふつ絵心が湧いてまいりまする」

「さもあろう。羨ましき限りじゃのう」

絵師は大仰に手を振った。

「いやいや、寿庵さまのお茶こそ羨ましゅう存ずる。あの馥郁《ふくいく》たるお点前。あやかりたいと思うてもこればかりはなあ、つけ焼刃では生地が現れ申す」

「さように言うて下さるまい。湯気の流れが遊ぶがごとく、柄杓《ひしゃく》に手がゆけばよいが、不意となあ、すぎし戦塵のまつぼり風が、くぐり戸からまぎれこんで来たりするわい」

「まつぼり風が」

まつぼり風とは、思わぬところに屈んでいたりする風である。

「さよう、どこやらに立ち迷うておるのじゃろうて」

「おどかされますな。手前は絵師にて、腰の刀は飾りもの。そのような風に吹かれると、絵筆の先がふるえまする」

「さようじゃな。しかしお手前の絵筆は身どもの刀などより、よっぽど皆の頼りになっておるわ。百姓どもが、おぬしの描いた御影を拝むのを見ておれば、身のひき締まる心地がするぞ。あれを拝むには、作法もお点前もありゃあせん。ただ真心じゃからのう」

「そのように言われると恥じ入り申す。わしはただ好きで描いておるだけで、おのれの信心といえば、至って底の浅いものにて」

「そうへりくだられるな。よかろうではないか、ただの好きで。わしの茶も、ただの好きというだけじゃよ」

いたずらっぽい目つきになって寿庵は笑った。与茂作は思った。このご老人、腹の底のわからぬお人かと思うておったが、絵や茶のことなら、肩の力を抜いて話しに来てもよさそうである。

三吉の焚物小屋の尾根葺《ふ》きに、お前、加勢に行って来ないか、ついては今年の麦藁を、要るだけ舟に積んでゆけと仁助に言われて、熊五郎はすぐにその意味を悟った。

あの絵像の成り行きを見届けて来いということであろう。よその村の家に麦藁をわかち与える義理は仁助にはないのだが、三吉に対する熊五郎の思いも察してのことにちがいない。仁助はつけ加えた。

「先方にはな、長雨で藁の置き場に困っとる、もろうてくれれば助かると言え。さすれば、向うは気を遣わずともよかか」

定市をはじめ近所の者も加勢に来て、雨のやみ間を見ながら二日ばかりで葺きあげた。薪もきちんと積みあげ、竹筒からとり出した御影を、薪でとり囲んだ小さな空間に匿した祭壇に納めることができた。三吉はおふくろさまに仕上り具合を見せた。

「おお、見違えるように美しゅう片づいたわいな。こりゃあまあ、えらいよか御堂の出来たぞ。魂入《たましい》れをせずばなるまいが、御影はどこにしもうたかえ」

壁際に積んだ薪束をとりのけると、その奥にぽっかり小さな空間が現れ、暗がりの中に御影が浮び出た。

「おお、こりゃ、よか匿し場所の出来たのう」

おふくろさまは、暗い祭壇をのぞきこみ、まわりのことなど忘れたように長い間祈った。

聖画の中のマグダラのマリアは黒髪に描かれていた。半身を覆うその髪はキリシトの御足を拭おうとして落ちかかり、伏せた両眼は涙に曇って、キリシトの御足も見分けがたい様子である。薄暗い中にほのかに浮び出た御影にぬかずき、熊五郎は母子とともに祈った。

「御堂の魂入れにまで、立ち合せてもらい、思わぬことにござりやした」

熊五郎は仁助にそのことを報告した。


長雨の中で杏だけが冴え冴えと色づいていた。

刈り入れのおくれた麦の熟れ色が黒ずみ始めた。大百姓の与左衛門の家では三分の二ほど取り入れをすませたと聞いて、仁助はほっとした。あちこち聞き合せてみると、多少の違いはあるが、どこの家でも刈り残しを持ってやきもきしているという。

それでも山手の麦は助かるかもしれぬと皆思うのか、小やみになると、それっとばかり山木場へ走った。濡れた麦は重い。山坂道を滑りこけたりしても、誰も笑わなかった。ふやけた麦でも、牛馬が喜んで食うのである。

人びとは途中でゆき逢っても口数が少なかった。立ち腐れしそうな麦をそのままにして、早刈りした田を打ち返したり、苗床を作ったり、田植えの準備が始められた。しかし、米は作っただけ、領主にとりあげられるのである。いつの年にもまして、田づくりが空しく感じられた。

人びとは空を見上げながら祈り始めていた。雨乞いではないので、銅鑼や鉦は鳴らないけれども、心に祈る気配が、村々に立ちこめていた。

島原と天草は海峡をへだてるだけで、ひとつながりと言ってよい。天候不順は天草もまったくおなじことで、長雨を嘆き、切実に祈る気分が大矢野、上島、下島にひとしくみなぎっているとは、しばしば船で往き来する弥三の話であった。ことに上津浦は南蛮寺のあった所ではあるし、クルスを持ち出して行列しかねない様子だとのことである。

四郎はしばらく口之津の学林に姿を現さない。宗門のことで何かと相談を持ちかけられて、父親ともども大矢野を訪れているとの、これも弥三がもたらした消息であった。

その四郎は天草上島、上津浦の海辺に近い草の小径《こみち》を歩いていた。大矢野島の親類、太郎助が道案内についてきた。二人とも蓑笠を着けている。大地は底の方までだぶだぶとほとびて、径という径は水の筋になってしまっていた。流れの両側の草叢が揺れ、水の中で赤い藪苺がふるえていた。笠を叩く雨が霧しぶきになって顔にかかってくる。

「こう降り続いては、鮒も泥鰌も、あっぷあっぷしとりやすぞ」

太郎助は母方の親戚にあたる青年である。冗談で言っているのではない。

「雨宮さまの池の金魚が、この前の大水に酔食《えく》ろうて、鳥居の脇のつつじの枝にひっかかっておったちゅうて、子どもたちが掌にのせて来ましたがなん」

「ほう」

太郎助は真剣な目つきで、脇径の藪かげをのぞいた。

「ややっ、これは鯉でござすぞ。ほら、そこに逃げこんどりやす。鮒かにゃ。いんにゃ、口鬚もっとる」

水に漬った野茨《のいばら》の蔭に、たしかに五寸ばかりの黒い鯉が、急な流れを避けて口をあくあくさせていた。

「雨水は魚には硬うござすからのう。合わんとじゃろう。いったいこれは、どういう天候でござりやしょう」

四郎は島原、口之津の方を振り返った。今日は雲仙すらも見えない。ただ茫々と雨雲の濃淡が動いているだけである。右近や大助たちはどうしているだろうか。

この前の学林の集まりでは、噂の竹松を見た。コンフラリヤ（信心組）を除名されそうになったほどの酒呑みというから、無頼漢のような面構えかと思っていたが、案に相違して優しげな男であった。

「ああいう、莫迦《ばか》のふりを通す人間がおるゆえ、この世はなかなか油断がならん」

いかにも興深いという顔をして、寿庵は鼻毛を抜いていた。

倉に向きあった釜屋で、濡れた着物を乾かしてくれるおうめにも、四郎は挨拶を交わすようになっている。切支丹ではないと名乗りながら、これほど剛毅な優しさが躰の隅々まであふれている人間を見たことがない。ぶっきらぼうを装っているけれど、心はまことに恭しい。

「いつも手間をかけ申す」

四郎が声をかけても、彼女の返事はごく短い。

「なんの」

それっきりである。遠く離れてみれば、あの声音やまなざしがなんとも懐かしい。足許を水に洗われながら太郎助についてゆく。

上津浦にはむかし伴天連ママコス上人の南蛮寺があった。二年続きの凶作を何とかもちこたえ、今年の麦の稔りを楽しみにしていたのに、例年になく早い長雨で、丹精こめた麦が目の前で腐りつつあるのはこの土地ばかりではなかったが、南蛮寺が最後まで残ったという土地柄だけに、上津浦の人びとの間では空があのように灼けるのは、人間の悪業にあきれ果てられた神が、この世に最後の裁き、ズイソ(最後の審判)を下される前兆ではあるまいかと、不穏な噂がとび交っているとのことであった。その様子を確かめるために、四郎は父のすすめもあってこの地を訪れたのだった。

上津浦の庄屋梅尾七兵衛の家をまず訪ねるようにと、四郎は父から言いつかっていた。七兵衛の家は、いま四郎父子が滞在中の渡辺小左衛門家の姻戚で、小左衛門の伯母、お里は七兵衛の母にあたる。

「宮津から舟で行けば、上津浦はすぐそこじゃ。天草のうちで昔から、上津浦の組は大矢野組と昵懇の間柄、大切な縁ゆえ、そのつもりでのう」

渡辺小左衛門から見せられたコーロス上人依頼のイエズス会宛文書には、「肥後国上津浦・大矢野組」の筆頭に七兵衛の名が記されていた。聖名はたしかミゲルであったと思う。自分がまだこの世に形もなしておらぬ二十年前に、熱誠あふれる手紙をヨーロッパに送った人びとが、身近なところにいたことに四郎はあらためて心を揺さぶられた。

集落へ入って七兵衛の家を訪ねると、ひときわ目立つ門構えの家がそれであった。庭先に廻って声

をかけ、開いた障子のうしろの人影に、蓑笠を取りながら、

「宇土の益田四郎でござります。父の名代にて参上つかまつりました」

と挨拶した。

「おう、おう、よう参られた。早う顔見たいと思うておったが、まあ立派になってのう」

まろび出て両手をさしのばした老女が七兵衛の母であった。渡辺家の冠婚葬祭の折、祖母や父に連れられて訪うたことのある四郎は、この老女が女たちの中心になって、甲斐甲斐しく指図していたのを記憶している。四郎の祖母とも仲がよく、四郎自身もたいそう可愛がられたものである。

老女の心からのよろこびように、湿った衣服が一度に乾くような気分になって、四郎は客間に通った。まず渡辺小左衛門の父伝兵衛と自分の父甚兵衛からの手紙をさし出した。

客間には男たちが五、六人集まっていた。当主の七兵衛は六十に近かろうか。銀色の髪を髷には結わず、うしろにくくりあげていて、小柄ながら品格があった。四郎をひき合せると一様に声が上った。

「これはこれは、益田さまの御子息が見えるとは、来合せて運がよかった」

それにうなずきながら、しんから嬉しげに七兵衛がいう。

「大矢野組とは昔から身内同然でござりやしたが、縁を忘れずに、若いお人がまいられるとは、嬉しゅうござりやす」

男たちはわれ勝ちに口を開いた。

「益田どのと渡辺の大庄屋どのは兄弟のちぎりを結ばれた仲と伺うておる。さればわれら上津浦組とも、身内というてよかろうぞ」

小西の旧臣とも見える中年男がそういうと、そうじゃそうじゃと、四郎はたちまち身内にされてしまった。あらためて、島びとたちの人懐こい気質に思い当たった。

「梅尾どのの縁者にこういうお人がおられたとは、先のたのしみが見えて来たぞ」

「ごめんなされよ。この長雨で、寄りさえすれば話が湿りがちでござしてな、珍しかお顔を見て、みな、気が晴れ申したようで」

少し賑わいすぎるのを七兵衛が詫びた。

「正直のところ、何を見ても気が滅入るばかりじゃが、大矢野の方には何か、景気のよか話はござりやせぬかな」

「はい。景気のよき話を持参いたすべきでありましたが、あいにくそのような話もござりませず、申訳なく存じまする」

四郎が居ずまいを正して答えると、この若者に茶をたてようと茶筅をまわしかけた七兵衛が、困ったような笑い顔になった。

「四郎さま、この御仁たちの言うことに、そのように律儀に答えずともよろしい。お身《み》さまを見てただ嬉しゅうて、何のかの言いかけてみるだけじゃ。ほかに挨拶の仕様を知らんとみゆる。ゆっくり膝を崩されませい」

四郎はしばらくきょとんとしていたが、来訪の意図を思い出した。

「さきほどより皆さま仰せの長雨のこと、大矢野にてもゆゆしき事態じゃと、寄り集うては案じておりまする。こちらに来る道々も、気をつけて畑の様子を見い見いして参りましたが、刈り残しの麦が倒れこみ、水に漬った穂先から、芽の出かかっておる有様をあちこちに見うけて、胸が塞がり申しました」

長い息をこの若者が吐いたので、男たちは思わず顔を見た。目許にかそかな蒼さをたたえ、なにかしら凄絶な表情である。

「去年おとどしと凶作続きの果てにこの有様。百姓衆は天に祈ってもその甲斐なく、この世の終りを待ち望む気分がみなぎっておりまする。小左衛門どのや父の憂えておりますのは、食べ物のことから、あさましきことが肉親の間にさえ起きつつあることにて、口にアメンを唱えながら心には餓鬼が棲みつき、このままでは宗門も内側から喰い破られはすまいかと、憂えておりまする」

七兵衛は同座の者たちと眼を見合せた。

「そのことでござるよな。実はこの近くで、一家中のくびれ死がありましてな。その葬いのことにて、かように集まっておる次第で」

「それは……。いかなる事情でまた、一家中がくびれ死とは」

四郎が問うと、地侍ふうの男がぽろりと答えた。

「盗みじゃ」

四郎が七兵衛に眼を向けると、彼は洗った茶筅を碗の中に置いて重たげに口を開いた。

「それがなあ。夜分、かぼちゃ畑に盗人が入って、つかまえて見たら十《とお》になる男の子じゃった」

口ごもりがちな七兵衛に替って、隣に座った篤実そうな四十男が言い継いだ。

「つかまえた男というのが、畑の持ち主で、かねてより気の荒か鍛冶屋じゃ。泣いて謝るのをば両掌をとらえて、この掌が盗んだかと、棒で打ちくらわせたちゅう」

「こらしめようもひどかったが、やはりそのあとの噂がのう」

地侍が呟く。あとは一座からてんでに声が出た。

「盗みは親がやらせたのじゃと、言い出すものがおりやしてな」

「それで一家は戸を閉め切って、出て来んようになり申した」

「隣の者が哀れがって、そろっと声をかけたり、夏豆を茹でて戸口の前に置いたりしてみたが、翌朝には豆には蟻がたかって、吉蔵じいさまの泣き声が洩れよったそうで」

「飢え死にするのじゃなかろうかと、皆で心配したが、音がせんものじゃから、三日目に戸をこじ開けて見たら、子ども三人くびり殺して、爺、婆、母親とも死んでおり申した。見られた有様ではござらなんだ。父親は二年前に死んでおりやして」

「鍛冶屋は鍛冶屋で、相手が子どもゆえ気が咎めたのでやしょう、気がふれて目は鳥のようになって、おれは天狗ぞと口走る始末で。そのあと、どこに消えたか、一家ごと姿を見せぬ」

「死んだ者たちが連れ出したのじゃと、みんな言いおる」

「人魂が六つ、夜更けにふわふわしながら、鍛冶屋一家を、連れてゆくのを見たちゅう者もおりやしてのん」

一通り事件を語り終えて、座が沈みこむと、七兵衛がつけ加えた。

「仮の埋葬はすんでおりやすものの、みんな気が転倒しておりやして、このままでは村中祟られると言い出しやして。尋常のことではないゆえ、あすコンフラリヤから葬いを出すことになり申した。

気の滅入ってなりやせんが、祈ることだけは、みんな忘れておらぬのが、救いといえば救いでござす」

初夏というのに部屋は冷え冷えとして、大きめに切られた炉に火が入れてあった。湿った部屋に炭火の色がよくなじみ、七兵衛はそれが癖のように、ときどき灰かきをした。

あけの朝早く四郎は、一家全部くびれ死んだというその家を七兵衛の後について訪ねた。

「どういう暮らし向きであったのか、のぞいて見たこともありゃせんじゃった。あとに住む者も居るまいし、そのうち取り壊さねばなるまいが、葬いの前に一度訪《おと》のうておかねば、死んだ者たちに申訳の立たぬ気がいたしやす。これも庄屋の勤めで」

七兵衛がそう言うので、ついて行くことにしたのである。

思った通りのあばら家だった。土間にはいると大きな水甕があった。へっついには古鍋がかけられ、煮汁がこびりついていた。水甕の脇の竹棚の籠に、椀の類が洗って伏せてあり、胸をつかれた。皿をひとつ取ってみて、七兵衛は突っ立っていた。

「萩の花の……」

呟きながら四郎にそれを手渡した。皿には可憐な萩の青絵が描かれていた。

「何を食べたものでござしょうかのう」

銀髪の老人はおろおろ声でそう言うと、ちらと四郎を見上げた。それから、まるで畏れ敬いでもするように、そろりと鍋に近づいて蓋を取った。腰をかがめてしげしげと空っぽの底をのぞきこんでいたが、低い声で、

「おお、ヒジキじゃ。ヒジキを食うておりましたぞ。吉蔵よい……お前さぞ」

途中から声がおかしくなった。泣き声が洩れていた吉蔵じいとは、庄屋の幼馴染でもあったのか。

七兵衛は四郎の袴につかまり、よろよろと火のないへっついに向って跪いた。

「われらを許し給え、ビルゼン・マリア様」

口の内でそれだけ言うのがやっとのようだった。四郎は渡された皿を手にしたまま、黙ってうしろに従っていた。庄屋が来たのに気づいたのだろう。近くの者たちが現れて、中をのぞいている。床下に脱ぎ散らしてある子どもの藁草履を七兵衛が取り上げた。鼻緒が切れて泥がついているが、藁はまだしっかりしていた。庄屋の手がわなわなとのびて来て四郎にそれを渡した。戸口で女童の声がした。

「次郎やんの足半《あしなか》ぞ」

藁を惜しんで足の裏の半分くらいに作るので、足半というのである。小さな足半を手にしたまま、四郎は女童の方に近寄った。

「次郎やんのかえ」

こっくりとうなずいて、その子は老人と四郎を見くらべた。

「次郎やんの足半ちゅうのが、なして分るかえ」

「あそこの畑で、あたいが拾うた」

指さすのを見ると、次郎吉がとらえられたというかぼちゃ畑である。そこで拾ったのを次郎吉の家になげこんでおいたのか。七兵衛が女童の前に立った。

「お前が拾うたのかえ。功徳をしたのう」

なんのつもりか、緒の切れた小さな足半を片手に捧げ持ち、よろけるように歩く銀髪の七兵衛を扶けながら、四郎がつき添ってゆく。片手には皿を持って、ときどきそれに見入っていた。その後ろにさっきの女童と男の子が三人従った。大人たちが、これ、ついてゆくなと手招きするが、子どもたちは目に留めない。見かけぬ山伏や旅芸人が通った時にそうするように、一列になって渚辺の道をついてゆくのだった。

七兵衛は一家の埋められた場所に立ち寄った。子どもらの数は途中でまた増えた。無常があると子どもたちがどこからか湧いてくる。無常とは人の死ぬことを言うけれども、子どもらも彼方からの声に呼ばれているのかもしれなかった。無言の一行はそのまま庄屋の庭へ入った。

庄屋の庭は並の家よりは広い。ふつうの家と門構えがちがうのでふだんは入りづらいのだが、無常の日ゆえ叱られないと思うのかもしれなかった。子どもらは、庭の植えこみを珍しがってその蔭にかくれたり、男たちが花柴の筒を作るのを、かがみこんで瞬きもせずに見ていたりする。

近所から集まった女房たちはひそひそと囁き交わしながら、お斎《とき》の用意をしていた。蕎麦を打って、野菜汁にほうりこもうというのである。庄屋の家といえども台所の事情は厳しいのだが、お斎なしというわけにはいかない。蕎麦の団子汁というのは考えた末での献立だった。

四郎のまわりに子どもらが寄りついていた。この若者のゆくところ、どういうものか子どもが集まった。四郎自身は特別子どもが好きというのでもないが、磁石に吸い寄せられる砂鉄のように、子どもがくっついてくる。

「今日は無常の日じゃろう。お前ら、顔と手ぐらいはきれいに洗うて、浄めるものぞ」

四郎からそう言われると、彼らは井戸へ走ってゆき、やがて、見てくれといわんばかりに戻って来て、また四郎にまといつき、そこいらの小石を拾ったりした。

人びとが集まり始めた。人数も揃って来たのを見計らって、宗門の組親として七兵衛がまず挨拶した。

「足許の悪い中を、皆々ようお集まり下さいた。村に今までなかったような悲しいことが起きて、次郎吉はじめ爺さま婆さままで六人、今頃は仲よう、ご昇天されておると思いたいが……。死に方が死に方ゆえ、この世に思いが残って、そこいらの岩の蔭、木の蔭に来ておられやせぬかと思い申す。あまりにも哀れな果てかたじゃ。わしも庄屋、組親として、あの一家に心をかけておらじゃった。朝晩唱えておるオラショにも、身が入っておらぬゆえ、かようなことを引き起しやした」

七兵衛はそういうと懐から、白い布にくるんだ次郎吉の、小さな緒の切れた足半草履を取り出し、恭しくおし戴いて皆に見せ、しつらえられた祭壇にそれを乗せた。

「今朝方早う、次郎吉の家へ行って、この足半を、近所の女の子からもらい受けて来申した。かぼちゃ畑に落ちておったそうで、緒は切れており申す。つかまった時に履いておったものでござりやしょう。藁は去年のもので、まだ新しゅうござす。子どもの足じゃれば、あと三日くらいは履け申したろう。わしゃ、切のうして……。去年の藁はまだ新しゅうして、これを履いておった子は……、この世におりやせぬ」

七兵衛は心を鎮めるように天を仰いだ。

「子どもは村の宝でござりやす。その宝をむざむざと殺しやした。おのれの命を殺《あや》むるは、わが宗門の第一の重罪でござりやす。それを承知で一家ぐるみ首くくるとは、よほどの覚悟が無《の》うてはでき

YH

やせぬ。そのような無道な覚悟を誰がさせたか。

この一家を首くくらせたのは誰じゃ。……その筆頭はこのわしでござり申す。このわしじゃ」

七兵衛の首はがくりと落ちた。やがてあげられた面はひきゆがみ、目の光のほかは削り取られたような顔になっていた。

「盗みをした以上、それなりの仕置きを受くるは当然のこと。子が仕置きをされたからというて、吉蔵爺はじめ六人の者は首くくったのではあるまいよ。食うものが尽きたゆえ、生きる道はないと思いこんだのでもあるまい。心じゃよ。われらが心の冷たさに、生きる力を失うたのじゃ。そうではないか、皆々方。わが宗門は日頃何と教えており申すぞ。愛によって生きよ、まずは隣の者をば、わが身のごとく大切に思えと教えており申す。口にはオラショを唱えながら、この一家の苦しみを思いやる心がわれらにはなかった。連年の凶作の末に、いまやわれらは、わが一家の生くる道のみ思いわずらい、われさえ生くればそれでよしという心に成り果てておったのじゃ。そのように成り果てたのは誰のせいぞ。このわしじゃ。組親たるわし自身、この一家がこれほど追い詰められておるとは知らず、盗みの一件を耳にいたしても、うかうか聞き過ごしており申した。組親たるわしがそのような信心うすき偽善者ゆえ、神はわがコンフラリヤを見棄て給うたのじゃ」

七兵衛は崩折れ、この世の割れ目に落ちたものが手をさし伸ばすように、組んだ手を高く頭上に捧げ、声をふり絞った。

「天なる主《あるじ》よ、罪深きわれらを許し給え」

沈黙があたりを支配した。天に向ってさし伸べられた七兵衛の手は、尾ひれをつけた噂をわれ勝ちに流しておきながら、祟りから逃れたい一心で、口を拭って葬儀に参列している者たちのうしろ暗い衿首を、いきなりつかみ出したのである。怯えたように七兵衛を視る者もいた。すんだことをほじくり出して、これでは死者の恨みをわざわざ引き出すことになりはすまいか。七兵衛が掲げて見せた小さな足半草履が、みんなの心に思いもかけなかった畏れと後悔を引き起していた。

大方の家には、死んだ次郎吉と歳の変らぬ幼子がいて、大きさの似た足半草履を家々で編んでいる。七兵衛が示した足半は、あの家の子どもたちが藁を打ち、婆さまか吉蔵爺が孫たちのために編んだのであったろう。

まだ履きつぶしてもいないのに、はげしく引きちぎれている小さな足半草履が、両掌の先もまぶたの上も、青黒く腫れ上っていた次郎吉の死顔に重なって見えた。一家の死の意味が心の底に浸みとおり、人びとはうろたえ、身震いした。棒立ちになった人びとの間に、言葉にならないパニックが生じているのを四郎は見ていた。

七兵衛は瞑目していた目を開けると、気根がつき果ててかたわらの四郎を見た。その手に白い皿があった。あの家の椀籠から持って来たものである。それを目にしたとたん七兵衛は、あの家の者たちの魂を、四郎が皿にのせて連れて来たかのような幻覚にとらわれた。

「四郎どの、その皿を持っておられるゆえ、お願いしたい」

「何なりと」

「お手前にお祈りをいただきたい。わしは力が尽き申した。次郎吉の家のアニマ（霊魂）を呼び出しては下さるまいか」

「わかり申した」

七兵衛は気をしずめるように村人たちを見回した。

「わしは今申したごとく科人じゃ。わしの祈りでは力が足り申さぬ。幸いここに、美き客人が見えておられる。昔から上津浦によしみ深き大矢野組の益田四郎さまじゃ。このほど宗門の学びを終えて天草にお帰りあった。今朝も、次郎吉の家を一緒にお訪ね下さいた。手に持たれておるは、あの家にあった皿じゃ。一家が最後に何を食うたものか、洗うて伏せてあった」

七兵衛の声が不意に途切れた。人びとは四郎とその手にのった白い皿を凝視した。四郎はゆっくりと一歩出て名乗った。

「今日、ただならぬ御縁につながれてここにおり合せることを、有難く大切に思いまする。若年ながら皆々さまとともに、お祈りをつとめさせていただき申す。その前に、亡き一家の魂をここに招きまする」

そう言うとあの女童を手招きした。不思議そうな面持ちで歩み寄ったその子に、四郎は皿を持たせ何事か囁いた。四郎はさらに、ひと塊になっている子どもたちの中から男女五人を選び出し、糸をつけてたぐるように並ばせた。

曇天のもとで、四郎の胸にきらりきらりと光るクルスに気づいて人びとははっとした。取締りの厳しい昨今、表立って十字架を胸にかけた人を見ることはない。しかもその十字架の光りようは普通ではなかった。ひょっとするとこれが黄金というものではないかと誰しもが思った。

静まり返っている一団の中で四郎はひざまずき、人には聞きとれぬほどな祈りの言葉を口のうちに唱えながらゆっくり立ち上ると、大切そうに皿を抱えている女童の前に立った。それから胸の十字架を外すと掌に持った。瞬きもせぬさまざまの眸がその手の動きに集中した。指の間から光が放射した。長く細い指がこの世のものではないように雅びやかに動いて、十字架は女童の額にしばらく当てられ、静かに皿の上におろされた。

小糠雨を降らせていた雲間がその時晴れ、陽がさした。その瞬間、幼女の両手に抱えられた白い皿の上に、あざやかな朱《あけ》の一点が浮き出てみんなの目を射た。はっとまなこを凝らすと、初《う》い咲きのような柘榴の花が一輪、瑞々しい葉をつけ、ふるえを帯びながら載っている。

目を見はって突っ立っているその子の耳に四郎は囁いた。

「次郎やんの魂ぞ、アニマぞ。落すなや」

まわりに立っていた者たちの間から、どよめきが起きかかったが、すぐに引いた。

四郎は祈りを唱えながら一番年嵩の男の子の前に立ち、幼女にしたとおりのことをした。その子は十字架を額に当てられたあと、何か言われて両の掌をひろげた。目に鮮やかな朱の花がまた一輪、男の子の掌の上に湧いた。一向に晴れなかった長雨のはざまの、ものみな饐《す》え腐れてゆきそうな湿気の強い空気の中で、十字架の光が四郎の指の間から放射し、柘榴の小さな花の朱はいかにも可憐で瑞々しかった。こうして六人の子らの掌に一輪ずつ花が載せられた。次郎吉の家の者たちの名を一人ずつよび、四郎はその子だけに聞える声で、

「魂ぞ、大切にな」

と言い聞かせたのである。子どもたちの恭しい姿の変化に、何を言われたのか大人たちにも察しがつ

いた。海底の深い渦の中に、足許からぐいとひき咥《くわ》えられる感覚が人びとを襲った。それは眩暈のように続き、激しい痛悔のために胸がぱくぱく割れそうになるのを誰もが自覚した。人びとはわれ知らずひざまずき、心から許しを乞わずにはおれなかった。

「ビルゼン・マリア様、われら科人を扶けられ給え」

唱える声がここかしこから幾重にも起きた。やがて人びとは、魂の浮揚してゆくような気分に満たされていったが、目《まなこ》は、白い皿の上に浮いている可憐な花にひきつけられて離れなかった。それを胸にしている幼女の顔が、天使のように見えた。

うつつの目の前で、もの静かな少年の指先から黄金の十字架の光とともにあらわれたその花は、むざんな死をとげた次郎吉の家の最後の食事に使われた皿の上に、霊的な甦りのしるしとして浮き出たのである。

おお魂ぞ、次郎吉のアニマの花ぞと思った時人びとの目は涙に霞んだ。人びとはこの世とあの世の境にはいりこんで、次郎吉の一家とともに魂の受け返しをしているような気分になった。自殺者はインヘルノにゆくと言われていたから、マリア様のお扶けを借りて一家のアニマがそちらへ行かぬよう、合わせて自分たちの罪科が許されるよう、必死に願わずにはおれなかった。

子どもらが大切そうに小さな花を掌に入れて並ぶ前で四郎は姿勢を正し、みんなの耳にはっきり聞きとれる声でオラショを唱え始めた。

「さても人間を深く大切に思し召さるる甘露の御主《おんあるじ》、いま我、謹んで御身のはかりなき御ボンダアデ（仁慈）を頼み奉る。我らが悪逆の報いを御身に引き受け給い、その御苦しみを以て、我らに当たるべき御征罰を度々のがし給い、過ぎし科を赦し給う上は、我らが科を受くべき苦しみの道に再び立ち返らず、これより後は罪科を犯さざるようガラサ（恩寵）を与え給え。

我らがスピリツ（霊魂）の病いをのがるべきため目《まなこ》の光を与え給いて、十字架に掛かり給う御有様を見奉り、命の花の甘味を深く味わい奉り、十字架の上にて教え給うごとく、我らを殺さんとせし者をも大切に思うガラサを与え給え。アメン」

一節ずつ区切って四郎が唱えるオラショのあとをつけながら、葬いに集まった一団は、かつて覚えたことのないような陶酔にひきこまれつつあった。

思わぬ出来ごとに来合わせて、オラショを誦むことになった四郎は、長崎のおかっつぁまから形見にと渡された黄金の十字架を持っていたことを有難く思った。言われたとおりいつもは胸にかけたりせずに、お守りとも思い腰の革袋に入れている。人前に出したのは初めてである。次郎吉の家で幼い足が履いていた藁草履を目にし、最後の乏しい食事を一家がしたためたであろう皿を手にしたとき、つよい手が自分の肩に置かれるのを感じた。葬いにこの十字架を使おうと心にきめた。長崎のおかっつぁまは、このような場合に「祭具としてお使いなされませ」と言われたのだ。次郎吉の家から海辺の草道を通って帰る道々、四郎は考えにふけった。哀れにすぎて並のことでは六人の者たちのアニマは浮ばれまい。これまで魂を呼んだことなどはないが、唐人船の楊氏から伝授された秘法を生かすのはこういう時ではないか。七兵衛の家の裏に、柘榴が花をつけていた。虔《つつま》しげでありいかにも可憐である。実になってはじける時も、なまなましい生命を思わせる。この花に霊を移そう。長崎の遊廓の少女たちを楽しませた手品ではない。人びとを浄光の中に導かねばならぬ。渾身の力をこめ、畢生の秘法を献じよう。何よりもおのれ自身が神と死者から試されるのだ。自分のゆく道もこの一瞬から開けるかも知れない。四郎は心を集中してその刻を計っていたのだった。

祈りが終った。

熱度の高い気分がかもされつつあった。ふだん人前で行うのを固くいましめていることを敢てしたのである。「上品《じょうぼん》の境涯の、たのしみに」と言って、おかっつぁまはこの秘法を習うのを喜んでおられた。亡き一家の者たちの日々を自分は知らない。上品の境涯などに遠かったろうことだけはたしかである。その上に宗門が禁じる自殺と殺しを、それも肉親殺しを行ったのだ。一家をそこに追いつめたものはおなじ宗門のものたちであった。一村ながらインヘルノに落ちてもいたし方ない。村人たちがわなないているのが読みとれた。

連年の不作の上に異常なこの長雨で、人はゆくべき方向を見失い、目許もしかとは定まらぬ様子で集まっている。死んだ一家は、人びとの離脱したアニマをもとに戻すために屠《ほふ》られた羊かもしれなかった。死なれてみると人びとはうろたえて口をつぐみ、一家の死は自分たちに襲いかかる災厄ででもあるかのように祟りをおそれていた。屠られたものたちの魂が荘厳されて、うつつの眼に見ゆれば、人びとのうしろ暗い気分も洗われるのではないか。それなくしてこの村での宗門の復活は望めまい。

四郎はさらに一歩前に踏み出すよりほかない地点に立たされた自分を自覚した。あの一家六人の生死《しょうじ》にくらべて、わが十六年の来し方はなんと軽いことか。

家の中に鍋はひとつしか見当たらず、それを囲んで最後の食事をした形跡があった。「ヒジキを食うておったか」と七兵衛が絶句したけれども、あの一家が最後に味わい尽したのは恥というものではなかったか。自分にはそのような経験がない。そういう自分は人間について救い難い無知な者ではないのか。

四郎の心にどろりとした虚無に近い感情が湧いた。しかしそれは、まばたきもせずに自分を見上げている幼い子たちの眸を見たとたん、雲仙嶽の熱泥のようになって四郎自身の胸を灼いた。彼は思った。子どもたちはもっとも危うく悪魔に近く、また神にさえ近い。わたしはどちらへ一歩踏み出すのか。胸底の熱泥は沸点に達し、四郎の身の内に電撃が生じた。自分が何者かと入れ替ったような不思議な感覚にとらわれた。

四郎はゆっくり前に出て天を指さした。

「今日、このようにクルスを掲げ、天帝デウス、御子キリシト、御母ビルゼン・マリア様の御前にて、誓いのオラショをまいらせしからには、今ここに、子どもたちの掌にある御しるしの花にかけて、偽りあってはなりませぬ。偽りあれば天主よ、まず初めにわが命を召し給え」

一陣の風が起り、曇り空にかすかな紫色の電光が走ったように思われた。腕を上げて天を指したまま瞑目し続ける四郎を前に、人びとの間から抑えつけたようなざわめきが生じた。やがて眼を見開いた四郎は、にわかに丈が伸びたかのようだった。それはもはや十六歳の少年ではなかった。

四郎の声は威に満ちて天へ向けられた。

「われらが主よ。連年の不作にてもはや暮らしも立ちゆかず、われらは困窮のあまり親が子を疑い、おのれの隣人を憎み、餓鬼道に堕ち申した。領主どもより締め木にかけられ血と膏《あぶら》を搾りとられ、宗門の心も涸れ果てて、いまやインヘルノの淵に臨んでおりまする。一村もろとも餓えて死ぬか、インヘルノの劫火に身を焼かるるか。もはやこの世にわれらの生くる場所はござりませぬ。御主よ、われらが苦しみを照覧し給わずや。掟にそむきて、われとわが命を絶ったる者どもの悲しみを憐れみ給わずや、わが宗門は猛き心の領主どもより、久しく火と剣《つるぎ》にて責め立てられ、数多の者が御主の御業をほめたたえつつ、すでにクルスの上に果て申した。主よ、ひとり児の愛児を十字架に捧げられし御主よ。久しき迫害にたえて御教えを守り来たったわれらは、いま心弱く死の谷に沈んでおりまする」

すすり泣きの声があちこちから上った。

「御主よ、今日《こんにち》われらが花を奉りし六人のアニマを、パライゾに救いとり給え。死の谷にさすらうわれらに、アニマの国への道を示し給え。憐れみ給え、われらが主よ。われらはたとえこの地上に滅ぶとも、血をもって護り継がれたる宗門の心に立ち返り、一人《いちにん》もあまさず、光充つるアニマの国に救いとられんと、ここに心を定め申した。御主よ、心弱きわれらに御力《みちから》をかし給え」

四郎の姿は塑像のように動かず、人びとは畏怖の念にうたれて時の過ぎるのを忘れた。長い沈黙のあとで、四郎は人びとに向ってふっと顔を綻《ほころ》ばせ、にこやかに語りかけた。十六歳のきよらかな少年が、ふたたびそこにいた。

「おのおの方の心からなる祈念が天に通じぬことがありましょうや。天なる御主は、かの六人の哀れなる魂をしかと御手に抱きとられたと存ずる。彼らはもはや荘厳《しょうごん》されて、心安らかなるアニマの国に、この可憐なる花のごとくに甦っておりまする。われらもまた、彼らを先触れとして、ともにアニマの国に生くる身でござり申す」

呻きとも怒号ともつかぬ声がその時湧き上った。

「おお、そなたさまは大天使ミカエルじゃ。御主はわれらに天使を遣わされたぞ。皆の衆、今こそ目が醒めたぞ。今日ただいまより、われら宗門の本義に立ち返り、アニマの国をめざそうではないか」

握り拳をあげ、総髪を振り立てて怒号したのは昨夕、四郎を七兵衛の家で迎えた地侍の一人だった。

「そうじゃ、このままではわれら、地獄に蹴込まれるところじゃったぞ。御主はわれらのことを、忘れてはおられぬ。今こそ宗門の教えに立ち返ろうぞ」

「ここぞ隠れては祈るまいぞ。陽《ひ》いさまの下にて身を張って祈るのじゃ、そうではないか、おのおの方」

かがみこんでいた七兵衛もいつしか立ち上って、四郎に向って手を合わせていた。

われらを許し給えと唱和する声があたりに広がった。

七兵衛の母のお里ばばさまが白い皿を幾枚か抱えて歩み寄り、恭しく子どもらの前に跪いた。そして、掌の中の朱色の花を皿にこぼさせ、あらためて一枚ずつ胸に掲げさせ、

「荘厳し給え」

と唱えながら十字を切った。

誰もが身悶えして意味のわからぬ足踏みをしたり、訴えるように互いを見たりした。

「おおう、クルスば作るぞう。クルスば立てて、贖罪の行列をしようぞ」

と叫ぶものがあった。それに応じて四、五人が近くの杉木立へ、人間の足とも思えぬ速さで走りこみ、腰の斧をひき抜くと、瞬くうちに生木の枝を払い落して十字架を作りあげた。

急ごしらえの十字架を先頭にして行列が動き出した。十字架のうしろに、葉のついた小さな柘榴の花を一輪ずつ、白い皿に載せた子どもたちが続いた。

上津浦の内懐の草道を、海辺に並ぶ土饅頭に向って、「聖母マリアの連禱」を唱えながら、狂熱をはらんだ行列が進んでゆく。低い丘の連なる集落のかげから、人びとが現れてまじまじと視入り、やがて行列に加わった。

生木の十字架はいかにも重たげで、それを担いでいる男が時々よろめいた。いよいよ耐えられそうにもないと見てとった男たちが声をかけた。

「常吉、替るぞ、替ろうぞ」

常吉と呼ばれた男はしかし、十字架を放そうとしなかった。

四郎が大矢野へ帰ってもたらした話は、渡辺小左衛門宅に逗留中の父親甚兵衛に衝撃を与えた。上津浦はもともと南蛮寺が置かれていた程の土地柄故、一家心中という悲劇をきっかけに、熱烈な信仰が甦っても不思議ではない。しかし物事には時機というものがある。様子を見にやった息子が、宗門の狂熱をよび醒ましてしまったのは、彼の計算外の出来ごとだった。しかし、いずれ来るべきものは来るのである。機はすでに熟しているのかもしれない。それにしても甚兵衛は、わが子のうちに蔵《おさ》められているらしい深い力に瞠目する思いであった。

天草の各地で拝借米の動きがまた出始めていた。去年は富岡城に在る唐津藩番代の三宅藤兵衛に願い出て、米三百七十石を放出させる成果をかちとった。今年もまた各地より代表を立てて拝借米を願ったが、藤兵衛の返事は「まず郡代殿に願うてみよ」というのだった。

唐津に本城を構える寺沢氏は、富岡城に番代を置き、その下に栖本《すもと》、本戸、河内浦の三カ所に郡代所を設けている。郡代に任じられているのは地付きの侍である。百姓たちはそれぞれ郡代所へ向ったが、日頃年貢を勝手に取り立てるなど評判の悪い郡代たちは、百姓たちの愁訴を取り上げぬばかりか、唐津藩から派遣されて来た富岡番代とのかねてからの感情のもつれもあってか、汝ら、われらを差し置いて富岡へ越訴《おつそ》などたくらみおってと、大層な見幕であったという。

益田甚兵衛の中にはひとつの決意が形をとりつつあった。

このままでは悲惨な飢饉が天草全土を覆うであろう。救い米など一時の糊塗策に過ぎない。百姓衆が熱心に要求しているのに水を差す気はないが、郡代や富岡番代に泣きついて、仮に今年もわずかなお救い米が放出されたとしても、それこそ焼石に水である。四郎がもたらした上津浦の一家心中の話は序の口に過ぎぬ。救いがたい破局がやって来るのは目に見えている。

破局——それは、口にするものも尽き果て、骨肉あい食《は》むようなこの世の地獄が現出することだけを言うのではない。四郎は上津浦でインヘルノの劫火を見たと申しておった。あれにはわしらに見えぬものが視え、聞えぬことが聴えておるのやも知れぬ。破局とは、迫害を忍んで今日まで護り来たったわれらの信仰が、地に堕ち泥にまみれることを言うのだ。四郎は、信仰を失うたわれらがインヘルノの火で焼かれるのを、しかと視たのだ。

この世の終りが来ると囁き交わしているのは、上津浦の衆ばかりではない。連年の凶作といささかも緩まぬ誅求のせいで、人びとは前途に望みを失い、投げやりな気分がひろがっている。迫害を耐えて生きのびた宗門も、すでに人の心の内側から滅びを迎えようとしているのだ。うわべだけ転んでみせて、心に教えを守り伝えてゆけば、いずれ神の救いがあると、ただ漫然と信じこんで来たのではなかったか。天草統治に、長崎奉行として功のあった寺沢志摩守を起用したのを見ても、幕府はこのままわれらの宗門を放置するつもりはあるまい。知らず知らずのうちに網の中にとりこめられ、生きるしるしをも立て得ず、みすみす自滅の淵へ引きこまれつつあるのが、近年のわれらの姿ではなかったか。

武士というもののはかなさは、主君行長様の非業の死以来、骨身にしみている。かつて武士たりしわが身の履《ふ》むべきは、ひたすら義の道しかない。戦場をはせめぐる勇猛心をもって、御主キリシト様のごとく、万人の魂の救いのために命を賭けるのが、わが義の道ではあるまいか。

いまぞ再び、公然と宗門の旗を立てねばならぬ。豺狼《さいろう》のごとき領主どもの支配より脱して、万人ともによろこびに生くるアニマの国に至らねばならぬ。救い米など無用じゃ。領主どもの倉をみたす米穀は、もともとわれら百姓への、天の御恵みじゃ。領主どもの倉を打ち破り、キリシト様を御主と仰ぐわれらが国を、この天草の地に打ち立てようぞ。その外にわれらの生きる道はない。

御主よ、われを嘉《よみ》し給うや。……甚兵衛は首を垂れ、夜々、長い黙考に沈んだ。

甚兵衛は渡辺小左衛門に申し入れて、その父で阿村の庄屋を務めている伝兵衛に使いを出した。

先代の大庄屋で、今は小左衛門の名も宗門の長も倅にゆずっているけれども、何事によらずこみ入ったことは、倅小左衛門だけでなく、あちこちから、

「伝兵衛どのなら何というわるるか」

と相談にゆく者が絶えない。

「わしはもう役立たずの隠居ぞ」

と言いながらも頼まれればいやともいえず、ひとことふたこと意見をいうのだが、それが的を射ているので、肩を張らずに頼みごとが出来ると思っている者も多い。

暇があれば鉈《なた》を腰にぶちこんで好きな樹の見回りにゆくか、釣り舟を操って海にゆくか、茶筅の髪の元結が立派でなければ、樵《きこり》か漁師に見まがうほど陽に灼けて身が軽い。人は伝兵衛を探すのに、

「今日はご隠居どのは、山かのん、海かのん」

とたずねる。

六つほど年長のこの人物に甚兵衛はたいそう心服していた。ひしひしと背後を取り囲んでくるような情勢と、いよいよ現実のものになりつつある飢饉の様相の中で、蟻地獄の底に落ちてゆく民心を立て直し、乾坤一擲の大業を試みねばならぬが、同志なくしては出来ることではない。

同志の筆頭としてはまず伝兵衛しか考えられない。四郎の姉を小左衛門の弟佐太郎の嫁にやって、姻戚のゆき来はあるけれども、そのほかの事で使いを立てたことは一度たりともなかった。

「地上に妖雲の兆しあり。ぜひとも拝眉の上御意を得たく、お待ち申しあげ候」

使いにはそう書いて持たせた。

その伝兵衛がいつもの飄逸な表情ながら、窪んだ目に光を宿らせ、わっしわっしとやって来たのを見れば、呼び出しの意味をほぼ推察できたのであろう。

小左衛門宅の離れに、甚兵衛、小左衛門、伝兵衛、四郎の四人が顔を合わせたのはあたりも暮れて

からのことだった。小左衛門の言いつけで、家人は近づかぬことになっている。

甚兵衛はいつになく深沈として、話を切り出す間合いを計っており、四郎がその脇に水のような気配で侍《はべ》っている。伝兵衛父子は容易ならぬことを打ち明けられそうな予感がした。

話を誘い出すかのように、まず伝兵衛が口を切った。

「じつは昨日、上津浦の梅尾七兵衛から消息が参りましての。四郎どの、そなた上津浦では奇瑞《きずい》を顕したというではないか。七兵衛が感泣したと言うて来申したぞ。燃え立つばかりの気持で、宗門の初志に立ち返ったとな」

「奇瑞というほどのことではございませぬ」

四郎は翳りのある頰を傾けて答えた。

「あの一家を死なせたのも、宗門の力が失せておるゆえで、試されておるはわれわれにござります。上津浦の一件は先触れにて、この先、いかなる地獄図が現れ出でることでござりましょう」

四郎の言葉を引きとって、甚兵衛が岩でも押しやるようなごろりとした低い声を出した。

「お出でを願うたは、余の儀ではござらぬ。上津浦の例《ためし》を見るまでもなく、われらの生くる道は、いよいよ塞がり申した。現にこの大矢野でも、この世の終りが来るという声が村々に満ちておるのは、ご両所もご承知の通りじゃ。この苦境をいかに生きのびるか、思案の種ももう尽き申した。かくなる上は、甚兵衛の胸のうちをご両所に、あます所なく打ち明けたく存ずる」

ぴりぴりと小左衛門の片頰がふるえていた。

「わしは一揆する決心にござり申す」

甚兵衛はひたと二人の目《まなこ》に見入った。伝兵衛父子は喰い入るように甚兵衛を見返している。

「一揆というても、救い米を願うて郡代所や富岡番所を取り巻こうというのではござらぬ。領主どもをこの天草の地から追い払い、切支丹の国を樹てる所存でござる。デウスの御旗のもと神の軍勢をあらわして、領主どもの米蔵を破り、主の栄光をこの地にもたらす。このままおとなしゅう打ち過ぎても、骨肉あい食《は》んで生き地獄に堕ちるは必定。いまや百姓の心も、火種ひとつあれば燃え上る乾し草同然になっており申す。長い間の切支丹の盟約が試される時が来たと存ずる。わしも切支丹のはしくれ、万民のために十字架に登られし御主の、世にたぐいなき勇猛心を鑑《かがみ》として、全身くまなくおのれを晒し、仁王立ちする覚悟にござり申す」

粗服を着ていても全身に威のそなわっている甚兵衛が、一気に胸のうちを吐き出した気迫に押され、伝兵衛はしばらく瞬きしていたが、居ずまいを正すと、改まった口調で応じた。

「われらの付き合いも短こうはないが、甚兵衛どの、よくぞ打ち明けて下された。あっぱれ、覚悟召されたのう。実はわしもひそかに考え考えして、いつ話そうかと思うておりましたのじゃ。このままではご説の通り自滅でござりますのう。生きるか死ぬかの岐《わか》れ途、ここいらが覚悟のしどころと、わしも心を決めており申した。いつまでもずるずると切支丹であるようなないような生き方は、もうしとうない。代々の庄屋というは村人あってのお役。その上宗門のお役まで頂いたは、それこそポロシモ（隣人）のために働けという御主の仰せじゃったと、新らしゅう目がさめ申した」

伝兵衛の窪んだ目まなこがきらきらして、小造りのからだから精気がほとばしった。

「よくぞ今まで生きて、このようなマリア様の御功徳に会い申す。有難や、働き所が見つかり申した。

甚兵衛どの、この伝兵衛老骨ながら一味同心致しやすぞ。ここで腹をくらねば、わが宗門の先はありませぬ。マリア様の御功徳を頂いて、えいっとばかり清々《すがすが》とあの世へ往きたいものじゃ。行先がパライゾかインヘルノか、それはデウス様のお計らいじゃ。わしはそれでよい」

甚兵衛は奮い立った。咽喉元まで出かかっていたことをここ数年呑みくだして来た。思えば人生も晩年の入口に立っての決断である。そのことを、これぞと見込んだ盟友の前に吐露することができた。同意が得られなければ、ただちに訣別する覚悟であった。

遣《や》り水の音が、緊張で張りつめている部屋の脇を横切るように、せんせんと流れた。

「かような大事、生涯に再びはないと思うて伺い申した。甚兵衛どののご決心、無駄には致しませぬ。親父どのに従うて、この小左衛門、能《あた》うかぎり働きまする」

「お前がそのつもりになってくれれば、後顧の憂いなしというものじゃ。死ぬときはともに死のうぞ。さあ、これでよしと」

伝兵衛ははればれとした笑みを浮べながら、父親の脇に静かに控えている四郎を今更のごとくにうち眺め、声をかけた。

「しかしそなた、芳しい公達に育たれたのう。七兵衛たちが惚れこむのももっともじゃ」

大きく頷いて小左衛門が腰を浮した。

「では、固めのしるしに、一献《いっこん》と参りましょうか」

「おお、そうでなくてはならぬ。一世一代の男同士の契りじゃ。今夜は久しぶりに呑み明かしましょうかの、甚兵衛どの」

「いやその前に」

甚兵衛は言いさして、畳に手をついた。

「甚兵衛、おふたかたに御礼申し上げねばなりませぬ。この度わしが発念したる一事、天下を恐れぬ企てにて、わが身一身はもとよりのこと、親戚縁者は言うに及ばず、罪なき民草をも、破滅の淵にひきずりこみかねぬ大謀叛にござり申す。考えただけでも身の震う大事なるに、一儀に及ばず同心下され、長年の交わりとはいいながら、甚兵衛改めて感銘仕り申した。七生かけて有難く存ずる」

「何をそのように堅苦しゅう……。そなたにも似げない。謀叛の心はわしとておなじじゃ。無道きわまる政道をたえ忍んできて、老いの血も沸き立ちまするわい。手をあげられよ」

伝兵衛はすりよって甚兵衛の手をつかんだ。

「甚兵衛どの、獄門、はりつけは覚悟の上じゃ。生くるも死ぬるも一緒ぞ」

静寂のうちに酒席の用意が出来た。甚兵衛は夜気の中にある広い屋敷の行く末を想った。娘の嫁ぎ先というばかりに、わしはこの古い一族を滅ぼすことになるのではないか。いや、決して滅ぼしてはならぬ。最初の一献を受けるときかすかに全身がおののいた。

甚兵衛の脳裏を一瞬、来し方のさまざまがよぎった。

親の代から小西様に仕え、何とのう宗門の人間として振舞って来たが、武士とは何か切支丹とは何か、思えば一度も腑に落ちたことはなかった。もとは日向から出て来た大矢野の地侍が仕官して、いっぱしの身分になったかに思えたのも遠い昔である。主君行長様の哀れな没落以後、詐略とかけ引きによって成り上る武将の境涯を羨んだことはない。それにしても変転極まりないこの数十年を、自分は何を心の糧として生きてきたのか。

今にしてやっと得心がいった気がする。武士であるとは義に生きるということであったのだ。小西様に仕えてその悲惨な最期を見届けたのも、度々の長崎通いで人脈をひろげ資金を蓄えたのも、ここ数年未曾有の凶作に立ち合っているのも、すべては武士として切支丹として、義に生きる自覚に立つための準備ではなかったか。たとえ行く手に槍ぶすまが待っていようとも、御主キリシト様のごとく、同朋の危難に赴くのが義の道である。

そもそも四郎のごとき子を授ったのが、神のご選択であったかもしれぬ。思えば四郎はわしの気づかぬうちから、わしらの思いも及ばぬ道を歩み始めていた。あの子の耳は確かにもうひとつの世界の声を聞いていた。あの子はわが子にしてわが子に非ず、彼方におわす御方《おんかた》から預けられた子ではないか。この歳になってわしが空おそろしい覚悟をきめたのも、あの子を預けられた御方の手によって、引き返すことのできぬ道へと背中を押し出されたのだ。

甚兵衛はそっとわが子の横顔を見やった。四郎の頬には霧のような不思議な微笑が浮んでいた。

「四郎、ひとつ舞わぬか門出のしるしに。わしが謡うぞ」

「おお、舞われよ。この爺に、そなたの舞い姿見せてくりゃれ」

伝兵衛が顔をほころばせて手を拍った。

四郎はためらう色も見せずゆったりと立ち上り、口をひき結んで白扇を構えた。

甚兵衛が謡い始めた。小西に仕えていた頃、殿の好みにあわせて習い覚えた能楽「海女《あま》」の一節だった。

――いたわしやおん身の旅疲れ、飢えにのぞませ給うかや。わが住む果てと申すに、かほど賤しき田舎の果てに、ふしぎや雲の上人《うえびと》を迎えんに、せめては海松布《みるめ》召され候え、刈るまでもなしこの海松布を召され候え。

広縁にすべり出て、夜の闇を背景にまるで深い海底で舞うかのような四郎の姿を見て、伝兵衛は嘆声をあげた。

「人とも思えぬ舞い婆ぞ。花じゃのう……。この歳になっての眼福《がんぷく》よ」

今夜は遠慮せよと言われていた家人たちは、離れの重々《おもおも》と賑わう様子に耳を澄ませた。

「あれは甚兵衛さまの謡じゃ。今宵はよっぽど、よかことのあったばえ」

さしもの長雨が上った。しかし今度はたちまち日でりになった。

刈り残して腐れた麦畑を稲田に直して、籾は蒔いたのだが、早苗をひょろひょろさせたまま大方の田が干上った。

子どもたちは干割れた田の泥を鍬で掘り上げて遊んでいた。一尺ばかり泥を上げるといくらか湿ったその底に、泥鰌の小さいのや大きいのが十五、六匹、ひと塊になって陽をよけている。去年の日でりでは干割れ田の稲の根元におびただしい鮒や蛙や泥鰌が、うじゃうじゃ重なって死んでいた。麦の作つけの頃、枯れ田を起してみたら、泥の底に泥鰌たちが生きていて人びとを喜ばせた。

今年は早くから泥を掘って汁の実にしようということなのだろう。モグラの上げる泥よりは大きな泥の山が、どこの田にもあちこちに見られた。大鯰を獲ったぞというようなことが話題になったりもした。

夏になると例年磯物が極端に減る。いつもはたいして熱心に採ることのない岩の間の鬼の爪という貝まで、人びとは牡蠣打ちのつるはしをくぐりこませてこさぎ落した。八月に入って阿蘇山が爆発し、その噴煙は有明や不知火の沖合からも望まれた。灼け死んだ者たちも大勢出て、麓のあたりは大騒動ぞという噂も伝わって来た。

「道理で、このひりひりする暑さがふつうじゃあなかぞ」

人びとは東の空を見上げて噂し合った。

噴火のあと空は黄色く淀み続け、稲は灰をかぶって白っぽく立ち枯れの様子を示し始めた。九月に入ると連日のように空が赤々と灼けた。夕焼けとはちがって、空全体が隙間なく赤く張りつめてくるのである。

みんな仕事が手につかなくなり、いっせいに空を見上げては錯乱したかのように叫び出すものもいた。

「ズイソ（最後の審判）がやってくるとぞ。この世の終りが来るぞ」

上津浦では気の触れた若女房のことが話になった。

「栖本に嫁入った娘が、赤子生んだばっかりで気の触れてな。血の道の病気が空から来る。引き落すぞちゅうて、空に向って爪立てて、草積峠ば行ったり来たりしよるとばえ。困ったもんじゃ」

「空の赤さもおとろしかが、この食い物の足りん時に、赤子の生れた家こそ哀れじゃなあ」

「その若嫁御も、食うものも食われんで、乳の涸れとったちゅう話じゃ。赤子片手に抱いて、この空落ちろ、この空落ちろちゅうて、唄うて歩きよるそうじゃ」

不安な空気が広がる中で、上津浦の衆が切支丹に立ち返り、クルスを先頭に立て竹の枝で自分を鞭打ち、聖歌を唱いながら贖罪の行列を行ったという噂は、またたく間に浦から浦へと伝わった。それとともに、黄金のクルスからアニマの花を咲かせた不思議な少年の噂も、人びとの口にのぼらずにはいなかった。

贖罪行列の噂は大矢野にも届いた。

「上津浦じゃあ、四郎さまのことは今ごろ知ったろうが、こちらは本元じゃよ。益田の父御も古か切支丹でのう。昔からわしらとは並のつき合いではない」

「さよう、こちらのつき合いが古いのじゃ。現にこっちじゃあ、よそにない礼拝堂を建てる企てがある」

「われわれはどこよりもまっさきに四郎さまを教主に戴いて、勢いもぐんと増しておる」

「上津浦と肩並べるわけではないが、あそこの南蛮寺もいっこう、再建の気配は見えんのう」

「九州の切支丹も衰え果てておったが、ここ大矢野宮津に、アニマの国の道しるべをわれらが建てるぞ」

たかぶった口調でそういうことを話す者たちがいた。

あの夜四人は、深更に及ぶまで密議をこらした。

「このたびの一挙は、大名ばらの国盗りとは違う。領主に愁訴する百姓の一揆とも異なる。何よりも神の国をこの世に造り立つる義挙であることを、皆々衆に得心させねばなりますまい」

甚兵衛が切り出すのを、伝兵衛が受けた。

「さよう、日本国開闢《かいびゃく》以来かつてためしのない企てじゃ。われらは百姓であっても、恩寵をこうむりたる切支丹。神のお召しを受けて起つという自覚が何よりも肝要でござす。デウスの催される軍勢という気負いがなければ、この戦さ、勝ち目はござるまい」

黙していた四郎が、静かな声で口をはさんだ。

「クルスにかかって果てられし、おびただしきかの殉教者たちが、軍神となってわれらが軍勢を導き給うでありましょう」

四郎の眼は宙にかかって、かの者たちの姿をまざまざと幻視しているかのようだった。小左衛門のからだがおこりにかかったように震えた。

「そうじゃ。先にパライゾに参られし方々が、必ずや馳せ参じてくれましょうぞ」

満面に血の上った息子を脇目に見やりつつ、伝兵衛は思案顔になった。

「それにしても百姓漁師に、誰がどのようにして魂を入れたものか。わしゃ甚兵衛殿には、世俗の垢がつきすぎておるのう」

そう言ったが自分の太腿をぎゅっと摑んだ。

「これは何としても四郎どののお役目じゃ。どうじゃろう甚兵衛どの。ここいらでひとつ、わが大矢野に礼拝堂を造り立てては。衰え果てし宗門の心を建て直すには、それが早道と思い申すが」

「なるほど、それは良策。役人どもの目をかすめて、おそるおそるオラショをあげるようでは、気勢のあがりようもござらぬ。隠れまわるのをやめて、思い切って御堂を建立すれば、それが互いの決意をかためることになりはすまいか」

「何というても、人の一心ほどおそろしいものはない。礼拝堂を造り立てれば、人びとの心の拠り所となり、集まる者に魂が入るというものじゃ。どうじゃろう、四郎どの。伴天連衆の一人もこの国におわさぬ以上、そなたが替って、宗門の導き手になっていただかねばなるまいが」

伝兵衛から信愛ただならぬ眼を向けられて、四郎はもはや謙譲の辞を連ねる時ではないのを悟った。おどろくべき速さで宮津に礼拝堂が建てられた。小さな入江の奥の、舟がかりのよい場所であった。禁制を無視したこの企てのことは村から村へと伝わり、郷村一帯に異様な熱気がかもし出された。

その裏にはもちろん益田甚兵衛一統の手が動いていた。宮津の庄屋を説きつけ、資材・資金のめどをつけたのは老練な伝兵衛であった。献堂式の行われた日は、浦々から信徒たちが小舟を漕いだり、渚伝いに歩いたりしてやって来た。

簡素ながらのびやかな形に出来上った建物を眺めて人びとはひそひそうちはしゃいだ。

「よか御堂じゃ。やっとわしどものお寺が陽の目を見たわい」

人びとはきびしい禁制を忘れているのではなかった。表面は転んだふりをして、信仰を表に出さぬようにつつしんでいたればこそ、ここしばらくの平安があったのだと知らぬ訳でもなかった。しかし、宮津の切支丹組が禁制など百も承知の上で公然と礼拝堂を建立し、宗旨の旗を立てるところまで踏み切っている様子は、舟で通りかかる周辺の者たちの心にもひしひしと伝わった。

「こういうことして、よかもんじゃろうか。おとろしか」

と言う者もいないではなかった。しかしそのような者たちも含めて、いま眼前にクルスをいただいた御堂を見たとき、一切のためらいやおそれを自分たちの足下に踏みならしたように感じた。ながい間、みなして暗闇の中で求めていた御堂がうつつの目の前に在る。

木の香りに包まれて中に入ると、どっしりした鉢に植えたモチの木の赤い実と緑の葉が、古びた大燭台の灯につやつやと照り映えていた。

供物台の上の三方に大きな鯛が二匹のっているのを見て、人びとはさざめき声をあげた。畑仕事とともに漁を営む彼らにとってそれは何より親しい魚で、それがデウス様の前でこのような扱いを受けていることが、彼らには嬉しく思われた。

鯛の左右には五葉の松と美しい竹の盆栽が置かれ、金銀の水引で造られた鶴と亀とが並んで鎮座して、いかにも祝いの日にふさわしく見える。

「どなたの手じゃろうか、鶴と亀は」

女衆たちの間に囁きが起きたが、人びとが伸び上ってみたりして待ち受けていたのは何よりも噂の少年であった。

宮津の庄屋がまず出て来て信徒一同の労力と喜捨をねぎらい、祝いを述べて引くと、内陣の緞帳が開き、六つばかりの女童《めわらわ》が緋の衣の袖を揺らしながら、十字架を高く掲げて現れた。女童は大勢の目が集まるのに驚いたのか、しばらくきょとんとしていたが、自分の役目を思い出して祭壇の脇に立った。

年若い今日の司祭はそのすぐうしろから登場した。八方から集中する視線を、千年の時を溯る光の束のように彼は感じた。白地花文綾《とびさや》の小袖に、深海の緑の中にかそかな光が沈んでいるような花菱模様の、袖なし羽織と袴をつけていた。長崎のおかっつぁまが持たせてくれたあの晴着であった。

四郎は供物台から蠟燭をとり、燭台の火をうつすと内陣の奥に進んだ。そこにはさらに七本の燭台が立てられていて、火がつけられると祭壇が浮き上った。炎の向うに幼児イエズスを抱いたマリアの御影が掛けられている。

四郎は跪いて少し長い黙想にはいった。人びとも直ちにそれにならった。海からの光が御堂の内を満たす中で黙想が終った。前の方にひと塊りになっていた女童たちが立ち上った。揃いの白い衣を着てこの子たちは歌をうたった。

わが目の曇りいかにせん
涙も涸れて念《おも》うかな
なぐさめ深き大切の
人には遠く離れられ
鳥も通わぬ境かや
せめてアニマの使い鳥
とくと心に聞きわけて
千里の空をゆけぞかし

年かさの女の子が音頭を取ってひと節歌うと、小さな子らがつけて歌うのである。会衆の中にはこの歌を聞き覚えている者もいた。もう死んだ浜辺の婆さまが、むかし琵琶法師のロレンゾ御坊から習い、子守唄としてうたっていたあの歌じゃと思い出す者もあった。けれどもその節をもし伴天連たちが聴けば、いくらかなまってはいたが、あの「聖金曜日の哀歌」のメロディであることに気づいたかもしれない。

歌は二度ほどくり返された。みんな首《こうべ》を垂れて聴き入っていたが、あまりに無心なその歌声は思いもかけず、人びとの心に泣きたいような感情を誘い出した。

「なぐさめ深き大切の人」というのは、むかし馴染みあって、今は遠くにある恋しい人のようでもある。いやいや、だれよりも死んだ親のことかもしれなかった。

何も言わずに自分を慈しみ抱き取ってくれた母親の、心にしまいこんでいたであろう悲しみ、それがいかに大きな深い悲しみであったことか、この歌を聴きながら人びとは思い当たった。いまは亡き親、祖父母たちは、どういう心で自分らを育ててくれたのだろうか。思えば生きているうちに、その深い心を知ることが出来なかった。人びとは追慕の情に身を絞られた。

眼をあげると四郎は、悲しみを含んだいちずなまなざしに、ひしひしと取り囲まれているのを感じた。老いも若きも、この世を超えたところへの導き手を探し当てた目つきになって一心に指を組んでいる。「後生のたすかりを願う」というのはこういう刻をいうのかと彼は思い当たった。

そのようなもの言わない切願を一身に受けて彼は聖画像の前に進んだ。そこには紫色のビロードの小筥《こばこ》が置いてあった。抱えとって供物台にのせ蠟を思わせる繊《ほそ》い指で蓋をあけ、黄金の十字架をとり出すと、かたわらのモチの木の枝に架けた。緑の葉も赤い実も小さな十字架が揺れるにつれていきいきと光った。

みんなの方に向き直り、彼は歌の最後の二行を口にのぼせて、おもむろに右の手を彼方に向けてさし伸ばした。するとその掌の上にふうわりと白い羽毛がふくらみ、生きた鳩になって会衆を見廻しながら首をかしげた。

「それ」

四郎が声をかけた。何が起きたのかわからないまま口をあけている善男善女の上を、鳩はゆっくりひと回りして御堂の外へ飛んで行った。

「アニマの鳥！　アニマの鳥！」

子どもたちがいっせいに指さし、足踏みしながらあと追うように澄んだ秋空を見あげた。

四郎は鳥を見送っておもむろに進むと、幼女の捧げ持っていた十字架を取って香台の正面にのせた。それから数歩退ってサンタ・クルスの祈りを捧げた。人びともみなそれにならった。

彼は香台の上の経文を広げた。

「広大無辺なる御慈悲の御親天帝、われら罪人を救いたまわんとて、御独り子を十字架の上に捧げたまいたる御悲しみと御仁慈とをとこしえに謝し、恭敬《くぎょう》礼拝し奉る」

ひと通りオラショを誦し香を捧げたあと、四郎は信徒たちに語りかけた。

「今日このように美しい御堂にて、皆さまとともに御光を賜わること、めったにめぐり会えぬ御縁と存じ申す。前《さき》の世において、皆さま方といかなる結縁《けちえん》のありしか、御主ならびに御母マリア様のお計らいあって今ここに、相逢うべき時を得ることが出来申した。

懐かしゅう存じまする、おん方々。今この場は百年、二百年、あるいは千年の闇を経てのめぐり会いにござりまする。われわれはどこから来たのか、どのような辛苦の果てにこの島にたどりつきましたことか。皆々さまの手に成ったこの御堂は、前世よりの宿願によって成った御堂かもしれませぬ。今この刻が、ひょっとするとパライゾかもしれませぬ」

四郎の声はただならぬ哀音を帯びてふるえた。

「われわれは千年の時をめぐりめぐって前世のわが生《しょう》も知らず、前世は鬼であったか、犬畜生であったかも知らずに、はるかに遠い灯りと人の声音の恋しきままに、辿り辿って今ここに、相逢うことができたのでござります。そのように思えば隣のお人も初めて逢う人のごとく、見知らぬ人も遠い昔から知っていた人のごとくに、慕わしゅうござり申す。

おのれという者が長い間いかに盲目であったか、わたくしには、草も木も皆さまのお顔も、光の中からたった今、現れしごとくに見えておりまする。このようなことを申しまするのも、さきほど子ども衆が歌うてくれましたあの歌、あるいは心覚えのある方がおられるやも知れませぬ。あれは肥前生れの琵琶法師にて、サビエル上人の弟子となられた盲目のロレンゾ御坊のつくられし歌にござり申す。あの中の、

わが目の曇りいかにせん

涙も涸れて念《おも》うかな

とは、十字架にかけられたもう時の、御主キリシト様のお嘆きのことにござり申す。今まさに邪悪の槍先にかけられようとするキリシト様の、ご心底にござり申す。……いかに淋しき御心であったか」

しばらく息を継いで四郎は先を続けた。

なぐさめ深き大切の
人には遠く離れられ

死を目前にしておられる御主の傍らに、御弟子たちはおられませなんだ。奉行どもの裁きを怖れてのことにござり申す。御弟子たちは、この世の栄華の一切を捨てられし御主の、大切なるなぐさめであり申した。御弟子たちばかりではありませぬ。道の辺で袖ふれ合うだけの衆生の縁も、苦難深き御主の生涯のなぐさめでござった。マグダラのマリアなる女人が、御主のはだしの御足を長き髪もて浄め申したのも、短きご一生のこよなきなぐさめであり申した。

今や十字架上に槍を受けんとして、キリシト様のなぐさめであった一切は、むなしく千里の遠きにある。いかばかりのお淋しさでありましたろうぞ。このように考えて来て、はたと思い当ることがござり申す。それは」

会衆を見廻そうとして四郎は何かをこらえている様子だったが、目許にみるみる赤味がさし幼児が半べそをかくがごとき表情になった。思いがけぬその表情に人びとは息を呑んで、ゆがんだその口許を見つめた。

「かばかり淋しきおん哀しみとご情愛。まさに神の位に上らるる直前のお心ながら、後より生まれてそれを仰がんとするわれらにも、ゆかりは深いのでござり申す。他でもありませぬ。われらを今日あらしめておる遠き祖《おや》さま方の、お果てなさるる時の哀しみ、残さるる者への絶ちがたき情愛、胸にのみ下したであろう、いまわのその声を、御主のみ声につなげて思わずにはおれませぬ。命果つる人のそばにわれらは常にありしや。

じきの肉親でなくとも皆さまの心にある大切なる面影が、われらの参る道の遠き御明《みあか》りとなってはいまさざるや。そのような絆をもふかく思えとて、御主はいまわの声にてわれらを導きたまうておるのではござりますまいか」

会堂はしゃくりあげる声にみちた。

「されど、皆の方々、その哀しみのうちから御主は、

せめてアニマの使い鳥
とくと心に聞きわけて
千里の空をゆけぞかし

と祈り申された。アニマの鳥とは何ぞ。われらごときものたちを救いの国へ導く鳥にござり申す。御

主は悲しみきわまるさなかにも、御主を見棄てしものたちを『大切の人』と思い給うて、救いの道を明らかに示し給われたのでござり申す。

命のきわに放たれしアニマの鳥はここ宮津の空を舞うておりまする。御主キリシト様より、もったいなくも『大切の人』と呼ばれたるわれらは、領主、役人どものむごき責め苦を恐るるあまりに、久しく切支丹の魂を失うており申した。そのようなわれらを見棄て給わず、アニマの鳥を放って救いの国に導き給うておりまする。

思えば連年の凶作も、われらをまことの道に立ち返らせんとする御主の御計らいかと存ずる。先日来の長雨もまたこの日でりも、悔い改めよとの天主の御心ではござりますまいか。皆の方々、聞えませぬか。その御声は天地《あめつち》の間に轟いており申す。もはや口にするものも尽き果てんとする今日こそ、救いの国にいで立つ日でござり申す。

今年は御主御出生より数えて千六百三十七年、御主はわが天草にふたたび臨まんとしておられ申す。その時に御言葉あり、われは平和のために来りしにあらず、火をもたらさんがため来りし者なりと。その火とは、霊魂の燃え立つことを申しまする。甦りの炎もて神の敵たる悪魔の館を焼き払い、この天草にアニマの国をうち建つることこそ、われらが救いの道にござり申す」

会堂は静まり返り、人びとの間を漣《さざなみ》のように震えが走った。

「天草の地に高々と十字架が掲げられしは、幾歳《いくとせ》ぶりのことでござりましょうや。今日ただ今この御堂にて、ただならぬ縁《えにし》につながり、まことの兄弟姉妹に立ち返りたるわれらでござり申す。わが兄弟姉妹よ、とくとご覧あれ。神々しき今日の秋の空を。さきほどの鳥はいずこの空まで行きしやらん。

あの鳥の行くかなたこそ、われらが救いの国でござり申す。われらを苦しむる領主どももおらず、飢えも渇きも知らぬよろこびの国へ、深き悔い改めの心もて、ともどもに参りましょうぞ」

会衆の唱えるアメンの声が、潮の満ちてくる渚に幾重にも響き渡った。

この献堂式には梅尾七兵衛夫妻をはじめ上津浦の有志たちも招かれていた。久しぶりに夫妻と会った伝兵衛は二人とともに、小舟を漕ぎ出して帰る信徒たちに手を振っていた。七兵衛はたかぶりのさめやらぬ声で言った。

「今日のお式は、じつに見事な仕上りでござしたのう。いや、魂を揺さぶられたことでござりやした」

「いやいや、それというのも上津浦の立ち上りが、波頭立てて届いたからでござすよ。こっちの衆の気張り申したのも、そのおかげにござりやす」

伝兵衛は悪戯っぽい目をあげて、ちらりと笑った。

「それは違いやす。四郎さまが見えてくれじゃったならば、第一このわしが、腹をくくることはなかった」

「ほんに」

脇から七兵衛の妻のお菊が夫を見上げた。

「この頃この人は、俺ぁ一生では足りぬ、二生目を生きて見せるぞと言うて、えらい元気でござりやす」

「それにしてもあの稚児は、どういうお人かのう。今日のお話も聞いておって身震いの出た。生きとるうちに、ああいうお人と出会うとはのう。ただの人間とは思われぬ」

「父御の甚兵衛どのが、わが子にしてわが子にあらずと言うておられるわ」

「ふうむ、さもありましょうな。しかし不思議な御仁じゃ。ふだん対面するときは初々しい公達顔じゃが、いったんあのような場に立たれると人が変られる。……ところで、その四郎さまはどこじゃ」

七兵衛はあたりを見回した。お菊も怪訝そうに彼方こなたを見回している。

「みんな近うに寄ってお顔を見たかろうに。どこに行かれたぞ」

「あれはなあ、常々人離れのしたところがあって、ひとり山へ入って考え事をしておりますようじゃ。今もきっと、林にでも入って居りますじゃろ。気が鎮まれば現れましょうぞ」

お菊が感にたえぬような声を出した。

「あのお人が六人の亡者の魂を白い皿に載せられたとき思いやした。たしかにあの時あたいどもは、この世の出口に連れてゆかれ申した。それを話しとうて参りましたわいな。あの時はたしかに魂がふわっと肉身から浮いて放れましたぞ。まるで今日の鳥のようじゃった」

お菊はうわ言めいた口調で、久しぶりに逢った伝兵衛の目を見つめ、傾き始めた海の上の陽いさまを伏し拝んだ。

伝兵衛はそういうお菊をうち眺めてうなずいていたが、上津浦の衆を御堂の広縁へ誘った。

燭台の火は消されていなかった。閉められた内陣の緞帳が潮風を受け、やわらかく揺れている。そこらに寄りついて、帰りとうもなげな子どもたちがしきりに内陣をのぞき、

「マリア様は」

と尋ねる声がする。ひとりの老婆が箒を動かしながら答えた。

「もう、おらいませぬ」

「なして」

「あのな、潮風に当たられると、赤児のイエズス様がな、風邪ひかれると。冷えて来るゆえお前らも早よ戻れ」

広縁の男たちが微笑した。尋ねた男の子の手に、小さな紙包みがしっかり握りしめられているのに目をとめて、老婆は問いかけた。

「お前、お供物をまだ頂かぬのかや」

「持って帰る。婆さまに」

「ああ、お前のとこの婆さまは、寝こんでおらいたのう」

「婆さまがな、わしもマリア様の御冥加にあずかりたいゆえ、人の倍も拝んで来ようぞと申さいた。それでお供物持って帰る」

七兵衛の妻女が袂の底をごそごそさせて紙包みをとり出した。

「これもな、その婆さまに持ってゆこうぞ。それ、マリア様のお供物じゃ」

儀式の終りに、どうやって工面したものか、小さな粟のおこしがふた切れずつお供物のお下りとして紙にひねって配られた。桃色に染めた粒もまざって、おひなさまが召されるほどな小さなおこしであった。会衆は虔《つつま》しげな喜びの声をあげておし戴いた。

主催者側は本当は紅白のしとぎ餅を搗いて配りたかった。しかし、どんなに額を寄せて知恵を絞っても餅米の工面はつかなかった。年寄りも子どもも粟のおこしをおし戴いて、生色をとり戻したように喜ぶ様を見て、甚兵衛は耳のつけ根がじんとした。

広縁に座った甚兵衛は、複雑な面持で腕を組み直した。息子が大切の今日を予想以上につとめたことは嬉しいのだが、彼の思いは今後の手筈で占められていて、会衆とともに信仰の甦りに没入するよりも、彼らの中から一揆の中核となるべき者を見分けようとする方へ心が動くのを抑えられない。

渡辺小左衛門が小腰をかがめ、袴の音をさせながら客たちをさばいていた。

それにしてもさきほどの四郎の話は真に迫って、文字に書かれた「公教要理」よりも善男善女の胸を揺すぶったかに思われる。このあたりの島々を聖域にして畑を耕し、神の嘉《よみ》したまう糧を収穫して祈りに明け暮れることができれば、どんなに望ましいことであろうか。ただそれだけの望みがどうして叶えられないのか。四郎の不幸、ということが父親の胸を噛んだ。わが子とは言いながら息子はもはや自分の手の届かない境域にくっきりと立ったようである。

甚兵衛は宇土から出て来ている妻の姿を目で探した。かねがね母親らしいことがしてやれぬと嘆いているけれども、さきほどは内陣の裏で、四郎の着替えをいそいそと手伝ったり、歌い手の子どもたちを着替えさせたりして嬉しそうであった。人が集まる所が苦手な性分だから、四郎が話し始めると身を縮めて御堂の扉の蔭にかくれこんでいたが、やっぱり気になるとみえ首を出すのがおかしかった。

「わが子の晴れ姿じゃ。ほら、前に出て聴きませせな」

親類の者が背中を押しても手を振って後退りした。しかし、かたわらの四郎の祖母に何やら囁き、古いコンタスをその手首にかけてやって親類の女房に耳打ちした。祖母はその女房に手を曳かれ前の席をゆずられて、孫の姿を会衆とともに伏し拝みながら涙をこぼしていた。

甚兵衛はそんな老母や女房の姿を見て胸迫るものを覚えた。復活の日の光だと、今日の日差しのことを四郎は言いおった。しかし、その光はいつまでこの地にとどまるのか。暗い想念が胸をよぎる。長崎の数々の美しい天主堂がとりこぼたれてもう何年になろう。このささやかな御堂もいつまで命を保つことか。

四郎が讃えた日差しは真西に傾いて御堂の中いっぱいにくるめき入り、そこにたむろする人たちを浮き上らせた。夕陽に燿《かが》よう互いの顔に目を移し、人びとはまだ呆然と深い息をついている。陽はみるみる海の面に近づいて冷えが忍び寄った。

たった今まで自分もその中にいた聖画の世界が、樹々の梢の鳴る音とともに現実に還りつつあると甚兵衛は思う。座はいつの間にか彼と大矢野組大庄屋父子を囲む形になっている。興奮去りやらぬ面持で七兵衛が口をひらいた。

「生きておるうちに、お御堂の中でデウス様を拝むことが出来ようとは、この歳までついぞ思いも致さなんだ。それにさきほどの御子息のお話は、何と申し上げたものやら」

後ろにいた地侍ふうの総髪の男があとを引きとった。

「それにしても四郎どのは、われらより千里の向うをゆかれる。千年の時を経て今日の結縁とはのう。言われてみれば、これより深い絆があろうか。わしは背中がずんといたしたぞ」

「じつは四郎どのにかかわる事じゃが、不思議なる事のありましての」

七兵衛がためらうふうに口籠った。

「そりゃ、どういう事でござすかな。あれにはこれまで、数々の不思議がござしたが」

伝兵衛がうながすと、甚兵衛の顔にも強い関心の色が表れた。

「以前、上津浦の南蛮寺におられたママコス上人のことは憶えておいでか」

「憶えており申すとも。追放になられしはたしか、慶長の末頃。さればかれこれ、二十数年の昔になりまするのう」

「あの上人が上津浦を去られる時、言い遺されしことのありましての。送別の宴を張ったその夜のことでござった。ご自分が上津浦を去ってより二十幾年の後のこととして、一人の天童あらわると仰せあった」

伝兵衛は強いまなざしで七兵衛を凝視した。

「そのお言葉、今でもはっきり胸に刻みつけられており申す。聞いたものは四、五名は居ったろうか。次々に世を去って、残って居るのはわし一人」

「それは、どういうお言葉でござりやすか」

伝兵衛が落着いた声でうながした。七兵衛は目をつぶって、何か書き物でも読み上げるような口調になった。

「我この地を去りてより、二十年の後に御しるし現れん。天、赤々と灼け、野も山も人の住居も、ことごとく灼け果つべし。洪水起こり麦の種枯れなんとす。この時、一人の天童現れ給わん。その人、習わずして書を読み、数々の奇瑞《きずい》を現さん。天童やがて火の中の道を歩み給う。慕いゆく者あらば、天への道開かれん。野山に白き旗立ち、人びとその頭に十字架を戴かん」

一座はしんとなった。

「ママコス上人は、追放になられた頃、心労のせいか、だいぶ気が昂《たか》ぶっておられてのう。言わることなさること、いささか常とは違うており申した。わしもそれほど本気に聞いた訳ではなし、月日の経つうちに忘れており申したが、このところ上人のお言葉が、思わぬ拍子に心に浮かび出てまいり申す。のう伝兵衛どの、これはまさしき預言というものではなかろうか。赤う灼くる空といい、麦の種の枯るるといい、天童現るるといい……。先日四郎どのが上津浦をお訪ね下され、くびれ死にしたる一家の魂を呼び戻された時、わしは全身一時に目ざめたごとくなって、一人の天童とはもしやこの方ではあるまいかと思うた。そして今日、四郎どののあのお話。ママコス上人の予言なされし天童とはまさしく四郎どのではあるまいか」

伝兵衛と甚兵衛は目を見合わせた。

七兵衛の横に控えていた総髪の地侍が、思い詰めた表情で手をついた。

「七兵衛どのを差し置いて御無礼ではあるが、手前神崎大膳と申す。不躾ながらもの申しあげる。手前に前々より念願がござる。ほかでもないが、ぜひとも四郎どのをわれら切支丹の盟主に仰ぎたき念願にござる。甚兵衛どの、伝兵衛どのにも是非ともご同意ありたい」

神崎大膳なる男は手をあげ一座を見廻した。

「われら切支丹に立ち返り、このような御堂まで建立なされたる以上、もう後戻りは出来ますまいぞ。富岡番代、いや唐津の本藩からも、軍勢を繰り出して来るは必定。となると、これは遠からず戦さじゃ。大将の居らぬでは戦さは出来申さぬ。手前は上津浦にて四郎どのに初めて対面したとき、心にひらめくものがあり申した。その後、四郎どののなさること言わるることを見聞きして、姿は少年なれど、デウスの御使いたること疑いなしと思い定めたる次第でござる。いまわれらが庄屋どのの披露なされしママコス上人の預言、仮初めとは思えませぬ。なあおのおの方、四郎どのこそは預言にある天童におわす。このおん方を大将に戴けば、かくも情けなく追い詰められたるわれら切支丹にも、運の開けようはありましょうぞ。甚兵衛どの、この通りにござり申す。是非とも四郎どのを盟主に仰ぎ奉りたい」

総髪の男はふたたび縁に手をついた。上津浦から来た衆は釣りこまれたようにそれにならった。甚兵衛は複雑な表情を浮かべ、無言で手を束ね闇の外に目をすえていた。

この夜、大矢野組の重立つ者は、献堂式に来集した天草上島の各地代表とともに宮津の庄屋宅に集い、四郎を盟主として宗門再興の一揆を誓った。

それぞれの村にこのことを持ち帰って備えをしようぞと話が煮詰った時、うしろの方にいた若い男が立ち上った。そしてもの言いなれぬぼそぼそ声で申し出た。

「上津浦の常吉と申しやす。大事の触れ役には、その、わしを使うて下っせ。わしは足だけは速うござす。行けとあらば、たった今でも馳けていきやす。一遍に十里走り続けるくらい、屁の河童じゃ」

そこまでいうと急に声が落ちた。「まあ馬にゃあ、かなわんが」

一味同心の誓いを立てて張りつめていた面々の間から、どっと笑い声が上った。

「頼もしいぞ、常吉」

四郎はこの男をよく憶えていた。上津浦の贖罪行列の時、重い生木の十字架を担いで、倒れそうになっても放さなかったあの男であった。このような無垢な男女あればこそ、自分も奮い立つことができる。裏山の林でしばらく瞑想に沈んだあと、父から盟主推戴の一件を聞かされたとき、彼の反応は父がいぶかるほど無表情だった。盟主などどうでもいいことであった。ただ彼は林の中で、カルワリオの丘へ続いている白い乾いた道を見た。未知のその道を歩み通さねばならぬ。御主の命じられるところならば……。そう思い定めたとき、少年の心はすき透って空白になった。

第七章　神　笛

この夜のことは「宮津の御堂の誓い」という名で、のちに原《はる》の城に籠ってからもよく口にされた。四郎が上津浦を訪れた時の様子や宮津での出来事は弥三が聞き集め、仁助方を訪れては話して行った。そういう時は竹松やすずをはじめ、この家の使用人たちまで集まって四郎の噂を聞きたがった。

弥三は持ち船を駆使して、まるで生涯の仕事の仕上げをするように働いていた。長崎の梅ヶ枝あたりから茂木、千々石、口之津、天草沿岸の津口はいうに及ばず、細川領の高瀬、川尻、はては筑後の湊にまで大小の船を廻し、磯物と交換したりしながら穀物を調達して、飢えの迫っている切支丹のこぞと思う集落に陸揚げしていた。もちろん相応の値段での取り引きである。学問所にしても、自分は学問は苦手と言いながら、運営費を実際に賄っているのはこの弁指しであった。

学問所に集う人びとは、弥三のもたらす話から、自分らの思惑をはるかに超えて事態が速やかに動きつつあるのを察し、腹をくくらねばならぬ刻の迫ってくるのを感じていた。

空が連日灼き焦れるようになるとあちこちで時ならぬ桜の花が咲き始めた。有家や有馬は桜の多い所だが、そこから通って来る若者たちが口々に告げる。

「気味悪うござす。こういう空に桜が盛りとは」

「何の兆しかのう」

「妖花じゃ」

冷静な寿庵や蜷川父子も口をひき結んで思案にふける様子である。釜屋で働くおうめは四郎の便りというと優しげな目元になってうなずいているが、この頃は考えごとをしているようで口が重い。

そうこうするうちにある夕、千束松右衛門という精悍な顔つきの人物が、益田甚兵衛父子の使者と名乗って蜷川家を訪ねて来た。大矢野島の隣の千束島に住する者で、ここひと月ばかり島原の北有馬の知る辺に寄寓し、大矢野との間を往き来している。これも元は小西の旧臣で、甚兵衛殿の内意を受けて天草の事情を伝えに参ったとの口上であった。

松右衛門から渡された四郎の書状を、右近は待ちかねたように開いた。

「詩編の御講読さぞかしお進み候わん。右近どのの平家、折に触れて聴きたく候えども、わが生《しょう》、空に漂う雪花のごとくおぼつかなく候。切にお目にかかりたく候」

右近はその筆跡をつくづく眺めていたましい思いにかられた。この十六歳の少年は、己の生を空に漂う雪花のごとくに感じているのだ。今すぐかたわらにいてやりたい。こみあげる愛憐を右近はじっと抑えていた。

おそれていた、いなむしろ、ひそかに待ち受けていた事態が刻々とやって来つつある。先触れの神馬の蹄が、赤々と燃えあがる空から響くのをかの少年は聴いているのか。

魂の奥に火が灯ったように右近は目を据えた。創《はじ》めたばかりの学問所であるが、それも短い生命であるのかもしれぬ。彼は一瞬、学問所にあてた土蔵の跡が一面の薄《すすき》の原になる光景を想いうかべた。続いて幻覚が訪れた。空の一角が引き裂けて、その裂け目から赤い着物を着た女、子どもや犬猫たちが、ぞろぞろとこぼれ落ちてくる。空には切支丹の書物が、一枚ずつばらばらに剥がれて舞っていた。一瞬に空は青くそして灰色になり、一面に雪の花になった。それはあたかも、四郎からの霊的通信であるかのように思われた。

わが愛弟は身にあまる重荷を背負って、望みもせぬ戦さの場に立とうとしている。その透明な悲しみが右近の全身を領した。なんとしても彼を守護せねばならぬ。よしんば学林の営みが中途で杜絶するにせよ、悔いることはない。何のための学問であり学林であったのか。四郎と運命をともにすることがわしの学問の道ではないか。たとえ学問所の痕跡がこの地上より消え去っても、蒔かれた種は高き天にて芽を吹こう。

松右衛門の話は、弥三のもたらす消息がいかに正確であるかを物語るものであった。天草上島の上津浦、大矢野島の宮津と続いて信徒たちが結党し、宮津から有明海をへだてた対岸島原領に代表や使者が往来しているとなれば、ほかにもどこに飛び火しているかわからない。事態はよほど深く潜行していると見なければならぬ。

松右衛門が寄寓している北有馬はもともと旧有馬藩士を中心とする強固な信心組が根づいていると

ころでもある。そこの庄屋、松島佐渡守の家を松右衛門が根城にしているとすれば、宮津組と北有馬組との間には、具体的な話がある程度進められていると見なければならぬ。しかし、島原城下にほど遠からぬ北有馬に海の向うから潜りこんで来るとは、大矢野の切支丹組も胆が太い、と蜷川左京は思った。左京は四郎の父甚兵衛とはまだ会ったことがない。しかしその甚兵衛が選んで差し向けたほどのことはあって、松右衛門の目に輝きのある風貌と率直な物言いは人を信用させるに足りた。左京の妻女があとで評したところでは、

「弥三どのをいま少しきりりとさせ、侍に仕立て直せばあのようになる」

とのことであった。松右衛門の寄寓先の松島佐渡守とは去年の秋に代官所で逢い、そのあと侍組の何人かとともにわが家に立ち寄ってもらった。代官所での鬱憤をいささかでも散じてもらおうと思ってのことだったが、その際たいそう説得力のある意見を述べたのが佐渡守であった。

われらが決起に及べば各地に蟠踞《ばんきょ》する浪人たちが一斉に合力にかけつけ、天下をくつがえす大戦さになろうぞ、などと勇ましいことを言い出す者を制して佐渡守は言った。

「いやいや、そういうものではあるまい。大坂の陣にて豊臣が滅びてのちもはや二十年。先年の加藤氏改易を見ても、幕府の威光はいまや磐石じゃ。浪人どもの力を合わせたとて、所詮蟷螂《とうろう》の斧。それにのう、浪人どもと言うても早い話がわれわれ自身が浪人じゃ。われら有馬の旧臣の有様を見てごろうじろ。千々岩どののように勇気凜々のお方も居られるが、おのおのは暮らし向きに追われて、生きるだけで精一杯じゃ。大方、槍も錆びついて居ろうよ。

臆病風に吹かれて申すのではありませぬぞ。わしとてこのまま無事にすむと思うてはおり申さぬ。

松倉の無法がこの上募れば、百姓ばらとて黙ってはおれぬ時が来申そう。されど、いつかは一揆に及ぶとしても犬死だけはしたくないのう。下手に騒ぎ立てればそれこそ松倉、いや松倉どころか幕府の思う壺。それに年貢を納めぬというて征伐されるのも不本意じゃ。起つならば切支丹の大義を掲げて堂々の陣を張りたい。ここは辛抱のし時でござろうよ。松倉の仕打ち堪忍し難ければ、十分に時をかけて備えを張るのが肝要と存ずる」

佐渡守はそう言うと一座を見廻した。

「口之津の米蔵には、千俵ほども入っており申すかのう。この兵粮《ひょうろう》でどれほどの軍勢を養えようぞ。やがてそのような算用もせねばなりますまい」

不敵な笑みを浮べてそう言ってのけた。いまも鮮明にその時の面構えがまぶたに残っている。

松右衛門はもちろん、ただ四郎の書状を右近にもたらしただけではなかった。父の左京が推測したように、彼は甚兵衛の内命を受けて、天草と島原切支丹の提携を計るべく動いているのであった。上津浦の信徒の立ち上りから始まって、宮津に礼拝堂が建立され、「宮津の御堂の誓い」が交わされるに至った経緯を語ったあと、松右衛門は言った。

「この度の立ち上りは、天草組のみにては遂げられませぬ。島原衆の同心をいただくことこそ肝要じゃと、われら思うておりまする。島原も天草におなじく、古くより切支丹の信心の植えられたる土地。いわば宗門の兄弟にござり申す。しかも連年の凶作と重き年貢にて息絶え絶えなる有様も、まったく変りは致しませぬ。北有馬の松島佐渡守どのにもすでにかたき約束を戴いておりまする。口之津は島原切支丹のいわば本家にござる。ぜひとも蜷川どのを訪ねよとの松島どののおすすめにて、今日参上仕ったる次第」

左京は松右衛門の強い視線を深々と受けとめた。その口上はほぼ予測がついていた。しかし、立ち上りとは何を意味するのか。むろん宗門の旗を再び公然と掲げることであろう。それは容易ならぬことを意味する。

左京の胸中をさまざまな思いが駆けめぐった。

宗門への立ち返りとは松倉藩、いや幕府へ正面から楯つくことにほかならぬ。立ち返った後どうするというのか。まさか皆して、磔にかかろうというのではあるまい。第一、磔柱も足るまいに。天草衆は容易ならぬ決意を固めていることになる。彼らは幕府相手に戦さしようというのだ。

いよいよその時が来たのか。信じられぬような気がしないでもなかった。もちろんこの日の来るのを予想しなかったのではない。寿庵や兵庫、伴内たちと幾度そのことを語り合ったことだろう。しかし、言葉は現実ではなかった。いよいよ言葉が現実となった今、こんなにもあっけないものかという感じが左京を襲った。空虚感というのではない。なにかもう一人の自分が、松右衛門とおのれの対坐している空間をひっそり眺めているような異様な感覚であった。

万事に冷静な彼は、幕府と全国の領主の軍勢を敵にまわして、勝利の見込みがあるなどという幻想は抱いてはいなかった。松倉藩あいてに年貢減免の一揆を起こすというのとは話がちがう。それならばたとえ指導者は犠牲になっても勝利の途がないことはない。だが、切支丹の旗を掲げるとなれば、幕府の統治の根幹に触れることである。おそらく九州中の軍勢がこの島原の地に呼び集められることになろう。切支丹として立ち上るとは、年寄り、女、子どももろとも、全員が闘死するということである。

彼は妻と娘の顔を思い浮かべた。それでよいのか、よいのだなおぬし、と彼は自分自身に向って問いかけた。

左京が沈黙するのを逡巡ととってか、松右衛門は再び口を開いた。

「蜷川どの、われらにはデウスの御使いがついており申す。益田四郎どのはまぎれもなく天の遣わされたる神の子であられる。わしはその証跡を数々目にしており申す。デウスの御使いのもとに旗を立つる以上、勝利は万々疑いなしと、われら天草衆は意気上っておりまする」

自分に喰いこんでくる松右衛門のいくらか狂気がかった視線をはねのけ、左京は穏やかに笑みを浮かべた。

「いかにも……。四郎どのはわが家の大切なる客人にて、お人柄は存じておりまする。千束どの、ご来駕のご趣旨あい分り申した。この左京、喜んで天草組に同心致し申す。されど事はいかにも重大にて、わが口之津組の向背《きょうはい》を身ども一人にて決めるわけには参り申さぬ。早速にも肝煎りたちに計り申すゆえ、今夜はゆるりとわが家におとどまりあれ。時節柄、何のおもてなしも出来ぬが」

松右衛門は肩の力を抜き、ほっと深い息をついた。

寿庵の家におもむく途中、左京は天草・島原の地下に張りめぐらされたコンフラリヤの根が次々に発火してゆく光景を視たように思った。

左京、寿庵、仁助らの口之津組肝煎りたちの同心を確かめて松右衛門が引き揚げてまもなく、代官所から庄屋乙名たちに呼び出しがかかった。用向きは今年の年貢割り当てであったが、正気の沙汰とは思えぬ内容で、未進米の追加はもちろん例年にない新たな負担を求めていた。江戸城馬場下門の修築費用にあてる米穀三百石を積んだ船が沈んだので、その損失を米倉の所在地たる口之津で負担せよというのである。

代官は多田九郎兵衛から松田権左衛門に替っていた。九郎兵衛は悪どいなりにどこか愛嬌のようなものがあったが、権左衛門はしぶとい野豚のような鼻をしていて、相手の感情など一切顧慮せず遮二無二上からおっかぶせるような物言いをした。

「昨年は風水害もあっていささか手加減を致したが、今年はそのような積りで居ってはならぬぞ。やれ日でりじゃ、水損じゃと未進ばかり重ねおって。もはや容赦はならぬ。全体、庄屋乙名の勤めを何と心得る。俵数を揃えて見事に納めてみせてこそ、庄屋の名が立とう。百姓ばらの言い分ばかりを取り次いで職分が立つと思うか。今年は泣き言は一切聞かぬ故、左様心得よ。この上未進に及ぶ者あらば女たちを質にとる。わしは多田どのとは違うぞ。城内で頑固権左と異名をとるごとく、物事をゆるがせにするのは大の嫌いじゃ。領主に領主の勤めあるごとく、百姓には百姓の勤めがある。その勤めとは年貢を完納して、殿の御奉公を扶け参らすることじゃ。よいな」

松田代官はそれだけ言うと、一人一人の顔をなめるように見廻したあと、毒気を吹きかけるような空咳をひとつして席を立った。

庄屋たちは互いに顔を見合わせて言葉を発しなかった。蜷川左京もその中にあったが、彼の心中はもはや怒りも反感もなかった。領主というものが、厳しく責めれば年貢は納まるものと信じているらしいのが、むしろ不思議に思えた。それは長年の習慣であり性分であるのだろう。彼は大声をあげて笑いたかった。性根をすえてしまえば、代官の恫喝など子どもだましに過ぎない。この期に及んでなお、自分たちがおとなしく年貢を請けると信じているのがいっそかわいらしい。

代官所の門を出ると仁助がすっと脇に寄って来た。仁助も左京とおなじ心であるらしく、柔らかな笑みをたたえている。

「蜷川さま、えらい見幕でありましたな。われらが心のいかなる所へ往きおるか、見えぬのでありましょうな。皆さまが一言も発せず顔の色も動かされなんだのを見抜けぬとは、間抜けなご仁にござりやす。わしは何やら、くすぐっとうて」

左京はじっと仁助の顔を見た。晴れ晴れとして何のかげりも見せぬ表情である。侍でもない仁助にこの性根のすわりがあるのは、人一倍強い百姓への責任感のせいであろう。わしはこの男とともに死ぬのだと、左京は心に誓った。

寿庵は蜷川左京から天草組の申し入れを聞いた時、何よりもまず始めたばかりの学問所のことを思った。むろん募り来る松倉の苛政のもとで、いつまで学問のいとなみが続けられるかとは思っていたが、こんなに急に事態が展開するとはいささか意外であった。しかしこの沈着な老武士は即座に事の成りゆきをのみこんだ。

彼はこのところ右近から伝えられる三吉の動きに気をとられていた。三吉は例の聖画を持って友人の角内と大矢野宮津へ渡り、四郎の籠る御堂で切支丹名を授けられ、顔つきまでもおごそかになって戻ったという。以来とうとう「本物の切支丹が憑いて」、父親のアニマの鎮座するという焚物小屋に公然と聖画を掲げ、親戚や近所の者を呼んでは礼拝につとめ、あたりの評判になっているとのことであった。その動きは逐一、熊五郎から右近につたえられていた。

寿庵は、しまった、あの時もう少し念を入れてたしなめておくべきだったと思いかけたが、いやいやと目をつむった。一生のうちで何事かを決するという時機は案外こういう形でやって来るのかも知れぬ。われわれ侍組が思慮分別に暇取っておる間に、あの三吉のような者が神の印判を背に受けて、誰も入れなかった界域にひょろりと押し出されたのかもしれぬ。思いかえして寿庵は右近に言ったものだ。

「三吉という若者、今に血祭りに上げられようぞ。そうじゃ、熊五郎はまだちゃんと仁助の家におるじゃろうな」

倉の学問所のいちばん後ろに座って一途な眸を向けて来る熊五郎の姿が、寿庵の心に刻みつけられている。寿庵は深沈とした表情で対座している左京父子に眼をやりつつ、大矢野組の申し入れがなくても、三吉らがあのように動き始めている以上この島原の地も無事という訳にはゆくまいと、あらためておのれに言い聞かせた。目を開けたとき、老武士の面には梅花の匂うような笑みが浮かんでいた。

「いずれ決断せずばならぬことであったよな。しかもあの四郎なる少年の呼びかけじゃ。あれは神笛をもってわれらを導く者ではないか。覚悟せずばなるまいのう、左京どの」

学問所に集う若者たちに使いが飛んだ。三日後の夕方には、口之津をはじめとして、加津佐、千々石、小浜、南北有馬、串山、布津《ふつ》、深江、中木場、安徳の村々から二十数名が集まって来た。

有家の長老中尾待安は耳が聴えないので寿庵からの書簡を持たせた。白髪の元コレジョ学生は身なりを整え、両刀をたばさんで恭しくやって来た。挨拶がすむや、老友寿庵の両掌をわし摑みにすると落涙した。

「生きてこの機に逢うこと、切支丹の本分にござる」

まず蜷川右近から、天草の切迫した状況、それを受けての島原の動きが述べられた。若者たちは頰をひきしめて聞き入っていたが、事の次第はかなり彼らにも伝わっていたと見えて、さほど意外という様子を示す者はいなかった。熊五郎がいつものように最後列にいるのを見て寿庵は安心したらしく、仁助に向って何やら耳打ちした。あとの酒宴に熊五郎も加わらせようというのだった。この夜は特別に、女たちも出席するようにと言われ、かよもおうめも後ろにいた。すずは、赤子と添い寝していてよいと言われ、嬉しげに床についた。こういうところはやっぱり子どもで、昼間よく働くものだから、寝つきは早いのである。

うめは仏教徒なので切支丹信徒の立ち返りの話を聞かせたものか、本人が迷惑がりはすまいかと仁助は悩んだが、どっちみち一度は話して、本人が望むなら暇をとらせ天草に帰すなりせねばならぬと心に決めて出席させた。

右近の話が終ると父の左京があとを続けた。宗門への立ち返りは生きる途を失った天草・島原の民の最後の選択であること、幕府・諸藩の追討は必至であろうが、それを恐れて隠忍の途を選ぶとしても、この度の苛酷な年貢課徴にたえる力は残されておらず、ただ餓死を待つのみであることを諄々《じゅんじゅん》と説いたあと、左京は目を見ひらいた。

「思えば短き学問所の命であったが、切支丹の学問とはこの世の栄華を求むるものにあらず。まことの生命の泉を汲むのがわれらが学問じゃ。おのおの方、今やおのれが命をかけて御主の栄光を証しだてようぞ」

おうという若々しい声があがった。蜷川父子に場を任せてかたわらに控えていた寿庵がおもむろに立ち上り、慈しむように若者たちの顔を見廻した。

「眺むるにはちと涼しすぎるが、外は十六夜の月でござる。そなたたちの顔をうち眺むるうちに、わしの魂に飛んで来た言葉がある。

『杜鵑啼、山竹裂』

さる禅僧が若い弟子たちに示した言葉じゃが、不思議に今、わしの魂に来た」

寿庵はそういうとふっつり黙った。更けゆく島原半島の山容が圧しひしゃげたように月の照る下に連なっている。

「杜鵑《ほととぎす》がわれわれであるのか、裂けたる竹がわれわれであるのか」

誰も声を発しなかった。

「わしももう十分に生きた。次の世のこやしにわしはなるつもりじゃ。されどおん身らは島原切支丹の花であるぞ。働いてくれよ」

寿庵の司祭で久々の祈りが行われた。ふだんの御ミサの時に焚かれるのとはまるでちがう香りがくゆりはじめた。オラショが終ってもみんな瞑目してえもいえぬ香りを聴いていた。四郎が長崎からもたらしたあの名香を寿庵は焚いたのだった。十六夜の月が皓々と中天に高かった。

Y.H.

次の日の朝餉はしんとしたまま始まった。

「おかよ。あやめの分まで食べようぞ。なああやめ。よかおっぱいをば飲ませてもらおうな」

祖母になった美代が自分を励ますようにそう言うと、赤子はまるでその言葉を聞きわけでもしたようにうぶうぶしい笑い声を上げた。座は救われたように和んだ空気になった。干したクサギ菜を戻して多量に交ぜた麦飯である。柔らかな笑《えみ》を浮べたかよの横顔を、大助は複雑な思いで見やった。昨夜の話合いの席にいた以上、事の成りゆきはわかっているはずである。今後のことを夫婦で話し合わねばならぬけれども、どう切り出したものかためらわれる。内野に帰したがよいと思うが親とそのことを話し合ういとまがない。仁助も美代も考えをめぐらしているにちがいなかった。

おうめはいつにもましてわしわしと仕事を片付けていた。昼の食事がすんでから彼女は仁助夫婦の居間に呼ばれた。

「昨夜の話は、お前の耳でじかに聞いた通りじゃ」

「はい」

「これまでのう、美代ばかりでなくこのわしにとっても、いやこの家全体にとっても、お前はなくてはならん人間じゃった」

「何ばいいわれやすか、旦那さま」

「おうめ、お前はわたしの親か姉……」

美代は早くも涙声になってあとが出ない。仁助があとを引き取った。

「お前には、一生かかっても恩返しは出来んと思うとる」

「旦那さま何ちゅうことば。そりゃ反対じゃ」

おうめは自分の口の重いのが恨めしかった。どうして自分の方から先に、いま旦那さまの言われたことを口にしなかったのか。

「昨夜の話にもあったが、戦さになるぞ」

「はい」

「なんでそういう成りゆきになったか、お前は阿弥陀様の御弟子じゃが、分ってくれような」

「分っておりやす」

おうめは咽喉に詰った低い声で答えた。

「まだ嘘のような気もするが、この家も無事にはすむまい。これはな、天下さまへの謀叛の一揆じゃ」

こくんとおうめは頭を下げた。

「わしも美代も切支丹じゃ。庄屋の家柄ゆえに慈悲組の組親をつとめて来た。お前は異教徒の身で、慈悲小屋の面倒もよう見てくれた。葬式のときも、お前の一言にわしは教えられたぞ。学問所の若者たちをも、よう可愛がってくれたのう。改めて礼を言うぞ」

おうめはからだをどこに置いてよいか落着かぬ様子でいたが、首をうつむけ段々上目使いになった。

仁助はしばらく黙っていたが、やがて思い切って口をひらいた。

「それでな、おうめ。ほかでもないが、お前が蓮田の人間としてこのまま居れば、命はなか。お前は切支丹でもなし、これまで尽してくれただけで十分すぎるぐらいじゃ」

おうめは眼を光らせてさえぎった。

「ははあ、あたいば厄介払いしようちゅう話でござりやすか」

「何ば言うか、おうめ」

美代の声がふるえた。

「もう年取って、役に立たんゆえ戻れちゅうことなら、戻る家もなけれど素直に戻りましょうが、命のあぶなかゆえ逃げよと言われても、逃ぐる足はあたいにはござっせん。この期に及んで、誰が主人を見捨てて逃げようぞ。強いてこの家を出よとあらば、首でもくくりやっしょ」

大きな目を彼方へ向けたその様子があまりに悲しげで、夫婦は胸をつかれた。

「なるほど、あたいはナマンタブの方でござりやす。親がそっちでやしたゆえ、ナマンダブを通しやした。アメンを唱えんじゃったのには、もひとつ訳のありやす。今まで言わずにおりやしたが、そのもひとつの訳ちゅうは」

夫妻はおうめが何を言い出すかと息を吞む思いになった。今まで、何か訳がありそうだと思いながら尋ねたことがなかったのである。

「あたいの父っつぁまはそりゃ信心深か人で、観音様を拝みよりました。あたいが赤子で疱瘡にかかって死にかけた時、加津佐の岩戸観音様に願かけして、治してもろうたそうでござりやす。父っつぁまは一位の木で観音様を彫って、袋の浦から舟漕いで、おっ母さまと赤子のあたいを乗せて、お礼参りをいたしやしたそうで。

伴天連衆と切支丹の若か衆が、岩戸観音様を邪宗じゃというて焼き打ちされた話は、お二人とも聞いておらいますど。舟でお礼参りしたすぐあとのことでござした。伴天連さまは仏像をことごとく打ち割って、よか焚き物の出来たと言われやしたげな。父っつぁまのお供えした観音様は、下手ながら赤子のあたいに似せて彫りあげてあったそうで。似せて彫らねばよかったと、父っつぁまは泣かれやした。

旦那さま、お美代さま、はじめてこういう話を致しやした。アメンも言わん人間をば責めもせず、大事にして今まで使うて下さりやしたのに……。したくてする、話ではござりやせん。あたいはデウス様の悪口言うつもりではござりやせんと」

おうめは日頃に似ぬしっとりとした視線を仁助と美代に向けた。二人は身じろぎもできないでいた。

「ナマンダブ言う口の下から、大枚下されと手を出す坊さまのことも、あたいはよう知っておりやす。アメンの衆にも、ろくでもなかはずれ者はおる。まさかデウス様が、観音様を焼き打ちにせろと申されたとは、あたいには思われやせん。

あたいはここのお家に来て、本物のデウス様と本物の人の姿を見せてもらいよります。父っつぁまの願かけなさいた観音菩薩とマリア様が二人逢われたなら、仲良う、いよいよ優しゅうなられるとあたいは思いやす。仕事が出来る間はマリア様と観音様にお仕えして、ここのお家に居らせてもらうつもりでござりやした。おなごが言うのも何じゃが、昨夜のお話、切支丹でなくとも、あたいはとっくに同心のつもりでやした」

おうめは倉の片づけ物でもする口調になった。

「戦さは刀、鉄砲ばかりで出来るものじゃなか。鍋釜を抱え庖丁を取り、石臼をひく者が居らんことには。そのいずれも、あたいはまだお美代さまより働き上手でござりやす」

おうめは自分の言ったことがおかしかったのか、くすりと笑ったが、唇をゆがめて涙をこぼした。

夫婦は呆然とおうめを見詰めていた。

「すまぬ、おうめ」

お美代は畳に手をついた。

「こういうことになって、お前の父っつぁまにも、おっ母さまにも申し訳のなか」

「なあん、これ以上はなかよか暮らしを、これまでさせていただきやしたで、ふた親とも喜んでおりやす」

おうめは四十数年前、子守りとしてお美代を抱き、背に負い、風呂に入れた感触を思い出していた。お美代のことならくまなく何でも知っている。

「死ぬ時は一緒でござす、それで本望じゃ」


倉の学問所はその夜かぎり開かれることはなかった。集うていた若者たちは党を結び、それぞれの在所に渦巻き始めた動きの中で、また会うことを約して散って行った。

一揆の覚悟を定めたといっても、具体的にどんな行動に出ようというのか、そのためどんな準備をしようというのか、一切は今後にかかっていた。ただ破局が近いことだけは疑いようがなかった。年貢納入の期限が来る時がひとつの峠だと大方の者が予想した。

ひとつ危ぶまれるのは三吉とその周辺の動きであった。聖画の評判はいよいよ高まり、中には願かけに行く者もいるという話である。今のところ代官所には知れていないようだがそれも時日の問題だった。寿庵は三吉の組の肝煎り、佐志木作左衛門が学問所学生の兄であるのを伝手《つて》に、三吉の身を案じ、潮時が来るまで自重を促してくれるよう書状を送った。

島原各地から千束松右衛門や山善右衛門らが戻ってくると、甚兵衛、伝兵衛のまわりでは人の動きが慌ただしくなった。

上津浦の常吉を中心とする若い者たちも、長い日でりになってしまって田畑の仕事が出来ないでいた。海にもぐるには貝の類も海鼠もまだ育ちが悪い。若者たちは無聊《ぶりょう》をもてあまし、手足の動きが地につかぬような、魂もふわふわしているような有様で、あちこちに屯《たむ》ろしたり、はっと思いついて蕨《わらび》や葛《くず》の根を掘りに出かけたりした。

「なあ、こういう時にゃあ、馬か牛に生れておればよかったぞ」

「五助やん方の牛もよう食うぞ。あの萱《かや》で口の中を切らんちゅうのが不思議じゃ」

「胃袋いっぱい草が食われて、よかのう」

「あたり一面、草ばかりじゃが」

「あれが全部、食わるるものならばなあ」

そんな話をして彼らは笑い声を上げた。

笑う分だけまだ元気があるぞと常吉は思う。彼らが食ってゆく途が何かないものかと、始終考えている。

「草ば食い物に見立てるくらいなら、大矢野組に鯨取りに連れて行ってもらえんかのう」

おおーっと声が揚った。

「そりゃよかぞ、鯨か」

「常吉、お前この頃大矢野の宮津によう参るちゅうが、鯨取りの衆も切支丹じゃろうが」

「そういう話は聞いとる」

「切支丹なら、なおのことじゃ。今度お前宮津に行くなら、連れて行ってもらう話ばつけて来んかえ」

「まあな、話してみぬこともなかが、いざ話すとなると、簡単にはゆかんかもしれんぞ」

「何じゃあ、糠よろこびさせて」

「悪かった。しかしなあ、話してみようぞ。断られてもともとじゃよな」

若者たちも常吉も、浦々の網漁の掟は細かくきびしく定められて、みだりに他の浦の者が割りこんではならぬのを承知していた。しかしこういう困窮の際でもあり、事情を話せば相談に乗ってもらえるのではないかとも考えたのである。常吉は宮津の知り合いの顔をいくつか思い浮かべた。事は若者たちの思うように運びそうもなかった。

大矢野の鯨取りは、有明海や早崎の瀬戸とは波の違う外海へ特別の装備をした船団を組んで行く。上津浦の小さな舟にしか乗ったことのない者が、鯨漁に連れて行ってくれなどと願ったら何と言われるか。万が一、連れて行ってやろうと言われたとしても、櫓の漕ぎ方から梶のとり方、網や銛《もり》の操り方に至るまで、一から手ほどきしてもらわなくてはなるまい。足手纏いになるのが落ちであろう。常吉はわれながら阿呆なことを言い出したものだと悔んだ。それでも常吉は大矢野の懇意の者にそれとなく鯨組の様子をたずねてみた。ところが去年の秋の嵐で大方の船がやられ、今年は修理のできた船だけで出かけるには出かけたが、小型の抹香鯨がやっと一頭とれただけということであった。

ところが鯨は向うからやって来たのである。といってもごくわずかばかりの塩漬けの尾羽鯨であった。常吉とその仲間が触れ役としてよく働いてくれるというので、大矢野の甚兵衛から、

「まずは、気根づけに」という口上とともに届けられたのだった。

触れ役の常吉たちは満潮どきには、生い繁る渚の草木をさやさや言わせて馳け抜け、干潮どきには磯の岩を跳び渡って渚道を走った。櫓を操るのはとくにお手のもので、気も早い連中であったから、その働きぶりには目覚ましいものがあった。彼らは人に逢うと必ず問うた。

「四郎さまというお人ば知っとるかえ」

首を横に振る者があれば、彼らは勢いこんで語った。

「まるで天から来らしたごたる神々しかお人ぞ。嘘と思うなら宮津の御堂に行ってみろな。お声も聞かるるぞ。生きとる間のご冥加ばえ」

天童という噂は四郎自身の心構えとは別に独り歩きを始めていた。常吉らの力の出所も、天から降されたごとき人への思い入れにあった。

立ち返り勢が目に見えて増えて来ると、勢い余ってまだためらっている者たちを罵ったり、脅迫したりする者も現れた。

「お前どもは切支丹にならんとなら、罰の当たってインヘルノに蹴りこまるるとぞ。インヘルノちゅうはな、知っとるか。地獄よりりゃ幾層倍もおとろしかちゅうぞ」

人びとはもはや、富岡城の侍や栖本や本戸の郡代を怖れてはいなかった。熱気がたかまるにつれて

村々は殺気立ち、若者組があちこちの辻に立って役所側の諜者が入りこむのを監視した。馬を買いに来た博労が若者たちにつかまり、富岡の諜者と怪しまれて殺されそうになるというような騒ぎが起こった。栖本の郡代所にも人びとは押しかけて、切支丹に加担せねば郡代を血祭りに上げると申し入れる勢いになっていた。

上津浦に小さな寺を持つ一向宗の僧侶が、切支丹に同心を申し入れたという話も伝わった。もとは広島から流れて来た僧であったが、体格衆にすぐれ武芸を好み、何やら昔の僧兵のような男であるという。

「衆生みな飢渇に迫られておるこの時に、坊主は肥えた腹にて高座に上り、善根を積み欲心を捨てよと言いながら、人の捨つる欲をおのれが拾い、慈悲の心さらになく、下々に対してはさながら高貴の身のごとくふるまう。内実は慳貪《けんどん》にして、己が身を投げ出して衆生を済度しようとの心は露ほどもない。そういう坊主仲間がつくづく嫌になった。わしも切支丹の仲間に入れてくれ」

そのように僧は述懐したとのことであった。

益田甚兵衛は伝兵衛の家を本拠として、このような各地の動静に細かく気を配っていた。長年鬱屈を忍んで来た小西の旧臣や、土豪としての気概を捨てきれぬ地侍が甚兵衛の許にしげしげと出入りした。その中には昔の夢を追うような物言いをする者もあったが、この度ばかりはそうはゆくまいよと穏やかに言う者が多かったのは、彼らなりに事の成り行きが容易ならぬのを覚悟しているからであろう。かねてから軍略を講じるのが好きな柳平兵衛にしても、

「どのような軍略がおありかな」

と甚兵衛に水を向けられると、日頃の談論風発ぶりはどこへやら、すこぶる慎重であった。

「いや、こたびは酒の肴の法螺話とは違い申す。一番の難儀は、百姓漁師と一体となって戦ういくさということじゃ。刀、槍など持ったことなき女、子どもも抱えてのいくさでござすよ。われらが名ばかりの侍であったこの数十年、百姓、漁師衆の人情をしみじみ思うて来たが、今こそわれらが役に立つ時と心は奮い立つものの、さて軍略はと問われてもさしたる知恵のいづる訳でもござらぬ。そういわるる甚兵衛どのにこそ、よき方略のござりそうなもの」

甚兵衛はこの男が外見とは違って、実は篤実な魂の持ち主であるのを知って頼もしく思った。

甚兵衛の大きな気がかりは、肥後の国主細川が対岸天草の騒擾に対してどう出て来るかということであった。千束松右衛門ほか数人の侍がいる席で彼はその話題を持ち出してみた。松右衛門は二十数年前の大坂の陣の際、豊臣方として大坂城に籠った経歴の持ち主である。上方で宣教師とのつき合いも深かったらしい。

「細川のう、あれは腹の見えぬ大名じゃよ」

松右衛門はそう言って首を振った。

「ご承知の通り細川は、先々代幽斎公の時分より、戦乱の世を巧みに生き抜いて来た家なれど、切支丹とはあれでなかなか縁が深かったのじゃ」

「ガラシャ夫人のことかな」

同座の地侍が口をはさんだ。

「それもある。ガラシャ夫人のことは、上方の伴天連衆も切支丹の鑑と口を極めて賞め讃えておられた。ガラシャ夫人のみならず、夫君の忠興公は洗礼は受けず仕舞であったものの、あれで結構切支丹とは交わりが深うしての。高山右近殿とも特に昵懇にされておって、右近殿が追放になられた折も、重臣の加賀山隼人殿をもらい受けて召し抱えられた」

松右衛門は言葉を切り、口許をゆがめた。

「忠興公は花も実もある武将とはいえようが、関ヶ原より後は、ひたすら徳川の息を窺うばかりじゃ。小倉で六千石を与えていた加賀山殿も、宗旨を棄てぬというので斬首になされた」

「そういえば一昨年も、小笠原なにがしの一家が斬罪に処せられたというではないか」

山善右衛門が口を出した。善右衛門は千束島に住む地侍で智謀に富み、百姓たちにも人気がある。

「あれはのう、小笠原玄也殿といわれてな」

甚兵衛が話を受けた。

「ガラシャ夫人が、石田の軍勢に大坂の屋敷を囲まれなされし時、長刀とって介錯仕ったのが小笠原少斎といわるる。玄也殿はその三男にて、切支丹の信心をかたく守り続けて来られた。細川家にとって小笠原は、ガラシャ夫人にまつわる恩義のある家ゆえ、忠興公、忠利公ともに玄也殿を、つい一昨年までかばい通して来られたと申す。されど長崎奉行に訴人したる者のあって、仕方なく死罪を仰せつけられた由。子どもが九人あって、九人ながらのう、並んで首切られたというぞ。忠利公は、子どもたちを遠国に養子に出せと、つねづね言うておられたそうな。振りかかる運命を憂えられたものじゃろうな。それでも玄也ご夫妻は、養子に出すのを肯《がえ》んじられなんだ由。これは身どもが、今は八代城に隠居して、三斎と名のられる忠興公の家臣から聞いたことじゃ」

善右衛門が尋ねた。

「忠利公はたしかガラシャ夫人の御腹であったよな」

「左様、ガラシャ殿の御子じゃ。玄也殿をかばわれたのは、やはり母御の心を大事にされたものであろうよ。されどそれは細川家のいわば内輪事。忠利公の存念は、ひたすらわが家の無事存続にあろうぞ。松右衛門どのの言わるる通り、幕府の鼻息を人一倍窺うておるのが細川という大名じゃ。何せ加藤家の改易されたるあとに入部した大名じゃから、いざとなれば将軍家に忠義立てして、真先にわれらに兵を向けて来ようぞ」

甚兵衛は袂に手を入れてゴミをまさぐり出しては炉にくべた。

口之津の仁助父子は、代官が「年貢納入を遅延させるにおいては女どもを質に取る」と言い放ったのを、ただの脅しとは思っていなかった。江戸城修築用の米三百石を積んだ船がさきの嵐で沈んだというのも嘘とは思えなかった。幕府からの威圧をそのまま年貢の上乗せにしているともなれば、容易にはね返せるものではなかった。

先の藩主松倉重政はひと頃切支丹をかばっていたこともあり、家光に呼びつけられ叱責されてから、棄教を肯《がえ》んじない信徒は女、子どもであっても見せしめに処刑し、方法も嗜虐を極めた。新藩主勝家に替わってからはさらに苛酷さを増している。無慈悲極まる年貢の割り当てを見れば、どんな無道を仕掛けて来るか知れたものではない。庄屋、乙名が切支丹組の役を兼ねているのは代官も重々承知であろうから、切支丹退治のためにも一石二鳥と狙いを定めているものと見なければならぬ。わが家もその中に入っていると思った方がよい。

ことにこの度の新代官は、駆け引きの多かった前任の九郎兵衛とは違い、いったん思いこんだら直進する類いの人物であるようだ。九郎兵衛は女を質にとると脅しながら、それを実行したことはなかった。未進に未進が重なってゆかざるをえない実情を彼なりに承知していたのである。新代官は今年の年貢に加えて累積した未進米を、この際手きびしく取り立てる決心であるらしい。見せしめに女を質にとるというのは、この代官にとって目的を遂げる早道であろう。

仁助はおかよとあやめを内野の実家へ返そうと心に定めた。代官の手に若い嫁をむざむざ渡してなるものかというばかりではなく、この先の成りゆきを思うとそれが何よりの良策と考えられた。幼い子を含めた殉教のことはこれまで数々目にし耳にもして来たが、手足をばたばたさせて笑い声を立てるあやめを見ると、宗門の戦さの道連れにしようという考えはとても起きない。おかよとともに内野へやれば蓮田の血筋は残るのではないか。むろん天草下島の内野にも戦乱の嵐は吹き寄せずにはいないだろう。しかし松倉の常軌を逸した苛政のもとにある当地よりも、内野に吹く風はいくらか穏やかではあるまいか。それにおかよの実家は切支丹ではなく仏教徒である。

仁助はお美代と大助を呼んで自分の決心を伝えた。お美代は一も二もなく賛成し、大助はしばらく考えこんでいたが、そうするしかないと心に決めたのか黙ってうなずいた。

お美代は夫と息子に言った。

「皆死に絶えるとは決まってはおらぬじゃろ。デウス様の軍勢ならば勝つこともござりやしょ。さすれば、天下晴れて切支丹の世の中じゃ。内野でいっとき辛抱してもらえば、そのうち迎えにも行かれようぞ」

仁助はそう言われて暗然とした気持になった。戦さをしたりせずにすむ国があれば、何もかも打ち捨てて女房、子どももろとも逃げて行きたい、と思ったがたちまちおのれを恥じた。わしは代々の庄屋であり、コンフラリヤの慈悲役ではないか。百姓たちをおいて逃げるとは何ごとか。

仁助はこの際、溜りに溜まった思いを語りたかった。

「ここ五、六年、切支丹の処刑はしばらく止んでいるが、かわりに年貢をむさぼり始めおった。簑踊りのなんの考え出しおって、これでは切支丹のほまれを持って死ぬことも出来かねる事態じゃ。長い年月、あまりにむごい血が流れすぎた。これまで口には出さじゃったが草も木も人の血で育って、ここ島原は土地ながら呻きよるぞ。思うほどに胸苦しか」

仁助は絶句して庭の片隅に立つ柿の大木をしばらく見ていた。三、四百年は経っていようかと人がいう。色づいているが渋柿である。吊し柿にするゆとりが今年はあるだろうか。美代も夫の視線を追っておなじことを考えていた。

「先日の寄り合いで、中木場の庄屋がいうておった。百姓を斬罪火罪にすれば、その首の切り口から米が湧いて来ると松倉は思うておる。百姓全部逆さに吊って振り廻しても、米などぱらりとも落ちては来んぞ。落ちて来るなら真先にわが口に入れるぞとな。

それを聞いたほかの庄屋どもも言うたことじゃった。どうしてこういう世に生れ合わせたか、この世に望みはひとかけらもなか、来年の麦はもう作らんぞ。一度は死ぬ身じゃ、早う死にたい、どうせなら天地に鳴りひびくほどにわっと一揆して、力の限りデウス様の仇を懲らしめてから、天国へ行かせてもらおうぞ、そうでもせぬと生れて来た甲斐のなかと、百姓たちが言いよるとな。はや魂はこの世を離れ、ただただパライゾのことのみ願うとるわけじゃろう。お美代、わしはお前と一緒になって、この大助も出来、孫の顔も見られて、まことに人として生れて来た甲斐のあった。お前と暮らして楽しかったぞ……。されどわが家は代々の庄屋、コンフラリヤにおいても慈悲組の頭じゃ。デウス様へのつとめは果たさねばならぬ。いつ騒ぎになるか、代官所の出かたにもよろうが、わしは明日にでも戦さになる覚悟で居る。苦労のさせ仕舞じゃ。最後までつき合うてくれよ、お美代」

「お前さま……」

ひと息置いてお美代は答えた。

「よう語って下さいた。嬉しゅうございやす。足手まといじゃろうが、たとえ火の中水の中じゃろうと、一緒に連れて行って下され……。ほんにこれから、大忙しじゃ」

はっと気づいたように元気になって、お美代は笑ってみせた。

どう言い含めたのか、かよは大助に伴われて実家の内野へ帰ることになった。すずも一緒だった。すずがどうしてもあやめは自分がおんぶするというので、その背にくくりつけた。湊口まで仁助夫婦もおうめも使用人たちも荷を担いで見送った。門を出るとき一同は、思わず知らず立ち止って、住みなれた古い屋敷を振り返った。

すずが背中のあやめをゆすり、肩からさし出して見せた。

「ほら、あやさま、ご機嫌ようじゃ。お屋敷にいっときご機嫌よう」

かよは赤子の手首を撫でて、

「みなさま、すぐに戻って来申す、と言え、なあ」

と赤子の声真似をした。

すずは古い年代を思わせる屋敷と庭を見廻した。一同が揃って出てゆくからだろうか、馬小屋につながれたイネが高くいなないた。すずはかねがね馬のイネと気が合って、飼葉をやったり首を撫でたりして、暇があればよく声をかけていた。

「ああ、イネ」

思わず叫んで、すずは大人たちの顔を見上げた。イネに挨拶をとすずの眸が言っている。誰もが急いでうなずいた。走り出そうとする背中に大助は声をかけた。

「走るな、転ぶぞ」

おうめが赤子をおぶったすずの後ろ姿をそっと拝んだ。仁助と美代は深くうなずき合った。これが見納めかもしれない。すずならばどんなことがあろうとも、あやめの生涯に寄り添ってくれるであろう。おうめが美代に寄り添ってくれたように。かよも大助もそんな親たちの気持に気づいたが、イネに別れを告げて戻ってくるすずに涙を見せてはならなかった。

「四郎さまのクルスは、ちゃんと持ったかえ」

おうめはそう尋ねた。自分の胸許を指さしてこっくりするすずに、お美代が念押しした。

「あのな、人さまには決して見せてはならんとぞ。大事な大事な物じゃけん」

すずはうなずきながら、大人たちの顔をしんとした眼つきで見つめ返したが、その眸にじわりと涙が浮かんだ。

「もういっときすれば騒動の始まる。女、子どもはしばらく離れておった方がよか。迎えにゆくまで内野のばばさま方で、子守りかたがた、なない《﹅》と遊んでおればよか。お前は何でも出来るゆえ、言いつかったなら手伝いもして、可愛がってもらえよ。くれぐれも、あやめを頼んだぞ」

昨日、仁助夫婦に呼ばれ、頭を下げてそう頼まれた。あまりに真剣な主人の表情に気を呑まれたのか、たいそう驚いた顔をしたが、子どもなりに了解したところがあったのだろう、何も言わずにいつもよりは丁寧なお辞儀をした。その時も泣かなかった。

出立の前にまた美代に呼ばれ、膝の前に風呂敷包みをさし出された。

「これはな、あたいが十五、六の頃、親が長崎から買うてきて下さいた朱珍《しゅちん》の帯じゃ。あやめの子守りをしてもらうゆえ、お前にあげよ。ほれ、気に入るかなん」

包みをほどいて見せられた。梅の花を刺繍したはなだ色の帯が、つやつや光って畳んであった。その下に、波に千鳥の模様を織り出した、布地の名も知らぬほの青いねずみ色の着物があった。お美代がひろげると、目もさめるような赤い裾裏がついている。

すずは不安げな、ひどく困惑した顔になった。お美代の微笑を見てもぼんやりしている。肩を撫でてやって、お美代は風呂敷包みを胸に抱えさせた。すずは嬉しそうな顔を見せなかった。何かとてつもない重大なことを抱えこんだ様子で、あやめをおんぶさせた時、いくらかふだんの笑顔に戻ったのだった。

蓮田の家はこのあとどうなるのか。われら夫婦はたぶん殉教することになろう。その時は大助も運

命をともにするはずだ。そうなればあやめは誰が育てるのか。むろん、あやめのことを考えてかよを内野へ帰すのだが、そのかよはいざ口之津に異変となれば、夫を案じてこの家に戻って来そうな気がする。すずをつけてやるのはそういう事態をも予想してのことだった。すずは先々、あやめのこの上ない保護者になるであろう。まだ八歳の子どもだがすでに人生の辛酸を知っており、その上玲瓏たる魂を持っている。お美代はマリア様に感謝し、今後の加護を祈らずにはおれなかった。

船着場に来ると、仁助は屈みこんで赤子の頭を撫でながらものを言い掛けた。

「さっきは、イネと何ば語ろうたかえ」

すずが赤子のかわりに返事をした。

「内野のばばさまに逢いにゆくち、イネと語って来申した。なあ、あやさま」

「そうか、そうか」

仁助はくぐもった深い声で、すずとその背中の孫に声をかけながら両腕を廻して小さな二人を抱いた。

「内野のばばさまにな、達者でおらいませよ、蓮田の者も元気でおりやすと申し上ぐるのじゃぞ」

仁助はその格好のまま赤子に頬ずりし、すずの顔にも頬を当て、しばらくの間じっとしていた。おうめは磯辺のアコウの大樹のかげに立ち、前掛けの端で幾度も目を拭いた。船が出る前、あやめはすずの背中からおろされ、大助が抱き取って乗りこんだ。

「すぐにも戻って来やすゆえ……」

かよは仁助夫婦にそう言うとおいおい泣き出した。大助は黙って背中を撫でるばかりである。

この日は少し波が荒かった。アコウの大樹の下蔭でいつまでも手を振っていた大人たちの姿をすずはのちのち夢に見た。夢の中でも波が大きく上下して、彼女の最も好きな人びとが、波間に浮いたり沈んだりしながら微笑んでいるのであった。美代からもらった大切の晴着を、すずは一生身につけることはなかった。それはあまりに尊すぎる物だったし、また悲しみの領分から来た物だったので、宝物というか神衣のようなものであった。

かよの実家では大助親子の訪れを喜んだものの、事の重大さを直ちに悟った。この家では大助がびっくりするほど、大矢野、上津浦、それに島原領の切支丹の動きをよく摑んでいた。

「騒ぎが静まってしまうまで、かよにはあやめをしっかり育ててもらいとうて。ばばさまにあんまり負担がゆかんように、すずも連れて来申した。何でもよう気のつく子にござりやす。それから、これは父の状にござり申す」

大助は清兵衛に仁助からの書状を渡した。広げて読み進む清兵衛の面に憂悶の色が浮かんだ。目をつむって巻き納めながら、清兵衛は呟いた。

「これはまた御懇篤きわまる……」

ただならぬ表情になって、長男の佐助に書状を渡した。座り直して佐助はそれを読み始めた。書状には永の訣れともとれる文言があり、容易ならぬことと顔をあげたが、沈痛な表情でうなずく父を見て口をつぐんだ。かよはそういう二人の表情を見逃さなかった。

祖母のおふじは大助に目を向けながら、その場の空気をくまなく感じとっていた。かよをもらいに最初に現れたときにくらべ、大助はひと廻り人物が大きくなったように見える。

「わが孫ながら、美しか赤子《やや》じゃのぅ、あやめ。お前の母さまはよか婿《むこ》どのに逢うて、幸せのよかったのぅ」

あやめを差し上げながら、ふじは言う。おだやかな微笑を浮かべて、大助は曾祖母にあやしてもらうわが子の姿に見入っている。誰も彼も悲しみを隠して明るく振舞っていた。

「ばばさま、この赤子さまは曾孫でござりやすぞ」

兄嫁がそういいながらあやめを抱きとった。

「おお、そうじゃった。孫じゃなか、曾孫じゃのう。わたしも思わぬ孫分限者《ぶげんしゃ》になった。長生きはするものじゃ」

大助に礼を言っているのだと思うと、かよは胸が塞がった。

佐助が言うには、ここ内野あたりから城木場あたりにも動きがある。去年の拝借米の嘆願の際には、自分も若者組の一人として、本戸の郡代所と富岡の城まで行ってみたが、本戸の郡代というのがじつに人柄のよくない人物であった。結局、しるしばかりの米を下げ渡されたけれども、米をもらったという実感は薄く、郡代の人柄に触れた気色の悪さばかりが残った。ああいう人物が領民の上に立って支配しているのかと思うと、世も末という気がしたと佐助は述懐した。

「今年は去年どころの騒ぎじゃござっせん。お救い米の出る見こみもなし、切支丹の衆は二江の浦に度々集まっておられやす。浦方の衆は、えいっと言えばおうという気性でござすし、わしらとて、宗旨こそ違えおなじ領民、今の苦境をどう切り拓いてゆくべきか、親父どのとも、この頃は度々語り合うておりやす」

母親似なのか、佐助は涼しげに張った目をしていた。その目に瞋《いか》りの色を浮かべ親父どのと大助を見くらべて訴える。大助は年下の義兄に初めて深い親愛を感じた。宗旨の違いはどうでもよかった。そのことはおうめを見ていて教えられたことである。もっと早く親しくなればよかったろうにと切なさがこみ上げるとともに、この佐助が生きていてくれるなら、自分たちの志もそっくり残ろうと安堵する思いもあった。

「切支丹のおうちに縁があって、おかよも母親の霊名をば継がせてもらい、死んだおのぶも、さぞ喜んでおりやしょう。あやめもルイザちゅう珍しいよか名ぁを戴いた。幸せになろうぞなあ、あやめ、どれ、じいにも来てみるか」

清兵衛はそう言いながら、息子の嫁から孫を取りあげた。

「まだわしも、老い朽ちてはおらんぞ。なあにいざという時にゃあ、白髪頭を振り立てても打って出るぞ。なああやめ」

思わずみんなその顔をみた。今にも泣き出しそうな両の目がいっとき宙を見て、忙しげにしばたたいた。睫毛に白いものが交っている。

「こりゃおどろいた。じいさまが打って出るじゃと。雷さまがびっくりされるわえ」

「そりゃばばさま、あやめに危害でも加えらるる時にゃ、わが家には、刀もふた振り三振りはありやすぞ」

「おお馬鹿らし。刀が何のおとろしかろうか。わたしはそんなら鉄砲持って出ようぞ」

みんな笑いように困った。

じっさいこの家にも、野田の鉄砲鍛冶に作らせた逸品が置いてあるのだった。清兵衛が時々油をさして手入れするのは家中の者が知っている。大助はつくづく有難いと思った。すべて自分を安心させようとの心遣いから出て来る言葉である。

お美代から託された手作りの天《あま》がつ人形を取り出して、かよは妹のななに渡そうとした。おふじはななを座らせ、自分がまず手にとって押し戴いた。立派な布を使ってあるのにおふじは胸をつかれ、ななに言って聞かせた。

「これはな、お美代さまの魂のこもった生き形見じゃ。粗末にすれば罰の当たるとぞ」

二体あって、ひとつはあやめのものである。嬉しげに人形を抱いて、ななはすずに躰をくっつけに来る。その相手をしながら、すずはまわりの様子にしんと聴き入っていた。

明けの日、清兵衛、佐助、あやめを背にしたかよの三人は大助を二江の浦まで見送った。道々、おうめやすずの話を大助は感銘深そうに清兵衛父子に語って聞かせた。川口に来ると、例の井川に詣でてお水を頂いた。かよは佐助が持参した大徳利に丁寧に汲み入れて、

「オラショの時のお水に」

と言って大助に持たせた。清兵衛はふだんの声音で尋ねた。

「昨夜、話に出た鉄砲でござすがの、要りやせんかの」

「要りやす」

言下に大助は答えた。

「そんなら、なるべく早う荷をつくろうて、改めて佐助に持たせやす」

三人の男たちは互いの目を深々と見つめ合った。船が出る前、かよは舷《ふなべり》に取り縋《すが》り、下を向いて唇を噛んでいたが、やがて晴朗な表情になって夫を見上げた。海風がうなじのほつれ髪を散らして赤子の顔にかかるのを、大助は指先でかきあげてやった。

大助が口之津に帰って数日後の夜、約束通り佐助が鉄砲を届けにやって来た。佐助はこの際、仁助一家ともっと深く魂を通わせておきたいという思いにかられていた。夜やって来たのは潮の都合もあるが、ひとつには白昼鉄砲を持ち運ぶのを憚《はばか》ったのである。縫物をしていたお美代ははだしで土間に跳びおりて、深夜の客を招じ入れた。互いに胸が詰まり、目を見合わせただけで言葉もすぐには出なかった。

「あやめがとても愛らしゅうして、わしの子が兄貴ぶって、相手をしておりやす」

佐助はまずそのことをお美代に伝えたかった。お美代はすっかり覚悟を定めているつもりなのに、孫の話をいきなり耳にすると、涙が吹きこぼれそうになる。大慌てで夫と大助を呼びに奥へかけこんだ。

「やれ嬉しや。あやめの便りが来やしたぞ、お前さま」

二人はまだ寝ついてはおらず何やら語り合っていた。

「思いがけないお気遣い、肝に銘じやした。大切にしておられたものを、心強うござりやす」

仁助は感にたえない様子であった。嫁の実家とはいえ、まさか仏教徒の家から鉄砲が届けられるとは考えてみたこともなかった。内野の近在、野田に住む鉄砲鍛冶絹野淡路に作らせた逸品という。磨きあげられた重々しい銃身が灯火に光るのを眺めて、仁助はあのおだやかな清兵衛が、どういう気持で日頃手入れをしていたかと思う。

「おうちから二江の船着場まで、遠か道じゃと聞いておりやす。さぞ腹が空かれやしたろ。すぐにご膳の用意をさせ申す」

お美代はそう言うと、気がせく様子で台所へ引きこんだ。これまで佐助と話しこもうにも機会がなかった。内野から戻った大助が、もちっと早うに縁をたぐり寄せておけばよかったと述懐したその若者を改めて見直しながら、仁助は自分の気持をどう伝えようかと胸がせまった。この場をなおざりにすればもう、心から言葉を交わすことはないかもしれない。おうめが酒肴をととのえて退こうとするのを夫婦はひき止めた。おうめもいつになく遠慮せずに下座に座った。

「いやこの鉄砲のおかげで、こよない時を持つことが出来、この上嬉しいことはござりやせんぞ。大助には弟がおりやせずにな、お前さまのような弟がおってよかったものを」

佐助は大助のふたつ歳下になる。

「わしも、今日まで兄というものを知らずに育ちやした」

思いをこめて佐助は座り直した。

「縁続きからいえば、わしが大助どのの兄ということになりやすが、気持の上では弟のつもりでおりやす。今夜が吉日、改めて兄弟の盃を頂ければ、この上なき喜びにござりやす」

「佐助どの、わしも前からおなじ心じゃ。のう親父さま、佐助どのとわしに盃を下さりやせ。今夜からまことの兄弟じゃ」

「ありがたいことじゃ。お美代、お前が酌をしてくれ。兄弟の固めの盃ぞ」

「あいあい。嬉しやな」

お美代が膝を立てて、膳の上から素焼きの銚子を取った。大助が飲み干した盃を受けた佐助は、

「兄者《あんじゃ》」

と言ったきり先が続かず盃をおし頂いた。涙ぐむ佐助を見やって、お美代は胸が詰まりながら言い添えた。

「なあ佐助どの、おうめはお前さまとおなじ天草で、袋の浦の出でござりやす」

おうめのことは二江の浦への道々、大助から聞いたばかりである。

「妹がたいそう可愛がってもらいやすそうで」

おうめは慌てて手を振った。

「袋の浦の人と聞けば、わしらの死んだ母者が、志岐の出でやすから隣も同じ。懐かしゅうござりやす」

「ほんに懐かしゅうござりやす。若かうちは、生れ里が恋しゅうして、波の向うが親の島と思うて、お美代さまを背にして、磯辺を行ったり来たりしたこともありやしたが、今じゃあ、ここの人間になってしまいやした」

おうめの口から初めて聞く言葉だった。

「こうして語り合うてみれば、心はお互い近うにありながら、世の中ちゅうは不自由でござすのう」

仁助は宗門の違いだけを言っているのではなさそうだった。

「ほんに、背中合わせの近さにあっても、心の遠か人もある」

大助がしみじみと言った。

これが一期《いちご》の刻というものかと、佐助は思っていた。どっしりとした古いこの家をどのような人びとが訪れ、去って行ったのだろう。誰がそのことを思い出し、伝えてゆくのか。並の家ではなかったのだ。今やその縦糸が絶え果てる間際にある。一国一城の歴史などよりもっと縁《えにし》深く、この地に生きる人びとに関わって来た家の歴史が……。突き上げる激情をおさえて、佐助はおうめに盃をさし出した。

「お前さまがここの倉の、守り神であらいましたげな」

とんでもないといったふうに首を振る様子が、丘の上の大樟がゆったり風に揺れるようだと佐助は思った。大樟とは去年おかよが里帰りした時、おうめを形容するのに用いた言葉である。

「舅《とと》さまは、お忙しゅうしとられような」

おふじがそう問うたとき、妹のおかよは答えたものだ。

「はい。とても忙しゅうしとられるが、舅さまはあのほら、榎の井川のごたるわえ、静かでなあ。ご冥加のある人じゃと、おうめやんがこの前申さいた」

ほうという目つきで、父の清兵衛がしばらくおかよを見詰めていたのが印象に残っている。榎の井川には大助を送る時にも立ち寄った。今目前に仁助の顔がある。その顔が、青みがかって底の見えぬ井川に映って浮かび上がった。

「わが心さえも、こうと思うことがねじ曲がって、あらぬ方角を向いておることがござりやしてな。振り返ってみると、このわが心の中が、一番の戦場でござりやしたぞ。幾度討ち死にしかけたことか」

そう言いながら、仁助は鉄砲を取りあげた。

「おお、こりゃ重か」

うーむと呻りながら、仁助は筒先や銃尾を撫で、

「それ、抱えてみろ」

と大助に手渡した。

「よう手入れされておる。わしはこういうものを、実際に使うたことはなかったが……。大助、お前がこれを頂け」

仁助は溜めこんだ思いを一気に吐くように肩を上げて息をついた。時の流れる音を聴いているようにみんな黙って、大助の手に移った銃身を眺めていた。世界が音もなくひび割れてゆくような気配の中で、蟋蟀《こおろぎ》たちの鳴く声がする。いとも小さきものたちの無数の声である。仁助は思う。われらもあの虫とおなじかもしれぬ。

お美代のまなうらには、数知れぬ道の辺の草花が揺れそよいでいた。彼女はそれを殉教者たちが末期の目に見た景色だと思う。いずれ成人するあやめもわたしの見た景色を見る日が来るだろう。盃が手から手へ幾度も廻された。おうめがこの家に来て初めて、遠慮せずに麦のどぶろくを飲み、顔を赤くして言った。

「何やら、竹松どんになったような気分でござりやす」

みんなたいそう喜んだ。佐助が怪訝《けげん》そうな顔になるのに大助が説明した。

「竹松ちゅう人は、字を読まん学者どのでござす。なあ、おうめ」

「はい、あたいはいつも、一から教えてもらいよりやす」

「嘘言え。竹松は言いおるぞ、世の中に、おうめやんほどおとろしか人はおらんとな」

めったにないことに、仁助がおうめをからかった。

妹の婚儀に訪れてなにがしかの挨拶は交わしたものの、早崎の瀬戸を距てているのでそう度々渡って来ることは出来なかった。おうめも加えて、しみじみこの家の人びとと顔を見合わせ語らいをしていると、佐助にはこの短い刻が、入念に用意されていた最後のめぐりあいに思える。

内野の山懐にいても毎日穏やかとはいえないが、海をへだてた島原領の様子はいろいろ聞えていた。耳を覆いたい雲仙地獄での切支丹虐殺の噂は、それを始めた藩主松倉重政が小浜温泉で発熱し、狂い死にしてからしばらく止んでいた。地元の人びとは囁き交わしているという。

「そらみろ、ただの死に方じゃあなかったぞ。やっぱり祟りの来た。祟らずにおるものか」

拷問で耳も鼻も削がれ、足の筋を切られ、指もばらばらにされた人びとを、馬にくくりつけて雲仙嶽に運び、熱湯につけて絶命させた。雨具の蓑を、あろうことか年貢未進の百姓に巻つけて縛り火を付けた。苦痛にたえかねて跳びはねる姿を蓑踊りと称してあざ笑ったという。それをとり行う現場には家老の多賀主水がしばしば現れ、さすがに気萎えしている執行人たちを青筋を立てて鞭撻したとも聞く。若い藩主は江戸に詰め切っているとかで、島原城下にその姿を見た者はいなかった。

仏教徒たちも、目をうつろにして噂した。

「人間が人間に、ようも、ああいうことをなしうるぞ」

信徒たちは自若として、執行人たちの罪の許しを祈りながら絶命していった。松倉の惨虐はとどまるところを知らず、妊婦や、生れて三日目の赤子でさえも犠牲になり、責め道具を作らされた鍛冶屋が発狂した噂も流れた。このおそろしい土地から長崎に逃げ出し、湊で乞食になって、袖乞いをしている者もいるという風聞もある。仁助の家が、嫁のかよと赤子を逸早《いちはや》くわが家に託したのには、そういうこの土地の事情あってのことだと佐助は覚った。

火炎の中にいましめられながら、静かに唱えられたマリアへの祈りや、生身の人間があるまじき死を遂げてゆく極相を、雲仙嶽はその胎内にのみこんで噴気をあげている。島原の人びとはいずれにしても、じっとしてなどいられないのだ。

妹を嫁に出す時、切支丹であることをこの家ははっきり申し出た。父も祖母も自分もそれを知りながら喜んで送り出したのは、亡き母が切支丹であったこともある。このような事態がくると知っていれば、嫁がせなかったであろうか。島原ほどでなくとも、自分のいる天草とて、似たような事情を抱え続けて来た。あの時妹をこの家にやったのは、慈悲組の長《おさ》という家柄に、安堵の思いがあったからである。その思いと信愛は、いまこうして対座している間も薄れるどころか、濃くなるばかりである。

蟋蟀《こおろぎ》の声が夜の隅々を満たしていた。佐助もまた、この家の人びととおなじようにその声を聴きながら、永遠ともいえる刻の中に抱きとられてゆくような気持になっていた。

明けの朝別れを告げた。ゆうべは見なかった男が二人、人数に加わって見送りに立ち、松吉、熊五郎と名乗った。熊五郎のひたむきな強い眸がいつまでも自分を見ている気がした。屋敷を見廻すと、母屋もふたつある土蔵もすっかり古びて、壁はところどころひび割れている。それがかえってこの家の屋台骨の太さと、長年この土地に根を生やしてきた風格を感じさせた。ゆうべの虫たちはどこに隠れているのだろうと見渡すと、花をすっかり落とした彼岸花が葉っぱだけになって、あちこちにつやつや伸びていた。

佐助が去って四、五日経っていただろうか、大百姓の与左衛門のところから、使いの者が息せき切って走って来た。

「お宅は無事でござしたか」

常ならぬ顔色でそう言うのに、仁助が何事かと問うと、

「じつはうちの嫁じょが連れて行かれて」

「なに、おきみどのが」

仁助ははっと思い当たりいよいよ来たかと思った。かよとあやめを早う帰しておいてよかった。しかし、与左衛門のところが先というのは意外である。仁助は尋ねた。

「前後の事情を話して下され」

その者の言うには、与左衛門の田畑のうちに、前の家老で今は隠居している田中宗甫の知行地があり、その年貢が未進になっていた。秋になる前から、今年は諸事逼迫しておるゆえ、五年間の未進分を何がどうあろうと完済せよと、度々の催促であった。蔵入地の年貢を優先させ、わしの分をあと廻しにするなど堪忍ならぬという。

宗甫はその上、注文をつけた。

「先年、その方の家から上納した赤米が、たいそう見映えがよく美味であった。あれに小豆をつけて上納するように」

よくよく聞いてみると古希の祝いに家中の者を呼んで能をやりたい、祝いの膳に赤米をぜひとも使わねばならぬゆえ、遅滞のないようにとのことであった。

五年間の未進米三十俵といっても、その間まったく年貢を滞らせていたのではない。出来る限りの努力をしてなお、それだけの未進が累積したのである。宗甫はそれをこの際、断じて取り立てるという。これまで言を左右にして来た故に、もう信用ならぬ、念のため息子の嫁を質に取る。好んで質に取るのではない、早う完納して質を請け戻せというのである。五人ばかりで来て、うむを言わさずおきみをひっ立てて行った。与左衛門も息子も留守で、妻女と下人ばかりが居た。

あの闊達な若嫁が、逃げ場を失った野生の生きもののようになって、侍たちの一人にいきなり躰ごとぶつかった。激怒した彼らにその場にひき倒され、おろおろととり縋る姑の前で足蹴にされた。地面につっ転がった身重の腹を見て、さすがに頭《かしら》らしい男がそれを止めさせた。姑と下人頭がかけ寄って立たせるのに、男たちが後ろ手に縄をかけてしまった。頭らしい男が呟いた。

「身重の躰で、元気がよかのぅ。手向いするゆえ、こうなるとぞ」

「手向いしたっじゃござっせん。逃げようと」

「それが手向いじゃ」

「おきみは何の悪かことも」

姑が追い縋ろうとするのを片手で払いのけて、頭が言った。

「嫁が可愛いければ、早う未進米を届けることじゃ。納めさえすれば、すぐに戻される。ご隠居もそう言うておられる」

姿の見えない夫に向けて、

「お前さまぁ」

と叫んで、おきみは後ろ手にくくられ、腹をせり出しながら転びそうになって、引っぱられて行ったという。

海に近い干割れ田の、土手の修築に出かけていた与左衛門父子は、急を告げられるとその足で田中宗甫の屋敷にかけつけた。まだ主人たちは田中屋敷から戻っていないが、とにもかくにも来ては下さるまいか。使いの男はそう言いながら地面にへたりこんでしまった。

お茶を持って来させて落ちつかせ、大助は父の顔を見た。これまでになく引き締まった表情を見せつつ仁助は言った。

「わしはとりあえず様子を見てくる。わが家も何が起こるかわからぬゆえ、お前は残って居れ」

大助は大きくうなずいた。

「ともかく行ってくる。おたきどのがさぞ心細かろう。お前たちはあまり遠くへゆかず、普通のように仕事しておろうぞ」

言い残して仁助は、使いの男を励まし連れ立って行った。普通の仕事と言っても、この頃では中味が例年の秋とは違っている。おうめは一揆にそなえて兵糧方をつとめ、松吉と熊五郎は薪を、とくに松明《たいまつ》を大量に蓄えつつあった。年の若い熊五郎が触れ役に出たりする間に、松吉は鎌や鍬を柄から外していた。ひそかに船に積んで湯島に運び、集まっている野鍛冶たちに頼んで槍の穂や刀に打ってもらうのである。

仁助が与左衛門宅に着いてまもなく青ざめた親子が戻って来た。息子の方は目が吊り上り、心ここにない形相になっている。今年、山木場でとれた赤米の、米とはいえないほど小粒で未熟な青籾をこさぎ集めて、二俵ほどにしてあったのを持参したのだという。これで我慢してくれというつもりではなく、実情を知ってもらうためである。

宗甫の屋敷の前には、さしたる幅はないが川が流れていて、堀代りになっている。与左衛門父子は門前にかかる二間ばかりの橋を走り渡った。俵を担いだ者たちもあとに続いた。門番と押問答を重ねるうち、「何事じゃ、騒がしい」

と出て来たのは、収納の時期に何度か顔を合わせたことのある用人だった。俵を拳で叩いたり、どういう訳か耳を当てて聴いてみたりするのが印象深かった。縋りつく思いで与左衛門は訴えた。

「おお須山さま、この度はひとしお面倒かけておりまする」

「何事かと思えば、与左衛門か」

ふーむというような表情は、もちろんことの次第を知っている。

「須山さま、お願いにござります」

後ろにいた息子が飛び出して、地に手をついた。与左衛門が道々、

「向うでは、あんまりものを言うまいぞ。お前は弁の立つゆえ、妙に向うの気分を損ねたら、何をされるかわからん」

と固く申しつけておいたのに、もはや念頭にないらしい。

須山は年取った蝦蟇《がま》のような瞼をつむり、その瞼を明けないまま口を動かした。

「お前の名ぁは、何というたかえ」

「長市と申しやす」

「長市か。女房の名ぁは」

「おきみと申しやす」

答えると同時に長市は逆上してしまった。

「おきみを返して下され。おきみはどこに……、おきみ、おきみーいっ」

叫びながら立ち上って須山の衿にとり縋り、屋敷内のどこかにいるであろう女房に、届けとでも思うのか、その胸元を引っぱりながら絶叫した。

侍たちが二、三人飛び出して来た。

与左衛門は後ろからおっかぶさって、息子を引き戻した。

「見苦しかぞ、馬鹿者が。お許し下さりやせ。何しろうろたえておりやすもので。お詫びせんか、こらっ」

そう言う与左衛門もやっとの声で、もの言う度に肩が波打った。与左衛門はたいへん口下手である。それが嫁助けたさの一心で、必死にものを言った。

「さてさて、お前の息子夫婦は元気者じゃのう」

須山の言葉に与左衛門ははっとした。嫁のおきみは明朗闊達で心に曇りがない。気持の萎えているときに向きあえば、五月の薫風に吹かれたごとくに蘇生する。その性分が裏目に出たのではあるまいか。連れ去られる時も侍に躰をぶっつけたというが、この屋敷でも言うなりにはならなかったのかも

Y.H.

しれない。

脇に置いた俵を見て、須山は言った。

「これは何のしるしかのん」

「赤米になりそこのうた青籾でござりやす。お調べ下さりやせ」

須山の顔色がこの時少し変った。

「青籾？　なんでそういう物を持参した」

「倉の中じゅう掻き寄せても、これよりほかにはござりやせん」

蝦蟇の大きな瞼がそろりと開いた気がした。

「当てつけに持ってまいったかえ」

「とんでもござりやせん。何とか、方々に頼んで手に入れて、納入するつもりでござりやすが、実情のほど、嘘偽りでないことをお目にかくるため、持参いたしやした」

「で、この赤米の青籾、赤飯にできるのかえ」

「いや、それは」

与左衛門は答えに窮した。

「出来ぬことはありませぬが、びしょびしょの……」

「いま何と申したか」

口にせねばよかったと、与左衛門は後悔した。

「たぶん出来ませせぬ」

「びしょびしょで、出来ぬじゃと」

「申し訳もござりやせぬ、出来の悪か米で」

「当家を愚弄しに参ったか、くず米持ち込んで」

「滅相もござりやせぬ。嫁を頂きに参りやした。あれは身重でござりやす」

「わかっておる。手荒にはせぬ。今、どこぞから調達してくると申したな」

「そのつもりでござりやす」

「ご隠居が家中を招いて能を興行なさるは、この月末じゃ」

「いま少しご猶予を」

「莫迦《ばか》を言え。家中へはもう案内ずみじゃ。月末には新米の赤飯を馳走されるゆえ、少なくとも十五日には、是が非でも納入せいよ。かなわぬとあれば……」

そこで須山はいやな眼つきになった。

「いたずらに遅延するにおいては、川の水なりと質人に馳走せよと、隠居さまが仰せられておる。あの方は、義理がたくあられるゆえ、そのつもりでおろうぞい」

「川の水とは」

長市が呻き、這いつくばった与左衛門が須山の袴に取りついた。

「わしをば質に取って、嫁を返してくだされい」

「お前をか」

須山用人はぱくっと瞼を開いた。

「お前には、精々走り廻ってもらわねばならんでのう」

後ろに立った侍たちが無表情なのが不気味だった。屋敷うちを見廻してみても、どこにおきみが押し込められているのか見当もつかない。

「殿さまに会わせて下さりませ」

与左衛門の絞り出すような言葉を、

「会うてどうする」

軽くはねのけて、須山はくるりと背を向けた。まるでそれが合図であったように、番人たちが寄って来て二人は門外に押し出された。

屋敷の塀に沿って父と息子は小川の岸を走り廻ったが、そのうち屋敷への水の取り入れ口を見つけた。海に注ぎこむこの川は、満潮時には潮が溯って満々となる。石垣はそれを考慮して高く築きあげ、塀をめぐらした根元に取水口が切ってあるのは、屋敷内の洗い場や池のためである。広い池のほとりに蔵があるのは、二人とも納入に来て知っている。おきみはあるいは蔵の中に閉じこめられているのだろうか。二人は取水口の前に立って、光を失った互いの目を見詰めあった。

わが家にたどりついた親子の形相をひと目見て、待ち受けていた者たちはしばらくものが言えなかった。

「お前さま……」

与左衛門の妻女がおうおうとしゃくりあげた。

「あのよな腹、抱えとって」

駆けつけた者たちも、例えようもない重苦しい気分で口をかけるのが憚られた。与左衛門は咽喉につっかえる声で、考え考え、こう洩らした。

「まさか、わが家が第一番になるとは。田中のご隠居は前々から、わが家に狙いをつけておったのじゃ。考えてみれば、わが家は納むる年貢も多かが、その分未進も重なっとる。この間の代官所でのお達しで、女どもを質にとるという話はあったが、まさかあのご隠居から狙われるとは……。持ち高の一番多かこの家をゆさぶれば、ほかの衆にも利き目があると、目をつけられたにちがいなか」

「ああ、怪我のなかうちにおきみば取り戻さずば」

長市が足摺りして叫んだ。

与左衛門はかけつけた隣近所や世話役たちに、ひと通り事情を語った。

この男は口之津では一番の大百姓であり、切支丹の組でも肝煎り役を勤めているが、寄り合いには時々しか顔を見せない。寄り合いでものを言うのがよほど億劫なのだろうとみんな推察していた。それでも慈悲組の施しのさいには、待っていたように倉をあけるので、「与左衛門さまの慈悲倉」と小百姓たちが称《よ》んでいるほどである。

その男が今は、日頃の無口を忘れたようである。一方長市は、目を一点に据えたままひと言も語らなかった。日頃は父親の無口を補って、はきはきと語る若者であった。

「この十五日までは、何とか調えて納めると言うて来やしたが、何も見込みがあってのことじゃなか。おきみを取り戻したい一心でつい……。しかし、赤米も入れての三十俵、どこでかき集めればよいものやら。ほかに代官所に納める蔵入り分も、五、六十俵とは言わん。いっそ、笑いたいような、途方もなか俵の数でござりやすなあ」

そこまで言って与左衛門は、仁助がそこにいるのに気づいて、まるで頑是無《がんぜな》い幼児がものをねだるように、

「おお、仁助どの。お主《ぬし》がいてくれたか、これは心強か。ああ、そうじゃ、あの弁指どのなら、赤米を見つけて来ては下さるまいか。取りあえず五俵でよか。あとはまた探すとして」

「父っつぁま」

長市が父親をたしなめた。

「おらあ、それくらいでは済むまいと思う」

与左衛門ははっと現実にひき戻されて、さらに暗い顔になった。

「そりゃ、わしもわかっとるが、取りあえずのことじゃ」

詰めかけた者たちの中から呻きが洩れた。話のやりとりを聞いていて、ほんとうにこの大百姓の倉にさえも、米はすっからかんらしいと覚った。ひょっとすればこれまでのように、与左衛門が倉を開いてくれるのではあるまいかと、内心期待していた者もいたのである。

仁助の話で、弥三は遠出していて急場には間に合わぬことがわかった。しかし、仮に弥三の手当を受けるにしても、その米は金で買わねばならぬのである。かねて蓄えもあろう与左衛門はともかくとして、ふつうの小百姓は弥三の周旋をあてにすることもできなかった。彼らはすでに来年の種麦さえも食ってしまっていて、ただうつろな目を据えるだけである。

「祖父祖母《じじばば》の代も、親の代も、こういう非道はなかった……。一心に田畑をやっておりさえすれば、

デウス様の御心にもかなうと思うて来たが、まさかこういうことが起ころうとは。わが身に振りかかって来ねば、わからんもんでござす」

与左衛門は顔を覆ってへっへっと泣き出した。みな暗然として、孤独なやせたその背中を見守った。

「仁助どの、わしは不信心で、人さまの心もしんからはわかっておらんじゃった。殉教のこともこれまで数々聞いてはおったが、耳を塞ぎ目を塞いで、聞くまい見まいとして来た。それが、わが家の嫁が狙われようとは……。あれは、この世にめったにおらんような、よか人間でござす」

「あのな与左どの、取り違えまいぞ。切支丹の詮議ではなか。年貢の質人じゃぞ」

「わかっとりやす。なれど、責苦はおなじじゃ。川の水を馳走すると言いおった」

「何、川の水」

「わしゃ、こたえて、こたえて」

挨拶の声もかすれ気味になって、見舞客たちは一人去りまた一人去りして行った。

夜になると心なしか虫の声もすがれ勝ちで、まん丸に近い月が明澄であった。

年貢の納入日が来た。村という村はどこもひっそりとしていた。

与左衛門の家には、天草からおきみの両親兄姉がかけつけて来て、親族一同打ち揃い、草の赤くなった田の道を、数珠のようにつながって隠居の屋敷へ歩いて行った。

村の者たちは戸の隙間からそれを見送った。おきみのことがあってから、女房子どもを遠い親戚へ逃がした者もあったけれども、それが出来ない者がほとんどで、せめて家の中に閉じこめ、マリア様の加護を願い、呪《まじな》いをかけて外へ出さぬようにした。

与左衛門一行は門前に座りこみ、出て来た番人に、天草から持参した伊勢海老やサザエ、干魚の藁《わら》苞《づと》を差し出して、赤米も含め未進米の方も極力手を尽しているので、なにとぞおきみをお渡し頂きたいと申し入れた。番人がひき込んだまま、彼らはひと刻あまりも閉った門の外に放置された。長市がこらえ切れずに門を叩くと、飛び出して来た門番に棒をくらわされた。

「お前ら、おきみとやらが仕置きされてもよかか、よかなら存分に暴れろ」

そう怒鳴られて皆青くなり、うなだれているところへ、須山用人が顔を出した。未進米の収納がすまぬかぎり、おきみを返すことはできぬが、一名に限って面会を許してやるというのである。

姑のおたきは気丈者である。気遣う皆を制して、一人で門をくぐり抜けた。番人のあとについて池のほとりを通り過ぎると、水辺の葦に囲まれた小屋の前に出た。そこにも番人が立っていて顎をしゃくった。

「それ、そこじゃ」

引き開けられた戸からさしのぞくと、格子に組んだ木枠の先の暗闇に人影が動き、差しこむ光の中におきみの顔が浮かんだ。瞼が腫れふさがり、唇が白くなっている。

「おっ姑さま」

いうなりおきみはにじり寄ってもどかしげに格子の間から腕を伸ばして来た。

「ああおきみ、かんにんしてくれい、もうすぐ助け出すぞ。今そこの門の所にな、みんな来とる」

泣き声になるのを呑みこんで、おきみの手を取り、両掌でひしと胸に抱いた。声を励まし、区切り区切り言い聞かせた。

「大事のお前ばこういう目に逢わせて、天草の親さまに会わせる顔がなか。もうじき、わたしが替って座ろうぞ」

「いんえ、おっ姑さま、あと四、五日じゃれば、辛抱してみするわいな」

「何ばいうか、おきみ。助け出そうと思うて皆来とる。天草のおっ母さまも」

おきみの指が姑の胸の上をもどかしげに摑んだ。

「かかさまが、天草から……」

たて続けにおたきがうなずくと、おきみは大きく身震いして頭を振った。

「うちの人は」

「おお長市も来とる、まっ先にそこまで来とるぞい。毎日来よるぞい」

「なしてここには」

おたきは思わず口ばしった。

「この人たちがな、この人たちが通せんぼして」

「それを言うまい」

横からふいに番人がさえぎった。

「お前だけ入れることになっておる。色々いえば、仕舞になるぞ。ほれみろ侍衆が走ってくる。さあ、もうよかか」

「ああ、もういっとき」

おたきの方が格子にしがみついた。

「躰は大丈夫かえ、出て来たならすぐに、ふかふか布団に寝するゆえ。赤米もな、今みんなで見つけよる。ここの殿さまにさし上げて、お前が戻って来たならば赤まま炊いて、祝おうぞ」

「うちの人は」

おきみは首をねじってうっすらと目をあけた。笑っているようにも見えた。

「おお、助け出しに来とるぞ、すぐそこまで」

身悶えしながらおきみは絶叫した。

「お前さまぁーっ」

侍が二人、池のぐるりの道をすっ飛んで来るのが見える。

「そら走って来たぞ。そういう大声、出すもんじゃなか」

男は溜息をついておたきに言った。

「嫁じょが元気なうちに、早う、俵数をば調えるとよかがのう」

あとから来た番人がおたきを引っぱり出し、厚みのある木戸がぎりりと閉められた。

門が開けられるとおたきがまろび出て来た。

待っていたみんなの中に突っ伏すと、

「あんまりじゃ、あんまりじゃ」

と言いながら、跣《はだし》になってしまった足で地団駄を踏み宙を摑んだ。

泣き沈んでいるおたきの着物が、膝の下から濡れているのを、与左衛門の妹にあたる女房が目にとめた。

あまりのことに度を失って、粗相をしたのではあるまいかと案じて、そっと耳打ちした。

「姉じょ、裾が濡れとるが、早う戻って着替えぬことには、躰に悪かばえ」

「裾がどうしたかえ」

おたきは濡れた裾が足首にまつわりつくのにはじめて気づいた。

「どこで濡れて来たろうか」

あの牢小屋の中ではなかったかと思ったとたんに、背筋まで寒くなった。小屋の床には水が滲み出していたのだ。格子の前に跪いたとき、その水が裾に滲み透《とお》ったのであろう。心が昂ぶってあの時は気づかなかった。

「水じゃ、水」

夫にしがみついておたきは絶句した。あの番人が「嫁じょが元気なうち、早う」と溜息をついたのが耳に甦った。番人もおきみの人柄にほだされて、懸念をつい洩らしたのであろう。

池の水が常時滲み出しているような牢小屋に、身重のおきみがあと何日堪えられることか。一刻の猶予もならなかった。思いつくかぎりの手が打たれた。日頃取引のある長崎の米商人に早船を仕立て、使いを走らせたが、そんな俵数はとてもという返事が返って来ただけだった。

そうこうするうち、串山村の乙名の娘が質にとられたという知らせが来た。こちらは代官所の方だという。

一家中土気色になって呻吟しているところへ、隠居の所から使いが来た。

「屋敷内で子が生れたゆえ、母子とも引き取りに来るように」

どうやって駆けつけたか、長市は覚えていない。戸板に布団を敷いて抱えて走った。天草から来た両親も入れて六、七人の人数だった。

長市は、屋敷の下女に介助されているおきみが、駆けつけた自分に頭をもたげて、「お前さま」と声を絞る情景を思い描き、いじらしくて狂いそうだった。母親が会ったとき、瞼が腫れふさがっていたというが、昼夜泣き明かしていたのであろう。

門はすぐに開けられた。

菰をかぶせた戸板が置いてあり、脇に老女がついていた。長市は立ちすくんで凝視した。菰は動かなかった。

「死産であり申した。お渡し申す」

目を伏せて、老女はひっそりと合掌をした。

死産……。赤子が死んで生れたのなら、母親はどこに居る。その時長市は、握りしめたおきみの片掌が菰のはしにはみ出しているのを見た。何が起こったのか、瞬時に彼は悟った。彼は叫びもせず泣きもしなかった。ただ石のようになって垂れ下った白い掌を見つめていた。

第八章　狼　火

城下町の島原から海ぞいの道を南に下がって三里ほどの深江、四里ほどの布津、堂崎、五、六里ほどの有家、有馬、八里はなれて口之津、その先一里の加津佐、そしてこの半島の南半分を千々石湾にそってぐるりと包みこみながら串山、小浜、千々石の村々が点在していた。中心に雲仙嶽を抱いて、裾野の小浜に温泉が湧く。

松倉藩では、南目《みなん》と称するこの半島南部に、何やら物騒がしい気配がひそひそと立ちこめているのに気づき始めていた。家老岡本新兵衛らが有家の代官鯛島久太夫に案内させ、南目筋の検分に出ることになった。

一行は船をところどころに着けてみたりしながら、口之津の手前から陸へ揚った。というのも、有馬から口之津へゆく往還道を、まるで祭りか物見遊山にでも出かけるように、女、子どもを交えた人数が三々五々、切れ目なく往ったり来たりするのが、船の上から認められたからである。一行が見ているとも気づかないで、心も空というような表情なのがいかにも不審であった。

折しも年貢の納入時期で百姓たちは多忙なはずなのに何事であろうかと、一行はまず庄屋の仁助方に立ち寄って事情を糺そうとした。

「御家老の岡本新兵衛さまが、南目《みなん》筋を検分中である。粗忽なき様に」

という先触れの口上を聞いて仁助は緊張した。年貢納入の日限も迫り、与左衛門の若嫁のことがあったばかりである。しかし、家老自身が年貢催促のため、わざわざ島原城下から出向いて来るとも思えない。大矢野組と容易ならぬ申し合わせをしているだけに、仁助は心中不安であった。

先触れの口上では、街道に人が群れている理由を聞きたいとのことである。仁助は使いを走らせて、村の乙名を二人呼び寄せた。

実際、昨日あたりから、あちこちの山間海辺から人が湧き出して、秋草の繁る街道を往ったり来たりしているのである。ゆく先はたぶん、三吉の礼拝所にちがいないと仁助は見当をつけていた。

座敷に招じ上げようとするのを、ここでよろしいと庭先の縁に腰をおろした岡本は、早速運ばれた茶をひとすすりすると、仁助に威圧感のある眼を向けた。

「納入どきの今時分、田畑に百姓どもの姿なく、祭りでもなきに、人のおびただしく往来すること、いぶかしき限りである。女、子どもまでなりを調え、面上はなはだ喜悦に満ち、遊山がましき風体じゃ。いったい如何なる子細か、その方らには分っておろう。有り体に申せ」

「仰せの通りの人出にござりやすが、私どもにもとんと合点がゆきませぬ。とにかく奇異なことにござりまする」

仁助は乙名の甚七に相槌を求めた。この小男はとぼけの名人である。

「まことに奇っ怪にござり申す。この一両日聞き集めたるところでは、たいそう効験のある神様が、天草よりご入来との由を申し触らし、たちまちそれが広がり申して、その御座所を探し当てんものと、右往左往しておる由にござりやす」

「手前もそのように聞き申した」

控え目に仁助も相槌を打った。

「他郷の者たちまで、尋ねて来申しとるそうで」

「おおかた、狐狸のたぐいにとり憑かれておるのではござりますまいか。御座所を尋ね当てれば、特別のご冥加にあずかると思いこんでおる様子にて、飢渇に迫られて、性《しょう》を取られたのではあるまいかと」

甚七が案じ顔にそう言いかけるのを、仁助は制した。

「収納のこの時期、手前どももひどく迷惑つかまつり、ずいぶん言い聞かせもしており申すが、まるで野山から湧き出すごとき有様にて、取り締まろうにも行き届かず、まことに困惑いたしておりまする」

仁助は思った。天草より尊《たっと》き神が御入来とは、甚七もきわどいところでとぼけたものだ。しかし、こういうごまかしをいつまで続けることができるものか。

岡本新兵衛は非常に注意深く申し立てを聞いたようであった。

「どうも訳のわからぬ話じゃが、まあよかろう。されど、収納のこの時期、街道筋を浮かれ歩くのは、御政道をないがしろにする仕業じゃぞ。庄屋・乙名の務めは、言わずとも承知しておろう。みだりに徘徊いたさぬよう、きびしく村々に伝えよ。騒ぎがいつまでも収まらぬとあっては、その方どもの曲《くせ》事《ごと》であるぞ」

案外、面倒なせんさくをせずに、それだけ言い捨てて腰を上げたのは、事重大と見とって、検分の行程をいそぐ思いに駆られたのであろう。

島原へ戻る途中、家老一行の脳裏には、ものに憑かれたような、あるいは魂がすっかり遊離したような喜悦の表情で、ひっきりなしに街道を往き来する子ども連れの領民の姿が、目に灼きついて離れなかった。あれはいったい何事であるのか。田畑のことを放り出すとは、まことに解せぬことである。船中でしきりに問答が交わされた。何人かひっくくって糾明してみる手もあるが、それではどういう騒ぎになるかわからない。

五、六年前、酸鼻な処刑が続いていた時期にも、こんなにおびただしい人間が南目筋に溢れ出したことはなかった。

「天草から尊い神が来たと申し広めておると言うたが、そなたら如何思う」

夕風に打ち上るしぶきを避け、胴の間に座った新兵衛は配下の者に問うた。はかばかしい返事もないうち、一人が答えた。

「飢渇の迫るのに性を失うたと、あの乙名めが言うたのが気にかかり申す」

船は有馬あたりの沖を漕ぎ上りつつあった。この時期、海の上の日没も早い。岸辺に見入っていた

Y.H.

者たちの誰であったか、声をあげた。

「あれは何じゃ、あの火は」

「ひょっとして、狐火かの」

船中、しばらくしんとしていた。かなたの陸にちらちら動いて続く火を見つめながら、昼間見た憑かれたような百姓たちの顔つきを思い出し、どう判断してよいものか、おのおの混乱しているようである。松明の火のようにも、また提灯の火のようにも見える。それにしても火の数が多すぎる。よく見ていると、灯火の列は南の方から上って来るのと、北から下ってゆくのとがあった。それが一点で合流し、明滅しているようだった。

「狐火の行列ちゅうは、増えたり減ったりするというよの」

家士の一人がそう口にしたが、心許ないひびきである。

「昼間のことと言い、この不審火と言い」

まさかあの昼間の顔つきで、提灯をともして往来しているのではあるまいな。ああいう顔つきをして、天草からお越しとやらの神の御座所を尋ね歩いているのであろうか。

岡本新兵衛はそう考えて、われながら不気味になった。足軽頭が、その気持を見て取ったのか少し大きな声を出した。

「あれがもし、昼間のようなる人間どもならば」

そう言いかけて、先の判断がつかなかったのであろう。

「いやしかし、騙されまいぞ」

と呟いて、ふっつり黙ってしまった。

「御家老、揚って見ずとも、よろしゅうござろうか」

一人の侍がそう言うのを、新兵衛は叱った。

「揚ってどうする。この暗さじゃ。騒ぎになっても、この人数では間に合うまい」

船の上で狐火に騙され、ひと晩中、沖をぐるぐる回っていた、などという話を思い浮かべた者もいた。新兵衛は櫓を漕いでいた水夫に声をかけた。

「陸を見失うまいぞ」

船中の者たちが一様に畏怖を覚えていた火の正体が、島原城下へ駆けつけた早馬や早船の注進によって明らかにされるのは、翌日のことである。

家老一行の船が陸上の火に気をとられながら漕ぎのぼっていた頃、二里ばかり離れた対岸の孤島湯島に、天草・島原双方の主だった切支丹指導者たちが、灯りを消した船をひそかに漕ぎ寄せつつあった。その中には、仁助をはじめとして口之津の主立つ者もいた。寿庵らがまわした廻状によって、この夜が一揆勢の初会合となったのである。海風に吹かれながら仁助は、なるほど、このようにして事は始まるのかと感慨にうたれていた。

湯島をめざして漕ぎ渡っていた北有馬の侍組も、陸の上に続く火を見ていた。

「あれ見よ」

胸に満ちてくる思いを抑え、一同しばらく無言でそれを見つめていた。

「三吉のところを目ざしてゆく灯りじゃよ。今夜にでも、事が起こらねばよいが」

佐志木作左衛門が呻くように言った。松島佐渡がそれに応じた。

「わしも気にかかる。この四、五日、日に日に拝みにゆく者が増えて、先ほど三吉の家の脇道を通った時は、あの細い草道に、ぎっしり膝詰めに座った者たちが、焚物小屋まで進む順番を黙って待っておる。街道に溢れた者の数まで入れれば、五、六百人はおったろうぞ」

「どこからどう聞きつけてくるのかのう」

「海沿いからばかりでなく、小浜や串山から、家族打ち連れて山越えして来る者もある由」

「しかし、あのようにまで、表立って繰り出して来るとはのう」

「いずれ、代官所の耳にも入ろう。いや、すでに届いて居ろうな。家老の岡本新兵衛が南目筋を見廻ったからには、もう動きは知れていようぞ。それにしてもおびただしいのう、あの火は。昨夜の倍にはなっておろうぞ」

「佐渡どの、この百姓どもの動きはもうとめられませぬぞ。口之津の寿庵どのからも、三吉の動きを抑えよと言うてこられたゆえ、身どもも三吉らに、人もなげに振舞わぬよう、度々注意も致して参ったが、いったん枯草に燃え移った火は、もう誰にもとめられぬ」

横波が来て、潮の飛沫が高く揚った。袖で面を拭きながら、一同の眼は遠ざかる火の列から離れなかった。誰やらの声が高く響いた。

「あれは、百姓どもの、天に向けて上ぐる狼火《のろし》じゃぞ」

「うむ、あの者ども、いざとなれば、動きはわれら侍組より迅速じゃ」

「思案より、まず躰が動くでのう。われらも遅れをとってはなるまいぞ」

佐渡守は船中にあがる声を聞き納めて、ひと言短く口にした。

「そのための今夜の談合じゃ。おのおの方、覚悟はよろしきや」

湯島の黒い影が、前方にむっくり起き上って来た。

船着場の濡れた岩を踏んで陸へ上った彼らは、集落の長《おさ》の家へ向った。

「益田四郎どのというのは、いかなる御仁かな。会うのが楽しみじゃ」

と一人が言った。彼らは前夜の談合で、四郎を一揆の首領に仰ごうと申し合わせていたのである。それをきめたのは、松島佐渡守の一言であった。

「青き空に花が浮き出すごとき若大将が現るれば、神意を受けた戦さのよきしるしとなろうぞ」

早崎の海流を二つに割るように、島原領有馬と天草大矢野島の間に横たわる湯島には、十数軒の人家があった。船がかりがよくて人情も醇朴な所柄なものだから、島原からも天草からも漁船や商い船がよく寄った。

島の長らしい家に集ったこの夜の切支丹たちは、暗い灯の下で目をこらし、誰が何をどのように考えて来たか、これから何をなそうとしているか、全身耳となって聴きとろうとしていた。

天草側の小西旧臣にとって印象的であったのは、有馬旧臣たちの抱いている松倉藩への凄まじい怨念であった。禄を放たれ、侍身分の誇りを剥ぎとられたことの口惜しさは、小西旧臣たちもおなじことである。だがそこには、微妙な歴史の違いがあった。

天草の地侍は小西の旧臣とはいえ、小西と給人の関係にあったのはわずか十数年のことである。しかし有馬の場合、島原半島の一画を占めて、大村氏、龍造寺氏などと角逐を重ねて来た長い歴史がある。松倉はそのような土着の歴史を持つ島原に、いわば占領軍として大和国から乗り込んで来たのだった。

さらにそこには、島原領での凄惨な信徒迫害の歴史があった。有馬旧臣の松倉父子とその家臣に対する鬱積した怨念の深さには、それなりに理解できるものがあった。それに対して天草の地侍は、かつては天草五人衆と呼ばれた小領主に分属し、小西との縁は仮初のものにすぎない。しかし彼らにも、小西没落後、唐津から乗り込んで来た寺沢氏に対する反感はある。

しかし今や問題は、そういう怨念や反感にはない。侍としての意地や誇りなどこの際何になろう。今夜こうして集った者たちには、ただの百姓も多い。在地の身分や格式を越えて、切支丹としての同胞感と熱誠とを、一本の巨きな火柱のようにより合わせることこそ肝心なのだ。益田甚兵衛はほの暗い空間のうちに、ひとりひとりの顔を確かめながら、そのように思った。

四郎は彼らの切実な肉声を聴きながら、斜め前に座っている右近と時々目を見合わせていた。久しぶりの邂逅である。

切迫した発言が続き、右近は相変らず書き役をつとめているので、そばには太目の蠟燭が立ててある。ひときわ鼻筋のとおったもの静かな風貌が、火影に揺れる度に見事な彫刻のように見える。痩せた仏陀のようだと四郎は思った。このような場で心が落着いているのは、右近がいてくれるせいかもしれない。

そういえば、さっき思いがけなく戸外の暗がりで、聞き覚えのある声で挨拶され、よくよく顔を見たら、あの酒呑みの竹松であったのには驚かされた。いつものように右近にくっついて来たのかと思ったが、すぐに考え直した。たとえ字の読めぬ酒呑みであろうと、こういう場に出て来るとは、コンフラリヤの中でも次第に、独特の人柄と才能が認められているのかもしれない。

「ご苦労にござり申す」

四郎がそう挨拶を返すと、竹松は暗がりの中ではにかんだ様子になった。

「いやいや、わしゃあ今夜は、賄い方に呼ばれて来やしたので」

素潜りの名人で獲物をさばくのも水際立っているという評判の男である。あるいはそうかもしれぬ。

四郎の瞼には、先程見た島原領の火の列が灼きついていた。有馬組の報告によると、三吉が設けた礼拝所は日増しに評判をとり、昼も夜も参詣者がひきもきらぬ有様という。有馬組ではもはや代官所の介入を招くのも時間の問題と覚悟し、その際はいよいよ蜂起に踏み切るべく、旗印や鉄砲・刀槍の用意もすでに整っているとのことであった。四郎は洗礼を施した時の、三吉の厳粛な表情を思い出していた。

三吉と角内は殉教した父の遺骨をぼろ布に包んで持参していた。いつかしかるべきお方にオラショを授けてもらいたい一心から、今日まで匿してきたのだと言って、二人の若者は涙ぐんだ。

殉教者の遺骨を前にするのは四郎も初めてであった。おのずから気持がひき締まるのを覚えつつオラショを唱え、二人の乞いに従って、人びとに洗礼を施す手順も教えてやった。二人の周辺には、洗礼を受けたいと望む者が数十、いや数百人はいるという。顔つきまで変って帰って行ったこの二人が、いま対岸の半島に連なる火の列を作り出してしまったのだ。四郎は、三吉、角内をはじめとして人びとが、次々に自ら狼火となって燃え上る情景が目に浮かぶような気がした。

ふとわれに返ると、寿庵のさびのある声があたりに響いていた。

「村々、浦々の様子も、はたまた、われらのとるべき手立ても、あらましは語り尽されたようじゃが、ただひとつ、まだ口にされぬことがある。それはこの度のいくさの総大将じゃ。天草の衆はすでに心に決められしことのござろう。島原の組々も、心は天草衆と変らぬと存ずる。さてその御方は」

寿庵が言葉を切ると、波立っていた座はぴたりと静まり、緊張が走った。

「言うまでもござらぬが、この度の一挙は世の常の戦さにあらず。御主キリシト様がこの世に再び顕われ出づる門出のいくさじゃ。各々方のうちには、かつていくさの庭にて武名を轟かせたるつわものも、決して少のうはござるまい。されど、われらが百姓の軍勢を導くは、世の常の武将にあらず。天より下されし神の御使いならでは、大将のつとめは成りがたしと存ずる」

その人の名を挙げようとせぬ寿庵にじれたのか、むずむずするように膝を組み直す者がいた。口は名を呼ぼうとして、半ば開かれている。

寿庵は北有馬組の松島佐渡守を振り返った。

「佐渡どの、まずそなたの考えを述べられよ」

佐渡守は暗い灯りの奥で、眼だけが岩の蔭に並ぶ蟹のように光る一座を見渡した。

「われら北有馬組はとうに心を決めており申す。益田四郎時貞どのこそまことの神の御使い。この御方をおいて、ほかに誰を大将と仰ぎましょうや」

待ち兼ねたように方々からどよめきが上った。

「そうじゃ、四郎さまじゃ」

上津浦の庄屋梅尾七兵衛も、涙をこぼさんばかりに声を上げた。

「やれ嬉しや、この上なきこと」

甚兵衛はざわめきが引くのを待って発言を求めた。

「ご一同のお志はかたじけなけれど、倅めは若輩者にて、一揆の総大将など勤まるとも覚えませぬ。世間のことにもいまだ通じておりませぬに、戦さの采配など到底無理でござる。島原の組々には、戦さの場を踏まれたる老練の方々がおわす。ここはひとつ、宗門の長老たる寿庵どのなり、松島どのあるいは蜷川どのに采配をふるっていただくところではござるまいか」

寿庵が即座に応じた。

「いや、もっともの御懸念なれど、四郎どのの勤めは侍大将ではあり申さぬ。戦さの場に多少慣れたる者といえば、われら有馬の旧臣のうちにも少のうはないが、それは天草の組々も似たようなものであり申そう。現に益田どのも小西の旧臣にて、戦さの道は先刻ご存じのはず。見渡せば大将株に不足はないが、わしを含めてみな、どんぐりの背くらべでのう。甚兵衛どのに向って申すのも釈迦に説法じゃが、このたびの一揆に軍略は無用。ただただ、われら西海切支丹の熱誠こそが事を決するのじゃ。その熱誠を呼び起こすことのできるは誰ぞ。四郎どののほかに居らぬのは、先程のどよめきで知られよう」

言葉を呑んだ甚兵衛に、かたわらの伝兵衛がいたわるように声をかけた。

「甚兵衛どの、ここに及んではご覚悟が肝要ぞ。四郎どのはすでに御主より選び取られたるお人じゃ。そこ許もかねがね言われるではないか、わが子にしてわが子にあらずと」

甚兵衛は一瞬、複雑なとまどいに襲われた。四郎が神の使いと人々からあがめられるのは、彼が心に懐く方略にとって好都合であり、彼自身、わが子の中に近寄りがたい聖性を認めてもいた。それなのに、この期に及んで推戴を辞したのは、島原側への気遣いとともに、まだ十六にしかならぬわが子への哀憐であったのかもしれない。

満座は静まり返った。

その間合をはかっていたかのようにきっぱりと佐渡守が宣言した。

「あらためて天草の方々に申し入れたい。われら島原組、おん大将には益田四郎さまを推戴申しあげる。異議あらば申されよ」

おうおうといっせいに拳がふり上げられ、畳がきしった。

孤独な白い海神が岩礁の上に立ってでもいるかのように、四郎は瞑目していた。額髪が蠟燭の火影に濡れて見える。ひたひたと岩を打つ波の音が、小さな島をとり包んで聞えていた。

四郎は眼をひらき、一種苦悶の表情を浮かべながら言った。

「雨戸をあけては下さるまいか」

雨戸の近くにいた者たちがあわてて立ち上り、戸を引きあけた。海風が、体熱で暖かくなりすぎていた部屋を通り抜け、裏山の斜面へかけ上った。あちこちに立っている燭台の火が、ぼとぼと音を立てて横揺れした。

四郎は自分の側に置かれている太い燭台を片手で引き寄せ、一点につよくひき絞るようなまなざしでじっと見つめていたが、ひと息でそれを吹き消した。ほの暗い空間に彼の声が透った。

「あとの火も、消して下さり申せ」

幽かな月の光が家の中にさしこんで来た。暗くうねっている海の向う、大矢野島は飛岳の上あたりに、繊《ほそ》い月がくっきりとのぼっていた。家のまわりの庭に、ひしひしと声もなく動く人の影があった。今夜の客人のもてなしに魚介をさばいたりしていた島人たちが、筵を敷いて庭の地面に座り始めていたのである。

島を取り巻いてゆったりと寄る波の音が膝下に聞える。一里四方あるなしの小島である。南国的なアコウの樹が天然の護岸の役割を果たし、昼ならばこのあたりでは珍しいデイゴの赤い花が見られる。人びとは息をひそめ、四郎の言葉を待っていた。

「満天の星の今宵、天より選ばれて、この海に浮かびしわれらが方舟《はこぶね》、この湯島なる方舟を、皆々さまとともに祝福いたしまする」

先に湯島に渡った時、人家といえば十八戸しかない島民らに乞われて、四郎はノアの方舟のこと、人の世の滅びと蘇生のくだりを語った。その時の記憶が島民たちに、この湯島こそ、われら切支丹の希望をこめた方舟なのだという思いを、彼の言葉は鮮烈に誘い出した。

思いもかけぬ比喩に心を搏《う》たれ、人びとははっと首筋を立てた。

「かの大いなる洪水の時、ノアの仕立てし方舟にてのがれたる人びとが、人間の次の世をひらきし次第は、各々方のよくよく存ぜらるるところ。われら切支丹はこの地上に、もはや生きのびる術《すべ》なく、この世の終りを迎えんとしておりまする。皆々さま、今宵われらが一味同心を誓いしこの湯島こそ、われらが望みをつなぐ方舟にござりまする。御主の再臨を信じて、われら戦さの庭に出で立たんとする今宵、四郎ふつつかながら、軍神サンチャゴをこの方舟に、ただ今より勧請《かんじょう》参らせんと存ずる」

立ち上って祈念をこめる四郎の姿には悽愴の気がみなぎって、座は無言の祈りの場となった。

「皆々さま、軍神サンチャゴは、たしかにわが陣に只今降り申された。われらが武運を神は嘉《よみ》し給うておりまする」

四郎は言葉を切って続けた。

「見られよ、かの飛岳の上の月。この世のいずこにても仰ぎ参らする月なれど、今宵の月は常の月にあらず。気高き繊《ほそ》き、月のマリア様と身どもは仰ぎ申す。この世の苦しみをなめ尽し、剣《つるぎ》を執って神の国へ先駆けせんとするわれらを、慈しみの目に見ておわす。たとえ先駆けの戦さにこの身は斃《たお》るとも、マリア様は十字架の御子を抱きとられしごとく、われらが魂を抱きとりたまい、蘇らせて下されましょうぞ」

遠くひろがる波の音が四郎の声の合間にひびき、人びとの耳に言葉をこえた啓示を伝えた。月の光の下に海のうねりがせり上り、陸地のように見える。四郎はしばらく口をつぐみ、和らいだ口調になった。

「モーゼが魂の疲れ果てたる人びとを率いて歩まれたという、かの砂ばかりの大地とは、このような夜の海面に似ておるやも知れませぬ。追手を背にして海岸に立たれし時、モーゼの祈りに応えて、海は湧き立つごとくに割れて、一筋の道が通ったと申します。切支丹の古き物語には、かくのごとき不思議が、数多《あまた》語られて居り申す」

四郎は西の方に躰を振り向け、指さした。

「見られよ、向うの陸をゆく灯火を。須川から北有馬にかけて続くあの松明の列を」

「おお、見ゆる、見ゆる」

人びとは闇にまたたく火の列に目をこらした。風がはたはたと小さな島の平らな頂で鳴った。

「先刻よりの話の通り、あれは、三吉なる北有馬の、百姓の小屋に設けし礼拝所に参る人々のみ灯りにござり申す。彼方の闇にちらつくあの火の列の不思議さよ。あれは三吉どもが、わが身に火をつけて燃え上らせたる狼火《のろし》にござりますぞ。おん方々、いにしえのいちずなる切支丹のごとく、三吉らは迷うところなく御主の御国をめざして居りまする。これぞ宗門の熱誠。その熱誠の凝り集まるところ、海も裂け山も割れ申そう」

四郎の声は聖なる矢のごとくに夜気を貫いた。蜷川右近が弾かれたように立ち上った。

「えい、えい、おう、サンチャゴ」

彼は自分の咽喉から吠え声となって、南蛮の軍神の名が飛び出したのに愕いた。続いて一座の者がいっせいに立ち上り、拳を振りあげて幾度もサンチャゴの名を怒号した。

草木も牛も犬も、猫も鶏も、島中がうち震えて泣き、月のまわりには燦爛《さんらん》と星座が廻っていた。

談合を終え、宴が始まる前に島長《しまおさ》が現れて挨拶した。

「天草、島原のお歴々方、今宵はわれらが島にお集まり下され、これにすぐるほまれはござりやせぬ。先祖代々、この小さき島に暮らして、どれほどになりますやら。四郎さまのお話では、この島が神の御国へ出で立つ方舟に選ばれしとのこと、ありがたききわみにて、泣きたいばかりにござりやす。われらたったの十八軒にござすが、皆さま方の出陣のお供させていただきまする」

古き世の大臣《おとど》といったおもむきの鬚男は、語尾をふるわせ涙をこらえていた。

「二、三日前から、この日のために、男どもは沖へ出で、女、子どもは磯に出て、獲れる限りの魚介を用意つかまつりやした。心ばかりながら、酒も少々は集めてござりやす。目出度き門出の宴なれば、存分にお過ごし下さりやせ」

物腰恭しい島民たちが、魚や貝の皿を運んで来て、涙ながらに客人たちの前に置いた。充分に陽に灼けた子どもらは、大人たちが涙をこぼすものだから、事情はわからぬながら、憂わしげに見上げ、やがて笑い声が湧くと、しんから嬉しげに笑うのであった。

四郎は、並々ならぬへりくだりの心をもって、今夜の談合の場をしつらえてくれた湯島の人びとに、深いえにしを覚えていた。各地の頭領たちと顔合わせしたあと、彼のまわりには、辺見寿庵、蜷川父子、仁助親子などの口之津組がいた。彼らは面に感動の色を浮かべ、四郎の肩を抱き寄せんばかりであった。右近はとくに、弟と思って来た四郎の変貌ぶりに畏敬の念を深めていたが、口には出さず、羞らいを含んで微笑んでいる。

「さっきの右近さまの鬨《とき》の声にゃあ、度肝を抜かれやしたぞ。獅子の吠えたかと思いやした」

かたわらからそう言った者がいて、皆がどっと笑った。竹松であった。一座の中にうち交じり、まめに肴を廻したり酒をついだりしているのだが、むろんもう出来上っている。

平家や切支丹本の講義をするにも、もの静かで端正な右近である。声も透明で乱れたことのない若者が、四郎の言葉に応じて間髪をいれず声をあげ、一座の人びとを奮起させた。身のうちから思わず衝きあげる声であったには違いないが、日頃四郎を想う心がそうさせたのであろう。四郎は兄事する人のそういう気持が嬉しく、ともに死するはこの人という思いを改めて深めるのだった。

寿庵は二人を眺めやって目を細めた。

「生きてこの日にめぐり逢い、積年の鬱屈も晴るる思いじゃ。御大将といい、右近どのといい、切支丹の花じゃのう。われらは老武者なれど、初咲《ういざ》きの若武者たちと、ともに戦さに出で立つは、まさしく今生のほまれぞ。兵庫どの、ともども老武者なりに、最後の花を咲かすかのう」

「いや寿庵どの、それがしはそなたさまより十も歳下じゃ。なかなかもって老武者などではござりませぬぞ」

日頃訥弁《とつべん》の加津佐兵庫も、酒のせいか言葉がなめらかである。

「わしは今、身も心も軽うなって、ずいぶんと若がえり申したぞ。気の合うた者同士、しかも、エスパニヤの軍神を戴いて出陣というは、心浮きたつ思いにござる。ただひとつ右近どのに、蟹取りの手際を伝授する暇《いとま》がなかったのが、残念といえば残念」

兵庫は若い二人が微笑みかけているのに気づき、会釈を返すと、とろんとしている竹松に言いかけた。

「こりゃ竹松」

「誰じゃ、わしを呼んだのは」

「誰じゃちゅうことがあるか」

「おう、お前さまは加津佐の兵衛さま」

「兵衛ではない、兵庫じゃ」

「これは兵庫さま、充分召しあがられやしたか」

「お前ほどではないが、呑んでおる」

「や、や、失礼をば仕りやした」

「あのな竹松、今夜はよい機会じゃ」

「おお兵庫さま、刀の振り方でもご伝授下さりやすか。ちと、足めが、ふらついておりまする」

竹松はそういうと、徳利を持ったまま立ち上ろうとして、へたりと腰がくずれこんだ。右近が手をのばして、その躰を支えた。

「もうそのように腰が萎《な》えたか。使い物にならんのう。わしゃ、せっかく蟹の穴場を、お前にゆずろうと思うておったが、そういう腰つきでは、ゆずり甲斐もない」

こういう時、あまり笑わぬ右近が、嬉しげに竹松を見た。

「何、兵庫さまの蟹の穴場。おお、わしゃあ、よう知っておりやす。蛇の道はヘビじゃ。大物がおるちゅうて、磯に詳しか者なら知っておりやす」

「じゃろう。わしはな、去年の頃から、お前の主人のこの右近どのにな」

兵庫はもっともらしい顔をして右近を見た。

「なに、右近さまに」

お前の主人と言ってもらったのが嬉しかったらしく、竹松は徳利を前に置いて座り直した。

「さよう。右近どのの学問の仕上げにもなろうかと、蟹取りの秘伝をな、伝授せんものと意気ごんでおったがのう」

兵庫はそう言いながら、肴皿から、見事な渡り蟹の赤い鋏を取りあげてむしゃぶりついた。湯島の蟹は、加津佐の磯で獲れるものよりひときわ大きい。

右近は思い出した。おかよと大助の婚礼の晩に、兵庫や伴内、寿庵らが右近の家に立ち寄ったことがある。その時、学問も大切じゃが、蟹取りなども覚えろ、という話になった。「食う」ということの意味に、その時生々しく思い当たった。それをないがしろにしていた訳ではないが、学問所のことが始まったりして、兵庫の蟹取りの弟子になるつもりがのびのびになってしまったのである。右近は生真面目に両手をついた。

「これはまことに、御無礼をばつかまつり申した。折角あの折、大切の秘伝をお授け下さると言うて頂き、手前もお受けするつもりでござり申したに、諸事不調法の性分にて、切支丹本の研究にひまどり、ご教示を受くる折も得られませず、申訳なきことにござり申した」

右近がこちこちになって詫びをいうものだから、まわりは吹き出してしまった。

「そう詫びられるな。お手前にはやっぱり、書物が似合い申す。蟹取りはわしらの仕事じゃ、のう竹松」

「さようでござりますとも。右近さまに教えれば、蟹も字を読みに参りましょうぞ。兵庫さま、じつはこの竹松」

とぼけた顔になって彼は、兵庫の隣で、さっきから黙々と蟹の甲羅の味噌をすすっている千々岩伴内に目を向けた。

「なあ、伴内さま」

竹松め、今夜はやたらに人懐こいが、彼にとってはよっぽどよい晩であろうと思いながら、伴内は顔をあげた。

「じつはこの前から申しあげようと思うておりやしたが、今夜を逃せば言う折がない」

竹松は躰をゆらゆらさせた。もう正体をなくしているのかと、まわりの者は心配しかけたが、そうでもないらしい。今度は、がくっと前に落ちそうになる頭を四郎の方へ振り向けて威儀を正した。

「四郎さま、マリア様は、おのれのしたことを正直に白状すれば、必ずお宥《ゆる》し下さいまするか」

「なにか珍しいことでも、やらかしなされたか」

一度この竹松と話をしてみたいと四郎は思っていたが、ものを言いかけられてみると、奇妙にくすぐったかった。

照れ笑いをして、ひと息に竹松は吐き出した。

「じつはその、兵庫さまの蟹の穴場、わしゃあ、夜々、そっくり頂いておりやしたので」

「やりおったな。道理で今年のは小物ばかりで、育ちが悪いと思うておった。この不届き者め」

「許されよ、許されよ、兵庫さま。それというのもみんな、右近さまの学問所のためにしたことじゃてなあ。右近さまはじめ若い方々が、明日の宗門のため一心に励まれておる。不肖この竹松、その御苦労を慰めんものと……」

ろれつの廻らぬ口調でそこまで言うと、きっと目をあげた。

「兵庫さまの隠し陣屋に夜討ちをかけ、取っては投げ、取っては首を、いや鋏をねじ切り、前祝い

Y.H.

の勝関をあげており申した」

竹松の眼はすわって来た。

「やせ腕ながらこの竹松、海に潜っての戦さならば、松倉の侍どもにゃあ、負けは致しませぬぞ。浦々の水夫どもと組んで、大和くんだり流れ来たる、腰抜けどもの尻の巣、引っこ抜いて見せまする。御大将の君、この竹松めに、浦方の海底役をば仰せつけ下されよ。銛《もり》二、三百本ほどの人数は、いつでも集まり申すぞ」

はったと見えを切るつもりだったろうに、細いお月さまのような目になってうっとりと微笑むと、竹松は座ったまんま、すうーっと睡りこんでしまった。

今にもどたりと倒れんばかりにこっくりをしている竹松を、仁助親子が抱えあげて、空いた場所に移そうとしたが、どこもぎっしりと人が詰まっている。

「よいではござりませぬか、このように、嬉しげにやすんでおられるものを」

四郎がそう言って躰をずらし、皆で少しずつ譲って横にならせた。

そばにいた島の女房が木枕を持って来て、竹松の首に当てがった。鼾《いびき》が始まった。寿庵は寝顔に見入りながら呟いた。

「この鼾、松の林に吹く松籟《しょうらい》と思えば、感懐が湧きまするのう」

安らかな寝息であった。皆は感にたえぬようにその顔に見入っていた。

「なあ、大助、このまんま背負うて、船に乗せようぞ。軽そうじゃ」

仁助の口調もいとおしげであった。

家の中に寝らるるのも、あと幾夜であろうか。仁助は、物事の推移してゆく有様が腑に落ちる気がした。人間の運命から草木のそよぎに至るまで、森羅万象のいとなみは遠い昔から定まっておるのやも知れぬ。農のいとなみと切支丹の信仰の中で、地に根を生やすように生きてきた自分が、こともあろうに息子ともども、深夜小さな島に集まって、戦さの謀議に連なっている。考えてもみなかったことだが、自分の一生はかく終るべく定められていたのであろう。目の前の四郎さまとそのことを語ってみたかった。

われら人間は、美しいものが好きじゃ。うるわしき魂に逢いたきものと常に願うておる。その人びとが今、目前におわす。この人びととならば、後生の夢見もよかろうぞ。

何かに促されるように、仁助は月を振り仰いだ。傍らの大助が言った。

「よか宴でござりやしたな」

波のうねりが時々見える。竹松の寝息と間近に迫る戦さの風は、もう呼吸を合わせ始めている、と仁助は思う。

「わしの家も、湯島の長のこの家も、欠けてはならぬ役を果たすために、デウス様のお召しにあずかったのじゃ。わしらが代のことではなく、前々から定められておったことじゃろう。親子ともどもお召しにあずかるとは、冥加なことじゃのう」

無口な息子は月に向って大きくうなずき、自分より幾分小さい父親の肩に手をのせた。

潮の気配にみんな耳を澄ませていた。いましばらくしたら、船を出さねばならぬ。あちこちで、手をとりあい、絆をたしかめる言葉が交わされていた。

寿庵が立ち上り、深いまなざしで座を見廻した。

「そろそろ、満ち潮の気配にござる。名残り惜しけれども、もはや船を出す刻限じゃ。おのおの方、今宵の申し合わせ、かたく胸に刻んで違背仕るまいぞ」

船をつないだ岩場にむらがった人びとの中で、松島佐渡守の長身がひときわ目立った。胸中に衝きあげてくるものを抑えきれぬというふうに、佐渡守は船を背にして一同を振り返った。ごわごわとした鬚が夜風にふるえている。

「湯島のおん方々よ。先程、御大将の御言葉に、湯島は常ならぬ島にて、われらをよみがえりの国へ導く方舟じゃと仰せあった。げに、さもあらん。湯島の衆の今夜のおんもてなし、深く肝に銘じましたぞ。おのおの方の、まことに汚れなき面差《おもざ》しと、恭しき物腰を拝して、キリシト様、マリア様、世に在られしときの人びとの信愛とは、かくもありしかと感じ入り申した。四郎さまの導きによって、わが失いしものの何たるかを思い出してござる。われら有馬の侍組、アニマを映す鏡もいささか錆ついていたようじゃ。今夜こそ曇りは晴れ申した。

いたずらに気ばかりたかぶって、パライゾを待つわが村のあの顔この顔を、危うく忘るるところでござった。湯島の衆よ、われら有馬組は、そなたらのごとき魂うるわしき者たちのために剣を執りまするぞ。これぞ、新しき明日に生くる悦びにござる。

さらば、湯島衆、大矢野衆、上津浦、下津浦の衆、千束蔵々島、栖本の衆、戦さの庭にて、再びお逢い申そうぞ」

サンチャゴと叫び交わしながら、船の纜《ともづな》が次々に解かれた。アコウの枝が綱でこすれる匂いが、あかつき近い波の上に漂っていた。

明けの日、漁をよそおって対岸の様子を見に行った大矢野宮津の舟が、大急ぎで漕ぎ戻ってきた。有馬、有家、深江のあたりは、島原藩の小早船が往き来して、ただならぬ様子になっているという。

有馬に親類のある者が上陸して様子を尋ねると、みなみな血相を変えて語った。昨夜おそく、島原城下から三十人あまりの侍たちがやって来て、三吉の祈禱所へ踏みこみ、三吉と母親、来合わせていた南有馬の角内を始めとして、老若男女あわせて十数人を召し捕って行ったというのである。その夜もおびただしい人数が礼拝に詰めかけていたが、役人たちにはある程度の調べがついていたらしく、三吉、角内の身内の家にも踏みこんだ。

役人たちはあたり構わず棒で叩き伏せ、

「南蛮の邪教が、そうまでありがたいか。御禁制にたてつくとは不届き至極。命はないものと思え」

とわめき、聖画をひきずり落してずたずたにひき裂き、足で幾度も踏みにじってみせたと、人びとは躰をふるわせた。

連れられて行った人たちの身の上が心配ぞ。これから集まって取り戻しの相談じゃ。戦さになろうが、天草衆も加勢して下さるかと、心も空の様子で語り、渚辺には侍たちの船が行き来して、とても長居は出来なかったという。

この七、八日、昼といわず夜といわず、まったくの上の空で、山から海辺へ、海辺から山の道へと往き来していた領民たちは、日常の暮らしをすでに放棄し、まだ見ぬ神のいます方角を探して離魂しつつあった。ようやく尋ね当てた三吉の礼拝所に近づくと、お水を授けてもらえることがたちまち伝わり、夜になると松明をかかげて順番を待った。冷たい夜気の中に座りこみ、波の音を聴いていると、おびただしい松明の火が、いやましに尊く思える。三吉と角内の声に合わせて前の列からオラショが唱えられはじめ、ぞくぞくと増える人数にそれは伝播し、短い節をくり返し唱えるうちに、彼らは言い知れぬ陶酔にひきこまれるのであった。

野良着を捨て、村中誘いあって家をがら空きにして出て来た甲斐があったと思う。世の中の苦という苦をやっと捨てて来たのである。パライゾ、南蛮のお浄土はもう近いのではないか。

三吉母子と角内が殉教者の遺族であることは、その場のすみずみまで伝わった。

「さてこそ、本物の何さまかの、憑かれたわけぞ」

躰を寄せ合って互いの暖かみをたしかめながら囁き合っているところへ役人たちに踏みこまれたのだった。大群衆の前にそびき出された三吉とその母親は何の抵抗もせず、荒縄でくくり上げられながら、ひしめく火に灯し出され、喜悦の表情を浮かべていた。

「皆の衆、ひと足先に参りまする」

あまりに自若とした姿に気を呑まれ、群衆はしばらく呆然としていた。役人たちの屯《たむろ》する船着場へ親族もろとも引っ立てられてゆくのを見るや、ようやく陶酔からさめた彼らは、怒濤のように渚に向ってかけ出した。しかし間髪の差で三吉らを乗せた船は漕ぎ出してしまったのだった。

「始まりやすぞ」

戻って来た者たちは口々にそう報告した。それが十月二十五日のことであったが、翌日の朝、有馬から早舟が来て、山善右衛門と佐志木作左衛門の廻状を届けてきた。有馬の肝煎り、作左衛門は一昨夜の湯島談合の際、三吉らの動きをつぶさに告げた人物だし、千束島の善右衛門は、有馬の切迫した情況を案じた益田甚兵衛らが、談合の夜、現地へ送りこんでおいたのである。廻状は容易ならぬ事態を告げていた。

急度《きっと》申しつかわし候。当村の代官林兵左衛門、デウス様へ御敵対申し候間、今日当所にて打ち殺し申し候。かねがね天人より御申候事もこの大事にて候。いずれもはや思召《おぼしめ》し立ち候て、村々代官初め、ゼンチョ（異教徒）ども一人残らず討ち取りなさるべく候。日本国中のズイソ（最後の審判）この時に候。いよいよ一宗、金鉄の儀もっともに存じ候。なお面談の節申すべく候。よって村々まで廻状かくのごとくに候。以上。

十月二十五日

佐志木作左衛門
山善右衛門

一読して四郎は「いよいよ始まったのだ」と思い、かたわらに居た渡辺小左衛門に黙ってそれを渡した。「ゼンチョども一人残らず討ち取る」などとは、一昨夜の談合では取り決めてはいなかった。代官を打ち殺したときの状況が、そういう言葉を噴出させたのだろう。

早舟に乗って来た者の話では、林代官が殺されたのは昨日のことであった。三吉らが召し捕られたあと、郷民らが集まって再び御主の画像を掲げ、不穏の気がみなぎっているという知らせを受けた林代官が現場に赴き、激昂した郷民たちから打ち殺されたというのである。

宮津の四郎の許には、島原から続々と早舟が着いた。串山、加津佐、北有馬、深江の各村など、代官の殺害は相つぎ、その数は十人にのぼった。この勢いをせきとめることは誰にもできまい。黒い巨大な炎を抱いた竜巻が降りて来て、海面を吸い上げている中に、自分が逆立ちしているような幻覚が四郎を襲った。

「いよいよ始まり申した。手前はこれより急いで、江辺の母御と祖母《ばば》さま、姉さまを迎えに参りやす。その前に栖本へ廻り、郡代に今一度、われらに味方するように申し入れて参ります」

渡辺小左衛門はしんとした表情になって、甚兵衛父子に挨拶した。

甚兵衛と四郎は宮津の献堂式以来、江辺のわが家へ帰るゆとりがなかった。情勢がここまで切迫した今、四郎の母と祖母、それにこのところ里帰りしている姉を、細川藩領の宇土に放置しておくわけにはいかない。現場をうっちゃって自ら迎えに行くことも出来ずに苦慮していた父子に、小左衛門は自分が行くと申し出てくれたのである。宇土にいる四郎の姉は、小左衛門の弟の嫁に当たる。

「本来、わしが早う引き取っておくべきでござったに、手筈が悪うて、お身さまをゆかせるとは、まことに申訳もござらぬ」

甚兵衛は腰を低くして小左衛門をねぎらった。甚兵衛が今、ここを動けないのは誰にでもわかっている。

「一日も早う、わしらもお顔が見たいと伝えて下され」

まわりの誰かがそう言い、小左衛門はふり返って笑顔になった。

「お元気なお姿で、お連れ申しやしょうぞ」

「お手間をかけることでござり申す。兄さま、細川勢も油断なく渚辺を見張っている様子、くれぐれもお気をつけ下さり申せ」

四郎は丁重に腰を折りながら、胸騒ぎを感じた。あの奇怪な竜巻の幻覚が、ふたたび甦って来るようだった。四郎はそれを払いのけるように頭を振り、縁辺の者を連れて小舟に乗る小左衛門を磯まで見送った。

「三日もあれば戻って来られましょうな」

「三日か。明日にも何が起こるかわからんぞ」

見送りの者たちの間で、そういうやり取りが交わされた。これが互いに見納めになろうとは、四郎にもその時は予測がつかなかった。

その夜栖本で認《したた》めた手紙が、小左衛門から四郎父子に届いた。

「とり急ぎ認め候。栖本郡代石原太郎左衛門殿と面談し、膝詰めに申入れ候えども、一向に承引仕らず、姻戚と頼み申せしも、甲斐なき首尾になり申し候。太郎左衛門同心仕らざる上は、当所御味方の人数も、もくろみには及ばざるも、なかなか熱心の衆これあり、追々参ずべく候とのことにて候。かくのごとき仕儀にて、明日は江辺へ参りて、おいねさま、おふくどの御一統をお迎え申すべく、舟の手当を急ぎ居り候」

唐津藩は天草を三つの地域に分け、それぞれに土着の地侍から選んで郡代を置いた。その一人栖本郡代石原太郎左衛門は、小左衛門の妹をめとっていたのである。

小左衛門らが宇土の江辺へ着く頃、島原領では事態が急速に展開しつつあった。有馬の代官林兵左衛門が殺されたおなじ日に、半島南半分に当たる南目の十三カ村がぞっくり蜂起した。島原城に近い中木場村、城から三里あまり離れた深江村、さらには布津《ふつ》、三会、堂崎、有家、北有馬、南有馬、口之津、加津佐と、有明海沿いの村々がいっせいに立ち上り、騒ぎは沸騰点に達しつつ千々石湾沿いに北上して、串山、小浜、千々石の村々に及んだ。彼らは切支丹立ち返りをはっきり表に掲げ、「耶蘇の経」を誦みながら決起したのである。

林代官殺害の報に驚愕した島原藩は、次々と届く報に色を失った。口之津の安井三郎右衛門をはじめ、各地で役人殺害があいつぎ、神社・寺院に火がかけられて、僧侶、神主で殺された者もいる。蜂起した信徒たちは、これまで信徒たちがされたように、捕らえた役人や僧侶を磔にかけ、土中に生き埋めにし、あるいは馬に乗せて村中引き廻し斬首しているという。

夕暮れに及んで、藩は岡本新兵衛、多賀主水を大将として二十艘の船を出し、有馬村に出向かせたが、船の漕ぎ手はみな切支丹で、一行の様子は有馬の切支丹本陣に筒抜けになった。

「湯島にての取りきめ、さっそく生きて運用されておりやすぞ。役人どものうろたえようは、まことに見物《みもの》でござりやした。有馬まで往けとの申しつけで、二里ほど漕いだ頃、布津あたりで陸《おか》に火の手が上りやした。わしらは、やったぞ、火をかけたは寺か、それとも代官所かと心躍らせておりやしたが、侍どもは総立ちになり申した。所々方々に火をつけたとみえて、陸はわが方の松明の火とともに万灯いっせいに灯ったごとくなり、波の面にえんえんと映るさまは、何とも壮絶でござりやした。

侍衆は歯がみなされて、漕ぎ手のわれらを、何やら薄気味悪げににらむ衆もござりやしたな。われらが一向騒がぬのに気づいたようで……。

さあ、それからが船の中は大議論で。陸に揚って一戦すべしという者、いやいや、手ぐすね引いて待ち構えておるところにこの少人数で揚るのは、犬死にじゃといい、とにかく有馬まで行って様子を見るべしといい、収まりがつきませぬ。岡本新兵衛の一言で、やっと収まり申した」

船頭の話では、岡本家老は、

「あれほどの火の手じゃ、ただごとではない。これは城下にまで攻め寄せると思わねばならぬ。早々、城下に漕ぎ戻るのが良策じゃ」

と決断を下したとのことである。その新兵衛も、お城がすでに乗っ取られておるなら本丸の火薬が爆発するはず、まだその様子は見えぬゆえ、お城は大丈夫じゃと侍たちを励ましたというから、家老自身かなり混乱し、一瞬、最悪の事態すら思い描いたのであった。

家老一行が島原城下へ引き返したのは、ひとつは思わぬ人物と海上で出会ったからであった。船中で問答を重ねているところに、一艘の小舟が漕ぎ寄って来た。声をかけてみると、乗っていたのは北有馬の代官本間九郎左衛門とわかった。

本間の話では、かつて目をかけていた百姓から、本間を血祭りにあげる相談が進んでいるので、早う逃げて下されと注進があり、辛うじて脱出して来たとのこと。乗った小舟は、天草から三吉方の絵像を拝みに来た者どもが、岸辺に乗り捨てていたものだという。

「有馬はもはや切支丹どもの手中にござる。北岡というあたりには、鉄砲八百ほどにて待ち受けておる由。これだけの人数ではとてもかない申さぬ。早々、島原城下へまかり帰り、備えを固むることこそ肝要と存じまする」

九死に一生を得た嬉しさもあってか、九郎左衛門はたかぶりを隠さずに語った。

二十艘の船は早速、城下めざして漕ぎ戻った。岸辺にはここかしこ火の手があがり、かがり火が往き来し、あれは味方かそれとも敵かと心惑うばかりで、にわかに声も出ぬ有様になり、ようやく城下の湊に入った。

船をつけるまでにまたひと騒ぎあった。岡本らの船隊が帰る頃というので、船着場ではかがり火をたいて待ち受けていたのだが、船中ではその火を見て、城下町が一揆勢に占拠されたものと思いこみ、なかなか船をつけようとせず、陸《おか》から使いの小舟を出してやっと事情が通じた。

揚ってみると、島原の町はこれまでにないほど異様に暗かった。ことある時はなにかにつけて、提灯を灯すのが習いなのに、灯りひとつ見えず静まり返っている。実は、家老の船隊が有馬沖へ出ている間に、藩では切支丹の家々から城中に人質をとり、切支丹でない家々も女、子どもを城中に避難させて、町中ほとんどがら空きになっていたのである。数日前から家財道具を舟に積んで、沖に出している家もあった。

岡本の一行が町奉行所に入ると、そこには城下町の町乙名たちが集まっていた。乙名たちは家老の顔を見ると、

「このたびの儀については、われらもずいぶんお味方仕るべく思うておりまする。ついては武道具をばお貸し下さりませ」

と申し入れた。新兵衛は必ずしも彼らを信じなかった。いずれも、かつて切支丹であった者どもである。

「それはならぬ」

にべもなく新兵衛は答えた。すると乙名たちは、ご信用ならぬなら城中に人質を出してもよいという。それで彼らの妻子を城中に入れ、鉄砲、槍を貸して町中を警固させることになった。すでに空は白みつつあった。

一揆方はそれぞれの村の庄屋屋敷を根城に、勝手を知った近くの山や林、竹藪などに人数を伏せ、藩兵を引き寄せては反撃し、重要な関門を突破して、じりじりと島原城へ迫っていた。

はじめのうちは、お互い敵味方の区別がつきにくく、日頃顔見知りであっても安心はできなかった。城の北方にある三会村の大庄屋源右衛門が、類族三十人余を率いて、味方のふりをして城内にまぎれこみ、一揆方に内応してことを起こしかけるという事件も生じた。しかしこの企ては、おなじ三会村の寺の僧侶や門徒らが城中にいたため密訴され、露見してしまった。その時の模様を松倉の家臣、佐野弥七左衛門は書きつけて残した。十月二十七日のことである。

「門徒僧侶ひそかに知らせ候につき、その一類を何となく呼寄候えば、いずれも持ちたるなた長太刀を下に置き手を束ね参り候。新兵衛申し候は、城へ志ある者は遠方よりさえ、はやとく馳せ来たり候。なんじら近郷に居ながら遅参《ちさん》仕り候段、不審に候と相とがめ候えば、とやかくと似げなき事のみ申し、そのさま烏乱《うろん》に候ゆえ、侍たち、あれ、切られよと申し候えば、しゃっはらはっと立ち上り、なた長太刀取りに行かんと致し候ところを、侍共に押しへだてられ、あら口惜《くちおし》や、事あらわれ候と申し走り回り候を、追いかけ追いかけことごとく打捨申し候」

文中新兵衛とあるのは、家老岡本新兵衛のことである。

三会村の百姓で、御味方申すといつわって城内に入りこんだ者は、源右衛門一族のほかにも多かったらしい。彼らの中には、ことが発覚すると、鉄砲、槍など六十本ばかりも奪い取って城外へ脱出し、一揆と合流した者たちもいた。記録は、城中で成敗された三会村の村人は二百人にのぼり、ことごとく獄門にかけられたと伝えている。

以前から城中に仕えていた奉公人たちの中にも疑わしいものがかなり居た。疑心暗鬼にかられた藩庁は、不審と思われる者を片端から斬って捨てた。当時城中には、村々から呼び寄せられた鍛冶職が三十人いた。藩庁は彼らの身許も詮議し、在所からの報告によって全員切支丹に立ち返っていると判明したので、二十七日に残らず処刑した。誰を信じてよいのかわからず、侍たちはほとんどパニックに陥りかけたが、とにもかくにも城内から内応者を一掃して、防備をかためることが出来たのは、家老岡本新兵衛の適切な采配によるところが大きかった。

先に捕らえられた三吉、角内ら十六人が斬首されたのは、同じく十月二十七日のことである。三吉の母もむろんこのときに斬られた。

敵味方の区別がつかぬ情況は、数日の間続いた。城方では、十月二十六日早朝、家老の田中宗府と多賀主水が大将となり、五百人ばかりの一隊を率いて今村という所の橋ぎわまで押し出し、安徳村へ使者を立てて、口上を述べさせた。

「安徳の儀は味方を致し候や、敵になり候や。返事次第押し寄せ、踏みつぶし申すべし」

ところが、安徳村の庄屋は深江村に様子を見に出かけて不在だったので、使者は庄屋の弟と乙名を人質に取って戻った。つまり城方は自分たちの目ざす敵はどの村なのか、どこへ向えばよいのかという第一歩で、混乱を極めていたのである。

そこへ岡本新兵衛が駆けつけて来たというのは、宗府の指揮振りに不安を抱いていたからだろうか。宗府は帰城して城を固めることになり、新兵衛の采配のもと陣を立て直して、深江の野原まで進んだ。それでもまだ目ざす敵がはっきりしない。今度は安徳、深江両村の境目にある中木場村の庄屋と乙名を呼び寄せ、深江村庄屋の説得を試みさせた。中木場の庄屋が、

「これまで藩に仕えて来たゆえに、今からでも味方を致せば命は助けてつかわす」

と新兵衛の口上を伝えると、深江村の庄屋は答えた。

「この度は事情が変り、お味方できませせぬ」

「それはまた、いかなる事情ぞ。忘れもせぬが、こちらの先代どのがどうしても転ばぬと言うて、炙り籠に入れられて殺されなされし時、皆で手を合わせて降参し、一緒に転んだではありやせぬか。そういう目に逢うて、今更一揆に加担さるるとは、どういうおつもりか」

半ば呆れて、溜息まじりにそう言うと、

「じつは四郎さまよりじかにみ言葉を頂いておりやす。天の御使いのみ言葉じゃ。そむくなど、とんでもありませせぬ。この上は、ただただ切支丹の国をつくるために働きたく存ずる。わざわざのお語らい、かたじけのうあるが、もう来ては下さるな。再び来らるる時は、お返し申すまじく存ずる」

そこまではっきり言われては是非もない。中木場の庄屋はすごすごと新兵衛のもとに戻った。

真昼の頃になって、一揆勢が深江村の広畑というところに現れたという知らせが届いた。新兵衛が手勢を率いて急行すると、ひらけた野面に散開した一揆勢が一気に鉄砲を撃ちかけて来た。新兵衛は応戦を控えさせ、敵が鉄砲を撃ち尽して火薬を詰め直しているところを見定めてこちらの鉄砲を撃ち放ち、浮き足立つところに突撃を命じた。

一揆勢がたちまち潰乱し、ばらばらに逃げるのを追って、城方は八十五人を討ち取った。しかし中には踏みとどまって鉄砲を撃ちかける者もいて、新兵衛方も鉄砲方の大将が戦死したのをはじめ、かなりの討死、手負いを出したのである。

新兵衛の一隊がひと息ついていると、あたりの松林の中から、四、五人百姓が現れた。その一人が言うには、

「日頃の御恩を報ずべく、妻子を捨てて御味方に参り申した。一揆勢は深江の大庄屋屋敷に集まり、待ちかけておりまする。一揆方にさとられぬよう、手前が抜け道を案内仕りまする」

新兵衛はよろこび、手勢に下知を下した。

「馬に乗ったる者は降りて、皆々物音をたてぬように押してゆけ。途中の藪などには、伏兵のおそれもある故、注意を怠るな。敵に出会いたる時は、わが方は小勢ゆえ、気を散らさず、ひと筋にかかって勝負致せ」

この時、新兵衛は牛の角を前立にした冑をかぶっていたが、他の者たちは具足をつけたばかりで、威風堂々というには程遠く、佐野弥七左衛門などはあたりの竹を切って、俄仕立ての旗指物にする有様だった。

案内の百姓を先に立てて進んでゆくと、やがて空堀をめぐらした大きな屋敷に出た。案内の者によれば、ここは深江村の庄屋屋敷で、かなりの人数が籠っているはずという。堀の上には、蔦の絡んだ古い石垣が四、五尺ほどの高さに築いてあって、その先には竹林が繁り、静かに風にそよいでいる。屋敷まわりは百間四方はあろうかと見えた。

空堀には古びた橋がかかっていて、入口はそこしかない。屋敷内が静まり返っているのが不気味で、足軽どもはきょそきょそと落ちつかず、はやくも浮き足立っている。新兵衛はこれではならじと、まず自分が、

「えい、えい、えい」

と繰り返し三度ばかり鬨の声を上げてみせた。ところが、足軽たちは口は動かすのだが、紙でも噛んでいるようで声が出ない。

新兵衛は歯噛みして叱りつけた。

「お前どもはそれでも侍か」

すると、竹叢の奥から、二百人ばかりで唱えるかと思われる耶蘇のお経が流れて来た。さてこそ、伏せておったかと身構える手勢を叱咤して、新兵衛は自ら橋を渡った。門を押すと難なく開いたのもうす気味悪い。新兵衛の手勢が進入する気配を知ってか知らずか、耶蘇の経を誦む声は笹鳴りの間を静かに流れて来て、いささかも乱れる様子がない。大きな構えの母屋のほかに、倉や納屋が並び、人影は見えない。読経の声は母屋から洩れて来るようだった。

家の中から鉄砲も撃たず石も飛んで来ないのが面妖だった。どんな仕掛けがあるかわからず、中に

跳びこむのがためらわれた。しばらく思案して新兵衛は決断した。

「風上に廻って、屋敷に火を放つべし」

足軽たちは庭の内を走り廻り、やがて納屋が火を吹き、母屋の茅葺き屋根に燃え移った。燃えあがる母屋から転がり出たのは、意外にも三十人ばかりの姥たちだった。捕らえて尋問すると、自分たちは戦さの役にも立たぬので、こうして籠ってオラショを唱えていた。庄屋をはじめ村人の行方は知らぬという。もはや死を覚悟している様子である。一群の中には、年寄った男が三人まじっていたが、侍たちを恐れるふうもなく前に進み出て、こう言って首を差しのべた。

「手前どもは古くからの切支丹にて、本意ならずも転んでおりやしたが、この度、冥途の土産にと存じ、宗門に立ち返り申した。早うパライゾに生れかわりたいゆえ、この首斬りとって、手柄になされ」

新兵衛はその言い分を面憎く感じたが、一方では、肝のすわった様子に感銘を受けぬわけにはいかなかった。察するに彼らは、自分たちが村人の戦さの足手まといになるのをおそれて、自ら命を絶とうというのであろう。しかしまた、早くパライゾに生れかわりたいというその目つきは、狂信に燃え立っているようで不気味であった。老いぼれ百姓たちの首を取ったからといって、手柄になるものでもない。侍たちが顔を見合わせ、いかにも気の進まぬ様子なのを見てとった新兵衛は、いやなものを振りはらうように、足軽たちに命じた。

「当人たちの望みじゃ。引っ立てて首をはねよ」

老女らはそのままうち捨てて、新兵衛の手勢は先へ進んだ。ところどころに堀道があって、その上の畠に待ち構えていた一揆勢が石を投げつけ、思いもかけず新兵衛の牛の角の冑が割られたりすることはあったけれども、一揆方はゲリラ的な行動を繰り返すだけで、結局は山間へ退き、本格的な戦闘には及ばなかった。はじめての戦さに興奮した若侍たちが、「追撃して、根城を踏みつぶすべし」と口々に言うのを新兵衛は制して、ひとまず城へ引き揚げることにした。

新兵衛は何よりも情況がはっきりしないのが不安であった。雲をつかむような相手に振り廻されているうちに、島原城を衝かれるおそれもある。それに彼は、自分が率いている手勢にも十分信を置けなかった。足軽の中には、一揆方に縁のつながる者がきっといるにちがいない。しかも手勢のうちには死傷者も出ている。

新兵衛たちが城をめざして引き揚げてゆくあとから、安徳村の百姓たちが牛馬に荷を付け、子どもを懐に抱いてつき従った。一揆方に加担せぬ彼らは城内での保護を求めたのである。新兵衛らが城下町に入ると、あたりは騒然となっている。町中に居残っていた者も、一揆勢が押し寄せるという噂に慌てふためき、城内に逃げこみつつあった。城中から、南目筋の村々に火の手が上るのが遠望された。寺社が焼き払われているのであろう。新兵衛は一揆勢が潮のようにふくれ上ってゆくのを、まざまざと見たような気がした。

果たして一揆勢はあっという間に城下町に侵入し、各所に火を放ち始めた。新兵衛の指揮下に深江村まで出張った侍たちは、それぞれわが家に戻って行水をつかい、食事をとっていたが、火の手が方々に上るのを見て、慌ててまた城にかけつけた。

城では岡本新兵衛が、かけつけた者たちに部署を割り振っていた。何よりそれぞれの城門を固めねばならないが、ほかにも石垣の崩れたところがあって、そこには特に鉄砲隊を配備するなど、新兵衛の心労は尽きなかった。しかも彼は、先程から不審な人影が建物や木立ちの間にちらつくような気がしてならなかった。すでに一揆勢が城内にまぎれこんで、放火の機会をうかがっているのではあるまいか。若侍たちに言いつけて捜索させると、果たして四、五人怪しげな男が見つかり、新兵衛は即座に彼らを斬らせた。

するうち天地が崩れるような鬨の声が上って、数千の一揆勢が大手門に押し寄せて来た。先頭にクルスを印し『天帝』と記した旗がひるがえり、耶蘇の経を唱える声が轟いて来る。彼らは大手門前に掲げられた切支丹禁制の高札を引き倒し、散々に踏みにじると鉄砲を撃ちかけ、いっせいに攻めかかった。

城内は手薄で、この時大手門を守っていたのは、町人の加勢をのぞくと侍十八人、鉄砲は六挺にすぎなかった。寄せ手は斧や棒を振るって扉をうち破りにかかり、たちまち門扉には二尺四方ばかりの穴があいてしまった。侍たちはその穴から槍を突き出し、鉄砲を撃ち放って防戦につとめ、寄せ手はばたばたと倒れたが、それでも一向にひるむ様子はない。寄せ手の中には女たちもいた。乱れた髪に鉢巻をして、苫に火をつけ門脇の番屋に投げこむ。それを引き出して踏み消しもせねばならず、城方は息つくひまもなく防戦に追われた。

しかしさすがに大手門は堅固で、一揆勢も容易に踏み破ることができない。二時間あまりも攻防が続いただろうか。そのうち寄せ手に動揺が起こった。彼らが放った火が廻って、大手門前の民家が激しく炎上し、寄せ手は火に巻かれそうになっている。やがて彼らは鬨の声を上げると、城門の前から姿を消した。あとには八十四の屍が残されていた。

一揆勢は大手門のほかに搦手門《からめて》、三会口などにも押し寄せたが、いずれも辛うじて撃退した。城方にもかなりの死傷者が出た。城に入ることができず、町中で殺される侍もいた。

一揆勢が引いたあとでも、城方の者たちは、ろくな具足もつけず、ひたすら南蛮経を唱えながら、屍を乗り越えて押し寄せて来る百姓たちへの恐怖感にとりつかれていた。津波のうなりあげるような南蛮経の轟きがまだ耳に残っている。命などまったく惜しくもないらしい。侍たちもむろん、戦場で命を捨てる覚悟は持っている。けれども、そういう自分たちの日頃の覚悟とはあまりにも異質な狂熱を目のあたりにして、彼らは名状しがたい不気味さをおぼえた。

城を遠巻きにし、藩の船をことごとく焼き払って、一揆勢は引いた。有馬に本陣を構え、在所在所に引き籠っているとのことで、城周辺にも時々姿を見せ気勢をあげた。

城内は逃げこんで来た者であふれ返っていたが、甲冑をつけた侍は八十人ばかりにすぎず、手分けして二の丸の三つの口を守るのに手一杯で、もう一度攻め寄せて来たら二の丸を守り通すのもむずかしく思われた。食糧の備蓄も乏しく、岡本、田中、多賀の三家老は連署して、救援の依頼状を近隣各藩に発送した。


細川藩では二十六日から、海向うの島原の異変に気づいていた。家老の長岡監物が自宅で客と碁を打っていると、西南の方角から遠雷のような物音が聞える。あれは鉄砲の音ではないかと怪しみ、早速物見を海岸に走らせた。入れ違いに有明海沿いの小島村から急使が着き、島原方面に火の手が上り、鉄砲の音も聞えるという。さらにその日、島原からの避難民が飽田郡の海辺に着き始めた。切支丹でない者たちが、同心を迫られるのを嫌って逃げて来たのである。

避難民の話から状況をつかんだ細川藩庁は、二十七日早朝、三百石取りの御使番道家七郎右衛門を島原城へ派遣して様子を見させた。

彼が城中に入って聞いたところでは、一揆勢は、われらの仕業は人間でも日本人でもなく、天人の仕業だと言っているという。四郎という若者が天から降り、この頃切支丹の作法を守らぬので神はお怒りである。やがて天国より迎えがあろうと言って、海上に火に包まれたクルスを現し、百姓どもはひれ伏してそれを拝んだ。この度の一挙は去年から企てていたことで、やがて死ぬのだという心づもりで、今年は麦も作らずにいた。百姓が来年用の麦を作らぬというのは、よくよくの覚悟である。そのような噂を口々に聞かされて七郎右衛門は、一揆衆が城攻めの際、無性に死にさえすればよい様子だったというのもさてこそと頷いた。城中の守りはいかにも手薄で、救援は焦眉の急である。縋《すが》りつくような様子の城中をあとに、道家は復命を急いだ。

島原城への隣藩からの使者はあい次ぎ、二十八日には大村藩から使者が二人到着した。大村は古くから切支丹の栄えたところで、事によれば自藩にも飛び火するかも知れず、人ごととは思われない様子であった。使者は城中に入って、反乱の様相が大規模で過激なのに驚いた。いざ帰ろうと船着場の東の浜へ出てみると、彼らを乗せて来た船は影も形もなかった。東の浜は一揆勢の支配が及んでいないと見えたのに、町は焼き払われ、南の空には各所に黒煙がたなびいている様子におじけづいて、船頭たちは使者を放置して逃げ戻ったのである。こうなれば陸路をとらねばならないが、城の北方の三会村は一揆方の支配のもとにある。

案内の者をつけてくれという大村藩使者の要請に応えて、岡本新兵衛は鉄砲、槍の者を六十人ばかりつけて、大村藩の使者と、来合わせていた鍋島藩の飛脚を送らせた。城から北方二里ばかりまでは敵地である。途中で槍、長刀を持った三十人あまりの百姓と出会った。頭分《かしらぶん》と見える男が、お城へ御味方申したく思っているが、お城では入りこもうとする者を成敗なさると聞いてためらっていると言う。護衛隊長の佐野弥七左衛門は怪しげな言い分と思ったが、帰りに召し連れてやろうと、適当な返事を与えて先を急いだ。佐野は四百石の組頭、深江村の戦さで竹を切って旗印を作った例の男である。

北目の村々は城方に忠実で、蜂起の気配はない。ここまで来れば使者たちは安全である。佐野はほっとして使者たちの姿を見送った。帰り道、さっきの百姓たちが仕掛けて来るかと思ったが何事もない。どうやら物蔭から一行を見まもっている様子だった。

島原城が一揆勢に取り囲まれている頃、串山、口之津あたりでも、高く低く地鳴りを思わせるオラショの声が起きていた。白地にクルスの印を描きつけた旗をかざした百姓たちが、とき流した髪に鉢巻をした女たちを交じえ、萩の咲き乱れる草道から現れては、街道筋で合流し、口之津の代官屋敷をめざした。
三、四日前あたりから、何かしら領民の様子がおかしいと思って、役宅に詰めていた次席の安井三郎右衛門らは、外をのぞいてみてぎょっとした。屋敷はいつの間にかクルスの旗に取り囲まれている。槍や刀をおっ取って庭にとび降りたが、互いの荒い息づかいが恐怖をかきたてるばかりである。

大人数の聞き慣れぬ経の声が近づいて来て、門前でぱたりと止み、大音声で呼ばわる者がいる。

「代官殿に御意をえたい。われは加津佐兵庫と申す者、加津佐の衆とともに参上した」

続いて、串山村の村上玄也、口之津の蜷川左京と、次々に名乗る声が響いた。近くの村々の切支丹勢が、総出でおし寄せているらしい。その数は数千に及ぶかと思われた。

千々岩伴内は門前で勇躍していた。

「早々と開門されよ。口之津はもはや、われら宗門の地となり申した。返答なくば、この門、われらが力でうち破る」

伴内の声が高く晴朗に響くのを聞きながら、仁助は、伴内殿はこの日のためにこれまで生きて来られたのだと感じた。かねて、刀が夜鳴きすると言っていた伴内である。

鬨の声がどうっとあたりを揺るがし、門はたちまちのうちに破られた。安井三郎右衛門にはその声が「サンチャゴ」と聞えた。この危急の際に、サンチャゴとはそも何ぞという疑問が浮かぶのが、われながら不思議だった。

伴内を先頭になだれこむと、目つぶしでも喰わせられたような顔になって、役人たちは刀を抜いたままあとずさりした。代官の姿が見当たらぬ。しかし次席の安井三郎右衛門が青い顔で刀を突き出し、石のように固まっている。

「無益な殺生はせぬ。頭分《かしらぶん》だけ、御首頂戴仕る。前に出られよ」

伴内はそう言って刀を抜いた。

後ろでオラショを先導する右近の声が響き渡った。

「おん主をはじめ奉り、サンタマリア、サンミゲル、サンジュアン、サンパウロ、諸々のベアトスパテルに、われら心ことば仕業をもって、多くの罪を犯せしと白状つかまつる」

ふだん話すときとはまるで違う声音で、おどろくほどよく透る。すると、いっせいにひと区切りずつ、大群衆があとをつけ、声明《しょうみょう》が湧き上った。

安井の顔に諦めとも笑いともつかぬ表情が浮かび上った。右近の声が続く。

「なんとなれば、生死を受くる面々、死するを逃るることなし。あしたには暮るるを待たず、夕べにはあしたを期することあるまじ」

安井の首がその時飛び、血しぶきが塀を越えて澄んだ空に虹を描いた。右近の声が束の間乱れた。続いてまた絶叫が起こり、いま一人斬られたことが、外の群衆にもわかった。右近の声は、圧倒的に高まった群衆のオラショに掻き消された。

血刀を下げた伴内と兵庫が門内から出て来たのに続いて、口之津庄屋の息子大助が頭から血まみれになって現れ、オラショがふっつりとやんだ。

熊五郎が蒼白になってが駆け寄り、白い手拭いで傷口を拭き、

「しっかりして下され」

と言いながら手当てをしようとした。

「自分で拭く、わしゃどうもない」

大助は熊五郎の手を振り払ったが、手拭いについた血を見てびっくりし、あらためて自分の首に手をやった。すぐ傍らで安井が斬られようとするのを呆然と見ていたのを、たしか蜷川左京が、

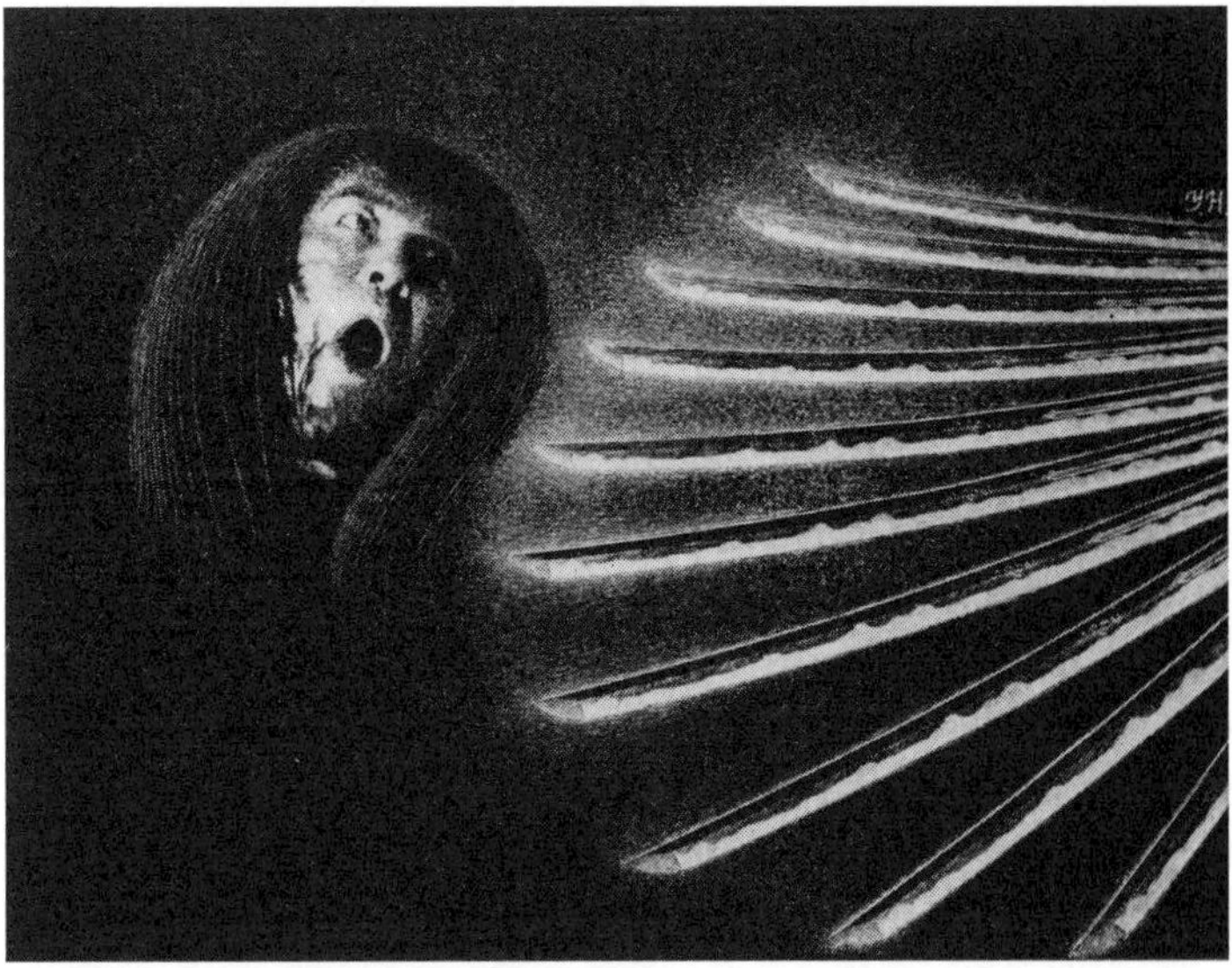

「そこ退け、大助」

と叱ったような気がした。大助はその返り血を全身に浴びたのである。

白髪頭に鉢巻をした寿庵がゆっくりと門から現れた。

「只今、長年の仇敵たる役人どもを討ち取った。これより湊の米蔵へ参る」

ものを言うのを忘れていたような群衆からすさまじい喚声が上った。雪崩を打って走り出そうとした時、この老人のどこから出るのかと思われる大音声が、彼らの足を釘づけにした。

「待て待てぇーっ。これから申すことをよく聞くのじゃ」

寿庵は白髪を秋風に吹きなびかせて、身につけた具足も軽々と、乾いた田んぼの中を走った。文字通り鬼神のごときその姿に思わずあとずさりする者どもに向って、彼は言った。

「ようく聞け。これから向う米蔵には、飢えを忍び、血の汗を流して収めた米俵が積まれておる。これはもともと、われらが米俵じゃ」

泣くようなどよめきが起こった。

「されど、米を見て狂うでないぞ。われらはいかなる困苦のうちにも、隣人を扶けてともに生きよとある教えを守って参った。この米は、これから先の戦さを勝ちとるまで、食いのばさねばならぬ。みなみな立ち合うて、上下なく端々まで、納得の上配分せねばならぬ。これから目にする俵の山は、マリア様の給わりものと思え。欲心を起こし、横から掠めとるなど、決してあってはならぬ」

「おう、そうじゃ。みなの物ぞ」

群衆は即座に応じた。

「欲心を出して、ひそかに盗み取る者あらば、いかがいたすか」

「打ち首じゃ、首はねろ、首はねろ」

「八つ裂きにせろ」

という声も聞えた。

「おのおのコンフラリアにおいて、話し合うたことと思うが、今一度、この場で確かめておく。われわれは御主と軍神サンチャゴを戴く神の軍勢である。神の名をおとしめる者あらば、打ち首と定める。それでよろしいか」

足踏みしながら老若男女たちは同意を示した。ここの兵粮庫を何としても押さえておかねば、戦さは成り立たない。じっさい寿庵らをはじめ各村の指導層は、米蔵に殺到した一揆方が、その米をめぐって飢狼のごとくに摑み合い、あるいは殺し合いをもし兼ねないのを恐れていた。

みんながみんな切支丹の信条に従っているわけではなく、オラショの文言もそらでは言えぬ者が大多数である。そういう者のうちにかえって天の門に近い人間もいるのだが、中には藩方と一揆方とを見くらべ、損得勘定をしている者も交じっていると思わねばならなかった。

あらためて村ごとに固まり合い、今度は粛々と湊へ向った。道々オラショが出なかったのは、もうすぐ目にするであろう米俵のことで、胸が詰まってしまったのである。群衆が湊の米蔵を取り巻くと、番人たちは戦う気分もうせてすぐに門扉を開いた。二、三人の侍が刀を抜いて立ちはだかったが、たちまち鍬や棒で叩き伏せられた。

恨みのこもった米俵が蔵一杯に積み上げられているのを目のあたりにして、涙ぐむ者もいた。大豆も小豆も胡麻もあった。その日もみんな空き腹であった。とりあえず、村ごとに若干の俵が配られ、米蔵には村々から番人を置いて、ひとまずそれぞれの在所に引き揚げることになった。

仁助の家では、おうめがここが働きどころとばかりに、大勢の女たちを指図して大釜に粥を炊いていた。竹松はそういう女衆の中に交じり、人数を数えたりして気を配っていた。女衆はふだんとは違うその様子を見てからかった。

「珍しさよ。今日は呑まずに、祭りじゃな」

彼は澄まして応じる。

「はあい、呑まん祭りちゅうも、あったぞなあ」

「初めて見た男ぶりじゃ。ほら、呑まん時のその、笑顔のよさよ」

「ほれたばえ、嫁御にゆこか」

ほうほうとはやし立てられて、竹松ははにかんでいた。実際、彼のやさしげな細面は男ぶりと言ってもよかった。

おうめも汗を拭きながら、賑わいに加わって来た。

「竹松どん、今日は粥の匂いに酔うたかえ」

わっとあたりが沸く中で、竹松は神妙に頷いた。

「お米の粥じゃ。このよか匂いがなあ、酔わずにおろうか。死んだ親さまにも、すすらせたかったぞ」

竹松の顎がゆがみ、思いもかけぬものを女衆は見た。酒の気の切れているその頰に、ぽろりとひと粒涙が光ったのである。まわりはしんとなり、このところ忘れ切っていた食前のオラショをみんなで唱えた。

仁助の屋敷は広いので、口之津切支丹の主だった指導者が詰め切り、本陣のような形になった。夜になって有馬と連絡がとれ、島原の城攻めの様子もわかって来た。弥三がもたらした知らせによると、対岸の天草でも、上津浦をはじめ各地で蜂起したという。

寿庵や左京は南目十三カ村がいっせいに起ち上った勢いを心強く思うと同時に、今後のことを考えると、深い憂慮に包まれぬわけにはいかなかった。北目の村々はどうやら、城方について動かぬ様子である。今のところ松倉の侍たちは城に閉じこめられているが、そのうち近隣の各藩から援軍が来るのは目に見えている。このまま在所で気勢をあげ、城方の者を追い廻して誅殺していても、先の見通しが開けるわけではない。城攻めがうまく行かなかったのは、一揆勢の装備からして当然といえるが、やはり残念であった。口之津勢の任務は、千々石湾ぞいの村々の合力を得て、藩の米蔵を押さえることだったので、今日の城攻めには参加していない。しかし、仮に口之津以下の村々が参加していたとしても、城はおそらく陥ちなかったであろう。さすが松倉重政の築いた堅固な名城である。

寿庵たちの憂慮は、予想される幕府軍の襲来にどう対処するかという点にあった。湯島での申し合わせはあっても、まだ統一的な戦略は立っていない。四郎を中心とした指揮系統がまだ確立していないのである。

「松倉の侍などとるに足りぬ。城から出て参ろうが、蹴散らしてくるる。じゃが左京どの、このあと全国の大名どもを相手に廻して、どう戦さするかじゃよ」

寿庵は深沈としたまなざしを左京へ向けた。

「そのことにござる。われらは最後の花を咲かせて散るだけで本望じゃが、大勢の百姓ども、ことの外、女、子どもらがいとしゅうござり申す」

「さよう。いまのところわが陣営は、各村々の寄り合い所帯じゃ。村々の意見を出し合うて事を決むると言うても、甲論乙駁、まとまりもつきかねるわ。湯島でも当座の取決めしか出来ずじまいであった。この有様で幕府の軍勢と戦えばひとたまりもあるまい」

「やはり城にこもるしかありますまいか。島原城を陥せぬとあらば、ほかにも……」

「うむ」

寿庵はしばらく沈思していた。

「それにしても、誰が言えば村々の頭が従うか。湯島で四郎さまを大将に仰ぎ申したものの、海向うの大矢野に居らるるのではなあ」

「早速にも、四郎さまに使者を立てましょうぞ」

「うむ、それしかあるまい。そなたのご子息に行ってもらうかな」

「いや、右近にはまだ勤まりますまい」

「左京どの、わが子をいつまでも子どもと思うてはならぬぞ。この際は、右近どのの思慮深さと澄んだ心が必要じゃ」

寿庵はそう言うとまた瞑目した。左京はその顔に刻まれた皺の深さを、いたましい思いで見詰めた。

細川藩は有明海をへだてて島原と対しているだけではない。有明海に突き出た宇土半島の手前には天草の島々が連なっている。島原の異変をつかむや、きびしく海岸に警戒網を張るとともに、収集した情報を逐一、豊後目付に通報した。豊後目付とは九州における幕府の出先機関で、豊後の府内（現大分市）に駐在しているのでその名があった。

細川藩にはすでに島原から救援要請が届き、いつでも藩兵を島原城へ送りこむ手筈がととのっていた。しかし武家諸法度は「江戸ならびにいずれの国において、たとえ何篇の事これ有るといえども、在国の輩はその所を守り下知を相待つべき事」と定めている。当時藩主忠利は江戸在府中で、留守を預かる松井、長岡、有吉の三家老は、たびたび豊後目付に使者を出して援兵派遣の許可を求めたが、武家諸法度に縛られた目付衆は出兵の許可を与えず、家老たちは次第に焦燥の色を深めていた。

折も折、三十日になって、意外な知らせが宇土の出先から届いた。天草切支丹の大将分、渡辺小左衛門が宇土半島のつけ根の郡浦《こうのうら》へ上陸したところを捕らえたというのである。

ことは敗れた。役人に捕われた時、咄嗟にそう頭に浮かんだことを、いま小左衛門は思い出す。あれからもう十日になる。自分だけの恥や苦痛なら、どれだけでも忍べるが、こともあろうに四郎様の母御や姉さまを道連れにしてしまった。まだ一戦にも及ばぬうちに、味方の出鼻をくじいたのだ。

郡浦《こおのうら》に上陸して、庄屋の彦左衛門宅に立ち寄ったのが誤りだった。彦左衛門は切支丹ではないが、常々親しく交わって来た間柄なので、四郎様の一家を連れ出す計画を打ち明けて、道筋の様子など尋ねたら、何かと手助けしてくれるのではないかと思ったのが甘かったのである。細川藩が海岸の警戒を強めているのは予想していたけれども、村役人ひとりひとりに手が廻っていることを考えに入れていなかった。悔やんでも仕方はないが、何という油断であったろう、益田一家の救出計画まで打ち明けてしまうとは。

庄屋宅で役人と村人に踏みこまれて縛り上げられた時、自分を乗せて来た舟は、幸い事態をさとって逃げ帰った。事の次第はその日のうちに父の伝兵衛と益田父子に伝わったはずである。戻り次第、村々の切支丹勢をまとめて、富岡城を押し取る手筈であったのだ。一方、島原勢は島原城を目ざす。ふたつの城を陥すことができたなら、天草、島原一体となって長崎へ向う。

千々石湾を渡り切ると、日見、茂木のあたりは切支丹の村々である。茂木の庄屋の息子が四郎様に洗礼を授かりに来たのは、ついこのあいだのことだ。そこから峠を越せば、日本のロウマとうたわれた長崎はもう眼の下である。そこには必ずや、われらに呼応して起ち上るものが大勢あろうと、甚兵衛殿と語り合っていたのに、このような失態をまさかこのわしが引き起こすとは……。

わが浅慮のために、大切なる四郎様の肉親を敵に引き渡しただけではない。日頃、益田家の面倒を見てくれていた江辺村庄屋の次兵衛殿まで、巻きぞえにしたのは心苦しいかぎりである。戦さとは常にこのように非情なものではあろうが、わが身は捕われてまだ生きておる故に、何と詫びてよいか身の置きどころもない。

細川方はさまざま知恵をまわして、自分をおとりに、四郎様父子をおびき出そうとの魂胆である。その企みには乗らぬつもりではあるが、日々の取調べには気力も続きかねる。雲仙嶽での責苦にくらべればと、おのれを叱咤してはみるものの、心に加わる責苦はそれに劣らぬ地獄じゃと知った。ここに陥れば、わがアニマも衰える。なんとなれば、悪魔は我が身の内より現れるからである。わが身が、悪魔を養う甘露の器であったとは……。

これまで宗門の教えを人にも説いて来たが、その教えはわしの躰にどのように根づいておったのか。天草切支丹二千の大将とわれから名乗ったのは、責任をひとりで負う心づもりであったが、そこに慢心が忍び寄ってはいなかったか。

連日の荒々しい取調べの中で、小左衛門は、これまでの庄屋としての誇りをことごとく剥ぎとられた。役人たちの目つきも言葉も、自分がただの賊徒にすぎぬことを示していた。親代々の庄屋、しかも大矢野切支丹の組親として、自分が知らず知らずのうちに身をつけていた傲慢に、こんな目に落ちてはじめて気づくとは……。彼の心はそういう自責で、いまにも潰れそうであった。

しかし、あのキリシト様も、茨の冠をかぶらされて、盗賊たちとともに十字架にかかられたのだ。そのことに思い当たって彼は深い救いを感じた。この世で最も貧しくいやしい者の境涯にまで身を沈めてこそ、宗門のへりくだりの教えに近づくことができる。今の自分の境涯は、まさに神の与え給うた恩寵でなくして何であろう。

わしはただ、天草の同胞たちの勝利を信じて、ひたすら御主への道を歩めばよいのだ。これまで栄光の死をとげた殉教者の列に加わるのは、切支丹としての最高のよろこびである。小左衛門は何とか心を落着かせようとした。しかし絶え間なく瞼をよぎるものがあった。四郎の母と姉の横顔である。彼女らはいま、どのような気持で獄舎にあることだろう。小左衛門の心はまたあやしく波立って行った。

父親の伝兵衛へ幾度か手紙を書かされた。ほぼ言われる通りに記したつもりである。

四郎様と談合なされて、甚兵衛殿も分別なされ、一日も早く江辺へお戻りあるようにおとり計らい下さるように。さすれば、次兵衛殿とその御一門への疑いが晴れると役人衆は言うておられる。益田殿一家を長年お世話して来たばかりに、この度のご災難、それもこれも私の軽率から出たこと、近日中にお踏みつぶしの軍勢がそちらに行くという風聞もあり、そこもとの躰ばかり案じており申す。

最後は、

――銘々に書状をつかわしたく候えどもむつかしく、ただ我ら相果て申す儀は差し置き、母の事ばかり案じ申し候。

と結んだ。

伝兵衛の所へは当の次兵衛からも、たいそう迷惑している旨の書状が度々送られてきた。

――人の上に立たれる立場のお方が、このようなことを仕出かすとは、何たることであろうか。一日も早く四郎父子をこちらにお戻しあるように。どのくらい迷惑しているか、考えてもらいたい。

伝兵衛はそれぞれに丁寧な返事をしたためた。

――早速言われるようにしたいが、あいにく四郎さまは小瘡《こがさ》を患っておられ、治療のために長崎に往っておられる。いずれこちらに立ち寄られるであろうから、その折は必ず、仰せの通りにする所存である。

小左衛門にも次兵衛にもそう書き、囚われの息子の分には次のように追記した。

――なおなお母も一段無事に候あいだ、これまた御心づかいあるまじく候。其方家内、ひとしお無事に候。

蜷川右近は弥三の船で大矢野島宮津に向った。熊五郎と竹松がどうしてもついてゆくと言って乗りこんできた。

三吉とあの母親が処刑されたと伝えられて以来、熊五郎はほとんどものを言わなかった。それが思いつめた顔をして連れて往ってくれという。寿庵も仁助父子も気持を察し、無事につとめてくるようにと言って送り出した。

途中で万一、敵方の船に会った時の用心に、伴内が護衛についた。ゆき来する船はみな切支丹方で、気が立った様子で味方のしるしにコンタス（念珠）を見せあっている。

「陸の上でも、村ごとに屯《たむろ》しておりやす。生半可にゃあ、取りまとめは利きやせんぞ」

珍しく弥三が感想を洩らした。常々こういう時は意見を言わぬ人間である。

「さよう、こう気が立っておっては、統率が利くまいのう」

一緒になって血がのぼりそうな伴内が、冷静な対応をするさまを見て右近は感心した。

大矢野島の岸辺には、細道や森蔭に白旗をかかげて屯する人数がところどころに見えた。宮津に上陸して四郎の本陣をたずねると、すぐに庄屋屋敷に案内してくれた。

本陣には四郎と伝兵衛がいた。益田甚兵衛は上津浦へ行っているとのことである。四郎が奥座敷で伝兵衛ら幹部に取り巻かれている様子を目にして、弟とも思う親友に会うよろこびがにわかにしぼんでゆくのを右近は感じた。四郎はもう、自分がなじんだあの少年とは違う存在になっているのではないか。

熊五郎はうしろの方で、久し振りに逢う若者を眺め直していた。学問所に来ていた頃は天性うららかな少年に見えたのに、面やつれして、もともと高貴な面立ちにぞっとするようなかなしみの翳が浮かんでいる。熊五郎は四郎から受洗して帰ったときの三吉が、発光したような感じになっていたのを思い出した。この若者から溢れ出るかなしみは、人をきよらかな天地に誘わずにはいない。

――よっぽど優しいご性分かもしれぬ。一緒に死んで下されと頼めば、深くうなずいて死んで下さるようなお方じゃ。

熊五郎はそう思った。

竹松は熊五郎の隣に座り、この男が首を垂れてゆくのを眺め、その気持がよくわかる気がした。孤児として育った彼は、折角見つけた弟分の三吉のあとを追うつもりなのであろう。

右近はご承知でもあろうがと前置きして、代官殺害後の島原の情勢をかいつまんで報告し、全体の見通しのないまま、衝動的な動きが散発していることへの寿庵や父の憂慮をありのままに伝えた。

右近は四郎のじかの答えがほしかった。しかし彼は自分の分を超えたこととでも思っているのか、ただ、もの言いたげに右近を見入るだけで口を開こうとしなかった。代って伝兵衛が答えた。

「いや、わざわざのお使い、痛み入り申す。ちょうど、こちらからも使者を立てようと話し合うておりましたのじゃ。天草方にても、思いのほか、立ち返りの村々が広がり申して、それはようござしたが、取りまとめに苦労しております る。中には、いらざる乱暴を働く者もおりやして……。不思議に四郎さまが行かれて礼拝なされば、百姓どもも静まりやすので、お躰がいくつあっても足り申さぬ」

伝兵衛は言葉を切って、何か言いよどむふうだった。その様子を見て、傍らに控えた千束松右衛門が気の毒そうに言い添えた。先に蹶起を促しに蜷川家を訪うたあの男である。

「実は渡辺小左衛門どのが、郡浦にて細川の手の者に捕らわれ申した。小左衛門どのは、宇土に居られる四郎さまの母御たちを引き取りに行かれたのじゃが。ご承知でもあろうが、小左衛門どのは伝兵衛どののご子息にあられ申す」

右近は、湯島のあの夜に引き合わせられた小左衛門の面立ちを思い浮かべた。さすがに大庄屋らしい貫禄ながら、父伝兵衛の鍛えぬかれたしたたかな風貌に比べれば、おっとりしすぎたところが感じられた。松右衛門の語るところでは、四郎の母と姉も捕らわれていま熊本の獄中に在るという。暗然として右近は四郎の静かな面を見上げた。

細川藩は天草に面する海岸の要所要所に、新しく番小屋を建てるなど、厳しく非常線を張り、物見らしい舟がしきりにこちらの海岸を窺っている。役人から書かされたと一目でわかる小左衛門の手紙が、伝兵衛の許に届いているが、それによると細川は近々踏みつぶしの軍勢を天草にさし向けるという。そのように語る松右衛門の言葉には切迫した響きがあった。

右近の脇に控えていた千々岩伴内がじれたように口を挿んだ。

「だからこそ、こうしては居れぬのじゃ。千束どの、貴殿もかつては小西家の侍、戦さの仕様は知っておられよう。細川勢が現れるとなれば、いったいどう迎え撃たるるおつもりか。わが口之津勢は」

右近は手をあげて伴内を抑えた。松右衛門の面にはすでに憤懣の色が浮かんでいる。

「小左衛門どの、加えて四郎どののご身内の不運、さだめしご心痛であられましょう。伝兵衛どの、四郎どのの胸の内、察するに余りあるところにござります。それならばなお、今後の軍略をいかに立つるか、島原、天草とふた手に分れており申す上に、島原方にても、御大将の下知がなければ、なかなか動きがひとつになりませぬ。御大将はいかなるお考えであられましょうや」

右近は思い切って四郎に問いかけた。四郎は深いまなざしで右近を見返すだけで、その唇はやはり動かない。伝兵衛がまた代って答えた。

「天草方の軍略は一応定まって居り申す。それについては、これなる神崎大膳どのよりご披露されましょう」

伝兵衛は、先程からひと言もいわずに控えている四十がらみの物静かな男を振り返った。右近はこの男に見覚えがあった。やはり湯島の談合に出ていて、その時も一切発言はしなかったが、なにか気になる存在感をただよわせていたのである。

その男は軽く会釈して口を切った。

「それがし神崎大膳と申す。三年前までは松倉の家中にござり申した。松倉のやることなすことが、つくづく嫌になり申して、君臣の縁を切り、伝手《つて》あって上津浦にて、百姓漁師の真似事をいたしておる者でござる」

伴内がおお、という低い声を洩らすのが右近の耳に届いた。

「諸藩の軍勢を迎え撃つには、何としても根城が必要にござる。島原城が陥ちざりし今、何よりも急がるるは富岡城を奪い取ることと存ずる。富岡城は唐津藩番代の居るところ。天草支配の要にて、まずここを攻め取って天草一郡を宗門の旗の下に収むることが急務。しかも富岡城は天草下島に突き出たる岬の突端に位置し、攻むるに難き要害の地。また城の袂は湊にて、われらが水軍によって海上を支配すれば、まさに磐石の備えでありましょう。いったん富岡に根城を据えれば、一隊は海を渡って長崎を攻め取ることも出来申そう。

われら天草勢はとにもかくにも、富岡攻めに向うべく、衆議すでに一決致した。このように目標定まり、御大将自らご出馬あらば、仰せのごとく村々勝手に騒ぎ立つるがごとき有様も、おのずと一手に纏まり申そう。長年デウス様に敵対し、民草を虐げたる寺沢藩の牙城に向うとあらば、浦々の宗門勢は歓呼してはせ参ずるものと存ずる」

この人たちはもう方針を決めていたのだ。それで、われら島原切支丹はどうせよというのだろう。右近はやや突き放されたような気分になって伝兵衛の顔を見やった。

「右近どの、とにかくそういうことじゃ」

右近の気持を察してか、伝兵衛がやわらかい声を掛けて来た。

「この宮津の本陣も、明日には引き払うて、上津浦に移すつもりでござりやす。ここはあまりにも細川領と近うござりましてのう。それに上津浦なら、古き切支丹も多く、天草上島中の味方を集めるのに都合がよろしゅうござる。甚兵衛殿はそのために先乗りされておりまする」

「さすれば、四郎さまを島原へお迎えする儀はかないませぬか」

その時、はじめて四郎は情感あふれる声で沁み入るように言った。

「右近どの。そなたのもとに行きたいは山々でござれど、クルスの白旗が呼んでおるゆえ、こたびは富岡へ参らねばなりませぬ。お身さまは口之津へ戻られ、富岡攻めの話を伝えて下され。その上で、島原勢の今後の軍略を定めて下され。富岡を陥した後、かならずやこちらから出かけまする。心は一つにござり申す」

右近はおのれの眼にみるみる涙がにじみ出るのを堪えていた。

「細川はわれらを踏みつぶすなどと大言を吐いており申すが、幕府の指図なくしては勝手に動けますまい。江戸との往復は早船早飛脚にても、ひと月はかかり申す。ともかくここしばらくは、この有明の海に軍船が押し寄せる気づかいはござらぬ。この時をのがさず、湧き起こった一揆の力で一挙に富岡城を陥さねばなりませぬ」

大膳の確信ありげな言葉を聞きながら、この人物はいまや天草勢の軍師格になっているらしいと右近は思った。

「そこで島原衆にも、こちらから合力を願いに参る所存でござり申したが、まことによい折にお訪ね下されました。御地にては、松倉の侍どもは城に閉じこめられ、打って出る力もない様子。できるだけの人数を割いて、富岡攻めに合力を願えますまいか。神の軍勢たるしるしは、四郎さまより十分に授けていただいており申すが、戦さはやはり兵力が物を言い申す」

大膳が四郎に目をやりながらそう言うと、瞑目した少年の眉根にかすかな縦皺が寄った。それを見て、右近はほとんど返事を忘れた。四郎の孤独だけがひしひしと伝わって来る。

放心している右近を気づかわしげに見やりつつ、伴内が膝を進めた。

「ただ今のお話、よくよく胸に入り申した。四郎さまの本陣にて、たしかなる軍略を承り、いかに

も心強く存ずる。合力の儀については、立ち帰り早々各村々に申し伝えましょうが、われら口之津勢は必ずや加勢にはせ参じますゆえ、心安く思われよ」

伴内はこれでよいかといったふうに、右近に顔を向けた。右近は深くうなずきながら、心はまだ四郎のかなしみにみちたまなざしに捉われていた。

上津浦の常吉は、このところ庄屋七兵衛の母親にたいそう馴染むようになった。

彼は自ら申し出て、村々への触れ役を買って出たのだが、七兵衛はこのところ忙しく、折角、報告をもたらしに行っても不在のことが多い。そういうとき常吉は、七兵衛の母親に伝言を頼むのである。妻女は釜屋で立ち働いているし、耳の遠いご隠居さまに語ったところで、また出直して七兵衛に説明せねばならぬのだが、顔を見るとつい語りたくなる。

「ご隠居さま、えらいことでござりやす」

「はい、何があったかえ」

今日はよく聴えるらしいと思いながら、常吉はかいつまんで説明した。

「教良木のあたりじゃあ、クルスの白旗立てて縄だすきして、物持ちの家に押しかけておりますぞ。逃げ出した空き家から米麦を持ち出すやら、家に火をかけるやら、えらいな騒ぎじゃ。おっ盗《と》った米をば炊き出して、わいわい言うて振る舞いよるちゅう話で、困ったもんでござりやす」

「ほおう」

老女は目をみはり、大きくうなずいた。

「そりゃ米見れば、気の狂うばえ。飯《まま》に炊こう如《ごつ》もあろうぞ。みんな餓《かつ》え腹じゃ」

「はい、気も狂いやす。米のなんのいつ腹に入れたか。けれども、デウス様からお咎めの来やせんじゃろうか」

「まあ、なあ。こたびはよかろうやと、申さるような気のする」

「ご隠居さま、ほんにそう思われやすか」

「うん、わたしゃ、この度ばかりはそう思う。お前、その飯、御馳走になったろう」

「こりゃ参った。ご隠居さまに早よ教えよと思うて、走って来申したがな」

「どんどん来て、話を聞かせてくれませな。お互い、この世の日数は無かとじゃけん。冥途の土産じゃ」

お前も餓え腹じゃろうと言って、干した章魚《たこ》の足などを握らせながら、ばばさまは秘め事でも打ち明ける様子で言った。

「これから何がはじまるか、見物《みもの》ばえ。名残り惜しゅうなかように、よう見納めておこうぞ」

その御隠居さまが門の外まで杖をついて出てみた程の大賑わいが、次の日から始まった。四十年ばかり前、この地に南蛮寺が建った時もこれ程の人出ではなかったと老人たちは言う。大矢野宮津から四郎の本陣がこの屋敷に移って来たのである。天草上島の浦々からも、召集を受けた軍勢が集まって来た。さしもの広い庄屋屋敷が人に埋まって、ばばさまは、もう一度逢いたい逢いたいと言っていた孫のような四郎と、ゆっくり話すどころではなかった。

丘陵がいくつも波打っている上津浦の小天地は、人びとのかもし出す狂熱が草や木にも乗り移り、木々は梢をうち震わせてものを言っているかに見えた。

ばばさまは常吉が来ると、その肩につかまって、四郎のいる座敷に押しかけた。

「おっ母さま、いま談合の最中でござり申す」

七兵衛が止めても、まるで聞えぬといった様子である。老女の構えを見て、居並ぶ者たちは座を明けた。そして、この屋敷のほんとうの主《ぬし》はこの老女であり、彼女が伝兵衛の姉で、四郎の姻戚にあたることにも思い当たるのであった。

ばばさまは四郎の耳に口を当てた。いそいそとしたような大きな声であった。

「いよいよ賑おうて来るばえ。今生《こんじょう》限りの宴《うたげ》じゃぞ」

座はどっとゆらいだ。自分たちが日常を超えた生死の境に踏み入っていることをばばさまは言い当てたのである。

「あのな、アニマの舟のな、沖の方からと来よるとぞ」

人びとはしんとなって、老女の声音に聴き入った。上津浦の磯に続々と繋がれつつある舟は、じつは冥界を目ざす戦さ舟であると、改めて思い知るのであった。

「常吉」

ふだんと変った老女の口調に、常吉はおどろいて顔をあげた。

「みんなしてアニマの国に往く時は、わたしゃ四郎さまとおなじ舟に乗るばえ。常吉、舟を漕いでくれよ。アニマの舟にも漕ぎ手の要ろうゆえ、なあ」

静まり返った座敷に、常吉を杖にして出てゆく老女の衣ずれの音が残った。

耳は遠くなっているけれども、ばばさまの躰には、人が塊《かたま》ってあちこちする気配が地響きのように伝わっていた。家人たちは何かと慌ただしく、ともするとほうって置かれ勝ちだが、何が起こっているのか彼女はちゃんと覚っていた。

四郎の家族が捕らえられたことも知っていた。戦さになるからには、人質を取ったり取られたりするのは当たり前かも知れぬ。じゃが、選りに選って、わたしの大切な者たちが奪われるとは……。四郎の祖母とはおなじ大矢野の中村に育ち、姉妹のように親しかった。話を聞いた当座は泣き沈んでいたが、しばらくするとすっくと首を起こし、二度と愚痴めいたことを言わなかった。

構われずにひとりで居るのは、来し方行く末を省みるのに都合がよかった。死んでゆく者がパライゾに生れ直すというのは、どういうことだろう。この度は、いずれみんなで死ぬことになろうが、その時はまた一緒にあの世から生れ直すのだろうか。四郎のばばどのたちは、わたしたちよりも一歩先に、マリア様から手をとられたに違いないのだが……。輪廻転生ならばそれぞれ別々にこの世に生れ変るというけれども、パライゾへ往生するとなると、いったいどんな世を目にするのだろう。思い出す限りでは、自分の一生にさしたる不足はなかった。その一生に決着をつける時が来たようである。

このあいだ、常吉に尋ねられた。

「親がインヘルノに落ちるような人間でも、子どもはパライゾに往けるもんでござしょうか」

彼女はたちまちつまった。

この男の両親の貧しい生涯は知っている。死んだ嫁と赤子のことも聞いている。何かと噂の多い夫婦で、赤子は乳が足りずに死んだと言っているが、実は、鼻と口に蓋をして殺したのではないかと囁き交わす者もいた。

嫁は多情で、男の噂が絶えなかった。その嫁もある日突然に死んだ。

四郎が来た時の贖罪行列の際、ひったくるようにしてクルスを担ぎ、よろよろしながら先頭を歩く常吉の姿を見て、陰口を叩く者もいた。

「きっとなあ、罪ほろぼしのつもりばえ」

「クルス担いだくらいで、償いのつくものじゃろうか」

「あれと一緒に、パライゾに往くのは気のふさぐぞ」

心ない者たちがそんなことをいうのもばばさまは聞き分けていた。


おれはこのばばさまから何を聞きたいのか、特に返事をもらいたい訳でもない。火の気もない一人住まいのあばら屋に戻るのがこの頃わびしくて、このばばさまに、相手をしてもらいたいだけかもしれぬと常吉は思う。

「あっちこっち、七兵衛さまのご用で走り回っているうち耳に入ることのござして……。思い切ったことをば、するものでござりやす」

「どこの誰が、何をしたというのかえ」

改めて尋ねられると、何からどう説明したものか、見聞したことが多すぎる。

「栖本の方でもぽっぽ、ぽっぽ、なっておりやして」

「戦さの支度がかえ」

「はい、もう火のつかんばかりで」

「郡代どのは敵にならいたそうじゃな」

「それじゃもんで、なおさら、ぽっぽとなって」

「ふーん、さもあろう。そして、誰が何をしたとかえ」

「牛松ちゅう人が、病気持ちの子をば、君が淵に沈めやしたげな。それで皆、気が立って」

ばばさまはふっと黙りこみ、しばらくして促すように常吉を見た。

「それがその、言わんでもよかことを、言うた者がおって」

「何ち言うたと」

「はい。お前方は病者ごろ抱えとるゆえ、とても今度の一揆にゃ加担《かた》れまい。人数から外そうかと言うたそうで。そしたらその牛松が次の朝、皆が旗やら槍やらこしらえておる所に青か顔して来やしたげな。

おる家《げ》の息子は病者ごろじゃが、立派に戦さのはなむけ、つとめたぞ。よんべ、君が淵で、父っつぁま、パライゾはどっちかえちゅうてな、ひと足先に天上にゆきやしたぞ。わしが役に立つか立たんか、文句はありますめえ。

そう言うて、両手は天にさしあげて翔んでまわりましたげな。

そして出来上ったクルスの旗かっさろうて、わしゃぁ、クルスの旗持ちするぞ。病者ごろがいうたぞ。父っつぁまパライゾはどこかえ。おらぁいうた。よかか、ひと飛びでパライゾじゃ。間ものぅ、父っつぁまが迎えにゆくで、淋しゅうなか淋しゅうなか。クルスの旗持ってすぐゆくぞ。

そういうて地べたを転げ廻って、虎吉、おる家《げ》の虎吉！　今からゆくぞう、ちゅうておめきましたげな。息子殺しの牛松ちゅうのはパライゾゆきでござしょうか、インヘルノゆきでござしょうか、ご隠居さま」

たいそう考えぶかい顔になって、ばばさまは聞いていた。

「そりゃなあ、この世で一番むごい目に逢うて、何の望みもなか者をば、真先に引き取ってやれるのがパライゾじゃろわなあ」

ばばさまはふっと口調を変えた。

「わたしのごつ、不足もなしに一生を送ったものは、並の後生で十分じゃ」

「並の後生でやすか」

「並じゃあ、いかんかえ」

ご隠居さまはおかしそうに常吉を見やった。

「あんまり、パライゾ、パライゾと願うのも、欲ではなかろうか。わたしは気がひけるばえ」

帰りの道すがら、常吉は思った。

あのばばさまは、おれの事をいろいろと知っておらすようじゃ。人に知られたくない女房の一件も知っておられるに違いない。常吉はばばさまがたとえあの現場を見たにしても、見ぬふりをしてくれるような気がした。

科除《とが》きの規則の中に、人の女房を盗むべからずというのがあるが、おらぁ盗んではおらん、盗まれた方じゃ。あの時、二人とも打ち殺そうと思うて、まず女房をば磯にそびいて行って、潮に漬けた。踏んづけた。あいつはおとなしかばかりじゃやった。それが、潮からあげて腹を蹴ったら、もの言うた。

「マリア様、マリア様」

ち、言いよった。

——なにい、マリア様じゃとお。

おらぁそう言うた。何がマリア様か。この女郎《めろう》が。悪かったとも堪忍してくれとも言わずにおって、マリア様にゃあ、参ったぞ。マリア様ちゅうお方は、男を知らずにキリシト様を生まれたげな。自分の子じゃなかと承知で、婿の大工殿が大事に育てたちゅうが、おらぁ、そうはいかんぞ。肥立ちが悪うして死んだ子はおれの子ではなかったかも知れん。

死ぬじゃろうか、と考えたら怖ろしゅうなって、半死半生になった女房を担いで帰った。七日ばかり生きとった。おらぁ七転八倒じゃった。息をひき取る前、「堪忍して下っせ」とひと言いうた。

おらぁそれを聞いて、気の萎えてしもうた。男を殺すつもりも女房が生きておればこそじゃった。自分が何のために生れて来たか、今でも解らん。おらぁ、この魂ば鎮めてもらいたか。おらぁ、死んだあとの後生はいらん。たった今、決着なり、裁きなりつけてもらいたか。

あの重か生木のクルスを担いだ時も、思うておった。キリシト様、裁きをつけて下され。四郎様や七兵衛さまは、おのれを罪人と言われたが、何のあの人たちが罪人じゃろうか。おれのごとく面《つら》見苦しか男のどこにおるか。さあたった今、八つ裂きにでも火焙りにでもしてくれろ。

そういうおれの思いをよそに、重かクルスを担ぎ通したというのが評判になって、ゆく先々で、見直したぞとか、よか供養になったと言われる。違うぞ、そういうことじゃなかぞ、とおらぁ叫びたい。

人間はみな、自分の中に一匹、蝮《まむし》を飼っているようなもんだと常吉は思う。何となく歯が合わぬというくらいのことで、すれちがいざま、蝮は首をもたげて噛みつく。噛まれた方には毒念が残り、今度は誰かに噛みついてそれを移すにしても、疼きは癒されることがない。

あの時クルスを担いだのは、おれの中にいる蝮ではないか。蝮にデウス様のお救いがあるだろうか。マリア様なら情けをかけて下さるだろうか。科除《とが》きのオラショを百万遍唱えたところで、そいつの鎌首をちょん切らないかぎり、おれは救われないのではないか。

クルスを担いだおかげで、おれのようなろくでなしでも、デウス様の軍勢に加えてもらえる。おらぁ、いっそ蛇使いになって、一人一人の中にかがんでおる、あの蝮どもに鬨の声をあげさせ、敵の大軍目がけて、しゅっしゅ、しゅっしゅと飛び出させたい。

自分の罪科をマリア様の前に白状して、お扶けを願え、後生を願えというてもなあ、心の中に蝮が座っとるわけじゃけん、あいつをこさぎ出さんことにはどうにもならん。

あの空の灼けようはただごととは思えん。そのあとは雨にまで責められて、麦の穂は実が腐れてイガイガばかり、じわじわ罰のくだりよるように思えてならぬ。みんな、ズイソ（最後の審判）の来るとじゃなかろうかと騒ぎよるが、いっそズイソの早う来て、天のめらめら灼き焦がれて、落ちて来るのを見て死のうごたる。

何の縁じゃろうか、この世も終りの時になって、庄屋屋敷のご隠居さまに目えかけてもろうて、たまげたことに花までもらうとはな。薄の花や萩の花は野原にもあるものを、わざわざ庭に下りて、何本か切り揃え、

「ほれ常吉、仏様に花はあるかえ。一本でも二本でも、花は心じゃからのぅ」

とさし出されると、その草花なら戻る道々、取りきれんようにござりやすとは、言えん気持になるのが不思議じゃ。

けして、仏心が湧くちゅうのではなか。そうか、花は心かと初めて知って、もろうて帰る。誰も待ってはおらん小屋に戻って、その花上げようと思うても、挿す壺もなかゆえ、五合徳利に挿して座ってみると、どっと海風の吹きこんで来て、その淋しさがなあ、おとろしかばかりじゃ。

　おれは折角の萩の枝を、えいっとばかりほうり投げたが草の花ちゅうは軽うして、投げ甲斐もなか。

すまんじゃったと初めて口に出た。

　人間はやっぱり一人ちゅうはいかん。ああいう女でも居ってくれた方がよかった。おれが悋気を出しさえせんば、飯もちゃんと炊くし、寝床もぬくめてくれて、囲炉裏に火もあった。一人になって囲炉裏の恋しかのなんのと、若年寄りのような言い草じゃ。人に聞かせられたことじゃあなか。

　わたしは充分に生きた。お迎えが来るのを待つまでもなく、もうこちらから往ってもよかろうと、ばばさまは思い定めていた。そのための片づけものもほぼ終った。

　ここ上津浦に集まった途方もない軍勢、と言っても百姓漁師、それも女衆までまじる軍勢だが、その衆たちに接したのは何よりの見物《みもの》であった。顔見知りも大勢いて、ご隠居さま、この度はお世話になりやすと頭を下げる。皆々、憑きものがしたような目つきになっておる。いよいよ、富岡のお城に攻めこんでゆく段取りが出来たようである。無事にすむはずはあるまい。唐津の殿さまも、江戸の天下さまも、踏み潰しの軍勢をさし向けられることだろう。

事ここに至る長い経過を、この老女はよくよく承知していた。ほとんどの事は、庄屋である彼女の家で話し合われ、定まって来たのだった。天下さまの軍勢と一戦に及ぶことになろうなど、栖本の利明寺で、坊さま方ともどもも受洗した娘の頃、思ったこともなかった。殿さま御夫妻をはじめ、みなみな晴着を着て、フロイス伴天連さまの導きで南蛮経のオラショを唱えたのは、祭りにでも招かれたように晴れがましい日々であった。いろどり深かったこの間の歳月を、ここらの山や野が覚えておいてくれるじゃろうか。

こともあろうに天下さまに憎まれて、大名方を向うにまわし、一戦を交えることになろうとは。いま少し若ければ、女ごながらわたしも刀を取って、皆と一緒にたたこうてみたかった。しかしこの歳では、足手まといにならぬようにするのが謀叛の戦さへのはなむけじゃ。

常吉を見て想うが、あれはひょっとして、ズイソが近づくのを待っておるのではなかろうか。早う空が灼け落ちてくれと、待っておるのではなかろうか。この世の終りが早う来ればよかと。どうもそういう顔つきをしとる。人によってはまるであぶれ者のように、常吉のことを言うが、あれには覚悟があると見えて言い訳ひとつせぬ。とかく自分の魂の見えん者の方がこの世には多い。そういう者が自分に一番高い値段をつけて恥じない。あれは行列の時、先に立ってクルスを担いだけれども、けして人に見せようがためではなかったろう。そうせずには居れぬわけあってのことで、人前で殊勝に祈って見せたりする男では、もともとない。恥というものを誰より知っておるゆえ、わたしとは気が合うた。いっそあの男に、わたしの冥途ゆきを手伝うてもらおうか。

いやいやとばばさまは考え直した。富岡の城に押しかける段になったからには、人数は一人でも多い方がよかろう。わたしの死ぬのに手を貸したなら、あれはこの世の終る時の景色を見そこなうじゃろう。わたしとて、ほんとはそれを見たいのじゃが。

ばばさまは、住みなれた大きな構えの家を見廻した。何刻になっていたろうか。しんしんと冷たい夜気が忍び寄っていた。ほかの村々から来た人数も、さっきまで小屋掛けをして働いていたが、もう寝静まったようである。

明日になれば、口之津からも援軍が来ることになっている。四郎が兄とも慕うているあの若者も来ることだろう。御大将に立てられたというても、まだ十六じゃ。どんな寝顔をしていることか。どういう夢を見ておることか。ばばさまは微笑みを浮かべて、すーっと立ち上った。

あくる日の昼前、口之津勢を先頭に島原の援軍が上津浦に上陸した。古城跡の高台や南蛮寺の跡の野原に、おびただしい義軍が勢揃いしていた。

右近らが口之津の旗を立てて庄屋屋敷目ざして行くのを、人びとは喜びの声をあげて迎えた。だが、彼らの表情にしんとしたものが浮かんでいるのに右近は気づいた。七兵衛の屋敷には慌ただしく人が出入りしていた。どうやら葬式の用意がなされているように思えた。

欠かすことのない朝のお勤めに姿が見えないので、不審に思って隠居部屋をのぞくと、ばばさまは自害していた。遺書が経机の上に載せられていた。

「こたびのおん戦さの儀、めでたく存じ候。わたくし儀もおのおの方同様、心勇み居り候が、膝少しかなわずなりしゆえ、身軽きアニマとなりて、皆々さまのさきがけ仕らんと存じ候。構えて葬いなどに時を過ごすべからず。亡骸は野辺に打ち捨て、早々打ち立ち給えかし。急ぎしたたむるものにて候。

自害は宗門の禁制にて、インヘルノに落つる儀は、万々承知仕り候えども、この世にて果報この上なき身にてありしかば、パライゾまでは望まず候。御主ならびにマリア観音さま、えにし深き皆々さまに御礼申し奉る」

軍勢出立のはなむけに、庄屋の御隠居さまが自害なされたということは、たちまち一揆勢の隅々まで伝わった。

「おっ母さま、カラスなどに喰わせは致しませぬ」

七兵衛夫妻は泣きながら、皆が掘ってくれた墓穴にばばさまの亡骸を葬った。オラショの声が起こった。常吉は目立たぬ片隅で祈っていた。悲哀とともに、かつて覚えたことのない浄福が身のうちに湧き上っていた。はじめて人の情を知った浄福であった。

進軍のさきがけをつとめたアニマは、牛松の息子やばばさまだけではなかった。村によっては、足手まといになる幼子を涙とともに水に沈め、一揆勢に合流した者たちもいた。もはや日頃の暮らしに戻る道はなく、一揆勢はそういう死者たちのことをよくよく胸に収めて出で立ったのだった。

土埃をあげながら乾いた草道をゆく足音が、渚に続いた。目ざすは富岡である。その富岡の先には、遥かに天に連なる雲の浮橋がかかっていた。

いよいよ富岡進撃が開始されたのは、霜月十三日の朝であった。大矢野勢が四郎を奉じて先陣をつとめ、あとに天草下島の各村々が続く。進軍の途中に合流してくる村々もあって、人数は見る見るうちにふくれ上った。

島原勢のうち口之津勢は四郎に従ったが、有馬、北有馬などの人数は上津浦本陣に残った。島原城にたて籠る松倉勢は、深江、三会などの衆がきびしく取り囲んでいるので心配ないが、細川藩の動きが気がかりである。細川が宇土半島から兵を出せば、大矢野島、天草上島はたちまち危機に陥る。その備えとして上津浦本陣に島原勢の大部分を残し、庄屋梅尾七兵衛を留め置いたのである。

一揆勢はまず、天草下島の本戸を目ざした。上島と下島はこの本戸のあたりで接しており、そこには郡代所がある。そこの郡代は、お救い米の嘆願の際などに度々顔を合わせ、息づかいまでよく覚えている。その首をあげて、海伝いに鬼池を経て二江《ふたえ》に向う。二江には強力な切支丹組がいて、そこから志岐までゆけば富岡城は目の先である。

一揆勢は海路と陸路のふた手に分れたが、陸路を進む方は島子で唐津藩の軍勢と出会った。あっけない一戦であった。一揆勢は藩兵たちの人数の少なさと戦意のなさにがっかりさせられた。

藩兵たちが逃げ去った海辺には、まっさらの布地で作った一揆勢の白旗がなびいていた。藩兵たちはそのおびただしい白旗を見ただけで気が萎えたらしかった。

唐津藩は軍船で千五百の援兵を富岡へ送りこみ、霜月十日には城に入っていた。富岡城番代三宅藤兵衛は島子の敗戦を知るや、新手の援軍をも加えて本戸で一揆軍を迎撃した。だが、およそ一万人ほどにふくれ上り、鉄砲衆も揃えた一揆軍には抗すべくもなかった。藤兵衛は討死《うちじに》し、残兵は富岡へ逃げ帰った。本戸はもともと天草切支丹の本拠のひとつである。富岡勢はもと切支丹の百姓たちに裏切られるなどつゆ思っていなかったが、機を見た彼らはなだれを打って一揆勢に加わり、家々に放火して、富岡勢を混乱に導いたのである。

唐津から富岡へ派遣された並河太左衛門は、臆病風に吹かれた城内の空気を立て直すべく、日夜奮闘せねばならなかった。攻め寄せる敵が見通せるように城外の藪を焼き払わせ、くじできめた持ち場に鉄砲組を配置し、武器、兵粮を運び入れ、桶という桶に水を汲み入れさせた。

侍たちの妻子を櫓《やぐら》に籠らせ、これでよいかと一息ついている朝まだき、城下で騒ぎ立てる声がする。すわ一揆勢と城中息をのむうちに、城を目がけて駆け登る足音が聞えた。太左衛門が塀の上からのぞくと、それは栖本へ派遣していた藩兵たちだった。引き入れて様子を聞くと、栖本の百姓も一斉に蜂起して手のつけられぬ有様だという。この際、籠城の兵が一人でも増えるのは心強いことである。だが、各地から唐津兵が富岡城へ逃げこまねばならぬほど、天草全土で火の手が上っているのかと思えば、城兵たちの心はおのずと暗くなった。太左衛門はこれではならじと、軍船を残らず唐津へ送り返し、自ら退路を断って守りを固めた。

口之津の蓮田家から、おかよが内野の奥の実家に戻ってから、表面ばかりでも穏やかな日が幾日あったろうか。戦さの知らせが今日来るか明日来るかと、家中の誰もが案じているが、ことさらに口に出す者はいない。おかよと祖母のおふじが、干し柿の手入れをしていたところへ、二江の浦の若者が走りこんで来た。

「佐助やんは居られやすか」

「今、薪採りに行っとるが、急な用でもござすか」

二人は細縄に結びつけた柿を握ったまま腰を浮かした。

「はい、口之津がえらいことになっておりやして」

おかよが真青になって、手の中の干し柿をとり落した。

「蓮田さまの屋敷が本陣になって、いよいよ戦さでござりやす」

「それは誰が知らせて来たものか」

「二江の舟が口之津に寄りました際、弥三さまからのことづてでござりやした。蓮田の皆さまはご無事ちゅうことで」

「ああ、胆の冷えた」

おふじは腰をおろして、若者を見上げた。

「えらい事ちゅうは、何事でござすかえ」

「口之津のお米蔵をば、一揆の衆がおっ取りやしたげな」

「そりゃまた……えらい事しでかした」

おふじはしばらく絶句した。

「代官衆が黙ってはおられぬばえ」

「その代官どのの首、はやばや討ち取っておいて、米蔵へ向うたそうで」

ひぇーっと言ったまま座りこんで、老女はうしろ手をつき、肩で息をついた。

「蓮田の家が一揆の本陣でござすとな……。さあ、えらい事になったぞ。代官殿の首を取ったじゃと……」

おふじは誰に言うとなく口の中で繰り返していたが、ふと我に返って若者に向き直った。

「わかり申した。わざわざお使いご苦労でござりやす。甚だすまぬことながら、ご苦労ついでに、山木場までもうひと走りして下さらぬか」

おふじは当主清兵衛と息子夫婦が行っている山木場を若者に教えた。

「おなごの足ではなあ」

おふじはそう言って、蒼白になっているおかよを顧みた。

若者を送り出すと、おふじはおかよに言い含めた。

「おまえ、めそめそしておってはならんぞ。こういう時が来るからこそ、お前は帰されたのじゃ。わかっておろう。蓮田の家が本陣ということは、仁助どの、大助どのは、代官退治と米蔵乗っ取りの張本人ということぞ。一生の正念場じゃ。お前も覚悟をしやれ。わたしも覚悟を決めた」

山木場からくだって来た清兵衛と佐助は、もの言わずに夕食をとり、寄り合いに出かけて行った。

おふじは嫁とおかよに言い聞かせた。

「わたしがお前たちくらいの歳に、この辺りを戦さが通ったことがある。殿さま同士の戦さでな。村の者はただもう、逃げ隠れしておればよかったが、今度はそうはゆくまい。どうしたものか、腹をきめずばなるまいぞ」

いつもはもの静かな山里に慌ただしい気配がかもし出されていた。人びとは仕事をほうり出して清兵衛の家に集まってきた。村役を勤めているので、こういう時は人が集まる。島原、口之津の騒ぎや天草各地の動きは、それぞれに伝わっていた。

「二江の浦じゃあ、口之津の騒ぎを見て来た者たちがおって、若者たちが、さあ舟仕立てて加勢にゆくぞというのを止めるのに、おおごとしたちゅう話でやした」

「さもあろう。二江の衆は打ち揃うて切支丹じゃから」

「口之津どころか、わが島に火がついとるばえ。二江の衆は足腰も達者で、舟漕ぎにかけちゃあ西国一ちゅうが、気も早かでのう」

「二江よりも、わしらの村はどうするか。わが村は、切支丹のほうが少なかぞ」

「今さら、切支丹も阿弥陀様もあるものか。お救い米の嘆願には、いっしょに富岡まで押しかけた仲じゃろうが」

「そりゃな、話がお救い米じゃったからぞな。しかし今度は、旗印がはっきりしとるぞ。あの衆は切支丹に立ち返って、クルスの白旗を立てとるのじゃ。加勢するちゅうなら、切支丹の軍勢じゃと、はっきり承知してゆかにゃならん」

「うむ、そう言えばうちの村でも、転び切支丹の衆がこのごろ集まって、クルスば拝みよるぞ」

「この分じゃあ、いずれ天草も戦さになろうぞ。切支丹衆に味方したものかどうか、味方せぬとあらば、よそ村の切支丹衆から、焼き討ちさるるかも知れん」

いつ帰ったのか、清兵衛が入口に立ち、黙ってみんなの話を聞いていた。皆が気づくと、彼は囲炉裏の主の席にすわった。

「敵か味方かと言うてもな、この先の成り行きをよう見てからのことぞ。今大切なるは、村の中にて、お互い敵味方を作らんことじゃ。一向宗も切支丹も、これまで仲良う助け合うて来たのじゃから。この度の一揆は何から起こったか、おなじ百姓として、わしは充分、合点のゆく気がする。ただ宗旨がなあ」

清兵衛がそう言うと、呼吸を合わせるようにまわりが溜息をついた。この際、隠し立てなしに何もかも言ってしまおうかと清兵衛は思い、おふじのうしろでうつむいているおかよをちらと見た。

「これの嫁入り先も、今度のことにゃあ、巻きこまれておりやすが……」

「ご心配でござりやす」

年寄った女が二、三人で言った。息子に鉄砲を持ってゆかせたことなど、むろん誰も知らない。

「これはわし一人の考えじゃが、お互いに顔みれば、親の代は歴としたアメンの宗門でやした。一揆の衆は立ち返りの旗を立てておるちゅう話じゃが、思い切ったことをやらかしたもんぞ」

誰も声を出さなかった。

「わしは考えあって、今更立ち返ろうとは思わんが、この村で立ち返る者のあれば、咎むる気はさらさらなか。宗門はどうあろうと、これまでなあ、どの家とも、へだてなしに助け合うて来た。米の嘆願に本戸や富岡へ往く道々でも、乏しか食い物をば、お互い分け合うて往きやした。宗旨の違いは、おなじ村で仲良う暮らす上に妨げにはならんとわしは思うが、それも何事もなか時の話で、こうみんなの気が立って来ては、むずかしいことになりやした」

しきりに瞬きしたり、吐息をついたりしている村人たちの気持は分らない。おふじは、かねて口数の少ない清兵衛にしては、気張ってものを言うことよ、清兵衛なりに正念場と思ってのことだろうと、注意深く聞いていていた。

「切支丹の宗旨は、隣の人間に、我が身を思うごとくに優しゅうせいということで、感心な教えではあるが、御禁制を犯してまで殉教せよというのが、わしにはどうにも胸に来ん。はりつけ柱にかかったお人を御主というて拝むとじゃけん、考えてみればただごとじゃなか。昔から、切羽詰まったことを考える人が、おらいたものと見ゆる。この度の騒ぎは、天草を切支丹の国に仕立てようというわけじゃ。それが出来ぬとあらば、みなして殉教してパライゾへ往こうというのが、あの衆の覚悟じゃろう。さてしかし、われわれはどうしたものか。お互い餓えを忍んで生き永らえて来た仲じゃが、今度ばかりはのう」

村人たちは顔を見合わせた。

「二江の衆はひと際、宗旨に熱心じゃ。そのうち内野にも加勢を求めて来るじゃろう。むげに断れば、さっきの話のように焼き討ちさるるかも知れん。上手に返事せずばなるまいが、折角これまで、この山里を大切にして生きのびて来たわれわれじゃ。村の人種《ひとだね》が絶えんようにするのが肝心とわしは思うとる」

清兵衛の面にはかたい決意が表れていた。

佐助はその夜おそく戻って来た。朝、顔を合わせた清兵衛は、こりゃもう行く気じゃなと思った。昨夜は若者たち何人かで、二江へ出かけていた。そこで何が話し合われたか、たいてい察しがつく。

下島の中でも、燃え立つのがひと際早い土地柄の、それもたぶん若い衆たちの集まりで、ものを言うたような言わぬような態度はとれたものではなかろう。それにおかよの婚家にわざわざ鉄砲を持たせてやったのも、一揆の方へ押しやったようなものだ。清兵衛は複雑な思いで息子の様子を見ていた。米の嘆願のときも並はずれて元気を出していたと、遠縁の者が教えてくれた。

「若か組は二江衆に加担《かた》るつもりかえ」

「はい。切支丹になったわけじゃござりやせんが、こたびは男として、加勢に参りやす」

いつになく抑えた声だった。おふじが長い息をすすりあげるように吐き出した。

「やっぱり加担るとかえ」

「はい。よくよく考えやしたが、わしは口之津の大助どのとは、兄弟のちぎりを交わしておりやす。兄者が命がけで戦さするのを、知らぬ顔しておるわけには参りやせぬ」

蓮田家は蓮田家、わが家はわが家、しかもお前はここの跡取りぞ、と清兵衛は言いたかったが、そこで別な思慮が働いた。二江衆への義理立てに、どうせ村からある程度人数を出さねばすまぬかも知れない。それに、二江衆に加わるにしても、最後まで運命をともにせねばならぬことはないのである。

「そうか。行かにゃすまんか。行くなら行くで、精一杯働いて来にゃあならんが、くれぐれも生きて戻るように心掛けにゃならんぞ」

「お前さま、死なんようにして、戻って下され。なあ、この子が可愛かならば」

佐助の嫁が咽喉をしぼるような声を出した。佐助はわが子を抱きあげながら言った。

「うろたえた声を出すまいぞ。何も今、この場で生き別れというじゃなし。加勢に行っても、死ぬとは限らん」

清兵衛は佐助の表情に、口とは裏腹な思い詰めたものを感じとってはっとした。佐助は妻と妹をしんとした眼差しで見くらべた。

「大助どのと落ち合うてな、勝ち戦さして戻ってくるゆえ、いっときの辛抱じゃ。二人とも赤子抱えておって大変じゃが、ばばさまと父さまをば頼むぞな」

そこで佐助はおお、と声をあげた。むずかり出したあやめをあやしながら、すずが心配そうに、大人たちの話に耳を傾けているのに気づいたのである。

「すず、ほんのしばらく留守をするゆえ、赤子ば頼んだぞ。ばばさまのことも な」

すずは強い意志を秘めた眸の色を見せてうなずいた。

「あのな。今から出かけるわけじゃなかとぞ、なあ」

佐助は笑い声をあげてみせたが、それに応じる者はなかった。

おびただしい船が二江の浦に集結していた。天草諸島は言うに及ばず、島原から漕ぎ寄せた一揆勢の船数である。

「見たことも聞いたこともなか景色じゃ」

近隣の村々からも、人が出て来て海辺の道で身を乗り出していた。

佐助は自分の来ていることを、何としても大助に知らせたかった。妹の嫁入りの仲人をしてくれた弥三の関船が、ひときわ目立つ大旗を掲げている。大助はその船に乗っているかも知れないと思うのだが、志岐を目ざして一斉に漕ぎ出した船団の中で、佐助を乗せた二江の船は、弥三の船と遠く離れてしまっていた。

志岐から富岡城は指呼の間にある。一揆勢は志岐の磯辺に上陸して陣を整えた。

佐助は陸にあがると、その足で口之津組の陣に駆けつけた。クルスの旗にはそれぞれ村の名が書かれているので、すぐにその場所はわかった。

名を呼びながら走りこんで行く。大助は俄には信じ難いという表情で立ち上った。まさか佐助がここに現れるとは思ってもいなかったのだろう。二人はがっきと抱き合った。

死ぬる時は一緒じゃ、佐助は胸の中で叫んだ。一向宗も切支丹もあるものか、兄弟の契りをした仲じゃ。涙が噴き出て来た。佐助を駆り立てていたのは、しかし兄弟の契りというだけではなかった。あの夜、庭で鳴いていた虫の声に、佐助は遠い先祖たちの声を聞いた。生き替り死に替りして受け継がれて来た人びとの深いかなしみが、そのとき彼の身のうちに宿った。大助と自分を結びつけたのは、あの夜の虫の声だと佐助は思う。

大助はすぐに佐助を、四郎のいる本陣へ案内してくれた。大助が佐助を引き合わせると、白綾の小袖に紫がかった金襴の陣羽織をまとった四郎は、夢みるような目つきでうなずいた。佐助はあとあとまで、吸いこむようなその視線を忘れることがなかった。

全身ばねのようになって、この若者は二江組の陣に駆け戻った。折から起こった鬨の声に合わせ、胸の底からサンチャゴと叫んだ。それがたいそう変った鬨の声であることなど念頭になかった。真新しい木綿の白衣を佐助も着ていた。出陣の覚悟を家の者に告げた時、装束はどうするのかえ、と祖母に聞かれた。装束も旗とおなじく白じゃと答えると、彼女は溜息をつき、女たちに命じて大急ぎでそれを縫わせた。

「女の嫁入りも白の綿帽子じゃ。戦さの白装束も晴れ衣裳じゃろう。心して縫おうぞ。下着も全部、ふた揃い縫いあげよ」

村境までふだんの古着で来て、二江の村に着いてからその上に白装束を重ねて着た。鉄砲を背負い、若者は戦場の人となった。

戦さは爆《はじ》けるように始まった。

「目ざすは富岡の城のみぞ。本戸の瀬戸を押し渡った勢いでかかるべし」

二江の浦を出て海岸沿いに志岐までくだると、右手に突出して長くのびた砂州がある。その先端に瘤のような小山がくっついていて、城はその小山に築かれている。

一揆方が思っていたより富岡の城は堅固であった。一見、大人数で押し寄せたら、ひと揉みで攻め取れそうに見えたが、いざ取りついてみると、いかにも攻めにくい。山の上に築かれた要塞に迫るには、細い山道を進まねばならず、城内の鉄砲でねらい撃ちされながら限られた人数しか、石垣に取りつくことが出来ない。

城の麓の侍屋敷や番小屋を焼き払ったが、すでに空屋で何の抵抗もなかった。

砂煙を立てて進む人数の中に、佐助も交じっていた。山坂を登ったり降ったりはお手のものと思っているらしい連中が、勢いこんで椿や磯榊《いそさかき》の根に取りついて、道のないところをがむしゃらによじ登ろうとするが、城壁の上から石を投げつけられて片端からずり落ちる。

「薪取りのようなわけにはいかんな」

と佐助は呟いた。

一方、城門に通じる細い坂道を攻め登る一揆勢は、あまりの人数が一度に押し寄せたために、押すな押すなの大混乱になり、そこへ鉄砲を撃ち掛けられて倒れる者が続出した。死んだのかまだ生きているのか、みるみる朱に染まってゆくのを四、五人で抱えて、のけ、のけーっと怒鳴りながら後方に運んでゆく。それでも一揆方は怯《ひる》む様子もなく、次々と新手を繰り出したが、どうにも攻め口を見出すことが出来ず、ようやく焦りが出て来た。

「味方は二百ぐらい、やられたちゅうぞ」

ささやきが、陣営を走った。

いくらおびただしい人数でくり出しても、これでは無駄死である。広い合戦場で槍を合わせる場面を想像していたのだが、戦さというものは、いつ、どこでどういうぐあいに展開されるのかわかったものではなかった。今うつつにその中にいるのだと思いながら、佐助は自分でも意味のわからぬ声をほとばしらせていた。このままでは、まるで敵の銃口に吸い寄せられにゆくようなものではないか、味方の鉄砲はやたらと城壁に当たってはねかえされている。

一揆勢の怒号とあえぎ声に包まれながら、城はひっそり息をこらしているように見えた。

陽が落ちかかった。初日としては城方を大いにおびやかしたのだ。今日のところは引き揚げてよかろうかと思っているところへ軍師たちの判断が伝えられた。全軍、上陸地点の陣営まで引き、明日に備えることになった。敵の銃口の前に、あまりにも無防備な姿をさらしに行っただけではないかと、あちこちで悔む声が聞かれた。

第九章　夕光《ゆうかげ》の桜

一揆方が本戸合戦の勝ちに乗じて、遮二無二富岡城に押し寄せたのに対して、城方は平地の合戦では利がないことを骨身にしみて感じとり、城門を固く閉ざして、一兵も失わぬ手立てを立てていた。一揆勢が場所によってはまっ逆さまに海に落ちるような危険を冒して、命がけで急坂をよじ登っても、城兵は鉄砲や矢を射かけるだけで、城壁外には現れない。地団駄踏んで、拳を振りあげ、

「こらあ、出て来《け》え、臆病者どもがあ」

と怒号を浴びせても、城内はしんとしたままである。一日が暮れると、命がけで無駄働きをしたような徒労感が一揆勢に残った。

佐助は二江衆の陣営で火を囲みながら、一日の情景を反芻していた。二江の衆が背中にくくりつけて来た干し魚が焼かれ、煎り豆が配られた。佐助は祖母が持たせてくれた干し柿を仲間に配りながら

吐息をついた。

「戦さちゅうのも、大事《おおごと》じゃのう。食うことも、ちゃんとついて回るわい」

「そりゃそうじゃ。そもそも、食うことから始まった戦さじゃしのう」

顔を見合わせて笑ったが、頬がひくひくしているのが互いにわかった。膝は押さえていないと、がくがく躍ろうとする。

負傷者につきそっていた者が、火のそばに戻って来た。

「マリア様、早う引きとって下っせ、と言いよる。まだ息はあるが」

夜気が背中にぞくぞくした。みんな黙りこみ、薪を足すごとに熾《おき》がたまってゆくと、あちこちで頭をぐらりと垂れて居眠りをした。城方の夜襲に備えて不寝番は立ててある。安心して横になればよいものを、くろぐろと聳《そび》えたつ城砦を遠景にして心が落着かない。睡りこんだ者もときどきはっと頭をもたげ、ここが戦場であるのを思い知るふうであった。

佐助は頭の中も躰もごちごちに凝って、束の間うなじを垂れたがすぐに目がさめた。朱に染まって動けなくなってゆく者たちの姿が目に浮かぶ。

今日の討死は二百余りにのぼったという。手負いの者を入れるとたいそうな損害である。どうして用意も工夫もなしに、堅固な山城へ殺到したのだろうか。四郎さまの周りには、侍の軍師たちが控えているはずである。彼らは何を考えていたのだろうか。

「切支丹には弾は当たらん。当たっても、たちまち生き返る」

眼を輝かせてそう豪語する者もいた。命知らずに躍りこんで行くものだから、不必要に犠牲をふやしたのかも知れぬ。軍師衆はまさかそんなことを信じたわけではあるまいが、島子の合戦以来、クルスの白旗を見て逃げ惑う城方の有様を見て、御主とやらの加護を頼みすぎたのではあるまいか。

まわりで仲間たちが立てる深い寝息が聞こえた。たまらずに一人二人と横になった。闇の奥から、死体や負傷者のそばで泣き崩れている女衆の声がとぎれとぎれに伝わって来る。ときどきその声を掻き消すようにオラショが湧く。佐助は自分が死者の国へと向う軍団の中にいるような気分になるのを否めなかった。

夜が明けると、今日は城攻めはせぬという達しが志岐の本陣から伝わった。鉄砲の弾を防ぐために、竹束で楯を作るというのである。

こんなことも、少なからぬ死傷者を出して初めて思いついた知恵なのか。佐助には釈然とせぬ思いが残ったが、とにかく仲間とともに竹藪から竹を伐り出し、束ねて楯を作る作業に追われた。大助がどうしているか気にかかったが、作業をよそに尋ね歩くわけにもゆかない。佐助はやっとのことで我慢した。

仕事は防楯作りだけではなかった。鉛を溶かして弾を作らねばならぬし、竹柵などをめぐらして、それぞれの陣構えもせねばならぬ。負傷者の手当て、兵粮《ひょうろう》の支給、民家を借りての煮炊きなどもひと仕事である。

そんな一日が終わり二江衆の陣屋で佐助がひと休みしていると、四、五人の男がはしゃぎながら竹柵の中へ入って来た。

「ある所にはあるものぞ」

「今夜は、小豆を入れた麦粥じゃ」

聞けば富岡城下の焼け残った商家に押し入って、麦と小豆を手に入れて来たのだという。

「ぶん奪《ど》って来たとか」

これもはしゃいだような声が尋ねた。

「その家にゃ、誰も居らんでのう。よっぽど慌てて逃げたとじゃろ」

「下駄のなんのも、置いてあったぞ」

そういう男は片手に下駄をぶら提げている。

「戦さの最中に何するか、下駄のなんの」

「土産に持って帰る」

ふだんは考えられもしないことをしでかしてしまうのが、戦さというものなのだと佐助は思った。

明くる二十一日も城攻めはなかった。村ごとの結束を生かしながら部隊が編制し直され、城方への示威もかねて戦陣での進退が教えこまれた。一昨日のように、てんでんばらばらわれ先にと城に取りついてみてもどうなるものではない。そのことはおのおのが身にしみて感じていた。

佐助は家にあったもう一挺の鉄砲を持参していたので、新たに編制された鉄砲組に入れられた。気にかかっていた大助と一緒になれたのはなにより嬉しかった。大助はあの夜佐助が持参した鉄砲を大事そうに抱えていた。

おとといの城攻めの際は、天地がひっくり返ったような騒ぎの中で、むやみにわめいたり山坂をよじ登ったりで、背中の鉄砲は一度も役に立たなかった。父から一応手ほどきは受けたものの、自分の腕前では誤って味方を撃ちかねなかった。

「下げ針金七」と呼ばれる男が師匠になって、鉄砲組の訓練に当たった。この男は、二間ばかり離れたところに吊した木綿糸を撃ち落す技倆の持主とのことだった。

「鉄砲は腰で撃つのじゃ。まず足場をしっかりと固め、十分に足を開いて、腰は落し気味に的をねらう。弾は先では落ちるものゆえ、百歩も先をねらうには、的より少しく上に筒先を定めよ」

佐助は鉄砲をまったく撃ったことがないのではない。畑を荒らす猪に撃ちかけたこともある。しかしそれは脅しのためで、獲物を仕留めようというのではなかった。狙撃ということは初めて習うのである。

「むずかしかものじゃな」

一発撃ち放つごとに跳ねあがる筒先に手を焼いて、大助が隣で呟いた。しかし夕方までには佐助も大助も、何とか的の周りに弾が行くようにはなった。

十一月二十二日早朝、一揆勢は再び城攻めにかかった。竹束の防楯はある程度効果を発揮し、一揆側は城の弱点とされる搦手から激しく攻めかかったが、城方は鉄砲に加えて大砲を撃ち放ち、火矢を射かけて竹束を焼き払おうとするなど防戦につとめ、日の暮れまでには一揆勢は三百に及ぶ戦死者を出した。それに反して、城方には一名の討死もなかった。無敵なはずのデウスの軍勢が、城兵の数十倍の人数を擁しながら、小さな城砦を抜くことが出来ない。その夜の陣営には、動揺と不安の色が抑えようもなく拡がった。

軍師たちとともに陣営を見廻った四郎は、問いかけるように自分に向けられた人びとのまなざしに答えるすべを知らなかった。

今日一日で味方の弾薬はほぼ尽き果てたのに、城方は予想以上の鉄砲を備え、弾薬もまだまだ十分と見える。島原城のときもそうであったが、堅固な石垣を備えた城砦を攻略するには、ただ下から鉄砲を撃ちかけたり、刀槍を振って城門に殺到してみたりするだけではだめなのである。それなりに攻城の用意をせねばならないが、今はそのための資材も時間もない。加えて背後の細川の動きが不気味である。報告によると、細川領の海岸にはすでに数多の軍船が集結しているという。

軍師たちと各村々の隊長の間には、ひとまず上津浦へ引き返し今後の動きを見まもろうという意見が強かった。四郎も撤退に異存はなかった。何よりも憂うべきはデウスの軍勢という信念が失われることであった。百姓漁師ひとりひとりの胸にその信念が燃えていてこそ、戦さを日頃の習いとする大名たちの軍勢と戦うことができる。抜く見こみもない城にこのまま取りついていても、肝心の士気が低下するだけだと四郎は思い、夜の軍議の席で、考え抜いた決断を下した。

四郎は軍略に口を出す気はなかった。そのためには父の甚兵衛以下、何人も軍師役がいる。大将というしっくり来ぬ役目も、自分なりのやりかたでしか果たせぬことを知っていた。彼はただおのれにくだる天啓を信じた。神はすでに彼に囁いていていた。

「ひとまずここより引き申すこと、異存はござらぬ。その先、上津浦に戻って軍勢を立て直すのも、悪しくはあるまじ。しかし身どもは、島原衆を率いて春の城に入ろうと思う。春の城こそは御主がわれらがために用意なされし根城である。天草衆はいったんそれぞれ村に戻り、一家眷族率いて、早々かの城に渡られよ」

四郎の目には、長崎への行き帰りに見た、あの桜の咲き満ちる古城の姿が浮かんでいた。

一座にどよめきが走った。

「はるの城というのはどこじゃ」

「原《はる》の城はむかし、有馬の殿の居られた古城じゃよ。南有馬の岬の上に、今でも石垣がそびえており申す」

島原衆のひとりが眼におそれの色を浮かべて、放心したように言った。

これまで全軍の方略について一度も口を出さなかった四郎が、はじめて大将として断を下したという事実は、一座のものたちに圧倒的な衝撃を与えた。しばしの沈黙のあと突きあげる喜びを抑えかねるように、うめきとも叫びともつかぬ声がそこかしこで湧き起こった。

塞がっていた空に鮮烈な一条の光が差しこんだのである。島原衆の語るところによれば、原《はる》の城は三の丸、出丸まで備えた広大な構えで、構築物は松倉重政が島原城を築く際に運び去ったが、石垣は大部分がそのまま残されている。この城を占拠できれば、一揆軍は強力な根拠地を得ることになろう。浮き草のようにあちこち転戦する必要もなく、村々に残して来た家族たちもこの城に収容してしまえば安心である。人びとの面には安堵と希望の色が浮かんだ。

城に籠ってしまうのが得策かどうか、という疑問がないことはなかった。しかし積極的な方策をとるためにも、いったんは根城を据える必要がある。島原城も富岡城も陥せないとわかった今、何より必要なのはそれに代る根城であった。

一座が解散したあと、蜷川右近は座を立てないでいた。

Y.H.

彼は四郎の身辺により添う近習頭に配されていた。この数日、頭に描いていた戦さと実戦の違いをまざまざと見せつけられ、躰中がちがちになっていた右近は、四郎の言葉を聞いて全身の血流がほとばしるがごとく流れ出すのを感じた。これまでは四郎に寄り添いながら、浮世離れしたこの若者が大将のつとめをどのように果たしてゆくのか気がかりでならなかった。四郎の一挙手一投足を、まるで自分のことのように彼は見まもった。その四郎がついにおのれの全貌を示したのである。深いよろこびとおそれが、彼の身のうちを領した。

四郎の父甚兵衛は微妙な立場にあった。彼はこのたびの蜂起を組織する上では、伝兵衛や松右衛門とともに謀主の位置にあったが、息子の四郎が大将に推戴されて以来、なんとなくこういう会議の席でものを言いにくくなった。大将の父親というのをかさに着ていると思われたくないのである。

上津浦の神崎大膳、有馬の松島佐渡守、蔵々島の柳平兵衛らが、武士としての生き甲斐をすべてこの戦さにかけて、あるいは軍略を論じあるいは戦場で指揮に当たっている様を見ると、戦さの采配は彼らに任せておいてよかろうという気がする。むろん自分は大将たる四郎を補佐し、本陣に影の大将然と座っていなければならぬ。しかも、謀主として、この一挙については終局まで見通しておく責任がある。

彼は長老の辺見寿庵や伝兵衛に自分の心が寄り添ってゆくのを、むずがゆくも感じていた。彼らは、壮年の佐渡守や大膳たちの働きぶりを、目を細めて眺めやりながらうなずき合っている。彼らの表情には達観、いや諦念すら浮かんでいるように見える。彼らにとって軍略などすでに第二義のものとなっているのではないか。

甚兵衛のまなうらには、天草島が対岸の島原と心音を合わせて、うねるように揺れ動く心象が浮かんだ。そうだ、この土地にしみこんだ祖《おや》たちの霊が、われわれに炎を背負わせて突っ走らせようとしているのかもしれぬ。どこまで走れるであろうか、神のみぞ知る。

甚兵衛が本陣の一角に座りこんでそのような思いにふけっていると、肩を叩く者がある。見上げると寿庵の笑顔があった。両手に茶碗がふたつのっている。

「茶はいかがかな」

寿庵は戦陣に在っても茶の用意を忘れない。甚兵衛とおなじく本陣付きになっているが、差し当たってすることもない。礼を言って茶碗を受けとると、寿庵は隣にすわりこんだ。

「どうじゃ、今夜の御子息の決断は。みごとなものじゃのう。大将とはすべからく日頃は黙っておって、最後にひと言、断を下すものじゃやて。あの御仁は、どこでこの気息を身につけられたかのう。さすが甚兵衛どののお仕込みじゃ」

「いやいや、それがしはあれこれと思い惑う方でしての。自分でも嫌になるほど思案して、やっと決断がつく鈍物であり申す。仕込むなどとんでもござらぬ。あれの今日の言葉には、それがし自身が驚かされた始末にて……。それにしても、寿庵どのはあの策をいかがおもわるる」

「原《はる》の城か……。じつをいえばあの城のことは、最初から身どもの頭のうちにあり申した。ただ、やみくもにあの城に籠るというても誰もその気になるまい。島原を攻め富岡を攻めてはじめて、あの城があった意味がわかるのじゃ。大将殿はまことによき潮時をつかまれた」

寿庵の面にはやさしい笑みが浮かんでいた。

軍議果てたのち、四郎はひとり渚に立って夜空にかかる昴《すばる》を見上げた。そのとき彼は空の奥に響く妙音を聴いた。うつつならぬ声と思って心を澄ますうち、それは大人数で歌う古い聖歌のようにも聞えた。言葉はなかった。声は予告に満ちていた。いつの間に出現したのか、すぐ目の上に、かの巨いなる人が、のびやかな両の腕に星座を抱いたまま瞑想に入っていた。天にかかった黙示かもしれなかった。

幻というにはあまりにもありありと視えて膚目の匂うその肢体を仰ぎながら、彼は思い描いていた御主とうつつに出現したおん方とは、どこかしら違うという感じを持った。三位一体の神の示現と考えられなくもなかったけれども、もっと親しい図像から来た菩薩になぞらえてもよさそうに思えた。というのもそのおん方は褐色の膚をして、両の上腕に刺青とも見紛う青い腕輪をはめ、腕が動くたびにそれがなまめかしく光り、まだ名づけられぬ天使かもしれなかった。

異教の仏に似た姿がいまなぜ、という疑念が束の間兆したけれども、瞬時にその疑念はかき消えた。思いもかけぬその出現は、彼の心の隅々に極上の葡萄酒を呑み干したような甘美さをもたらした。

その面貌に苦行の翳りは見えなかったけれども一粒の涙がつむった目の縁にとどまって、苦しみの時を脱け、天の慰撫するがままに任せて典雅な瞑想に入りつつあるやに見える。何かを語るでもなく嘆くでもないその姿と彼は問答を交わした。そのおん方は言った（ようだった）。

汝の地上を離るることなく

背後に流るる星座の運行を見よ
しかしてわが掌中にある赤き珠を読み解くべし
そを包む青き炎の
煉獄の上にかかりて虹となる意味を
天空の時の刻印さるる地に
言葉の種もまたこの珠より蒔かれ
そは穀物とともに刈られ
はたまた涸るることありと知るべし
かるがゆえに
久遠の珠を視んとせば
汝その地上を離るるなかれ

瞬時の間だったにもかかわらず、彼はその声を聴き、自分の背後を幾星霜とも知れぬ歳月が流れてゆくのを感じた。それはしかし失なわれてゆく歳月ではなく、やがてはめぐり来る歳月に思えた。うつつの星空を抱えて瞑想する人がそのことを教えていたからである。

四郎はその時、頭上にひびく天の妙音を地中に伝える一本の木になったような気持であった。震える島の台地を足もとに踏まえて見上げた時、かの姿はかき消え、もとの空に昴が冴え冴えと瞬いていた。

夜風の中でうつつの刻も動きつつあった。一揆の様相の刻々と変る中で四郎は試練の時を迎えていた。足もとの島はいま神の眸の中、あるいはあのおん方の腕の中にあるのかと彼は思う。神も受難をともにされているのではないか。それゆえこの一揆はいずれ全員、殉教への道をたどることになるのではないか。

であればこの身にはいかなる使命があるのか。考えている間にも刻々と、傷ついた女子供たちが命を落としてゆく。彼らに引き返す道はないのか。平安と祈りの犯されぬ地はないのか。それがあるくらいなら一家眷族あげて村落ぐるみ、一揆の中へと流入しては来なかったろう。

かのみ声が耳にまたひびいた。「わが掌中にある赤き珠を読みとくべし、そを包む青き炎の……」。再びそれを聴いたとき彼はその青い炎に包まれた気がして、夜気の中に面をあげ、心に誓った。平安なきところ、受苦の極限においてこそ祈りは炎となるのだ。信ずる者たちの本能に囲繞されて進むのみである。自分の足は百姓や漁師たちにくらべて華奢にすぎる。それゆえに大地の震えはわが足もとに微細に伝わってくる。踏みしめて立たねばならない。一本の細い木のごときこの躰が、天と地との均衡を保つ軸となるのだ。世界はわが足もとから今、回り始めたのだ。視よ、かのおん方の涙したまうこの地上の景色を。

魂の芳香を与えられた者のごとくに彼は眸をあげた。

一揆勢が富岡から撤退すると知るや、志岐周辺の村人が騒ぎ始めた。一揆勢の到着以来、彼らは食糧や宿舎の提供など全面的に協力しただけでなく、二度の城攻めにも加わった。志岐は古くから天草切支丹の中心地のひとつであったが、棄教した切支丹も多かったのである。一揆軍が引いてしまえば、残された自分たちが城方から厳しく追及され処罰されるのは目に見えている。かと言って、伝来の土地を棄てて家族もろとも原城に籠るだけの熱誠はない。われわれを見捨ててくれるなという嘆願は、やがて瞞されたという恨みに変り、ついには卑怯者とか死ねとかの罵り声になった。

出発の朝、彼らは磯辺から一揆方の船に石を投げ、露骨な罵声をあげた。船中からも遠慮なく罵り返した。

「お前がたは偽切支丹じゃ。また城方に戻って、養うてもらえ」

佐助はこういう百姓どうしのいがみ合いにたえられぬものを感じていた。そういう村人たちにも好感を持てなかったが、一方、自分たちが去ったあとこの人びとはどうなるのだろうと、いたましい思いが湧くのをいなめなかった。

しかし、佐助がこの人びとの運命を思いやる必要はなかった。彼らは船団を見送ったあと、すぐ城方に詫びを入れ、一揆衆から村を焼き払うと脅かされたのでやむなく協力のふりをしたと申し開きをして許されたのである。

船は早い流れに乗って口之津を目ざした。四郎は上津浦へ向う船に手を振りながら、捕われの母と姉たちのことを思った。上津浦へ向う人びとはそれぞれ一旦家郷へ戻り、家族を連れて原城へ入るのである。しかし自分には伴うべき家族はいない。

渚での騒ぎに見られたように、この際一揆から離れたい者もいるだろう。わが家に戻ればあらためて一家の事情に直面する。右するか左するか、おのずと決まるであろう。それでよいのだ、すべては御主の計らいなのだと四郎は思った。

傍らに立つ父の顔を見上げる。固い表情にはすべての感情をとじこめているかに見える。家族が捕われて以来、父はひと言も苦悩を語ったことはなかった。四郎は母たちを供犠に捧げたのだと思っていた。自分もいずれは、カルワリオの丘へ登る身である。湯島で大将に推戴されて以来、父は四郎に親子らしい口を利いたことはない。

元服祝いの夜、自分の手首を握ってさすりながら、掌に盃をのせてくれた祖母の顔がふっと波間に浮かんだ。

「ばばさまはどうしておられましょうか」

そう父に問いかけたかったが、その横顔はきびしく天に向けられていた。

家族を捕えられた苦しみは、その身になってみないとわからない。もとより甚兵衛も彼らをもっと早く手許に引き取っておかなかったのは、かえすがえすも手抜かりであったと自責していた。しかしこの事については、もう気持の整理はつけたつもりでいる。一揆の謀主である自分に、もっとも重い神の試練が課されていると思わねばならぬ。甚兵衛は二、三歩離れた舷側で潮風に吹かれている伝兵衛を見やった。この老人にせよ、苦しみに変りはないのだ。

頼みの綱の長男を捕えられて、ふつうなら狂乱するところだろうに、伝兵衛はひと言も嘆かず、息子に替って一度は退いていた大庄屋を勤め、従来からのコンフラリヤを一糸乱れず束ねて来た。その豪毅さには、侍の自分が畏敬を覚える。この度の一挙をまずこの人物に相談したのは間違いではなかった。この老人は考えていたよりはるかに義《ただ》しい人なのだと甚兵衛は思った。

四郎や甚兵衛だけではなく、船中の人びとはみな、何か思い決したような面ざしで潮の流れに目をそそいでいる。

「原《はる》の城址の見ゆるぞ」

人びとは舷側にとりついて、磯辺にそびえ立つ遠い断崖を見やった。島原衆にとっては日頃見慣れた風景である。しかしその城址に刻まれた紛れない黙示は、人びとの心を深く揺さぶらずにはおかなかった。

昨夜の談合で四郎が原《はる》の城へ入ると断を下した時、有馬組の喜びようといったらなかった。石垣のみが残っている廃城とはいえ、有馬の侍組にとってかの城は、故主有馬晴信との忘れ難い絆によって印づけられた場所である。同じ宗門に帰依する誇りとよろこびを、主従の間にわかちあった記憶は折に触れて甦る。

「わしは今でも、あの城に出仕しておった頃の夢をよう見るがのう」

「おお、わしもそうじゃ」

「今朝の夢はな、わしが殿の居間の外で番をしておると、殿が饅頭を手に持って、にこにこして出て来られてな……」

このような会話が彼らの間で交わされるのは常のことであった。

「うむ、原《はる》の城とはよう申された。石垣は残っておるによって、塀と櫓を築けば、たちまち屈強の砦となり申そうぞ。裏は磯の上にそそり立つ断崖、表はぬかるんだ沼地にて、攻むるに難き城じゃ」

松島佐渡守がそう言うと、有馬の侍組は色めき立って口々に喋り始めた。彼らの興奮はたちまち一座の中に広がった。うちひしがれていた挫折感はうそのように消え去って、高揚した気分が新たに燃え上った。

——あれの言葉がなければ、今朝の船出は惨めなものになるはずじゃった。

甚兵衛はわが子の下した決断に、今更のようにおどろきを覚えた。腹の底に轟く潮鳴りが迫って来た。早崎の渦であった。

沖に現れた船団に気づいて、口之津の湊に人びとが走り出て来た。その中には、庄屋の仁助を始め、松吉やおうめの姿もあった。四郎が上陸すると人びとは、道の両側に分れてひざまずいた。「天人さまぞ」と声に出しておがむ者もいる。四郎の一行は本陣と定められた蓮田の屋敷へ向った。

敷居をまたいで内へ入ると、おうめが両腕をひろげてゆっくりと近寄り、

「生きてまた逢いやしたなあ。南無阿弥陀仏」

と言って、ぶ厚い手で四郎の背中を抱きとるように叩いてくれた。目が合った。胸の中の凝りがすべて溶け去るような眸の色であった。

——このひとは自分を天人扱いしないでくれる。

四郎はこのところ味わったことのない安堵感に包まれて、しばらく佇立していた。

四郎は十日あまり蓮田屋敷で過ごした。原城入りを前にして、様々な手配に甚兵衛以下の幕僚は忙殺されたが、四郎自身には色づいた柿の葉の散る庭など、眺めるゆとりもあったのである。一家の団欒を失ったこの少年にとって、最後にすごす家庭のぬくもりであった。

右近は毎日顔を出した。あるとき、懐しさにかられて倉の中に佇んでいると、入口に人影がさした。

YH.

四郎であった。四郎が総大将に推されて以来、心して言葉遣いにも注意して来たが、倉の中に立つとかつての学問所の朋輩の思いが甦った。

四郎もおなじ思いなのか、真顔で言いかけて来た。

「兄上、原《はる》の城に籠ったならば、また学問所を開きましょうぞ」

兄上と呼ばれたのは初めてである。右近は心に花びらの形の印を捺されたようにはっとなった。今生の時はいかにも短いという思いがせきあげる。

「……兄上、と申されたか」

右近の声が慄えていた。それは四郎にもうつった。

「はい。今こそ兄上と呼ばせて頂きまする」

四郎は棒立ちになって、しばらく右近と向きあっていたが、花吹雪に巻きとられてゆくような幻覚に包まれふっと気が遠くなった。

のけぞってゆく四郎の華奢な躰を、右近は咄嗟に抱きとめた。

御大将が倒れたというので本陣は騒然となり、すぐに玄察が呼ばれた。玄察は大矢野在の医者で、初期から謀議の中心にいた男である。

湯島の夜以来、さぞかし心の張りつめた日夜であったろう。どんなに心身が傷みきっていても、そのことを人々にさとられてはならない。枕頭で四郎の蒼白な顔を見詰めながら、右近はいたましい思いに捉われていた。しかしその思いには、さきほどこの少年を抱きとめた時の感触が、なにか華やいだ感じで交じりあっていた。

慌ただしく駆けつけた玄察は慎重に診察を終えると、愁眉をひらいて極度の疲れであると断言した。

「十分に休んでご滋養をとられれば、なに、若いお躰じゃ、すぐに回復されましょう。ご自分だけのお躰ではありませぬゆえ、もっとわが身をいたわらねばなりませぬぞ。御大将が病いに臥せられては、どうやって戦さいたしましょうや。城入りまでにはまだ日数はあり申す。デウス様から養生の時を賜ったと思うて、しばらくゆるゆると過ごされませ」

玄察は右近に向い、離れの茶室に病床を移すように指示した。母屋は本陣となっているので、奥座敷にまで人声が響く。またお美代とおうめに食事のとらせ方も注意した。

右近は四郎が陣中でも小食であったことを思い出した。さすが天人におわす、食いものにもいやしゅうはない、などと評判するものもあったが、右近は四郎の心労の深さを知っていた。これからは食事の際には自分がつき添って、たべさせるようにせねばならぬ。

本陣になった蓮田家では、連日の寄り合いやら人の出入りなどで息つくひまもなかった。同時に裏では、おうめと松吉を中心に城入りの準備が進められていた。かさばる家具などは、むろんうち捨ててゆく。兵糧になるものは全部俵に詰める。城内での菜園づくりのために、鍬などの農具は持ってゆく。

やっと庭先に出られるようになった四郎には、一軒の旧家がその命を精一杯生き切ろうとしている気配が痛いほどに感じられた。むかしむかしから知っていた懐しい屋敷のような気がする。横になって天井を眺め、思わず母上と呟いた。

蓮田家が下人までこぞって城へ入ろうという前日、思いもかけず、おかよがひとりで家に飛びこんで来た。大助を見ると、おかよはそこにへたりこんで裾にすがった。

「内野の家におとなしゅうして居れとの、舅《とと》さまとそなたの言いつけにそむくわけではなけれど、どうぞわたしも連れて行って下され。兄から、口之津衆はみんな城に籠ると聞かされやした。覚悟あってのことでござりやす。ならぬとあらば、今ここで死にまする」

顔面は蒼白で、口調は不気味なほどに落ち着いている。大助は絶句した。あの幼女のような頼りなげな女はどこへ消えたのであろう。

聞きつけて仁助夫婦、おうめや松吉まで出て来た。

「ようござしたのぅ、戻って来なされたか。これがほんとじゃ」

おうめがそう言って抱き起こすと、緊張の糸が切れておかよはわっと泣き声をあげ、幼児のような口調で脈絡もなく語り出した。

今朝暗いうちに置手紙して実家を抜け出すと、二江の浦まで走った。運良く口之津へ行ってくれる舟が見つかった。あやめのことは、前の晩、すずに決心を打ち明けてよく頼んでおいた。勝手な親のようだが、あやめはきっと里の家でつつがなく育ててくれる。

能面をかぶっていたようなおかよの表情が、もとの幼さに戻るのを見て、大助の心にいとしさがこみ上げた。

仁助は深い溜息をついた。折角の配慮が無になってしまったが、これも天命というものかもしれない。

「今日でよかったのぅ。明日なら、この家にゃあ、誰も居らんところじゃったばえ」

仁助がそう言うと、お美代は、これで主人の許しがおりたとばかり、いそいそとおかよの手を取って上へ招じあげた。おかよが涙だらけで、嬉しさ一杯の笑顔になると、この家には久しぶりに花あかりが灯ったような感じになった。

その夜は住み慣れた屋敷との別れの宴を張ることになっていた。竹松がまた栄螺《さざえ》や蟹を担いで来て、釜屋には最後の宴にふさわしい御馳走がほぼ出来上っていた。おうめをはじめ、松吉や熊五郎も、そこここに腰をおろし、ひと息ついてあたりを眺めた。ここの釜屋でまた働くことがあるだろうか。明日から先のことはまったくわからない。

暮れどき松吉が庭先を掃いていると、見慣れぬ女人がもの静かに門をくぐって来た。荷物を担いだ供を連れている。この時期にいったいどこのお方さまぞと、松吉は箒の手をとめた。

「こちらがご本陣とうかがって参りました。四郎さまにお目にかかりたく長崎から来た者で、おなみと申します」

松吉がその旨を奥に伝えると、四郎と右近が慌ただしく現れた。別れを告げて来たはずの長崎の恩人、おかっつぁまの思いもよらぬ訪れであった。

座敷に通されたおかっつぁまこと、おなみさまは、畳に指をついて深々とお辞儀した。

「この度の一挙、目出度きことにござります」

四郎は咄嗟に返事も出来なかった。

「わたくしもあの後、身辺を片づけて、どこぞ旅にでも出ようとしておりましたところ、こちらの切支丹衆の旗揚げの噂が長崎にも届き申しました。聞けば天から降りし若衆がおん大将にて、その名は益田四郎といわるるとのこと。わたくしにはすぐ、合点がまいりました。この世にはもう、行き場のないわが身にござり申す。御一統の端になりと加えていただこうと心に定めましたものの、さてしかし、どこを訪ねたらよいものやら、とにもかくにも口之津の学問所とやらに行けば、そなたさまのご本陣のありかも分ろうと訪ねて参りました。ありがたや、本陣がここであろうとは」

四郎も、また脇に控えた右近もすぐには口もきけず、まじまじと夫人を見つめた。おかっつぁまは白髪は目立つものの、いよいよたおやかに見える。

夫人は二人に微笑みかけた。

「足手まといにもなりましょうが、湊で聞けば、原《はる》の城に籠られるとのこと。城に入れば女手もいり申そう。旗指物や戦さ着も縫わねばなりませぬ。お針なら、わたしにも心得がありまする。そして心得と言えばなあ」

おかっつぁまは悪戯っぽく、くすりと笑った。

「わたくし、手裏剣も少々は使いますぞ。四郎さまが秘術を習われた唐人船の楊《やん》どのから、わたくしは手裏剣を習いましてござります」

あまりにまことしやかで、冗談か本気かわからない。気を呑まれている二人に構わず、おかっつぁまは連れて来た供を手招きして荷物を解かせた。

はっと目を凝らさずにはおれぬ重厚な織物が現れた。緋の色をした紋様のもの、発光している白い綸子、光を沈めて暗い翡翠色の織り模様が小さく波立っている緞子など、豪華な布地ばかりである。ひと巻きずつ取り上げて、これも持参の宗和膳の上に重ねあげると、夫人はあらためて恭しく披露した。

「おん大将ともあらば、装束もことに大切かと存じ、店を畳みついでに、奥にしまっておいたものを持参いたしました。心ばかりのお祝いにござります。何とぞお納め下さいまし」

聞きつけて挨拶に出たお美代が、積み上げられた布地を見て、

「これはまた、高尚な……」

と呟いて、ほーっと息をついた。女同士の気易さからか、おかっつぁまは反物をとり上げてお美代の手に持たせた。

「これは唐《から》の名産にて、洛州の紗綾《さや》にござります。こちらはその花文綾《とびさや》で、柄が大きゅうござりますゆえ、陣羽織や袴によろしいかと」

上気して言葉も出ないお美代に、おかっつぁまはしんみりと言った。

「お身さまたちの手を借りて、四郎さまはじめ皆さま方の陣中装束を仕立てたく思うております。よろしゅうお願い申します」

その夜の宴は、辺見寿庵や、蜷川の妻女と娘、それに弥三も加わって賑やかなものになった。おかっつぁまに引き合わせられた寿庵は、切支丹本とかの名香の礼を述べると、ひととき夫人に見入り、感にたえぬような声を出した。

「さてさて、これはまた、かぐわしきお味方の参られたものじゃ。いかなる猛将の合力よりも心強う思わるる。のうおのおの方」

「寿庵さまの城中の楽しみがふえ申しましたな」

弥三が口をはさむと、

「年寄りをなぶるでない。しかし、そなたを相手に茶をたつるよりも、この女性《にょしょう》相手の方が、たて甲斐はあるというものよ」

まわりで笑いが湧き起こった。

盛装したおかよが膳を捧げて、四郎の前に進んだ。お美代に言われて、最後の化粧をして出て来たのである、ひときわ愛らしくなっていて座から嘆声が上った。おかっつぁまの前にも、初々しい娘が膳を運んだ。

「どちらさまの娘御で」

夫人がお美代にたずねた。

「右近さまの妹御にございます、みずなさまと申されます」

「おお、みずなさま、なんとも、ふっくらした蕾でございますなあ」

「はい、みなみな惜しゅうございます」

朱塗りの椀も脚つきの膳もところどころ剥げてはいるが、先代が長崎から見つくろって来た逸品である。原《はる》の城の四郎の本陣へこの漆器を運び、朝夕使ってもらおうとお美代は思っている。

お美代はみずなを手招きして、蒔絵の銚子を渡しながら囁いた。

「まず四郎さまに、この酒をばさされませ」

去年の夏、嵐の夜に泊まって以来、四郎は何度か蜷川家の厄介になって、その度に、無邪気であけっぴろげだった少女が、少しずつ大人しくなってゆくのを、むずがゆいような気持で眺めていたが、目の前に朱塗りの銚子を抱えて座ったみずなに目をみはった。裾をひいた紫縮緬の小袖が、少女を別人のように見せている。たしか十四のはずだがと思う間もなく、紅をさした唇が開いた。

「どうぞ、お盃を取られませ」

慌てて盃を取ると、みずなは眼を伏せたまま無表情に酒を注いだ。四郎がゆっくりと盃を干した途端、みずなはこらえきれぬように忍び笑いを洩らした。二人の目が合った。あどけない笑顔であった。

嵐の夜、子どものように騒ぎ立てたみずなが戻って来た気がして、四郎はほっとした。

最後の夜にふさわしい華やかな宴となった。大助は数日前から原城修築の人数に加わっていてこの座にいないが、あとは蓮田の一族とそれにゆかり深い人びとが座に揃い、しみじみとした気分が流れた。

仁助は寿庵のうしろに置いてある鼓に気づいて声を掛けた。

「この鼓……。今夜は寿庵さまの謡が聞けますな」

「おう、目についたかえ」

盃を置いて寿庵は座を見廻した。

「みんな、酒も回ったようじゃな。そろそろ披露致すか」

鼓を取りあげて調音を始めると、座が静まった。

「由緒あるこの屋敷と別るる宵にふさわしいかどうかわからぬが、わしはこれしか知らぬゆえ、『松風村雨』を謡い申す」

おおという声が起きた。寿庵のとって置きの曲目であるのは、みなよく承知している。

松風と村雨は海人の姉妹の名で、都から須磨の浦へ落ちて来た公達を二人が慕ってこがれ死にし、その霊たちが月夜の浜で潮を汲み、桶に月を映しながら昔に戻って舞い遊ぶという物語である。

「右近どの、舞われよ。幼い時分から仕込んでおいたぞ」

「はい」

ためらうことなく右近が立った。

「手前、松風を舞いまする。村雨は……」

言葉を切って、右近は四郎を見やった。

「村雨ならば」

うなずきながら四郎が立った。

「詞章に覚えがございます。勝手舞いなれど、わたくしが連れ舞いを」

手にはもう白扇を握っている。息を呑んで座が静まり返ったところに鼓が響き渡った。さびさびとした寿庵の声があたりの夜気に滲みこんでゆく。

――さし来たる潮を汲み分けて、見れば月こそ底に照る、

座敷の中ほどにすべり出た右近がシテの詞を謡い始めた。

――これにも月の入りたるや、

四郎が続いて謡いながら出た。

――嬉しや、これにも月のあり、

寿庵の地謡がしんしんと響く。

——月はひとつ、影はふたつ、満ち潮の、夜の車に月を載せて、憂しとも思わぬ潮路かなや。恋しさ募って霊たちが狂乱し、やがて美しく昇華してゆくさまを、二人が気品高く舞いおさめた。——夢も跡なく夜も明けて、村雨と聞きしも今朝見れば、松風ばかりや残るらん。

座はしばらく声もなかった。衝立のかげにひっこんでいたおうめはわらわら涙をこぼし、竹松も唇をひきゆがめていた。いつ戻ったのか大助が座の後ろにいて、おかよが濡れた睫毛を指でなぞりながら寄りそっている。みなみな酔って夢のようになり、最後の夜を睡った。

翌朝早起きして出発の用意をした。

昨夜、土埃りだらけになって原城から帰って来た大助の話では、原城の修築は益田甚兵衛以下、侍たちの指揮のもとに急速に進み、本丸の建物も出来上って、四郎の入るのを待っているとのことである。偵察の舟がもたらした報告では、肥後の高瀬湊におびただしい軍船が集まり、諸大名の旗印が翻っていて幕府の追討使が到着した模様だという。四郎とそれに従う者たちは、来るべきものが来たという思いに身をひき締めながら原城へ向った。十二月三日のことであった。

幕府の上使板倉重昌が高瀬に着いたのは十二月一日である。豊後目付および近国諸大名と会合して手筈を定め、十二月五日に島原城へ入った。近隣の諸大名はここに初めて出兵の許可を得たのである。

上津浦、大矢野方面に漕ぎ戻った一揆勢は、船が渚に着くより早く、砂煙を立てて家々に駆け戻った。常吉は船の上で、おれには身内はおらぬなあと考えていたが、それでも仲間たちが一心に家路に急ぐのを見ると、なぜか心がせかれてどう歩いたのやら、気がつくと草藪の中の傾いたわが家の前に来ていた。

彼は富岡城へゆく途中で、狂暴化した一揆勢に火をつけられて逃げ惑い、泣きわめく他の村の百姓たちの姿を見ていた。小さな藁家があっという間に燃え上り、その火が飛んでほかの家に次々に移った。一度火がつけば藁の家は消しようもない。子どもたちの恐怖にみちた目の色が忘れられなかった。おれの家も細川か寺沢の軍勢に焼かれるだろう。おれに子がおり女房がいたら、おれはどうするか。常吉は死んだ女房の目つきを見た気がした。いないはずの赤子が炎に包まれてゆくような錯覚をおぼえ、家の中に飛びこんだ。常吉は狭い家の中を見廻し、上《あが》り框《がまち》に飛び上ったり飛び降りたりした。誰もいない家の中はただ静まり返っているだけである。

「さあ、父っつぁま、母っつぁま、一緒に行こうぞ。おさき、おまえも赤子抱えて行くぞ」

常吉は亡き女房の名を呼び、両親と先祖さまの位牌を手にして、しばらくうろうろした揚句、煎餅布団を広げて位牌を包みこもうとした。鍋も椀も庖丁も包みこまねばならぬと思う。鍋の尻は煤《すす》で真黒である。こさぎ落さねば包めたものではない。途方にくれて腹が立って来た。

「畜生、こういう時に、なして居らんか」

彼は布団の傍に座りこんで、身をよじって泣きはじめた。なぜこの場にいないかとは、死んだ、いや殺した女房に言ったのだろうか。それとも亡き母親に向って言ったのだろうか。彼はしばらく考えこんだ。そして突然気づいた。何も今日のうちに出発するのではないのだ。出発にはまだ五日も六日もある。

船の上で村の者たちが話していた。

「原《はる》の城には、女房子ども、年寄りどもも連れて籠ろうぞ。残しておいても皆殺しにあうだけぞ。死なばもろともじゃ」

「そうなりゃ家移《やうつ》りじゃ。布団も着替えも、鍋釜に鍬に、麦に塩、そうじゃ石臼も忘れずに家移りじゃ」

「家はどうするかえ」

「家なあ……。燃やしてゆくかどうか、まだきめきらん」

常吉はそんな会話が羨しかった。女房が死んでからずっと一人で居たのに、今になってこんなに淋しいのはなぜなのか。ご隠居さまが生きておられれば、船漕ぎをつとめるつもりであった。その人ももう居ないのである。骨身にしみて淋しいと思う。

尻餅をついたまま、彼は自分の家に向ってものを言いかけた。

「おらあ、戻っては来んとばえ。細川の侍どもに燃やされるより、おれの手で燃やしてやろうかのん」

布団に寝かせた位牌に尋ねた。

「なあ、母っつぁま、おれが小ぉまか頃、どういう朝晩じゃったかなん……。この破れ家で……たまには、よか日もあったろうがなん」

残された日々を七兵衛の家に寄ったり、磯辺をふらふら歩いたりして常吉は過ごした。

村の者たちは不思議とやさしくなっていて、彼とおなじように草木の精にでもなったような面持で、渚や山道を往き来していた。原城へ持ってゆくつもりらしく、大根を引き抜いて切り干しにしている女たちの手つきが、仕事をしているというより、人間の手つきを真似ている人形の所作のように見えた。

特別の分限者は別として、どの家でも持ち出すのに迷うほどの家具はなかった。家族をあげて原城に籠ると覚悟をきめた以上、ふたたびわが家へ帰る見こみがあるとも思えない。先祖伝来の土地を棄ててゆくのである。出立の準備にもいうにいわれぬ思いがこもった。

準備というほどのこともない常吉は、隣の家をのぞいて見る気になった。

「片づきやしたか。手の要るなら、何でもいたしやすぞ」

「気持は嬉しかがなあ、先も無かことじゃし」

かねて物言いの荒っぽい主が、神妙な声を出した。

「おらぁ、ご先祖さまたちも連れて行こうと思うて、毎晩夢にまで語りよるが、この梅の木植えた人がなあ、夢に出て来て、もうすぐ花の咲く、木も一緒に連れて行ってくれろと言わるもんで、梅の木掘ろうか、どうしたもんか、困っとる」

「掘らにゃならんなら、加勢しやすぞ」

「嬉しかがなあ、原《はる》の城に植えらるるじゃろうか」

「お前さま、もう」

横から女房が叱りつけた。

「この火急の時に、安気《あんき》なことばかり言うて。何が梅の木じゃ。そういうこと言うとる暇に、章魚《たこ》の一匹なりと獲って干してもらいたか。あのなあ常やん、頼みのある」

「何事かな」

「この人は、原《はる》の城に梅の木植えて、一緒に長生きするつもりじゃ。いったい梅の木の、船に積まるるものかどうか、七兵衛さま方まで走って、聞いて来てくれまいか」

常吉が返事に困っていると、女房はだめを押した。

「この期になって、人迷惑な事をば言い出して……。梅の木積んで、人間な残してゆくつもりかえ」

「そんなら、水仙なりと掘ってゆこうぞ。魂じゃけん、ご先祖さまの」

ばばさまが出て来て息子の味方をした。

「そうじゃ、水仙なりとご先祖さまの形見に持ってゆこうぞ」

ちらりと常吉を見やって、女房は言い返した。

「お前さま方なあ、親子して、水仙の何の。原《はる》の城には何しに行くとかえ。花植えに行くとかえ」

常吉はうろうろしたあげくに退散したが、奇妙におかしかった。

十二月三日、大矢野の浦々からいっせいに、原城めざして漕ぎ渡る船の列が、上津浦の丘陵から望見された。鳥が飛び立ってゆくような印象であった。四日にも五日にもそれは見られた。そのような中を触れ船が慌ただしく、細川が動き出したと告げに来た。

六日には有馬組からも早船が飛んで来て、

「島原城に幕府軍の総大将と思しき人物が入城した。印のちがう旗指物の大船も続々着きつつある。たぶん、近国大名たちであろう。そうそうに出立されよ、四郎さまはもう三日に入城なされた」

と催促して急いで漕ぎ戻った。

上津浦がおくれていたのは、周辺の小村や下津浦の取りまとめ、船の用意などに時間がかかったからだが、ぐずぐずしてはいられない。

「さあ来たぞ、もう間はなか。明晩の潮に乗ってゆく。皆々おくれまいぞ」

口々にそう言い、七兵衛の言いつけで常吉も触れて回るのに走って走って走りぬいた。

「一軒ももれぬよう、船に乗って下っせ。明晩の潮でござす。残れば童《わらべ》まで炙り殺されやす」

家々で何が話し合われ、何が起きていたか。たとえば二、三日前まで聞えていた赤子の泣き声がしなくなったのに気づいても、不審を言い立てる気持は誰にもなかった。

小さな子を始末できなかった親たちは、その子の背中に編みあげた足半草履や、干して軽くなった山菜や海藻の袋をくくりつけ、お守りがわりに位牌さまを背負わせた。役に立っておりますというつもりかもしれなかった。十二、三の子たちは結構一人前であった。筵にくるんだ鉄鍋や羽釜を背負い、手には鍬も持った。鍬は武器にもなるはずであった。

こうして、ぼろ荷物を前後ろ、両手に下げた者たちが星空を仰ぎ、つけた灯りをそのままにして我が家の前にしばしたたずみ、小さな子たちにも手を合わさせて、夢の中をゆくように渚の道に出た。

暗い中で家族が別々にならぬよう呼び合って大小の船に乗った。沖に出ると誰も声を出さず、舷にとりついて遠ざかる老岳の頂をみつめた。海風は寒く、船の中心にみんな寄り集まって暖もり合った。櫓の音があちこちできしり合い、海の牙が鳴るようであった。いったい何十艘の船であったろうか。上津浦組のこの夜の渡海は二千七百人余もの人数であった。

夜が明けてきて、船の上の人びとが、色づいた蔦かずらや灌木に覆われた原城本丸の崖を見上げていた頃、もぬけの殻になった上津浦に唐津藩兵と細川勢がなだれこんだ。

常吉の隣のばばさまが、ご先祖さまの魂が遊びに来られるゆえ、立ち腐れるにしても残しておこう

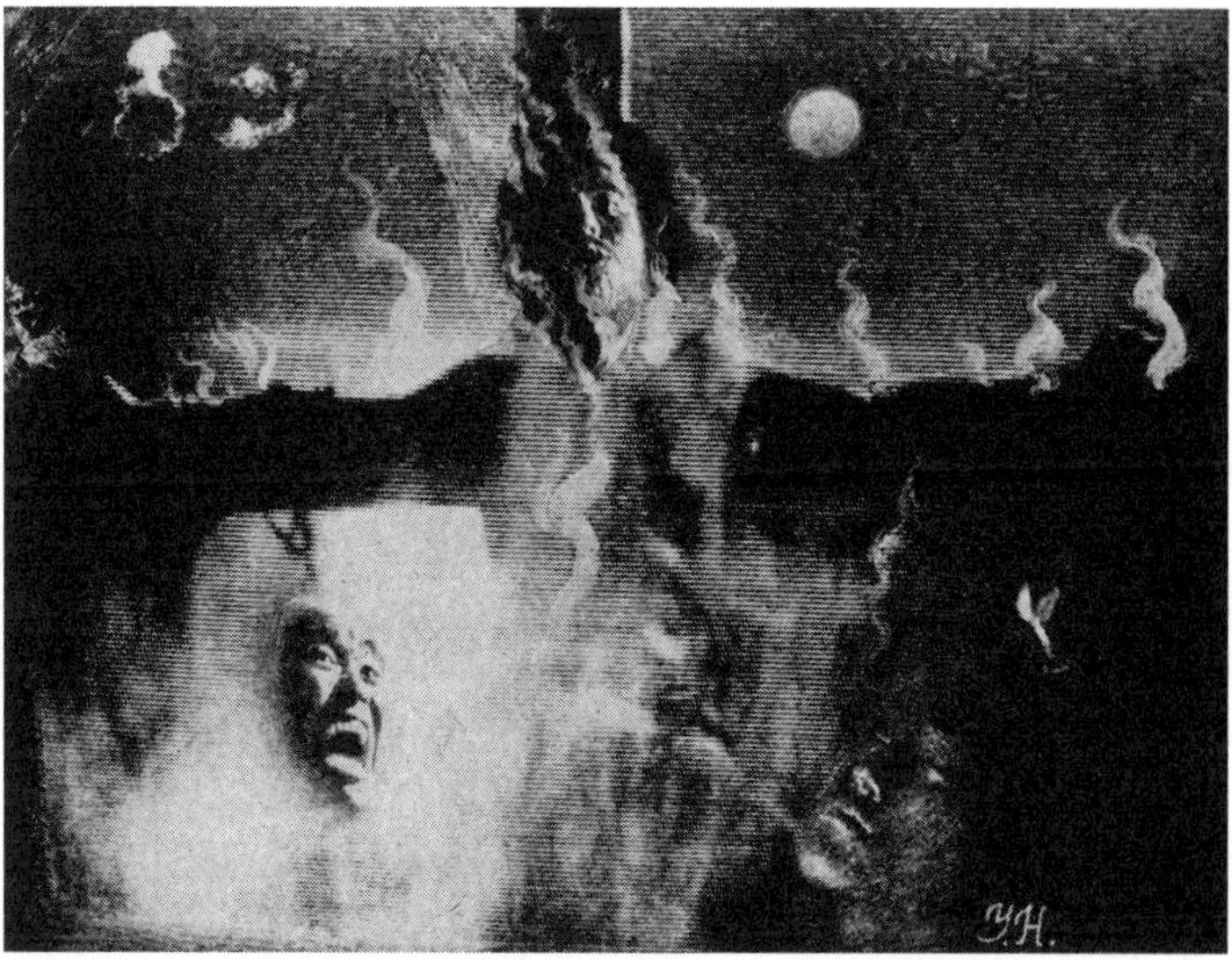
Y.H.

と言ったので、焼かずにおいた彼の破れ家も、次の日には山狩りを始めた細川勢がほかの家ともども火をかけた。

船の上ではみんな早く目ざめていた。常吉の乗った船では、隣家のばばさまがことに早く起きたらしかった。背中をくっつけあっているので、彼女の心の臓が小さくとくとくと伝わってくる。誰に言うともなく、ばばさまはひそひそ呟いている。

「やれ、来たか。やっぱりここの崖じゃった。わたしゃ、ここなら知っておったばえ。桜のなあ、咲くとじゃもん、時季になれば。昔は、日暮れの城と言いおったがな。日暮れに美しかお城じゃったで。海から見れば、雲仙嶽ばうしろにして、そりゃよか眺めじゃったで。

思い出したぞ。お前の母じょも居ったぞ。若か頃、女ごどうしで舟漕いで、お城の桜ば見に来たことのある。これ常吉、起きろ。お前の母じょも居ったぞ。ここの大江の浜に着いて、上ってみろかと言うたが、首切られた殿さまやお姫さま方の亡霊が、昔を偲んで花見に来ておられやせぬかとおとろしゅうして、ここの浜で、巻貝《みな》どもちっとばかり採って漕ぎ戻ったがな。

殿さまも姫さま方も、切支丹じゃったもので、遠か国まで連れてゆかれて、首切られなはったげな。姫さま方は、よか衣裳《べべ》着たまま斬られなはったというが、そん時のまんまの姿で、草木の蔭におられやせぬかと、振り返り振り返りして舟漕いで戻ったのが、忘れられんぞい。そういうことのあったで、花も昔を偲んで咲くとじゃわいな。

なあ常吉、お前の母じょもまだ若かったぞい。早う死に別れて、憶えてはおらんじゃろうが、お前の母じょは小おまい女ごで、そりゃ愛らしかったばえ。わたしとは大の仲良しじゃった。冥途で母じょに逢うたら、隣のばばが語ったと言え、なあ。目の醒めたかえ。

今年の秋にゃなあ、何のしらせか、桜が咲きこぼれておったそうじゃ。桜に呼ばれてなあ、この城まで渡って来た気のするぞ。常吉、ひょっとすればお前の母じょも、この船に乗っておられはせぬかえ」

常吉は、老婆の背中がだんだん熱くなるのを感じていた。老婆は咳こんだ。背中をさすりながら、思いがけない幸せに恵まれた気がした。庄屋の御隠居さまからも思いもかけぬ慈悲をかけてもらったが、これまで深いつき合いもなく、たまたま隣に住むだけと思っていたばばさまが、こんなにも自分のことを気にかけてくれていたとは。

——お前の母じょは小おまい、そりゃ愛らしい女ごじゃったばえ。

常吉はほとんどうっとりとなって、その言葉をかみしめた。彼は自分が赤子のときに死んだ母親の顔を知らない。その母が若い日に、この城の桜を見に来たことがあったとは。彼はたしかに、船の上に母の存在を感じた。大きな掌で涙を払い、お位牌や足半草履を背負った近所の幼子たちを彼は船から下した。

芒や萩や葛の葉や、色づいた蔦に覆われた原《はる》の城址では、これまで見たこともないおびただしい人間たちが、あちこちの地面に急ごしらえの石のかまどを据えて、朝餉の準備をしつつあった。それは異様に活気のある眺めであった。

構築物はすべて取り払われた廃城であっても、それぞれの曲輪《くるわ》の跡には、まだしっかりした根石を持つ石垣や空堀が残っていて、自ら備わる古城の威厳に人びとは圧倒された。

石垣の上に船板を剥がした丈夫な塀が建てられ、裏から厚く土を盛って補強してある。塀の長さはあわせて千数百間に及ぶという。塀のうしろにはえんえんと堀道が掘られている。兵員を安全に移動させるためだろう。一番奥まった海沿いの崖にある本丸には、すでに四郎の居宅が建てられていたが、百姓たちは村ごとに二の丸、三の丸のしかるべき所に、掘立て小屋を構えている。地面を掘り下げ、それに屋根をかぶせただけの、粗末ではあるががっしりした作りである。

上津浦勢は歓声をもって迎えられ、至るところで交歓の笑い声が起こった。しかし、話に打ち興じているゆとりはない。朝餉をすますと、直ちに仕事にかかった。

まず、渚に残して来た船を解体し、板にして城内へ運び上げねばならない。先着組もそうやって、目の前にある板塀を作りあげたのである。板塀にはまだ未完成のところも、備えが薄いところもある。彼らの運び上げる船板は塀の補強に用いられるだろう。今夜から寝る自分たちの住居も作らねばならず、船板はそれにも必要である。大車輪の働きが始まった。

「先は長かぞ、これから寒うなる。城攻めが始まれば、矢も弾も飛んで来る。屋根はなるべく分厚うしておこうぞ」

声を掛け合って、一日が終る頃には何とか仮小屋を作りあげた。日暮れ刻、益田甚兵衛が何人かの談合衆を連れて見廻りに来た。不足があれば何なりと申し出るようにとの甚兵衛の言葉に、人びとの気持は安らいだ。

島原南目、大矢野島、天草上島の村人たちがすべて城に集結し終ると、四郎の本陣で寄り合いが開かれ、部隊の編制と部署が決定された。上津浦勢は南のはずれの松山出丸に入れとのことである。

折角、自分たちの小屋を作ったのにとぶつぶつ言うものも居たが、小屋なら松山出丸にも出来ておる、文句を言わずに早う移られいという軍奉行の言葉に従って、上津浦衆は松山出丸へ移動した。

昼過ぎから、四郎の居館前、本丸の空地で大寄合があるという。

「常吉、お前も出てみるか」

七兵衛から声を掛けられて、常吉は頷いた。本来なら、わしなど出る場ではと遠慮するところだが、今日はなるだけ多くの人数で寄るようにとの達しであった。

本丸の空き地には数千人が鈴生りに詰めかけていた。城内の松や桜の木に登っている者もあった。連日、荒馬のようになって働いているので、互いに土埃りだらけである。鬚の中に目のすわった顔が笑えば、まるで山賊であった。

常吉の横には六尺ばかりの大男が立っていた。乗って来た船を解体するとき、この男が槌を振うごとに「南無阿弥陀仏」と唱えるので印象に残ったのだが、あとで聞けば上津浦から二里ほど離れた山村の一向宗の坊さまということだった。虎のような顔が笑うと愛嬌があって、常吉は親しみを覚えた。

四郎の本陣を取り囲んでがっしりしつらえた石垣の上に、神崎大膳の姿が現れた。

「今から申すこと、おのおのの陣屋に戻って、隅々まで申し伝えられよ。まずひとつは、本日をもって、城中の総人数、およそ三万人余りになり申した」

どよめきがしばらく止まなかった。相当な大人数とは思っていたが、それだけの百姓がわが家を棄てて田畑を棄てて、この城に籠ったとは。

「心強きかぎりでござる。これもわが御主の御はからい、わが宗門の力じゃ」

大膳は続いて、籠城の陣立てを読み上げた。総大将益田四郎様以下、評定衆、談合人、軍奉行、旗奉行、普請奉行、目付、使番、それに本丸、二の丸、三の丸、松山出丸の大将名と鉄砲頭など、その名は数十名に及んだ。

「さておのおの方、連日の城づくり、まことに御苦労でござったが、これからがまことの戦さじゃ。公儀の追討使板倉なにがしは、すでに島原城へ入りたる由にて、数日中には城攻めも始まろう。相手は細川、鍋島、黒田など名だたる大名たちじゃ。覚悟はよろしきや。蟻の這いいづる隙もなく取り巻かれ、雨あられと弾の降って来申そうぞ」

「おう、覚悟じゃ、覚悟じゃ」

隣の坊さまがとんでもない大声をあげたので、常吉はびっくりした。顔を見ると、例の虎の笑顔が浮かんでいる。

つられたように張りのある女の声が空にあがった。

「女ごも働き申すぞ」

大膳は声の上ったあたりをゆっくり見廻して頷いた。

「これは勇ましい。御亭どのよりは頼りになるやもしれん」

どっと爆笑が起こった。

「さればおのおの方、心を併せてこの城を守り抜いて見せようぞ。御主イエズス様、御母マリア様もご照覧あれ、えい、えい、おう、サンチャゴ」

サンチャゴの大喚声が巻き起こった。常吉は身震いしながら両手を天にあげ、意味の分らぬ声を上げている自分に気づいた。やがてどよめきが前列の方から次第に収まり、常吉が目を上げて見ると、石垣の上に四郎が立っていた。

輝くような純白の小袖と、亀甲紋に菊を織り出した玉虫色の陣羽織を着、同じ生地のたっつけ袴をきりりと穿いて、四郎は天を仰いでいた。

胸許に光るクルスが目を射た時、常吉は、贖罪行進の際に担いだ生木の十字架の、あのずしりとした重さが、いままた自分の肩に喰いこんで来るのを感じて、思わずよろめいた。隣の坊さまが、どうしたという顔で腕をつかんだ。常吉は辛うじて気を取り直したが、肩に何か印を捺されたような感じがした。やわらかい掌が優しくぴったりと乗っているようだった。女房の掌のようでもあり、母親の掌のようでもある。まさかマリア様の掌とは思えなかった。彼はうしろを振り向いて、誰の掌なのか確かめたかった。しかしそれをすれば、ひらりとした掌の感じが消えてしまいそうである、身動きするのさえはばかられる大切なものが、そこに乗っているようだった。そういう常吉を隣の坊さまが注意深く眺めているのに、彼は気づかなかった。

さっきから四郎が話し始めていた。凜々と光の張った空を背にして立った少年の姿は、白鷺の化身にも見えた。

「……われらは限りないお慈悲によって、今日よりこの城にて、文字通り身命を共にすることに相成り申した。お互い、後生も末々《すえずえ》まで結ばれたるご縁にござりまする。われわれの枕辺を飾るは、いまだ、かしこに咲き残る野の乱菊にござり申す。かの花々に御光の宿るごとく、われら一人《いちにん》一人に、神の恩寵は照り映え、われらが作り建てたるこの城に、今宵よりは、神馬の蹄の音が轟きましょう。

かのエスパニヤの軍神サンチャゴはもとより、島原・天草の地にて、マルチリ（殉教）を遂げられたるわれらが気高き身内たちが、夜な夜なその神馬にうちまたがり、われらが苦難を励ましに参られましょうぞ。

わが身をいとしく思うがごとく、あまねく人さま方をいとしめとは、御主のみ教えにござり申す。老い先短き人びと、幼き者たちの、今宵からの夢の美しからんことを」

四郎の声はそこで束の間途切れた。しかしすぐに先へと続けられた。

「いまや御主は、よろこびにみちてわれらを見そなわします。御主の教えは、いま目《ま》のあたりに実現され申した。いまや、わが身もなく、人の身もなく、われらはともに神の御戦さを戦う兄弟にござり申す。神の国は目の前にあり。あに奮い起たざるべけんや」

四郎はコンタスを手にかけ、オラショを唱え始めた。

人びとは光の靄が色を変えはじめた空を仰ぎ、垢のしみこんだ掌を組み合わせて跪いた。オラショの声が幾重にも天に立ち昇り、やがてその祈りは、本丸の広場から近くの陣屋へ、さらにその先の陣屋へと拡がり、やがて海際にそそり立つ城砦全体が祈りに包まれて行った。

松山出丸へ戻る途中、常吉は坊さまにきいてみた。

「わしは上津浦の庄屋どのの触れ役を勤める常吉という者でござすが、御坊は何と申されますか」

「わしか、わしは西忍というのじゃが」

「坊さまで、よう切支丹に一味されましたな」

西忍はふうんという顔で常吉を見おろした。

「別に宗旨替えをしたわけじゃなか。坊主というてももともとは百姓じゃで、百姓の血の騒いだだけじゃ」

「わしは親の代からの切支丹でござすが、切支丹ちゅうても、ようは訳もわからんどまぐれ者でござして。しかし、四郎さまの今のお話には、背中がぞっくりしましたぞい。パライゾちゅうは、あの世のものじゃのうして、この世のものじゃと、はじめて胸に来申した。御坊はどう聞かれましたかえ」

常吉はいつになく自分の心が開かれ、能弁になっているのを自覚した。

「ふむ。わしの宗旨でも西方浄土というがなあ……。わしはのう、マリア様ちゅうて祈るのも、南無阿弥陀仏と唱うるのも、別に変りはなかろうと思うとるのじゃ。わしは広島の潰れ百姓の息子でな、行くところのないのを寺に拾われ、はるばる九州天草まで流れては来たが、説教をするのは嫌いでな。上津浦は人情のよかところで、うかうか四、五年を過ごしたが、わしはただ、わしを坊さま坊さまちゅうて大事にしてくれた村の衆と、一緒に居りたいだけじゃよ。それにあの四郎さまという御仁は、なかなかの美童におわす。わしゃ、ちいとばかり弁慶の気分じゃよ」

常吉がびっくりして見上げると、西忍はおどけたように笑った。

弥三は大江の浜につながれた関船の上で、夕暮れの空に立ち昇るオラショに聴き入っていた。いったい何千、何万の声なのか。こういうおびただしい人間の声を彼はかつて聴いたことがなかった。その声は幾色もの虹になって静かな波にしみ、天草の方へ寄せてゆくように思われた。

大叫喚というのではない。それはじつに静かな、聴く者を浄化せずにはいない無我の祈りであり、土より生れ出たすべての者たちの、天に願う声でもあった。まわりにいた十人ばかりの艫子《かこ》たちもみな跪いている。崖の上に響いていたオラショは城砦を幾重にもめぐってひろがり、やがてその余韻も波に吸われて消えていった。

弥三はたゆたゆと揺れる波の上を見はるかした。船影は見えなかった。彼の持ち船はこの関船を除いて全部、すでに割り剥がして板にし、砦の用材に当てていた。

三十丁櫓のこの関船を残すについては、本陣で話し合いがあった。この船が人員・物資の輸送、敵状の偵察など、一揆勢のためにどんなに働いてくれたかを知る者たちは、むざむざと解体するのを惜しんだ。今後事態がどのように展開するか、予想は立たぬ、この船一艘は残しておくべきだという意見が大勢を占めた。

「この船にもえらい働いてもろうたが、まあ今度は、見果てぬ夢を乗せて、いっときこの浜で睡っておってもらおうぞ」

会議の果てに、寿庵が微笑してそう言ったのを弥三はいま思い出していた。オラショの余韻が上空に残っている城砦を見上げて彼は言った。

「じゃあ、暗うならんうちに引揚げるか」

弥三は帆柱や舷を撫で、海を見渡し、珍らしく正式に十字を切った。艫子たちもいっせいにそれにならった。

彼は西九州の湊は言うに及ばず、若い頃には唐人船に乗りこんで、マカオや高砂まで往き来し、危い橋を渡ったこともあった。財宝を溜めこむ欲は薄く、人びとの信頼を得て、そのために働くのが好きであった。蓮田家や蜷川家、それに寿庵さまなど、人には恵まれたが、長崎のおかっつぁまことおなみさまのためにはとりわけ働いて来た。元和の大殉教の際、おなみさまとの縁で彼女の〝なじみの人〟の最期を刑場まで見届けに行ったこともある。しかし彼自身は親ゆずりの宗旨を深く究める気質ではなく、わしは切支丹とは名ばかりで、俗世の人間が右往左往するのが面白うござすとかねがね寿庵に語っていた。

傾きかけた陽を受けてはためいている鮮やかな緋の色の旗を弥三は見上げた。唐様に金糸の房で縁どりし、白抜きで日月丸と染め出してある。この旗あるゆえに、遠くからでも弥三の船だとすぐ分った。

「しかし、まさか、おなみさまが、この城に来られるとは思わじゃったのぅ」

彼は緋の色の旗を自分の手で下した。引揚げが終ると、あたりは夕闇に包まれた。

彼は自分の船を振り仰ぎ、ひと息ついて声をかけた。

「お前《ま》や、ここで夢でも見ておれ。わしゃあ、これからすることの多かでのぅ」

佐助は翌朝はやく三の丸の陣屋を出て、口之津の陣屋を訪ねた。富岡撤退後、二江衆は自村に戻って原城には入らなかったが、それでもあえて城に籠るという者はいて、佐助ら内野の若者たちは、二江衆の一部とともに三の丸の端に居住していたのである。

佐助は入城以来毎日が忙しくて、大助を訪ねるいとまがなかった。昨日、本丸での大寄り合いの際も、あの人数の中から大助を探し出すのはむずかしかった。口之津衆の陣屋は二の丸の出丸だということである。佐助はやっと大助の小屋を見つけ出した。

「よう来た、佐助どん。今日はやっとひまが出来たゆえ、熊五郎を連れて、城内をひと廻りしようと思うて居ったところじゃ。お前さまもまだ全部は見ておるまい。ずいぶんと広か城じゃ」

三人はまず二の丸から見て廻った。二の丸は三の丸より一段高い台地で、その広々とした敷地には無数の小屋が掛けられ、朝餉の煙がまだ消え残っている。一番奥まった海際には広い蓮池があり、数百羽の鴨が水面に憩っていた。

三人は本丸の高台に上った。入口で番兵から誰何《すいか》されたが、大助が口之津の庄屋と名乗るとすぐに通してくれた。

本丸から見渡すと、城の全体がよくわかる。北から三の丸、二の丸、本丸と海に沿って曲輪が連なり、本丸の南にはさらに松山出丸が細長く延びている。本丸の崖下が大江口で、これは城の搦手に当る。大手門は三の丸にあった。城廓の背後は海を控えた急峻な崖となり、前面には沼田や塩田の入江があって、敵が城壁にとりつくのも容易ではない。

「これは、なかなかの構えの城じゃのう。よくもまあ四郎さまは、ここを思いつかれたものじゃ」

大助は嘆声を洩らした。佐助は気を呑まれたのか黙りこんでいる。

「これがわしたちの城でござすか、ふーむ」

熊五郎は両掌を握りしめ、肩を上げ下げしている。

「城といえばわしたちにはとんと縁のなかもので、ただ年貢を収むる所と思うておりましたぞい」

剃るひまもなく顔中鬚だらけになった大助は、頬を撫でて街道の方を眺めている。

「そうして居らるると、鬚が風になびいて、天晴れ大将に見えますぞい」

「あい変らず馬鹿を言ぅのん。大将ちゅうても、このなりでは乞食大将じゃ。わしはなあ、一家揃うて城に籠らるるのが、何より嬉しいのじゃ。熊五郎とも一緒じゃしのう。わしばかりではなく、どの家も、親子兄弟揃うて嬉しかろ」

大助はそう言いかけてふっつり黙った。佐助が親も妻子も内野に置いて来たことに気づいたのである。しかし佐助は頭をあげて昂然と言った。

「兄者、わしも嬉しか。わしの村からは五、六人しか来てはおらんが、今はもう、わが村よその村ということもなか。土俵積みしておってもみんな心の溶けおうて、こういうことはわしははじめてじゃ」

大助はまじまじと佐助の横顔を見た。育ちがよいのか、邪心というものが全くないらしい。

大助は自分を兄と呼ぶこの一本気の若者がいとしくて心が疼いた。そのとき熊五郎が頓狂な声をあげた。

「来たぞ来たぞ。ほら、あっちから来よるぞ」

熊五郎が指差す街道の彼方に、遠く土煙が見えた。幾千幾万か、この城砦の人数をはるかに超えるであろう雲霞のごとき大軍が、波うちながらやって来る。三人は本丸北側の柵木に走り寄った。見る見るうちにあたりは人だかりとなり、本陣に注進に走る者、自分の陣屋に馳せ帰る者など騒然とした空気になった。

熊五郎の躰はがちがちと慄えていた。彼は心の中で叫んだ。

「見ておれよ、ぅぬら。父っつぁま、母っつぁま、三吉、仇をとってやるぞ」

上使板倉重昌が江戸を出発したのは十一月九日、肥後の高瀬に着いたのは十二月一日であった。重昌は京都所司代として手腕を振った板倉勝重の三男で、寛永九年の九州大名国替の際にも、上使として九州に派遣されており、現地の事情に明るいところからこの度の派遣となった。当年五十一歳であった。

五日に島原城へ入った重昌は、肥前、肥後、筑後の軍勢を用いよとの幕命に従って討伐軍を編制した。彼の指揮下に入った軍勢は鍋島（佐賀）藩一万、有馬（久留米）藩八千を始め、立花（柳川）藩、松倉藩の軍兵から成っており、彼らが原城前面に陣を布いて攻撃を開始したのは十二月八日である。

九州各大名は叛乱の勃発以来、競って幕府へ忠誠を誓い討伐の意欲を表明したが、中でも熱心であったのは鍋島と細川であった。鍋島は往年の関ヶ原合戦の際、西軍につくという失態を犯し、その失点を取り戻そうと躍起であった。藩主勝茂はわが藩単独で賊徒を討伐したいと、幕府へ上申しているほどである。

細川はもともと切支丹とは深い縁がある。前藩主忠興は改宗こそしなかったが、高山右近と親交があり、妻ガラシャはそのゆかりで熱烈な信徒になった。妻を失ったあとでも彼は切支丹に好意を示し続け、日本イエズス会から絶大な信頼を寄せられ、切支丹迫害が開始された後でも、しばらくは小倉の所領内に宣教師たちをかくまっていた。

しかしそのような前歴があるからこそ、忠興、忠利父子はこの際、切支丹討伐に誰よりも熱意を示さねばならなかった。肥後の所領の南半分は小西行長の旧領であり、一応転んでみせてはいるものの、領民の間にはなお切支丹の遺風が根強く保たれている。天草切支丹の蜂起は、不知火海をひとまたぎして自領に影響を及ぼしかねない。叛乱の当初からこの藩は、海岸線の警備、情報の収集などきめ細かい処置を怠らなかった。

叛乱が始まって以来、天草諸島から不知火海を渡って、肥後細川領の海辺に続々と避難民が到着していた。十一月二十日までに、葦北郡へ二百三十人、八代へ二百人、宇土郡へ七十人といった有様である。いずれも切支丹一揆に賛同せず、身の危険を感じた人びとであった。細川藩は彼らからも、現地の状況をくわしく聴取するのを怠らなかった。

上使板倉からの催促を受けて、細川藩は十二月七日、一万六千の大兵を擁して天草へ攻め入った。かねて用意は整っていたのである。しかし大矢野島も天草上島も切支丹衆は原城へ去ったあとで、細川勢は仕方なく空家や野山を焼き払い、兵をいったん肥後領の湊、川尻へ引いた。

攻囲軍は十日から城攻めを始めたが、一揆勢の防備は固く、なかなか攻め口が見つからない。一方幕府は叛乱の規模が思ったより大きいことに衝撃を受け、改めて重臣松平信綱の派遣を決定、信綱は十二月三日に江戸を発った。

第十章　炎上

蜷川左京の指揮する口之津衆は、二の丸出丸に籠っていた。戦闘の際、最も前線となる重要な砦である。弥三も教十人の舸子《かこ》をひき連れて陣営に在った。

彼がある朝、城壁に立って敵方の様子を展望していると、傍らに大助が寄って来た。

「まちっと手ごたえのある連中かと思うとりやしたが、有馬じゃ鍋島じゃというても、大したこともありませせぬな」

昨日の攻撃のことを大助は言っているのである。富岡攻めのさい鉄砲の手ほどきを受けた大助は、今では熟練した射手になっていて、昨日も出丸に押し寄せた有馬の大将株を馬から射落していた。

「いやいや、向うはまだ小手調べじゃ。旗印を見ると、細川の軍勢もまだ着いては居らぬ。戦さはこれからじゃよ。しかしわしは、ここに居っても陸に上った河童というか、どうも落着きやせぬな。

囲まれておるというのは苦手でのう。やはり、広か海がわしの舞台じゃ。なあ、大助どの」

声も目の色も闊達なこの弁差しといると、ここが追いつめられた囲いの中であるにもかかわらず、大助はゆったりとした気分になるのだった。

「海の向うにはいろいろな国がありやすぞ。波の大山のうち重なって来るのを押し切って超ゆる時、これぞ男という気分じゃ。海の向うでは、異国人と様々かけひきもしてのう、半分は海賊気分じゃよ。どうじゃ、戦さがすんだら、わしの日月丸に乗ってみるか」

大助は思わず弥三の顔を見上げた。この城から生きて出られると、弥三は本気で思っているのだろうか。

「そりゃ、ようござす。わしも日月丸に乗せてもろうて、海賊の修業させて頂きやす」

答えながら大助は、何か明るい日差しが砦の中にさしこんで来るような気がした。

日月丸が最後に陸揚げした品々には目をみはらせるものがあった。口之津の蔵はもとより、長崎の蔵のものも根こそぎ運んで来たとのことだった。その中には、おかっつぁま、つまりおなみさまの豪華な調度類もあって、四郎の居殿に運びこまれた時、人びとはみな息を呑んだ。そこに見られるのは唐や南蛮の文化の香りであった。天草の沖をはるか南にくだれば、アマカウ（マカオ）というポルトガル人の湊があると聞く。その品々はアマカウから渡って来たのだろうか。大助は城に籠った自分たちの境遇と海の向うの広い世界とを思いくらべ、軽い目まいを感じた。

「弥三どの、海の向うの話をもっと聞かせて下され」

「語りたいのう。しかし語る暇のあるかのう。敵さま次第じゃて」

弥三は鳴りをひそめている敵陣を見やった。大助は思った。この人の中には、これまで見て来た海の彼方の世界が、その風景や異国の人びとの面ざしや出来事がぎっしり詰っている。そのゆたかな残像が、この人が死ねばともに消えてしまうのだ。彼にはそれがいかなる財《たから》を失うより惜しいことのように思えた。

弥三はふっと大助の顔に目を移した。

「その鬚で、だいぶ男ぶりが上ったのう。おかよどのが惚れ直したと言わぬかえ」

大助は照れて顔に手をやった。昨夜のこと、おかよに剃れと言われ、今さらのっぺり顔にはなれんぞと答えて、おかよをびっくりさせていたのである。

礼拝堂を兼ねた四郎の本陣は、おなみの持ちこんだ調度類、螺鈿細工の椅子つき唐草や、真鍮の大燭台などを据えつけると、すっかり重厚な雰囲気になった。内陣には豪華な茜色の織り緞子《どんす》を張った。

四郎の近習は一揆衆の有力者の子弟から選ばれた、まだ十五、六から二十前の少年たちである。本陣は城の一番奥まった崖の上にあり、戦闘が始まってからも、喚声や銃声は聞えるものの直接銃火にさらされる緊迫感はない。城攻めのない日は心もくつろぐのか、少年たちは古風な黒檀の椅子を珍しがって座ってみたり、中にはテーブルをめぐって追いかけあう者もいる。

右近は微笑を浮かべてしばらく眺めていたが、やがてたしなめる口調で言った。

「お手前たち、遊びはそこまでじゃ。ほら、二の丸の方に銃声のするのが聞えぬか」

ばたばたと走り出ようとするのを、

「待て、何をうろたえる。今日は話のあるゆえ、椅子にかけられよ」

Y.H.

右近は少年たちを椅子に座らせ、自分は立ったまま姿勢を正した。

「見に行きたくもあろうが、われらの勤めは四郎さまの身辺を固めることじゃ。おん身たちは若年ながら近習に選ばれたる身、いかなる事態が生じても騒ぎ立ててはならぬ。ただおとなしゅう行儀ようせよと言うておるのではないぞ。あたりにこの世の終りの劫火が燃えさかる事態が来ようとも、この本陣は静謐の気みなぎっておらねばならぬ。そのためには、日頃から気を散ぜず、心の耳目をひらく修練を積まねばならぬ。

おん身らはこの本陣を何と心得られるや。またこの城籠りをいかが思わるる。ここはわれらが神の住まい、籠城とはわが身を投げうって、もろともに栄誉ある神のミステリヨ（玄義）へ参入することでありますぞ。人間の長い歴史には時として、深く神の御印の捺されたる特別の出来事が起るものじゃ。われらがこの城にての戦さも、後の世まで語り継がれる誉れの戦さじゃと思い給え。おん身らは四郎さまとともに、その誉れを担う身であるぞ。

この城にてのわれらが毎日は、命あるあいだ二度と会うまじき、光に満ちた不死の刻じゃ。その刻をきざむ花時計の音が、聴えて来るではないか。おん身らよ、心を澄まし耳を澄ませ。天と地の声を聴こうではないか。そして総身をひきしぼり、一本の矢となり、光となるまでひきしぼれ。この魂の矢を、必ずや後世にまで貫き通し、共に永生の国に蘇ろうぞ」

四郎と寿庵が右近のうしろに立ち、頬をひきしめうなずき合っていた。

おなみは広縁に面した部屋で、お美代と蜷川の妻女相手に針を使っていたが、その白い大きな絹布の一端を二人に持たせて立ち上った。

「旗印、出来上りましてござります」

一同は感嘆の声をあげて旗に見入った。真中に玻璃の聖杯が描かれ、それを左右から天使が礼拝している。上端に書かれた古ポルトガル語を寿庵は口に出して読んだ。

「ラバード・セイア・オ・サンチシモ・サクラメント」

「いかなる意味にござりますか」

少年の一人が尋ねた。

「いとも尊き秘蹟、鑽仰せられよ、という意味じゃ」

画は山田与茂作が描いたとのことである。彼は本陣の片端に一室を与えられ、聖画の制作にいそしんでいた。出来上った絵は城内の陣屋へ配られるのである。

おなみは右近に大切な切支丹本を預けた日のことを思い出していた。何という奇しき月日であったろう。四郎との縁はまた右近との縁でもあった。いみじき縁につながれ、このような城砦の中で、いつもは無口な右近の熱情溢れる言葉に耳を傾けているのが、さきほどから不思議でならなかった。

四郎には逢ったその時から格別な情愛を覚えていたけれども、それでもまさか一緒に、このような城砦に籠ることになろうとは思いもよらなかった。遊女であった時のことをちらと思った。切支丹でありながら娘を売らねばならなかった親のことを含めて、すべてが遠い前世で起きたことのような気がした。

外に目をやれば古い船板で出来た塀がえんえんと伸び、いたるところに半地下式の小屋が掛けられている。おだやかな冬の陽がさしていた。おなみにはこの城砦全体が、土の中から微光を放って呼吸している生き物に思える。彼女自身、かそかな光を吸った苔の如くになって、台地の日溜りにいるのであった。

この世のことはすべて終り、最後のよる辺ない旅に出たつもりであったのに、まるで、典雅な夢の中にでもひきこまれるように、この死場所へ誘い寄せられて来た。夕茜の色が強く輝き始め、彼女は一瞬の幻を見た。火焔の色をした幔幕がゆらゆらしながらこの丘を包みこみ、空へ向って立ちのぼる。あら美しや、この世が終る……。彼女は空を見上げてそう呟いた。

夢から醒めた気になってみると、手許が寒い。女三人でうなずきあって、出来上ったばかりの陣中旗を竿に通し、唐卓の上にひろげた。

「この旗あれば、わが方の陣営も、魂が入ったことになり申す。かつてなき図柄、聖旗にふさわしき出来映えにござり申す」

旗は少年たちの手で、本陣の石垣の上に掲げられた。

一揆勢が城に籠ってからもうひと月になろうとしていた。夜は小屋に入っていてもたいそう寒い。茅を刈り集めて床に敷き、綿のはみ出した薄い蒲団の下に、みんなからだを寄せあって何とかしのいでいる。

二度の城攻めがあった。その度に鉄砲と石で寄せ手を打ち落し、ほとんど城壁にとりつかせずに撃退することができた。いざとなると、ふだんの自分とは思えぬ力が出ると首を傾けて皆がいう。とくに松倉勢が出て来ると、力が幾層倍にもなる。敵が引くと、四郎の本陣は礼拝に来る者で溢れた。

明けて寛永十五年一月一日、板倉重昌は自ら攻囲軍の先頭に立って総攻撃をかけた。幕閣はその後の情報によって、反乱が容易ならざる様相を呈しているのを知り、改めて老中松平信綱を上使に指名し、信綱は十二月三日すでに江戸を発っていた。重昌はこのことを恥辱と感じて死に急いだのだともいわれるが、それはどうだろうか。とにかく、この日彼は先手の有馬勢が散々に打ち破られて退却し、松倉勢も城中の勢いを怖れてあえて前進せぬ有様に苛ら立ち、自ら前線に馬を乗り進め、乳下を弾丸に撃ち抜かれて討死したのである。

信綱は一月四日、原城に着陣した。細川勢二万三千が攻囲に加わったのはその翌日である。鍋島勢三万五千、黒田勢一万八千以下、攻囲軍の人数は十二万余にのぼった。信綱はいわゆる干し殺しの方策をとった。城中に食糧の乏しいのを見越して無理な城攻めを避け、きびしい包囲網を敷く一方、城をめぐって物見楼や築山を築かせ、攻撃の足掛りとした。

信綱はまた投降を勧める矢文を城中へ射こませた。

――このような古城にたて籠って天下を騒がすのは、いかなる恨みあってのことか。松倉長門守に恨みがあるのであれば、どのようにしても望みをかなえてやろうから、急ぎ城より下り、もとの在所に帰って農に就け。さすれば当座の飯米として二千石をつかわし、今年の年貢は免除してもよい。また今後は年貢三割と定め、諸公役は免じて暮らしの立つようにしてつかわす。

四郎の本陣でこの矢文が披露されたとき、居合わせた幹部たちはみな失笑した。

何という白々しさであろう。まさかこのような見え透いた誘いに、われわれが素直に乗ると思っているわけでもあるまい。ねらいは何なのか。城中の動揺を誘おうというのか。

「こちらも、白ばっくれて返事仕ろうぞ」

——今度籠城に及びしこと、国家を望み、国主に背くの儀、いささかも候わず。天下への恨、かたわらへの恨、別条ござなく候。われらが宗門にお構いござなく候わば、存念これなく候に、しきりにお取懸候につき、かくのごとく候。

恐惶謹言

しばらく矢文合戦が続いた。

矢文は必ずしも、幕府軍、一揆勢の公式のやりとりばかりではなかった。たとえば絵師の山田与茂作は松倉勢や旧主の有馬直純勢とたびたび矢文のやりとりをしている。

与茂作はもともと、松倉の藩主や重臣たちの注文で屏風絵を描いており、蜂起に一味するような考えはなかった。まわりの切支丹たちから、同心せねば焼き討ちすると脅され、妻子を人質にとられたので、やむなく原城へ入ったのである。旧主有馬直純から再々矢文で変心を勧められ、のちには彼自身ついに裏切りを決意するに至った。

現存する矢文には、後世の偽作かと思われるものが少なくない。天野四郎と署名のある矢文は、「来世閻魔之帳を踏み破り、修羅道も踊りいで、皆極楽に安く参るべきこと、何の疑いこれあるべきや」という文言によって有名であるが、当時の切支丹の信仰にわが国伝来の土俗がいかにまぎれこんでいるといっても、四郎が閻魔だの極楽だのというはずはなかろう。けれども細川忠利及び家老衆に宛てた一月十九日付の矢文は無用の修飾が少なく、叛徒の主張をよく伝えているように思われる。

これは征討軍からの矢文に対する返書の形をとっており、

「城内の申状、上聞に達され候由、実否不審にござ候えども、まずもって安堵仕り候」

と書き出されている。とすれば征討軍側はその前の矢文で、お前たちの申し分は将軍様まで伝えたぞ、と書き送ったものであろう。虚々実々のやりとりと言っていい。

「天下様へ慮外を仕懸」け、「人多く亡《う》せた」という詰問に対しては、「一度としてこなたより仕掛け申したる儀、ござなく候」と言い、「天草嶋原両所ともに御軍勢を以て御踏殺され候間、至極迷惑、妨げ申したる分に候」、初めから調べてみればわかることだと言い切る。注目すべきは、この度の一挙について、「不思議の天慮」によって「かように燃え立ち候」と述べ、これは「宗門の奥儀」であるからご納得いただけぬであろうと、突っぱねている点である。

松倉長門守に「恨み、これありや」という点については、「少しもその儀ござなく候、宗旨にお構いござなく候わば、何もお恨みの事、これなく候」とすこぶる冷静であり、長門守に死罪流罪を申しつけるという噂については、「ひとしお笑止なる儀」と切り捨てる。

四郎については、「浅々しき平人の上にて申すべき儀」ではないが、おたずね故お答えすると前置きして、「かたじけなくも生れながらの才智、天使にてござ候えば、凡慮の及ぶ所に非ず」と言う。

しかし文中最も注目されるのは、「今生《こんじょう》の儀」と「後生における一大事」とを明確に区別していることであろう。後生の一大事とは蓮如の言葉だけれども、むろん彼らの意識では来世での救済を意味している。矢文は言う。「今生の儀」であれば、われらは天下様にそむく意志はまったくない。むしろ謀叛人など出た場合、一命を軽んじてご奉公することこそ、切支丹の面目である。この言にいつわりはない。しかし、後生の一大事に関しては、天使の御下知に随って、一歩も退かぬ覚悟である。

神のものは神へ、皇帝のものは皇帝へという聖書の教えを、このように彼らは表現した。今生においては天下様にそむくつもりはないというこの言葉を、彼らの「思想的限界」などと呼んではなるまい。いかに相手が天下様であろうと、今生の儀ならばともかく、後生の一大事の関わる次元ではその権威に従うつもりはないと彼らは明言しているのである。

矢文から読みとれるのは、何よりも彼らの覚悟のすわりかたであろう。降参すれば、妻子ともども在所へ返してやろうという甘言に対しては、「広大無辺の宝土を求め候上は、火宅の住所を望まず」と答える。右の申し分を合点なされたら、これ以上のお世話は無用、今後こちらから申入れることはない故、そちらからも申入れはご無用と矢文は締めくくり、まことに堂々の回答であった。

しばらく戦闘のない日々が続いた。城中の者たちは、山野を埋めつくさんばかりの攻囲軍が、忙しく立ち働くのを珍しがって眺めていた。盛んに竹束を持ちこんで、城のぐるりの沼地や汐だまりに橋をかけたり、土俵を埋めこんだりして、城攻めの足掛りを造ろうとしている。盛り土をした築山が日毎に高くなってゆく。一方、各所に物見楼が建てられてゆく。昨日まで田畑であったところに無数の小屋が掛けられ、道が造られる。方々に物売りの小屋まで出来ている。

「こりゃあ見ものぞ。一生かかっても、いやいや何代にも一度しか見られぬ眺めじゃよ」

口々にそう言い合った。

「後の世に語り残しておきたいがのう」

そう言って、みなふっと黙りこんだ。末期の目に見る景色という思いが誰の胸にもあった。

「この軍勢は、つまりは、天下様の号令で来た者たちじゃろうて」

「当たり前じゃ。そうじゃなくして、こういう沼田に漬かりに、誰がはるばる来るものか」

天下様の名は家光というて、この頃癇が立って病気がちじゃそうじゃ、などという話題がひどく新鮮に感じられた。松倉藩や寺沢藩の上に幕府というものがあることを、これまで知らぬわけではなかった。だが、それは遠い遥かな、自分たちとは何の関わりもない存在であった。その幕府というものが自分たちの前に姿を現し、自分たちの一挙手一投足に面白いように反応して来る。城中の百姓たちはまさに、将軍あいてに凜々と名乗りをあげる気分であった。

本丸の海側の崖から小雪のまじる風が吹きあげる夜が続くかと思うと、嘘のように凪の海が光った。廃城とはいえ砦のあちこちには残りの梅が香り、桃の蕾もふくらみかけていた。

そういう古木の中のとくべつ巨きな桜の下に蓮田家は小屋を構えることが出来た。

「家も屋敷もことごとく捨てて来たおかげで、来る春は、無上の花をたまわるぞ」

仁助がそう言えば、美代も顔をほころばせておうめに相槌を求めた。

「ほんに、花はひとりのものではあらぬわいな。今の身になってようわかる。なあ」

彼女のいつもの話し相手は女あるじをちらと見て、ただしばたたいて見せただけである。夕飯に交ぜねばならぬ干しヒジキやアラメの根を切って選り出すのに、おうめは忙しかった。

攻囲軍の方では思いの外に攻め難い城砦に手を灼いていた。いずれの藩も工夫をこらし人数を投入して、まず足場を固めねばならなかった。砦の前面は湿田や汐入地で城壁に取りつくのにきわめて足がかりが悪い。背面の海から船を着けようにも切り立つ崖である。十二月二十日、一番攻めをかけて思わぬ敗退を喫したあとは、鳴りをひそめて、もっぱら足場造りをはじめたのである。古城をめぐって大土木工事の展開といってよかった。

天草大矢野、上津浦を探索していて島原着陣のおくれた細川藩では一揆軍の堅固さに備え、藩主の意向で熊本城天守閣に置かれていた大鉄砲を下し、まずは築山用に要る空き俵八万枚、縄二千束、竹一万束、柵木五千本等を各郷から集め、とりあえず船で運んだ。上使衆の宿（小屋）も設営せねばならず、畳三十二畳、うすべり百枚、庭筵三百七十枚、座敷囲い用の茣蓙《ござ》百二十五枚、屏風、こたつ、ふとん、燠かき、手水《ちょうず》たらい、行灯《あんどん》、ろうそく、しゅろ箒、ちりとり、文箱、油紙、すり鉢すりこ木二つずつ、燠いろり、金輪五徳五つ、杉箸千膳分、白米十俵、餅二千、大豆十俵、味噌五桶、香の物一桶、酒五樽、醤油一樽、酢、油、一樽ずつ、塩五俵、鴨、かつお百ふし、ぶり、大根、ごぼう、炭、薪、砂糖、藁等々を急ぎととのえた覚え書きが残っている。荷ない田子《たご》（担桶）三百、馬桶二百七十、米や大豆はまた追々出すように。縄ない人足、建前人足等の数も書き出すなど、これはとりあえず上使陣屋のかかりであり、参陣した各藩とも、駆り出された人足たちを含めていかに大がかりの規模になったことか。

砦の側では、敵方を揶揄する落首やおどり歌なども数々こさえて、楽しむゆとりもあった。城砦を補強するかたわら、覗き穴をしつらえた土塁のかげに他郷の者らを手招きして敵陣を見せあったりもした。人夫らが竹束を抱え、土嚢を積み、橋をかけ、沼地を埋める作業に一心な様子がよく見える。

「ほら見ろ、向うもえらいな忙しさぞ。道作りから始めるちゅうは、戦さも柔うはゆかんのう」

お前はどこの誰かとも尋ねずに、いかにも嬉しげに相槌を求める。

「感心することぁない。われわれとて、戦さじゃ戦さじゃちゅうて、穴掘りからやったぞ」

「違いなか。しかし人のするのを見ておると感心するのぅ。まるで祭りしに来た気もするがのぅ」

「祭りかえ、ぅむ、まあな。そういぅのん気なこと言ぅのも今のうちじゃ」

皆々、互いの顔がやたらに懐かしかった。矢も弾も飛んで来ぬ日が続いたが、第二次の城攻めは意表をついて元旦に強行された。

岡山藩の石丸七兵衛は一揆方の奮闘ぶりを「珍らしき有様」として書き残した。


——さて朔日夜明けの儀に御座候え共、夜の八ツ時分より寄せ申され候衆も御座候、夜明寄せられ申し候衆も御座候に付、そろい申さず、一手に懸り申され候えども追い崩され申し候、塀へ近々と寄り申す時（上から）石を打ち、砂を炒り候てかけ、灰をかけ、塀に手をかけ申す時、なた長刀とする物にて切り、中々珍らしき有様にて候。今の分に候わば、寄衆をば皆打殺し申すべしと見え候。


後の天草代官となった鈴木三郎九郎重成は四日後、松平信綱らとともに着陣したが、この時の城攻めをつぶさに聞き、一方ならぬ関心をもった。

境の堤奉行もつとめていたこの人物はたぶん土木や治水工事などにも精通していたのかもしれない。大坂衆へ送った報告には、強固な城砦を目のあたりにした専門家の眼識があらわれている。

一、一揆共取籠り申し候古城、総廻りの塀ならびに内の態、いかにも丈夫に普請仕り居る態に見え申し候こと。
一、塀のかけ様、高さ九尺あまり、内には竹を当て、その次に土俵にて五尺ばかりつきたて、走り上り候ように土手のごとくに仕り、武者走りをいたし、いかにも厚く仕り、塀の覆いは御座なく候由申し候。甲賀忍びの者、塀際まで夜忍びに参り、矢ざまなどさぐり見申し候、いかにも丈夫なる態に申し候こと。
一、城中本丸には古き石垣其のままにて御座候、其の内に寺をつくり、参る由にて、むね高き家二つ見え候、其の外は小屋かけと見え、いずれもぬり屋の由申し候こと。
一、天草四郎、年十五六の由、城中の者共崇め申し候こと、六条の門跡より上ときこえ申し候、下々の者はかしらをあげ見申すこともまかりならず、おそれ申す由、落人共申し候。昨日も薪取りに出申し候もの、越中殿（細川忠利）の手にてとらえ申し候こと。
一、総めぐり塀の内一間あまりのけて、底広に深さ七、八尺に掘り、其の内に居り申す由、小屋の内にも穴を掘り、堀の内にも竹束にてしきり仕り、鉄砲の用心致し候由、さように御座候や、よわり申す態見え申さず候こと。
一、城中より常には鉄砲一つもうち申さず候、玉薬大切に仕り候かと申す事に御座候。
克明に城の模様を綴ったあと彼は、城中はいかにも丈夫であるから、寄せ手の陣では築山、物見やぐらをより高くして城砦が見下ろせるようにし、城まわりには丈夫な柵をつけ、内からまぎれ出るのを防ぎ、大筒や石火矢をしかけ、鉄砲ぜめにしたがよい、と進言した。彼は、鉄砲、玉薬の責任者として着任したのであった。

石垣と樹木のみが残っていた古城の中に掘割り道をめぐらし、外に向く側には高く厚い土手を築いて集落をつなぐ作業が完成する頃、一揆方にはこれまで覚えたことのない親愛と、新しい天地の中にいるような解放感が広がった。

常吉は本丸の寺に心ひかれて度々訪ねるうちに、本丸の賄い方をしている竹松となじむようになった。寄せ手の鉄砲の音がしないある雨の夜、西忍と連れ立って竹松を訪ねると出支度をしていて、これから二の丸出丸の蓮田の小屋へナタラ（降誕節）の祝いの相談に行くという。蓮田の小屋では三人をこころよく請じ入れ、常吉は旧知の人びとの間にいるような気がした。小屋の中には大百姓与左衛門の息子長市の姿もあった。弁が立つと言われていた長市は恋女房を殺されて以来すっかり無口になったが、今夜はいくらか気がほぐれる様子で、思慮深そうな微笑を時々浮かべ、一座の話に相槌を打っていた。

「なあ、西忍さま。この、肩寄せ合うて新しゅう出来たわしらが家々をば、なんと名づけたもんでござしょうか。こりゃあ町でござしょうか」

常吉が感にたえぬように尋ねる。

「とてつもなか人数じゃ。町とも村ともいえるが、もう一つのこの世の、はじまりじゃろうよ」

一向宗の坊さまがそう答えたので聞いた者たちはどことなく肯ける気もした。西忍坊はかねがね公言していた。

「わしゃぁ、宗旨替えした訳ではなか。百姓衆に食わせてもろうた恩義を返しに、ここに来とるまでじゃ」

恩義あって来たという西忍坊が、二度の城攻めの時、なた長刀と言われる長柄の長刀を振るって、塀にとりつこうとした寄せ手を次々に薙ぎ払った姿にはみんな度肝を抜かれた。「今弁慶」とあだ名がついた。

「もう一つのこの世でござすか。やっぱ、坊さまは学がちがう」

竹松が冷やかし気味に言ったのに、西忍はとぼけた声で答えた。

「何が学なものか。お前が酔うて見る夢の中に、皆してはいり込んどるわけじゃよ」

常吉と熊五郎が「いかにもそうじゃ」と力を入れていうのに長市も微笑した。常にもまして和やかな目許になった仁助がみんなの顔をゆっくり見廻した。

「ちょうどよかった。昨日のお祈りのあとで、四郎さまが申された件じゃが、ナタラ（降誕節）の祝い日の」

「ああ、わしも聞いており申す。あの企て、女、子どもたちも元気が出やすぞ」

西忍は答えておいて自分の出る幕ではないと思ったか、促すごとくに常吉を見た。

「はい、昨日のお話には、わしらの七兵衛さまも大乗気で、神崎大膳さま方と語ろうておられやす」

足半草履を編んでいるおうめもふっと顔を上げた。今夜は酒を出さないときめているので、手許がはかどっている。

「わしの耳にもそれは聞えての。上津浦からは、親の代にあった長崎での聖行列をば、再現しようぞと、言いよるそうじゃが」

「ああ、長崎での。わしの親も若い頃ちょうど長崎に居り合わせたそうで」

珍らしく、長市が口をひらいた。

「幼いキリシト様を見つけて来て、紫ビロードの台座をつくってその上に乗せ、お行列があったと、父が語ったことがありやした」

まじまじと一座の者は長市を見た。彼の赤子《やや》が水牢の中で若い母親もろとも死んだことを思い出したのである。

「なるほど聖行列か、それは考えただけで美しか。よかナタラの晩になり申すぞ」

「なあお前さま、うちらの村では、御灯りのお行列をばいたしましょ、お蠟燭持って。高灯籠も持ち出して」

お美代がたえかねたような声を出した。

「掘割り道をばなあ、御灯りの行列がゆく。よか眺めでござすのう。終ってから、どこからなりと、酒を奉るご仁もあろうぞな」

竹松だった。後の方はごく小さな声でみんなそれには答えなかった。おうめも一言入りたかったらしい。ぼそぼそ声を出した。

「キリシト様、御出生の晩じゃ。蕾の梅どもまいらせる心があれば、酔いもするぞ竹松どん」

竹松は子どもじみた目をかがやかせ、膝の上に両掌を組んでしばらく顎を乗せていた。

籠城もやがてふた月になろうとする一月の末、四郎はこう言ってナタラの祝日の企てを提案したのだった。

「御主御降誕の祝い日は、籠城のあわただしさにとり紛れ、勤めることができませなんだ。日を改めて三日後にナタラの祭をとり行いましょうぞ。こたび迎えるナタラの祝い日は、常の年とは異る宵になろうかと存じまする。皆々心を一つにして、城砦もこのように築き上げ、十重二十重の敵に囲まれながら二度の城攻めにも打ち勝ち申した。後の世までも栄光あることにござり申す。

われらこの世を捨て、断食を続けて浄き飲食《おんじき》をなし、残り少なき現世を荘厳《しょうごん》してまいり、いよいよ甦りの夜明けにさしかかり申した。おのが手足にて作りしナタラの夜への道はここに展《ひら》け申した。今こそキリシト様御出生の日に、じかにまいるべき身となったのでござり申す。

各村々そのおつもりにて、御灯りを奉り、子どもらの聖歌と踊りなども、心深く花やかにまいらせらるるよう」

提案は深い喜びをもって迎えられた。

来年の麦も蒔かずに家郷を捨てて来た悲しみを砦造りの力に替え、身を守るための防塁を皆で造った。男も女も子どもも働いた。土を掘りあげて船板を立て回した塀際に盛り、分厚い土手にした。包囲軍が下から撃ち上げる鉄砲の弾は土手に当っても、深い堀道まではとどかなかった。粗末な仮小屋だが、小屋の穴にいれば安全であった。積み上げた土塁が砲弾で吹き飛ばされてもすぐにつくろった。汗して造営した自分らの砦である。はじめて知り合った他郷の者たちとも一心同体で他人とは思えなかった。四郎が兄弟姉妹よと言うたび身がふるえたのである。縦横にめぐらした掘割り道は子どもらの格好の遊び場でもあった。

「十重二十重の故に包囲されてナタラの聖祭とは、栄光もきわまることよ。弥《いや》たかだかと神もご照覧あるにちがいなし。常になき祈りをばまいらせましょうぞ」

寿庵がしめくくったあと、各村々でも現世では二度とめぐり会えぬであろう降誕節を晴ればれと行うことが話し合われた。

敵に包囲されての大祝日ということが、思った以上に皆の士気を高めた。覚えやすい連禱の文言が選ばれ、今までうろ覚えであったものは、よく習っておくことが話し合われた。

「二十年余の昔、長崎で行われた最後の祝典にならい、村毎に工夫を凝らすべし」

「次の城攻めをかけてくるには間があろう。このさい充分に英気を養っておこうぞ」

「デウスの御戦さの陣中にての祝い日にあやかるとは、再びなき幸せ」

などと熱をこめて企てが進められた。

その日は来た。村々のしきり口には暗くなるといっせいに高灯籠がかかげられた。もしも空の上からこの夜の原城を眺めたとしたら、掘割りの道にそってめぐらされた夥しい小屋の前には、藁の家々の前で小さな灯火を袖で囲った女たちが、子どもらの聖行列を眺めているほのかな情景や、砦のあちこちに繭のような形をした高張り灯籠が、古城の魂さながらゆらめき合っているのが眺められたことだろう。

まわりに石垣を築いた四郎の寺は行列のすべてを中に入れることは出来なかった。端々の村から連禱を唱えながらやってきて、石垣を取り囲むと、白い祭服をまとった一群の子どもらが出て来て讃美歌をうたった。幼いキリシトに見立てられた赤子はふかふかの絹の綿入れにくるまれ、「生命の木」のかげの、藁を敷いた馬槽《うまぶね》の中でぐっすり睡りこみ、人々の気持を和やかにした。流れは夜半すぎまで絶えなかった。

行列が終ったあと、心の昂ぶりのおさまらぬ有馬武士のコンフラリヤから余興の催馬楽《さいばら》が飛び出し、居合わせた者たちは歌に合わせて手足を振りあげ踊り出た。

あな尊《とうと》　今日の尊さや　古《いにしえ》も　ハレ
古も　かくやありけむや　今日の尊さ
あわれ　そこよしや　今日の尊さ

この夜のことはよほど一揆方の意にかなったと見え、ことあるごとに灯籠をかかげて歌い踊りしているさまが、包囲軍にも見てとれた。細川藩では大きな帆柱を築山の上に立て、箱を吊り下げ、人を入れて中の様子を覗かせた。細川忠利は父忠興宛ての手紙に、砦は堅固で落とし穴や堀が幾重にもめぐらされており、「むざと乗りこみ候わば必ず死人手負いあるべく候あいだ帆柱を数々立て」たと言い、「切々《せつせつ》城内に高とうろうを灯し、わらんべのなぐさみものであるいかのぼり（凧）を揚げ」ていると書き送った。

幕府方では長崎代官末次平蔵を通じて、平戸のオランダ商館長クーケバッケルから大砲、弾丸、火薬等の貸与を受けた。それというのも、幕府に対し白糸をはじめとする貿易の許可をうるため、商館側からこの叛乱にさいし、武器弾薬の貸与を申し出たからである。長崎に近い平戸に船を碇泊させていた商館側では、反乱の原因から戦況の移りかわり、双方の人数、戦いの見通し等を精密に聞き集め、この変事を最大限に利用して、貿易をすすめる糸口を摑もうとしていた。高官たちの接待や贈り物にいたるまで準備し、徹底した商魂で彼我の戦況を見つめていた外部の目がそこにあった。

一月十二日、上使の名をもって一揆軍内に投降をすすめる矢文が射込まれた。平戸を出港したオランダ船が同日、原城の沖に錨を降した。ただちにクーケバッケル一行が上陸、上使の陣中を表敬訪問し、双方から絵図をもとにして攻撃目標を定めた。信綱たちはしばしば商館長に尋ねた。

「砲撃によって藁の家々を焼くことはできないか」

かたわらに、大坂から大砲を積んで来た鉄砲奉行鈴木三郎九郎もいた。オランダ船側は、いな、と返事した。

「藁と筵で出来ているため打崩すことは困難で、弾丸を受ければただ穴があくだけである。石か木でつくった建物ならば大きな裂け目が出来、崩れるであろう」

十三日は快晴であった。誤って包囲軍に弾が当らぬよう頼むといわれ、試し撃ち気味に最初の弾丸が十四発発射された。次の日には二十七発船の上から発射したと、クーケバッケルは日記にしるす。さらに砲撃は続けられ、砦にも損害は出たけれども、一揆方は穴のあいた塀など一夜のうちに土俵を積んで修復するのが、船の上から眺められた。

竹松は独り身であったので、本陣の賄い方に配属されていた。右近のいる本陣で働くことになって彼は本望であった。素潜りの腕はまだ十分に役に立ち、使い慣れた鉾《ほこ》と銛《もり》を研ぎ立てて、いつでも手の届く所に置いていた。いざという時、そんじょそこらのなまくら槍よりは、おれの鉾の方が数層倍も役に立つとひそかに思っている。

見かけが優男だからだろうか、賄い方の女房たちからしばしば声がかかった。彼が誘ったり女房たちが誘ったりして、たびたび海藻や巻貝を採りに浜へ降りた。

その日も二の丸下の浜へ女房たちと出かけたが、途中で出丸の際から敵方の様子をうかがうと、汐川や沼田に漬って働いている人夫たちが、意外に近いところに見えた。

「こりゃあ、だいぶ橋の近寄って来たぞ。えらい頑丈に出来よるが、向うの普請奉行もなかなかやるわい」

「あれっ、あっちの物見楼、この前見たより高うなっとる」

隣で柵から身を乗り出している女房が、頓狂な声で指さした。

「近々また、城攻めになりゃあせんかいのう」

竹松が言うと、女房たちは気持がむずむずするのか、敵方の人夫たちをからかい始めた。

「よーい、お前どみゃ、どこから来たかえ。帰ればわしらと同じ百姓じゃろが」

のびのある声でそう呼びかけるものだから、ほかの女たちがくすくす笑う。声をかけられた男たちが、今、何を聴いたかという顔になって突っ立っている様子がおかしくて、女たちの笑いははなやかにさえ聞えた。

「鉄砲ん弾や石に当たろうよりは、早よ戻れ。女房も子どもも居るじゃろが」

「お前方、嬶《かか》じょの恋しゅうはなかかえ」

「早う戻らんば、大事の嬶じょは、おっ盗らるるぞう」

「ここではなあ、石の雨しか、御馳走できんばえ」

歌うような抑揚の天草弁である。

女たちはやがて、竹松が天を仰いで大笑いするような卑猥な一語を言い放った。人夫たちは笑いように困って、竹束に隠れようとするが、足がうまく運べない。いざ戦闘となれば、彼女たちの石礫に打ち落されるかも知れぬ彼らだった。

鈴木三郎九郎重成は城に近い築山の上に立って、この場面を見ていた。何という女どもであろうかと彼は微苦笑する。彼が着いてからまだ城攻めはないが、話に聞けば城中の女どもは、元日の戦闘ではたすきをかけ、クルスを額に当てて乱れ髪に鉢巻をしめ、石礫を雨の降るように打ちつけ大働きをした。寄せ手はたまらず浮足立ったという。

城内にびっしりと建ち並んだ小屋を見て、彼は過ぐる年の忘れられぬ情景を、ありありと思い浮かべた。前任地大坂で彼は上方代官と摂津、河内の堤奉行を兼任していた。僧形の兄鈴木正三が巡錫《じゅんしゃく》の途中重成をたずねたのだが、ちょうど彼の管轄下では、百姓たちの隠し田が数多く発覚して騒ぎになっていた。打ち捨てられた荒れ地を少しなりとも拓いて腹の足しにしようという百姓たちの気持はよく分り、検地の縄から洩れた僅かな土地など、目をつぶっておけば皆々助かると思っていたのである。どこから洩れたのか、ぞろぞろ発覚して隠しおおせなくなり、伏見奉行小堀遠州に申し出た。小堀遠州は茶道や造園家として著名な人物である。減刑を願い出たつもりであったが、男女ともに死罪の下知が下った。打ちしおれているところへ畏敬する兄が来て、すがりつく思いで窮境をのべた。正三は愛弟にきびしく諭した。

「参陽（三河国主家康）この方、このごときの罪によって女人を成敗せることなし。今この時この事をさし止めえずば、永劫の殃過《おうか》（神仏の罪）にして不忠の事なり。たとえ身命を喪するとも、これを訴うべし」

不忠とは主君のみならず、民にもかけられた言葉であった。命を失うとも百姓たちを助け職分を完うせよという兄の言葉におのれを鞭うち、嘆願を続けた結果、まさに処刑寸前にあった女囚たちが救われた。正三は読経を続けながら吉報を待っていたけれども男囚の救命はならなかった。その時の百姓たちの姿が、天草女たちに重なって、彼は目の奥に暗い稲妻が走るのを覚えた。

百姓相手の戦さとはまことにいやなものである。それにしても、村ぐるみ家族ぐるみ、この寒い時期に不自由な砦に籠り、ほとんど捨て身になって手向うのは、いったい何に由来しているのであろう。この女どもの心のうちを、自分の眼で見てみたいと鈴木重成は思った。重成の兄は大坂の陣のあと武士を嫌って出家した禅僧であり、多くの著作がある。つねに仁王のごとき勇猛心をもって座禅せよと勧め、念仏をする時は果し合いをする眼つきになって名号を唱えよと説く。百姓ながら肝のすわった一揆勢の様子を目にしたら、兄は何というだろうか。

彼は幕府より鉄砲奉行に任じられ、松平信綱に従って大砲や玉薬を大坂から運んで来た。彼が指揮して築山の上に据えつけた大砲はやがて火を噴くであろう。二の丸の高台の半ばを占める百姓小屋が

YH.

打ち砕かれて天に舞い上る情景が彼のまならをよぎった。まことに気の晴れぬ情景であった。

この時彼は、自分が乱後亡所と化した天草の代官に任じられ、十二年の間、島民のために身命を賭して働くようになろうとは思い及ばなかった。ましてや、四万二千石という過重な年貢を半減するよう懇請し続け、容れられずして切腹することになろうとは知る由もなかった。

矢文合戦の合間に松平信綱は、細川藩の囚人となっている四郎の母と姉、姉の二人の子、小平とまん、それに渡辺小左衛門を島原に呼び出した。

母のおいねは囚われて以来、霊名のマルタで通して来たが、

「マルタ、こちらへ出よ」

と細川の役人から呼び出される度に、今度こそ首をはねられるかと思い、二人の孫を抱きしめずには居れなかった。取り調べも牢中の扱いも思っていたより苛酷ではなく、四郎が原城で一揆の大将になっていることは、役人から聞かされた。

「お前の倅はたぶらかされて、木偶《でく》にされておるだけじゃ。十六ぐらいで、大将が勤まろうか」

と嘲笑されるたびに、

「いいえ、わたしの息子はまことの天使にござり申す」

と心の中で言い返す。

松平伊豆守の前に引き出されたときはさすがに身がすくんだ。信綱は城中の甚兵衛と四郎に手紙を書けという。いかにも優しげな物言いで、おいねはほっと心がゆるみ、切支丹衆に強制されて、心ならずも城へ入っている仏教徒たちを城方が解放するなら、それとの交換にお前らを城へ送ってやろう

という信綱の言葉にすがりつく思いになった。

手紙には「われわれなど捨ておかれて情けなく候」と思わず書きつけた。四郎は大将であるゆえ、対面もむずかしかろうが、せめて矢挟間《やざま》から顔ぐらい見せてくれてもよいではないかと書いた時、涙で字面がかすんだ。

手紙は八歳になる孫の小平が城中に届けることになった。小平は四郎の姉レシイナと、渡辺小左衛門の弟佐太郎の子である。自分の役目もよくは弁えぬまま、ただ父さま、甚兵衛、伝兵衛二人の祖父《じじ》さま、四郎兄さまの所へ連れてゆかれると聞いただけで喜んで、侍たちの後先になってついて行った。双方から矢留めがなされている浜辺に着くと、城方の者たちが待っていた。小平とは顔なじみの親族である。

「小平坊か、よう見えらいた。覚えておいでか、中村の小父じゃ」

声をかけて近づき、付添いの侍たちに甚兵衛と四郎の礼言を丁重に伝えた。小平は男たちに抱きとられるようにして城中へ消えた。

日暮れ近く合図があって、小平が城中から出て来た。胸に大きな紙袋を抱えている。紙袋の中には、柿、蜜柑、砂糖、九年母《くねんぼ》、饅頭、芋などが入れてあった。

おいねは獄中で袋を開いて、どんな人がどんな手つきでこれを入れてくれたかと思うと、涙が先に溢れ出た。ひとつひとつ取り出して並べながら、飢え迫る城中でどんなに貴重であるか知れぬ品々を、小平に持たせてくれた人びとの気持を思い、千万無量のことづてを読みとった。

「これは全部、父さまが下さいたのかえ」

「ううん、伝兵衛じじさまも、兄さまからも。柿は、どこかの婆さまの下さいた」

おいねはあの顔か、この顔かと思い浮かべた。小平を見知った老婆に違いない。

「女ごの子のくれた蜜柑じゃ、ほら」

帰りがけに走り寄って来て、握らされたのだと、手に取って嬉しげに見上げた。

「甚兵衛じじさまは、どうして居らいたかえ」

「お鬚ごわごわで抱いて下さいた。きつう痛かった」

「四郎兄《あに》さまは」

「母さま、姉さま、間ものう逢えまするゆえ、お待ち下されと申さいた。兄さまはお香の匂いのよかった」

四郎はともに死する日は近いと言っているのである。

父の佐太郎と祖父伝兵衛連名の返書を小平はたずさえていた。心を読みとるには短すぎる文面である。甚兵衛と四郎の返書がないのが、おいねにはこたえた。

数日後、小平は妹のまんとともに、再度城中へ送られた。異教徒を早く外へ出して、われわれを城中へ引き取ってほしいという、おいねと小左衛門の手紙を持たされていた。

「御ふんべつ候て、そこもとへ御よび取り候てたまうべく……御きき分けなきことふしんに候」

とおいねは書いた。

佐太郎から返事があった。

「城山の桜は春の嵐かな、はらいそさして急ぐむら雲。なみだを水にして、心を墨にすり、しるし候……必ず必ずはらいそにてはお逢い申すべく候」

城内からの最後の文《ふみ》をたずさえた幼い兄と妹が手をつなぎ、昏れなずむ今生《こんじょう》の渚を遠ざかる。城中の者らが二、三百人出て、袖を目許に押し当てながら見送った。まんは四郎からもらった金の指輪と、むくろじゅの玉を握りしめていたと伝えられる。

城砦内の結束は深まっているとはいえ、僅かながら落ち人も出はじめていた。

本格的な寒に入って、狭い台地にとじ込められた三万近くの人数が暖をとり、煮炊きをせねばならない。薪炭がまず欠乏しはじめていた。兵糧の逼迫はもちろんのことである。燃料にするため、敵陣との間に立てまわした柵木を少しずつ引っこ抜き、城内の樹や根まで伐って大切に燃やした。各小屋に秘匿していた雑穀なども探し出して分配し直した。

幼い児を抱えた女親たちの吐息を聞き、その顔をうち眺めながら、上津浦の西忍は思っていた。落せるものなら落してもやりたい。しかし、摑まるのがおちである。命の保障はないどころか、首を切られたあとは腹を割かれる。ゴマじゃの大豆カスじゃの、磯の藻じゃのが、鳥の餌のように空き腹に入っておるのをたしかめらるるわけじゃが、かえすがえす不憫でならぬ。

ひしひしと迫る極限情況を一揆方ではくわれすま（四旬節）の大斎に見立てた。キリシトの受難に思いをはせる最後の機会であった。二月一日、積極的な精進潔斎《しょうじんけっさい》と断食をすすめ、祈念を深めるよう、益田四郎ふらんしすこの名をもって心得書が出された。

オラショの文言もたしかには言えぬ者たちもあまた居たことから、指導者層に、「一人一人に合点がゆくよう」嚙みくだいて読み聞かせ、お大切（愛）の心をもって接せよと但し書きもついている。

一、この度この城内に籠り候おのおのは今生を経て来し罪科のゆえに後生のたすかりさえ定まらぬ身にこれあり候に、この度はかりしれぬ御慈愛と思召しにあずかり、後生までも友達となり申す儀、よくよくの御高恩にござ候。

かかる上は、おらしょと日々のお礼の祈念を怠らぬよう、かえすがえす、お大切の儀これあるべく候こと。

わしも働きどころを与えられたかと思いながら西忍は法度書を試し読みしてみた。これならわしでも、百姓衆に読み聞かせることが出来る。落ちそうな人間はだいたい見てわかる。魂のふらふらしている間に捕えられて、空き腹を裂かれたりしたら、後生の助かりどころではあるまい。死後の地獄よりはむごいことになるだろう。どっちみちつきる命ならその前に引導を渡し、魂なりと助けてやってわしも一緒に死んでよい。

少々長い法度書から分りやすそうな文言を拾い出し、出て来た村ではやりたくなかった説法を買って出て、彼はあちこちの小屋を廻り、墨書した長い紙をひらひらさせて註釈して聞かせた。

「わしゃあ、そもそも親鸞さまの徒じゃが、この法度書は、仏の御教えとそっくりのところがあって、わかりやすい。

一、現世は一旦の事と申し候中に、此の城の内の人数はいよいよ短き様に存じ候あいだ、昼夜おこたりなく、前々よりの御後悔はもとより、日々あることの御礼、おらしょ等の御祈念もっぱらに存じ奉るべく候こと。

よろしいか、現世は一旦の事とは、仏説にも申す。おのおのが今ある現世は仮そめの宿ということぞ。この城にこもりしわれらの仮そめの寿命も、いよいよ残り少のうなった。これまでの長き苦難からいよいよ解き放たれる。まことによろこばしいと、四郎さまはいうておられる。現世をあとにするにおいて、わが身のうしろ暗きところの僅かでも思い出し、よき生まれ替りをたまわるよう、ざんげをなし、残りの日々についてもお礼をなし、おらしょの祈りをなせ。

わしゃあ、南無阿弥陀仏でもよかと思うとる。われを忘れて一心に申さば、弥陀の本願によって後生を救うて下さる。

よいな、此の世の命数はもうじきつきる。わしも共にじゃ。何の縁あってかお手前らと生死を共にすることになって、名残りはつきぬがのう。あとの命があると思うなよ。残り少なくともひたすら自他の善をはげまし、現世の苦からはなれようぞ。宗旨に明かるき者は、暗き者をはげまして助けよ。

殊に今この時季は、くわれすま（四旬節）と申し、キリシト様の御受難が再び地上にあらわるる時節である。そのご受難をばしのび、もったいなきことながらわが身に重ね、精進潔斎、断食、祈念を強めるまたとなき時季に入り申した。自他のアニマの清浄なるを念じ、ともに手をとり合うて後生の光をいただこうではないか。この城内に召し抱えられたる衆は後生までも友達たるべく候、と四郎さまはいうておられる」

どこかしら勝手説法の気味がないではなかったが、彼のまわりの衆生にはその熱情がよく伝わった。何より心強かったのはこの荒法師が、たとえ地獄へゆくにしても必ず同行してくれるという気迫を持っていたからである。なかなかの坊さまじゃと、弥三も仁助たちも思った。四郎さまが乗り移っておられる、という者もおった。

みだりに城外へ水汲みにゆかぬようにという一項があるのは、水汲みに出て敵方に捕えられる場合が多かったからであろう。

蓮田一家の小屋では、おうめが坐りこんで石臼を廻していた。腰が冷えるので茅《ちがや》をたくさん敷きこんでいる。この頃は毎日は廻さない。碾《ひ》くものが少ないのである。

城へ入ったばかりの頃は、玄米が配られていたが、一月も半ばになるとそれもなくなり、各自持参した分を食いのばすようにとのことであった。大豆や小豆、胡麻などがごく少量ずつ配られることはあったが、たいして足しにもならず、みんな蕨や葛の根を掘り始めた。浜に降りて貝や海藻も採る。蓮田家では、おうめが上手に才覚しておいたので、何とか持ちこたえていたが、口之津組の中にも、いよいよ差し迫って来た家もあるようだった。

碾いているのは蚕豆《そらまめ》である。明日から四旬節の断食が始まるので、今夜はとっておきの蚕豆を粥にして四旬節を祝うつもりである。美代が脇から遠慮したような声を出した。

「遠くの村から来た衆たちは、食いしろもあまり持っては来れんじゃったらしか。不自由しておらるるようじゃ」

美代は自分の家だけで蚕豆をたべるのに気がひけているのである。ふだんも、何かといえば近所へ振舞って、おうめから蔵が空になると叱られることが多かった。

「それでこの前は残りの半分はさし出し申しやした。もうわが家も、ちっとしかござりやせん」

「まあな、分け合うて、食いのばす算段をせずばなりますまいなあ。慈悲小屋の年寄りたちに、少し持って行ってやりましょうぞ」

臼に目を落したまま、おうめは続けた。

「なあに、食うものがのうなれば、みんな一緒に死ぬだけでござす。四郎さまの言わるるように、後生までも友達になるかならんか、今が大事な試しの刻でござすぞ」

仁助は膝を痛めて、小屋の奥で寝ている。十日ほど前から始まったオランダ船の砲撃で負傷したのである。大助や松吉、熊五郎は砲撃で撃ち崩された塀や土塁の修築に、このところかけずり廻っていた。

「たかが百姓づれのわれらに、九州中の大名衆を差し向けただけでは足りずに、異国船にまで加勢を頼むとは、名の聞えしもののふも数多《あまた》居らんに、日本の国の恥、武士の名折れにあらずや、さだめし異国の物笑いとなり候わん――」

一揆勢は矢文でそう抗議した。

海が大荒れして、オランダ船も砲撃を休んだ日の夜、大助は本陣の礼拝に出てみた。オランダ船の砲撃で死傷者がかなり出て、二生までも生きて見せると元気であった上津浦の七兵衛も犠牲者のひとりになっていた。

御堂には高張り灯籠が張りめぐらされ、美々しく荘厳されて、四郎はここで毎晩、討死した者の霊を葬うのである。子どもたちが南蛮風の白い上衣を着て聖歌を唱うさまは、昼間弾丸が飛び交う城中とはとても思えなかった。

小屋へ帰ると、瞑目して仰向けになっている仁助がたずねた。

「わが家の高灯籠は灯っておったかえ」

「灯っておりやしたとも」

「あれはわたしが嫁に来たとき、誂《あつら》えて下さいた灯籠でござしたなあ」

美代は旗を縫ったあと本陣へ行っていない。

「そうとも、あれを掲げてお前を迎えに行ったのじゃ」

長崎、島原地方では、何か大切な行事のある時は、軒先に高張り灯籠を灯す習いがある。切支丹も宗門の祭日にこれを掲げた。

「おかよが来た時誂《あつら》えたのも、本陣の御明《みあか》りになっとるぞ」

大助はかよが船に乗って嫁に来た日を想っていた。

「あら嬉し、わたしのも」

かよは里から戻って以来、深沈とした中にも笑顔を失わない。オランダ船から最初の大砲が轟いた時さえ、「ああ、魂消《たまが》った」と首をすくめ笑ってみせた。

「わしはこうまで暇になったことがないゆえ、いろいろ考えよるが、こういう穴倉のような家に寝ておると、自分が虫どもに似て来たと思うがのう」

仁助がそんなことを言い出したのに、豆の皮をむいていたおうめが応じた。

「じつはあたいも、左様に思いやす。前世は、虫か魚じゃったろうと思いやす」

「そこじゃて。虫であった頃にはしかし、御明りを拝みよったかのう」

「虫どもは御明りが好きでござりやす。……百姓は虫けらとおなじじゃと言われて来やしたが、地面の上下にゃあ、虫もいろいろおって、可愛ゆうござりやす。信心深か虫もおりやすぞ、きっと」

「うむ。お前の方がわしらより、泥まみれで働いたゆえ、地《じだ》の中におる者のことはよう知っとろう」

「何もかも知っとるわけじゃござせんが、あれたちが昼と夜の区別を知っとるのが感心で」

かよも話に入って来た。

「あれたちは、知らせも持って参りやすぞ。内野に帰っておった頃、枕元であんまり鈴虫が鳴くゆえ、切のうして、大助どのの寄こされた使いじゃと思うて、とうとう戻って来てしもうた」

かよは同意を求めるようにうめを振り向いた。

「まこと、大助さまの使いでありやしたとも。虫だけじゃなか。風も鳥も使いをするが、聴く耳のなかなれば聴えやせん」

美代がそっと袂で目もとを抑えた。

「なあ、犬猫も、鳥も蛙も、睡る時に目ぇつむるちゅうのが、愛らしゅうてならん。今朝は鳥に、便りをことづけやした。内野の里に」

先まで言えずに、かよは声を詰まらせた。さぞや、あやめに逢いたかろう。美代はもの言えば、狂いそうで、黙って仁助の膝に塗る薬をあぶっていた。

「わしも便りをことづけよるぞ。今朝の夢では、土竜《もぐら》に頼みよった」

「土竜にかえ」

土竜といわれて美代はほっとしたらしい。

「うむ、こうなれば夢の土竜でも頼りになるぞ」

「夢といえば冬田の中で、蛙やオケラはいっとき寝呆《ねとぼ》けて、掌にのせても顎つけて、眠りこんでおりやすもんのう」

まるで今、掌の上に、蛙だかオケラだかを睡らせているかのように、おうめは目を細めていた。

「あたいのふた親は教えよりやした。百姓は虫けらじゃと言われても悲しむな。鳥けもの、虫けらたちは仏さまのお使いぞ。わしらが働くのも、あれたちが働くのも、食うためかもしれんが、それだけとは思えん。何か役目のあるとぞ、となあ。

夏の初めに蛍があやって灯るのも、秋の虫が鳴くのも、短い命でまあ、命を創って下さいた仏さまに、今を生きておりやすと、手をすり合わせてこう歌っておる由にござりやす。

愛《かな》しさや身もふるうなるおぼろ月
三千世界は花吹雪かな

あたいは赤子を産んだことはありやせんが、大助さまを取り上げてお育て申したことは、冥途への宝にござりやす。毎夜なあ、泣かれて切ないものでやした。あの赤子の時の泣き声がなあ、大助さま、何を思うて泣いておらいたか。母さまの胎から出てびっくりさいたのは分るが、前世のことがつろうして泣いておられるようにも聞えやした。これから先は、天にも地にもただひとりと言わんばかりに、身ぶるいして泣きおらいましたぞい。そりゃ、切ないもんでござりやした」

大助は両の膝を抱いてかすかに頷きながら、瞬きもせずにおうめの顔に見入っている。

「親の顔も見分けえぬ頃の、赤子の泣き声は、切のうございりやす。あの頃から人間は、天地の間の一人子でござしょうなあ、旦那さま」

「わしも今、そのように思うて聞いておったわい」

仁助は下手な相槌を打てば、折角語り始めたおうめが、話をやめるのではないかとおそれて、そろっと声を出した。

「赤子は自分では知らずに、はるか向うにある御明りに手を伸ばして、生い立つものでござりやしょうか」

「そうじゃろうとも」

仁助は曖昧に返事をする。

「あたいは探し当てやした」

「ほう、それは」

「このお家《うち》でござりやす」

たいそう敬虔な面持ちで彼女は頭を下げた。

「あたいもその、天地の間の一人子にござりやした。ここのお家に来させてもろうて、人の世の情愛、絆というものにありつき申した。あたいのパライゾは、あの口之津のお家でござりやした」

「そう言うてもらうと……」

仁助が口籠ると、あたりはしんとなってしまった。

風まじりの雨になって、木々の梢が海から来る風に吹きあげられ時々唸った。隙間風に灯芯皿の火を消されぬよう、お美代が厚紙の衝立《ついた》てで皿のまわりをかこった。

揺れ動く小さな灯影が静まると、仰臥している仁助にもおうめの顔がよく見える。よか顔しとると思う。陽に灼けて皺も深いが、のびやかな眉をして木彫りの観音さまのように見える。仁助はこれまで正視したことのない観音菩薩の面影を、おうめの顔に想い重ねている自分におどろいた。

一揆のことを初めて打ち明けた夜、おうめはこれまで受洗しなかったわけを語った。父親がおうめの病弱を心配して、願掛けに小さな観音像をいとし子に似せて彫り上げ、岩戸観音に奉納した。その観音像がほかの仏像もろとも、伴天連の指令でたたき割られ、薪にされてしまったと語って涙をこぼした。その時のおうめの言葉を仁助は忘れない。

「マリア様と観音様がお逢いになられたら、お二人とも、さらに優しゅう、仲良うなられるのじゃあなかろうか」

いつになく物語をするおうめの顔を見ながら、仁助はこれまでの心の蓋が取れた気持であった。

「観音様も、なかなか美しかとわしは思う」

仁助がぽつりと言った。仏教徒のあがめる観音さまを仁助がほめるとは思いもよらなかったので、家族の者たちはびっくりしたが、すぐに納得した。おうめの大切な観音様をここでちゃんと敬っておかなければ、申し訳が立たないと思ったからである。

「おうめ。お前が長い間、叩き割られた観音様を大切にして、心に仕舞いこんで、わしらのデウス様にも尽してくれたのにくらべ、わしは自分の宗門にあぐらをかいて、へりくだりを忘れておった。

この期になって、わしは恥じ入るばかりじゃ。お前こそ観音様の化身じゃと、今にしてわかる。なあみんな、わが家に灯るまことの高灯籠はおうめかもしれんぞ。わしらはそのまわりを飛ぶ小さな虫じゃ。なあ、夢のごたる眺めではなかか」

おうめはたいそううろたえて後退りした。

大助がいざり出ておうめの手を取った。

「言うておかねば、明日はどうなるか分らぬ。おうめ、育ててくれて有難うよ。蛇を振り廻して、柿の木に縛られたこともあったが、なつかしいのう」

「おうめやん、大助どのを育てて下されて、お礼を申しやす」

おかよにも言葉を添えられて、おうめは身の置きどころがなさそうである。そのさまをみて、おかよは話を変えた。

「おうめやん、さっきのオケラの話じゃがなあ、わたしの里の小川でも、海老たちが川縁の草にすがって、睡っとるばえ。陽いさまが出られて、川の水が空の色をうつすと、もやもや動いて、隣の海老と長い鋏でさわり合うて挨拶しよるがなあ。川床でもシジミがな、そこらじゅうで、ふたつの目、ぱっちり開くばえ。あやめもそのうち、シジミと目を合わせて遊ぶじゃろうか、なあ、おっかさま」

「遊ぶとも、遊ぶとも」

答えながら美代は、里の小川の様子を語るかよの胸のうちが、不憫でならなかった。夫とともに死にたくて実家を脱け出して来ても、残して来た赤子にはさぞ心の残ることであろう。兄の佐助までこの城に来てしまうことになって、かよの里にはまことに気の毒なことになった。死んだ後には、せめて蛍になり秋の虫になりして、お詫びにゆかずば申し訳が立たぬと美代は思うのだった。

仁助はおうめとの会話を胸の中で反芻し続けていた。この世において、はかり難く巨きなものと、ごくごく小さなものは等格であり、ともに畏れ敬うべきであると彼女は言っているのだ。キリシト様の教えらるるへりくだりの心を、さらに深めて生きて来た百姓女が静かな威厳にみちてここにいる。今生の終りを待つひととき、思いもかけぬ浄福がわが家を訪れている。神の用意された刻と言わずして、何と言おうぞ。仁助は仰臥したまま十字を切った。

雨のしぶきとともに竹松と佐助、それに長市がとびこんで来た。佐助は桃の花を一枝手にしている。

「仁助さまのお具合はいかがかと思いやして。戦さも雨休みじゃし」

「よかところに来てくれた。今夜ぐらい、お前方が見えやせんかと、心待ちしておったところじゃ。ところでどうじゃ。いよいよ近いと思わぬかえ」

「さようでござりやす。どうもその気配がいたしやす。それじゃもんで、お顔を見に」

「今あれこれと、名残り話をしておったところじゃ。お美代、このご仁らが来たからには、ほら、取って置きのあれを出さぬか。弥三どのの土産の、琉球の花酒をば」

「出しやすとも、なあおうめ」

竹松の鼻がうごめいた。琉球の花酒とは聞き捨てならぬ。籠城以来、ゆっくり酒を呑んだことなどないのである。

「今までの話を、お前方に聞かせよう如《ごつ》あった」

「よっぽど、よかお話でござりやしたな」

何が話し合われたか、家族たちの表情で竹松は察しのつくような気がした。美代が持って来た茶色の小壺から、何ともいえぬつよい芳香が立ちのぼった。

「さあ、十分とはゆかぬが、一献ずつ。肴は何もなか」

「肴は持参いたしやした。アオサと、嫁が笠じゃ。細川の番船がさいさい廻って来るもので、これくらいしか、採れやせん」

嫁が笠とは陸の近くの岩にくっついている一枚貝の名である。さし出された手籠をのぞいて、おうめはアオサを指にからめ取り、匂いを嗅いだ。緑色をした早春の海藻である。

「ああ、匂いのよさよ、初物じゃなあ。もう節句潮でござりやすなあ」

女たちは一種せつなげな目の色になって、おうめの指先を見た。

「ほんにもう、節句の潮じゃ」

年に一回来る三月三日の大潮を、この辺りの者たちは、どれほど心はずませて待つことだろう。常になく沖まで潮が干き、海の豊かさにひきこまれるようにみんな沖までゆく。その潮が崖の下で起き始めているのである。

「今日は如月《きさらぎ》の二十六日ぞ」と仁助が言った。

出来上った熱いアオサ汁を朱泥の椀に注ぎ分けたところで、大助が仁助の上半身を起してやった。かよが盃をみんなに配り、酒を注ぐ。末座の松吉や熊五郎にも注ぎ終ると、彼女は佐助が持参した桃の枝から花びらをむしりとり、一枚ずつ各々の盃に浮かべた。

「あやめの初節句でござりやす」

深くお辞儀したあとで、みな黙って盃を乾した。口数少なく座っていた佐助が明るい声を出した。

「今朝早う、白か烏の、内野の方へ飛んでゆきやしたが、わしはいろいろ、ことづてを致しやした」

あやめにも、と彼は言いたかったのかもしれない。静かな酒宴になった。

「パライゾにも、酒はありやしょうかのう」

竹松がおどけてみせ、みんなほのぼのとした顔になった。おうめは長市の顔を見ていて、美しい若者じゃと思い、いつか彼の死んだ女房おきみから、ザボンを貰って食べたことを思い出した。

翌日昼すぎ、竹松は鉾を持って、二の丸の崖下の磯に出ていた。あたりには三、四千とはいわぬ人数が出て、乏しくなった食べ代《しろ》の足しに貝や海藻をあさっている。まるで田打ち蟹《がね》が穴から総出したようだと竹松は思った。

その時、渚の葦竹が風もないのに烈しく揺れはじめた。そしてその間から細川の旗印が現われた。大手門の方向である。竹松は崖の角まで走った。具足をつけた武者たちが槍や旗を振り立てて、大手門のあたりの崖下にどんどん湧いて、渚は見る間に溢れんばかりになった。竹松はいつもの登り口まで突っ走ると、一気に斜面をかけ上りながら右近さまぁと叫んでいた。


二月二十七日、幕府軍がそれまでの干し殺し策を捨てて、総攻撃に踏み切った事情については、江戸からの指令によって歴戦の勇将福山城主水野勝成が二十三日に着陣し、総指揮官松平信綱が城攻めに自信を抱いたからだという説が行われている。

それはともかくとして、信綱が城攻めに決したのは、何といっても、城中の弾薬、食糧がいよいよ底をつきかけているのを察知したからであろう。このところ城から落人が相次ぎ、彼らはいずれも城中の窮迫を証言していた。

さらにまた一揆勢は二十一日、三千の精兵を大江口から繰り出して、黒田、寺沢、鍋島の陣営に夜襲をかけていた。不意を打たれた各藩の陣営は混乱の極に達したが、辛うじて城兵を撃退することが出来た。城兵は三百近い戦死者を遺棄したが、一方、寄せ手も百名近い討死と三百近い手負いを出した。彼らがもっぱら弾薬を奪取して持ち帰ったところから、あるいは小屋掛けしている商人を襲って、商売物を飲み食いしているところからしても、彼らの目的が、欠乏した弾薬、食糧の入手にあるのは明らかだった。戦死者の腹を割かせてみると、大豆や海藻などしか出てこなかった。

さらに、ただ城を厳重に包囲するだけという干し殺し策が、寄せ手の中に弛緩した空気を生み出していた。以前の総攻撃で、主将板倉が戦死するなど、手きびしい反撃を喰らった記憶はなまなましかった。「城乗り」をいやがる気分が何となく拡がり、中でも松倉勢がこれを怖がることは評判になった。藩主勝家は大乱をひき起して肩身が狭かったとみえ、ある細川藩士は「松倉様なかなかあわれなるていに御座候。腰をかがめ、ちぢみ候て歩き申すていに御座候」と自藩の家老に書き送っている。藩主がこの有様では、松倉藩士の意気が揚るわけがなかった。

百姓勢を相手にして、ゆるゆる攻囲策に終始するのでは、武士の威信は地に落ちてしまう。信綱はいずれ機を見て強攻し、城を陥すつもりであったに違いない。そして機は到来した。総攻撃は二十八日に定められていたが、功を焦る鍋島勢が抜け駆けして、二十七日一時頃二の丸に取りついたので、信綱は即時に決断し、各藩に出動を指令したといわれている。

竹松が崖をかけ登った頃、本陣ではむろん二の丸に鍋島勢が取りついたことに気付いた。しかしそれが、総攻撃の前触れと即座に覚ったわけではない。状況を見極めるべく、益田甚兵衛、神崎大膳、千束松右衛門らは二の丸を見おろす崖際へ走った。見渡すと、三の丸前面の細川、立花、二の丸前面の松倉、有馬、鍋島、本丸出丸前面の寺沢、天草丸前面の黒田の各軍勢が一斉に動き出している。

甚兵衛がうめくように言った。

「この二、三日、有馬の山手にいかのぼり（凧）が揚りよったが、やっぱりこの報せじゃったわい」

城外にひそむ切支丹たちが敵情を調べ、凧を揚げて、城中の仲間に注意を促してくれていたのである。

「与茂作はいかがなさるぞ」

と尋ねたのは松右衛門だった。

「そうじゃな、四郎もああ言うておる。ほうって置けばよかろう」

「わかり申した」

松右衛門もあっさり答えた。今さら与茂作ごときを斬ってどうなろう。

矢文合戦にまぎれこんで、与茂作は旧主有馬直純に内応し、「手勢八百を率い、四郎を連れ出し降参する」旨を申し入れていた。有馬方から来た矢文でそれが発覚、本丸の一隅に縛ってある。

「人の心の種々相が読めるのは、キリシト様のいまわの眸に近づくことではありますまいか。ユダのたとえもござり申す。脱け出したくば、ゆかせればよいかと思い申す」

四郎はそう言ったのである。放置しておいて仮に有馬方に救い出されたとしたら、こちらの事情はすべて、与茂作の眼鏡をとおして語られるであろう。しかしそれが何ぞ、と甚兵衛は思った。生き残って何なと語り遺せ与茂作。ふと胸のうちでそう呟いた。

寄せ手の法螺貝があちこちで切れめなく吹き鳴らされ、城内の非常太鼓がまるでそれに応えでもするかのごとく、めった打ちに鳴らされていた。大軍勢の動く足音や息づかい、あえぎ声、寄せ手の方からつるべ打ちに撃ち出される鉄砲、石火矢の発射音、ところによっては斬り合いが始まり、人の生身が生命をかけてせり合う音が、まだ固まらぬ地中の火岩が転がり出てぶつかり合体するような様相を見せて現出していた。

「やっと来おったのう」

「待ち遠うござしたぞ」

神崎大膳がすっと甚兵衛の横に寄って来た。

「干し殺しとは気にくわじゃったが、やっと来おった。ただでは帰さんぞ」

甚兵衛はあたりを見廻した。竹松が本陣の脇に鉾を構え、目を据えて立っている。いつの間にか、おなみさまが縫ってくれた白衣に着がえていた。

「竹松、女、童《わらべ》どもを、空堀に早よう」

鉾をさしあげて頷くや否や、竹松は走り出した。

二の丸に入りこんだ敵勢はふくれあがり、ぎっしり並んだ藁小屋のあちこちから煙が上り始め、みるみる燃えひろがってゆく。半地下式に掘りくぼめた藁小屋だから軒が低く、松明なら火をつけやすい。寄せ手は最初から、城内に打ち入ってまず住居を焼くつもりで、手筈を調えていたらしい。

甚兵衛の胸の内にいいようのない哀憐の情が噴き上った。あの小屋では昨夜まで、三月近いあいだ、苦難をともにしつつ家族のいとなみが続けられて来たのである。彼は反射的に、早々と細川の手にとらえられた自分の家族たち、とりわけ使者に仕立てられ、城中へ送られて来た二人の幼い孫のことを思い浮かべた。

たしかに一揆をたくらんだのは自分だったとはいえ、自分一人の力でここに至ったとは到底思えない。これほどの人数が家を捨て土地を捨ててこの廃城に籠り、もぐらのような暮らしに耐えて、神の王国をつくろうと夢見て来たのは、よくよくのことだったのだ。忍耐の限度を超えたひとりひとりの歳月があった。その果てに、今おのれの色身《しきしん》を脱ぎ棄てて、天上へ飛翔する日が来たのである。

心を尽して来たつもりであったが、所詮は浅知恵であったのだろう。三万近い生命が今、この地上から抹殺される。このような惨劇を招いたのは自分なのか、いや、そう思うことすら傲慢であろう。甚兵衛は卑小なおのれを強く自覚した。何の計らいであるのか知らない。しかし、天慮はこのように事を運び給うたのだ。天慮はいま、大いなる御業を遂げんとしつつある。この日まで耐え抜いた同朋とともに、最後の務めを果さねばならぬ。

寄せ手が侵入した二の丸、三の丸では激しい攻防が繰りひろげられている。猛火に追い立てられるように、年寄りや子どもたちが群をなして、本丸へ移動して来るのが見えた。凄まじい喚声や銃声がまるで耳に入らないかのように、落着いてゆっくりした動きである。あわてふためくことはこの世にはないと言わんばかりだ。甚兵衛はしばらく彼らの動きに目をとられていたが、思い返したように本丸出丸へ向った。二の丸へはすでに神崎大膳が最後に残った控えの手勢を繰り出していた。

鈴木三郎九郎重成は、松平信綱の本陣で城乗りの手筈を打ち合わせて帰る細川忠利を見送り、その足で陣屋の見廻りに出ようとしていた。その時、鍋島勢が向き合っている二の丸出丸の方角で激しい銃声が起った。総攻撃は明日と定められているのに何事であろう。怒号や喚声も聞えて来る。重成はいそいで手近な築山にかけあがった。

案の定、虎の口あたりから鍋島の藩兵が石垣にとりつき、一部はすでに城中に突入している様子である。

「鍋島の抜けがけじゃ」

思わず重成は叫んだ。本陣から使者たちが走り出るのが見える。各藩の陣屋へ指令が出たのだろう。重成は築山をかけおり、大砲を構えた自分の陣屋へいそいだ。陣屋に着くと、いましがた総攻撃が本陣から発令されたとのことである。重成の陣屋は高台になっているので、城攻めの様子がよく見てとれる。左手の細川の陣営でも九曜の紋の旗印があわただしく動き、すでに先手は三の丸に取りついていた。

重成はこれまで、幕府によって調達された大筒や玉薬を各藩に配分する任にあり、どのように火器を使用すれば有効であるか、城の構えを観察しながら研究して来た。だがいざ戦闘が始まってみると、そういう実務家とは別な感情がしきりに胸に兆すのに彼はとまどっていた。

戦さとは非情なもので、この度の総攻撃に当たっては、城中の者どもは女、子ども、老人に至るまで、ことごとく撫で切りにするという方針がすでに定っていた。その皆殺しが始まったのである。重成のまなうらには、幾重にも折り重なって倒れてゆく彼らの残像がはりついて離れない。

それにしても凄まじい抵抗である。今しも砲撃でこわされた塀のすき間から、一軒の家が燃え上り、家人たちが一人の手負いを抱え出すところが見えた。膝を痛めているらしいその男は、まわりの者たちに、自分を捨てて逃げろといったふうに手を振っている。息子と妻女らしいのが、大きな桜の古木の根元に男を運んだ。大男の息子はすぐ城壁に取って返し、石つぶてを鍋島兵に投げつけ始めた。若い男と女が走り出て加勢する。木材を投げる。火のついた筵を投げおろす。石垣をよじ登る鍋島兵の数が見る見る増えた。城壁の上には女たちが群がり寄り、こんどは鍋や釜、はては鍬まで投げつけ始めた。笊《ざる》から灰や泥をぶちまける者もいる。重成は思わず溜息をついた。

そのとき彼は信じ難いものを見た。ひとりの老女がひき臼を横にして転がしながら、塀際まで運んだかと思うと、腰を踏んばって石臼を持ち上げ、わなわなと躰をふるわせ、えいっとばかりに投げおろした。石垣にとりついた鍋島兵が数人転げ落ちる。ぎゃっという悲鳴が耳に届くような気がした。老女は吹きあげる風に白髪を逆立て、しばらく放心したように突っ立っていたが、白衣の胸元に一点血がさしたかと思うとよろよろと崩折れ、再び立たなかった。

それはおうめであった。燃え上る小屋からひき臼を持ち出し、よいしょ、よいしょ、と掛け声をかけて押してゆきながら、ちらと桜の木の下の仁助夫婦を見た。

「お先に参りやす」

そう声をかけて塀際へ臼を転がしてゆくおうめを、美代は夢の中のように見やった。おうめは石臼

を差し上げながら、

「マリア観音さまぁっ」

と唱えた。立っていたその姿が崩折れるのを見て、美代は走り寄った。乳の下あたりに赤い花が咲いてみるみるひろがった。抱き起こすと、おうめは何ともいえず優しい微笑を浮かべて目を閉じた。

美代は傍らのかよに青白く冴えた目を据えた。

「かねて申し合わせた通りじゃ。お前たちもおくれまいぞ」

美代は、桜の根元の足の立たぬ夫の脇に戻り、ぴったりと寄り添った。仁助が脇差しを据えた。

「お前さま」

手を合わせて瞑目している妻の顔にしばらく見入り、「よいな」というなり、仁助はその乳の下を一気に刺し通し、突っ伏すのを膝に受けて、自分の頸をかき切った。

石礫を投げ尽した熊五郎がかけ寄って来て、まだ暖い二人の躰にとり縋り、身を震わせてしばしが間哭いていた。

「わしの親さまでござりやした。孝行もして返さぬうちに逝かいたか」

彼は仁助のそばにあった大刀を拾って抜き放ち、ふらりと一歩踏み出し、しっかりした腰つきになって煤で汚れた面を宙に向けた。

「なあ三吉、おらぁ、やったぞ」

あたかも三吉が目の先にいるかのように呼びかけたとき、堀道から現われた武者の槍が熊五郎の脇腹を貫いた。

ほとんど同時に、大助の一発だけ残っていた弾が、その侍をうち倒した。あたりは屍の山、血糊の海と言ってよかった。大助はまだ両親が死んだのに気付いていなかった。熊五郎を救うつもりで撃ったにもかかわらず、間髪の差で間に合わず、熊五郎の倒れた先を見ると、かよが、桜の木の下で膝をつき、舞でも舞っているような手つきで手招きしている。

足をやられたかと思いながら大助は走った。その時大助の目には、かよの頭上に初咲きの桜が咲きひろがっているのが見え、両親の姿が目に入った。

小屋を建てる時、すぐ傍に桜の古木があるのを、両親もかよもたいそう喜んだ。

「どういうゆかりの桜かのう」

時折仁助はそう呟いた。広大な家屋敷を捨てて来て、庭木どころではない境涯になっても、樹木の好きな仁助にはこの老樹はなぐさめであったらしい。

「花が咲くまで、ここにおるじゃろうか、なあ、お前さま」

かよが幾度も自分に尋ねたものだ。

「どうせなら、花の下で死にたいのう」

微笑してそう洩らした母はどこか。

火炎をうしろにして、蕾のふくらんだ桜の枝がふるえていた。両親の亡骸がその下にあった。

「おっかさまが、おくれまいぞと」

取り縋るかよを抱きながら、大助は燃えさかる自分たちの小屋をじっと見た。かよには大助が何を考えているのか、すぐにわかった。

「お前さま、これでと、おっかさまが」

美代から渡されていた守り刀の房をかよがゆっくりほどいた。自害を禁じている宗門の掟は、もう大助の頭にはなかった。ただただ、おかよを敵の手にかけたくはなかった。

「おかよ、ほれ、もうじき満開ぞ」

片手で女房を抱き締め、大助は頭上を指した。

「ああ、桜なあ」

桜のかわりに、渦巻く火焔と火の粉が高く舞い上る。

「うれしさよ」

そう言って仰向いたかよの喉首を大助がかき切り、二人は両親の屍の上に倒れこんだ。

つんのめりそうな足つきでやって来る者がいた。佐助だった。髪はざんばらになり、白衣は血と埃りにまみれている。

「大助どのう、おかよう」

と呼びながら桜の古木まで来て、血糊の中に浮いている蓮田家の者たちの亡骸を見るや、がっくりと膝をついた。

「間に合わじゃったか。口惜しさよ。死ぬ時はひとつ所でと言い交わしたろうが、兄者、おかよう」

二人の亡骸に取り縋っている後ろ姿に、攻めこんで来た細川の手の者が無造作に大刀を振り下した。

年寄り、子どもたちを移動させるのに走り廻っていた竹松も、細川の兵がどっと繰り出して二の丸を押し通り、本丸を目ざしているのを見てとると、本陣へとかけ上った。

黒田勢に向きあう松山出丸からも煙が出始めていた。まわりでは天地もよじ切れそうな死闘がくり広げられているにもかかわらず、石垣に囲まれた四郎の本陣には灯明が灯され、別世界のように静謐で、祈禱の声が低く流れていた。まるで海の底に来たようじゃと竹松は思った。

四郎という人はふだんから水の炎をまとっている気配があるが、四郎さまに打ちこんでおられる右近さまも人間離れしたところがある。そういえばおれも、と考えて竹松は合点がいった。おれもどこやら人間になじまぬところがあるわい。酒を呑むか海にゆくかして、一生のうち、ほんの僅かしか人に交わらじゃった。ひょっとすれば、キリシト様もそうではなかろうか。くらべては罰が当たろうが、ひょっとすればあの方の荒野の修行も、十字架にわが身をさし出されたいきさつも、よくよく考えると、どこかしら人間を嫌《いと》うておられたせいではなかろうか。そこはしかしおれなどとは違うて、凡夫の出来ることではなか。おれに出来たことはせいぜい、酒に酔うてマリア様に親しむことぐらいじゃった。酒がおれの教義じゃった。おれがそう打ち明けても、右近さまはただ微笑なさるばかりじゃろうて。

竹松は灯の入れられた高張り灯籠を眺め上げた。奥深いかおりが漂っている。おなみさまのお香じゃろう。礼拝堂には八分通り人が詰まっている。前列には、小姓組の少年たちをひきつれて右近が端座していた。きりりとしめた鉢巻が純白なのは、今日の日のためにおろしたのだろう。奥の方に四郎と寿庵の姿が認められた。おなみさまの顔もある。女たちまで全員刀をたずさえ、オラショの声が部屋中に満ちていた。蒼ざめた四郎の面に冴え冴えとした光があつまっているのを竹松は見た。断食なされていたはずじゃと思って胸をつかれた。

本陣を囲んでいる石垣の外に士を蹴る足音がして、切迫した息づかいが入り組んで聞える。斬りあいが間近で始まったようだ。寿庵と弥三が立ち上り、おなみさまに思い決した静かな目の色で挨拶を送り、出て行った。主立つ幕僚たちは、二の丸に敵が現われた時から外まわりを固めていた。その固めが崩れはじめた気配である。

二人の後ろ姿にしばし目礼を送り、四郎はあらためてその場を見廻した。小姓組の少年たち、耳の聞えぬ元セミナリヨ老学生、みずなをはじめ縫箔《ぬいはく》の小袖を着てきりきりと側づとめをしてきた乙女たち、長崎から来たおなみ、蜷川左京、松島佐渡守等の女房たち、ほかに警固役の侍が十数人、御堂の中にいた。しかし四郎には人びとの目鼻は定かには見えておらず、冬空のように張った眸が僅かに右近を認めると、みるみる人恋しそうな色に変った。

彼は最後のつとめを果すべく、とぎれ勝ちな声を絞り出した。

「ビルゼン・マリア様、もろもろのベアト（天使）たちに、今この原《はる》の城より、謹んでお礼を申し奉る。深き御慈愛により、今日ただ今より、ともどもに彼の国におもむきまする」

そこまで言うと、潰れたような声音になった。

「親兄弟を慕い……、この城に手を曳かれ来しあまたの、幼き者らに……、御恵み深き蘇りを、給らんことを」

唱え終るとしばらくして、盲いた鳥が歩くように彼はそろそろと右近の方へ歩を運んだ。幼き者らに御恵みをという言葉を聞くや、女たちは隣の者とひしとばかりに抱き合った。

さっきから煙の匂いが香煙にまじって入りこんでいた。四郎を抱きとめて座らせると、右近は立ち上り、縁の蔀戸《しとみど》をあけた。煙と血の匂いがどっと立ちこめた。外はもう薄暗く、三の丸、二の丸の火勢はやや衰えたかに見えるが、時々火の粉が高く噴き上っている。

四郎が尋ねた。

「火の手はどのあたりまで、迫っておりましょうや」

右近ははっとした。四郎は目が見えないのか。度々の断食が眼の精を奪ったのか。

「二の丸、三の丸の火は衰えたものの、この本丸にも、出丸にも火が付き申した」

かすかな微笑を口辺に浮かべたかと思うと、足許おぼつかない様子で四郎は立ち上った。

「もはや警固の人数はいりませぬ。防ぎ口へ走られませい」

促されて走り出た者たちは、火の粉の下をかいくぐって来る細川の手の者と、たちまち斬り合いになった。修羅場の風が御堂の中へ入りこんで来る。四郎は心の根をとろりと吐くように言った。

「兄者、やっと終りまする」

わななく腕を右近はさしのばした。

何のための三万余の供犠《くぎ》ぞ。おそらく四郎もそういう思いを一度ならず抱いたはずである。その四郎が今みずから、供犠台に登ろうとしている。痩せてしまった手首を右近は握りしめ、

「あな尊《とうと》、今ぞ一期《いちご》よ」

そう呟やいた。四郎はうなずき、右近の瞼をほんのしばらく指でなぞるしぐさをした。

竹松は鉾をつかんで、御堂前のせり合いの場に飛び入った。昨夜仁助の小屋で過ごした浄福のひと刻が、ちらりと頭をよぎった。あの家の人びとはどうなっただろう。逢いに行っておいてよかったと

思う間もなく、斬りかかって来た武者の鎧の隙間に無我夢中で鉾を突きこんだ。

海の中とは勝手が違う。仕留めたという感じがしない。章魚ともエイの魚《うお》とも違う妙な案配の手応えに、竹松はとまどった。それでも突かれた相手は、異様な声をあげて仰向けに倒れた。

右近も刀を引き抜きざまに御堂を飛び出していた。命あるかぎり四郎の御堂には一兵も寄せつけぬぞと思いながら、槍を突きかけて来た武者の手許につけ入り、片膝をついて横なぐりに切り払った。すね当てを断ち割られた武者が倒れるのを見とどけ、宙を見上げると竹松の目と会った。眉宇の間のけわしさが、さざ波の寄るような優しさに変るのが自分でわかった。

竹松は右近の若々しい凜々しさが嬉しかった。おれは生れ変れば、右近さまのようにありたかったのじゃろうかと竹松は思った。そのとき、彼は首のつけ根に衝撃を感じた。

「おのれ……」

呻きざま竹松は振り向いて、足軽らしい敵兵に組みついた。右近が走り寄るやいなや敵兵の脇腹に大刀を差しこんだ。

敵兵に組みついて離れない竹松を、右近はひきはがした。まだ息はあった。右近の腕に首をもたせかけると、竹松はさも嬉しげに、

「やれ、やれ」

と呟き、すうっと絶命した。

押寄せた敵兵は火の勢いにさえぎられて前に進めず、進入して来ても討ちとられるか、後に退くかして、本陣の前にはしばし静けさが戻った。

四郎は外の静寂が気にかかったのか、戸口へ歩もうとして唐卓に足をとられた。甚兵衛がとっさに抱きとめ、初めて父親らしい声をかけた。

「目が見えぬのであったか、そなたは」

四郎は甚兵衛に支えられて御堂の戸口へ出た。あたりには濃く血の匂いが立ちこめている。十字を切ろうとしている四郎の肩をその時弾丸が撃ち抜いた。おなみがかけ寄り、蒼白になって傷口を縛りにかかった。崇敬していたこの女性に抱きとられた四郎の面に、静かな安堵がひろがるのを右近は見た。気を喪ったようである。御堂の石段の下で、右近はじっとその図を目にとめた。それは炎上する春の城に浮かんだ一幅の聖母子像であった。

闇に沈んでゆく城内では、炎上する建物の中に入って次々と自決を遂げる女たちの姿が照らし出された。天も地も静まりかえるような情景であった。これを目撃した細川忠利は、父忠興などへの書状で次のように伝えている。

本丸にての死人七重八重かさなりて死に申し候、やけ候おきを手にて押しあげ、中へはいり死に候もの数多にて御座候、なかなか逃げ候ものは見申さず候、さてさて不思議なる仏法にて候、三の丸より二の丸へはいり候も、少しも足早やには参らず候、さてさて強き男女の死に様にて候。きりしたん自害の躰《てい》、此方の者多勢見申し候、小袖を手にかけ、焼け申し候、また子どもを己れの下におしこみ、上へかぶさりて死に候者多く見え候、中々きとくなる下々の死、言語に絶え申し候。

鈴木三郎九郎は最後に炎上する本丸の有様を見たくて、「鉄砲奉行じゃ、通せ」と常には言わぬ押し殺した声でいい、こみ合う武者たちの間をこじあけ、忠利らとは少しへだたって同じ情景を見た。女たちが炎の中に入ってゆく様を、侍たちは声を失ったもののように見つめていた。

炎の中で長い髪が一瞬逆立ち、腕にかけた絹物の小袖が天女の振る領巾《ひれ》のごとくに舞いのぼった。三郎九郎は思わず瞑目した。人間の位相を超えた者の姿であった。かの時の名状しがたい衝撃が彼をとらえて離さない。

城内の抵抗がことごとく熄んで、幕府軍が完全に原城を占拠したのは翌二十八日の正午近くである。幕府軍の戦死者は千百余人、手負いは八千に及んだ。四郎の首をとったのは細川藩の陣佐左衛門である。首実検にひき出された母のマルタは、そのやせた面貌を見て、

「いかばかりの辛苦であったかえ」

ととり縋り、そなたの苦しみも知らずに、あのような手紙を書いてむごいことをしたとかきくどいた。

桃も盛りをすぎた陽気であった。

鈴木三郎九郎重成は早崎の瀬戸を渡り、二江の浦に着いた。亡所となった島原、天草の荒廃を復興させよとの命を受け、このところ渦の瀬戸をゆき来しているのである。

潮の干いた海岸線は色とりどりの海藻が毛氈《もうせん》を敷いたように広がっている。春は海底から兆すのか

と思いながら磯の香りに包まれていたが、胸の奥が疼く。ちょうど去年の今頃、彼は原城の崖の上から浜を見下し、向うにかすむ天草の島を眺めていた。わざわざあの島から、信徒たちが死ぬためにやって来たのはなぜなのか。あのとき、つい四、五十間先で生き残りの者たちの斬首が終ろうとしていた。血煙りの幕が空にかかっているような一日で、あまりに夥しい人数であった。斬り手たちは倦み疲れ、ほとんど心気朦朧となりながら刀を振り下していた。最後に残した女、子どもも助命されなかった。ひと目で姉妹と分る七つばかりと三つばかりが手をつないで、妹の方が姉を見上げた。そしてこの地の訛で言った。

「早うゆこな」

ほとんどいそいそと膝を揃えて斬り手の前に座ったのは、どこへ行くつもりであったのか。

無人の村々の家の焼け跡を丈高い草が包みこみ、ところどころに桃や杏の花が無心に咲きそめていた。

小さな者の気配を感じて、彼は我に帰った。二間ばかり先の砂地に童女が立っている。拾ったばかりの丸い貝殻を掌にのせ、ほめられようとでも思ったのか、彼の方へよちよちと歩み寄った。少し後ろに、貝籠を手にかがんでいた十にも満たぬ娘が、幼女の動きに気づいて立ち上り、見知らぬ侍に警戒の色を浮かべて、素早く童女の手を引っぱった。その拍子に貝殻が落ち、その子は地団駄を踏んで泣き出した。彼は思わずかけ寄って貝を拾い、砂を払って孫のような子の掌にのせてやった。

涙顔がたちまち桃の花のほころぶような笑みに変ると、童女は掌の上の貝殻を彼に向って差し出し、喉に飴玉でも含んだような笑い声を上げた。

後ろの娘が考え深いまなざしで彼を見詰め、江戸や京でもめったに見ないほどな優美な物腰で、丁寧なお辞儀をした。彼は思いがけない贈り物を受けとらざるを得なかった。童女は抱きとられたいとでもいうように、砂のついた両手を差し上げ、彼の袴にさわった。娘が低い声で叱った。

「あやさま、なりませぬ」

二人はあの口之津の庄屋仁助の孫あやめと子守りのすずであった。

翌年、鈴木重成は正式に天草の代官となる。死者たちを弔い、数々の仁政を施し、年貢半減の上訴を続けた末に切腹することになろうとはまだ思い至らず、海辺の陽光にまぶされて、彼はひととき心和んでいた。

生前の文机には、玉貝がひとつ載っていて、彼が時々握るのを下役たちは覚えている。

参考文献

（順不同）

鶴田倉造編『原史料で綴る天草島原の乱』
林銑吉編『島原半島史』
上妻博之・花岡興輝編『肥後切支丹史』
下田曲水『暫定天草切支丹史』
松田唯雄『天草近代年譜』
——『天草富岡回顧録』
北野典夫『天草キリシタン史』
濱名志松『九州キリシタン新風土記』
助野健太郎『島原の乱』
煎本増夫『島原の乱』
鶴田文史『西海の乱と天草四郎』
岡田章雄『天草時貞』
比根屋安定『原城紀事』
——『南蛮寺興廃記』
——『吉利支丹物語』
——『天草騒動・島原天草軍記』
仁尾環『天草嶋原切支丹一揆史談』
片岡千鶴子『八良尾のセミナリヨ』
片岡千鶴子『島原合戦記』
今村義孝『天草学林とその時代』
——『天草学林・論考と資料集』第二輯
パチェコ『九州キリシタン史研究』
ヴィリヨン『切支丹鮮血遺書』
パジェス『日本切支丹宗門史』
フロイス『日本史』
ヒロン『日本王国記』
ヴァリニャーノ『日本巡察記』
ロドリゲス『日本教会史』
——『イエズス会士日本通信』
——『イエズス会日本年報』
コリャード『懺悔録』
——『イエズス会と日本』（大航海時代叢書第二期）
永積洋子編『平戸オランダ商館の日記』
コレア『天草島原一揆報告書』
松田毅一『南蛮史料の研究』
——『南蛮史料の発見』
——『日葡辞書』
新村出『南蛮広記』

新村出『続南蛮広記』
――『南蛮更紗』
――『日本吉利支丹文化史』
――編『吉利支丹文学集・上巻』
――『日本思想大系・二十五巻』（キリシタン書・排耶書）
村岡典嗣『吉利支丹文学抄』
土井忠生『吉利支丹文献考』
長沼賢海『南蛮文集』
岡田章雄『キリシタン・バテレン』
海老沢有道『南蛮文化』
吉田小五郎『キリシタン大名』
ラウレス『高山右近の生涯』
ラウレス『細川家のキリシタン』
結城了悟『ローマを見た』
高瀬弘一郎『キリシタンの世紀』
――『キリシタンと統一権力』
中村質『島原の乱と鎖国』
岩生成一『鎖国』
和辻哲郎『鎖国』
朝尾直弘『鎖国』
辻達也『江戸開府』
山本博文『寛永時代』
――『江戸城の宮廷政治』
鈴木正三顕彰会『鈴木正三』

「春の城」執筆を終えて

あれも書き落とした、ここは削りが足りなかったと思いながら、最後はほとんどかけ足で連載が終ってしまった。

天草・島原の乱をテーマにと思い立ったのは、水俣のことが日夜心を占めているからで、人間の中にある聖性をさかのぼって、どこまでとらえられるか表現しておきたかったからである。郷土を舞台に先祖たちが体験したことだし、わたしの亡母も隠れキリシタンを思わせる言葉をつねづね言いのこしていた。

極限相を見せながら展開してゆく水俣の有様はその受難の中で、患者の中に神の使徒のような人びとをつくり出した。それは今世紀を区切る予告に満ち、あらゆる宗教と哲学が生まれたときの姿を解体させた今、生活者の言葉で考えねばならぬ黙示録であると思う。

そういうことが胸にあって、最初の予定では、乱後、天草の復興のために尽くして果てた鈴木重成を主要な柱にして、乱を振り返る物語にするはずだった。

しかし、事の経過を松平信綱の家臣で、江戸から下って来たこの人物に考えさせていると、とんでもなく長くなりそうだった。そこで、二江の奥の内野という村を見つけ出して、おかよという娘とその一家をつくり出した。

おかよの嫁入り舟のゆく島原口之津間の、早崎の大渦は、天草、島原をつなぐ特異な潮の道として、わたしを促し続けてやまなかった。

原城の落城が節句の大潮の頃であったということも、わたしには意味深いことに思われる。春を知らせる潮のおとずれを、鈴木重成が感じる最後の場面では、人びと亡きあと、潮のゆき来だけが、現代にも生きていることを描きたかったのだけれども、わたしたちの今は、その海さえも、コンクリート岸壁にへだてられて、春の磯の香りが、失せようとして、嘆かわしいかぎりである。

思えば熊本日日新聞紙上に構想の一部をのせていただきはじめたのは、もう八年前、「草の道」なる連載からであった。担当の記者さんが四代にわたって、天草、島原、はては人吉方面にまで、ご案内下さり、方向音痴で一人合点もとんちんかんなわたしに、つき合って下さった。この方々なくしては「春の城」は成り立たなかった。

特筆すべきは、鶴田倉造先生はじめ、故松田毅一、林銑吉、松田唯雄氏ら、その他先達の、気の遠くなるような、ぼう大な研究のお世話になったことである。その一々は、単行本になったとき、お名前と著書名を明示して後世にのこしたく思うけれどもとりあえず、深甚の敬意と感謝をここに表わしておきたい。

執筆の途中で、読者の方々からお心こもる励ましをいただいたのも、新聞連載なればこそのことで、一々お礼もさしあげられず、恐縮この上もない。ご声援にこたえるためにも、時間に追われてあらあら書きになった箇所を、よくよく手直しして本にすべく、さらに今、朱を入れている毎日である。

取材先でお目にかかった天草の方々の面ざしの深さは、作品形成の上で天啓のように、主要人物たちの「魂入れ」をわたしに示唆して下さった。そのようにして創り出した人物たちにもたいそう愛着が湧いた。

せめては死化粧《しにげしょう》をほどこしてやりたいけれども、とりあえず今は傷だらけの姿のままで、作者ともどもこの場に出させて、幾重にもお礼申し上げたい。

（一九九九・三）

悪代官にも情が移って

三十有余年前、「天草・島原の乱」に関心を持ちはじめたわたしは、イエズス会士の夥《おびただ》しい日本通信が、マカオやゴアや、ローマなどの古文書館に、未翻訳のまま睡っているらしいことを知って、興奮を覚えていた。

ポルトガル語やスペイン語で綴られている通信にはどんな日本人像が記されているのだろうか。その初発の出逢いとは双方にとっていかなることであったろうか。日本人の当時の感性も、宣教師たちの目を通して分ろうというものである。

というのもその以前からわたしは日本の近代とは何だったのかという疑問にとりつかれていて、手がかりの一つとして、鎖国の原因といわれる島原の乱が気になってならなかった。なかでも、文字なき民の意識をたどりたい願いが強かった。それにどうやら、父祖の地も天草、島原方面のようである。

そんな想いを抱えながらも身辺は水俣のことが渦巻いていて、キリシタン文献どころではなかった。松田毅一氏らによるフロイスの『日本史』や村上直次郎氏の訳になる『イエズス会・日本通信』が続々翻訳、刊行されつつあるのを少しずつ手に入れながら中身をじっくり読むいとまがなくて三十年ばかり、ほとんど飢渇の精神状態にあったと言ってよい。

事情をうすうす察知していた熊本日日新聞の友人たちが、乱の舞台である天草、島原地方への紀行文を書くようすすめて、時々ではあったが八年間も車と記者さんをつけて下さったのはまことに天の助けであった。

いよいよこの新聞へ小説にして書くことになったが、十カ月にわたる連載は、わたしにとっては例のない早書きであった。とてもそのまま本にする気にならず、一年かかって手直しした。

宣教師たちの接した十六世紀の日本人はじつに魅力的で、異人の目が短所と見たところも含めて捨て難い。フロイスなどは日本人の長所を数えてゆけば、紙もインクも欠乏するであろうと記している。

宣教師のうちには後で殉教するものも相継いだ。使命感もあったろうが、「神の与え給うた聖地」のような日本人信徒にいれこむあまりに、殉教を共にしたのではないかと思われる。生き残りの宣教師たちが追放されて、二十数年後に島原の乱は起きた。

わたしはこの反乱に参加した天草、島原の領民たちを、なんとしても魅力ある人間に描きたかった。特別に反骨精神にこり固まった者も居たろうけれども、その他大勢は、「ろくにオラショも覚えられぬような、無学な者たち」として描くことに意を用いた。

原《はる》の廃城に砦を構え、禁制のクルスの旗を押し立て幕府軍と向き合えば、万が一つにも生きてこの砦から出ることは考えられなかったろうに、三万前後の人数が村落ぐるみ家族ぐるみ、あの原城台地に穴居住宅のような小屋をかまえ、籠城するとは正気の沙汰とは思えない。それをあえてしたのは、どのような日常だったのか。

今でさえも天草地方にゆくと島の人々の人なつこさ、質朴さ、情感の淳美さには感動させられる。三百五、六十年前ごろの人情は、今にもまして美しかったろう。それがどの村も天下禁制のクルスをかざし、えすぱにやの軍神サンチャゴを鬨《とき》の声にあげて、反乱の初期には島原城を攻め落とす勢いであった。

女たちも髪ふり乱してクルスを額にはさみ、鉢巻をしめ、白衣を着て大石を砦の上から投げ落すさまが、参戦した九州各藩の侍たちの手記に残されている。落城にいたる戦闘のさまは、なるべく控えめに描いた。想像力の及ぶかぎり、籠城前の二年間ぐらいを、生活民の日常を通して描きたかった。貧しくとも、至福の日々もあったろうと想像した。描いているうちに情がうつって、情けないほどおろかしく振るまう者も出した。馬鹿のふりをし続ける人間が土壇場では光を放つ様子も描出したかった。悪代官にも情が移った。

現世にながらえるより一日も早くお浄土にひきとってほしいとは今も身辺で聞くが、一日も早くパライゾに行きたくて来年用の麦の種も蒔かずに食ってしまった村もあった。最後の審判を待つ気分は、今と似ていないだろうか。

「後生のたすかりのため、日々悔いあらため善をなせ」とは、落城前に信徒たちに配られた四郎の法度書《はっとがき》である。土俗化した仏教と非常に接近していて見分けがたい。

四郎のことは落城直後に細川忠興がその子忠利に送った書状がある。

「四郎古今有るまじききとくなる者に候、たすけ置きて大名共の先手申しつけ候とも、あぐみ申すまじくと存じ候、とかく常の人間とは見え申さず候」。

長崎に濃密にゆかりのある土地柄なので、この細川をはじめ、大名たちの垂涎《すいぜん》の的であった南蛮の文物が、原城内の特別の、「四郎の寺」にはあったと思う。落人の中に、縫箔《ぬいはく》のある小袖を着た侍女風の女や小姓がいたと記録されている。

（一九九九・一二）

〈インタビュー〉
石牟礼道子、「春の城」を語る

――「春の城」を書かれた動機、そしてどういう物語かということを簡単にお話しいただければと思います。

これは島原の乱なんです。日本が鎖国に入る原因となったと言われているキリシタンの乱、農民たちの反乱といいますか、一揆といいましょうか、そういう事件がございましたけれども、四百年前とはいえ、身近な天草、島原地方で起きていますもので。先祖たちもなだれをうって参加したんではないかと思っていたりして。

ほんとうに書こうと思ったのは、水俣の患者さんたちと、もう三十年ぐらい前、チッソ本社のあるビルの前の道端、東京駅の八重洲口のそばですが、そこで座りこみをしていた時から、いやいやさらにもっと前、前から事件が起きました天草・島原界隈に先祖たちはおりましたので、母がまた隠れキリシタンではないかと思われるふしもございまして、それを確かめないままに死にましたんです。まず物書きになる前に、もっとさらに若い時から関心があって、どういうことがあったんだろうって。

幕府軍が十二、三万もこの辺土まで来て、原城に閉じこもった三万人のしかも女子供、老人たちを、なぜ皆殺ししたのか。あるいはまた、幕府軍に、武器も持たぬ百姓漁師が手向ってどうなるのか。いくら考えましても、勝ち目のない戦さに、地侍たちももちろんいるんですが、ふつうの百姓、漁師が、どうして戦さをする気になってゆくのか、非常に心惹かれておりまして、一体どういう世の中で、人々はどんな考えを一人一人がもっていて、どんな生き方をしていたんだろうって、思っておりました。

とくに文字なき人々の無意識界の中に踏みこんでみたい、広がってみたい気持があったんです。書こうと思ったのは、やっぱりあの座りこみでした。あれをしたことによって、原城で死んだ私の先祖たちの魂が来て乗り移ったんだろうと、いま思います。着のみ着のままでいって、鋪道の地べたに座って、雪の降る夜もあった。冬の寒い時に明日のあては何もないのに、食べ物もお金も何もないのに、チッソの前に座って、患者さんたちといっしょに、飢え死にしたって、あるいは機動隊にぶっ叩かれて、引きちぎられて死んだって、なんていうことはないなと思ってました。恐怖もありませんし、むしろ気持ちが高揚して、この世の見納めに、人の心のさまざまをなんでも見せていただきましょうという気がしてました。それは患者さんたちの長年の受難に対応する人々を見ててのことですけれども。何もかも見た。平知盛でございましたか、有名な言葉が、いまちゃんとは思い出せないんですけれども、「見るべきほどのことは見つ」、見ちゃったという最期の言葉がありますけれど、そういう気持ちになったんです。

人間の歴史というのは、自覚できるのは自分一代のことですけれども、先祖たちも生き代わり死に代わりして、その中にはいい人生、社会的にも位人臣をきわめて死ぬ人たちも、もちろんいるわけですけれども、そうでない人生もあります。私はどう生きたいかというと、位人臣をきわめる方にはいきたくない。日々、生きるということの意味を全面的に受けとって、よくわからなくとも受けとって、納得して、そのとき、いわゆる貧しい境涯であったとしても、下の方から庶民のことを全部受けとめていくことで、人が生きるということの意味を、悲しみや苦しみをふくめて、一番どん底のところで私は知りたいという想いが、ずっとありました。むりにどん底になったりはしなくともいいんですけれど、日常の時点で最低ということは何を意味するのか、道徳や美の基準でいう最下位ではなくて存在の基底部。そこで人間は、ほんとうに社会的な地位において最下位にあることはいけないことなのか、悲しむべきことなのか。たとえば幻の出雲大社の、三本杉の太柱を摑んで離さなかったであろうあの大地の力、あの基底部は、何を語らずにいるのかと。ずっと思っていました。この世を存立させる存在の基底部はどこかと。柱をどこに定めるか、その深いところは、と思いながらみていたんです。その語らない存在の基層部が、いま私たちの足もとの大地ですもの。患者さんたちを見ていて、どん底の状態でいて、希望というものをもつことができる。肉体がある限界に達した時に魂はどうなるのか、魂はむしろより高いもの、より美しいものをめざして、なお生きようとするんだと。そこにおいて、人がつながりうる絆というのはしっかりあるんだということを、いまになれば、いろんな体験の中で、魂の位がさだまってゆくことがわかりましてね。私は魂の位において美しくなりたいと思っておりました。チッソの前に座った時に、何もかも見たというのはそういう意味なんです。「ああ、原城に閉じこもって死んだ人たちが日夜見た夢・幻はどういう幻だったろう」と思いましたけれども、どういう人の一生の中にも花という瞬間があると思える。そういうものになりうる、そういう幻を見ることができる。できれば、生きた意味がそこに読めるような、幻とともに睡れるような。

そうすると原城には何か美しい魂がゆきかっていて、人々はただもう一途に、来し方を振り返って昇天したに違いない。そんな魂をはげます信仰があったんだろうと思います。何しろ落城前にも四郎の名で信徒たちへの法度書きが配られて、礼拝と日々の懺悔を怠らぬよう、善事をなせ、字の読める者は読めない者に読んで聞かせよとあります。そういう物語にしたいなと思っておりました。具体的な物語にして、一人一人等身大の人々を描きたいなと。子供からお年寄りから、人間が美しいということが信じられる、そういう魂になって、あの世に行くことができる。それをとても書きたいと思って、ぼつぼつ資料を集めて、それで何とか書きました。いま現在も生きていてちっともおかしくない親しい人たちの姿を借りて、魂が高貴なものになっていくという過程を書けたら、私自身がものを書くという大変贅沢なことが成しとげられるのですけれども。

アニマというのはラテン語ですね。魂のことだそうで、当時のキリシタン、当時入ってきたキリスト教の中には、仏典のことばに翻訳して教義を教えていますが、まるで仏教みたいですよ。時々はめんどうくさくなったのか、原語でどんどんキリスト教の用語を教えているんです。その中にアニマというのがありまして、アニマの助かりをという。魂の救済のためにこの教えにおすがりしなさいと。生きている今生の苦しみは、後の世の、後生へゆくための捧げ物であるからというふうに教えているんです。だからアニマというのは、現し身を超えてゆくものだ、それを目ざせるものを一人一人もっているんだ。アニマというのは、現し身を脱して天国に行くときの姿だと、信徒たちはおもうんです。

それでひと様を、ポロシモ、隣人という言葉ですが、そのポロシモをわが身のごとく大切にせよというのが教義の一番中心にございますから。日々の信仰の基準としては、それが一番わかりやすいので、そういうふうに教えているわけです。私はこの本の中で、ひと様という言葉で書いています。いまも天草の人たちが使っている言葉で、ほかの人を他者とか他人とは言わないんです。それでひと様をとても大切にしなきゃいけないというのは、キリスト教の教えだけでなくて、私の母もそうでしたけれど、山にいる猿とかいろいろ、山の神様とか、蛇とか、山にさまざまな獣や虫たちがいますけれど、獣と言わない。山のあの人たちって、私の母なんかも声をひそめて謹んで言っていました。声をひそめて、山のあの人たちから仇をされんように、山に行くときは気をつけて。山には、山のあの人たちがいらっしゃるから、謹んでゆかなきゃいけない。木の実などをいただくときは、山のあの人たちに、ちゃんとお礼を、ことわりを入れて、ください申せと、おことわりを申してからいただいてくるものじゃ、黙っておっ盗ってきてはならんというふうに、私の家では教えておりました。

山のあの人たちとか、他人の、友人の、親類の人のことをいうときもひと様と、親類のあのひと様方っていうふうに、ふつう言っておりましたから、島原の乱は約四百年ぐらい前の時代の話でございますけれども、いまでも残ってる、何とも心やさしい世界が当時はもっと濃密にあったのではないか。キリシタンへの興味で教会に行って、その時だけ教会にぬかずいてくるということでなくて、学問用語としてはアニミズムという言葉もございますけれども、もっと深く広い意味で、一つのコスモスがそのように遍満している、アニマが満ち満ちている、そして行きかっている。猫でも犬でも、死なれたら念いがのこる。

そういう世界の中に住んでいた人たちの、やさしさに満ち満ちているような世界の中にキリスト教が入ってきた。当時の日本は仏教ももちろん入っているわけですから、天草あたりにも仏寺とか、もちろんあるわけです。戦国時代の信長が非常に排斥した寺の末寺があるにはあるんですが、どうもやはり当時の信者たちや、領民たちに対しては力が弱い。そこへポロシモを大切にというような教義が出てきて、どうも観音様に似たようなマリア様というのがいらっしゃるようだ。それで領民たちは御《おん》主《あるじ》、デウスさまやキリシトさまはどこかしら近づきにくい神様ですけれど、マリア様はわりと親しみやすい。三位一体の神様を至上のものとして、仏教は邪教で、あれは異教だというふうにキリスト教では教えるんですけれども、それはどうも頭の上を通りすぎていって、仏教の方もひそかに大切にしてるような人が多かったと思うんです。資料などを見ると、そういう片鱗があります。

しかしご承知のように、国禁の教えですから、藩は禁教という政策をまず立ててきて、信者たちを棄教させるためにむごたらしい処刑をしたりする。島原半島の松倉藩では二代の殿様にわたって、そんな治世が続くんですが、一つには江戸幕府が確立するころですので、三代将軍の前、秀忠ぐらいから、秀忠、家光の時代ですよね。江戸城を改築するために、各藩に、まもなく参勤交代もはじまるんですが、過酷な年貢を割り当てるんです。そこでは、ありもしない田んぼに実った米を出せというにひとしい割当高を、出せと言ってきた。藩に納めるために、幕府に納めるために船を廻させて、それを出せと。百姓は麦しか食べません。出せないならば、女房たちを、女たちを人質に取るぞということを言ってきて、最初は取らないんですが、とても納入するのに不可能な割当であるので、ずるずる領民たちを引き回していくんですが、いよいよ人質に取るということが起きました。それが一つの発端で、キリスト教を棄てられないということと、そういう過酷な年貢と、むごたらしい処刑が続きますもので、領民たちにとっては、この世は地獄になるわけです。雲仙岳のぐるりの庄屋たちが集まって、殿さまは百姓たちの首を切って逆さに振れば米がぱらぱら出てくると思われるのか、それなら早く切ってもらいましょうと言ってたくらいでした。早く殺してもらって、パライゾに引きとってほしいって願うようになるんです。

むしろ喜々として原城に閉じこもって、戦さをはじめるんですが、キリシタンたちは神の世の中をつくりたいと思うんです。そのためにデウス様に敵対する幕府の大名たちと戦さをするのは、デウスさまの戦さであると思ってる。旗印に『天帝』とあります。たんなる百姓一揆の年貢をまけてくださいという、そんなみみっちいことは、やってもどうせやってはくれまいから、神の敵をやっつける戦さを自分たちは起こすんだということで旗揚げをするんです。この過程で、どういう生活の中で、どういう人々が日夜、何を考えていたのかということを、女子供をまじえて、書いたんです（本書五四七―五五三頁参照）。

この後、このおきみという嫁は、水牢の中で赤ちゃんを産んで、親子とも死んでしまって、引き取りに来いという元家老の家からの使いがくるんですけれど……。それで嫁は天草の方から来ておりますので、天草の親たちも集まっていて、村中が、かくなる上は生きていてもこの家のような目にあうぞと。かくなる上はもう代官たちや家老たちも、こっちの方から行ってうち殺すよりほかにないという雰囲気が徐々にできあがっていくんです。

そういうことがほかにもいろいろあるんですけれど、だんだんと気分が高まって、立ち上がるんですが……。

いろんな事情が重なって、一揆を起さざるをえないような状況が広がっていって、天草の方の人たちも、島原の方の人たちも、いっせいに原の城に閉じこもって、神の戦さの旗を挙げるという動きがあって、めいめいの家で家財を整理して行くんですが、いよいよ明日から原城に入るという前の晩の、口之津《くちのつ》の庄屋の家でのありさま。ここの家が島原側の本陣になります。明日は原城にとじこもろうという前の晩です。大庄屋の家なんですが、島原中の庄屋の半分くらいが立ち上がるんです（本書六七三―六七七頁参照）。

いよいよ幕府軍に取り巻かれて、二か月間、持ちこたえるんですけれど、兵糧攻めにされて、城中はほとんど食べ物がなくなっていきまして、四郎は率先して断食をはじめます。少数の落人も出はじめるんですが、それは片端から捕らえられて斬られてしまいます。いよいよ城中に力がなくなったと思ったのか、幕府軍がいっせいに総攻撃をかけます。外の方から、半分穴を掘った、藁で囲った信徒たちの住居を焼き払っていきまして、最後に残った四郎の本陣も火矢をかけられ、燃えはじめます。主に細川の兵たちが斬りこんでくるんですが、そのところです。竹松という者がいて、竹松は、銛で魚をとる名人ですが、大変飲んべえだけどみんなに愛されて、白装束に白鉢巻をして、これはほかの信徒たちも同じでして、参戦した幕府軍の絵に白装束の信徒たちが描かれております。竹松は銛を使って戦う。四郎を守るつもりでいます（本書七五三―七五九頁参照）。

（二〇〇〇・六）

〈対談〉「春の城」と『苦海浄土』

石牟礼道子
鶴見和子

鶴見　この『アニマの鳥』（筑摩書房、「春の城」の単行本）をいただいて、読ませていただいて、本当に私、魂がふるえるみたいな感じでした。いろいろうかがいたいことがあるんですけれども、あまりいろんなことをごちゃごちゃうかがうより、テーマを二つにしぼりたいと思っています。一つは、アニマとは何かということと、民衆の信仰の問題です。私は水俣に行った時に、とくに天草ながれ（天草から来た人たち）とお話しして、これはまず仏教の浄土真宗なのね。それから民間信仰としての自然宗教、アニミズムがあり、そして天草から来た方たちは、それらと隠れキリシタンとの習合だと思ってた。ところがこの『アニマの鳥』を読んで、私がいままで考えていたのは浅はかな考えだったと思う。普通、習合という言葉を使うでしょう、神仏習合って。これは誤りじゃないかと思う。これを読んでると、基底に、アニミズムなんて言葉使わなくていい、自然と人間がともに生きあってる、その姿そのものがあって、そしてその中に仏教の南無阿弥陀仏を受けいれる。そして同じようにキリシタンを受けいれた。

隠れキリシタンのマリア観音を私は天草で見せていただいたことがある。どこかのお家に行った時に仏壇にあった。あれは何でしょうってきいたら、あれはこの家を改築した時に壁の中から出てまいりましたって。そして拝見すると、表が観音様で裏がマリア。これがマリア観音というものかと思った。そしてこれは便宜上作ったものだと理解してた。ほんとはマリア様を信仰してるんだけれども、迫害のために表向き観音様の像を作って、心の底にあるマリア様というので裏にマリア像を刻んだ、とそういう非常に便宜的な解釈をしてた。そうしたらこれを拝見して、そういうものじゃないということがわかった。マリアと観音とは同じものだと。私、そこですごく驚いた。いま神仏習合という言葉で言い表していることは、まちがいのもとではないかということをわからせていただいた。

それからもう一つのテーマは、これを読んで、私は水俣闘争がどういうものであったかということが、はじめて少しわかってきたように思います。わかったというのは、水俣の方に対して悪い、申しわけない。わかるはずがない。だけど、いくらか近づけたという感動なんです。これをどういうふうにいったらいいかというと、島原の乱の構造と水俣闘争の構造の間の同一性、構造が同じであるということの驚き。そのことについて少し立ち入ってお話をしあいたい。この二つなんです。

私のテーマはアニミズムといってきたけれども、アニミズムなんていう言葉は使わない方がいいけれど、でもいみじくも道子さんが「アニマの鳥」とおっしゃったから、アニミズムはアニマからきてるから、アニマってなんですかということを、この中にも書いていらっしゃるけれども、もう少し深くうかがいたい。そして最後に水俣闘争と天草の乱はだいたい三百年以上隔たっています。十七世紀のことと二十世紀のことで、天草の乱が一六三七年。それなのに形が同じだということは、石牟礼道子さんがこの『アニマの鳥』の「あとがき」に書いていらっしゃる、一九七一年十二月のチッソの前の交渉とそこでのすわり込みのことでわかる。すわり込みのテントというのがまったく同じ、対応してる。それは石牟礼道子さんが書いたからというより、史実そのものがそういう形であったのだろうと、それを石牟礼道子さんに書かせたのであろうと、そういうふうに考えた方がいいんじゃないかと思う。そして、最後の私のテーマは内発的発展論。内発性とは何か、それは民衆の魂ということだと思うのね。民衆の魂の中にある力だと思う。そういうものを見せていただいたように思う。そういうものは何百年たっても蓄積していって、ある時に爆発する、噴出する。

まず、魂、アニマから入りましょうか。アニマについては、魂というふうにお書きになっていらっしゃるけれども、アニマの国、アニマの舟、アニマの鳥、いろんな形でアニマが出てくるでしょう。アニマって何ですか。

石牟礼　アニマねえ、なんでしょうねえ。永遠なるものですね。不滅、死なない。ある時は死んだ形をしていても、あるいは死ななければ復活しないみたいなもの、非常に簡単にいえば。たびたび死ぬからこそ蘇って、永遠なるものになってゆくのだと、書きながらずっと思っていました。そして人間だけでなくて、生命たちの魂というのは、そういう意味で本質的に自由というか、自由ということはあとから私たちはくっつけますけれども、自由という言葉以前にもっと本質的に自由なものである。だれにも束縛されない、一番理想的な宇宙と共にあるもの、宇宙の生命と一体になっているもの。言葉にすれば、魂という言葉を共通の言葉としていいますけれども、もっとそれ以前に、存在そのものから、いつでもどこへでも飛翔することができる。和子先生はご自分がご不自由になって、魂が自由に飛翔するっておっしゃいます。

鶴見　すごくわかる。ハレとケというけれども、人間が死ぬということが最後で最高のハレだと思う。肉体から離れて魂が本当にもう一つの宇宙……、とてもこういうふうなからだになってからよくわかる。自由になるのよ。私はいま半分自由なの。元気な時よりもより自由なの。つまりこういうふうに不自由になったために半分の自由を獲得した。だけどまだ完全に自由じゃないのね。この次のハレは最高の、究極のハレなのよ。それは死ぬことなの。人間は死ぬということが一番の栄光なの。それで自由になる。それが「もう一つのこの世」。だけど、魂とか自由とか、そういうことは字では書いてないけれど、自由と平等、人権、全部この中に入ってる。そういうものが日本の伝統の中にないと外国の人は言い、日本人もそう信じてる。それはまちがい。まちがいだってずっといいつづけてきたけれども、『アニマの鳥』を読んで、自信をもってそれはまちがいだって言える。少なくともいまより三百年、四百年前からちゃんとありますよ、もっと前からあるでしょうけれど、ということが言えるのはこれだ、そう思った。

その魂の自由ということは、これは非常に抽象的な言葉なのね。この人たちが信じてる魂の自由というのと深く結びついているのが、自分の住んでいる天草の美しい自然だと思う。その中に自分が包まれて生きてきたということがアニミズムだと思う。すべてが平等なのよ。虫けらもシジミも貝も、全部同じように魂をもって、お互いに魂をもつものとして話をし、語り合い、ともに支え合って生きてる。時にはけんかもするけれど。そういう自然と自分とのつきあいの中から、実感として魂という考えが浮かんできた。だから分かちがたく結びついてるんだと思う。それで私はこれを読んで、道子さんの『椿の海の記』がそのままにこの中に現れてると思った。あの竜の玉も、それから海も、全部入ってきてると思う。そういう自然、――自然というとまた困るのよね、抽象名詞だから――竜の玉とか、桜とか、柘榴《ざくろ》。一家心中をしたその一人一人の人が食べたお皿、それを持ってきて捧げると、そこに朱色の柘榴の花が一つ一つ花開くって、あそこなんかもうすごいと思った。

石牟礼　何が一番きれいかな、白い皿の上に乗せるのはって、遠くからでもハッと胸がとどろくような朱の色が何かないかなと思ったら、あったあった、柘榴があったと思った。

鶴見　私、あの柘榴の話、すごく好きなのよ。小さい時から、祖父の家の広い庭に柘榴があってね。その柘榴の木がちょうどいいところにあったんです。ぽとんと落ちるでしょう。その下が石段になっていて、そこへ落ちる。それを拾ってきては、こうして見て、なんてきれいなものだろうと思ってた。子供の時に見た柘榴の花が開く。それがパッと目に浮かんだわ、お皿の上に柘榴がヒュッと出るという……。それであれが長崎の「おかっつぁま」の紹介してくれた楊さんという中国人の手品、それに結びついてくるのでびっくりした。

石牟礼　あれを手品と書けばちょっと安っぽくなるから、「秘法」と……。

鶴見　「秘法」と書いてあった、手品とは書いてなかった。だけど私、手品だと思った。「秘法」でパッと開く。それから鳩もパッと開く、あのむくむくの、むく毛のある。あれはすごい。というのは、みんなそれがアニマなのね。だから死んだ人の魂が柘榴の花になるとか、鳩になるとかいうのが、アニマの鳥とか、アニマの花とか、そういう形で出てくるのは、ほんとに自然と人間との親しい交わりの中から生まれた感覚なのね。そして死ななければほんとに蘇れないとおっしゃったことは、「燎原の火の中からあらわれてしずもる、花野のごときところ」、という表現で書いていらっしゃって、そういうふうにイメージをまったくはっきり出していらっしゃる。私が小さい時に見たそういう自然は全然違うのよ。天草でもなんでもない。私はふるさとがなくて、東京の麻布の生まれですからね。でも、そういうのがヒュッと出てくる、自分の経験の中から。柘榴の花というと、もう花が出てくるし。だからそういうものとして、感覚として、深く入ってる。それが信仰なのよね。それが信仰になって出てきて、浄土、阿弥陀如来のあの世がそういう「花野」であろうというふうにイメージが出る。

石牟礼 うれしい。なんとかして普遍性をもたせたい、そういうふうに読んでくださる方の中に深く沈潜している、そこに呼びかけたいと思って……。

鶴見 そういうのを呼びさまされる。あ、あの時見たあの花だとか、あの鳥だとかというのを。私、もし水俣に行って、水俣の患者さんたちと話をしていなかったら、そういうことはこれを読んでもわからなかったかもしれない。だけどあの人たちと話していると、すべてが自分が体験した事物として語られている。そういう形で自然信仰が成り立っている。抽象的なイメージでいってることは、みんなミスリーディング、まちがった観念を私たちに植えつけることになってやしないか。またそれを天草四郎がいってるのよね。「どちりいな・きりしたん」、公教要理を一生懸命読むよりも、人々の生活のなかでそれを見ていって、役立てなくてはいけないってことに気がついたっていうようなことをいっている。ほんとに『アニマの鳥』というのは身につまされる。最後に、これを読んだ読者の方の胸にアニマの鳥、ふわふわとした胸毛をもった鳩が、どうぞふところに入っていきますようにって書いてあるけど、私、そういう感じだな。柘榴の花も鳩もみんな、私、呼びさまされる、自分の中にあるものを。これは驚くべき本よ。すずとか、おうめさんとか、ほんとに貧しい家に生まれて、小学校にも行ったか行かないかわからない、そういう人たちがいってる言葉がすばらしい。道子さんはすばらしく書いてて、すずさんがいるわけでもないし、おかよさんがいるわけでもないし、おうめさんは最後に武士どもをやっつけちゃうんだからね。石臼で。私、どんな女だったろうと思うわ。私もそのくらいの力がだせるかななんて思ったけど。そういう人たちが、どっかでマリア様と観音様はどっちが上かといってる。どっちも同じじゃないか。それで最後のところになると、マリア様と観音様が出会ったらきっとなかよしになるでしょうっていってるでしょう。驚いたわねえ。そういうことをすずとかうめとか、そういうほんとに貧しい家に生まれて、ひとの家でずっと下働きをしてきた女の子たちがぽろっという。あれには驚いた。それでね、マリアと観音というのは一体なのね。つまり表では観音様といい、裏ではマリアを信仰してる。そういうもんじゃないのね。もう同じものだと思ってる。それで私を救ってくれるのは、マリア様であり観音様である。アイデンティフィケーションというか、同一化、同じものだと考えてる。それは何かというと、自分が柘榴の花になったり、梅の花になったり、桜の花になったりするのと同じように、マリア様は観音様になったり、観音様はマリア様になったりする。私はそこのところがよくわかった。だから日本の民衆の信仰という中に、そういう非常にひろやかなものがある。それなのにキリシタンは邪教だと、キリシタンからいうと仏教は邪教だといって、対立しあってる。それが上層階級のインテリの浅はかな考えなのね。それを打ち破っていくというんだから、これはすごいと思う。

それからもう一つ、私が驚いたのは、人権意識ね。百姓は虫けらのようなものだというけれど、百姓は人間で虫は虫なんだけれど、虫も魂をもってる、虫も信仰をもってるという、あれは驚いた。虫も信仰をもってて、善人のいい虫がいる。貝でもシジミでも目が開いてるじゃないか、それでお話ができるじゃないか。だからシジミだって信仰をもってるんだという、あれには驚いた。それは人権意識よね。平等意識であり人権意識。それから最後になってくると、だんだんにそれがでてくるんだけれど、巨《おお》きい人というのはキリストのことをいってるんだと思う。巨きな人と、小さい人、百姓というのはどっちが偉いかというと、同じだといってる。あれも驚くべきことだと私は思ったの。これこそ平等、人権意識なのよね。

それから、私がもう一つ驚いたのは、ずっと読んでいくと、目標がだんだん高まっていくということ。最初は自分の嘆願すべき相手は松倉藩である、代官であるといって、減免とか、未納米を免除してくれとかいっていて、そうすると向こうはますます年貢をかけてくる。そうしているうちに、最後には原城にこもると決めると、相手は松倉藩だけじゃなくて、諸国大名が全部やってきて、最後に幕府がでてくる。その時にこちらはどうなるか。もう一つのこの世をつくるという運動になる。最初は小作料の減免とかだったんだけれど、もうそういうことじゃなくて、もう一つのこの世をつくるという、つまり「アニマのくに」をここにつくるという、そういうことにだんだん広がっていくのね。

そうすると、これが水俣の闘争に関わってくるんだけれど、その過程をじつにありありと、この天草の乱で道子さんが描いてる。百姓は松倉藩が相手だと思ってたら、幕府が相手である。幕府だけじゃない、ポルトガル船を幕府が呼び寄せて、われわれを撃っているんだ。そうするとすでに帝国主義というものまでいってる。そうして相手がそれであれば、自分たちはもっと高いところへ行こう。私たちはそういうものをもう相手にしないで、最後は、もう一つのこの世をここに打ち立てようということで、ほんとに死んでいく。だからほんとのハレになる。小さいところからはじまって、だんだんに国にぶつかっていって、国にぶつかった時に国を超えていくという、それがアニマなのね。

石牟礼　そうですね。そういうように読んでいただければ作者冥利につきるという気がいたします。

チッソ前のすわり込みと原城

鶴見　そうすると、水俣の闘争と天草の乱が一体になる。

市井三郎さんが「キーパーソン論」の中でいってることは、たとえば佐倉惣五郎の事件がある。千葉という地域の中に佐倉惣五郎の魂がひそんでいて、もう何百年もたって、何か事が起こるともう一度噴き出してくるんだという、そういう積み重ねがね。下の方に沈んでまた吹き出してくる、そういうことがあるんだと。キーパーソンというのは、すぐにでなくても、その次、その次というように同じ地域から現れるということをいってる。そうすると、道子さんは一九七一年に東京のチッソの前ですわり込みをして、そしてその時に天草の乱を書こうと考えたとおっしゃった。そのことと私は結びつくと思うんだけれど、道子さん自身は、どうしてそれを結びつけたの？

石牟礼　いまおっしゃいましたように、島原の乱のことはもっと前から気にかかっていたんです。ずっと前から。ですけれど、ひととおり常識的な考え方がありますよね、ともかく全滅したんだって。

禁断の宗教を信じて殉教したんだということは知ってたんですけれど、どうしてそこまで、幕府が諸国の大名をひきつれて十三万も来て。こっちは三万でしょう。それでみすみす負け戦とわかっていたでしょうに。最後には幕府がでてくるというのは、だれが考えたってそうなりますよね、撤退しないなら。死ぬ気になったんだろうと、ずっと長い間かかって考えてて、水俣のことがはじまって、私も巻き込まれていって、東京チッソ本社の前のすわり込みを決める時に話し合いをしました。患者さんもまじえて。中心は熊本の「告発する会」だったんですけれど。それを支持して、発足させる過程があったんですが……。

チッソの人たちはそれまでまともに患者たちに会おうとしなかったんです。どうしたら会わせられるか。ともかく患者たちの前に出てきてもらおう、衆目の中で舞台の上に。患者さんの前に出てきてもらうためにはどんな手だてをしたらいいかって幾日も相談しあいました。方法としてはチッソの中のお部屋、たとえば社長室や専務室なんてどこにあるんだろう、そこを探して行かせてもらおうと。いまだから言えますけれど、そこを探し出してお邪魔しなきゃいけないわけです。仮に占拠といってもいいけれど、外に向ってはそういってはいけないと。何十年もかかって、あのお躰で東京まで這うような思いで行くわけですから、患者さんたちは。よつんばいになって、歩けなくて這ってというような感じですのに。そうしてやっとチッソのいろんなお部屋のあるところまでたどり着くのに、幹部の人たちが出てこないときは、ほかに泊まらなきゃならない。汽車賃もございませんで、数知れぬ人さまの御浄財で賄いましたけれども。いざ、宿を探すといっても足りないし、体力もないしという有様でして……。外に出ると、十二月でもございましたし……。少しの間軒下を借らせていただきましょうかという気分でおりましたんです。庇を……、雨露をしのぐために。行くところがどこにもございませんから。広い東京でどこも知らないし……。ちょっとしばらくの間、社長さんとお話ができればすぐに帰りますからって（笑）。そういうことを話し合ったんです。そんなふうにもっていきましょうかって。それでも知らんぷりしたときどうしましょうかっていうふうになって、いよいよとなったら、じゃあ、どうぞ何もいりませんから水銀を飲んでくださいって言いましょうよって。それで私たちも飲みますからって、私、そう言ったことがあるんです。まず飲みますからチッソの方々も飲んでくださいって、私も言ったのね。いっしょに死のうと思ったんです。ほんとに思ったんです。飲む場面はなかったんですけれども。機動隊に囲まれた時に、機動隊の靴の裏にはとんがったものがついていて。それで目の前で学生が、東京農大の学生だったんですけれど、蹴られた子がいて、ああ親御さまに申しわけないと思いました。ほかの子たちがまた踏まれたらどうしようと、踏まれるかもしれない。覚悟をしなきゃと思ったんですけれど、さいわいその場では死人はでませんでした。あとで自殺者がでましたけれど。早稲田の学生と聞きました。心のうちをゆっくり聴ける情況ではなく、今も忘れられません。大勢の学生で、顔も名もそれまでは知らないのですが、無口な初々しい若者たちでして、何を考えていたのかわからないんですけれど。ともかくもうここまできたからには、水銀を飲まなくても、おみやげというのは、水俣で待ってる患者さんに、こんなでしたって報告しなきゃいけないでしょう。おみやげっていってましたけれど、この期間はおみやげもない。いい、もう東京でのたれ死にしようと、その時思ったんですよ。あのときのことをいま聞いてみると、たいがいそんな気持ちだったって、支援者の気持ちですけれど。学生もいますし、普通の生活者もいたんですが、もういい、死んでもいいと思ってたって。ああいうことってそうたびたびはないですね。

鶴見　それはたびたびあったら大変だ。

石牟礼　それで非常にさめた気持ちになって、冷静な静かな気持ちでそう思ったんです。機動隊が囲んでて、ふっふふっふ、息吐いて、楯を持っているんですよ。殺気のようなのを感じたりして……。殺されるかもしれないよと思って、まず逃げ出すまいと覚悟した時に、とても如実に、原城に籠城した人たちの気持ちが宿ったというか……。それでその時に、ああ生きていれば書きたいと思ったんです。もし生きて帰れば、いつか原城を書きたいって、そのとき強く思いましたんです。それでずっと考えてて、水俣のことはほんの少し書いてますけれど、書けないこともあるんです、現実の水俣のことは。書いていけないこととか。それで原城のことに託して書けば水俣のことも書けると思って。それでほんとにダブらせて書いたところもございます。もっと突っ込んだ形で水俣よりも原城のことは……。わりと書きたいように書けましたね。

鶴見　もうそれが全部ピタッピタッとくるので、驚いた。まったく符丁が合う。節目節目でピタッと合ってる。

そこでもう一つうかがいますけど、「もう一つのこの世を」という言葉は、水俣闘争史をお書きになった『天の魚』とかに、いくつもありますよね。その中で田上義春さんと、川本輝夫さんと、浜元二徳さんが話しているんだけれど、「もう一つのこの世ということだね」って、たしか田上さんが言ったんだと思う。それを書いていらっしゃるんだけれど、その時にハッとして、ああ、もう一つのこの世をここへつくる、それが一番大きな究極の目標だったんだな。これは道子さんがつくった言葉だけれど、道子さんがこのように表現したんだけれど、それは後に水俣の人々の心を共通して表す言葉になった、というふうに私は書いてる（『水俣の啓示』「多発部落の構造変化と人間群像・二　内発的発展への担い手」）。

だけど、また『アニマの鳥』を読むと、「もう一つのこの世を」というのがここに出てくる。これは私、英文で水俣のことを書いた時に、the other world in this worldと書いた。もう一つのこの世をこの地上に、地上にパライゾをということよね。神の国を地上につくる、そういうキリスト教の考えがあるのね。キリシタンの人がもう一つのこの世をと、神の国をここに、地上につくるという考えと、符丁が合いすぎるので、これはどっちが先か、――どっちが先でもいいんだけれど、一つのものでいいんだけれど――、道子さんがあの水俣闘争の時につくった言葉なのか、それとも水俣の患者さん自身が言った言葉なのか、それとも天草の原資料の中にあった言葉なのか、どういう言葉でしょう。すごく大事だと思うの。「アニマのくに」というのはもう一つのこの世でしょう。

石牟礼　そうですね。東京ですわり込みをしている時に、前途に希望というのは何もないんです。形にして皆さんにお見せできるような成果というのは。要求は経済的なことも掲げなくてはなりませんから。

鶴見　だけど道子さんが書いていらっしゃる、補償金とかお金はじつはほしくないんだということを言わせてるのね、患者さんたちに。そういうふうに言ってるというふうに書いてあるのよね。だからそうなのよね、実際に。

石牟礼　からだを返せっていっても、いのちを返せといっても、こういう言い方は不謹慎かもしれませんけれど、いのちを返せといっても返せるものではないですよね、だれにも。わかってて言うわけだけれど。だからその絶望のもう一つ先に、とりあえず言葉は見つからないのに、いのちを返せ、わが子を返せ、返してもらおうと。ほんとは返してほしい、完璧な形で。しかし返してほしいいのちというものは、さきほどからおっしゃってくださってますように、一個の生命が誕生した、その誕生した生命がこの世界に遍満しているほかの生命たちと交歓しあってる、交流しあってる、そのひとりなんだけれども、ひとりではない。そういう世界まるごと、地図に書いてある世界地図とは違う、それこそ魂の世界なんだけれど、その世界とともにある生命をまるごと返してくれって、そこに生まれて生きていたのにその世界もろとも喪失してしまった。その喪失したすべてを返してって、たぶん言ってるんだろうと思います。そんなことを考えているうちに、「補償処理委員会」という国の機関が出てきて、国に任せろと、患者たちにハンコをつかせる事件がありました。ついた人たちは一任派とよばれましたが、低い補償額で押えられた。その患者たちのことが心配で私、東京のその会場あたりをさまよっていて、地下工事の鉄板の上に乗っていて、ふっと「もう一つのこの世を」というのがふっと出てきた。それを時々、患者さん、田上さんたちなんか、「もう一つのこの世を」というのを口にするようになってましたね。

鶴見　道子さんが先に言いだしたの?

石牟礼　そうですね。

鶴見　それがみんなの共通の目標になったわけね。

石牟礼　いや、そんなにはならないんですよ。水俣病闘争の中で、あれは『告発』という機関紙にタイトルとして書いたんですが、ちょっと文学的すぎるというのかしら、闘争自体の中から出た目標とはならなかったようです。わりと近い関係にあった患者さんたちが口にした。おやっと思うような時に聞いたことがあるんですけれど……。

鶴見　だから自分たちの気持ちをよくいってくれたという意味で、みんなのものになったのね。

石牟礼　どうでしょうか。みんなのものになったとは思いませんけれど。義春さんが確かにおっしゃったことがありますね。

鶴見　そうですね。道子さんのそれは田上さんのところに書いてあったの。田上さんがいったことになってた。そしてそれがまた、『アニマの鳥』に出てきたのでね。

浄土は天草の自然

石牟礼　『アニマの鳥』に「もう一つのこの世」をだす時、ためらったんですよ。キリシタンの方では天国という。いわゆるお浄土というのは、仏典なんか読んでみると、あれは何経だったかな、そう、阿弥陀経の中に、木なんか金でできてるとか、きんきらきんの世界ですね。枯れ草が、なびいているような草木というのは、お浄土のイメージの中にはどうも入ってない……。

鶴見　けれども浄土のイメージは天草の自然なのよね。

石牟礼　自然なんです。だからやはり現世を体験して、染色体とか遺伝子とかの次元で考えると、私、免疫の学者で友人がいるんですけれど、遺伝子が証明されたから、いまに生まれ替わりが証明されるでしょう、人間はってたずねたら、それはあまり断言できないんだなあって(笑)。思いたいんですね、私、生まれ替わるって。死んでゆく魂はやっぱりこの世をなつかしがるだろうって思うんですよ。なつかしいから生まれ変わりたいでしょう。いろんなせつない絆があって、それは人間だけでなくて、犬猫や虫や鳥や草木や、そういうこの世のもろもろの、秘められていた絆がせつないという意味で、生まれ替わりたいと思う時に非常に親密なイメージがある……。それで、キリスト教の天国と申しましても、もうちょっとイメージを身近な、私たちに親しい風土で形成されているその、風土をどうしても入れたいんです。

鶴見　それが私のいうアニミズム。だからこれは天草の不知火海の自然そのものなのよね。それに根ざしているキリシタン、それに根ざしている浄土真宗。だからもとのものとは違う。だけどそれが民衆の信仰なの。

石牟礼　はい、そうだと思います。私、そこらあたりを書きながら、四角四面な教団からは、これは異端じゃないかと言われるかもしれないと思いながら書いたんですけれどね。

鶴見　いやあ、これはすごい。そういう形でキリシタンは受けいれられた。

石牟礼　はい。そういう形でないと入らないと思うんです。

鶴見　入るものですか。公教要理なんか、そういっちゃ悪いけれどね。

石牟礼　舌をかみそうな、なかなかみんな覚えられなくて、暗唱できる人はほんとにいなかったって……。

鶴見　それからおもしろかったのは、西忍《さいねん》というお坊さん。あのお坊さんはもう笑っちゃったわよ。あの土壇場であんなおもしろいこと言ってるんだもの。それで、「みんなに助けられてきたんだから、だからみんなの信仰してるものを今日はお返しにきてる」っていう、あれはおもしろい。だからあの人としては、南無阿弥陀仏とアーメンとは同じもの。しかしその地盤には何があるかというと、自然とそこの中に生きている人々が自分を助けてくれたって、そこに根ざしてる、あの信仰は。

石牟礼　はい。まあ、ひとり言のように、南無阿弥陀仏でもいいんだけどって。お浄土もあるんだけどって言ってね。

鶴見　最後に幕府の鉄砲奉行で、鈴木三郎九郎さん。もう原城が陥落して、みんな死んじゃった時にやってきて、そこでおかよの子供、仁助の孫のあやめちゃんがすずという子守りといっしょにやって来て、貝を拾ったんだけど、落としちゃうのね。それで泣きだしちゃうと、それを見て、もとの鉄砲奉行が砂をはらって返してやる。するとあやめちゃんはすごく喜んだ。そういう最後のシーンが、とっても感動的だった。「隣人を自分と同じように大切せよ」ということがキリシタンの教えだというのが、何回もこの中に出てくる。それをまさに、キリシタンの人々からいえば敵ですよね、敵の鉄砲奉行がそれを示すわけ、実際に子供に向かって。そして子供と和解する。そしてこの人は代官になって、小作米の減免をやって、自分は切腹して死んでしまう。ということで、敵が全部悪いんじゃなくて、その中にも心のやさしい、隣人を自分と同じぐらい大切にできる人はいるんだという普遍性。それが最後に現れるということは、この物語をとっても美しいものにしてると思う。この最後のシーンはどういう意図で書かれたんでしょうか。

石牟礼　一番最初から、全部死なせずにだれか残したいなと思ったんです。だれをどういう形で残そうかと。一度原城に入ってしまえば出られないし、落人は少しはいるんですけれど、その落人のだれかをとも考えたんですが……。

鶴見　だけど落人というのは結局殺されたんでしょ。

石牟礼　殺されたんですね。それで、入らせないで残せないかと思って、あやめと、子守りのすずに最後の場面の、貝を拾わせる情景はまだ考えてませんでしたけれど、あそこもくり返し考えて、浜辺の、ちょうどいまごろですね、春の潮が……。貝たちがたくさん出てくる大潮の時、貝たちも太ってるんですよね、海草も。穀物がなくなってしまってて……。

鶴見　シジミが目を開いてお話するって話が、どっかにあった。それを思い出す。

石牟礼　それで、やっぱり残すとすれば子供がいいなと思って、それでおかよを実家に返して、子守りのすずをつけてやったんです。すずという子には、そうとう比重をかけています。子供を書きたかったんです。それですずちゃんが一生あやめちゃんを見てゆく。昔の子供はけなげですから、いまの子たちと違って。自分に与えられた役目というのは果たしますからね、使命感をもって。いまの世相も見ながら、そういう子が昔いたんだと。やっぱり書きたかったんです、子供のことを。それで全部いちどきに死んでしまうんだけれど、やっぱり逃がしてやった子供はちゃんと生き残っていくんだという希望を持たせたくて……。女の子が二人、子守りの女の子と、おじいちゃんもおばあちゃんも両親も死んだということをまだよくわからない女の子、その二人を浜辺にゆかせて……。そこに来合わせた幕府方の主な人物と自然な交流をさせたいと念ってまして、この本、最初は鈴木代官を主にして書こうと思ってたほどでしたから、やっぱり登場してもらおうと思って、なかなかいい人だったみたいですから。それでやさしい詩的場面にしようと思って、それで鈴木代官、最後まで、原城が落ちたあとの天草の復興に力をつくすんですが、その仕事の合間に村々を見て廻って感慨も深かったろうと思いましてね。春のゆたかな渚を通ったりして、この人は六十六歳で自害するまで武士社会の中に生きてきて、かなり有能な行政家で仁愛ぶかい人物だったと思われるのですけれど、この乱の現場に役目とはいえ、近代兵器を持ちこんで、決定的な幕府方の勝因をつくった。それがそのまま目のあたりに、いわゆる賊徒側の女子供たちの死にざままでつぶさに視る立場になった。そのことで、この人物の心に、はげしい変革が起きたんじゃないか。和子先生の「内発的発展」ととらえてもいいんですけれど。幕藩体制の機構の発想にない動きをこのあと行ってゆくんですから。虐殺の現場に立って、おおいなる促しを受けたと思うんです。権力の側からでなく、死にゆく者たちの魂から、アニマたちから。あまりに残酷だから、やさしい終わり方にしたかった。なるべく残酷にならないように書きましたつもりですけれども……。

鶴見　いや、とっても美しいのよ。

石牟礼　全員殺されるわけですから。美しく気高く書かないと、私自身がもたないんですよね。

鶴見　おっかつぁまからいただいたすばらしい装束で、天草四郎が絶食してたために目が見えなくなって、それで敵の弾に撃たれて、その時におかっつぁまがそこへ入ってきて抱きとめる。それはあたかも聖母子像のようであったと書いてある。あれは胎児性水俣病患者で、とくにその代表というか、象徴としての上村智子ちゃんとお母さま、あの二人はユージン・スミスの写真で有名になった聖母子像で、それが後に乙女塚になったけれど、あれをほんとにはっきり思わせる姿なの。あの聖母子像はどうしてあそこにあるかっていうこと、この『アニマの鳥』の中で。

石牟礼　四郎の最期というのは、首をとられたことは記録に残ってるんです。生きてるのをはねられた。原城内に四郎の寺があったんですが、最後に炎上した時に、細川藩の武士が、燃えてる四郎の館の中に入って、燃え落ちようとする時に倒れてるだれか、絹物を被せられて横たわってるだれかがいて、それがちょっと動いたもので、反射的に首をはねて、四郎と知らずに首切って下げて飛び出してきたら、すぐ燃え落ちたという。実録はそうなんです。そして四郎と同じぐらいな年ごろの首がたくさんあったそうです。だれも生きていた時の四郎を見たものはいませんから、松平伊豆守が四郎の母親と姉を呼び出して、首検分をさせたんですって。そしたら、いまお話しした場面の首がどうも四郎の首だったと。お母さんとお姉さんが頑強に、四郎はここにいるはずはないって、もうルソンか天竺の方へ行ってしまったからって、言ったそうですけれど、でもその首見たら泣きだしたそうです。だれか女がそばにいて、泣きすがったそうです、その細川藩士の足元に。それをも無造作に切って捨てて、いらざることをしたって、その武士が書いておりますが。だれか女性がそばについていたに違いないんですね。絹を被ってふせっていたというのは、けがをしてたんでしょうね、きっと。その女性をおかっつぁまにしたんです。

鶴見　それでその聖母子像というのは、あれはやっぱり水俣の胎児性のことを考えてらしたの。

石牟礼　いえ、それは考えてませんでした。

鶴見　聖母マリアの像のことを考えていらしたわけ？

石牟礼　マリアというよりはもっと、言葉にすれば聖母子ですけれど、女性の中の母なるもの……、血縁はないですよね、おかっつぁまとは。ある理想的な姿として、やっぱり女性の中にある……。

鶴見　それで、これからも続いていくということを表したかったのね、あそこに。それであやめがでてきて、続いてますよということが現実になってる。

石牟礼　はい。私自身がやっぱりその生き残りであろうと……。

鶴見　そうなのよ。石牟礼道子さんは生き残りなのよ。血筋なのよ。わかった。聖母子像がなんでてくるかっていうことを……、とってもショッキングな、ほんとに美しい。

石牟礼　そうですね、天も地も声を失っている炎の中ですからね。

鶴見　だから全滅してもまだ生きつづけるものがあるんだぞっていう感じね。

石牟礼　もっとも凄惨な極相の中で、どういう姿を人間はとりうるかと思ったんです。だから『アニマの鳥』は崇高な姿にして終わらせたかった。女系が、どうもちょっと強くですぎたかなと。

鶴見　柳田でもそうよ。みんな母子像なんです。大地母神なのよ。マリア信仰というのはそれなんですもの。それは古代からずっとの信仰だから、それがあそこへでてきたのでびっくりしたの。だから美しい結末なのよ。全滅したんじゃないと思う。たとえば大江健三郎の『燃えあがる緑の木』、あの第三部の最後は、やっぱり母子像。そういうものなの。それは当然。そしてね、最初から終わりまで全部、子供がいる。子供がでてくるといいんだ。四郎がでてくる時に、すずが「赤い空からよか人が舟に乗ってきた」というでしょう。あそこのところと、それから曼珠沙華の白いのを捧げるでしょう。あそこらへん、とってもきれいよ。

石牟礼　四郎はあんまりカリスマのように書きたくなかったんです。生身の少年にしたかったんです。

鶴見　そうそう、生身の少年、十六歳だものねえ。

（二〇〇〇・六）

あの乱の系譜に連なる人々

この本（『煤の中のマリア』）は熊本日日新聞に連載した「草の道」を中心に編まれた。島原の乱を小説にしたいという長年のねがいを知られた熊日の方々が機会を作って下さり、取材というものをあまり熱心にやらないわたしなのに、とびとびではあったが八年もの間、紀行文を書かせていただいた。

かねて人に逢うのが苦手で引きこもりがちなのに、かの旅を楽しく想い出せるのは、ゆく先々でお目にかかった方々の心にしみるお人柄と、熊日新聞社有志の、この上ないご配慮のたまものである。

読み返してみて、おやと思うのは、小説「春の城」よりも、素描であるこちらの方に気を入れて仕上げている箇所がままあることである。素描で念を入れたものだから、本題の時にはもう描いた気になって先へ進んだものと思われる。いまは体力がないけれども、別稿を書く時期が来たら、落したところを集中してやり直したい。

小説にする時にもまた熊日の方々のおすすめで、連載という形にしていただいた。遅筆のわたしとしては例にない早書きで、やれば出来るものだと思ったことである。長い間の取材紀行で聞いた言葉、いやいやそれより、お互い、言葉には出来ないでいた声音の深い谷間から、折々たちのぼる歴史の吐息に促がされて、書き継いだという想いがしている。

現代風になった船の舷《ふなべり》をうつ波の音も、昔の人々が聞いた音とはだいぶ違うであろうと想像しながら、それでも時をこえて、潮の流れは原初のままだと見つめていたりした。

この紀行を含めて天草・島原の乱を描いたのは、ひたすら、死んでいった人々を呼び返したいためであった。その望みはかなり達せられたと念う。当時からいえば、一般には非常に異質な生き方をしたと思われていた受難者たちの目で、今日の結構ずくめで異常この上もない文明世界を眺めてみたかった。かの時代の人々に、わたしたちの精神世界はどうみえているだろうか。あと二十年もすればどうなる世の中だかわからないので、いっそ三百六十余年前の乱の現場にさかのぼり、今日の人間たちと見くらべてみたかった。なんと現代は、情においても理においても、存在の意味が希薄になっていることか。

わたしとても楽々と生きたわけではないけれども、行く末に望みというほどのことはない。とはいえ、ここまで来た人類の歩みには、代償を求めないで崇高に生きようとした人々の足跡があるのはたしかである。それを辿って往くことで、生きる悦びをえたいと思ってきたのに偽りはなかった。

戦後も落ちついたと思えたこの三十年の間に、わたしたちの精神風土は救いがないと思うほどの変貌をとげた。これが何よりの気がかりである。

この本の中に、終戦の頃、天草・大矢野島の人々が、村に一軒しかなかったラジオのあるお家に集って、終戦を知り、「日本が心配じゃ」と吐息をついていたという話が出てくる。わたしの妹の舅さまもごくごくふつうの、しかしたたずまいの控え目な、折り目正しい教育者であったが、いまわのきわの切迫した声音で、「この日本が……」と言われた由である。

終戦の頃、天草にまだ五橋も架けられておらず、各島々はほんとうに辺地の離島であったけれど、そのまた昔の三百六十余年前、島の人々は小さな手漕ぎの舟でゆき来して、熱い心を伝えあって暮していた。テレビも新聞もパソコンもケイタイ電話もない時代、天草・島原双方とも、領民の半分が家を捨て土地を捨て、生死《しょうじ》を共にするような結束力を示した。よほどに切実な魂の絆で、結ばれあっていたのであろう。ひとつにはその謎解きもしてみたかった。

この旅では、質朴で敬虔で、思いつめたようなまなざしをした純度の高い人びとに、数多く出会うことが出来た。そんな面ざしこそ、あの乱の系譜に連なる人々であると想えた、日本人探しの旅でもあった。冥土にゆく時のまたとない道連れと大切に思っている。

水俣のことも未解決のままずっしりと背景にあって、そうこうしているうちにわたしたちの列島は環境ホルモン漬けとなり、赤子たちの出生も成育も尋常ならざる時代となった。そのようになるであろうことは、水俣の患者たちが身をもって指摘し、警告を発し続けてきたことであった。

日本人の情念の系譜には、死をもって倫理の高みへと超越する見本がとぎれとぎれに見られる。数多くの文学作品にそれは見ることが出来るけれども、無名の生ま身が、哲学や文学を語る現場であったり、あるいはその痕跡を止めているところへ、今もわたしは旅を続けている。

（二〇〇一・二）

煉獄にかかる虹——なぐさめ深きものたちの祈りと天草四郎

1

「天草・島原の乱」（一六三七—三八年）を念《おも》えば今でも胸が疼く。

一種異様な乱である。九州諸大名を含めて、江戸からはるばる下向した追討軍には、戦う相手が名にし負う名将、敵将ではなく、名もなき百姓ばらの、それも武器さえろくに持たない女子供、年寄り連れの、白装束をまとった人間であったから、はなはだ拍子抜けする態《てい》の者たちであったろう。

そういう者たちの大軍が耶蘇《やそ》のお経を唱えながら、進んで弾に当たりたいという面持ちで追討軍の前に出現するのである。一々首はとらずに全員なで切りにせよという軍令が幕府方に出ていたのも、手柄の立て甲斐もない百姓ばらと思われていたからであろう。

若者の首集めて検分

しかし、益田《ますだ》四郎《しろう》の首だけは、追討上使松平伊豆守信綱も各大名たちもとくに気にかけて、原城（現・長崎県南有馬町）落城後、若者たちの首をとり集めて検分しようとしたが、誰も生きていた十六歳の、当時無名の若者を見た者はいなかった。

そこで、細川藩が一揆勃発直前に捕らえておいた、その母と姉を熊本の牢からひき出し、原城へ連れてきて若者たちの首を見せたところ、ある首を見て、母、姉ともに抱きしめて狂乱し、号泣したので、四郎ということが分かったと諸記録にある。

新聞もラジオもテレビもなかったこの時代、九州は辺境に起きた乱の、日本中にひき起こした衝撃は、今でいえばニューヨークの九月十一日事件くらいの震度で広がり、伝わったのではなかろうか。追討軍側のおびただしい書簡や記録などが今も発見されている。

熊本県不知火町にお住まいの史家、鶴田倉造氏のまとめあげられた『原史料で綴る天草島原の乱』をひもとけば、事件の発端となってゆく、天草、島原の農漁民たちの、はじめは小さな動きから島原松倉藩の対応や騒動、人々の動きが、有明の海をこえて隣接する肥後細川藩に伝わってゆくさまが、船で往き来する人々の噂を含めて役人たち、庄屋、乙名《おとな》、あるいは船頭たちに記録されて集められ、じつに厚みのある一大ドキュメントとして再現されている。

向こう岸の島原に火の手が上り、鉄砲の音が聞こえ救援を求められながら、幕府の命がなくば動けない細川藩の困惑がありありと伝わってくる。

情報々々というけれど、この時代、行政の探索力も大したものであった。

一揆側は行政末端の仕組みをそっくりそのままキリシタンの互助組織(組講)として機能させ、いわば地下組織として活用していたのだったが、細川藩の中では、それは機能せず、キリシタンを捨てきれずに処刑された重臣もいる。この藩が他藩よりも重臣らのキリシタン化に気を使ったのは藩主忠利の母が細川ガラシャであったことによる。隣の島原、天草のキリシタン一揆に、藩主や重臣らがこの外ぴりぴりしていたのもたぶん同じ理由であったろう。

一揆側からすれば領袖と仰ぐ益田四郎の母と姉、その幼児二人、姉婿渡辺小左衛門らを逸早く人質にとられたのは、この一大叛乱に、緒戦から、深いかげりを与えることとなった。

姉婿が内情を供述

四郎の父益田甚兵衛はキリシタン大名小西行長《こにしゆきなが》の遺臣といわれるが、肥後領宇土《うと》の江部《えべ》に住んでかなりの土地をもち、使用人も少なからずいたが、原城が落ちた後ではこの使用人らも取り調べられて、残らず「せいばい」された記録がある。

幕府方や九州諸大名に四郎の名が知られる端緒となったのは、姉婿渡辺小左衛門が、細川藩の取り調べに対して、一揆の起った筋道やキリシタン組織のあらましを白状したためと思われる。四郎の行動や居所をきびしく尋ねられたにちがいないことが「口上の覚」すなわち供述書に見える。

全体としては四郎をかばっている感じだが「四郎は今ほとひせん瘡《かさ》を煩《わずら》い、ぞうぞう村と申所に居り申し候」と言ったりして、義弟である四郎へのいたわりと、湯島(熊本県大矢野町)という島で島原側も集って一斉蜂起を談合した直後に、女房子供と姑をその里へ連れ出しに往ったばかりに、一方の旗頭ともなる身が囚えられて、蜂起そのものが崩れさるかもしれぬ無念と不安がないまざり、「ひぜん瘡」などと、天使ともいわれている四郎にもっとも不似合いな皮膚病を持ち出し、さもありなんか、と役人たちに思わせたい気持も錯綜しているかのような、複雑な供述書ではある。

四郎の生ま身と言葉を交わした者はみな原《はる》の城で死んでしまった。

2

前稿において思いちがいをしていたことをまず訂正しておきたい。天草、大矢野の大庄屋渡辺小左衛門が島原側と呼応して、国禁のキリシタンを標榜し、一揆の旗上げをする直前に、総大将四郎の母と姉とその幼な子二人を、肥後領へ連れ出しに行って捕えられたと記した。姉は小左衛門の妻であったとしたのが思い違いで、諸説ある中の「細川家記」にある『小左衛門口書』がいう「四郎姉は我等弟左太郎女房にて候」というのが確実に思える。

母の手紙を城中へ

幼な子二人のうち七歳の万《まん》は四郎の妹、いま一人も七歳の男子小平は左太郎と姉の間にできた子であるらしい。のちこの二人の幼児は、なかなか降伏しない原《はる》の城へ、松平伊豆守の使者として仕立てあげられ、四郎の母まるた、姉れしいなの手紙を持たせられて追討軍と城方の者らが、かたずをのむ中を、祖父の益田甚兵衛、父左太郎、そして四郎に逢いに行ったのだった。その手紙の書き出し。

一筆申し参らせ候。上様（将軍）御つかい、まつたいらいつ様、戸田左衛門様御まへにめし出され、すなわち小平を御つかいにつかわされ候まま申しこし参らせ候。われわれなど捨ておかれ候ひて、永々めいわくなる仕合、なさけのうぞんじ候

役人にこう書けといわれたかもしれないが、頼りにする夫や親族にひき放された心細さがにじみ出る文面である。

この文章には、城中にいる異教徒（仏教徒など）を外に出せば、母も姉も中に入れてやるとの上使のお約束だとしたためられていた。苦渋をたたえた城中からの返書には、互いの無事を喜び、皆、信仰を捨てずに、天主に対し身命を捧げるつもりでいる。他宗の者を押さえつけてキリシタンにしていることなどありえないとしたためてあった。

返書の他に小平は城中からの土産、柿や蜜柑や砂糖、九年母《くねんぼ》、万十、いもの類を紙袋に入れて貰ってきたと付添った武士たちの藩は記録した。干し殺し作戦を追討側が立てて、あと二十日余りで総攻撃をかけようかという二月はじめ（寛永十五年＝一六三八年）、城中の食料も底が見えていたろうに、よくまあこんな土産物があったものだと驚かされるが、城といっても砦まがいの殺風景な野城の中で、いたいけな小平の姿を見て、籠城軍の、ことにも女たちはどういう声音で別れやことづての言葉をこの子にかけただろうか。かたわらに四郎の姿がなかったはずはない。その言葉やたたずまいが、囚われの母や姉への、何よりの土産であったろうから。

家を捨て土地を捨て先祖代々の村を捨て、現世への希《のぞ》みをすべて放棄して籠城したとはいうものの、その現世から海上の道を、幕軍の監視のもと、幼ない使者が来た。どういう情景が現出したであろうか。現場には女子供、年寄りたちがいたのである。限られた出逢いの合い間に、いたいけな腕《かいな》に乗せられる限りの柿や蜜柑、砂糖などよくもかき集められたものと思う。のちに殺されるこの子にそれはどう受けとめられたことだろうか。四郎はその後姿を見送りながら自分の幼時を想わなかったであろうか。

今も心打つ島原の乱

育ったところは、父の甚兵衛が往き来した痕跡のある長崎の浜町あたりではないかという説もあるが、肥後領宇土《うと》の江部の産まれであろうという伝承も有力で「江部ン四郎」という呼び方が明治ごろまで残っていたという。このとくべつ親しい言い方はひとつの根拠になるとも思える。

四郎研究書として、後学の者が学ぶ岡田章雄著『天草時貞』、海老沢有道著『天草四郎』、助野健太郎著『島原の乱』、松田唯雄『天草温故』等々、目白押しに並び、読み分けるには相当の根気がいる。本稿ではその究明が趣旨ではなく、この乱の今も人の心を打つのはなぜかということを考えたい。

死のきわに着ていた四郎の絹の衣裳（それは首打った細川藩士の目に灼きついた）を思うたび、わたしの目には海上に消える夕陽と舟の影が浮かぶ。あの細長い長崎湾の夕べの光波が、「彼方」へと続いている幻想が。小平の去ってゆく海と、光の彼方の死を四郎は想わなかっただろうか。

3

十にもならぬ幼い使者を送れば、原《はる》の城はどう反応するか、追討上使松平伊豆守という人物は、いやいや、十三万の追討軍はしんそこ知りたかったろう。侍同士の決戦であったら、人質である子を、相手に送りとどけただろうか。

どっちみち殺すつもりだったにしろ、情にもろい百姓漁師とみて、蟻の一角なりと取り崩したいという作戦だったのだろうか。

再び幼児が使者に

いづれは殺される子の腕に、柿だの蜜柑だの砂糖だのと、飢えている筈の城中から土産まで持たせて帰したと記録に残った。救いのない殲滅《せんめつ》戦にも、もののあわれという感情はかそかながらあったのである。

その四郎の甥の小平が松平の陣中に戻って七日目、さらに今度は、じきの妹、万《まん》も一緒に、母と姉の手紙を持たされて、原城へ入らされた。さきの土産つき返書を見せられて感情も激し、上使方の強い圧力もあったのだろう。前回よりせっぱつまって目の据ってしまったような文面の、益田甚兵衛、四郎の親子や、主に大矢野一統への名宛であった。

「落人たちが申すには城を出たがっている者に番をつけているとか。キリシタンの宗法には、そのようないつわりなど許されぬはず。私たちはあなた方のおられる城の中にはいり一緒に天国にゆきたい。ぜひともゼンチョ（異教徒）の人たちを城から出すようにしてください」

万も小平と同じ七つになっていた。城中にもう、土産となる物はなかったらしい。今生の別れに見送って出た人数が三百だったという。その中を万は、四郎に貰ったという金の指輪と、ムクロジの実二つを握りしめて戻ってきた。ムクロジは、女の子がおはじきにしたり、鳥の羽毛をつけて羽子板で遊ぶ黒い木の実である。

城中からの返書は四郎姉れしいなの夫、すなわち小平の父渡辺左太郎によって記されていた。

しろやまのこずえは春の嵐かな、はらいそ（パライソ、天国）さしてはしる村雲、はづかしく候へども、涙を水、心をすみ（墨）にすりしるし申し候。

さんたまりあ様、さんちゃご様、みげる様、いなしょ様、ふらんしすこ様、みなみなもろもろのへあと（ベアト、天使）様の御力を以て一筆申し上げ候。

かならずはらいそにてあい申すべしと存じ候。ともかくもでうす（デウス、天帝）様の御はからい次第に候。永々ともかくもおんあるじ（天主）様、御はからいのままに仕《つかまつ》るべく候。

何《いずれ》も様へ、御心得たのみ入り申し候。以上

二月八日

ぎりぎりに押えた表現である。

妻もその妹も、わが子も、姑も、頼みにしていた兄渡辺小左衛門も囚われて、生殺与奪は完全に敵の手中にある。いな、時々刻々、殺される日は近いと思わねばならない。いとし子が敵の手によってとはいえ、逢いに来たことを喜びとせねばならぬ。左太郎の手紙の中の、さんたまりあ様、さんちゃご様、みげる様、という祈り言葉は妻のれしいな、その母まるたとも、これまで共に長年唱えてきた言葉であったろう。

家族促し祈り一体化

救出のためにさし出す手だてはない絶体絶命の原城の中で、左太郎は、はずかしながら、とひと息吐き、涙を水に心を墨にして記すのだと女房を促し母を促し、その祈りを一体化させて共に「はらいそさして急ぐ村雲」に乗ってゆこうではないかというのだ。

この文言は、「益田四郎ふらんしすこ」の名で二月一日に出された軍令書（四郎法度書）に照応している。

「現世には一旦の事（今は仮の世）と申し候うちに、この城内の人数（全員）はいよいよ短き様に存じ候間、昼夜おこたりなく前々よりの御後悔（ざんげ）、もっとも日々の御礼、おらしょ（お唱え言）等の御祈念、専《もっぱら》に存ずべく候事」として、「城内の衆は後生までの友達である。わがままな人もいようが、へりくだりの心とお互い大切の心をもって善を励まし、とくに今、クワレスマ（四句節）の時期であることを忘れぬように」などとつけ加えた。

二月はじめは太陽暦でいえば、ちょうど今から先の季節である。落城前の二十六日は雨であったという。はらいそさして急ぐ村雲とは、きっぱりとしながら深い余韻を残す。

4

緒戦においてはキリシタン側が圧倒的に優勢であった。島原側も天草側も藩主は江戸詰で現地にいない。すぐ隣の熊本藩三家老は留守を預っていたので一揆立上りの飛脚便が続々届けられた。三家老とは長岡佐渡守、有吉頼母佐、長岡監物である。

三角《みすみ》番頭《がしら》島又左衛門から十月二十日付（寛永十四年＝一六三七年）で第一報が来た。騒ぎが起き始めたのは二十五日からで、三角は宇土《うと》半島の先端、島原にもっとも近く、天草とは肩を接していた。

熊本側へ避難民続々

天草の岩屋泊りと申す所は三角より海上四、五町御座候、彼村より男女七拾三人三角に着仕候、吟味仕候ところ、宗門真宗にて御座候を、天草大矢野村の百姓ことごとく切支丹ゆえ、岩屋泊りの百姓共切支丹になり候へと申し、同心仕まつらず候について、打果し申すべしと申すにつき、御国を頼り参り候

助けを乞いに来たが処置やいかにと切迫した文言である。不知火海側の芦北郡や八代《やつしろ》の海辺にも、騒ぎから逃れ出た者たちの舟がぞくぞく着いて取り調べられた。

八代から父忠興の名代として出陣することになる細川立允も同じ日に三家老への飛脚を出した。兄の藩主忠利は江戸にいてこの変事をまだ知らない。一揆側は湯島で謀議をこらした明くる十月二十五日にはすでに打ち合わせ通り、天帝の旗をかかげ戦いを開始していたが、漁舟も切支丹の舟に早替わりしていたりして情報が届くのがおそかった。立允の文面は慌ただしい。

「継ぎ飛脚（リレー）をもって申入れ候。（略）柳村より三里先のすじ（須子）と申す村へ舟を着、それより陸を参るべく上り申候にすじ村の百姓共五十人程、クルスをさきに立、銘々差物（刀）を指し、道具を持ち出し（農具などか？）鉄砲を指あて飛脚を押し留め候、飛脚の内一人すじ村の者共と前々よりなじみたる者に候につき、三宅藤兵衛（唐津藩富岡城番代―天草の殿さま的存在―細川忠利、立允の従兄弟）所へ八代より使に参り候、通してくれ候ようにと申し候へば、藤兵衛と申すは昔の事、今はてうす（デウス）の御代にて候。（略）島原の様子を存ぜず候や、ここを通り候とも此の次の村々を通り申す分はこれなく、命を助かり帰るが仕合わせにて候」

島原ではすでに役人を打ち殺したぞとおどかされて、飛脚たちが逃げ帰り、道々先々の村でも差物を指し上げて騒いでいる有様だとしたためてあった。

三宅藤兵衛の母は明智光秀の娘といわれ、細川家とは親密の様子が伺えるが、このあとひと月も経たぬ間に、本戸（本渡）の合戦で一揆側に討ちとられた。

関ヶ原や大坂の陣、文禄の役等の生き残りたち、切支丹大名で憤死した小西行長の遺臣らが天草、島原に潜んでいて一揆方の軍師となり、いま一度戦場の花となるが本懐と手ぐすねひいていて緒戦の勢いとなったのではなかろうか。

ただひとり生き残った山田右衛門作の口書はじめ、談合島密議に加わりながら危うく舟で抜け出したぞうぞう村の乙名関戸杢右衛門口書によっても、湯島で決定したかに思える四郎の総大将就任は、天草側のみならず、島原側の主立つ人物たちが集まってのことであった。

「常の人とは見えず」

四郎が並にはずれて利発であったとは、日向に転封されている旧主へ寝返ろうと思っていた右衛門作もみとめている。大矢野千束島に数年ばかり山居していた素性の分らぬ浪人たち五人と四郎の父益田甚兵衛が首謀者で、天使にみまがうような少年をかいらいに仕立てあげたのだとのべているけれども、決死の旗上げをしようという緊迫した軍議の場で、実戦に役立ちそうもない「かいらい」を、戦さの場数をふんだ古強者たちが総大将に採用しただろうか。態度も見かけもその発言も、よほど神霊をおびたような言葉を発する少年であったろうと思う。

落城のあと細川忠興が、「四郎、古今あるまじききとくなる者に候、たすけおきて大名共の先手申しつけ候ともアグミ申すまじく候、とかく常の人間とは見え申さず候」と息子の忠利に書き送っている。

原城内で馬に乗り、総大将としてあざやかな陣さばきを見た者がいたらしく、とてものことに少年わざとは見えなかったと云っているのである。

5

島原方面には当時、禄を失ったというか、自らそれを捨てた切支丹の元武士たちが沢山いた。というのも永禄五年（一五六二）まだ信長健在の頃、島原は有馬義直の代から、切支丹の布教をすすめ、晴信切腹事件後もそれは根付いて七十年ばかり、切支丹暦も生活化していたのが、慶長十七年（一六一二）頃家康の養女（曽孫）をめとらされた直純の頃から弾圧が始まった。棄教をせまる領主に背いて殉教をとげる重臣たちが現われ、いとけない子たちまで含む崇高な最期を見届けにおびただしい信徒が集まり、オラショを唱和して十字を切りながら死にゆく人々を励ましたと記録にある。

直純には切支丹巣窟の地を治める力なしと見られ、慶長十九年、日向の延岡に移封された。家臣たちの多くがついてゆかなかったとは異例のことである。

大凶作、救民策施さず

松倉氏が治めるようになって長崎奉行も加わり、禁教の処刑と年貢の取り立ては酸鼻をきわめた。連年の天候異変も加わって大兇作となり、隣の熊本藩では救民の為の政策を立てているけれども、葦北郡あたりでは三百人近くも餓死している。海をへだてた松倉藩と寺沢藩の天草では、救民の配慮などした形跡はない。

殿さまを見限って百姓になった浪人たちの窮乏も深刻であったと思われる。島原側のみならず、ローマにとどけられた数々の文書などを読むと村々の乙名《おとな》や肝入り役には武士名の者も多い。それはそのまま切支丹名にもなっていて、注目されるのに「慈悲組」なる組講があったことである。

状況を的確に文章化

「病人を助け、餓えたるを助け、孤老を助け、夫を失った婦人を助けよ」などという定まりであったようだ。むずかしい教義はさておいて、「ポロシモ（隣人）の誤りをかんにんせよ」というのを愛の義とし、慈悲組が機能していたであろうことは察しがつく。

藩主の無慈悲と非人間性に対して家臣団が心身ともに袂別《べいべつ》した。こういう事態の時、人は昔も今も哲学的にならざるをえない。パライソへの昇天を願う人々の目に、藩主や刑吏たちは醜悪とも憐れとも見えたことだろう。殉教の心得を学び合う組講まであったとは、鮮烈である。

信長が宣教師に好意を持っていたこともあり、大名たちが切支丹風の異国文化をとり入れたがり、高山右近や小西行長が入信した。四郎の父益田甚兵衛は、行長の祐筆《ゆうひつ》であったろうと各書はいう。祐筆とあらば、主君側近の秘書で、口述筆記をする役であり、その意を直ちに筆にせねばならない。

乱の発端から終息後も、熊本藩三家老が、江戸にいる細川忠利をはじめ豊後府内の幕府目付、大坂衆、鹿児島、佐賀、島原、福岡等九州各藩、その他、毎日々々やりとりした書簡のおびただしいこと。緊急の場合とはいえ、よくもこれだけの事件を、はじめの頃は情況を摑みかねながら、じつに的確に文章化したものだと唸らせられる。有能な祐筆らがいたにちがいない。

主君の気質も好みも甚兵衛にはよくわかっていたにちがいない。彼の使用人たちは乱後に処刑されたが、その数を見ても、主君の死後仕官もしなかったとはいえ、相当の資産家であったようだ。

四郎の祖母のことを「うば」と最初つけ出したのはいったい誰だったのか。何人かで話しあい、助けようとして「うば」に仕立てた者がいた。

このことはあえなくばれて、祖母と判明、処置を熊本藩が松平信綱に伺っている。信綱は、「年寄りのことでもあり、引き廻すのも大義ゆえ、そちらで處刑するように」と返事を出した。

この「大義」は気にかかる。引き廻しをする方も大義と聞える。ひと思いに斬ってしまえ。一族連らなって死んだのだ。年寄ひとり生き残るのも哀れである。その方が慈悲だと思ったのか、処刑にも倦《う》んだのか。

四郎出現の背景に、祖母を「うば」に仕立てて助けようとした人々があった。四郎もその祖母も、愛され、恭まわれていたのであろうと私は思いたい。祖母の名も歳も残っていない。

6

九州は松倉藩島原領ならびに唐津寺沢藩の飛び領天草に、古切支丹蜂起の報は、幕府の出先機関である豊後目付を経て、大坂衆へ知らされ江戸へ伝えられた。

組織的で綿密な計画

湯島（熊本県大矢野町）での切支丹側談合が寛永十四年（一六三七）十月二十四日。翌二十五日には島原半島下半分の村々はほぼこぞって蜂起に参加、この日より神社仏閣を焼き、代官を討ち取っているのをみれば、湯島談合は最終打ち合わせで、前々から相当組織的で綿密な準備がなされていたのではあるまいか。島原城下の町にも火をかけ、一揆軍は素人鍛冶が作ったと見られる「なた長刀」などを手にし、鉄砲の名人もいて、「軍奉行」以下、役付もきちんととりきめ、本格的な陣容を立てていた。

天草富岡城の番代三宅藤兵衛を早々討ち取ったもののこの城が意外に手ごわく、一揆方は原《はる》の古城に籠る方針をきめた。幕府軍が到着する前にそれを完了しておかねばならなかった。

第一次の追討上使、板倉重昌が命を受けた日は十一月九日。有馬表参着十二月八日とある。天草一揆側が銘々の舟で家も土地も捨て、対岸の原城に入ったのはその寸前であった。

四郎も出来上った砦の中に特別の住居を与えられ、迎え入れられた。一揆側軍師たちは江戸から幕軍が来るであろう行程を数えており、到着前に富岡城と島原城を乗っ取っておきたかったろうに、そうはゆかなかった。

石垣の遺構しか残されていなかった古城がいかに堅固な砦としてよみがえっていたか、幕府の砲術責任者で賄い方でもあった鈴木三郎九郎重成がつぶさに書き残している。各藩とも砦のさまを覗きたくて、競って築山をつくり井楼《せいろう》（物見やぐら）を立てた。やぐらに登れば討たれるから細川藩では船の帆柱のようなのを立て、鉄の箱を吊り、人を入れたそうである。鈴木の記述。

塀のかけ様、高さ九尺あまり、内には竹をあて其次に土俵にて五尺ばかりつきたて、（略）土手の如くに仕り、武者はしりをいたし、いかにもあつく仕り（略）甲賀忍之者、塀際まで夜忍びに参り、

矢さまなどさくり見申候、いかにも丈夫なる体に申候

城中本丸には古き石垣そのままにて候、その内に寺をつくり（略）むね高き家二つ見え申候、その他は小屋かけと見え申候（略）

天草四郎、年十五六の由申候、城中の者共崇め申候こと六条之門跡より上ときこえ申候、下々の者はかしらをあげ見申すこともまかりならず、おそれ申候由、落人共申候

砦の寺で朝夕の礼拝

「小屋かけ」といってもみな壁が塗られており、二の丸の半ばはそういう家々でひしめいているが、城中から鉄砲はあまり討って来ない。玉薬を大切にしているのだろうと推察している。落人らは殺される運命であるのに、四郎のことを尋ねられると一様に崇め恭っているのが注目される。砦の中に「寺」が建てられていたとは、それが機能して、朝夕礼拝が行われ、城中の士気をたかめ、また心の平安に役立っていたのであろう。

土塗りの壁の小さな小屋ではパライソにのぼる前準備の一家が身を寄せ合って最後の絆をたしかめ合う束の間の、安らぎの場所であったろう。蟻の這い出るすきもなく取り囲まれた砦の中では、

せつせつ城内に高とうろうをともし申候、又わらんべのなぐさみに仕り候いかのぼりを城にあげ候へば、又外にも上げ申候

とは、細川忠利が、京都にいた父忠興に陣中より出した報告である。

高灯籠とは、今も祭の時など長崎地方で灯される高張灯籠と思われ、城内の寺で祈禱の折にしばしば灯され、昼間のいかのぼり（凧）とともに、城外にいる切支丹らに何らかの意志表示をしていたのでもあろうか。

その高灯籠の光の中に、いかなる表情をした女、わらんべ、年寄たちが敬虔な祈りを捧げていたことだろうか。いにしえは歴戦の強者であったかもしれぬ元侍たちも覚悟を定め、「わけの分らぬことをいう者たちもあろうから、分かるものたちが、噛んで含めるように導くように、今日の後悔（ざんげ）を忘れぬよう」という「四郎法度書」に念《おも》いをひそめていたと思われる。

7

事変の中心に四郎なる若者がいることはすぐに知れ渡った。細川藩がはからずも逮捕した四郎の義兄と母親の口からそれが洩れ、文字面ではじめて現われるのは、岡山藩が残した「かづさじゅわん廻状」である。

村々の庄屋乙名、はやく〳〵御越しあるべく候、嶋中へ此の状御廻し成らるべく候と書き出して、仏教の坊主なりとも貴利支丹《きりしたん》になるなれば、お許しにならるべく候、天草四郎様と申すは天人にて御座候、我ら儀召出され候者にて候と名乗るのである。

半島全体が大騒乱の趣

地獄に落ちないうち、こなたに集まれというこの檄文は湯島談合（寛永十四年＝一六三七年＝十月二十四日）の十日前に出されており、島原側、天草側の庄屋乙名層に呼びかけの最初から、四郎はパライソへの導き手として設定されていた。

「佐野弥七左衛門覚書」や「島原藩日帳」では、

十月二十日時分、天草領内の百姓共、何事とは知らず騒ぎ申す由、「吉利支丹《きりしたん》起り候やと不審」にかられ、代官らを船着場、往来などに派遣したところ、待ち受けていた十三ヵ村の一揆側に串山村で二名の代官、加津佐村で四名、有馬北村で二名、深江で二名討ちとられる始末になった。島原城下の町屋にも火がかけられて、半島全体が大騒乱の趣である。

海向うからの鉄砲の音や火の手を、ただ事ならずと見た細川方では松倉氏の島原城へ使者をつかわした。その使者、道家七郎右衛門の第一報。

加勢下され候はば一刻も急ぎ下さるべく候、南方三分の二程は敵にて候（略）四郎殿と申して十七・

八の人、天より御ふり候か、此のところ切支丹のとぶらいを仕らず候につき死人共うかび申さず候、天竺よりも殊の外御げきりんにて候（略）その内海に火が見え候がくるすこれあり候につき浦々の者拝み候由。（略）当年などは麦も作り申さずやがて死に申し候由申し居り候事。城にかかり候事
　　むしゃうに死にさえ仕ればよく候と申してかかり候由。

浮かばれぬ死人たちとは無惨に処刑された多くの者たちのことで、百姓たちが来年用の麦も作らなかったとはよほどの覚悟と見ねばならない。熊本側の海辺に、つづらに入れられた老人や女子供の死骸が寄ってきた。蜂起時の足手まといに水葬したと見られた。

一揆軍は白装束を身につけ、「むしゃうに死にさえすればよい」という顔付きでかかってくる。防ぐ方では気味悪くなかったか。この海城はことが起きる以前から、死の霧におおわれていた。松倉藩の処刑は記すのが憚られる残虐さで、「天より御ふり候」少年が、パライソへの導き手として渇仰されるには相当の根拠があり、姿形ももの言いぶりも気高くあらねばならなかったろう。

総攻撃前に水汲みなどに砦を出て生け捕られた者たちが、四郎を敬う様子は「六条の御門跡より上」だと落城後天草代官となる鈴木三郎九郎は記した。

四旬節に率先して断食

原城は人間性を超える秘跡の場となりつつあった。一揆側軍師たちの軍略でもあったろうが、幕府軍十三万を女子供、年寄までひきいて三万前後で迎えうつ。「総大将」の位置に座すにはおかしがた

い稟質がなければならない。すっくと立てば背後に花降るような少年ではなかったか。

　これも生け捕られた者たちの証言だが、四郎はしばしば断食をし、食べるものも皆と同じであった。日一日と穀物が無くなってゆく原城ではキリストの受難をしのび「四旬節」になぞらえて断食を定めた。総大将たる者率先して行うのである。城内の士気をたかめ、純化させ、祈りにみちた平安をよぶのに、少年は挺身したであろう。

　それとは知らなかった陣佐左衛門に打ち落された首が、他の若者たちのものと一緒に並べられた。母と姉がひき出され、首実検がなされた。たいそうやせた首をみつめて、母姉ともに悲泣して起き得なかった。「さぞかし辛苦したろう」と声をあげて泣いたと「綿考輯録」はいう。

　落城の日（寛永十五年二月二十八日）、最後の本丸が炎上した。女たちは小袖を腕にかけ、逃げる様子もなく静かに火の中に入り、灼けたおきを手で押し上げ中に子供を入れ、打ち重なって死ぬ者多数ありと、細川忠利は父忠興ほか友人たちに書き送った。「きとくなる下々の死様」「さてさて不思議なる仏法かな」と。四郎は長崎に遊学したというが、どこにいたか確証はない。

（二〇〇二・二〜三）

＊大部分を鶴田倉造氏『原史料で綴る天草島原の乱』のお世話になった。偉大なお仕事に敬意とお礼を申しあげたい。

「春の城」と「草の道」

鶴見和子

出版の順序からいえば『アニマの鳥』(原題は「春の城」)が一九九九年十一月であり『煤の中のマリア』(原題は「草の道」)が二〇〇一年二月である。しかし書かれた順序からみると、『煤の中のマリア』は、一九九一年六月から一九九七年三月まで『熊本日日新聞』に「草の道」として連載された。そして『アニマの鳥』は、おなじく『熊本日日新聞』他に「春の城」として一九九八年四月から一九九九年三月まで連載された。「春の城」は小説であり、「草の道」はその小説の舞台となった天草・島原の地域のフィールドワークの描写である。

そしてこの二つの作品を結ぶものは、一九七一年十二月に著者が水俣病未認定患者とともにチッソ本社前にテントを張って「籠城」したときの体験である。この二つの作品はこのときに著者の魂に芽生えて、二〇〇一年二月に出版という形では完結したが、おそらくこれからも著者の魂の中に長くひきつがれていくのではないだろうか。

この二つの作品をくらべてみると、第一に、「春の城」はキリシタン文献を著者なりによく読みこんで書かれたすぐれた「研究論文」のおもむきがあり、「草の道」こそ石牟礼道子作品の傑作というおもむきが強い。そのことを裏付けるように『煤の中のマリア』の「あとがき」には、次のように書かれている。

読み返してみて、おやと思うのは、小説『アニマの鳥』よりも、素描であるこちらの方『マリア』に気を入れて仕上げている箇所がままあることである。

第二に、「春の城」の主人公は原城にたて籠った農民漁民であり、かれらの導師天草四郎である。これに対して、「草の道」は一揆に立ち上った農民漁民を女子どもに至るまでみなごろしにした幕府軍の砲術方奉行鈴木三郎九郎重成の後日談である。この両者の関係が著者の魂に響いたものがわれわれ読むものの心を打つのである。

第三に、このことについて、わたしの感想を述べたい。

それは、この二書が出版されたその直後に起ったできごとにかかわる。二〇〇一年九月十一日にニューヨークで起った「同時多発テロ」とそれに対するアメリカの「報復戦争」は近代化のゆきつくところを象徴するできごとであった。その論理構造を端的にあらわしたのが、アメリカのブッシュ大統領のアメリカ議会でのテロに対する宣戦布告の演説であった。報復戦争を支持するものは善であり、これに反対するものはすべてテロリストを支持するもので悪であるという論法である。つまり形式論理学の排中律および矛盾律にもとづく二者択一の論理である。さらにブッシュ大統領はテロリスト国家として七ヵ国をあげてこれらの国を「悪の枢軸」と呼びこれら諸国への戦争の拡大を辞さないかまえを示している。

これと異なるものが「草の道」の中に描かれた論理である。鈴木三郎九郎重成は、島原の乱後、天草の代官に任命された。

著者はつぎのように書いている。

> その彼〔鈴木重成〕が代官となったのち、天草島民の苦患を憂え、石高半減を上訴して、江戸の自邸で割腹して果てた。……
>
> この武将にとって、天草の乱の真のドラマは、事が終ったかに見えるそのあとから始まったのであろう。割腹したとき六十六歳であったという。……
>
> 春浅い海風に血糊まみれの髪をなびかせて晒し首になった者たち〔原城で惨殺された〕の、いまわの姿に立ち合ったとき、討伐軍側からいえば、無知蒙昧な迷信につかれて全滅したともいえる者たちの死にざまから、いわくいい難い気高い人間像が、異教の領域を抜け出して、この代官の心に移り棲んだのではなかったか。その者たちの大切にしていた土地に立ち、縁につながる者たちの暮しぶりに接し、武士社会とはまるで別な倫理のもとに生きている人間たちを、彼は発見したのではあるまいか。
>
> ……
>
> 天草人であった亡き父が、まだ幼なかったわたしに「天草の本渡には、鈴木さまという神さま

がおられる。並の神社とは訳がちがう、位がちがう」と言っていたことを、宮司さま〔鈴木神社の〕のお顔をみたとたんに思い出した。

（「鈴木さま」三三―三五頁）

著者は天草のいたるところで現在も「鈴木さま」が島民にうやまわれ、親しまれていることを、つぶさに描いている。

これはアフガン戦争の論理とは全く異なる論理である。アフガン戦争の論理からいえば、幕府にとって一揆に加担したものはすべて悪であり、幕府がすべて善である。反対に、一揆に加わった島民にとっては幕府がすべて悪であり、自分たちがすべて善である。ところが、「草の道」に描かれている鈴木重成は一揆に加担して惨殺された者たちに人間としての崇高《けだか》さを感じとり、かれらの末裔を苦患から救おうとして自死したのである。そして、その末裔たちは、四〇〇年を経た今日でも自分たちの祖先をみな殺しにした敵の大将を、神としてあがめているのである。「敵」をひとしなみに悪、味方をすべて善とする二者択一の論理ではない。人間としてひびきあうものがあるかどうかを見分けることのできる共生の論理とでもいったらいいのだろうか。わたくしはこれを曼陀羅の論理と呼びたい。

「春の城」を中心にして、対談では、「アニミズム」に焦点をあてて、道子さんとお話しあいをしたが、「草の道」を、「春の城」の続篇としてあわせ読むと、アニミズムと共生の論理（異るものが異るままに支えあって共に生きる道）とのつながりが見えてくる。そこから、近代化を見直す視野が展ける。石牟礼道子の文学を、このような展望をもつものとして、わたしは受けとめたい。

（二〇〇二・四）

納戸仏さま――全集版あとがきにかえて

島原の原城といえば、私にとってはただならぬところである。

年寄り、女子供を含めた三万七千もの一揆勢が原の古城に立てこもり、幕府軍十二万を迎え討って全滅した。寛永十五年、幕府は、女子供といえども一人残らず撫で切りにせよと命じた。天草の人口は半減したと記録は伝える。

いったいどういういきさつで、ただの百姓たちが、はるばるやってきた幕府軍を迎え、最後まで屈しなかったのか。三代将軍徳川家光の時代である。追討軍の総大将、初代板倉重昌は戦死、ついで松平信綱となった。邪教を盲信する百姓ばらとあなどられていた原の城を落とすのに近代兵器が持ちこまれた。信綱配下で、鉄砲・玉薬《ぎょくやく》等の責任者として着任したのが、三河武士、鈴木三郎九郎重成である。彼は、事件終結後、亡地となった天草の復興を命じられて死者たちを手厚く弔い、奉行寺とよばれる四ヶ本寺その他の寺社を建て、生き残りの島民が暮らしてゆけるよう田畑をよみがえらせた。

この島のことをどう考えればよいか。どういう人々が生き残っていたのか。この人々に、鈴木重成はどう接していたのか。何に心をうたれていたのであろうか。やがて江戸の自邸にもどり、この島の石高半減を願い出て切腹するまで、彼は天草の人々の何に魂をゆり動かされていたのだろうか。それまで接していた侍身分の者たちとは、まるで異なる魂美しい人間たちを、この島で発見したのではないか。今もテーマとしてわたしの中にのこっている。

わたしの父方も母方も天草である。切支丹ではなかった。何代も何代も隠れてきて、何を隠したのか思い出せない、というような身ぶりを時々みることがあった。

わたしが七つになった歳の引っ越しだったが、母が首をかしげて、

「納戸《なんど》仏《ぼとけ》さまのおんなはらん」

とひとりごとをいうのをきいた。家族がふだん礼拝するのは仏壇と神棚である。そのほかに、皆に内緒というほどではないが、納戸《なんど》仏《ぼとけ》さまと時々口に出し、あわててのみこみ、首を傾け、思い出せないことを考えている風なのが、子ども心にけげんであった。

何年かして、あるとき、しのびやかな面持ちで母がいいかけてきた。

「あのね、道子。自分が考えて、これが一番大事と思うことはね、つまりわが本心はね」

「わが本心」などというむずかしげな言葉をふだん口にする人ではなかった。何か切実なひびきを感じて顔を見上げた。いつもの春風のようなゆったりした表情が消えている。

「あのね、自分の本心ちゅうのはね、人さまには見せちゃならんとぞ、決して。語ってもならん。よかね」

五年生ぐらいだったろうか。想い重ねてきて、これだけは言いきかせておこうというような声音でふいに言いかけてきたのである。わたしは誰かと言い争ったとか、何かをしでかしたという覚えはない。

「うちにはね、納戸《なんど》仏《ぼとけ》さまの、おらいましたがね、どこかにゆかれたごたる。家移《やうつ》りばかりしてきたもんで。

道子が生まれた時の守り仏さまじゃった。納戸にね、大切にして拝みよった。人にいわずに覚えて

おこうぞ、大事な観音さまじゃけん、道子にあずかってもらおうね」

説教がましいことなど一度もきいたことはなかった。よっぽど大切なことらしい。母はわたしをそっと抱き、

「み心ば、いただこうね。道子があやかりますように」

と言った。ふるえをおびた声音であった。

「天草から、たしかにお連れしてきたとじゃけん。わが身と同じように、ひとさまを大切にいたしやしょうぞ」

そういえばすすけた小さな観音さまをみたおぼえがあった。こうして姿の見えない納戸仏さまをわたしは母からあずかった。母の言葉を考え続けて今に至っている。納戸とは物置きのことである。先々「あぶなっかしい子」だと母親の本能で直感することがあったのかもしれない。天草は流人の島であったから、わが家系は流人の子孫であるかもしれない。あるいは一揆の時、加わりそこねて山かげでふるえていた者たちの末孫かもしれない。とにもかくにも全滅した三万七千人の中にはいなかったので、今を生きているのである。

三代将軍家光の頃、幕府はよほどこの切支丹蜂起に衝撃を受けたと見え、寛永十六（一六三九）年、それまで小出しにしていた鎖国政策を本格化した。

異国文化とその宗教は、辺境の島民たちの魂に異様な輝きをもたらした。制度化された武家社会の忠誠心とは異質の、マリア信仰が受け入れられたのには、その下地として観音信仰が土俗化し、民間のものになっていたからではあるまいか。

細川ガラシャに見られるように、武家階級にまでキリスト教が渇仰されたのは、オルガンや賛美歌

や、見事な日本語に翻訳されたオラショなどを通して感知されていた異国文化への憧憬が考えられる。上は大名夫人から底辺庶民に至るまで、すすんで殉教を遂げるとは、為政者側にはよっぽど、うす気味悪い宗教に思えたのではあるまいか。原城に集まった一揆勢を、女子供に至るまで一人残らず根だやしにせよという為政者側の方針は、信者たちへの恐怖の深さを語っている。

隠れ切支丹となって生き残る者もいた。

母が一生に一度言った「わが本心」とは何だったのか。どういう人々が家を捨て、育った土地を捨て、原城に集まったのだろうか。少数ながら、もと武士たちがいた。関ヶ原で徳川方に敗退した西軍の生き残りや、有馬直純の遺臣、幕府をおそれて棄教した松倉や寺沢藩主の元家来たちなどで、「殿を見限った」浪人たちであった。

わが母のような人もまざっていたと思う。父や祖父母や、わたしのような人間もいたことだろう。時代の心は今よりもやさしく、いちずであったろう。哀切である。そう考えた時、人々の姿がわたしの中に生きかえってきた。天草の人々は今も「鈴木さま」を慕い、立派な神社や数多くの石塚を建て、代官の遺徳をしのんでいるが、その崇拝ぶりは切実である。

終章近く、仁助の家の土蔵ではじめられた「学問所」では、当時の武士たちの学問への志と宣教師たちがかい間見た日本の少年たちの知的水準を、いささかなりとも再現しておきたかった。

ちなみに本著に取り組んだこの仕事場のことを、同志らが名づけて「人間学研究所」という。

食べることを含めて、生きることが希薄な時代になった気がする。原城で死んだ人々の志を読み解きたい一心でこの著に没頭した。かの時の熊本日日新聞社の人々は今もなにかとご助力下さっている。

（二〇〇七・七・二十五）

解説

私たちの春の城はどこにあるのか？

江戸文化研究者　田中優子

『完本　春の城』（以下、『春の城』）には、日本人が忘れてはならない三つの事柄が込められている。第一は島原天草一揆（一六三七〜三八）という、大きな歴史的転換だ。第二は、この地方の人々が「もだえ神」と呼ぶ深い魂。そして第三は、近代日本に矢のように突き刺さって決して抜けることのない水俣事件である。

この三つは『春の城』のなかで関連し合いながら、今とこれからの人間に、決断を迫るかのように差し出されている。

第一の島原天草一揆は歴史の教科書を見れば必ず書いてあるだろうが、実際にはそこにどのような暮らしがあり、何が引き金となってあれほど壮大な出来事になり、それを契機に何が変わったのか、そこまでは教科書にも歴史書にもあまり書かれていない。むしろ「乱」と名付けること、しかも切支丹の乱、と片づけることで、年表の彼方に消え行くように仕掛けられているのだ。

文学、とりわけ小説の役割として、片づけられてしまったものを呼び戻し、その中に生きていた人に再来してもらって紙の上でもう一度生きてもらう、ということがある。これは古くは俳優《わざおぎ》や人形《ひとがた》がやってきたことで、夢幻能では死者が橋の向こうから至り来て語り、歌舞伎も、厄介者としてあの世に送り出された「かぶき者」が舞台に蘇ることで始まり、人形浄瑠璃は「げにや安楽世界より今この娑婆に示現して、我らがための観世音。……札所の霊地霊仏廻れば、罪も夏の雲」と、心中で死んだ十八、九歳の少女が、人形となって観音を巡り、そのとき、「かんのん」の慈悲によって「つみもな」くなることが音によって予言された。こうして再来した死者を弔った。

そこで『春の城』は、三万七千人もの人々が亡くなった「原の城」すなわち「はるのしろ」を「春」の城として再生した。片づけられてしまったあの出来事は私たちの前に再び現れ、最後にその空にはアニマ（魂）の鳥が飛び、その海にはアニマの舟が漕ぎ出して、アニマの国に渡っていく。アニマの国とはいかなるところか、この小説を読む者の中にかたちをとる。アニマの国とは「もだえ神」が生きている国のことで、それは、かつての天草にほかならない。

原城では何が起きたのか。一六三七（寛永四）年、旧暦十月十五日のことだ。この日は新暦十二月一日で、もう風が寒かったはずである。この日、加津佐じゅわん（本書では寿庵）から廻状がまわった。そして二十五日には、有馬の百姓が代官を殺して蜂起する。一般には、この日が島原天草一揆勃発の日とされる。二十七日、大矢野の大庄屋である渡辺小左衛門たちが「立ち返り」を表明して蜂起し陣を構える。「立ち返り」とは、弾圧によって一度信仰を捨てた（あるいはそう見せかけた）人々が、それを悔いて再び切支丹になることである。天草島原一揆は、立ち返りの人々が中心になった。そのことに、この一揆の重要な意味がある。

島原天草一揆は、島原の領主である松倉家の苛政が原因の百姓一揆なのか、それとも切支丹の蜂起なのか。今までも意見は分かれてきた。『春の城』にも書かれた「矢文」のやりとりは、一揆勢と幕府軍とのあいだで実際にあったことだが、そこから分かるのは、どちらでもあるという事実だ。幕府上使の松平伊豆守へあてた「天下へ之恨、かたがたへの恨、別状ござなきそうろう」という矢文も確認されている。松倉家からかけられた重い負担（苛政）には恨みをはらしたい、という矢文もあり、一方で切支丹であることさえ許してくれればそれでよい、ともある。切支丹でない人々も原城におり、切支丹ではないが苛政に恨みを持つ人、信仰を強制された人、一揆への参加を強いられた人など、多様な人々が原城の中にいたのだ。

『春の城』でも、「切支丹になったわけじゃござりやせんが、こたびは男として、加勢に参りやす」と言って参加する者を書いている。仏教徒のおうめが「ナンマイダブ言う口の下から、大枚下されと手を出す坊さまのことも、あたいはよう知っておりやす。アメンの衆にも、ろくでもなかはずれ者はおる」と切支丹から受けた屈辱を語っている。一揆衆が「ためらっている者たちを罵ったり、脅迫したりする者もあらわれた」という記述もあり、火をつける者たちがいたことも書き込んでいる。『春の城』は切支丹や一揆勢を美化することはない。残っている記録を丹念に読み、事実に基づいて、そこにいた者たちの心の声を聞こうとしているのだ。その方法は『苦海浄土』の方法でもある。

島原天草一揆は百姓一揆でもあり、同時に切支丹の信仰を守るための戦いでもあった。彼らが暴力にさらされ、人として自由に生きる権利を失っていたのは事実だった。島原藩・松倉家の課した極端に過重な年貢、拷問、処刑。天草を領有していた唐津藩・寺沢家のおこなった石高偽装による重税など、江戸時代初期の藩主たちが功を焦るなかでおこなった苛政の中でも、島原天草の状況は常軌を逸していた。島原天草一揆後、松倉勝家は斬首となり、寺沢堅高は自害の後お家断絶となる。この場合苛政とは、重税だけの意味ではなかった。

秀吉による九州平定後、一五九六年から九七年に、有馬と大村の教会約一三〇が破壊焼却され、二六人が処刑されている。一六一二年には幕府が禁教令を発令し、有馬晴信は自刃して果て、そこから斬首、火刑が始まった。このような状況下で自らの内面（信仰）の自由を屈辱的な状況で捨てさせられることも苛政である。このことは近代になっても繰り返されており、今後も繰り返される可能性がある。

さて、蜂起の後、島原藩、唐津藩、熊本藩は相互に連絡を取り合って動いていた。十月二十七日の蜂起のあと、三十日に渡辺小左衛門は捕縛される。そして事態は大坂町奉行に知らされる。この段階で、この一揆は地域の一揆から、日本全体の存続にかかわる幕府の問題になったのだ。十一月九日には情報が江戸に届き、幕府は板倉重昌と石谷貞清を上使として現地に送った。彼らが小倉に着いたのは十一月二十六日で、西洋暦では年が明けて一六三八年一月十一日になっていた。この間、四郎は天草に陣を置き、やがて富岡城を攻めたが攻略を諦めて、廃城となっていた原城を修理し、そこを陣とすることを決めた。一揆勢は原城に入り始め、十二月三日、ついに四郎が原城に入った。十日、到着した板倉重昌は原城の攻撃を命ずる。そこから旧暦の元日も含めて頻繁に原城を攻撃するうち、板倉は一揆勢の銃弾に倒れる。そこに、次の上使、松平伊豆守が送り込まれる。一揆は本来、年貢を納める相手に対して起こすものだが、この一揆は幕府との直接対決になった点で、それまでの土一揆と異なり、この後の百姓一揆とも異なる。最終的に各藩の兵力を統合した幕府軍は一二万人以上にふくれあがった。一揆勢の三、四倍の人数である。

江戸時代の一般的な一揆を考えてみる。一揆には厳密な手順があった。まず徒党を組み、頭取（首謀者のこと）を中心に契約文言、起請文を作る。参加者たちはそこに円形に署名する。その署名を傘《からかさ》連判《れんぱ》、傘状連判、車連判、天狗状と言う。円形に署名することで頭取が誰かわからなくなり、首謀者の逮捕を逃れられるからだが、島原天草一揆の場合、頭取は四郎であって、そのことは隠されていない。連判状の段階で「一揆」が成立する。

一揆が成立すると、愁訴と言い、言葉で窮状を訴える段階がある。要求事項とその理由を記載した「百姓申状《ひゃくしょうもうしじょう》」を読み上げ、要求相手にこれを渡す。越訴《おっそ》がおこなわれる場合もある。代官へ訴えるべきものを領主に訴えたり、藩を飛び越えて幕府に訴えたりすることである。愁訴または越訴が受け容れられなかった場合、集団で訴えに押しかける。一揆の呼びかけは、頭取のいる村を「発頭村《はっとうむら》」として廻状を作る。廻状には一揆の目的、日時、年齢範囲（ほとんどの場合十五～六十歳）、廻す方法、違反者への罰則が書かれる。このときに打ち毀しがおこなわれることもおこなわれないこともある。打ち毀しとは、一揆が大庄屋、庄屋、地主、在方商人、都市富商などの豪農商の家屋・家財を破壊し、衣類、金銭、穀物、証文類を切り裂き、まき散らすことである。土蔵の放火もあるが、窃盗は厳禁だった。一揆当日は蓑を着て笠をつける。篝火をつけ、たいまつを持ち、鐘や半鐘が鳴らされ、ほら貝が吹かれ、ときの声を上げ、出動をうながす。最後の手段は逃散《ちょうさん》である。逃散は、愁訴、越訴、強訴いずれも受け容れられなかった場合、百姓たちが田畑を捨て、山林に入ったり、他の土地に集団で移住することを言う。藩は経済的基盤を失うことになるので、逃散だけは避けたい。そこで交渉に応ずるのである。

しかしこれは、島原天草一揆の後に成立した百姓一揆のプロセスと手続きだ。大橋幸泰は『検証島原天草一揆』（二〇〇八、吉川弘文館）で、島原天草一揆は土豪一揆の段階から惣百姓一揆へ変わる分水嶺となった一揆だったのではないか、と述べている。確かに後の一揆のような詳細な手続きがなく、傘連判のような頭取を守ろうとする気遣いも見当たらない。後の一揆は、要求とその相手と一揆の継続意志が具体的で明確だが、天草一揆は要求し尽くした後に、絶望とともにいきなり廻状、一揆、打ち毀し、逃散が同時におこなわれている。越訴は意図的でなく、幕府の上使まで江戸からやって来てしまったことで、結果的に越訴になった。一揆は出動の時に鐘、半鐘、ほら貝、その他百姓の様々な道具をたたいて「音を出す」ことも特徴だが、それもおこなわれた。『島原天草日記』には、城中においてたびたび太鼓が鳴り、舞い踊り、歌が聞こえる、と書かれている。「かかれかかれ寄衆もつこてかかれ、寄衆鉄砲の弾のあらん限りは」「とんと鳴るは寄衆の大筒、鳴らすとみらしょこちの小筒で」「ありがたの利生や、伴天連様のおかげで寄衆の頭をすんと切支丹」という歌の歌詞まで記録されている。原城の中で歌い踊りながら戦いを乗り越えようとしていたのだ。とにかく、一揆の特徴が手順をふまずに全て原城に集中している。

日本のグローバリズムへの対応という観点でも、島原天草一揆は歴史の転換点であった。当時のオランダ商館長クーケバッケルは幕府に依頼されて大砲を提供し、オランダ船二隻が海に待機して、発砲の準備をしていた。もし本格的な発砲をおこなって原城を徹底的に破壊することになったら、それを契機に日本はオランダ東インド会社の支配下に入ったであろう。それはポルトガル陣営が日本に軍を派遣する理由となり、日本はポルトガルとオランダの代理戦争の現場になったに違いない。一揆勢はポルトガルの援軍を待っていたという説もある。実際には交渉する時間がなかったと思われるが、島原天草一揆は浪人たちによる周到な幕府転覆計画であったとも言われる。この一揆から十三年後に由井正雪の乱が発覚することを考えると、浪人たちの反幕テロリズム・ネットワークが出来上がっていた可能性は高い。彼らはポルトガルを利用する計画を立てることもできたであろう。結果的にこの後、ポルトガルは出島から永久に追放され、オランダ東インド会社が出島を占有することになった。

しかし石牟礼道子は、この出来事の日本史的意味を探るためにこの作品を書いたわけではなかった。むしろ冒頭に示した第二、第三のまなざしが、この作品の価値なのである。『春の城』の構想を尋ねられ、石牟礼道子はこう答えている。「知り合いが病気すると「もだえてなりともかせせんば」と言う人がいる。何もできないけれど、治ってほしいというういちずな思いが病人の力になれば、という意味。今の世の中が忘れている心ですが、そんな人たちの中にキリスト教が入っていった。失われた日本人の魂を書きたいと思います」と。

「かせせんば」は加勢しなければ、つまり助けねば、という意味だ。実際に助けることができなくとも、という気持ちが「もだえてなりとも」の言葉にこめられている。これを石牟礼道子は「魂」と言う。アニマである。そこにキリスト教の「大切」が入ってきた。「大切」とは、愛という訳語ができる前に使われてた訳語で、愛より大切の方が、もとの意味を強く切実に表している。『春の城』には「大切」という言葉が繰り返し書かれている。たとえば四郎が六助という貧しい百姓のことを語りながら、「小おまい畠をば、えらい大切にしとるぞのう」と言う場面がある。貧しくとも丁寧に大切に生きる者こそ、四郎があこがれてやまない人なのだ。

四郎は「もだえ神」であった。四郎がもう一人の母親のように思っている長崎の「おなみ」は、天草出身のもと遊女であった。その生まれ育った地域を聞いたとき、そこを目にしたことのある四郎はひどく辛い気持ちで「非情な風景」だと感じる。「あのような村に暮らす者たちの祈りは切ないものでござりまする」とおなみは言う。四郎は、「崖っぷちの村で幸い薄く生きながら、海の彼方の異国を寺をまぼろしに視て、こがれ死にする一生があるのだ」と思う。おなみ、六助、孤児のすず、国を追われた混血児たちなど、哀しみは貧しさや苛政にのみ由来するのではなく、差別や排除のなかにもあり、「まことの信仰とは、人びとの生ま身の場にあるものでござりましょう」「これからは人の世の心の仕組みを、書物ではなく、じかに読み解いてゆきたく存じまする」と思い至る。島原天草一揆の原因は重税にあるかも知れないが、そこに天草の「もだえてなりとも」と切支丹の「大切」が重なることによって深まった魂があってこそ、アニマの国をめざす戦いに収斂していったのであろう。天草は、石牟礼道子の母、ハルノさんの生まれ故郷である。ハルノさんの両親の吉田松太郎とモカは、天草郡下浦村（現天草市）で生きてきた人たちだ。天草とは日本にとって何か？　石牟礼道子は水俣病と向き合いながら、自らの魂の源泉としての天草を見つめる必要があったのであろう。

ところで、一揆はもともと「一味神水」をおこなう。神に捧げた水をまわしながら、神の力によって一揆を結んだのだ。経済的な理由だけではなく、人が人として生きる誇りを傷つけられたとき、神の前で一揆は成り立った。その神が仏陀であろうとデウスであろうと一揆は可能になる。違いがあるとすると、切支丹信仰の中には、犠牲としてのキリストがおり、それを知りながら最後に子供を自分の腕の中で見取らねばならないマリアがいることであろう。

『春の城』では、四郎がキリストに見える。島原天草一揆を物語化した『天草騒動』は、四郎が「二歳より言語よく分かり、三歳にて書をしたため……学問剣道を好み……一を聞て十を知り……折々奇術を行ひける」と書いている。「下に白無垢上に紫綸子を着、紋紗の長上下を穿ち、金造りの差副えを横たえ……色白く、眉秀で威有て猛からず、実に義経とも云べき容体なり」という記述は、四郎を義経に見立てることで理解しようとする江戸時代の考えが見える。呪文を唱えると鳩が卵を産み、その中に天主像と巻物が入っている。人を思うがままにし、病人は正気になった、という聖書に書かれているキリストの奇跡のような伝承もあった。しかし『春の城』に出現したのは、「もだえ神」としてのキリストである。奇跡に見えたのは唐人から教わった奇術だ。四郎はあくまでも日本人である。しかしそれでも、強く印象に残るシーンがある。それは四郎の最期の場面だ。おなみに抱かれて死ぬ四郎は、マリアがキリストの遺体を抱く「ピエタ」そのものなのである。ローマのバチカンに納められているミケランジェロのピエタは、「哀しみ」を個人の次元から人類の次元にまで高めた作品だが、それ以外にも数々のピエタがあり、それらは哀しみの集積として西欧文化の中に蓄積されている。

江戸時代には「見立て」と「やつし」という方法がある。四郎はキリストのやつしであり、四郎はキリストに見立てられている。そして今、水俣事件を通して私は、石牟礼道子が四郎に見える。天草の「もだえ神」として、多くの哀しみをみとり、その腕に抱くようにして患者たちを書き留めてきた。チッソ本社座り込みのときに石牟礼道子は、島原天草一揆について、「乱を起こした人たちと私はつながっている」と感じたという。近世においては家と身分と禄を守るために、近代においては企業と自治体と国家を守るために、多くの個人がおとしめられる。市民としての個人は、つながり、戦い、訴えることによってしか、自らを救えないことがある。『春の城』は、時空を超えた普遍の物語である。私たちが市民としての個を救い合うための拠点、すなわち「春の城」はどこにあるのか？　そのとき、私たちが救い取るのは限りのない経済的満足なのではなく、アニマ（魂）の深さであることを「忘れないでほしい」と、石牟礼道子さんは、おっしゃるに違いない。

引用文献

一九八〇年、歴史図書社『戦記資料・天草騒動　島原天草軍記集』「天草騒動」「島原一揆松倉記」「山田右衛門作以言語記」「天草土賊城中話」「十時三弥介書上之写」「別当杢左衛門覚書」「島原記」「島原天草日記」所収

驚くべき、ふつうの人たちの話

作家　赤坂真理

石牟礼道子の本を開くと、ゆっくり、読んでしまう。たとえ急いでいても。

そういう時間が流れているからだ。

その時間に浸ることが、無上の幸せだからだ。

かつて私は、彼女の本の中でそういう時間を過ごして、傷が癒えてしまったことがある。

それは、内容もさることながらやはり、その中に流れている、太古からの時間のようなもの、それそのものによる。

内容はと言えば、人間のつらさやるせなさを極限まで含んでいることが多い。

『苦海浄土　全三部』にしろこの『完本　春の城』にしろ。

本書『完本　春の城』（以下、『春の城』）が扱っているのは、島原の乱だ。

苛烈な事件である。宗教弾圧に対するキリシタンの抵抗と、圧政と凶作に耐えかねた農民の一揆。

そのふたつの性質を併せ持つことまでは、調べればわりあいすぐわかる。けれど、そこに、改易になった士族の不満などが加わって、全階級を巻き込んでの、為政者との衝突になっている。

こういうことは、日本史上にこれまでふたつとないはずだ。

この乱は、通常思われているよりもずっと、規模も影響も大きい。日本史上の画期的な事件だ。ひとつの「内戦」だったと言ってよい。

それも、関ヶ原も明治維新も、武士階級間の闘争であったのに対し、島原の乱は、全階級である。

もし日本に、市民革命があったとしたら、それはこの、島原の乱のようなものではなかったか、と考えてみる。身震いするほどのスリルを、そこにおぼえる。

「反乱側」と歴史に記されることになった勢力は、三万七千と言われる。それだけでもすごいが、その鎮圧につぎ込まれた軍勢は、幕府じきじきの援軍を要して、実に一二万である。

一二万の侍が、「民衆軍」の根城となった小さな古城、原城を囲んだ。

と言ったら、そのすごさが少しはわかってもらえるだろうか。

原城、原の城は、古くは有馬氏が放棄した城で、土地の言葉で「はるのじょう」「はるのしろ」と読まれる。それがタイトルである「春の城」とかけことばになっている。春の城というのどけさと、はかなさ。そこで起こったことの、悲惨さ。

原城は、地図を見ると、それひとつが海に突き出た岬のように見える。それは、外との水際《みぎわ》であると同時に、後のなさでもある。

原城の地形は、素人目に見ても、籠城やゲリラ戦に適した場所とは思えない。しかし他の城が陥せなかったようで、廃城だった原城を選んだ。そもそも、籠城が兵法として下策である。追い詰められてのことである。なにせ、武士階級生え抜きの一二万の軍勢に対し、農民、漁民、豪族、不平士族、その家族、女子供を含む三万七千人。「籠城」という戦略以前に、彼らには「家」が必要だったのだろう。彼らは全面的な生活を営まなければならなかった。戦うことを専一にやってきた職業階級ではないのである。

寝て起きて、煮炊きして食べて、子供の世話をする。夫婦や友人の関係を続ける。年寄りの世話をする。子供にものを教える。子供が遊ぶ。数はこの際デメリットになる。しかし彼らは誰も置いていけない。たとえ「足手まとい」だろうと誰一人、置いていけない。

それは家族であり、仲間であり、隣人だからだ。

「水俣病を理解するには、島原の乱を理解しなければならない」

と石牟礼道子はかつて語ったことがある。その意味が、ようやくおぼろにわかってきた。

水俣病闘争でチッソ本社前に座り込みをしたとき、機動隊に囲まれ、原城で包囲された島原の乱の民衆を想起した、とも語っているが、それだけの意味でもないだろう。そこで島原の乱を想起できる、というのがまたすごいのだが。

《日本の近代を理解するには、島原の乱あたりから見なければわからない》

と言ったのだと私は理解していた。が、正直、そこまでの射程の長さは、私には現実味がなかった。「西南の役」までは、まだわかった。戊辰戦争の終わりとしての、西南戦争までは。

日本の近現代のひずみ、たとえば一九四五年の破滅として表現されたことが、明治維新のひずみにすでにセットされていたのでは？

ということは、少し勉強すれば直観できる。

が、島原の乱、とは⁉

私にはわからなかった。それは、土地柄もあるのかもしれなかった。島原が遠いというのではなく、逆に、私の育った東京が辺境なのだ。今の日本の中心のようでいて、実は辺境の、歴史が直接生成された場とは、遠い土地なのだ。

逆に、辺境、端っこ、と見られる土地が、異世界と触れ合い、混じり合って新たなものが日々生まれる、最先端だった。最前線だった。

歴史は、水俣や、島原で、最も濃く生成され、動いた。

中央は、「結果の場」である。たぶん。

ならば、「最先端」にいる人に聞くのが、歴史の理解には最もはやい。

それも、文字を解さぬような細民の、文字を介さぬからこそ、神話を身体で「生きている」ような人たちに。

石牟礼道子がしてきたのは、そういう民に寄り添い、その「代理」であることだった。そしてそれを知らない人々にも、物語を「生きさせる」ように語ることだった。そのためにこそ、彼女は「文字」という魔法を持っていた。文字は語りと一体だった。

日本の「近代」の急ごしらえぶりは、その後のひずみと大いに関係がある。

その対価を今も私たちは払い続けている。

が、それはその前の時代、日本が「近代」にとつぜん接続されるまでの時代が問題なのだ、と気づいた。

だからこそ、急ごしらえの近代という事態が起きてくる。

その、「いきなり近代」直前までの時代の「質」がつくられたきっかけが、島原の乱である。

といま、私は思う。

島原の乱の影響は、「ポルトガル人追放」「キリスト教の禁止」「鎖国」と言われる。

それはそのとおりである。

が、文字にはされない最も大きな影響は、それ以後、幕府は「暴力コントロール」を支配の根幹にすえた、ということではないかと思う。江戸幕府の体制が確立された三代将軍の御世である。

島原の乱の処罰は過酷であった。内通者一名を除いて、女子供のひとりとして許されていない。みな殺された。幕府が、島原の乱をどれほど重く見たかということではないかと思う。重税を課して乱の原因をつくったとされる松倉氏には、罪人として、武士には異例の斬首という刑罰を与えている。

治世者の甚大にして系統だった暴力。それを見せつけることで、そこから、日本の全階級の力を抑止した。参勤交代などで大名の力を削ぐシステムを確立した。それはとてもうまくいった。

島原の乱以後、幕府は大規模な力の対抗には出会っていない。

浦賀沖のアメリカの船が、大砲を向けてくるまで。

そこから、国内で武士同士の内戦が起きて、「革命」が起きるまで。

そういうすべてが読者に、『春の城』で、普通の人たちに寄り添い彼らを生きるような体験をして、わかってくる。

歴史などまるで知らなくても、人々の日々の暮らしや話のはしばしから、歴史が全っ部、わかるように書かれている。

そのうえで、石牟礼文学はなお、ゆったりとはろばろとした風を運ぶ。太古から吹く馥郁とした風を。

なんということだろうか。

＊　＊　＊

二〇一七年の四月に、石牟礼道子を熊本に訪ねた。三度目だった。

訪問一座の中に、演出家の笠井賢一がいて、その日は笠井氏にとって、特別な日だった。石牟礼さんにとっても、格別な日だった。

笠井さんが、石牟礼道子の『西南役伝説』から「六道御前《ろくどうごぜ》」を、浄瑠璃芝居にして、石牟礼さんに「奉納」する日だったのだ。

笠井さんは、「六道御前」が、自分の芸能民としてのルーツであり、芸能民として生きていく覚悟をもらった特別な文学作品だという。それをご自身が読んでくださることもあるのだが、いつも、嗚咽に崩れて声にならない。それほど思い入れのある作品だった。

「西郷いくさ」と地元で呼ばれた西南戦争は、その平定をもって維新が完成したという内戦である。

今のところ、最後の内戦である。石牟礼道子がものを書き始めた頃、まだ彼女の身の回りには、「西郷いくさ」を見た人々がいた。百姓や、漁師、あるいは老いた芸能民。彼らに聞き、彼らに憑依するように、そして彼らの目を通してさらに古い細民を生きるように、石牟礼は、書いた。

それを笠井が劇にした「六道御前」――凄い浄瑠璃芝居だった。三百年くらい生きた心地がした。

そう、人の人生を、生きること。生きさせること。

それが芸能の力だ。だから石牟礼道子は芸能を愛する。

そして芸能民とは、社会の下層民だ。

＊　＊　＊

『春の城』にも、それを読めば、歴史的知識など何もなくても、すべてわかってしまうところがある。芸能の力が身にしみた石牟礼道子が、そう書いたから。

当時の生活習慣から、キリスト教がどのようにとらえられ受け入れられていたとか、何を食べていたとか。季節の味覚、どこにいつどんな植物が育ち、食べられるかとか。

そういうこともこまごまと書いてある。うれしそうに。

島原の乱には百姓一揆の側面もあったため、乱で死んだり殺されたりした民衆は、「殉教者」とは認められていないという。しかし、誰が信仰にだけ純粋に生きられるものだろうか。誰にだって、生活がある。食べることなしに生きている人は、聖職者にだっていない。

そして、教義からキリスト教に入ったわけではない『春の城』の人々の中に、最も深く、本質は理解されているように思う。

それは、キリシタンが、圧力を感じはじめながらもまだ「隠れ」ではない時代だった。人々にはおおらかさがある。宣教師のポルトガル人だって生身の人間だったし、「上人様」、弟子は「御坊様」と呼ばれたりしていた。『春の城』の冒頭で嫁ぐおかよは、「なんまんだぶ」の家からキリシタンの家に嫁すことを、意識しながらも、異宗派ほどのちがいととらえていた。

また彼らは、マグダラのマリアを、もっとも重要な聖人ととらえていたふしがある。

正しい認識だと思う。

教会には正式な弟子と認められていないマグダラのマリアこそは、イエスとともに最後まで在った。危険をおかして拷問と処刑の現場にいて（当時、イエスに味方することは危害を加えられる危険があった）、死を見届け、母マリアと共に、イエスを十字架から抱きとり、香油をそそぎ、復活に立ち合った。

これに比べると、教会認定のイエスの弟子たちは、言い方は悪いがちょっとおばかさんと言おうか、人間らしいとも言えるが、誠実さには欠ける。師を裏切らないと誓いながら、おんどりの鳴く前に三度裏切ったり。

マグダラのマリア本人を思わせるような女性も『春の城』には出てくる。村の人が相談におもむき、彼女と話すとやわらいだ表情で戻ってくるというその人は、元遊女だったと言われる。私はここで、親鸞上人の話を思い出した。鎌倉仏教の改革者だった親鸞上人は、遊女も救われるのだと説いた。そして、「遊女、涙を流しけり」。遊女に本質的な変容が起きる。『春の城』の元遊女にも、そんな瞬間があったことを思わせる。それは、宗教の別も、宗派の別も、問わないことだ。

イエスがもし話をできるなら、そんな「キリスト教」をこそ、よしとしただろうと思う。「私を通してのみ救われる」とイエス自身が言ったはずがない。でなければイエスの人生とメッセージに筋が通らない。彼は、自由になりたかったし、人々を自由にしたかったのだ。キリスト教者でもなかった、もちろん。イエスはもしかして、二人のマリアに抱きとられて十字架をおろし（十字架はおろしたいだろう？　十字架を背負った拷問中の自分の姿を崇められるより）、復活して、自由な人として生きていく様を、人々と分かち合いたかったのではないか。そんなことを夢想する。ただ、それには人間の意識がまだ追いついていなかった。約二〇〇〇年も、約三八〇年前も、あるいは、今も。

『春の城』には『苦海浄土　全三部』同様、魅力的な市井の人がいっぱいだ。書架ふたつ分くらいの資料を駆使して書かれたものというから、実在した人がモデルであることも多いのだろう。年端もいかない孤児の中に、大の男が、自分でも実践できない隣人愛を見たりする。そしてそれをちゃんと認める。隣人愛を体現する子供もすごいし、それを認める大人もすごい。

主人公を定めない群像劇である。群像劇というより、「流動劇」と言いたいような物語である。空をゆく雲や飛ぶ鳥から見たような物語。物語をもたらすその目に乗っていくこと、それ自体が気持ちいい。

島原の乱の精神的支柱とされた益田（天草）四郎時貞も、自然の中で、そういったふつうの人々のひとりとして出て来る。野の草木のように。たおやかなイエスのような四郎。

四郎が、死ぬ時にはあんな少女に花をたむけてもらいたいと思う、孤児すず。

この子はいつか私の手を離れ、遠い遠いところに行ってしまうのではと予感しつつ、それが息子の生まれ持ったたましいであるならと、透明な諦観と慈愛をもって、せめて小さな頃から好んだ食物をたべさせ、身なりを整えてやる母。かのマリアのような、四郎の母、おいね。

なんという、驚くべき、ふつうの人々だろう。

犬も人もそれ以外もみんな悲しかったけれども

作家 町田 康

平成十六年に『石牟礼道子全集』が編まれることになって、九月にその記念行事が早稲田で行われた。その席で詩人の伊藤比呂美さんが『西南役伝説』（『全集』五巻）について、「戦争の話なのにもかかわらず戦争にいたった歴史的な経緯や戦闘そのものについてはあまり触れられず、最初から最後まで食べることばかり書いてあり激烈におもしろい。どんなことがあっても読んだ方がよい。読まなかったら殴る」と仰られた。

といってひとつ嘘があるのは、読まなかったら殴る、というくだりで伊藤さんはそんなことは仰らなかった。そう書いた方がおもしろいかな、と思い、つい書いてしまった。申し訳ないことだ。けれどもそれくらいの勢いで仰られたのが強く印象に残っている。

それでその後、『西南役伝説』を読んで、どう思ったかというと、「そんな食のことばかり書いてある訳ではないな」と思った。そして同じ頃に『春の城』を読んで、「むしろ、おまえ、こっちの方が食のことに言及している部分、多いやんけじゃん」と思ったのだった。

島原の乱。については子供の頃に子供向けに書かれた歴史読み物みたいなので繰り返し読んで朧に記憶に残っていた。天草四郎時貞という名前は、それ以降も映画や芝居、その他いろんな趣向に出てきて忘れないいし、鉄砲の名人・下げ針の金作、なんて名前も記憶に残っていた。後は名前は忘れたけれども隠密的な役割をする百姓身分の人がいて、この人が水に潜るなどいろんなことをして活躍をする、血湧き肉躍る戦記物であったように思う。

そしてそこで強調されていたのは、人間性が麻痺したような極悪な権力者に信教の自由を求めて立ち向かう民衆、という枠組みで、確かに、戦術としての干し殺し・兵糧攻めについては語られるが、その民衆がなにを食し、どんな家に住み、どんな服を着ていたかについては殆ど描かれていなかったように思う。

なぜだろう、と考えて思うのは、やはりそれらを中心に据えると戦記としてあまり盛り上がらないからで、弓矢で撃ち合って、ぐわあっ、となって目玉が落ちた、みたいなことは書いても読んでも興奮するが、ひじきは酒と砂糖と醤油で炒りつけたらうまいかも、みたいなものは日常的すぎてあまり盛り上がらない。

だから盛り上げるためにはなるべく戦闘の光景を多く書くとよいのだけれども、それだけでは駄目で、なぜなら人間は意味なくただただ戦うということがなかなかできなくて、戦うにはやはりそれ相応の理由、というか思想のようなものを必要とする。

例えば昔、「仮面ライダー」という漫画があった。仮面ライダーは実は本郷猛という人でこの人はショッカーという集団と戦うのだが、なぜ戦うかというとショッカーが、悪の組織・地獄の軍団であるからである。そんなものを許しておいたら地球というものが大変なことになってしまうし、そんな悪は思想として間違っている。だから破邪顕正、本郷猛は戦うのであり、ついでに言うと、その戦いの途中で本郷猛が海苔弁当を買ったか鮭弁当を買ったかなんていうのはまったくもってどうでもよい。

と言うと、そんなものは漫画じゃないか、現実とはかけ離れたことだ、なんてくだを巻く人があるかも知れない。よろしい。では現実の話をしよう。私が二十歳かそれくらいの頃、前方から歩いてきた人に、「なに、メンチ切っとんじゃこら」と言われ殴打されるということがしばしばあったがこれは他のメンチ切る、すなわち眼を凝と見る、ということは道義に反することだ、という思想に基づいてなされる暴力であった。もちろんそのとき私はメンチを切っておらず、これを称して因縁を付ける、というのだけれども、意味不明な武力の行使に大義名分を与え、首尾一貫した論理の道筋をつけるという意味でこれはまさに因縁の作成であった。


って私はなにを語っているのだろうか。そう、戦いを描くに当たってはどちらが善でどちらが悪か、どちらが普遍的か、ということはさておくとしても思想の衝突が不可欠であり、そこで衣食の話を詳細に書いても盛り上がらないから普通はあまり書かない、ということである。

しかるに、この『春の城』においては詳細に書かれていて、ということは右に私が構築した戦記物理論でいうとあまり盛り上がらないはずである。にもかかわらず、普通以上に盛り上がるというか、読むと精神がクルクルになって、けっこうなおっさんであるのにも関わらず娘のように涙ぐんだり、いやさ号泣したり、或いはむっつり考え込んで、周囲から見るとまるで無能力者のように成り果ててしまったりするのはなぜか。

まずそういうことをこの場でライブで考えたいと思うのだけれども、それでインタビュアーだったらまず作者に聞くのは、「なぜ、読者が喜ぶ戦闘シーンやお家騒動や権力闘争を中心に据えないで調理法や家の建て方、作物の栽培などに力を傾けたのか」ということだけれども、私もときどき小説を書くので、これに対しては作者に変わって真実を述べることができる。それはそう、「書きたかったから」。けれども、真率なその気持ちを述べてもインタビュアーは、「えええええ、そんなー、またまたあー」みたいな顔をして信じてくれず、「まあ、そういう冗談はさておき実際のところはどうなのですか。どのような深慮遠謀があったのですか」と問うてくるに決まっているから、ここでも、もう少し考える必要がある。

といって考えつくのは、これが権力者と権力者の戦いではなく、民衆と権力者の戦いだから、ということで、どういうことかというと、権力者と権力者が戦う場合は右に言ったような、理由というか思想というか、大義名分のようなものが必要になってくる。というと、あれちょっと待って、まず思想があってその点で対立するから戦うのではないのか、という疑問が湧くが、実はそうではなくて、民衆からすると権力者というのは毎日、田畑とか会社とかに行かないで暮らせて楽でいいよなあ、と思いがちだがそうでもない。なぜかというと権力者は永遠に権力闘争を続けなければならないからである。

しかし右に言ったように、権力者と雖も意味なく戦うことができないので、戦うに当たってはなんらかの大義名分が必要で、そのため、思想とかそうしたものを自分で作ったり、それができない場合は人を雇って作って貰い、それを掲げて戦うのである。

そんな面倒くさいことをするのであれば最初から戦わなければ善いではないか、てなものであるが、それは民衆の考えであって、戦わない権力者は権力者ではない。

だから民衆が権力者に戦いを挑むということはよほどのことであり、そこに権力者と権力者の戦いに不可欠な思想はない。じゃあ、なにがあるかというと、それは今も昔も共通の、民衆にとっての最大の関心事、すなわち日々の生活、たつき・活計が立ちゆかなくなったとき、というと今なれば、ガス水道電気が止まる、とか、家賃が払えない、なんて考えるが、この小説ははっきり言って五百年前の話で、電気とかガスとかそういったものは最初からなく、生活が成り立たないというのはもう端的に飯が食べられない、食うものがなにもない、という一事があるのみである。

なので、そこを書かないことにはこの話が成り立たない。というか、それしか書くことがない。だからそこを書いた。というのが一応の説明なのだけれども、もちろんそれだけでは、この小説がこれほどの大きな作品になった説明になっていない。

じゃあなにがあったのかというと、それが作者が、「書きたかったから書いた」ということの、その書きたかった気持ち、心がそのときそこにあったことと深く関わっていると思うのだけれども、そこにそれともうひとつ重要な、信仰の問題、というのが、もうひとつの柱としてあるからである。と言うと、「いいじゃん。柱なんてものは多い方がいいんだよ。一本柱よりも二本柱、二本柱よりも四本柱の方がより安定して屋根を支えることができる。それが文学の強度に繫がっていくのやで」と言って星を見つめてシシャモを食べて焼酎を飲む人が出てくるかも知れないが、ここにおいてはその理屈は成り立たなくて、この二つの柱は矛盾するというか、この世にそんな建築は存在しないが、逆向きに建っているのである。

どういうことかというと、生活が成り立って楽勝で生きる、というのは誰もが望むことでそれができないから、本来、そんなことはしたくないのに戦うのだけれども、もうひとつの信仰という観点から考えると、人間の最終的な目的は神の国に行くことなのだが、神の国に入るためには一定の条件を満たさなければならない。それをはっきり言うと、この世で苦しむことで、なぜかというとこの世の楽しみと苦しみは一定で、誰かが楽しく暮らしているということは、その人が、この世に存在する苦《く》患《げん》を引き受けておらず、誰かにその負債を負わせており、その分の、この世の苦患は別の誰かが引き受けているということになってしまうからで、自分のこの世での楽勝を願い、もしそれが叶ってしまったら、神の国に入居できる確率がかなり下がってしまうのである。天草四郎時貞は割と初めの方で以下のように言う。

「この世を超ゆるところに見ゆる今ひとつの世とは、燎原の火の中からあらわれてしずもる、花野のごときところかと思い申す。わたくしには、山野や町を灼き尽くす炎が見えまする。その劫火をくぐらねば、真実の信心の国に到ることはできぬのではござりますまいか」

そんなことで民衆蜂起の直接の原因は領主の苛斂誅求による飢餓だけれども、目的は苦しみを受けて死んで神の国に入る・パライゾに生まれ変わることであり、この二本柱が逆の方向に向いて建っていることが、そこへ作者がひとつの屋根をかけようとしていることが、この作品を大きな作品にしているのである。

　だからこれは通常の、この世での生存を求めての一揆とは随分と様相が異なっていて、そうした運動と信仰の矛盾点のようなものがいろんなところで露わになっている。


　民衆と一口に言うけれども、民衆にもふた色ある。それは、文字が読める人たちと読めない人たちで、読める人たちは乙名役や庄屋といった村役を務め、身分は民衆の側にあり、心情的にも民衆の側に立っているが立場的には権力者の末端に連なっている。この人たちのなかには権力闘争に敗北して滅んだ権力者の周辺にかつていて、いまは帰農している人たち、すなわち有馬の旧臣、小西の旧臣といわれる人たちでこの人たちは文永・文禄の役や関ヶ原の戦いを知っていて、つまり戦争のやり方を知っている。この人たちは例えば戦術のことをつい考えてしまう。こうやったら何人の敵を殺せる。この拠点を押さえれば何ヶ月持ちこたえることができる。或いは、このような交渉をすれば相手からこれだけの譲歩を引き出すことができるのではないか。そうすれば戦争を回避できるのではないか、といったようなことも考える。また、この人たちのなかには外国から来た宣教師から直接、教義を学び、ギリシア語やラテン語で書かれた書物を読みこなして、専門家としての見識を有して、どうやったら正しい信仰生活を送ることができるか、を人に教え、導くことができる者もいる。

　その一方で大多数の文字を解さぬ民衆がいる。この人たちは自分で作った小屋のような家に住み、持ち物はボロボロの衣類と椀と鍋が夫夫ひとつずつ、みたいな生活をしている。いよいよ追い詰まってきて、村役人としてこの人たちに現状を説明しつつ、これからどうしていくかを相談するために開かれた村の全体集会での、この人たちの発言は驚くべきもので、文字を解する人たちは、とりあえず先方の理解を促して補助金なり一時金なりを求めていく。それがうまくいかなかったらそのときは改めて考える、というきわめて当たり前の、誰が考えてもそうなるであろうという発言をする。ところが文字を解さぬ人はというと、すべての原因は天候不順による不作であるが、天候不順の原因、例えば日照不足は私たちの信仰不足にあるのではないか、と正式の会議が終わった後に話し合う。私たちはこそこそせず堂々と祈りたい。それが最大の望みだ、という意味のことを言う。

これを文字を解する人たちはどう受け止めたか。これが単なる修羅と餓鬼の戦いであれば、「そんなことを言ってたら負ける」と言って相手にしない。けれども根底に信仰があるこの文字が読める民衆は、もしかしたら自分が間違っていたのではないか、と思い、反省する。そして、書記係の若い人が、「こういう百姓、漁師たちの話を、わしは今までちゃんと聞きとめていなかった」と思う。「四、五人が座になって交わされているやりとりを、彼は急いで別紙に書き留めつけ始めた。」と本文にある。すなわち、「聞き書き」の手法である。

こうして文字を解する人が文字を解さぬ人と生死を共にして、その都度、戦術・戦略と信仰、教義・玄義とされているものと信仰、その他すべてのこの世の有り様と信仰の、隠れていた矛盾点、対立点が明らかになっていき、文字を解する人が驚き迷いつつ認識を新たにしていく、というのが、この作品のひとつの流れとなっている。すなわちこれを一揆指導層の驚愕と目覚めの物語ということができるのである。そのとき読者である私ももちろん同時にどつきまわされている。

そして話が進むにつれ、その矛盾や対立が抜き差しならぬものとなっていくが、そのそれが窮まるのは、文字を解さぬ民衆もまたひと色ではなく、ふた色に別れるからで、すなわち、所有する田畑や家財には各々差があるものの、一応、村の中に居場所を確保して、普通に生活を営んでいる人と、たまたまの行きかがりや或いは持って生まれた性質、もっと言うと宿業によって、村から脱落した、或いは、半ば追い出され、それでもなお死なずぎりぎりのところを生きているような人たち、である。

この両者の間で露わになってくるのは、信仰と何々、ではなく、信仰そのものの問題で、物事を真面目に理詰めに突き詰めていくと、この人たち、すなわち殉教者の子であったり、妻を殺害したり、大酒飲みだったり、狂人だったりして、決定的になにかが欠落している人たちこそが、真のキリシタンであり、それ以外の人たちは、いくら戒律・掟を守り、他人に思いやりを持って正しい生活をしたところで、並のキリシタン、に過ぎず、神の国には入れない。

つまりここで明らかになるのはこれは権力者との軍事的な衝突ではあるが、同時にいろんなレベルで正気と狂気の戦い、といってアレだったら、この世とあの世の戦い、ということにとうとうなってしまうのである。そんことになっていったい誰が付いていけるというのか。しかし三万余の人が付いていって。

そして八章の定吉の独白っていうか口説きと、それに続く、庄屋七兵衛の母親の語りは、その矛盾の極点で、定吉は、神は自分を救えぬ、と嘆き、「あんまり、パライゾ、パライゾと願うのも、欲ではなかろうか」と語った婆は、地獄上等、と言って自殺する。

となるとけっこうな領域に行ってしまって、世界が裂けてちぎれて、ゲシャゲシャになってしまう。けれどもそうなっていないのはその矛盾を一身で引き受け、自分自身をこの世の排水口として、すべての人をあの世に送ろうとする人がいるからで、それは誰かと尋ねたらベンベン、そう、四郎時貞その人である。

といってしかし四郎と名前が付いている以上、例え、神に選ばれた人だとしても、人間であるには違いなく、そのようなとてつもないお役は御免蒙りたいと願うのが人間としての当たり前の気持ちである。

しかし人々の魂の窮境、特に右に言ったような、この世の苦しみを身体で引き受けて苦しんでいる人を見る度に、そしてこの世とあの世の境に自分が立っていることを自覚する度に、膨れあがる自覚と諦めが合体して覚悟となっていって、そのヒヤリとする感覚が読む者に生々しく伝わってくる。逆向きの柱にひとつの屋根がかかる。

その葛藤はライブ中継され、その文章が生まれる瞬間の作者の考え、というか葛藤が、そのまま提示される。作者によって召喚された魂は作者に憑依して、いまの時代に五百年前の景色と人々の姿形が流れ出て現れるが、それだけにはしておかれない、と思うのか思わないのか、多分、思わないで自然にそうなるのだろうけれども、こんだその召喚された魂に現代に生きる作者が憑依して、五百年前の風景や人生に現代の苦患が滲み出てくる。これ乃ち憑依の往還道、憑依の閲ぎ合い。そして憑依の渚。海と山が混じり合い、通婚する渚のように、過去の魂と現代の魂、あの世とこの世が滲み合い、混じり合う憑依の渚なのである。

さて、海と山が混じり合う渚は自然の恵みを生むが、憑依の渚はなにを生むのであろうか。


蓮田家の人たちが桜の木を見てこの世の名残を惜しむ場面を読んで、お初徳兵衛の物語の最後の方を思い出した。

愛する人と一緒に死ねるのは嬉しいけれども、穢土というにはこの世はあまりにも美しく、この世で睦み合った人たちとの名残が尽きることはない。執着、未練がどうしても断ちきれない。この矛盾が人を狂気に追いやり、無限の悲しみを生む。けれどもだけども、この狂気こそが飛躍の発条という残酷な、それもまた美しい事柄。そしてその美しさの果ての、リアルな残酷、血みどろの姿が描かれる点も徹底していて。

という、どこまでいってもたどり着けない問いと矛盾がそのまま作品の広さとなっていて、そうした広い作品をこの渚は生んだ。


しかし無限に広がる小説というものはなく、小説は嫌でもどこかで終わらさなければならない。そのどこまでもたどり着けない世界を囲うのは言葉。なにもかもが灼き尽くされた荒れ野に、美しい言葉のぼんぼりが灯って、ぼんぼりから言葉の音楽が薫り、漂い出てくる。その節・メロディーは聖歌のよう、でも文句・言葉は説教節みたいな感じ。でもどちらがどちらということがなくそれも渚として滲み合っている。

そんな異様で美しい言葉で囲われながら、どこまでいってもたどり着けない世界が現れ出ている。恐ろしいことだ。

『春の城』のコスモロジー

哲学宗教思想研究者　鈴木一策

天草・島原一揆はなぜ世界史的な大事件なのか

黒船来航は、徳川幕府を震撼させた大事件とされてきたが、「天草・島原の乱」は、乱どころか、世界史的な大事件ではなかったか。『春の城』の舞台の中心地、有馬領の貿易港・口之津《くちのつ》は、永禄年間、住民のほとんどがキリシタンであり、在日イエズス会最高責任者のヴァリニャーノは、ここを拠点として、布教のみならず、ヨーロッパ文化の移植を目論んでいた。この文明を背景にした三万もの島原と天草のキリシタンが、十三万の幕府討伐軍と全面対決したのだから、背景と膨大な数字だけで、この事件は世界史的大事件だということになるかもしれない。

しかし、石牟礼さんが物語っているのは、ユダヤ・キリスト教文明と仏教文明との総体を根底から揺さぶる宇宙観に深く関わる事件なのであり、まさにその意味でこそ世界史的事件だったということなのだ。物語られた一揆の深層には、男性中心の戦争や政治的事件・客観的な経済的背景ばかりに力点を置く歴史家には決して見えない、女と男の宇宙《コスモス》がある。その宇宙の襞に分け入り、制度化したキリスト教と仏教とが共に秘めやかに乗り越えられてゆく様を、特に女の暮らしぶりから克明に物語られたものが『完本　春の城』（以下、『春の城』）だ、筆者はそう感じている。

天と地に感応する下働きとキリシタンとの出会い

事件の研究書・歴史書の類を散見するかぎり、弾圧にもかかわらず殉教も辞さない一途なキリシタン、島原の松倉藩のように飢饉にも重税をかけてくるような圧政に直面して返り咲く隠れキリシタンばかりが浮かび上がる。しかし、石牟礼さんは、母なる大地に根を張り、「天のくれらす魚《いお》」のような生き物たちを仲間として暮す庄屋の下働きのおうめとその弟子の孤児すずとが、律儀な庄屋のキリシタン蓮田父子を揺さぶり、さらには、神の子にまで祭り上げられた益田四郎時貞の天地の子への改心を支える、生々しい現場を活写したのである。確かに、一揆の首謀者となる庄屋や帰農した浪人武士のキリシタンには、信仰を貫いて一揆に参加し、花と散った者も多かった。しかし、宗派を超えて人様を大切にし、天の時を畏敬し大地に根を張ったおうめや、すずの無心の身悶えに感応した蓮田父子や、四郎は、そのようには描かれていない。

石牟礼さんは、四郎をカリスマとしてではなく、生身の少年として描こうとしたという。元服のため遊学先の長崎から宇土の江辺《えべ》の自宅に戻った四郎は、作人の六助が小作の勤めの後、丹精こめて手入れした小さな畠でオラショを唱える姿を見て、「天に続く門の標《しるし》」を感じる。決定的なことは「天国」ではない点だ。現世の境界を越えた「いま一つのこの世」を祈る六助に自分は及ばない、土や岩を抱いて根を張らぬかぎり、糸の切れた凧のごとく揺れる「宙吊りの的」のようだと思うのだ。そして、この感じは、長崎の「おかっつぁま」おなみの過去を聞いた頃から感じ始めたというのである。キリシタンの両親を殺され遊女となり、今は成功して長崎の商人となり、四郎を引き受けたおなみは、イエスの足を髪の毛で拭った遊女マグダラのマリアのような存在として描かれる。

キリスト教に納得しないおうめ

そこで、石牟礼さんが『春の城』の決定的人物として描いたと思われる「おうめ」に焦点を絞り、幾つかの角度から彼女の暮らしぶりを見つめよう。

蓮田仁助の妻・お美代の子守だったおうめは、島原の蓮田家の嫁になったお美代に伴って下働きとなり、世間知らずのお美代を影ながら助ける。「倉の守り神」とまで言われるほどに暮らしの切り盛りの一切をこなす働き者であり、優しいけれども男顔負けの肝っ玉母さんのような存在だった。自分は出産の経験がないのに、仁助・美代の長男大助、大助の子まで取り上げた産婆なので、大地の母と言うべきだろうか。そのような存在として、仏教徒でありながら、親代々の熱心なキリシタンの蓮田家にすっかり溶けこんだ。そんなおうめが自分の来歴を語るのは、一揆参加の直前、仏教徒のおうめを巻き添えにするのは忍びないとする仁助に、食ってかかった時が初めてである。

信心深い仏教徒の父は、赤子のおうめが疱瘡《ほうそう》にかかったとき、イチイの木を赤子に似せて彫り上げ、観音様に願をかけた。ところが、事もあろうに、伴天連（神父）衆とキリシタンの若い衆が、観音は邪宗だといって、仏像をうち割って焚き物にした。父は似せて彫らなければよかったと後悔し泣いたという。

まさかデウス様が、観音様を焼き打ちにせろと申されたとは、あたいには思われやせん。(…)

父っつぁまの願かけなさいた観音菩薩とマリア様が二人逢われたなら、仲良う、いよいよ優しゅうなられるとあたいは思いやす。

（第七章「神笛」五一七頁）

おうめは、慈悲深い観音様とマリア様との母性的和解を願って、一揆への加勢を決断したのだ。第三章「丘の上の樹」で、異教徒に対して抱いてきた「優越感」を恥じている夫・大助に向って、妊娠を自覚したおかよは母性に促され、丘の上の大樟《くすのき》はおうめのようだと告げる。そして、尊いデウス様とは別格の神だという。この発言こそ母性的和解を願うおうめをみごと言い当てていよう。

天と地に感応するおうめの女仕事

注目に値するのは、かの決断を促し可能にするおうめの暮らしの宇宙観・生命観であり、おうめを物語る石牟礼さんの心根の歴史的実在の重みなのだ。

おうめの女仕事は、想像を絶するほど多岐にわたり、しかも生類の生命に感応するきめ細やかなものだった。陸稲《おかぼ》（野稲）・小麦・粟を石臼で挽く。菜種を搾って油（灯明に、大根葉のいために使われる）とし、絞り粕は瓜を甘くする特上の肥料とする。茶葉を摘み、大釜で炒りあげ、熱いうちに揉む。松吉の男手で叩いてもらった藁で足半《あしなか》草履を編む。葛餅に使われる葛の根や蕨の根掘り、曼珠沙華《まんじゅしゃげ》の球根の毒抜き、腹下しに効くゲンノショウコや胃痛に効くセンブリの薬草摘み、日照りに強いスベリヒユを摘み茹でて味噌であえるような聖草・薬草摘みに始まる「食べごしらえ」の数々、「スベリヒユとアシタバは命綱」といった知恵の数々。

口之津には海の暮らしもある。「磯物採りにかけては、天草育ちのおうめは名人中の名人」と紹介されているように、おうめは天の時を読み、大潮の時には、おかよとすずを磯に連れ出し、牡蠣やタコの採り方を教えた。大酒のみの竹松は、「馬鹿のふりの名人」とされているが、もぐりの名人としておうめと気があった。二人の絶妙なやりとりには、石牟礼文学の一面のユーモアがあふれているけれども、そのユーモアにさえ天と地に感応する宇宙的感性が働いている。学問所の祝いにみごとな伊勢海老を持参した竹松とのやりとり。

「(…)それ、この伊勢海老、披露したからには、茹でておくれやせ。」(竹松)
「(…)本読みの終わったならば、茹でて出そう。」(おうめ)
「ええい、そんなら前祝に、辛《から》か方のお茶をば、早う出してくれんかのう。酒も飲み時はずすと、マリア様のご冥加の薄れるぞ。」(竹松)
「(…)あたいの仕込む酒はな、甕の中で、ナマンダブ、ナマンダブちゅうて泡の立つとぞ。お念仏唱えん者には、呑ません。」(おうめ)
(第五章「菜種雲」三七四—五頁)

茹で時、食べ時、飲み時も「天の時」であり、どぶろくの熟成の時を察知するには念を入れた真心が必要だ。その真心に答えてお酒まで念仏を唱えるとは何というユーモアであることか。第三章「丘の上の樹」にあるように、こうしたおうめの真心こそが、蓬《ふつ》から見事なモグサをこしらえさせ、「ばさばさした」蓬《ふつ》の異変から大凶作の予知を可能にするのだ。おうめは、酒の場合と同じように、モグサを揉む時に念仏を唱え、「阿弥陀様のみ心の、お灸のひとつひとつに灯って下さいて、早う治して下さる」と語る。おうめのモグサは使いやすいと評判で近隣の医者が買い求めに来るのだが、医者にかかれぬ者たちに無料で配るのがおうめだった。

一揆を巻き込む宇宙の渦巻き

『苦海浄土』でも、『春の城』でも、蓬《よもぎ》には「ふつ」とルビがふられている。おそらく、「ふつ」は「払《ふつ》」「祓《ふつ》」に由来し、蓬の茎葉を束ねて身体を祓《はら》うアイヌの呪術に通じているであろう。(1) 魔を払《はら》うほど神気を帯びた蓬《ふつ》は、英語では「うじ虫《ワーム》の木《ウッド》 worm wood」とされる。「うじ虫《ワーム》 worm」の古い意味は、「蛇」「竜」だと辞典に記されている。

想像するに、イングランド古代のケルト人は、うじ虫のうごめきに、脱皮をくりかえし再生する蛇の生命力、天の陽気と地の陰気とが織りなす生命の渦巻きとしての竜を、さらに木《ウッド》の年輪にも生命の渦巻きを、直感していたのだろう。この古代人の直観力を今なお発揮しているのが石牟礼さんだ。

第一章「早崎の瀬戸」は、島原半島と天草下島の間に横たわる瀬戸の渦巻きを一揆勃発の象徴としている。「田圃で渦巻くおケラ女《じょ》よりは、うんとおとろしか竜神さま」が海の底にとぐろを巻いて潜んでいる、と告げることから物語は始まる。まるでうじ虫のうごめきが竜の渦巻きに通じているかのようではないか。

この予告を受けて、第三章「丘の上の樹」では、大干ばつの村々を襲う台風の渦が配置され、頭上の嵐を聴きながら、益田四郎は「人はみな、世界の諸相を身に受けて、くるりくるりと反転しておるばかりかもしれませぬ」と語る。

第六章「御影《みえい》」の、一家心中事件も渦を引き起こし、われさえ生きればそれでよしとしてきた隠れキリシタンたちは、「海底の深い渦の中に、足許からぐいとひき咥《くわ》えられる感覚」に襲われる。

こうして、うち続く凶作に追い討ちをかける大干ばつと台風の大きな渦は、裕福な大庄屋をさえ巻きみ、一揆の渦が巻き起こる。捨て身の百姓たちの中に、ゼウスの軍勢に加わって天国《パライソ》に向かおうとする動きが出始める。四郎はこの渦の中で天の使に祭りあげられ、「聖母」マリアの連禱《れんとう》を唱え狂熱をはらんだ行列の先頭に立たされたのだ。

しかし第八章「狼煙《のろし》」では、妻子を死に追いやり、「自分の中に蝮《まむし》」を飼っていると自覚している常吉に、四郎の親類筋のお里婆様は「あんまりパライゾ、パライゾと願うのも、欲ではなかろうか」と言い残し、自害するのだ。お里に共感した常吉は、天国で救われたいと願うのではなく、ゼウス様のズイソ(最後の審判)を受けることを覚悟する。

それでも、常吉は、「いっそ蛇使いになって、一人一人の中にかがんでおる、あの蝮《まむし》どもに鬨《とき》の声をあげさせ、敵の大軍目がけて(…)とびださせたい」と、ゼウス様の軍勢に加わったのだ。常吉が、その屈折した眼でキリシタンたちの中にかがんでいると見抜いた蝮《まむし》は、天国で救われたいという「欲心」ばかりでなく、異教徒への「優越感」、さらには異教徒をねじ伏せる小さな「権力欲」をさえ示唆しているのかもしれないのである。

同じ捨て身でも、天国ではなく、「もう一つのこの世」を虫けらや蛇のようにまさぐる者がいたのだ。原城に籠城したおうめが、ゴリゴリと石臼を挽く姿は、象徴的ではないか。最後に彼女が渾身の力で塀際から「投げおろした」石臼でさえも、天空に放たれる光の矢と違って、大地を転げ落ちるばかりである（第十章「炎上」）。天国への昇天を大地に引き戻すおうめの石臼の渦こそが、四郎の改心を促す。

天地の軸になろうとする四郎の改心

『春の城』の山場は、最終章の「炎上」ではなく、むしろ前章の四郎の改心であろう。原城を「根城」にしようと決断した四郎は、「三位一体の神ではない、もっと親しい図像から来た菩薩」のような幻影と問答する。その菩薩のような方は、「汝の地上を離るることなく、背後に流るる星座の運行を見よ」と語った。四郎は、この天の妙音を地中に伝える一本の木になり、震える島の台地を踏まえて、天に瞬く昴《すばる》を目にする。石牟礼さんの筆は冴えわたる。

自分の足は百姓や漁師たちにくらべて華奢にすぎる。それゆえに大地の震えはわが足もとに微細に伝わってくる。踏みしめて立たねばならない。一本の細い木のごときこの躰《からだ》が、**天と地との均衡を保つ軸**となるのだ。世界はわが足もとから今、回り始めたのだ。

（第九章「夕光《かげ》の桜」六六四頁、強調は引用者）

か細いながら、天地の軸となって回り始める四郎の木は、おうめの回す石臼のように「地の中《じだ》」に根を張ろうとする。四郎は、第六章「御影」に描かれた、奇跡を起こし「アニマの国」への道を示す天使ではない。このような改心を促し励ましてくれたのがおうめだったのだ。

蓮田家で知り合った頃のおうめを、四郎は「切支丹ではないと名乗りながら、これほど剛毅な優しさが躰《からだ》の隅々まであふれている人間を見たことがない」と思う。また、早崎の渦を渡り原城に向かう途中に立ち寄った蓮田家で、背中を抱きとるように「叩いてくれた」おうめを、四郎は「このひとは自分を天人扱いしないでくれる」と感じている。

おうめの歴史的実在性

字も読めないおうめは、同じく字が読めなかった石牟礼さんの母上と重なり合う。原城落城の寸前、おうめは「百姓は虫けらじゃと言われても悲しむな。鳥けもの、虫けらたちは仏様のお使いぞ」と言ったふた親の言葉を口にし、「天地の間の一人子」だったが、蓮田家に拾われて幸福だったと申し述べる。仁助は、その姿に観音様を見る。

　この世において、はかり難く巨《おお》きなものと、ごくごく小さなものは**等格**であり、ともに畏れ敬うべきであると彼女は言っているのだ。キリシト様の教えらるるへりくだりの心を、**さらに深めて**生きて来た百姓女が静かな威厳にみちてここにいる。

（第十章「炎上」七四一頁、強調は引用者）

　こうした描写を支えているものは何か。盲目の狂った母親を加勢し続けた母上、天草の字の読めない隠れキリシタンだった（らしい）母上から、石牟礼さんが受け取った心根であると思われる。この心根に依拠して描かれたおうめは、単なる文学的虚構の産物などではなく、歴史的実在性を帯びた存在であることは疑う余地がない。おうめは、あの大事件の後、さらに水俣事件を経て、今日の毒死列島の最底辺に悶えて生き続ける歴史的形象でもあるのだ。

『食べごしらえ　おままごと』（全集一〇巻）に描かれた石牟礼さんの母上は、女仕事を網羅し、天草・島原の土着文化を根底から支えてきたおうめの原型に相違ない。膨大な蓬《ふつ》は茹で干して備蓄され、歳時記風の行事の折々に近隣に配られる蓬《ふつ》団子や蓬《ふつ》餅に代表される食べごしらえの数々が、「くさぐさの祭り」として描かれた。麦踏みに歌う即興詩では、「小麦もあんこも鼠も同格になって歌われた」という。

天・地・人を一貫する実学思想

おうめは、自らを天地の軸となって廻る「天地の間の一人子」（「炎上」七三八頁）だと言い切った。この言葉をそのまま受け継いだような「天・地・人一貫」を主張する思想家が存在した。天草・島原の大事件をじっと見つめ、この事件を処理した幕府を根底から批判し、日本の風土に根ざす大道を模索する実学思想家の熊沢蕃山（一六一九—九二）である。

そもそも農兵だった武士を城下に集めてサラリーマンとすることは、彼らの天地の軸を奪うことだと批判した。松倉藩の暴挙の遠因となった参勤交代も、故郷の大地から藩主やその子女を引き離し江戸詰めのサラリーマンとし、軸を失った空回りの治政しか生み出さない。このような軸を欠いた徳川幕藩体制は、宇宙《ユニヴァース》を支配する全能の神という強烈な軸を持っているように見えるキリスト教に席巻されるだろうと警告した。天地の軸を失わないよう、蕃山は、常に、おうめのように人情の機微、天地《コスモス》の陰陽の機微に敏感であろうとした。

養蚕の時節には陽を感じてやってくる鶯《うぐいす》に感応し、麻の時節に陰を感じて鳴く百舌《もず》に感応する。こうして、君子は天を手本として、何事も時に先立って手助けするものなのである。(2)

「国の本は民」という建前に居直り、民を手なずけることしか目標としなかった幕府を根底から脅かす蕃山の「天・地・人一貫の実学思想」(3)は、おうめのような母性に裏づけられてこそ、「もう一つのこの世」のために加勢する仁政への大道を切り開くだろう。おうめの身悶えの渦に感応することのできない武士や町人の奢りが、父権的なキリスト教の支配を呼び込むだろうという蕃山の警告は、黒船来航以後の日本の近代化の父権的な本性を予知していたのだ。母なる大地を農薬や化学肥料でねじ伏せ不知火海を毒で汚したチッソの文化そのものを抉り出した『苦海浄土』とともに、母なる大地と母なる海に生きる民草をねじ伏せようとする江戸の文化そのものの根っこを抉り出した『春の城』は、蕃山の実学思想と共鳴し、既に江戸以前に始まる近代化それ自体を射当てているのである。

注

(1) アイヌ文化では、蓬《ノヤ》は聖草の筆頭であり、咳止め・虫下し・止血・モグサ等々として活用されていた。悪夢を見た時などに、蓬の茎葉を束ねて身を祓《はら》い清めることを、アイヌ語では「キク」という。知里真志保《ちりましほ》『分類アイヌ語辞典・植物篇』(平凡社、三一五頁)を参照されたい。

(2) 熊沢蕃山『集義和書』巻十六『日本思想大系30』岩波書店、三四八頁。

(3) 連載中の拙論『熊沢蕃山と後藤新平』の第一章(『後藤新平の会会報』一四・一五・一六号)を参照されたい。

編集後記

『苦海浄土』と「春の城」。水俣と天草。天草で生まれて水俣で育った石牟礼道子。

今、石牟礼道子は、「今もわたくしの中で、天草島原事件は続いています」と云う。ならば、ひょっとすると、あの名作『苦海浄土　全三部』は、この天草島原事件の中の一部なのかもしれないと、改めて石牟礼道子の思索をたどる作業をこの数年かけてやってきた。

「水俣にかかわろうと思ったときに、戦わなくてはならないと思いました。それが私の戦いだと思ったんです。天草島原の事件は、まだ終わっていません、隠れている世界史的な大事件だと思いました」と石牟礼道子は語る。

一九九一年の春から、この名作「春の城」の取材紀行「草の道」の新聞連載が始まった。九七年の春まで、月一回約六年の新聞連載を経て、翌九八年春から小説「春の城」の連載が始まった。約一年間、毎日、新聞連載は続けられ、九九年春に完結。

「春の城」が「アニマの鳥」というタイトルで出版されたのは、九九年暮れ。しかし、「春の城」の取材紀行「草の道」の出版が二〇〇一年の二月に。「春の城」と「草の道」のつながりが見えなくなってしまった。そのため、折角の労作も多くの読者の理解を得られず、今日に至った。

藤原書店ではタイトルを、『石牟礼道子全集』刊行時に、著者とも相談の結果、「春の城」にした。本書『完本　春の城』は、新聞連載時のカット画を秀島由己男氏からご提供いただき、当時の雰囲気を醸し出せるようにした。また読者の理解が深まるように編集上の工夫もした。そのために、関連のエッセイや対談・インタビューを含め、すべてを書かれた時の時系列に並べた。「春の城」の本文がはじまる前には、登場人物紹介や人物相関図、家系図、詳細な地図を附した。

解説者として、江戸の文化研究の第一人者の田中優子さんをはじめ、気鋭の作家、赤坂真理さん、町田康さん、哲学宗教思想研究者鈴木一策さんらにお願いし、多面的にいろいろな角度から「春の城」を解説していただいた。また、巻末には、読者の参考のために、「天草島原事件関連年表」を附した。その結果、九〇〇頁を超える大著となった。これで石牟礼道子の最後の長編小説「春の城」がようやく完成した。今、体調を崩され闘病生活にある石牟礼さんにも喜んでいただければ幸いである。

最後に、本書が完成するまでには多くの方々のお世話になった。熊本日日新聞連載時の担当者、井上智重さん、松下純一郎さん、高峰武さん。カット画をご提供いただいた秀島由己男さん。天草島原事件当時の地図作成に資料をご提供いただいた天草市立本渡歴史民俗資料館の坂本賢さん。そのほか大勢の方々の協力を得て本書は完成しました。本当にありがとうございました。

（藤原良雄）

初出一覧

＊底本は『石牟礼道子全集』第一三巻

草の道

草の道　（連載「草の道」、原題「天草研究家の熱度」）『熊本日日新聞』一九九一年六月二五日。
ちちははこひし　（連載「草の道」）『熊本日日新聞』一九九一年七月二五日。
それぞれの旅　（連載「草の道」、原題「巨きな時間の中の小さな旅」）『熊本日日新聞』一九九一年八月二七日。
神話の形象　（連載「草の道」、原題「神話のかたち」）『熊本日日新聞』一九九一年一〇月一〇日。
煤の中のマリア　（連載「草の道」）『熊本日日新聞』一九九一年一一月一四日。
永遠の頁　（連載「草の道」）『熊本日日新聞』一九九一年一二月一九日。
指のことば　（連載「草の道」）『熊本日日新聞』一九九二年一月二八日。
鈴木さま　（連載「草の道」）『熊本日日新聞』一九九二年三月一〇日。
湯島点描　（連載「草の道」）『熊本日日新聞』一九九二年四月二二日。
石の槽　（連載「草の道」）『熊本日日新聞』一九九二年六月二日。
「日本が心配」　（連載「草の道」、原題「古道」上下）『熊本日日新聞』一九九二年七月九日、八月二五日。
遠き声　『朝日新聞』一九九二年一一月六日、一一月一三日、一一月二〇日、一二月四日、一二月一一日、一二月一八日。
潮鳴り　（連載「草の道」）『熊本日日新聞』一九九二年一二月二四日。
夢の水場　（連載「草の道」）『熊本日日新聞』一九九三年二月九日。

峠にて　（連載「草の道」）『熊本日日新聞』一九九三年四月二〇日。
天草学の発信所　（連載「草の道」）『熊本日日新聞』一九九三年六月八日。
水　蓮　（連載「草の道」）『熊本日日新聞』一九九三年八月三一日。
秋のかげろう　（連載「草の道」）『熊本日日新聞』一九九三年一一月二日。
山城のこと　（連載「草の道」）『熊本日日新聞』一九九四年一月一〇日。
恩真寺　（連載「草の道」、原題「恩真寺のこと」）『熊本日日新聞』一九九四年二月一四日。
魂を祀る家　（連載「草の道」、原題「春に想う」）『熊本日日新聞』一九九四年三月二八日。
天草・東向寺　『プレジデント』一九九四年六月号。
苔の花　（連載「草の道」）『熊本日日新聞』一九九四年五月六日。
湯島のデイゴ　（連載「草の道」）『熊本日日新聞』一九九四年六月二〇日、七月二六日。
花あかり　（連載「草の道」）『熊本日日新聞』一九九四年八月二二日。
腐葉土　（連載「草の道」）『熊本日日新聞』一九九四年九月三〇日。
わたしは日本人です　（連載「草の道」）『熊本日日新聞』一九九五年九月一一日。
渚のおもかげ　（連載「草の道」）『熊本日日新聞』一九九六年二月二二日。
常夜の御灯り　（連載「草の道」）『熊本日日新聞』一九九六年四月二三日。
臼杵行　（連載「草の道」）『熊本日日新聞』一九九六年八月二二日。
空にしるすことば　（連載「草の道」）『熊本日日新聞』一九九七年三月三一日。

〈幕間〉
「春の城」の構想（インタビュー）　（原題「連載小説「春の城」」）『熊本日日新聞』一九九八年一月三日。

春の城

（『高知新聞』一九九八年一月二七日―一二月八日、『熊本日日新聞』一九九八年四月一七日―一九九九年三月一日、他五紙に連載）。

「春の城」執筆を終えて　『熊本日日新聞』一九九九年三月八日。
悪代官にも情が移って　『ちくま』一九九九年一二月号。
〈インタビュー〉石牟礼道子、「春の城」を語る（二〇〇〇年六月収録）『鶴見和子・対話まんだら　石牟礼道子の巻〈魂〉言葉果つるところ』藤原書店、二〇〇二年四月。
〈対談〉「春の城」と『苦海浄土』　『鶴見和子対・話まんだら　石牟礼道子の巻〈魂〉言葉果つるところ』「第10場」（二〇〇〇年六月収録）藤原書店、二〇〇二年四月。
あの乱の系譜に連なる人々　『煤の中のマリア』「あとがき」平凡社、二〇〇一年二月。
煉獄にかかる虹――なぐさめ深きものたちの祈りと天草四郎　『読売新聞』（西部版）、二〇〇二年二月一六日、二月二三日、三月二日、三月九日、三月一六日、三月二三日、三月三〇日。
「春の城」と「草の道」　『鶴見和子・対話まんだら　石牟礼道子の巻〈魂〉言葉果つるところ』「あとがき」（二〇〇二年四月執筆）藤原書店、二〇〇二年四月。
納戸仏さま　『石牟礼道子全集』第一三巻「あとがきにかえて」、藤原書店、二〇〇七年一〇月。

〈参考〉天草・島原事件関連年表（一五一七―一六四二）

西暦（和暦）	日本の出来事（＊は世界の出来事）
一五一七（永正一四）	＊ルターが宗教改革の狼煙をあげ、プロテスタントの大運動が開始される。
一五三三（天文二）	＊カルヴァン、プロテスタントに回心。
一五三四（天文三）	＊パリでイエズス会＝ローマン・カソリックの教団、創立。
一五四三（天文一二）	**ポルトガル人、種子島に漂着、鉄砲を伝える。**
一五四八（天文一七）	邦人ヤジロー、ゴアで洗礼を受ける。
一五四九（天文一八）	**イエズス会宣教師・ザビエル、鹿児島に来航、キリスト教を伝える。**
一五五〇（天文一九）	ザビエル、平戸・京都・山口に伝道。
一五五一（天文二〇）	ザビエル、インドに去る。トルレス、山口に伝道。

一五五二（天文二一）	バルタザル・ガゴ、豊後に伝道。
一五五三（天文二二）	ルイス・デ・アルメイダ、平戸に伝道。
一五五九（永禄二）	豊後（現・大分県）にイエズス会病院開設。ガスパル・ビレラ、京都に伝道。
一五六二（永禄五）	島原・有馬領の領主・有馬義直、小城（佐賀県）で竜造寺隆信に敗れ、有馬家の後退が始まる。
一五六三（永禄六？）	島原・有馬領の領主・有馬義直、南蛮貿易の利を考え、弟の肥前（長崎県）国主・大村純忠に、宣教師の派遣を要請。その結果、ポルトガルの宣教師ルイス・デ・アルメイダが有馬領の口之津にやって来る。一カ月で二五〇人を信者にしたという。大村純忠、トルレス神父により受洗。最初のキリシタン大名となる。ポルトガル貿易港だった大村領の横瀬浦（長崎県西海町）が焼き払われたので、宣教師たちは、貿易と布教の中心地を横瀬浦から島原・有馬領の口之津、天草の志岐、長崎に移してゆく。この頃、坊津・平戸・堺にて鉄砲の鋳造が始まる。
一五六四（永禄七）	宣教師コスメ・デ・トルレス布教の本拠地を口之津に定め、**ルイス・フロイス**もやって来る。
一五六五（永禄八）	京都の宣教師、追放される。 **＊スペイン人、フィリピン（ルソン）を征服する。**
一五六六（永禄九）	天草の領主の一人・志岐麟泉の要請を受け、島原の口之津に招かれていたルイス・デ・アルメイダが、志岐に上陸。瞬く間に、五〇〇人が洗礼を受ける。
一五六七（永禄一〇）	志岐麟泉も洗礼を受ける。ポルトガル船、口之津に初めて入港。

一五六八（永禄一一）	有馬領の貿易港・口之津の住民のほとんどがキリシタンとなる。天草の志岐に、日本布教長コスメ・デ・トルレスもやって来て、第一回全国宣教師会議が開かれる。
一五六九（永禄一二）	織田信長、宣教師ルイス・フロイスを謁見。天草下島南半の土豪領主・天草鎮尚（尚種）の要請によって、アルメイダは河内浦に招かれるが、急激な切支丹化に家臣が強く反撥し、仏僧らも反撃したため、アルメイダはまもなく河内浦を去る。
一五七〇（元亀元）	天草五人衆（大矢野島の大矢野氏・天草上島の上津浦氏・栖本氏・天草下島の志岐氏・天草氏）に影響力を持つ大友宗麟が、イエズス会の要請で、五人衆に切支丹の保護を指示、これを受けて天草鎮尚は反対勢力を撃破し、アルメイダを呼び戻す。ポルトガル船、初めて天草の志岐に入港。この船に、トルレスに次いで日本布教長となるカブラルが乗っていて、志岐で第二回全国宣教師会議が開かれる。この年、志岐でトルレス神父が死去し、町をあげての盛大な葬儀が執り行われる。 しかし、やがて志岐の城主・志岐麟泉が棄教（年号不明、切支丹を迫害するに至る。天草の切支丹の中心は、志岐から河内浦に移る）。
一五七一（元亀二）	この頃、河内浦城主の天草鎮尚、カブラルによって洗礼を受け、その子久種も入信。支城である本渡城の天草種元も洗礼を受ける。 ＊スペイン、ルソンの首都マニラに東洋貿易の拠点を築く。
一五七五（天正三）	肥前国主・大村純忠の命令で、領内の寺社が破壊され、純忠の一族と重臣がキリシタンとなったため、短期間に全領民が改宗。領内に二つの修院、それぞれに三名の司祭と数名の修道士あり。
一五七六（天正四）	織田信長、安土城に入る。大砲伝来。強大となった竜造寺隆信、有馬義直の弟大村純忠を討つ。カトリックのポルトガルは、布教を貿易の条件としたので、有馬の領主・有馬義直も家臣ともどもキリシタンとなり、有馬の領民は続々と改宗し、仏寺は次々と教会に変えられる。この年、義直没し、九歳の晴信が家督を継ぐ。

一五七八（天正六）	豊後国主・大友宗麟、洗礼を受ける。朝鮮・ポルトガルとの貿易を行う。
一五七九（天正七）	有馬義直の子・晴信、当初キリスト教に反撥していたが、佐賀の竜造寺隆信とそれに呼応した親戚筋に城を囲われ、鉛や煙硝を城に運び入れた**ヴァリニャーノ**（日本におけるイエズス会最高責任者）によって救われ、洗礼を受ける。全国から六〇人の宣教師が口之津に集まり、日本宣教師会議が開かれる。
一五八〇（天正八）	有馬氏支配下の領民がすべてキリシタンとなり、寺社はことごとく破壊される。ヴァリニャーノ、有馬にセミナリオ（神学校）を設置。その後、教会、レジデンシア（神父の住居）が置かれ、常に五、六人の宣教師が在住。
一五八一（天正九）	ヴァリニャーノ、織田信長に謁見。天草・大矢野城主・大矢野種基が洗礼を受ける。その二年後、天草上島の栖本城主・栖本鎮通や栖本親高も入信、さらに、上津浦城主・上津浦種直も入信、天草五人衆はことごとく切支丹となり、天草全島には二万人以上の信徒がいたといわれる。 **＊オランダ独立宣言。**
一五八二（天正一〇）	**大友・大村・有馬の三氏、ローマ教皇に少年使節派遣。**伊東マンショ・千々石ミゲル・原マルチノ・中浦ジュリアンら四人の少年使節は、有馬セミナリオの一期生（〜一五九〇年帰国）。六月、本能寺の変起きる。明智光秀、織田信長を滅す。
一五八四（天正一二）	ヴァリニャーノから鉄砲と火薬を送られた有馬晴信は、島津軍と連合して、強敵の竜造寺隆信を島原の沖田畷（現・島原市）で討ち取る。
一五八七（天正一五）	秀吉、島津征伐のため九州入り、博多でいきなりキリスト教宣教師・伴天連追放令を発す。しかし、有馬晴信は、宣教師や切支丹を保護、全国から宣教師が有馬に移り、八〇人以上の宣教師が有馬に潜伏、セミナリオもコレジョも、全国で有馬だけとなり、有馬は切支丹の拠点となる。

一五八八（天正一六）	秀吉、刀狩り令を発す。肥後・熊本の細川忠興夫人・ガラシア洗礼を受ける。九州を平定した秀吉、肥後の北部（二〇万石）を切支丹嫌いの加藤清正に与え熊本城主とし、南部（一五万石）を近臣・小西行長に与える。行長の領土は、宇土・益城・八代の三郡。 ＊エリザベス朝のイングランド、スペイン（ローマ・カトリック）の無敵艦隊を撃破。
一五八九（天正一七）	小西行長が、宇土城の普請のための資材と人夫の徴発とを、天草五人衆に課したが、五人衆は行長の家臣ではないと拒否、反乱が起こる。小西勢は、志岐城の攻撃に手を焼いたが、加藤清正の支援を得て激戦の末、落城。志岐城城主・志岐麟泉は、薩摩の出水に落ち延びる。さらに小西勢は、加藤・有馬・大村の援軍によって天草を包囲、本渡城に籠城した天草氏の降伏によって乱は終結。乱後、天草氏はヴァリニャーノなどイエズス会の仲介で旧領に復帰したが、旧領地の一部の本渡は、小西氏の直轄領となり、天草氏はその代官となる。小西行長は、天草各地に切支丹を代官として置き統治、六〇人の伴天連（神父）が活躍し、天草全島の人口およそ三万人のうち、二万三〇〇〇人が切支丹だったと言われる。
一五九〇（天正一八）	ヴァリニャーノに伴われて出国していた少年使節が帰国、有馬晴信は彼らを長崎港に出迎え、有馬領の原城に迎え入れる。伊東マンショは二〇歳、晴信は二三歳。
一五九一（天正一九）	少年使節団を率いて再度来朝したヴァリニャーノは、正月、できたばかりの聚楽第を訪れ、秀吉に多大な贈り物を献上、その効あってか、秀吉による迫害は緩和され、九州各地の教会は再び開かれるようになる。ヴァリニャーノが持ち込んだ活字印刷機で、島原半島南部、口之津の近隣の加津左のコレジョでは、『サントスの御作業』・『平家物語』・『イソップ物語』などのローマ字本が印刷され、切支丹版とも加津左版とも言われる。
一五九二（文禄元）	文禄の役。秀吉、諸将を朝鮮に出兵させる。島原・有馬の有馬晴信は、小西行長の手に属して朝鮮入り、その後六年間行長と苦労をともにする。
一五九三（文禄二）	天草下島・河内浦で印刷された『平家物語』や『イソップ物語』や辞典などは、天草版と言われる。

一五九七（慶長二）	慶長の役。秀吉、再度朝鮮に出兵。
一五九八（慶長三）	秀吉死去、朝鮮に外征中の諸将を召還。 **＊フランスのアンリ四世、ナントの勅令を発し、プロテスタントの信仰を認めさせる。**
一六〇〇（慶長五）	**関が原の戦い。**徳川家康の東軍大勝、西軍の小西行長は石田光成とともに敗れ、京都六条河原で斬首。有馬晴信は、盟友・小西から西軍に味方するよう要請されたが従わず、東軍に参加。加藤清正とともに小西の宇土城を攻め、心すすまず眼疾と称し、一五そこそこの息子・有馬直純を大将として軍勢を送る。小西領であった肥後南部と天草は、加藤清正に与えられたが、切支丹嫌いの清正は天草を手放し、豊後の鶴崎に替地してもらう。そこで、**天草は、寺沢広高の知行地となる。**プロテスタントのオランダの船リーフデ号が豊後に漂着、乗員ウィリアム・アダムス（三浦按針）とヤン・ヨーステン（耶揚子）、江戸に至る。 **＊イングランド、東インド会社創立。**
一六〇二（慶長七）	**寺沢志摩守広高**は、信長・秀吉・家康の三代に認められた逸材で、関が原の戦いで徳川方につき大きな功績によって天草（四万石）を加賜され、唐津を中心とする肥前松浦郡一帯と合わせて**一二万三〇〇〇石の大大名**となった。この年、唐津城と同時に、**天草の富岡城の築城に着手。**三年後に完成した富岡城は、三方を海に囲まれた難攻不落の美しい城で、広高はここに城代を置いて天草を治めさせた。**広高は、天草の検地を行って四万石としたが、天草は島原半島と同じく地味が痩せており、実収の二倍にあたり、領民は重い年貢に苦しむことになる。**長崎奉行でもあった広高は、最初切支丹に対して、比較的寛容であったが、**一六一二年の禁教令からは弾圧に乗り出す。** ＊オランダ、東インド会社設立。
一六〇三（慶長八）	**徳川家康、征夷大将軍となり、江戸幕府を開く。**

一六〇七（慶長一二）	家康により有馬領を安堵され、**家康の近臣となった有馬晴信の朱印船がマカオでポルトガル人に襲われる（マードレ・デ・デウス号事件）**。
一六〇九（慶長一四）	ポルトガル船マードレ・デ・デウス号が長崎に入港、有馬晴信は家康の許可を得て、軍船を長崎に差し向け、デウス号を撃沈。有馬晴信・直純父子は、駿府に事件の報告に出向き、家康と秀忠から賞賛される。オランダの平戸貿易開始。
一六一〇（慶長一五）	有馬直純は、家康の命によって、大村家から迎えた正室を離縁してまで、家康の孫の国姫と結婚。国姫は、熱心な仏教徒で切支丹嫌い、夫の直純を棄教させ、切支丹弾圧を勧める。直純は、切支丹絶滅を家康に誓って帰国。
一六一二（慶長一七）	岡本大八事件、三月に大八が駿府で火刑に処せられ、五月に有馬晴信が甲斐で斬首される。晴信は、かつて有馬領であった佐賀の杵島・藤津・彼杵など二〇万石を、デウス号撃沈の恩賞として回復したいと願っていたが、これを知った岡本大八は詐欺を計画。大八は、家康の側近・本多正純の家臣で切支丹、晴信とは旧知の間柄で、有馬領の回復のためと称して多額の金を晴信からだまし取った。それを知った家康は激怒、大八も晴信も切支丹であったことから、禁教令を発する。これを、慶長禁令という。家康の孫の国姫と結婚していたため、直純は、特別の計らいで、没収された旧領を家康から安堵される。
一六一三（慶長一八）	有馬に帰った直純は、即刻、切支丹五名を惨殺。さらに、家老とその家族九名を火刑に処す。長崎奉行・長谷川左兵衛藤広の監視が厳しかったとはいえ、この処刑はさすがにこたえ、直純はその後、二度と処刑ができなかった。そのことで、家康の信頼を失うことになる。
一六一四（慶長一九）	**大坂冬の陣**。高山右近ら切支丹信者、国外に追放される。有馬直純、日向の県（あがた）（現・延岡市）に転封となる。家康の計らいによってであろう、四万石から五万三〇〇〇石に加増される。有馬の家臣の大半は直純に従うことなく、浪人となって帰農する。有馬領は、一時、公領とされ、鍋島・大村・松浦家が分割統治。長崎奉行・長谷川左兵衛藤広は厳しい切支丹弾圧に乗り出す。

一六一六（元和二）	欧船の来航を、平戸・長崎に制限。松倉豊後守重政が大和五条（現・奈良県五条市）から、島原半島四万石を与えられ多くの家臣を伴って入部。松倉重政は、関が原の合戦や大坂夏の陣で活躍した荒武者である反面、明るく純情で、親しみやすい性格で、当初は切支丹に寛大であったという。この頃、旧有馬の家臣は、ほとんど土着化し農民となり、庄屋などの村役人として、コンフラリヤ（信心組という秘密組織）の組頭となっていた。家康、没。 ＊ガリレオ、宗教裁判を受ける。
一六一七（元和三）	諸藩の切支丹迫害が盛んになる。
一六一八（元和四）	松倉重政、壮大な島原城の築城を開始、島原半島の原城など三〇以上の城や砦を壊し、その石垣を島原に運び、七年をかけて、一〇万石格の大きな城とする。幕府から築城禁止令が出ているにもかかわらず、分不相応な大きな城であったために、領民は労役と重税に苦しむことになる。 ＊ドイツ宗教戦争＝三〇年戦争始まる。
一六一九（元和五）	京都の切支丹信者、火刑に処せられる。
一六二〇（元和六）	かつてイエズス会の日本伝道に好意的だった伊達政宗、宣教師を追放。
一六二二（元和八）	将軍・秀忠、再び切支丹禁令（元和禁令）を発す。全国で一二〇人（宣教師二〇人）が殉教、長崎でも、スピノラ神父以下、五五人が殉教（いわゆる元和大殉教）。島原でも、ナバルロ神父と三人の信者が火刑に処せられたが、神父に好意を寄せていた重政は神父の遺言を読んで涙したという。この頃、ローマ教皇パウロ五世から日本の信者に宛てた慰問の教書が到着、島原でも信者代表たちが集まり、殉教の覚悟を記した奉答書を作成。

一六二三（元和九）	京都の浪人が追放される。この頃より、五人組制度始まる。イングランド、平戸の商館を閉鎖。島原の切支丹が作成したローマ教皇宛の奉答書が、全国の奉答文と一緒にされ、代表がローマに出発。弾圧はますます厳しくなる。
一六二四（寛永元）	スペイン人の来航を禁ず。
一六二五（寛永二）	島原城が完成。松倉重政は、江戸城において将軍・家光から切支丹の取り締まりが手ぬるいと叱責され、鬼となって拷問と処刑を徹底的に行うようになる。寺沢兵庫守堅高（一七歳）、唐津・天草一二万石の家督を継ぐ。
一六二六（寛永三）	将軍・家光から切支丹根絶の厳命を受け、水野河内守守信が長崎奉行に任命される。水野守信は、踏絵を始め（寛永六年）たり、雲仙の地獄責めをやらせたり、画期的な切支丹弾圧を開始。長崎奉行は、長崎だけでなく、九州全域の切支丹を取り締まる。この頃、有馬のゾロ神父らは、水野守信の命令で長崎に連行され、大村から連行された神父らとともに、立山の丘で火刑に処せられる。島原領には、イエズス会の宣教師が五人も残留し、半年以上地下の穴倉に潜伏。
一六二七（寛永四）	松倉重政が江戸から帰着、以後、家老の多賀主水を使って、長崎奉行・水野守信とともに、切支丹を容赦なく弾圧。雲仙での地獄責めも始まり、教皇奉答書にも署名した信徒のリーダー有馬の旧臣・パウロ内堀作右衛門は、地獄責めの最初の犠牲者となる。
一六二八（寛永五）	寺沢堅高、富岡城代の三宅藤兵衛を唐津城へ呼びつけ、切支丹の絶滅を命ず。かつて切支丹だった藤兵衛は、凄絶な拷問・弾圧をくりかえす。
一六二九（寛永六）	長崎奉行に竹中采女正重義が任命され、前奉行・水野守信以上に残酷であった。

一六三〇（寛永七）	切支丹関係の書物輸入の禁止。松倉重政、所領拡大と朱印船貿易の利益を狙い、切支丹の拠点の討伐を表向きの理由として、ルソンに家臣を派遣、五日後の一一月六日、小浜温泉で高熱にうなされ重政死去。ルソン遠征計画は中止。重政の子・松倉長門守勝家が家督を継ぐ。勝家は、父以上に過酷な領主となる。
一六三一（寛永八）	松倉勝家、検地によって、石高を四万石から一二万石（推定）に増やす。四万石の島原藩は、一〇万石相当の大きな城を築城したこと、江戸城普請でも一〇万石格の負担を申し出たこと、参勤交代で江戸の長期滞在を強いられたことなどから、莫大な財源を必要とするに至る。そのため、年貢の取り立てが苛酷になるだけでなく、小物成（雑税）も凄まじかった。建築税、囲炉裏税、畳税、子どもが生まれたときの頭税、死んだときの穴税、煙草一株につきその葉の半数、茄子一茎につき実を何個までといった具合に、細部にわたる過酷な雑税が取り立てられた。
一六三二（寛永九）	加藤清正の子・加藤忠広が改易され、小倉から細川忠利が肥後に入部、肥後は細川領となる。
一六三三（寛永一〇）	奉書船以外の海外渡航を禁じ、海外渡航者の帰国も禁じられる。
一六三四（寛永一一）	**全国的な大凶作。島原・天草でも餓死者が続出**、「木の実ひろい、草の葉をつみ、ひじき、青のりを食とす。死人道路に満つ。……押入強盗多ければ、夜も寝ることなりがたし」という有様であった。これほどの大凶作でも、年貢・雑税の取り立ては依然として厳しく、切支丹の探索・弾圧も激しかった。
一六三五（寛永一二）	**参勤交代制の確立**、**寺社奉行設置**。すべての日本船の渡航を禁じ、帰国者は死刑。唐船も長崎入港だけを許される。七月、九州地方に大風あり。

一六三六（寛永一三）	**出島を築き、ポルトガル人を置く。**幕府は江戸城最大の難工事を強行。これに応じ、江戸詰めの島原藩の松倉勝家、過分な負担を申し出て、領民に重税を課す。**夏、九州各地で大旱魃。飢饉**となり、熊本藩や佐賀藩は穀物を放出したが、島原・天草ではなされなかった。また、その頃は、まだ甘藷もなかった。
一六三七（寛永一四）	**天草・島原事件勃発。** 六月頃　天草の上津浦からマカオに追放された神父ママコスの預言を受けて「天童が現われ、何かが起きるぞ」という噂が広がる。**この頃、桜の花が狂い咲きしたり、朝から空が赤く焼けたり、異常気象が続く。** 九月末　父の甚兵衛に続いて、益田四郎も江辺から大矢野にやって来る。 一〇月七日　天草四郎のおひろめの儀式が、大矢野島の宮津で行われる。 九日　天草上島・上津浦の大庄屋・一郎兵衛の邸宅で、四郎は数百人を前に説教する。 この頃、島原・松倉領の口之津で、事件起こる。百姓の与左衛門には三〇俵の未納米があったが年貢を納めることができず、息子の臨月の嫁が連行され牢に入れられ、冷たい川の中に漬けられ、六日目に牢の中で出産、母子ともに死亡する。 一〇日　有江の庄屋宅に、南目（島原から南の地方）各村の庄屋が集まり、その庄屋会議で、領主・松倉勝家の誅求と弾圧に抗して結束して立ち上がることを決議する。 一四日　天草と島原の中ほどにある湯島で、双方の代表者が会合、決起を最終的に確認。この決定を、島原側の指導者が島原の加津佐村の寿庵に伝える。 一五日　「デウスにより、異教徒は呵責を受けるであろう。日本は、切支丹の国になる。天草四郎は天人である」という檄文を書いて、寿庵は各村の庄屋に廻す。庄屋たちは、その夜のうちに百姓たちを自宅に集め、檄文を披露、百姓たちは堂々と切支丹に立ち返る。

二〇日　島原・有馬村の百姓の三吉と角蔵、四郎から「伴天連に叙せられ」、聖画を持ちかえる。近所の百姓たちが連日二人の家に集まり、その聖画像を礼拝して祈とう。口之津でも、数百人の切支丹集会を開く。
二四日　三吉・角蔵の報告を受けた島原藩では、同心頭のほか三〇人を有馬に急襲させ、ガスパル三吉・ベアト角蔵とその家族合わせて一六人を島原に連行。天草・島原の代表者たちによる最後の談合が湯島で持たれる。
二五日　一揆勃発。北有馬の庄屋・佐志木作右衛門の家で、三吉・角蔵の追悼ミサが行われ、そこにやって来て聖画像を踏みにじった有馬村の代官・林兵左衛門が殺害される。天草でも一揆勃発。藩主・松倉勝家は江戸在府中なので三家老（岡本新兵衛・多賀主水・田中宗夫）が島原城を取り仕切る。岡本新兵衛・多賀主水、二〇艘の船に分乗して有馬へ向かうが、一揆勢がいたるところでかがり火を焚いていたので上陸できず、島原城に引き返す。
二六日　岡本新兵衛・多賀主水、再び島原城を出て、城から八キロほどの深江に進軍、一揆勢と攻防を繰り返し、新兵衛負傷、夕刻に城に引き上げ、島原城攻防戦となる。夜更けて、一揆勢攻撃をやめ、島原の近郊三カ所に兵を引いて陣を構える。
二七日　島原藩の城代家老、江戸の主君・勝家と豊後の目付に一揆勃発を知らせ、熊本の細川家と佐賀の鍋島家にも援軍を依頼。しかし、府内目付（幕府）の命令がないと動けないとの返答しか得られない。天草・大矢野では、大庄屋・渡辺小左衛門らが直接の支配者・栖本郡代・石原太郎左衛門の家に押しかける。石原太郎左衛門は、ただちに富岡城の城代・三宅藤兵衛に急報し、本渡と河内浦の郡代にも救援を求めるが、蜂起多数のため動きがとれない。
二九日　富岡城代・三宅は、唐津本城に報告、援軍を要請。
三〇日　渡辺小左衛門とその義弟の瀬戸小兵衛ら六人は、四郎の母や姉を宇土の江辺から天草に連れ出そうとして船出、宇土半島の郡浦に上陸したところ、怪しまれて逮捕される。彼らの自白から、四郎の母も姉も逮捕され、熊本に連行され人質となる。

一六三七（寛永一四）	一一月二日 富岡城代の報告が唐津城に届き、家老たちは江戸の寺沢堅高に早馬を出し、対策会議はもめたが、結局寺沢軍を出すことに決定。 四日 島原一揆勢に招かれ天草四郎は、同志一五〇人とともに島原へ、総大将として迎えられる。島原城を落とせなかった一揆軍は、四郎を迎えて、有馬で作戦会議を開く。 八日 江戸の松倉勝家、一揆の報を受け、江戸城に急報。 九日 重臣会議で、家光の側近で三河深溝の領主・板倉内膳正重昌（一万二〇〇〇石）が征討使に決定。江戸を出発。 一〇日 寺沢軍がやっと富岡に到着、富岡城代・三宅藤兵衛を中心に軍議、寺沢軍は富岡を出発して本渡に向かう。 一二日 天草勢を加えた二二〇〇人の寺沢軍、本渡を中心に配置。天草一揆勢は上津浦に集結、寺沢軍の本渡到着を、島原・有馬にいた天草四郎に知らせる。四郎らは長崎進撃計画を中止し、天草の上津浦に渡る。大矢野島の天草一揆勢は、四郎の父・益田甚兵衛を大将として、上津浦城址に六五〇〇人が集結。 一四日 未明、上津浦の八八〇〇人の一揆勢、山の手と浜の手に分かれて、いきなり島子の寺沢軍（わずか数百人）に襲いかかり、島原勢は船で島子に上陸、寺沢軍惨敗。午後、本渡では、最もはげしかったとされる激戦で、三宅藤兵衛は富岡城に逃げ込むことなく、家臣に首を切らせる。この城代三宅の死に、幕府は衝撃を受ける。一揆勢は、占領した本渡の郡代所で作戦会議を開き、富岡城を乗っ取り本拠とすることに決定。 一八日 一揆勢、一万一〇〇〇人を超え、志岐村に到着、陣を構える。 一九日 早朝、一揆勢、わずか一四〇〇人の城方の富岡城を攻撃、三方を海に囲まれた難攻不落の名城、守りは堅く、攻撃は失敗に終わる。

二〇日 二回目の攻撃、唐津から援軍が来ないにもかかわらず、城方は必死に反撃、弾薬が尽きた一揆勢は撤退。軍議を開き、議論百出、島原勢とともに原城（かつて「春の島」と呼ばれた岬の丘の城）に籠城と決定。幕府の討伐使も近く九州に着く、細川藩も天草に大軍を出すことを予想しての決定だった。

二四日 島原藩主・松倉勝家、江戸から帰着。

二六日 上使の板倉重昌、小倉に到着、細川藩に天草出兵を命じ、鍋島藩に島原出兵を命ず。

二八日 幕府、追加上使として、松平伊豆守信綱を任命。わずか一万石程度の小身の板倉では、九州の大藩を束ねるには力不足との判断があったらしい。

一二月三日 天草四郎、原城に入城。

五日 板倉、島原城に入城。

六日 討伐軍、島原を出発して有馬の原城へ。

九日 板倉重昌、有馬に到着、江戸を出て、一カ月であった。

一〇日 幕府軍、一回目の原城攻撃。幕府軍の死者一〇〇人、負傷者はその数倍、一揆軍の死傷者は皆無。板倉、長期戦を覚悟。

一四日 幕府軍、松倉軍、鍋島軍、有馬軍、立花軍が原城の前に揃う。

二〇日 幕府軍、二回目の原城攻撃。討伐軍、死傷者八六〇の大敗北。一揆方の死傷者は六〇。

二八日 板倉重昌、長期戦でゆくことを諸藩に説く。その夜、兄・京都所司代板倉重宗の早馬あり、新しい上使に老中の松平信綱が任命され、到着前に城を攻め落とせとの弟思いの書簡を読み、重昌は衝撃を受ける。

二九日 重昌、明後日の元日に、総攻撃を決行すると告げ、諸藩は驚く。

一六三八（寛永一五）	元日　第三回の総攻撃、板倉重昌討ち死に。大敗北。 一月四日　**松平信綱**、有馬に到着。長期戦による「干し上げ」、つまり**兵糧攻めを決定**。 一〇日　城内に矢文打ち込まれる。 一二日　板倉重昌討ち死にの報が江戸に届き、将軍・家光、九州の各藩主を江戸城に呼び、ただちに有馬へ進発するよう命ずる。 一三日　平戸オランダ商館長クーケバッケルを乗せたデ・ライプ号、原城沖から大砲による攻撃を開始、城内に届かず。このオランダ人の加勢に、一揆軍衝撃を受ける。 二二日　熊本の牢舎から四郎の母マルタ（五〇歳）、姉レシイナ（二二歳）、妹マン（七歳）、姉の子・小平（七歳）、四郎の従兄・渡辺小左衛門（二七歳）、その妹婿・瀬戸小兵衛（二五歳）ら一族一〇人が、有馬の松平信綱の元に護送されてくる。「**知恵伊豆」の信綱は、おとり作戦を計画**。 二月一日　信綱は、小左衛門らの手紙と四郎の母らの手紙を小平に持たせて城に入れる。返事はなかった。 八日　小左衛門と四郎の母の手紙を、今度は小平と万の二人が持参して入城、城から出てきた万の手には金の指輪が握られていた。 二一日　午前二時頃、一揆軍およそ三〇〇〇人が、黒田・寺沢・鍋島の各陣営に夜襲をかける。幕府軍は八〇人が死に、二六〇人が負傷、一揆軍も二八〇人が死亡。**一揆軍の兵士の腹を裂いたら、胃袋からは海藻しか出てこなかったという**。 二七日　二八日を総攻撃と決めていたにもかかわらず、二の丸の手薄な所を、鍋島勝茂の軍勢が突然攻撃、信綱も総攻撃を命ずるしかなかった。 二八日　**落城**。 四月一二日　幕府、島原藩主・松倉勝家、唐津藩主・寺沢堅高を改易。 五月一三日　松平信綱江戸に帰着、乱鎮圧を報告。 九月二〇日　幕府、キリシタン禁令を再令し、信者の密告には賞金を与えると布令。 この夏から翌年にかけて、お伊勢詣が大流行。

一六三九（寛永一六）	**幕府、ポルトガル船の来航を禁止、鎖国。**
一六四〇（寛永一七）	**幕府、宗門改め役を置く。**
一六四一（寛永一八）	平戸のオランダ商館職員、**出島に移る。** 幕府、オランダ船舶が運ぶ白糸に糸割符を適用し、五箇所糸割符仲間による一括購入を指示。
一六四二（寛永一九）	幕府、諸大名にキリシタン穿鑿と農民賑救を命じ、譜代大名の参勤交代を再令する。

＊年表作成にあたっては、『日本史総合年表』（吉川弘文館）、『日本史年表　増補版』（岩波書店）などの各種年表を参照し、事件については、主に志岐隆重『ドキュメント　島原・天草の乱』（葦書房）に拠りつつ作成した。

（作成・鈴木一策）

著者紹介

石牟礼道子（いしむれ・みちこ）

1927 年、熊本県天草に生れ、水俣で育つ。詩人・作家。2018 年歿。
1969 年に公刊された『苦海浄土　わが水俣病』は、水俣病事件を描いた初の作品として注目される。1973 年マグサイサイ賞、1993 年『十六夜橋』で紫式部文学賞、2001 年度朝日賞を受賞。『はにかみの国——石牟礼道子全詩集』で 2002 年度芸術選奨文部科学大臣賞を受賞。2014 年、後藤新平賞受賞。初めて書いた新作能「不知火」が、東京・熊本・水俣で上演され、高い評価を受ける。石牟礼道子の世界を描いた映像作品として、「海霊の宮」（2006 年）、「花の億土へ」（2013 年）がある。
『石牟礼道子全集　不知火』（全 17 巻・別巻 1）が 2004 年 4 月から刊行され、10 年の歳月をかけて 2014 年 5 月完結する。この間に『石牟礼道子・詩文コレクション』（全 7 巻、2009-10 年）や『最後の人・詩人高群逸枝』『葭の渚——石牟礼道子自伝』『不知火おとめ——若き日の作品集 1945-1947』『石牟礼道子全句集　泣きながら原』（俳句四季大賞）などを刊行。2016 年 8 月、名著『苦海浄土』三部作を一冊にした大著『苦海浄土　全三部』を刊行。往復書簡『言魂』（多田富雄と）は話題に。対談は多数。

完本《かんぽん》　春《はる》の城《しろ》

2017年 7 月31日　初版第 1 刷発行©
2021年 2 月28日　初版第 4 刷発行

著　者　石牟礼道子
発行者　藤原良雄
発行所　株式会社　藤原書店

〒 162-0041　東京都新宿区早稲田鶴巻町 523
電　話　03（5272）0301
FAX　03（5272）0450
振　替　00160 - 4 - 17013
info@fujiwara-shoten.co.jp

印刷・製本　中央精版印刷

Printed in Japan
ISBN978-4-86578-128-1

❸ **苦海浄土** ほか　第３部 天の魚　関連エッセイ・対談・インタビュー
「苦海浄土」三部作の完結！　解説・加藤登紀子
608 頁　**6500 円**　◇978-4-89434-384-9（2004 年 4 月刊）

❹ **椿の海の記** ほか　エッセイ 1969-1970　解説・金石範
592 頁　**6500 円**　**品切**◇978-4-89434-424-2（2004 年 11 月刊）

❺ **西南役伝説** ほか　エッセイ 1971-1972　解説・佐野眞一
544 頁　**6500 円**　**品切**◇978-4-89434-405-1（2004 年 9 月刊）

❻ **常世の樹・あやはべるの島へ** ほか　エッセイ 1973-1974　解説・今福龍太
608 頁　**8500 円**　◇978-4-89434-550-8（2006 年 12 月刊）

❼ **あやとりの記** ほか　エッセイ 1975　解説・鶴見俊輔
576 頁　**8500 円**　**在庫僅少**◇978-4-89434-440-2（2005 年 3 月刊）

❽ **おえん遊行** ほか　エッセイ 1976-1978　解説・赤坂憲雄
528 頁　**8500 円**　**在庫僅少**◇978-4-89434-432-7（2005 年 1 月刊）

❾ **十六夜橋** ほか　エッセイ 1979-1980　解説・志村ふくみ
576 頁　**8500 円**　◇978-4-89434-515-7（2006 年 5 月刊）

❿ **食べごしらえ おままごと** ほか　エッセイ 1981-1987　解説・永六輔
640 頁　**8500 円**　◇978-4-89434-496-9（2006 年 1 月刊）

⓫ **水はみどろの宮** ほか　エッセイ 1988-1993　解説・伊藤比呂美
672 頁　**8500 円**　**品切**◇978-4-89434-469-3（2005 年 8 月刊）

⓬ **天　湖** ほか　エッセイ 1994　解説・町田康
520 頁　**8500 円**　◇978-4-89434-450-1（2005 年 5 月刊）

⓭ **春の城** ほか　解説・河瀬直美
784 頁　**8500 円**　◇978-4-89434-584-3（2007 年 10 月刊）

⓮ **短篇小説・批評**　エッセイ 1995　解説・三砂ちづる
608 頁　**8500 円**　**品切**◇978-4-89434-659-8（2008 年 11 月刊）

⓯ **全詩歌句集** ほか　エッセイ 1996-1998　解説・水原紫苑
592 頁　**8500 円**　**品切**◇978-4-89434-847-9（2012 年 3 月刊）

⓰ **新作 能・狂言・歌謡** ほか　エッセイ 1999-2000　解説・土屋恵一郎
758 頁　**8500 円**　◇978-4-89434-897-4（2013 年 2 月刊）

⓱ **詩人・高群逸枝**　エッセイ 2001-2002　解説・臼井隆一郎
602 頁　**8500 円**　**品切**◇978-4-89434-857-8（2012 年 7 月刊）

別巻 **自　伝**　〔附〕未公開資料・年譜　詳伝年譜・渡辺京二
472 頁　**8500 円**　◇978-4-89434-970-4（2014 年 5 月刊）

"鎮魂"の文学の誕生

「石牟礼道子全集・不知火」プレ企画

不知火《しらぬひ》

（石牟礼道子のコスモロジー）

石牟礼道子・渡辺京二
大岡信・イリイチほか

インタビュー、新作能、童話、エッセイの他、石牟礼文学のエッセンスと、気鋭の作家らによる石牟礼論を集成し、近代日本文学史上、初めて民衆の日常的・神話的世界の美しさを描いた詩人の全体像に迫る。

菊大並製　二六四頁　**二二〇〇円**
（二〇〇四年二月刊）
◇978-4-89434-358-0

全三部作がこの一巻に

苦海浄土 全三部

石牟礼道子

『苦海浄土』は、「水俣病」患者への聞き書きでも、ルポルタージュでもない。患者とその家族の、そして海と土とともに生きてきた民衆の、魂の言葉を描ききった文学として、〝近代〟に突きつけられた言葉の刃である。半世紀をかけて『全集』発刊時に完結した三部作（苦海浄土／神々の村／天の魚）を全一巻で読み通せる完全版。

解説＝赤坂真理／池澤夏樹／加藤登紀子／鎌田慧／中村桂子／原田正純／渡辺京二

四六上製　一一四四頁　四二〇〇円
（二〇一六年八月刊）
◇978-4-86578-083-3

『苦海浄土』三部作の核心

新版 神々の村 『苦海浄土』第二部

石牟礼道子

第一部『苦海浄土』、第三部『天の魚』に続き、四十年の歳月を経て完成。

「『第二部』はいっそう深い世界へ降りてゆく。（…）作者自身の言葉を借りれば『時の流れの表に出て、しかとは自分を主張したことがないゆえに、探し出されたこともない精神の秘境』である」

（解説＝渡辺京二氏）

四六並製　四〇八頁　一八〇〇円
（二〇〇六年一〇月／二〇一四年二月刊）
◇978-4-89434-958-2

石牟礼道子はいかにして石牟礼道子になったか？

葭《よし》の渚 石牟礼道子自伝

石牟礼道子

無限の生命を生む美しい不知火海と心優しい人々に育まれた幼年期から、農村の崩壊と近代化を目の当たりにする中で、高群逸枝と出会い、水俣病を世界史的事件ととらえ『苦海浄土』を執筆するころまでの記憶をたどる。『熊本日日新聞』大好評連載、待望の単行本化。失われゆくものを見つめながら「近代とは何か」を描き出す白眉の自伝！

四六上製　四〇〇頁　二二〇〇円
（二〇一四年一月刊）
◇978-4-89434-940-7

生命と科学と美を架橋した免疫学者の全体像

多田富雄のコスモロジー
〈科学と詩学の統合をめざして〉

多田富雄　藤原書店編集部編

免疫学の第一人者として世界の研究をリードする一方、随筆家・詩人、また新作能作者として、芸術と人間性の本質を探った多田富雄。免疫学を通じて「超（スーパー）システム」としての生命という視座に到達し、科学と詩学の統合をめざした「万能人」の全体像。

四六判　二七二頁　**二二〇〇円**
（二〇一六年四月刊）
◇978-4-86578-067-3

白洲没十年に書下ろした能

花供養
白洲正子＋多田富雄

笠井賢一編

白洲正子が「最後の友達」と呼んだ免疫学者・多田富雄。没後十年に多田が書下ろした新作能「花供養」に込められた想いとは？　二人の稀有の友情がにじみ出る対談・随筆に加え、作者と演出家とのぎりぎりの緊張の中での制作プロセスをドキュメントし、白洲正子の生涯を支えた「能」という芸術の深奥に迫る。

Ａ５変上製　二四八頁　**二八〇〇円**　**カラー口絵四頁**
（二〇〇九年一二月刊）
在庫僅少◇978-4-89434-719-9

「万能人」の全体像

多田富雄の世界
藤原書店編集部編

自然科学・人文学の統合を体現した「万能人」の全体像を、九五名の識者が描く。

多田富雄／石牟礼道子／石坂公成／岸本忠三／村上陽一郎／奥村康／冨岡玖夫／磯崎新／永田和宏／中村桂子／柳澤桂子／浅見真州／大倉源次郎／大倉正之助／櫻間金記／野村万作／真野響子／有馬稲子／安藤元雄／加賀乙彦／木崎さと子／公文俊平／新川和江／多川俊映／堀文子／山折哲雄ほか　**［写真・文］宮田均**

四六上製　三八四頁　**三八〇〇円**
（二〇一一年四月刊）
◇978-4-89434-798-4